閱讀經典，成為更好的自己。

愛經典

GREAT EXPECTATIONS

遠大前程

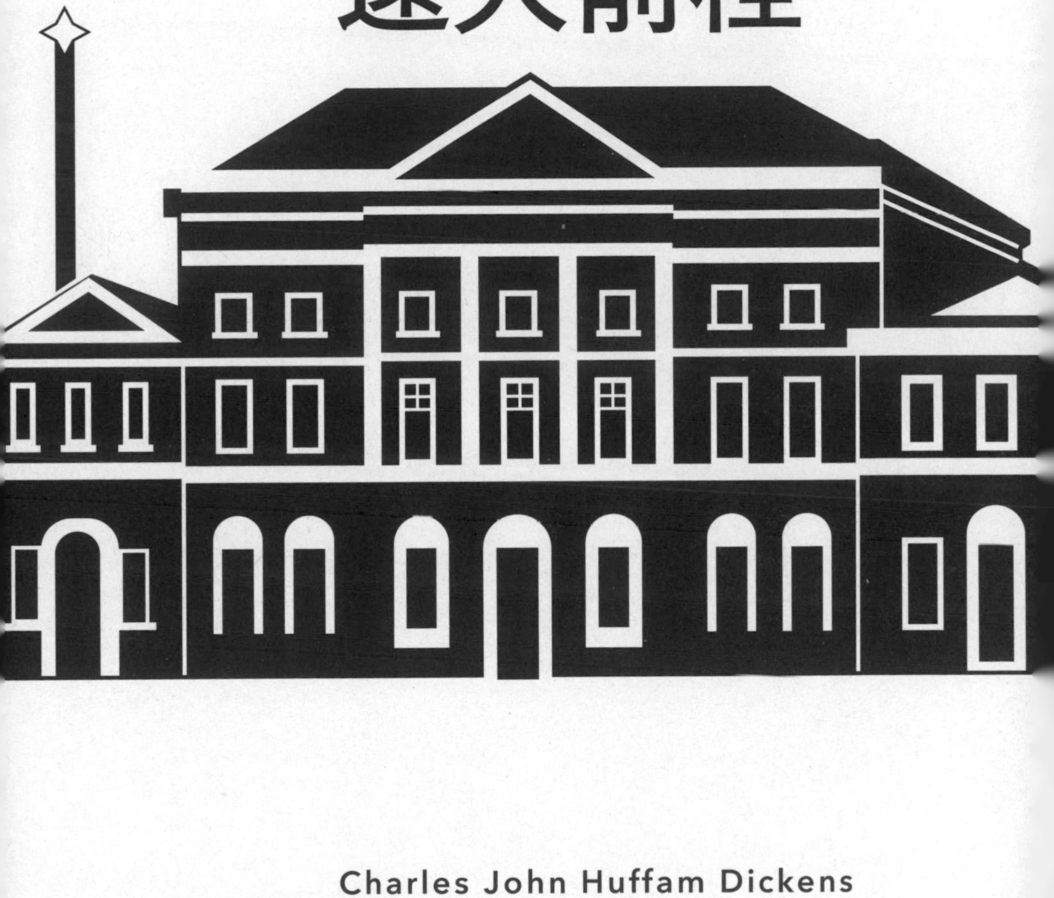

Charles John Huffam Dickens

查爾斯・狄更斯 著　　王科一 譯

緣起

愛經典

卡爾維諾說：「『經典』即是具影響力的作品，在我們的想像中留下痕跡，並藏在潛意識中。正因『經典』有這種影響力，我們更要撥時間閱讀，接受『經典』為我們帶來的改變。」因為經典作品具有這樣無窮的魅力，時報出版公司特別引進大星文化公司的「作家榜經典文庫」，期能為臺灣的經典閱讀提供另一選擇。

作家榜經典文庫從二〇一七年起至今，已出版超過一百本，迅速累積良好口碑，不斷榮登各大暢銷榜，總銷量突破一千萬冊，本書系的作者都經過時代淬鍊，其作品雋永，意義深遠；所選擇的譯者，多為優秀的詩人、作家，因此譯文流暢，讀來如同原創作品般通順，沒有隔閡；而且時報在臺推出時，每部作品皆以精裝裝幀，質感更佳，是讀者想要閱讀與收藏經典時的首選。

現在開始讀經典，成為更好的自己。

目次

Contents

導讀
近乎完美的作品，近乎無垠的世界

一、狄更斯：歷經貧窮且理解貧窮的作家

按照二〇〇七年版《大英百科全書》對查爾斯．狄更斯的評價，他是一位「不屬於一個時代，而是屬於所有時代的作家。」即便到今天，狄更斯在英國文學中的地位被公認為僅次於莎士比亞。然而，這位大名鼎鼎的英國作家卻有著非常艱辛的童年：他的祖父母長期是克魯勛爵的傭人，父親約翰由於在貴族府邸長大，傾心奢華浮靡的上流社會生活，因而儘管他只是普通職員，卻一直大肆揮霍，經常入不敷出，欠債累累。

查爾斯．狄更斯一八一二年二月七日出生於英格蘭朴資茅斯地區的蘭德波特，但因為父親揮霍無度，他很早就失學，必須幫忙家裡照看弟妹以及分擔雜事。一八二四年，狄更斯的父親因欠債不還而入獄，按照當時的慣例，狄更斯全家搬到馬夏爾負債人監獄居住，剛滿十二歲的狄更斯不得不過著這樣的生活：每天早上，他從寄居的一戶窮人家裡步行來到監獄和家人共進早餐，接著趕緊去做工，午餐經常是一塊麵包，下工後他去監獄吃完飯，一直到監獄鎖門時才回到寄居的家庭睡覺。

狄更斯的半自傳小說《塊肉餘生記》中主人公的童年獨白或可視作大作家這段坎坷人生的寫

照：「我整天都在貨行裡做工，而整個星期，我就得靠這點錢過活，從星期一早晨到星期六晚上，從來沒有人給過我任何勸告、建議、鼓勵、安慰、幫助和支持，這一點，就像我渴望上天堂一樣，腦子裡記得一清二楚！」

不久後，祖母和伯父幫父親還清債務，這家人終於搬出了監獄。狄更斯進威靈頓學堂上了兩年學，在那期間，他還和同學一起辦了一份手抄本小報《我們的報紙》，刊登他編寫的故事，深得同學喜愛。但是，這段對尋常人而言再正常不過的校園生活很快又因為父親欠債而終止，而且這次是永久性的終止。一八二七年，十五歲的狄更斯進了一家律師事務所當實習生，主要做些卑微而枯燥的雜務，一年半後，他轉入另一家律師事務所，因為學會速記，他很快成了國會下院的採訪員，在十七歲那年成為專門的審案速記員，十八歲時，幾乎沒有受過什麼正式學校教育的狄更斯辦理了大英博物館的借書證，開始拚命自學。一八三一年，他開始給《議會鏡報》寫通訊稿，一年後，他成了職業記者。

幸運的是，這段灰暗的童年生活日後轉化為這位大作家的無窮財富。全家人住監獄的生活讓他聽聞了獄中各色小人物跌宕起伏的人生，從童工開始的上班經歷又讓他見識了各種市井人物的人生百相。狄更斯最初的夢想是當演員，他為此曾師從著名演員羅伯特．基利學習過舞臺藝術，一八三二年初，他曾參加科文特花園劇團的試鏡，卻因為重感冒錯失了這個機會。翌年，他在倫敦的《每月雜誌》上發表了小說處女作《白楊街的晚餐》，他記者生涯期間描繪倫敦中下層百姓的隨筆和特寫最終於一八三六年結集出版，書名為《博茲札記》。

《博茲札記》的成功引來了出版公司「查普曼和霍爾」的垂青，原本狄更斯被要求為插畫家羅伯特．西摩的畫作配些文字，但西摩在交完第二部分的畫稿後以輕生的方式結束了生命，狄更斯則想著要創作一組連續的故事，他雇了化名「菲茨」的畫家布朗來畫餘下的插圖，而狄更斯的這組故事則是之後聞名遐邇的《匹克威克外傳》。在這之後，狄更斯正式開啟了他璀璨的寫作生涯。

學者薛鴻時先生在《狄更斯文集》總序裡把狄更斯的創作分為三個時期：早期創作從一八三六年至一八四三年，代表作有《匹克威克外傳》、《霧都孤兒》和《聖誕頌歌》，這一時期他的作品更像是天才作家的「即興創作」，世間人物的百態在他的作品中悉數呈現。

中期創作從一八四四年至一八五七年，以《塊肉餘生記》、《荒涼山莊》為典型，這一時期的狄更斯更注重把個人生活經驗和現實觀察糅雜起來，並且在藝術手段上不斷精進。

晚期創作則從一八五八年至一八七〇年作者逝世為止，這一時期狄更斯的作品更嚴謹、成熟，也更富道德感，《雙城記》和《遠大前程》都是這一時期的代表作。

狄更斯終其一生給英國文學留下了一系列令人難忘的人物，《霧都孤兒》中的奧利弗·崔斯特，《遠大前程》中的匹普和郝薇香小姐，《雙城記》中的西德尼·卡爾頓和德伐日太太等等。狄更斯筆下的人物有的偽善卑劣，有的畸形荒誕，有的謙遜善良，美國詩人T．S．艾略特認為狄更斯「創造出的人物比人類本身更有力量」。

在這些人物中，狄更斯尤其擅寫窮人，他自身的貧窮經歷讓他對英國維多利亞時期的階級不平等有更深刻的洞見，同時也更珍視人性的善良和真誠。他曾在紐約的一堂講座裡說：「美德不僅見於衣著光鮮的人身上，也見於衣衫襤褸的人身上。」在他的小說裡，那些被現實社會邊緣化甚至拋棄的窮人留下了五彩斑斕的足跡，上流社會的道貌岸然和空虛實質常常在一生踐行美德的勞工階層面前真相畢露。倫敦也在狄更斯的筆下有了另一個形象：充滿臭氣和煤灰。

更令人敬仰的是，現實生活中的狄更斯一心向著窮人，在他五十八年並不漫長的人生中，他投身慈善事業，在銀行家資助下創建「無家婦女之家」，收留被迫流落街頭的妓女，為她們提供重新受教育和開啟人生的機會，他幫助過工人作家約翰·奧弗斯出版作品，並且在後者病逝後，募集資金，供養他的孩子上學。

二、《遠大前程》：或許是狄更斯最好的作品

《遠大前程》是狄更斯晚期的代表作，於一八六〇年十二月至一八六一年八月連載於狄更斯製作的週刊《一年四季》。小說主角匹普以第一人稱自序傳的手法講述從七歲開始的三個人生階段。

匹普是孤兒，起初和姊姊、姊夫相依為命，生活困頓。七歲的時候，他在墓地偶然遇到逃犯馬格韋契，他從家裡偷出食物來給這名逃犯。之後，匹普被召喚去郝薇香小姐家作陪，看到郝薇香小姐的富裕生活和她美麗而高傲的養女艾絲黛拉，匹普對艾絲黛拉一見鍾情，也漸漸開始看不起家人和身邊的朋友。有一天，倫敦一位著名律師突然造訪，有位匿名人士委託他送匹普去倫敦接受紳士教育。到了倫敦之後，匹普學習上流社會的生活禮儀，用漂亮的衣服裝飾自己，用精緻的家具裝飾房間，他一心以為自己擁有遠大的前程，不僅是指豐厚的物質生活，也是指能以此俘獲艾絲黛拉的芳心。然而，當他的那位匿名恩人現身後，匹普的一切夢想都幻滅了。匹普債臺高築，再加上恩人身陷困境，走投無路的匹普重新意識到那個曾經被他拋棄的家才是他生命裡的至重，他回到家鄉，希望能挽回一切，然而似乎已經太遲了。

十九世紀和二十世紀的評論家大多認為《遠大前程》是狄更斯最傑出的作品，不僅人物鮮活生動，情節引人入勝，藝術技藝精湛，更在於小說展露出極為深刻的社會觀察和道德反思。自作品誕

生的百年以來，它被多次改編成電影、電視劇和舞臺劇。直到今天，文學評論家對這部作品的評價依舊很高，在BBC最受歡迎的英國小說票選中，該小說位列第十七。

關於《遠大前程》的批評主要圍繞兩大爭議，一是結局，二是所謂的「狄更斯風格」，但是這兩點恰恰最能見出狄更斯的重要意義。

狄更斯給《遠大前程》寫了兩個結局。在最初的結局裡，匹普重遇艾絲黛拉，她在丈夫死後改嫁給醫生，匹普和艾絲黛拉很簡單地寒暄了一下，匹普知道自己不可能得到她的芳心，但至少欣慰她不再是當年那個冷漠無情的高傲女孩了。

然而，當朋友反應說這個結局太悲哀之後，狄更斯在發表之前重新寫了一個結局，也是我們今天看到的小說結局：仍舊孤身一人的匹普在已成廢墟的郝薇香小姐家重遇艾絲黛拉，她已成了寡婦。狄更斯於一八六八年的修訂本裡對小說的最後一句做了進一步修改，原本連載時的小說終結於「我感到沒有什麼能把我們分開了」，狄更斯修改之後，小說的末尾成了「再也看不見幢幢幽影，似乎預示著，我們再也不會分離了」。修改後的結尾更委婉含糊，按照學者安格斯·凱爾德給企鵝英國版的《遠大前程》寫的序言，一八六八年修訂版裡的末尾有個隱藏的含義：「在這個幸福的時刻，我沒有看到我們之後必然的分離早已像影子一樣籠罩著我們。」

雖然狄更斯本人在給友人的信裡解釋了重寫結尾是他自己經過深思熟慮後的決定，但仍有批評家如蕭伯納認為原本的結尾更符合邏輯，也更自然，認為狄更斯迎合大眾之舉不僅有悖藝術的獨立性，而且損害了本來可以完美無瑕的作品。然而，狄更斯生活的維多利亞時期正經歷著社會日趨民主化的轉型，與之相應，文學也日趨民主化。換言之，過去的文學作品多聚焦上流社會人物，而狄更斯時代的文學則更關注尋常百姓，長篇小說透過報紙連載的形式刊登也意味著讀者主體從過去的有關階級過渡為如今的普通市民。但另一方面，因為小說的情節會影響報紙銷量，因而媒體和作者都必須考慮這些普通市民的審美取向。每個讀者都可以自行決定自己對兩個結局的偏愛，但是重寫結局本身折射出狄更斯在英國文學光譜中的位置：一如后商給澎湃撰寫的狄更斯逝世一五〇周年的紀念文章中的觀點，從莎士比亞到費爾丁到狄更斯再到歐威爾，他們完成了整個下傾的文學敘事。

有關狄更斯風格的定義，或許可以借用英國作家維吉尼亞．伍爾芙對狄更斯小說的印象：

> 是熱情、興奮、幽默、畸零的人物性格……是把距離最遙遠的人生連結在一起的難以置信的巧合；城市、法庭、這個人的鼻子、那個人的肢體；拱門下或大路上的景色；在這一切之上，某個高大而宏偉的形象，其中脹滿了生命力，以至於他不能作為個人而存在，而是需要一群他人來成全自我。

巧合以及漫畫化到幾乎難以置信的人物形象向來是狄更斯的印跡。以《遠大前程》為例，匹普病癒後回家，他準備向畢蒂訴說衷腸的那天恰好遇見她和喬新婚大喜；十年後匹普回到當年的郝薇香小姐家恰巧遇見了十年內第一次來此重訪的艾絲黛拉。小說裡那位一直穿著婚禮當日婚紗，任由結婚蛋糕在房間裡霉爛的郝薇香小姐似乎顯得太過「哥德」了，還有那位當初得到匹普接濟接著發跡的逃犯似乎也顯得太過「戲劇化」了。

然而，以寫實主義小說的準繩來看待狄更斯正是對其小說藝術性的忽視，狄更斯的作品是多種文學形式（成長小說、哥德小說、犯罪小說、喜劇、通俗劇、諷刺劇等等）的雜糅。類似於《咆哮山莊》，狄更斯的小說更接近於傳奇（romance）而非寫實主義小說傳統。如果換以這種眼光，可以看到狄更斯作品的魅力。伍爾芙對狄更斯式的「巧合」的描繪也可理解為把社會上各個階級聯繫起來的引力，因為匹普恰好在墓地遇見逃犯，社會邊緣人進入了他的視野，也正因為郝薇香小姐正好召喚匹普去做陪，匹普首次闖入了社會的中上層，這些巧合讓狄更斯的小說世界廣闊而豐厚，因而他對社會的體察和剖析也更全面、深刻。至於那些漫畫式的人物，仍然藉由伍爾芙的觀察，狄更斯筆下的「人物不存在於真實或準確的現實細節，而作為一個狂野且極具啟示性的整體存在」。郝薇香小姐如今的怪異折射出她被舊愛無情拋棄後的心靈重創，而逃犯充滿起伏的一生也透露出他與社會層級之間操控與被操控的關係，狄更斯所使用的揭示人物心理和社會議題的方式是激進的，然而或許也是有效的，正如美國作家芙蘭納莉・歐康納面對評論家質疑她作品裡的畸零人物時所言：「你要叫給那些近乎耳聾的人聽，也要把人像畫得大而醒目給那些半瞎的人看。」

三、超越善惡的人性：值得探究的永恆話題

《遠大前程》出版至今已經超過一個半世紀，然而這本著作從不過時，至今仍能感動、震撼、吸引和啟迪無數的讀者。

和不少十九世紀經典的小說作品一樣，狄更斯的作品閃現的是當代文學中不再常見的道德的光輝。這種道德光輝並非某條做人的金科玉律，而是一段完整的包含道德審視的生命歷程。

小說展現的是主人公匹普從幼年到少年再到青年時期的完成。簡單地看，狄更斯似乎是透過匹普的人生得失警示讀者：做人千萬不能忘恩負義，應當飲水思源，然而，這種概括幾乎完全忽略了小說這門藝術的特徵。當我們追隨著匹普的成長，真正觸動我們靈魂的或許就是其中某幾個重要的

片段和時刻。

舉例而言，當匹普得知自己得到一位匿名人士資助，將要前往倫敦接受紳士教育之時，他的第一反應是「我馬上就要身價百倍了」，也與此同時，他對善良淳厚、向來待他視如己出的姊夫喬有了別樣的看法。離家之前，他希望畢蒂「幫喬上進」，意思是喬這個粗漢不懂禮貌規矩，而當匹普來到倫敦之後，他更是對前來做客的喬走路時的腳步重、說話時的鄉音感到難堪。

倘若讀者像我一樣，第一次閱讀小說的時候還只是懵懂的少年，或許這些場景不過是匹普「忘恩負義」的佐證，然而，如果到了匹普回望這段人生過往的年歲（三十歲）再有幸重讀此書，會發現匹普的「難堪」本身就來自上流社會對話語權的把控。正因為上流社會以所謂的紳士禮節彰顯自己的高人一等，使得這些禮節本身取代了更重要的美德，成為衡量人高低的首要標準。也是因為這樣，喬的「善良」一度被匹普視為「憨傻」。退一步想，說話嗓門大一點、走路聲音響一點，比人格優劣更重要嗎？答案必然是否定的。然而時至今日，匹普迷失期間所戴上的「有色眼鏡」還架在很多人的鼻梁之上，我們仍然在不幸地見證我們之中的大多數人不再追求美德，而只是追求匹普所定義的「上進」。

類似的，小說裡另一個意味深長的橋段是匹普來到倫敦後斥重金裝修新居，他學習紳士禮節（如餐桌禮儀），和其他紳士攀比，結果不僅債臺高築，還發現自己除了這些禮節之外實際上沒有學到任何實用技能，「什麼都做不了」。這固然是對上流社會有閒階層的白描和諷刺，但更值得深思的問題或許是：為什麼這些徒有虛名的所謂紳士收入這麼高，而像喬這樣每日辛苦工作的鐵匠卻只能謀求溫飽？這個直指社會不平等的問題在《遠大前程》裡也以大家對郝薇香小姐父親的發家史的討論展現了出來：「反正烤麵包的算不得上等人，釀啤酒的就可以高人幾等，世道就是如此。」

在這些社會議題的背後，狄更斯更看重的是人性。和所有偉大作家一樣，狄更斯看到的是人性中比善惡二分法更複雜的一面：每個人基於自身需要的情感欲求。少年匹普最初營救逃犯馬格韋契不僅出於少年的純真，更因為這種純真裡雜有怯懦（他被馬格韋契威脅），這也可解釋為何匹普成年後再見逃犯時第一反應是覺得自己惹上麻煩。而馬格韋契資助匹普也不能用「善良」來解釋，更是他一廂情願的心理欲求，出身卑微的他希望「一手培養」一個「上等人」，匹普則是他選中的小白鼠。郝薇香小姐在小說後半部分對艾絲黛拉的悔恨也可解釋為她本人的欲求沒有實現，她精心調教的復仇工具冷若冰霜，然而作為養母的她還是很渴望從艾絲黛拉身上獲得「愛」的回報。

從這個角度看，狄更斯珍視的「善良」其實某種程度上是對能夠超越人的自身欲求。好比匹普得知馬格韋契在監獄裡病重，他不可能再從馬格韋契那裡繼承錢財，但是基於人與人的相識、基於馬格韋契對他的恩情，匹普每天都去探望馬格韋契，這是善良之舉。真正的善良是稀罕且困難的，這是為什麼《遠大前程》裡的喬和畢蒂自始自終閃耀著無盡的光芒。

閱讀《遠大前程》就好比進入一個博大的世界，這個世界裡還有更多值得探尋的話題、值得惦念的人物、值得銘記的瞬間。王科一先生是位熱愛自己專業、兢兢業業的翻譯家，不僅用典雅古樸的中文呈現了維多利亞時期英語的魅力，而且還貢獻了嚴謹且重要的注釋，讓我們有幸一窺狄更斯所接受的文學影響之源。這個譯本會是大家走進狄更斯世界的可信的嚮導。

錢佳楠

二〇二〇年十月十日

於洛杉磯

第一章

沼地驚魂

我父親姓匹瑞普，我自己的教名叫作斐理普。童年時口齒不清，這姓和名我念來念去都只能念成匹普，無論如何也不能念得更完整、更清晰。於是我就管自己叫匹普，後來別人也都跟著匹普匹普地叫開了。

我說我父親姓匹瑞普，這是看了他的墓碑，聽見姊姊說起，才知道的。姊姊嫁了個名叫喬·葛吉瑞的鐵匠，人家都管她叫喬·葛吉瑞大嫂。我既沒有見過親生父母，也沒見過爹娘的肖像（他們那時候離拍照這玩意兒還遠著呢），因此，我第一次想到父母究竟像個什麼模樣，完全是根據他們的墓碑胡亂揣測出來的。看了父親墓碑上的字體，我就有了個稀奇古怪的想法，認定他是個皮膚黝黑的矮胖子，長著一頭烏黑的鬈髮。再看看墓碑上「暨夫人喬治安娜」這幾個瘦骨嶙峋的字樣，便又得出一個孩子氣的結論，認為母親臉上一定長著雀斑，是個多病之身。父母的墳墓旁邊還有五塊菱形小石碑，每塊約有一英尺半長，整整齊齊列成一排，那就是我五個小兄弟的墓碑（在芸芸眾生謀求生存的戰鬥中，他們很早就一個個偃旗息鼓，撒手不幹了）；見了這些石碑，我從此就有個不可動搖的看法，我相信這五個小兄弟出娘胎時一定都是仰面朝天、雙手插在褲袋裡的，而且一輩子也沒有把手拿出來過。

我們家鄉是一片沼澤地，附近有一條河；順河蜿蜒而下，到海不過二十英里。我第一次眺望這四周的景物、在腦海裡留下無比鮮明的印象，記得好像是在一個難忘的寒冬下午，傍晚時分。從那次起，我才弄明白：那蔓草叢生的淒涼所在是教堂公墓；本教區的已故居民斐理普．匹瑞普和他的妻子喬治安娜都已經死了，埋了；他們的嬰兒亞歷山大、巴梭羅繆、阿伯拉罕、托比亞斯和羅哲爾，也都死了，埋了；墓地對面那一大片黑壓壓的荒地就是沼地，沼地上堤壩縱橫，橫一個土墩，豎一道水閘，還有疏疏落落的牛群在吃草；沼地的那一邊，有一條落在地平線底下的鉛灰色線條，就是河流；遠處，那陣陣緊吹的急風有個老窩，就是大海；望著這片景色嚇得渾身發抖、抽抽噎噎哭啼啼的小東西，就是匹普。

靠近教堂門廊一邊的墓地裡，驀地跳出一個人來，大喝一聲：「別嚷嚷！你這個小鬼！不許作聲！要不然我就掐斷你的脖子！」

好一個可怕的人！穿一身灰色粗布衣服，腿上拴一副大鐵鐐。頭上也不戴個帽子，只裹著一塊破布，一雙鞋子破爛不堪。他剛在水裡泡過，滿頭滿臉都是爛泥，悶得他透不過氣來；兩條腿給亂石堆子絆得一瘸一拐，給碎石片劃出一條條創痕，給蕁麻戳得疼痛難挨，給荊棘扯得皮開肉裂；走起來高一腳低一腳，一邊走一邊抖，又瞪眼又咆哮。他趕過來，一手抓住我的下巴，一口牙齒捉對兒廝打。

我嚇得求他饒命：「別掐斷我的脖子，求您千萬別這樣，大爺！」

那人說：「告訴我，你叫什麼名字？快說！」

「我叫匹普，大爺！」

那人瞪了我一眼，說：「再說一遍，說得清楚些！」

「匹普、匹普，大爺。」

那人說：「你住在哪兒？指給我看！」

我指著河邊平地上我們住的那座村莊——離教堂大約有一英里多路，周圍是一大片赤楊林子和禿頂樹。

那人朝我望了一眼，便把我頭朝地腳朝天翻了過來，把我口袋裡所有的東西都倒在地上。其實口袋裡除了一塊麵包，什麼都沒有。等到教堂恢復了本來面目（那人手腳快，勁頭猛，剛才一下子就把整座教堂在我面前翻了個身，只見教堂的塔尖倒踩在我的腳下）——言歸正傳，等到教堂恢復了本來面目，他便把我抱到一塊高高的墓碑上，讓我坐在上面直打顫，自己卻拿起那塊麵包狼吞虎嚥地吃起來。

他吃完麵包，舔舔嘴唇，說：「你這個小王八蛋的臉蛋長得倒肥啊！」

拿我的年齡來說，我當時的身材也算矮了，體質也不結實，可是說我臉蛋長得肥，我倒認為他沒有說錯。

那人又晃了一下腦袋，嚇唬我說：「我要是吃不了你的臉蛋才怪呢！我要是不想吃你才怪呢！」

我連忙懇求他千萬別吃我的臉蛋；說著便緊緊抓住屁股下的那塊墓碑，一來因為怕摔下來，二來為了把眼淚忍住。

那人說：「喂，你娘在哪兒？」

我說：「就在那兒，大爺！」

他大吃一驚，拔腳就跑，跑了沒幾步又站住了，回過頭來瞧了瞧。

我膽怯心虛地向他解釋：「大爺，就在那兒！你瞧『喬治安娜』那幾個字。那就是我娘。」

他這才跑了回來，說：「噢！那麼你爹也跟你娘葬在一塊兒嘍？」

我說：「不錯，大爺。他也葬在那裡，喏，『本教區的已故居民』。」

他若有所思地低聲說：「哈哈！那麼你跟誰在一起過活呢？——我是說，假如我饒你一命，你跟誰在一起過活呢？不過要不要饒你的命我還沒有打定主意呢。」

「跟著我姊姊葛吉瑞大嫂過活，大爺。她就是鐵匠喬．葛吉瑞的老婆，大爺。」

他說：「呃！鐵匠？」說著就低下頭去看自己的腿。

一會兒看看自己的腿，一會兒看看我，陰沉沉地來回看了幾趟，他這才走到我坐的墓碑跟前，抓住我的兩個肩膀，把我的身子盡量向後按下去，一雙眼睛炯炯逼人地盯住了我的兩眼，我的兩眼卻只有無可奈何地仰望著他的分。

他說：「你聽著！擺在眼前的問題是，要不要讓你活命。我問你，你知道什麼叫銼嗎？」

「知道，大爺。」

「你知不知道什麼叫吃的？」

「知道，大爺。」

他問一句，就把我的身子再往後按一下，好叫我越發感到走投無路、死在眼前。

「去替我弄把銼來。」又把我往後一按。「還得替我弄點吃的來。」又把我往後一按。「兩樣東西少不得一樣。」又把我往後一按。「要不然，我非得把你的心肝挖出來吃了不可。」又把我往後一按。

這可嚇破了我的膽，我只覺得天旋地轉，雙手不由得緊緊抓住了他。我說：「大爺，請您行行好，讓我直起身子來，免得噁心反胃，聽您的吩咐也可以聽得更清楚些。」

他乾脆鬆開手把我一推，讓我一個倒栽蔥滾下地來，那股勢頭也真猛極了，我簡直覺得整個教堂一躍而起，跳得比屋頂上的風信雞還要高。過了一會兒，他才抓著我的兩隻手，扶我在墓碑上重新坐好，繼續說些嚇人的話：

「明天一大早，替我送銼和吃的來。送到那邊古炮臺前交給我。假如你能辦到，不走漏一點風聲，也不露出一點形跡，不叫人知道你看到了我這麼個人，壓根就不提看到過這個那個，我就饒你一條命。假如辦不到，不依我的話做，哪怕走漏了芝麻綠豆那麼大一點風聲，當心我挖出你的心肝來烤熟了吃。你大概以為我只有一個人；老實告訴你，我可不止一個人。我還有個小夥伴躲在身邊；你別嫌我凶——跟那個小夥伴比起來，我還慈悲得很呢。我在這裡和你說話，那小子句句聽得清楚。他還有一套獨特的法術，專會捉小孩子，挖小孩子的心吃，挖小孩子的肝吃。哪個小孩也休想躲得過那個小子。哪怕你鎖好房門，暖暖和和睡在床上，鑽在被窩裡，用被窩蒙住頭，自以為安安穩穩，那個小子也會悄悄爬到你床上，扒開你的胸膛。我剛剛費了好大的勁，才攔住了他，沒讓他來傷害你。說不定他早晚還是要來挖你的心肝，看牢他可真不容易呢。喂，你怎麼說啊？」

我說我一定替他弄把銼來；吃的嘛，只要能找到什麼殘羹剩飯，好歹都給他捎來，明天一大早就送到炮臺那邊交給他。

「你得發誓：如果做不到，雷公打死你！」

我照著他的話發了誓，他這才把我抱下來。

他接下去又說：「你聽著！別忘了你答應做的事！也別忘了那個小子！記住了，就回家去吧！」

我嚇得話也說不上口：「晚——晚——晚安，大爺！」

「得了吧，得了吧！」說著，掃視了一下那一大片又冷又溼的沼地。「我真恨不得能變隻青蛙。要不然，變條泥鰍也好！」

一邊說，一邊用兩隻手緊緊摟住那瑟瑟發抖的身子，一瘸一拐地朝著那堵矮矮的教堂圍牆走去，一路上把身子抱得那麼緊，好像只要一鬆手就要脫骱鬆榫似的。看他在那一大片草長蒿深、荊蔓縈繞的墳墩裡躲躲閃閃地揀著路走，我幼稚的心靈還以為他是害怕那些死人從墳墓裡悄悄伸出手來、揪住他的腳踝拖他進去呢。

他走到那堵矮矮的教堂圍牆跟前，翻過牆頭——看那姿勢，簡直就像兩條腿已經凍僵了、麻木了一樣；過了牆頭，又掉轉臉來瞄了瞄我。我一等他重新轉過臉去，就連忙拚命朝家裡跑，哪裡還能憐惜兩條腿？過一會兒，我回頭看，只見他已又邁步向河邊走去，依舊兩隻手緊緊抱著身子，拖著兩條疼痛的腿，在那一塊塊大石頭之間揀著路走——這些大石頭，原是擱在沼地上準備下大雨或是發大水的日子當作墊腳石用的。

我停下來目送著他的背影。這當兒，我眼前的沼澤地已只是一條又長又黑的地平線；河流也成了一條地平線，只是不及那一條寬，也不及那一條黑；天空似乎成了一大條用血紅色長線條和濃黑色長線條交織起來的帶子。縱目四望，影影綽綽看見河邊有兩個黑乎乎的東西直挺挺地豎立在那裡：一個是為船上人指點航向的燈塔——這玩意兒近看時可真難看，就像個散了箍的桶，桶底朝天撐在木杆上；另外一個東西就是絞刑架，上面還懸著一截鏈條，早先用來拴過一個海盜。這人一瘸一拐地正向著絞刑架走去，彷彿是那個海盜復活了，剛才下了絞刑架，現在又回去重新吊上。胡思亂想，不禁想得害怕起來；再一看地裡的牛也都仰起頭來，圓睜著眼睛盯住他的背影，我心裡想：

莫非這些牲口也都和我一樣感覺？我就拚命的四下尋找那個凶神惡煞似的小子，可是連個影子也沒看到。這一下我又著了慌，於是拔腿就跑，氣也不歇地趕回家去。

第二章 偷竊

我的姊姊，也就是喬．葛吉瑞大嫂，要比我大二十多歲。我是由她「一手」帶大的[1]；不光是她自己老愛拿這件事自讚自誇，連街坊鄰舍也都這樣誇她讚她。那時候，我怎麼也弄不明白這「一手」兩個字究竟是什麼意思，只知道她的手生來又粗又笨，動不動就要啪的一下落到她丈夫和我的身上，我就想：大概喬．葛吉瑞和我兩個人都是她「一手」打大的吧。

我姊姊的模樣長得並不好看，我總是有這麼一個印象：喬．葛吉瑞竟會娶上她，一定也是她「一手」創造的傑作。喬倒是個白皮膚的男子，臉皮光潔，淡黃色的兩鬢是鬈曲的，藍色的眼瞳淡得似乎和眼白快要融成一體，難以分辨。脾氣柔順，心地善良，性情溫婉，待人隨和，兼帶幾分傻氣，真是個可愛的人。很有幾分像赫丘利斯，有他那份力氣，也有他那點毛病[2]。

至於我的姊姊喬大嫂，頭髮和眼睛都生得烏黑，皮膚紅得特別刺眼，我有時禁不住懷疑：莫不是她洗臉擦身用的不是肥皂，而是肉豆蔻？她個兒長得高，骨骼也大，一條粗布圍裙幾乎成天不離身，挽兩個活結繫在背後，胸口圍一塊無比堅實的胸兜，那上面別滿了大大小小的針。她這樣成天圍裙不離身，一則顯示自己治家的豐功偉績，二則當作責罵喬的資本。其實我既看不出她有什麼理由要繫圍裙，也不明白她繫上以後，又有什麼必要成天不解下來。

喬的打鐵間設在我們家的隔壁，我們家住的是一所木頭房子，那時候我們村裡的住宅十之八九都是木頭房子。那天從教堂公墓趕到家裡，打鐵間已經關了門，喬獨自一人坐在廚房裡。喬和我原是一對同樣挨苦受氣的難兄難弟，彼此推心置腹；我拔開門閂、探頭朝裡面一看，見他正坐在對面火爐邊上，他一看見我，連忙給我偷偷送了個信兒：

「匹普，喬大嫂出去找你找了十多次了。剛才又出去了，二十次也有了。」

「是嗎？」

喬說：「誰騙你？匹普；出去事小，她還隨身帶了那根抓癢棍呢，你看糟不糟？」

一聽到這個掃興的消息，急得我盡扭著背心上僅剩的那一顆鈕扣，垂頭喪氣得什麼似的直瞪著爐火。所謂「抓癢棍」，原是一根纏著蠟線的棍子，在我身上橫抓豎搔，早就給磨撞得精光滑溜了。

喬說：「她在家裡坐也不是，站也不是，後來就拿起抓癢棍，暴跳如雷，奔了出去。我一點也不冤枉她。」喬說著，慢吞吞地拿起撥火棍，在爐格中間捅捅火灰，眼睛瞧著爐火，又找補上一句：「她可真是暴跳如雷呢，匹普。」

我一向把喬也看作一個孩子，年紀雖然比我大些，身分卻和我一樣，因此我便問他道：「喬，她出去很久了嗎？」

喬抬頭看看牆上的自鳴鐘，說：「匹普，她最後一次暴跳如雷似的奔出去，大概有五分鐘了。

1　「一手」（byhand）：原意是說，嬰孩的母親死了，由別人用奶瓶盛乳汁撫養他，但在匹普聽來，卻產生了另一種巧妙的聯想。

2　赫丘利斯是希臘神話中的大力士；他的妻子戴揚妮拉出於妒意，把一件浸過人血的衣服送給他穿；毒氣侵體，赫丘利斯苦不堪言，又無法脫下。這裡是諷喻喬怕老婆。

啊！她回來了！老朋友，快躲到門背後去，用大毛巾[3]遮一遮。」

我照著他的話做去。我姊姊——就是說，喬大嫂，猛地一下推得屋門大開，發覺有個什麼東西擋在門後，知道其中定有蹊蹺，便拿起抓癢棍來探查探查究竟是怎麼回事。一看是我，便一把把我拎起來扔到喬跟前。他們夫婦倆把我當飛鏢，一個扔一個接，說起來也不是這一遭了。喬也不管怎麼說，總是樂樂意意地把我接住，當下他就把我送到爐子前面，悄聲屏息地拿他那條大粗腿當作一堵牆，護著我。

喬大嫂跺著腳，說：「你這個小畜生去哪裡去了？幹什麼去了？惹我氣，惹我急，惹我惦記，累得我命也沒有了！你還不趕快給我招出來！真要我動手把你從角落裡揪出來，哪怕你變成五十個匹普、他變成五百個葛吉瑞，也休想招架得住！」

我坐在腳凳上哭哭啼啼，揉著痛處說：「我不過到教堂公墓裡去走了一遭。」

我姊姊接腔說：「到公墓裡去走一遭！要不是我，你早就進了墳墓，一輩子待在那邊啦。可知道是誰把你一手帶大的？」

我連忙說：「是你。」

姊姊咆哮道：「我倒要問問你：我幹嘛要把你拉拔大？」

我抽抽噎噎地說：「不知道。」

姊姊說：「不知道？我再也不會做這種傻事了！你不知道我可知道！老實說，自從你出了世，我這條圍裙就沒有離過身。嫁給一個鐵匠，又是嫁給葛吉瑞這麼一個鐵匠，已經是倒夠了楣，偏偏還要我給你當老娘！」

我悶悶不樂，直瞪著爐火，把她盤問我的話都丟到腦後，一心只想著沼地上那個戴著腳鐐的逃犯、那個神出鬼沒的小子，還想到我自己立下的可怕誓言——我非得做一次小偷不可，在我這個寄身之所為逃犯偷銼、偷吃的。因為，爐子裡的火焰好像存心和我過不去，把這一切統統映現在我眼前。

喬大嫂「哈哈」冷笑一聲，把抓癢棍放回原處，說：「好一個公墓！你們兩個公墓長公墓短，倒是說對啦！」其實我們兩人當中有一個根本沒提過公墓。「你們兩個一唱一和，要不了多久就會把我逼進墳墓，哎，那時候，沒有了我，看你們這一對寶——寶——寶貨怎麼辦！」

說著，就去張羅茶具；於是喬連忙從大腿底下偷偷瞥了我一眼，彷彿心裡在暗暗打量：我和他到底是怎麼回事？萬一這種不祥的預言成了事實，我們兩個究竟會成為怎樣一對寶貨？然後他就坐在那裡摸摸自己右邊的淡黃色鬈髮和頰鬚，淡藍色的眼睛東望西瞧，喬大嫂走到哪裡，他的目光也跟到哪裡——他遇到糟心的事沒有一次不是這副模樣的。

姊姊為我們切麵包、塗黃油，自有她一套一成不變的精明辦法。先用左手把原塊麵包壓在胸兜上，於是總難免有根把別針縫針什麼的鑽進麵包，再由麵包鑽進我們嘴裡。然後她在餐刀上抹一點黃油（當然不會太多），塗在麵包上，那架勢活像個藥劑師做膏藥——把刀子拿在她手裡順塗反抹，靈活自如，薄薄一層黃油刮得平平勻勻，把麵包皮的邊邊角角都抹到了。接著又把刀子在「膏藥」邊上抹得一乾二淨，從原塊麵包上切下厚厚的一圈；圓圈還連在上面沒有切斷，馬上又是一刀把圓圈一切為兩，一份給喬，一份給我。

3 原文為jack-towel，是一種掛在捲筒上的大毛巾，兩頭縫接在一起，可以上上下下拉動使用。匹普身材矮小，所以大毛巾遮得住身子。

這一回我雖然餓，一份麵包拿到手卻不敢吃。心裡盤算，一定要留下點吃的，準備明天給那個可怕的傢伙吃，還得留一些給他的夥伴，也就是說，給他那個更加可怕的小夥子。我不是不知道，喬大嫂管理家務十分嚴格，很可能翻遍食櫥也找不到一點東西。因此我決定把自己這塊黃油麵包藏在褲腳管裡。

要達到這個目的，就非得有非凡的毅力不可，這可真夠我受的，正好似要我硬著頭皮從高屋頂上跳下地來，或是從平地上跳進汪洋大海一般。何況喬完全不明白我的心思，更使我難上加難。前面說過，我們兩個原是一對同病相憐的難兄難弟，而且他一片好心，每天和我一起吃晚飯，總是要和我比賽誰啃麵包啃得快。吃一陣，便悄悄拿起來比一下，看誰了不起，這樣便愈吃愈帶勁。今天晚上喬吃得特別快，幾次三番把那塊愈吃愈小的麵包在我面前晃動，要我照常和他舉辦友誼賽，可每次總是見我一邊膝蓋上擱著一杯黃澄澄的茶，另一邊膝蓋上擱著那塊黃油麵包，碰也沒有碰一下。最後，我只得橫了心；心想，此事不做不行，不如見機行事，盡量做得不露破綻。於是就利用喬正好扭過頭去的那一眨眼工夫，趁機把黃油麵包塞進褲腳管裡。

喬滿以為我胃口不好，顯得很擔心，悶悶不樂地又咬了一口，看來他這一口吃下去很不是滋味，在嘴裡嚼來嚼去，比平常多嚼了好一會，邊嚼邊想心思，好容易才像吞藥丸似的吞下肚去。正要咬第二口，嘴巴剛湊到麵包邊上準備狠狠咬下去，目光忽然落到我身上，發覺我的黃油麵包突然不翼而飛了。

喬又驚又慌，嘴巴在麵包邊上擱了淺，眼睛盡瞪著我發怔，這哪裡逃得過姊姊的一雙利眼？

姊姊連忙放下茶杯，疾言厲色地說：「怎麼啦？」

喬一本正經對我搖擺著腦袋，細聲軟氣規勸我說：「哎呀！這怎麼行！匹普老朋友，你這不是跟自己過不去嗎？囫圇吞下去會卡在喉嚨裡的，匹普。」

姊姊愈加聲色俱厲，追問道：「究竟怎麼啦？」

喬嚇得呆頭愣腦地說：「匹普，要是多少能夠咳一些出來，我勸你還是咳出來的好。禮貌要緊，身梯（體）可更要緊。」

姊姊一肚子火氣再也憋不住了，當時就撲到喬身上，揪住他兩邊頰鬚，把他的腦袋按在後面牆上撞了好一陣；我坐在牆角裡看著，心裡好生過意不去。

姊姊氣得上氣不接下氣地說：「到底是怎麼回事？你還說不說？看你瞪出了眼睛，像頭開膛大肥豬！」

喬無可奈何地瞧了瞧她，然後又無可奈何地啃了一口麵包，重新又望著我。

他擺出一副鄭重其事的樣子，把那塊麵包鼓鼓囊囊地含在腮幫子裡邊，和我說起知心話來，聽他那聲調，彷彿只有我們兩個人在場似的：「要知道，匹普，我跟你永遠是好朋友，一輩子也不會講你的壞話。可是你這樣——」說到這裡，他挪動了一下椅子，滿地找了一陣，然後重新又把目光落在我身上，繼續說下去：「你這樣囫圇吞，可太了不得啦！」

姊姊大聲嚷道：「他一塊麵包囫圇吞下去了是不是？」

喬並沒有轉過眼去看喬大嫂，他依舊看著我，腮幫子裡那塊麵包依舊沒有咽下去。他說：「老實告訴你，老朋友，我像你這樣年紀的時候，也是囫圇吞——常常是這樣——囫圇吞、不要命的孩子，我小時候也見識得多了，可是像你這樣會吞的好手可還沒見過。匹普，你吞下去沒有噎死才叫幸運呢。」

姊姊猛地衝到我面前，一把揪住我的頭髮，好像釣魚似的把我提了起來，一句話就嚇得人魂飛天外：「還不快跟我來吃藥！」

當時不知是哪一位狗大夫，存心復古，提倡用柏油水當作萬應良藥；喬大嫂的櫥裡就常年備有這種藥水，大概認為這種東西既然那麼難吃，就必有神效無疑。有時走起運來，簡直就把這種靈丹妙藥當作上好補品讓我大喝特喝，弄得我走來走去覺得渾身都是味道，簡直成了一堵新漆的籬笆，感到很不自在。何況這天晚上我病情緊急，那就非得把這種藥水足足喝上一品脫不可了。喬大嫂把我的腦袋夾在胳肢窩底下，猶如脫鞋器夾住一隻鞋子似的；她為了要我身子好得快，索性把藥水往我喉嚨裡直灌。喬總算只喝了半品脫，卻是給逼著吞下去的（他本來好好地坐在爐子前面一面慢細嚼，一面想心思，這下子可弄得他心亂如麻了）。他之所以也得喝，是因為「他剛剛嚇了一大跳」。依我看，他剛剛並沒有嚇一大跳，倒是現在真的嚇了一大跳。

良心這玩意兒，它譴責起人來，是夠叫人害怕的，對大人是這樣，對小孩也是這樣；更何況一個小孩，良心上先有個祕密的負擔，後來褲腳管裡又添了個祕密的負擔，兩下夾攻，那個滋味才真叫夠受呢。這我可以以身作證。當時我一想到自己當夜就得去偷喬大嫂的東西（我可絕不認為這是去偷喬的東西，因為我從來不認為這份家私有哪一樣是屬於他的），心裡就有一種犯罪的感覺；再加上我坐著也好，奉命在廚房裡做點什麼小差事也好，一隻手總是要按住那塊黃油麵包；兩下夾擊，幾乎逼得我要發瘋。後來沼地上的風吹進屋子裡來，爐火給吹得又旺又亮，這時候我就好像聽到白天裡那個戴著腳鐐、叫我發誓保守祕密的人正在外面向我喊話，說他肚子餓死了，無論如何也挨不到明天，馬上就得給他吃的。過了一會兒又想，那人費了好大氣力才攔住了那個小夥子，沒讓他在我身上下毒手，萬一那小夥子餓得難熬難挨，再也不受管束，或是記錯了時間，把明天的限期記成是今天晚上，連夜就來挖我的心肝吃，那可怎麼得了！假使世界上當真有人可以嚇得頭髮根根倒豎的話，那麼當時我的頭髮肯定就是倒豎了起來的。不過，我看世界上也未必就有這樣的事吧？

那天是聖誕前夕；從七點到八點，我得拿一根擣衣棒攪拌第二天吃的布丁。褲腳管裡放著那件累贅，也只好硬著頭皮幹（褲腳管裡那件累贅使我又想起那人腿上那件累贅），後來漸漸覺得手裡這麼不停地動，那塊黃油麵包也快要從褲腳管裡溜出來了，管不住了。幸虧不久有了個脫身的機會，我就連忙到頂樓上的臥室裡去，放下了這個鬼胎。

拌好布丁，傍著火爐暖暖身子，等姊姊打發我上樓去睡覺，忽然聽見一聲炮響，我便對喬說：「喬，你聽！這是不是炮聲？」

喬說：「啊！又逃了一個患（犯）人！」

我說：「喬，你這話是什麼意思？」

喬大嫂一向愛逞能，什麼事都要由她來講解，於是就沒好氣地說：「跑了人。跑了人。」一副不由分說的架勢，簡直就像給我灌柏油水一樣。

喬大嫂搭拉著腦袋做針線活，我趁機向喬努努嘴，意思是問他：「什麼叫作犯人？」喬也努努嘴，算是給我回答。可是這個回應花樣繁多，我弄不明白他的意思，只看出其中有個姿勢是表示「匹普」兩字。

後來喬總算說出聲音來了：「昨天晚上太陽下山以後，一個患人逃走了，他們就開炮通知大家。看來現在是報告又逃走了一個。」

「誰在開炮？」

姊姊連忙放下手裡的針線活，瞪了我一眼，插嘴說：「這小子討厭！真是打破砂鍋問到底！多問閒事多受騙。」

我心想，就算我是多問吧，可是按照她的言下之意就是，我再問下去就要受她的騙了，這也未免有失她自己的體統吧。好在她除了有外客在場，從來就不顧體統。

正在這節骨眼上，偏偏喬又費盡九牛二虎之力，嘴巴張得老大，這更加引起了我的好奇心。看看他兩片嘴唇的樣子，打的暗語彷彿是「火冒」兩字，於是我自然而然向喬大嫂努努嘴，意思是問喬，是不是說「她」火冒了？可是喬理也不理我，嘴巴又張得老大，把那個暗語打得顯眼極了。可惜我根本辨別不出他打的暗語究竟代表哪兩個字。

最後我急得沒有辦法，只得開口問道：「喬大嫂，請別見怪，我想請問：究竟什麼地方在放炮？」

姊姊大聲嚷道：「上帝保佑這孩子！是水牢裡在放炮！」聽她的語氣，卻並不是祈求上帝保佑我，而是祈求上帝懲罰我。

我盯著喬說：「噢——噢！原來是水牢！」

喬咳了一聲嗽，好像是責備我：「我本來是跟你這麼說的嘛！」4

我說：「再請問，水牢又是什麼玩意兒？」

姊姊手拿針線，指著我直搖頭，說：「這孩子真是的！回答他一個問題，他馬上就問你十個。水牢就是關犯人的船，停泊在沼田對面。」所謂「沼田」，指的就是沼地，這是我們鄉下那一帶把這個字念走了音的緣故。

我心裡暗暗焦急萬分，卻裝著平平靜靜的樣子搭訕道：「不知道關在水牢裡的是些什麼人？為什麼要關他們？」

喬大嫂受不了了，霍地站起來說：「你這個小鬼，告訴你：我一手把你拉拔大，可不是讓你來把人煩死的。要不然，我還有什麼體面呢，我簡直是造孽啦。關進水牢的都是些殺人犯、搶劫犯、偽造犯，還有做了種種壞事的人；這些人都是從小就愛亂說亂問，一步步走上邪道的。你還不給我快些滾到樓上去睡覺！」

喬大嫂從來不許我點著蠟燭上樓睡覺；剛才跟我講那番話時，又用頂針在我頭上敲鼓似的敲個沒完，因此我一路摸黑走上樓去，腦子裡一陣陣刺痛，一來是因為剛才給敲得生疼，二來是因為想到姊姊最後那幾句話，心知水牢就在近旁，為我開著方便之門，不禁害怕起來。顯而易見，我現在正是朝著那兒走去。亂說亂問是我走上邪道的開始，下一步就要去偷喬大嫂的東西了。

那些事離現在已經好久好久了；可是從此我就常常想：世界上恐怕沒有多少人能理解，小孩受到了恐嚇，心裡懷的是什麼樣的鬼胎。只要是受到恐嚇，不管是如何不近情理的恐嚇，都免不了要懷上這麼個鬼胎。那個要挖我心肝的小夥子嚇得我沒有了命；那個戴著腳鐐和我搭話的人也嚇得我沒有了命；甚至一想到自己向他許下的可怕諾言，也嚇得我沒有了命。指望我那位無所不能的姊姊來搭救我嗎？休想。她哪一次答應過我的要求？我直到現在都不敢設想，當年在那種恐怖心理的籠罩之下，險些會給逼得做出什麼樣的事來。

那天夜裡，我如果還闔上過眼皮，那也無非是，一闔眼就影影綽綽覺得置身在波濤洶湧的河上，向著水牢那邊漂過去；漂到那絞架前面，有個幽靈似的海盜拿著話筒向我喊話，說是再不上岸到絞架上去挨絞，更待何時？即便當真想睡，也不敢睡著，因為心裡惦記著，天一見亮就得到伙食間裡去偷東西。想要當夜幹好這件勾當，可辦不到，因為當時還沒有這種一擦就著的取火條件——要想

4 「水牢」(hulks)和「火冒」(sulks)，發音相似，所以匹音誤會了喬的意思。

取個亮，就非得用燧石和火刀打火不可，那樣就勢必會鬧出大聲來，和那個海盜克啷克啷的鐐銬聲也差不了多少了。

小窗戶外面黑天鵝絨似的夜幕一透出灰濛濛的光亮，我馬上起床、下樓。梯子上的每條木板、木板上的每一條裂縫，似乎都在我背後叫喊：「捉賊啊！喬大嫂快起來啊！」多虧巧逢佳節，伙食間裡貯藏的食品比平常豐富得多；我側過半邊身子，冷不防看見一隻兔子倒懸在那裡，好像在對我眨眼，我嚇了一大跳。顧不得細細看個真切，顧不得東挑西揀，什麼都顧不得，只因為時間緊迫，不敢多耽擱。隨手偷了一點麵包、一點起司皮、半罐碎肉，統統和昨天晚上省下來的那塊麵包一起包紮在一塊手絹裡；又從陶器酒罎裡偷了些白蘭地（我房間裡有個玻璃瓶，本來是我私下用來壓製那種芬芳醉人的西班牙甘草汁的，我就把白蘭地盛在這瓶子裡，再從食櫥內的一個水壺裡倒了些水摻在酒罎中）；又偷了一塊簡直啃不下什麼肉來的肉骨頭、一個精美滾圓的豬肉餡餅。我本不知有那個餡餅，正待要走，一時心血來潮，就爬上櫥架看看，只見上面一層的角落裡有個陶器盆子，蓋得嚴嚴的。我納罕那裡面是個什麼好東西，竟要收藏得那麼小心。掀開一看，原來是個餡餅，便拿了下來，只指望姊姊這個餅不是準備馬上就吃的，失竊以後不會馬上就發覺。

廚房裡有一扇門通打鐵間；我開了鎖，拔了門，走進打鐵間，在喬放工具的地方拿了一把銼，然後照原樣把門鎖好，再打開昨晚回家時走的那另一扇門，到了外面。隨手把門帶上以後，就直奔大霧彌漫的沼地而去。

第三章

霧中逃犯

早上下了霜，潮溼得厲害。早起就看見我那小窗戶外面蒙著一層水氣，彷彿有個妖魔整夜在那裡哭個沒停，把我的窗戶當作了擦眼淚的手絹。走出門，只見光禿禿的籬笆上和稀疏的小草上也全是一片水氣，看起來真像粗絲絡的蜘蛛網，網絲從這根樹枝掛到那根樹枝，從這棵小草掛到那棵小草。家家籬柵上、大門上，都罩著一團黏糊糊的溼氣。沼地裡的霧尤其濃得厲害；一直走到路牌前面，才看見那上面朝我們村莊指著的那隻手指，其實過往行人從來也不聽它的，因為根本就沒有人到我們那裡去。抬頭一看，路牌上淅淅瀝瀝滴著水，我沉重的良心覺得它似乎是個鬼怪，罰我非得進水牢不可。

走到沼地上，霧更濃了，迷濛之中只覺得一切景物都朝著我撲過來，而不是我朝著什麼目標奔過去。一個做賊心虛的人，遇到這般情景，著實不好受。閘門、堤壩、河岸，都紛紛破霧而出，衝到我面前，還好像毫不客氣地向我大聲吆喝：「一個孩子偷了人家的肉餡餅！抓住他！」牛群也冷不防跟我撞了個照面，圓睜大眼，鼻孔裡冒出白氣，叫道：「哎呀！小賊！」一頭戴著白領圈的黑公牛（在我這不安的良心看來，儼然像個牧師）一雙眼睛死死盯住我，我走過去了，牠還掉轉那笨拙的腦袋，狠狠地責備我，我禁不住抽抽搭搭向牠告饒：「我也是沒辦法呀，大爺！這肉餡餅不是拿來我自己吃的呀！」牠這才算低下頭去，鼻子裡又噴出一團熱氣，後腿一踢，尾巴一摔，走開了。

我一個勁兒地向河邊趕去；可是不論走得多快，一雙腳始終暖和不起來，那股陰溼的寒氣似乎已死死地釘住在我腳上，一如我現在去找的那個人腳上釘著腳鐐一樣。我知道，筆直向前走就是我要去的炮臺，因為有個星期天曾經跟喬上那裡去過一趟，喬還坐在一尊古炮上對我說，哪天我正式和他訂了師徒合同，做了他的徒弟，我們再到這裡來，那該有多開心啊！可是，畢竟因為霧太濃，辨不清方向，走得偏右了點，因此不得不沿河往回走；河堤是用碎石和爛泥築成的，還打了防汛木樁。急急忙忙順著堤跑，跨過一條小溝，知道離炮臺不遠了，又爬上了對面一個小土墩，果然看見了那人，背朝著我坐在那裡，兩隻手叉在胸前，腦袋向前一點一點，睡得正熟。

我想，我要是這樣出其不意地就把早餐送到他面前，他一定格外高興，因此我故意悄悄走到他背後，拍拍他的肩膀。他頓時一躍而起，我一看他並不是我要找的那個人，原來是另外一個！

不過這人也是穿著灰粗布衣服，也戴著腳鐐，走路也是一瘸一拐，說話也是粗聲嘎氣，身上也冷得嗦嗦發抖，總之，什麼都和那一個一模一樣，只是臉相不同，頭上還多了一頂寬邊矮筒的扁氈帽。這種種，我都是一眼掠過而已——我哪裡還來得及多看，他早就破口大罵，伸出手來揍我了，幸而這一拳頭不是劈面打來的，勢頭不大，也沒打中，自己反而險些摔了一跤。他隨即就急忙逃進迷霧深處；我看見他一路上絆了兩次，後來就不見他的蹤影了。

我心裡想：「這一定就是那個小夥子！」一旦認定了是他，我只覺得心臟一陣陣生疼。假使那時候我曉得肝臟生在什麼地方的話，我看我的肝也一定會覺得發痛的。

不一會就到了炮臺前面，找到了要找的那個人。他兩手抱住了身子，一瘸一拐地走來走去，在那裡等我，彷彿整夜就是那樣抱住了身子，一瘸一拐地走個不停。他一定冷得厲害。我真擔心他會在我面前猛地倒下，凍僵而死。我一看那雙眼睛，就知道他餓得難熬；我先把銼交給他，他隨手接過就扔在草地上，可是照我看，他要不是看見我手裡還拿著一包吃的，可真要把鏟都吃下去呢。這一次他可沒有把我頭朝地腳朝天整個翻過來倒我身上的東西，卻讓我好端端地站在那裡打開那包吃的，把口袋裡的東西一件件掏給他。

他問我：「孩子，這瓶裡是什麼？」

我說：「白蘭地。」

說這話時，他已經動手把碎肉往喉嚨眼裡送，那副吃相實在是天下少有——哪裡像吃，簡直像心急慌忙地把碎肉裝進一個什麼罐子裡去。可是一聽說酒，馬上又放下碎肉，喝了幾口。一邊喝，一邊嗦嗦發抖；總算難為他，酒瓶脖子銜在他嘴裡居然沒有給咬斷。

我說：「我看你是在發瘧疾吧？」

他說：「孩子，我想也多半是這樣。」

我對他說：「這一帶地方真糟糕。在這種沼地上可容易害瘧疾呢，你睡在這兒怎麼行？還會得風溼病呢。」

他說：「哪怕待在這裡會要了我的命，我也要吃完了這頓早飯再說。哪怕馬上就要送我到那邊的絞架上去絞死，我也要吃完了再說。這一頓飯的工夫，那瘧子絕殺不倒我，包你沒錯。」

說著，就把碎肉、肉骨頭、麵包、起司和豬肉餡餅一股腦往嘴裡塞。一邊吃一邊疑神疑鬼地向四下的迷霧裡張望，動不動就要停下來聽一聽——連嘴巴都不嚼了。也不知是當真有什麼響動，還是他想入非非，也不知是聽到了河上什麼東西的叮噹聲，還是沼地上野獸的鼻息聲，總之他忽然吃了一驚，冷不防地問我：

「你這小鬼該不是來叫我上當的吧？你沒有帶什麼人來吧？」

「沒有的事，大爺！沒有的事！」

「也沒有讓什麼人跟著你吧？」

「沒有！」

他說：「那就好，我相信你。假如你這麼小小年紀就要幫著人家來追捕我這樣一條倒楣的小毛蟲，那你簡直就是一條凶狠的小獵狗，沒什麼可說的。要知道我這條可憐的小毛蟲已經給逼得只有死路一條，快成狗屎堆了。」

他喉嚨裡咯嗒一響，好像身體裡面裝著一架鐘，馬上就要報點了。還拾起粗布破衣袖擦了擦眼睛。

一見他這副淒涼模樣，我不由得動了惻隱之心；看他漸漸又吃起餅來，便大著膽子說道：「您吃得這樣有滋味，真叫我高興。」

「你說什麼？」

「我說，您吃得這樣有滋味，真叫我高興。」

「謝謝你，孩子。是很有滋味。」

我平常看慣了家裡一條大狗吃東西，現在相形之下，覺得這人的吃相和那條狗實在有幾分相似。這人一口等不得一口，用足氣力，蠻啃狠咬，和那條狗根本沒有什麼兩樣。一口一口囫圇吞，快得什麼似的——說得更恰當些，他簡直是一把一把往嘴裡塞。一邊吃，一邊斜著眼睛左看右看，好像四面八方隨時都會有人趕來搶走他這個餅似的。照我看，他這樣心神不定，哪裡還顧得上品一品這個餅的滋味；假使有誰跟他一起吃，難免連人都要叫他咬上一口。從這種種細節看來，他的確很像我們那條狗。

我沉默了一陣，才怯生生地說：「您也不留點給他？」因為拿不準這句話是否得體，所以是猶豫了好一會兒才說的。再說，有個事實是明擺著的，也不能不提醒他一下：「我那兒再也弄不到了。」

我那位這時正在大嚼餅皮，聽得我這樣說，便停了口，說道：「留點給他？他是誰？」

「就是您說的那個小夥子呀。躲在您身邊的那位呀。」

他回答道：「噢！你說他嗎？好了！好了！他不吃東西的。」語氣裡好像還夾著一聲厲笑。

我說：「我看他的樣子倒好像很想吃呢。」

那人立即停止了咀嚼，用十分犀利、十分驚奇的目光打量著我。

「你看他的樣子？你什麼時候看見他的？」

「剛才。」

「在哪裡？」

我用手指了一指，說：「就在那邊。就在那裡。我看見他正在打瞌睡，我開頭還當作是您呢。」

他連忙一把揪住我的衣領，狠狠地瞪著我，我不由得想：他又在打那個老主意，想要掐斷我的脖子了。

我嚇得渾身發抖，向他解釋：「穿的衣服和您一樣，只是比您多戴了一頂帽子，他還——還——」我一心想要把下面一句話說得文雅點：「他腳上也有一副——因此他好像也需要借一把銼。昨天晚上您聽見放炮嗎？」

他自言自語：「這麼說，倒是真的放炮來著。」

我回答道：「奇怪，您怎麼沒有聽真？我們在家裡隔得那麼遠，還關了門，都聽見了呢。」

他說：「哼！你瞧！孤單單一個人睡在這一大片沼地上，腦袋發昏，肚皮空空，冷得要命，餓得要死，整晚聽見的就盡是炮聲轟轟，還有人聲喧嘩。不光是聽見，我還看見好些士兵拿著火把，他們的紅色軍服給火光照得亮堂堂的，從四面八方向我圍攏來。還聽見他們喊我的號碼，恫嚇我；還聽見嗒嗒嗒的毛瑟槍聲，還聽見他們的號令聲：『各位弟兄，預備！舉槍！向他瞄準！』後來人抓到了——一切也都消失了。唔，昨天晚上來抓我的士兵，我看見哪止一批啊，簡直有一百批——他媽的都排著隊，嚓嚓嚓地趕過來。說到放炮，對了，天大亮以後還看見遍地大霧給炮火打得直打顫。——可是這個人！」他好像說到這最後一句才記起我在他面前。「你注意到他身上有什麼特別的地方沒有？」

我好像想起來了，便說：「他臉上有好大一塊傷疤！」其實我自己也沒把握當時是否看清楚了。於是他毫不留情地啪的一巴掌打在自己左邊臉上，大聲問我：「是在這一邊嗎？」

「對，就在這一邊。」

他立即把剩下的那一點吃的都往灰布上衣的胸口一塞，問道：「他在哪裡？指給我看，他去哪裡了？我非得像條搜山狗似的，把他追到不可！這該死的腳鐐害得我的腳好痛！把銼拿給我，孩子！」

我指著一個地方對他說，那人就隱藏在那邊的迷霧裡。他抬頭朝我指的方向望了一眼，一下子便在溼淋淋的野草上坐下來，像個瘋子似的用力銼著腳鐐，既不理會我，也不理會他自己那條腿。腿上有個擦傷的老傷口，弄得滿腿血淋淋的，他卻滿不在乎，只顧用力銼，好像那條腿也和那把銼一樣毫無感覺。看見他這股沒命似的心急勁兒，我又害怕起他來了；況且我已經從家裡出來好久，不敢再耽擱，便對他說，我要回去了，他卻理也不理。我心裡想，不如趁這個機會溜走了吧。我最後一次回頭看到他，見他搭拉著腦袋，對著膝蓋，在拚命銼腳鐐，越銼越急，嘰哩咕嚕直罵那副腳鐐和他那條腿。我最後一次聽到他的聲音，四外已只見一片迷霧，站住靜聽，聽得見他還在那裡銼個不停。

第四章

惡客臨門

我滿以為廚房裡早已有警察等在那裡逮捕我。可是，到得家裡，非但沒有什麼警察，連失竊的事也根本沒有被發覺。喬大嫂忙得不可開交，正在收拾屋子，準備歡度聖誕佳節。喬給攆到廚房門口的臺階上去了，免得擋在畚箕面前礙事——原來姊姊掃起地來，總是使盡全身力氣大掃特掃，喬是遲早不免要被捲進畚箕裡去的。

我懷著鬼胎回到家裡，喬大嫂劈頭第一句就是這樣向我祝賀耶誕節：「你死到哪裡去了？」

我說，聽聖誕頌歌去了。喬大嫂說：「呃！原來如此！我還以為你幹壞事去了呢！」我心裡想，她這話倒是沒有說錯。

喬大嫂說：「我要不是嫁了個鐵匠，活活做奴才，成天圍裙不離身，或許也會去聽聽聖誕頌歌的。一輩子就愛聽頌歌，可就是因為愛聽，偏偏一次也沒有福氣去聽。」

畚箕拿開以後，喬跟在我後面大膽走進了廚房。喬大嫂瞟了他一眼，他顯出一副息事求和的樣子，用手背抹了一下鼻子。一等喬大嫂的眼睛轉過去，他便偷偷用兩個食指交疊成一個十字架給我看——這是我們倆慣用的手勢，表示喬大嫂正在氣頭上[1]。喬大嫂生氣本是家常便飯，弄得我和喬往往要一連當上幾個星期的十字軍；不過我們這種「十字軍」是交叉手指比畫十字，而看古墓殘碑上的十字軍像，可都是交叉兩腿的。

今天我們可以吃上一頓高級的午飯，有醃豬腿配青菜，還有兩隻加料烤雞。昨天早上就做好一個肉餡餅（所以我拿走碎肉此刻還沒有被發覺），布丁也已經在蒸起來了。就為午飯要擺偌大的排場，我們的早飯便不客氣給拉掉了。喬大嫂說：「我事情這麼一大堆，這會兒沒工夫擺開飯桌讓你們大吃大喝，吃完了還要替你們洗碗盤！跟你們說，沒工夫！」

說罷，就給我們分發麵包，我們哪裡還像是一大一小兩個人在家裡吃飯，倒像是兩千名士兵在急行軍。我們拿起櫃子上一個水罐，大口大口喝著摻水牛奶下麵包，臉上怪不好意思的。這當兒，喬大嫂在屋子裡掛起一塊塊潔白的窗簾，鋪在壁爐架上的舊花邊也換上了新花邊，過道那一頭的小客廳也開放了。小客廳裡糊著銀箔紙，每年只有在這種時候開放一次，佳節一過便關門大吉，讓它整年守著銀箔紙的朦朧寒光打發光陰；這片朦朧的寒光從小客廳裡一直射到壁爐架上四個小小的陶器獅子狗跟前。四條獅子狗一模一樣：都是黑鼻子，嘴裡都銜著一籃花。喬大嫂是個很愛乾淨的主婦，只可惜她講究清潔講究得過了分，反而比骯髒更加討人嫌、惹人厭。說起愛清潔，本來同敬神不過相去一步，有些人信教虔誠，也自然會講究清潔。

姊姊既然忙得無法分身，上教堂自然就非得派代表不可，也就是說，要喬和我兩個人代替她去。喬平常穿著工作服，倒是個精壯俐索、不失鐵匠本色的人；可是一穿上節日服裝，卻活活像個裝點得挺考究的稻草人。於是他身上穿的衣服就沒有一件合身、沒有一件像他自己的衣服了，倒是件件都勒得他難受。耶誕節那一天，教堂裡一響起歡樂的鐘聲，他就穿上那身活受罪的節日大禮服，從自己房間裡走出來，那樣子才真叫受苦受難哪。至於我自己，我總認為姊姊一定是把我當作一個遭

1 「十字架」和「氣頭上」原文是一個字——cross，所以匹普和喬達到一語雙關的效果。

天譴的小犯人，一生下地就由一個在警察局裡當差的接生婆收下來，轉手交給我姊姊處置，可以由著她無法無天，任意施行。拿我平常受到的待遇來說，彷彿我是違犯了理智、宗教和道德的戒律，辜負了至親好友的好意勸阻，本不當降生人世，卻偏偏要投生。即使姊姊帶我去做套新衣服，也要吩咐裁縫剪裁成少兒感化院裡的式樣，怎麼也不肯讓我自由自在運用我自己的手腳。

因此，喬和我一起上教堂去的那副模樣，悲天憫人的人看了少不得要大動惻隱之心。可是，我肉體上受的痛苦比起我內心的痛苦來，實在算不得一回事。喬大嫂一走進伙食間，或是一走出伙食間，我固然嚇得魂不附體；可是想起自己居然做出了這種事來，悔恨的心理也絕不下於害怕的心理。那件祕密的虧心事壓得我心頭好不沉重，我不由得思量起來：假使把這件事向教堂和盤托出，不知他們是不是有力量保護我，不讓我受到那個可怕的小夥子的報復？我已經想好了主意：進了教堂，只等牧師為登記結婚的人宣讀過結婚預告、說過「有反對意見的人請即陳述意見」[2]，我就馬上站起來，請求他帶我進懺悔室去，我有話和他密談。不過那天是耶誕節，不是平常的禮拜天，否則我實在難保不採取這種極端手段，叫我們那個小教堂裡的全體教徒大驚失色。

教堂裡的辦事員伍甫賽那天要到我們家吃飯，此外的來賓還有車匠胡波夫婦；還有潘波趣舅舅（所謂舅舅，原是喬的舅舅，卻被喬大嫂據為己有了），他是附近鎮上一個殷實的糧商，有自備馬車。下午一點半吃飯。喬和我從教堂趕回家時，餐桌已經擺好了；喬大嫂也已經打扮齊整，菜餚都在鍋子裡煮的煮、煎的煎。大門開了（平常日子從來不開），準備迎客，處處都打點得極其出色。肉餡餅失竊的事依舊一句也沒有提起。

午飯的時間到了，賓客陸續到齊，我心頭的千愁百結卻始終無法消釋。伍甫賽先生長著一個鷹鉤鼻；亮晃晃的前額又大又禿，又生就一條洪亮的嗓子，為此得意非凡；認識他的人都知道，只要你由著他的性子，他就會嘰哩呱啦念禱告詞念得當牧師的也要自歎不如；他自己也認為，如果教會「開放」的話，也就是說，如果誰都可以上聖壇去一顯身手的話，他未嘗沒有一舉成名的希望。可惜教會始終沒有「開放」，因此他只得一直在我們那個教堂裡屈就辦事人員的位置，這我剛剛已經說過。可是這樣一來，他就成天「阿門」、「阿門」地盡拿這兩個字出氣[3]；他每逢讀一篇讚美詩——哪一次不是一讀就得從頭到尾讀個明白！——開頭總要先掃視一下在座的全體會眾，彷彿是說：「我們聖壇上的那位講得怎樣，諸位都聽到了；請再聽聽，我的口齒如何？」

我開門接待賓客，叫人家看了只當我們平常都是從那扇門進出的。進來的第一位客人是伍甫賽先生，第二起是胡波夫婦，最後一位是潘波趣舅舅。請讀者諸君特別注意，我萬萬不能叫他舅舅，否則就要受到最嚴厲的懲罰。

潘波趣先生一走進來就招呼了一聲「喬大嫂」。他是個身材肥胖、行動遲鈍的中年人。他呼吸都很吃力，一張嘴生得像魚嘴，一雙沒神的眼睛睜得老圓，一頭淺黃色頭髮根根直豎，看了他這副長相，你準會以為他是個給人掐得昏迷過去、剛剛甦醒過來的人。他對姊姊說：「為了向你祝賀佳節，我給你捎來了一瓶雪莉酒，夫人，還給你捎來了一瓶葡萄酒。」

每年耶誕節，他總是抱著兩個啞鈴似的帶著這樣兩瓶酒來，說的話也是這老一套，一個字也不改動，還自以為是件了不得的新鮮花樣。每年耶誕節，喬大嫂給他的回答也不外乎這樣幾句老話：

2 西俗：凡在教堂登記結婚者，須在事前登記，俟無人持反對意見時，始能正式舉行婚禮。

3 「阿門」原為禱告詞的結束語，意謂「但願如此」，這兩個字從伍甫賽口裡說出來，顯然是帶著怨艾的意味，所以匹普要這樣挖苦他。

「噢，潘波——趣舅舅！這太感謝你了！」每年耶誕節，潘波趣先生照例總還得像現在這樣回敬她幾句客氣話：「你勞苦功高，並不為過啊。你們想必都神清體健吧？小不點兒怎麼樣啦？」所謂「小不點兒」，指的就是我。

每年這個節日，我們總是先在廚房裡吃飯，再到客廳裡去吃胡桃、橘子、蘋果；這樣換一換場面，就像喬脫下工作服，換上節日盛裝一樣。這一天，姊姊興致特別好；說實話，她跟胡波太太在一起總比跟別人在一起來得和藹可親。記得胡波太太是個瘦骨嶙峋的小個子，長著一頭鬈髮，穿一身天青色衣服，嫁給胡波先生時年紀要比對方輕一大截（我不知道他們是在哪個遙遠的年代結的婚），所以一直到現在，還始終保持著她那種傳統的少艾姿態。還記得胡波先生是個肩膀高聳、弓腰駝背、身子骨倒挺結實的老人，身上散發出一陣鋸木屑似的香氣，走起路來兩條腿跨得特別開；那時候我的身材還很矮，每次在小巷口看見他，都可以從他那兩條大腿之間望得見好幾里開外的大片曠野。

跟那批貴客相處，我本來已經覺得格格不入，何況我還偷了伙食間裡的東西。我說格格不入，倒不是因為被擠在個小小的角落裡，胸口抵住桌子，潘波趣的胳膊撞得我的眼睛很不好受，也不是因為我不能隨便說話（我根本就不想說話），也不是因為敬給我吃的全是些帶著鱗皮的雞爪子和豬身上那些不清不楚、不乾不淨的玩意兒——老實說，即便這些豬玀本身，牠們生前也絕不會誇耀自己身上這些玩意兒的。這些全不相干；只要他們把我丟在一旁不加理睬，我就心滿意足了。糟就糟在他們偏不肯放過我。偏偏老是要談論我，拿我當話柄，彷彿是機會難得，絕不肯輕易錯過。我簡直成了西班牙鬥牛場上一頭不幸的小公牛，他們那些仁義道德的談話好比是一根根刺棒，刺得我遍體創傷，好不疼痛。

賓主各各就座，午餐開始，他們也就動手刺我了。伍甫賽先生念飯前禱告，活像念劇本臺詞——現在想起來，這種宗教儀式真是不倫不類，既像哈姆雷特父親的鬼魂在講話，又像理查三世在講話。念完禱告，還鄭重其事地表示，希望大家誠心感恩報德。姊姊一聽這話，就向我瞪著眼，用責備的口吻輕輕對我說：「聽見嗎？要懂得感恩。」

潘波趣先生說：「孩子，特別要向一手帶大你的人感恩。」

胡波太太大搖其頭，用惋惜的眼光瞧著我，那神氣顯然是料定我不會有出息的。她說：「年輕人為什麼總不知道感恩報德呢？」賓主都理解不了她這句話深意何在，無法解答。後來還是胡波先生開門見山，揭開了這個謎底：「都是些天生的壞胚子嘛。」眾人同聲附和：「說得對。」眾人都用極不友善的眼光看著我，好像跟我都有私仇似的。

說起喬在家裡的地位和許可權，有客人上門的時候比沒有客人上門的時候還要可憐（假定原來還沒有夠可憐的話），可是他對待我，只要有辦法，總是想盡辦法維護我和安慰我。譬如吃起飯來，只要盆子裡有一點肉汁，他就從來不會不舀給我吃。今天桌上肉汁很多，這時他就給我盆子裡足足舀了半品脫。

吃了一陣，伍甫賽先生又聲色俱厲地把牧師當天的講道詞數落一番，並且表示，假定教會「開放」的話（又是這老一套），他講起道來就有多麼多麼精彩。他把那篇講道詞的幾個要點給大家講了一下，說他認為今天的講道題目選擇不當；還說，眼下好的題目「隨處都有，俯拾即是」，找這麼個題目就更加不可原諒了。

潘波趣舅舅說：「又給你說對了！老兄，你真是一語道破！懂得竅門的人，題目多的是。怕只怕沒有竅門。有了訣竅，什麼地方找不到題目？」潘波趣先生想了一想，接下去又說：「不說別的，就說這豬肉吧，也是個題目。如果你要找題目，這豬肉就是！」

伍甫賽先生回答道：「對啊，老兄。那些年輕人可以從這裡面得到好多教訓。」他話音未落，我就知道他要把話題扯到我身上來了。

（姊姊聲色俱厲地插進來對我說：「這句話你應該留心聽聽！」）

喬又舀了一些肉汁給我。

伍甫賽先生用叉子指著我脹紅的臉，放開嗓子說道：「就說豬吧，」聽來這一聲「豬」彷彿就是喊我的教名似的，「豬跟好吃懶做的人是一對伴。貪吃的豬，牠們貪吃的下場就擺在我們面前，年輕人都要引以為戒。」（我心裡想，他剛才還在滿口稱讚豬肉有多麼肥、多麼有油水，現在說出這種話來，實在妙絕。）「豬這樣叫人討厭，一個男孩子要是像頭豬，就加倍叫人討厭。」

胡波先生提醒他一句：「女孩子也一樣。」

伍甫賽先生有點厭煩，只好應承道：「那還用說？胡波先生，女孩子也一樣。可惜眼前沒有女孩在場。」

潘波趣先生陡地轉過臉來對我說：「你還得想想，你是多麼應當感恩報德啊。如果你生下來是隻哇哇亂叫的小崽子——」

姊姊斬釘截鐵地說：「他就是個哇哇亂叫的小崽子，天下還有哪個孩子像他這樣？」

喬又舀了些肉汁給我。

潘波趣先生說：「哦哦，不過，我說的是四隻腳的豬崽子。假使你生下來是這麼個玩意兒，你現在還會在這裡嗎？你不在這裡啦——」

伍甫賽先生朝著那盆豬肉努努嘴說：「即便在這裡，也只能像這個模樣。」

潘波趣先生被人家打斷了話頭，很是反感，說道：「我說的可不是這個模樣，先生。我是說，他還能不能像現在這樣跟著大人長輩一起過好日子，聽大人長輩的教訓，得到長進，享盡奢華？他能辦得到嗎？辦不到。」說到這裡，又掉過臉來看著我，說：「那麼，你會落得一個什麼下場呢？早就給牽到市場上去了，根據市價幾個先令就賣幾個先令。說不定你正在豬圈裡睡覺，就有個叫什麼『捅豕太保』的屠戶趕到你面前，把你一把提起來，往左邊胳肢窩下面一夾，右手撩起外衣，從背心口袋裡掏出把刀子，一刀捅進去，捅得你鮮血直迸，嗚呼哀哉。還有誰來一手帶大你呢？連個屁都沒有！」

喬又舀了些肉汁給我，我卻不敢吃。

胡波太太向姊姊體貼備至地說：「大嫂，他一定給你帶來了天大的麻煩吧。」姊姊接腔說：「麻煩？你說麻煩？」接著就嘮嘮叨叨把我的不是數說了長長一大篇，真叫人聽了咋舌：我晚上不肯睡覺幹了什麼什麼壞事嘍，我摔下過哪兒的樹梢哪兒的牆頭、掉下過哪兒的池塘哪兒的水溝嘍，我自作自受弄了多少大病小災嘍，又說她哪一天不是巴不得我快些進墳墓、我卻死活不肯去嘍，等等。

我想，當年羅馬人之間相互動火嘔氣，一定是因為誰都看不順眼誰的鼻子。也許就是為了這個原因，羅馬人才成了那樣一個不安分的民族。姊姊數說我這也不是、那也不是的時候，我看著伍甫賽先生的那個羅馬式鼻子[4]，真恨不得走上去掐它一下，不掐得他鬼哭狼嚎絕不住手。不過，忍氣

4　「羅馬式鼻子」即「鷹鉤鼻子」。這一段，作者利用了英語中關於鼻子的一個成語「to poke one's nose into another's business」（直譯為「把鼻子伸到別人的事情裡面去」，意即愛管閒事），信手寫來，詼諧成趣。

吞聲到這個時刻，雖說難受，其實還算不了什麼，難受的糟心事還在後面呢。姊姊數落完了之後，一時大家都不吭聲，一個個怒目決眥地看著我（我又不是木頭人，怎能不難受？）。這一陣沉默之後，糟心的事就臨到我頭上了。

只聽得潘波趣先生第一個輕聲細氣地重新又扯到剛才被岔斷的那個話題上去，他說：「話又說回來，這豬肉一燒素（熟），味道倒也挺不錯，是不是？」

姊姊說：「舅舅，要喝點白蘭地嗎？」

老天爺啊，禍事終究臨頭了！潘波趣先生把白蘭地一喝進口，一定會說酒味太淡，那我可就完了！我雙手藏在桌布下面，緊緊抓住桌腿，等待著厄運降臨。

姊姊走過去拿了酒罈走回來，斟在他杯子裡；別人都不喝，那個壞蛋卻把杯賞玩起來——忽而拿起酒杯在陽光裡端詳，忽而又放下，這一來便更加拖長了我受罪的時間。喬大嫂和喬正在興致勃勃地收拾飯桌，準備把肉餡餅和布丁端上來。

我目不轉睛地盯著潘波趣，雙手抱牢桌腿，雙腳鉤住桌腿，只見這個卑鄙的傢伙把那杯白蘭地摩挲把玩了好一陣，最後端起杯子，露出笑臉，仰起腦袋，一飲而盡。誰知酒一進口，他就猛地跳了起來，咳咳嗆嗆、又跳又蹦地繞著桌子轉了幾圈，遍身一陣陣抽搐，樣子好不怕人；他直奔門外，在座的頓時都給嚇得驚惶失措。我從窗口望出去，見他在外面沒命地跺腳，吐唾沫，臉上做出種種奇盡怪絕的嚇人模樣，簡直像發了瘋。

我依舊抱牢桌腿不放，喬大嫂和喬連忙奔到他跟前去。我雖然不知道自己是怎麼闖的禍，卻毫不懷疑是我把他給害的。正在發急，看見他們攙扶著他回到屋裡來了，我這才放了心。他把在座的夥伴統統打量了一遍，彷彿是他們跟他過不去似的，然後一屁股坐倒在椅子裡，上氣不接下氣地說出了幾個石破天驚的字眼：「柏油水！」

原來我摻在酒罈裡的不是清水，而是柏油水。我知道他過一會兒還要更不好受，便把桌腿抱得更牢，由於在桌布底下用力過猛，桌子也給挪動起來，就像今天有些人搞降神招魂的把戲似的。姊姊大吃一驚，嚷道：「柏油水！怎麼了？柏油水怎麼會到酒罈裡去的？」

可是在這間廚房裡，潘波趣先生才是至高無上的主宰，他不願再聽什麼柏油水不柏油水，也不願再談這件事，他專橫地把手一揮，示意別再多囉唆，快拿滾熱的兌水琴酒來要緊。姊姊本來正在一面吃驚，一面思忖，聽得這話，只得趕緊張羅，去拿琴酒、熱水、糖和檸檬皮來，著手調製。總算僥倖，至少眼前我是得救了。我依舊抱牢了桌腿，不過這一回心裡卻是千恩萬謝，感激不盡。

後來我驚魂漸定，才鬆了手，跟大家一起吃布丁。潘波趣先生也一起吃布丁。大家都一起吃布丁。等到吃完點心，潘波趣先生的臉色已轉紅潤，顯見得喝下去的兌水琴酒已經起了溫腸暖肚的作用。我心裡正在盤算，這一天眼看就要挨過了，忽然聽得姊姊吩咐喬：「拿乾淨盆子來——不用烤熱！」

我連忙重新抱牢桌腿，胸口緊貼在桌緣，好似抱住了我幼時的伴侶、貼心的摯友。我料得到下一步會是怎麼個局面，不由得想，這一回可真的要完蛋了。

姊姊和藹備至地對客人說：「我一定要叫你們嘗嘗，我一定要叫你們嘗嘗，一定要讓諸位臨了再嘗嘗潘波趣舅舅的絕妙、絕精彩的禮物。」

一定要讓大家嘗嘗！還是別叫大家去嘗的好！

姊姊站起來說：「不瞞大家說，還有一個餅，一個可口的豬肉餡餅。」

賓客唧唧咕咕連聲恭維。潘波趣舅舅覺得自己很有功勞，雖然剛才不無遺憾，此刻卻又得意非凡，他說：「好啊，喬大嫂，我們一定盡力而為，大家一起來嘗嘗這個餅吧。」

於是姊姊出去拿餅了。只聽得她一步一步向著伙食間走去；只看見潘波趣先生把餐刀掂來撥去。還看見伍甫賽先生那張鷹鉤鼻子的鼻孔一張一翕，明明是又動了食欲。又聽得胡波先生大發議論：「吃過各種各樣東西之後，再吃點可口的餡餅可以促進消化，有益無害。」又聽得喬說：「匹普，也有你的一份。」可憐我直嚇得叫了起來，不過，究竟是真的當著大家從嘴裡叫出聲來呢，還是只不過在心裡暗暗叫苦，這件事到今天依舊不能肯定。只記得當時我再也忍不住了，心想非逃走不可，便連忙放掉桌腿拚命往外面跑。

誰知剛跑到門口，迎面就碰見一隊持槍的士兵走進來，其中有個人手裡拿著一副手銬，對著我說：「終於找到了！快，跟我來！」

第五章
追捕

一列士兵出現在我家門口，放下了上了子彈的滑膛槍，槍托在地下搗得劈劈啪啪一陣亂響。屋子裡吃飯的客人一看這光景，都慌慌張張離席而起；這時喬大嫂正好空著一雙手走回廚房裡，嘴裡連聲長歎：「我的老天爺呀，這塊肉餡餅可怎——怎——怎麼沒了！」她一看見這光景，也嚇得住了口，只是乾瞪眼。

喬大嫂瞪著眼站在那裡的當兒，巡官和我早已到了廚房裡；在這危急關頭，我倒反而神志清醒了些。剛才對著我說話的就正是這位巡官，這會子他左手搭在我肩上，右手把手銬在眾人面前一揚，一一打量著他們，彷彿要請他們戴上這玩意兒似的。

巡官說：「各位女士、各位先生，對不起，我一進門就對這位聰明小夥子說過（其實並沒有說），我是替皇家追捕逃犯的，我要找鐵匠。」

姊姊一聽要找鐵匠，馬上惱火起來，頂了他一句：「請問，找他幹嘛？」

巡官彬彬有禮地回答：「大嫂，從我本人來說，我的回答是，我希望能有幸拜識他的尊夫人；從皇家來說，我的回答是：要找他做個零工。」

大家都覺得這位巡官說得相當得體，潘波趣先生甚至大聲嚷道：「好口才！」

巡官這時已經認出了喬是鐵匠，就對著喬說：「鐵匠，你看：我們這副玩意兒出了毛病，一邊的鎖壞了，兩瓣東西搭不牢。馬上要用，請你替我們看一下好嗎？」

喬檢查了一下，說，要做這個工作，非得生起風爐來不可，看來一個鐘頭怕不夠用，要兩個鐘頭才成。機靈的巡官連忙說：「是嗎？那麼，請你馬上動手好嗎，鐵匠？這是皇家的公事呀。如果你用得著我的部下幫忙，他們都會幫忙的。」說著，便叫他的部下進屋裡來。於是士兵魚貫走進廚房，在牆壁角落裡架好槍支，然後就按照紀律，站在一旁，忽而鬆鬆寬寬地叉起雙手，擱在胸口；忽而用一邊膝蓋或是一邊肩膀靠在牆上休息；忽而鬆鬆腰帶或子彈袋；忽而打開門，費勁地從高皮領裡伸出脖子來，咳出一口痰吐到院子裡。

這些花花絮絮，我雖都見到了，當時卻並未經心，因為我已經給嚇得死去活來。後來漸漸看出那副手銬並不是來銬我的，而且這批士兵一進門，肉餡餅的事就拋到了九霄雲外，我那給嚇散了的三魂六魄這才慢慢悠悠回到身上來了。

巡官問潘波趣先生：「請問現在是什麼時候？」看他的神氣，似乎算準了潘波趣先生既然眼力過人，要知道時間也只有問他才是沒問錯人。

「正好兩點半。」

巡官若有所思地說：「那還好，即使得在這裡泡上近兩個鐘頭，也還是來得及。你們這裡離沼地有多遠？大概不出一英里地吧？」

喬大嫂說：「剛好一英里。」

「那一定來得及。我們天黑時動手去追捕。我奉命在將黑未黑的時候動手。一定來得及。」

伍甫賽先生顯出一副不以為奇的樣子，問道：「巡官，是去追捕逃犯咯？」

巡官答道：「可不是！要追捕兩個呢。據可靠消息，他們還躲在沼地裡，天黑以前反正不會逃到哪裡去。諸位有誰見過這兩個亡命之徒的蹤跡嗎?」

人人都一口回絕說沒有,只有我沒吭聲。幸虧誰都沒有想到我。

巡官說:「嗨!據我看,那兩個傢伙絕料不到我們這麼快就包圍了他們。喂,鐵匠!皇上的部隊都準備好了,就看你的了。」

喬解下領結,脫了上衣和背心,繫上皮圍裙,走進打鐵間。士兵有的幫他打開木頭窗子,有的幫他生火,還有的幫他拉風箱,餘下的人都站在風爐四周。風爐一會兒就旺起來了。喬動手叮叮噹噹、噹噹叮叮地敲打起來,大家都在一旁觀看。

一聽得馬上就要去追捕逃犯,沒有一個人不關心,連姊姊也慷慨大方起來,從啤酒桶裡舀了一大壺啤酒給士兵喝,還邀請巡官喝一杯白蘭地。潘波趣先生卻不客氣地說:「請他喝葡萄酒吧,夫人。我敢擔保葡萄酒裡面沒有柏油水。」巡官立刻向他表示感謝,說他喝酒從來不喜歡摻柏油水,如果喝葡萄酒不給我們多添麻煩的話,還是喝葡萄酒吧。酒遞到他手裡,他祝過皇上健康、祝過佳節愉快之後,就一飲而盡,咂吧著嘴唇。

潘波趣先生說:「貨色不錯吧,巡官?呃?」

巡官回答:「我冒昧說一句:照我看,這貨色一定是您買來的。」

潘波趣先生笑得合不攏嘴,說:「噢?呃?怎見得?」

巡官在他肩膀頭上拍了一下,說:「因為您是個識貨的行家。」

潘波趣先生笑容依然,說:「當真?再來一杯!」

巡官說:「您自己也來一杯。一塊兒親近親近吧。咱們杯頂碰杯底,杯底碰杯頂——碰一次,叮噹——碰兩次,噹叮——杯兒叮叮噹噹最好聽!為您的健康乾杯!祝您長命百歲,一輩子都像現在這樣識得好歹，眼力非凡！」

巡官舉杯一飲而盡，看他樣子似乎還想再喝一杯。據我冷眼旁觀，此時潘波趣先生只顧殷勤待客，似乎忘了他這瓶葡萄酒已送給別人，竟然拿出東道主的氣派，乾脆從喬大嫂手裡把瓶子接了過來，憑著一時的興致，請在座的客人都嘗遍了，連我也嘗到一些。他請客喝酒實在慷慨，一瓶喝完，又叫把另外一瓶索性也拿來，依舊像剛才那樣豪爽大方，依次把大家的杯子都斟得滿滿的。

眼看大家圍攏在鐵匠爐子前面這樣興高采烈，我就不由得想道，沼地裡我那位逃亡的朋友真好比是一種特別鮮美可口的調味品，給他們這頓中飯添了多少滋味。他們剛才才沒有這樣的興致呢，可是一談起這個逃犯以後，頓時神情興奮，談笑風生。一個個都興致勃勃地估計「那兩個壞蛋」即將被捕，風箱好像也對著那兩個逃犯怒吼，火焰似乎也對著他們躥起，爐煙好像也是急急忙忙去追趕他們，喬也是為了他們才那樣叮叮噹噹敲打，牆上黑魆魆的影子似乎也隨著火光的起伏掩映、隨著熾熱的火星的飛濺明滅而對著他們張牙舞爪；在我這樣一個富於同情、耽於幻想的孩子看來，這下午，室外的暗淡陽光好像也是為了他們才黯然失色的。好可憐的兩個苦命人啊！

喬的工作終於做好了，叮叮噹噹的敲打聲和呼哧呼哧的風箱聲停止了。喬穿起上衣，鼓足勇氣，提議我們約幾個人跟著這些官兵一起到沼地上去，看看追捕的結果如何。潘波趣先生和胡波先生藉口要抽菸和陪女眷，不肯去；伍甫賽先生說，只要喬去，他也去。喬滿口答應，又說，只要喬大嫂同意，還可以帶我去。現在想起來，我可以打包票說一聲：當初喬大嫂要不是出於好奇，很想瞭解這一幕的經過詳情和最後結局，她是萬萬不肯讓我們一起去的。她只提出了一個條件：「要是這孩子的腦袋瓜給子彈打開了花，可別指望我來替他修補呀。」

巡官客客氣氣告辭了女眷，又像辭別老朋友似的辭別了潘波趣先生。我心裡想：這位巡官如今喉嚨嘴唇都潤溼了，怪不得他滿口稱讚潘波趣先生，假使讓他滴酒不沾，乾得嗓子眼裡冒煙，他只怕未必會欣賞這位先生吧。士兵重新持槍列隊。伍甫賽先生、喬和我，奉巡官嚴令，只能走在隊伍後面，一到沼地上就千萬不能作聲。出了門，冒著嚴寒，正一個勁兒地向目的地前進，我忽然起了個大逆不道的想頭，悄悄對喬說：「喬，我希望找不到那兩個人才好呢。」喬也悄悄對我說：「匹普，他們要逃走了的話，叫我拿出一個先令來我也樂意。」

一路上，村子裡沒有一個閒人趕出來和我們一起去看熱鬧，因為天氣很冷，看來馬上就要下雪，路上淒淒涼涼，腳下又不好走，天又快要黑了，大家都在屋裡守著火爐舒舒服服過節呢。亮堂堂的窗戶上偶然也探出幾張臉來朝我們張望，可是誰都不肯出門。過了指路牌，便徑直走向教堂公墓。到得目的地，巡官打了個手勢叫我們就地停一停再說，一邊打發兩三個部下到墳堆裡去分頭搜查，順帶搜一下教堂門廊。這些人連影子也沒找到一個就趕回來了，於是我們越過墓地旁邊的柵門，向遼闊的沼地進發。一陣砭人肌骨的雨夾雪駕著東風，沙沙地向我們迎面撲來，喬連忙把我背在背上。

沒多大工夫，來到了陰暗荒涼的沼地上；他們這一夥人可萬萬想不到才八、九個小時以前我就到這裡來過，而且還親眼看見那兩個囚犯都躲在這裡。這時候我第一次心驚膽戰地想到，如果當真碰上那兩個人，我那個逃犯會不會認為是我把官兵領去的呢？他早就問過我是不是個叫人上當的小鬼；還說，如果我幫著人家去追捕他，那我就是一條凶狠的小獵狗。萬一這一回當真遇到他，他會不會認為我既是個騙人的小鬼，又是條獵狗，假裝熱心，其實是出賣了他呢？

不過，現在再想這個問題也是白操心了。我早已馱在喬的背上了，喬背著我，像匹獵馬一樣跳過一條又一條水溝，一面還逗著伍甫賽先生，叫他快些跟上隊伍，小心別跌壞了他的羅馬式鼻子。官兵走在我們前面，疏疏朗朗拉成好長一行隊伍。現在我們走的正是早上我一開始走的那條路——

早上因為霧濃，我後來就走偏了。現在可沒有霧：也許霧還沒有第二次露臉，要不就是被風兒吹散了。夕陽西斜，耀眼的紅光把燈塔、絞刑架、炮臺墩子和對面的河岸，映照得輪廓清晰，只是都抹著一層淡淡的鉛灰色。

緊貼著喬寬闊的肩膀，我的心房撲通撲通直跳，簡直像鐵匠揮動鐵錘一般；縱目四望，想要看看可有這兩個囚犯的影蹤，可是哪裡有一點影蹤？哪裡有一點動靜？只有伍甫賽先生的噴嚏聲和喘氣聲曾使我虛驚了幾場；不過漸漸地我也聽慣了，一聽就知道不是我們去追捕的那兩個人的聲音。有一次我好像忽然聽到一陣磨銼聲，不禁猛吃了一驚，留神一看，原來是羊的鈴鐺。羊群正在吃草，一看見我們就停住，怯生生地盯著我們，牛群側著頭避開迎面的寒風和雨夾雪，氣不忿地對著我們乾瞪眼，好像怪我們帶來了這兩件禍害。除了這些，要說還有什麼別的聲息劃破這沼地上無盡的淒寂，那就只有戰慄在落日餘暉中的草葉了。

士兵一直向著古炮臺挺進，我們跟在後面，隔開短短一段路；突然之間，大家都停了下來。風雨聲中傳來一聲呼喊，聲音拖得很長。一聲未了，又是一聲。喊聲是從東面什麼地方傳來的，聲調拖得很長，嗓門又高。聽來似乎有兩三條嗓子在一起叫——因為這喊聲有點嘈雜，精細的人是不難分辨出來的。

喬和我趕上隊伍的當兒，巡官和他身邊幾個弟兄正在低聲細氣這樣議論。靜聽了一會兒，喬（他很有見解）同意這種看法，伍甫賽先生（這人很沒有見解）也同意這種看法。巡官是個十分果斷的人，便連忙下令，叫弟兄千萬不要答腔，趕快改道，朝著呼喊聲的方向「跑步」前進。一聲令下，大夥馬上向右轉（也就是向東跑），喬連跑帶跳，健步如飛，我生怕跌下來，不得不緊緊抱住了他。

我們跑得可真夠瞧的，拿喬一路上念叨個沒完的那個詞來說，真叫作「奔命」！上河堤下河堤，過水閘，劈里啪啦踏水過溝，在毛茸茸的燈心草叢中直闖——誰還顧得上看腳下呢？愈接近發出喊聲的地方，便愈能聽出那是不止一條嗓子在喊。喊聲時起時歇；一停歇，士兵便止步不前，喊聲重起，士兵便又加快步伐循聲奔去，我們幾個人也緊緊跟隨。沒多大工夫，總算趕到了喊聲近處，只聽得一條嗓子嚷道：「殺人啦！」又聽得另一條嗓子嚷道：「抓犯人！抓逃犯！警衛！快到這裡來抓逃犯啊！」一會兒兩條嗓子都不響了，大概是那兩個傢伙扭打了起來，可一會兒喊聲又起來了。到這時候，士兵就像飛一般的直撲而去，喬也緊隨不捨。

跑到那一片喊聲的緊跟前，巡官第一個帶頭奔下溝去，兩個弟兄緊跟在後面也奔了下去。等大夥都趕到時，他們幾個已經扳上槍機，拿槍對準了逃犯。

巡官在水溝裡邁不開腿，他氣喘吁吁地喊道：「兩個都在這兒！嗨，不許動！你們這兩頭該死的野獸還不趕快住手！」

只見那裡水花四濺，汙泥亂飛，罵聲不絕，拳下如雨。又有幾個士兵跳下水溝為巡官助威，把我那個囚犯和另外一個囚犯分別拖上岸來。兩個囚犯都是鮮血淋漓，氣也喘不過來，但還在相互謾罵廝打。我當然一下子就認出了他們兩個。

我那個囚犯用破衣袖抹著臉上的血跡，抖落掉手指上幾絲扯下的頭髮，對巡官說：「請您注意，是我抓到他的！我現在把他交給你們！這一點可要請您注意！」

巡官說：「不必狡辯，狡辯也不會對你有多大好處。朋友，你自己也一樣罪在不赦。快拿手銬來！」

我那個囚犯齜牙咧嘴一笑，說：「我並不想要得到什麼好處。我要叫他知道：是我抓到他的。這樣我就心滿意足了。別的好處我也不想要。」

那另一個囚犯臉色蒼白，他本來左邊臉上有一塊舊傷疤，可現在整個臉似乎都給抓得稀爛。他簡直連說話的氣力都沒有；後來兩個囚犯給一一戴上手銬時，全靠一個士兵扶住，他才算沒有跌倒。

他劈頭第一句話就是：「警衛，請聽我說——他想要謀害我。」

我那個囚犯鄙夷不屑地說：「我想要謀害他？真要殺他，我會不下手？別的我都沒做，我就是抓到了他，把他交給你們。我不光是沒讓他逃出沼地，還把他拖到這兒——把他拖了回來，一直拖到這兒。你們看吧，這個惡棍還算是個上等人呢。水牢現在又把這位上等人找回來了，還是我抓到的哪。想要謀害他？我何必要謀害他呢——把他揪回來，不是更夠他受的嗎！」

那另一個上氣不接下氣地說：「他想要——他想要——謀——謀害我。請你們作——作證！」

我那個囚犯又對巡官說：「你瞧！我單身一人就逃出了水牢，一下子就成功了。要不是發現他也在這兒，我早就逃出這一片凍死人的沼地了——看我腿上：腳鐐不是沒有了嗎？可我哪能讓他白白逃走？難道我想出了辦法，讓他坐享現成？難道還要讓他利用我做工具？一次不夠要來兩次？不行，不行，說什麼也不行。哪怕我死在這條水溝底下，」說著，就用那雙戴著手銬的手朝著水溝用力一揮，又接下去說：「我也要抓住他不放，好歹得讓你們從我手裡把他抓走。」

那另一個逃犯顯然對他這位夥伴害怕到了極點，他說：「他想要謀害我。要是你們遲來一步，我早就沒命了。」

我那個囚犯惡狠狠地說：「他說謊！他天生是個說謊胚子，到死也改不了。看他那張臉，不是不打自招嗎？叫他拿眼睛看我！我諒他也不敢！」

那另一個囚犯想擠出一絲冷笑，可是那兩片嘴唇只是緊張地抽動了幾下，卻始終笑不上來；他一會兒望望那些士兵，一會兒四下望望沼地和天空，可就是不敢向他的挑戰者望一眼。

我那個囚犯哪裡肯放過他，緊接著又說：「你們看見他沒有？看見這個大壞蛋沒有？看見他那雙賊頭賊腦的眼睛沒有？從前我和他一塊兒出庭，他就是這副神色，從來不敢正眼瞧我一下。」

那另一個囚犯兩片乾枯的嘴唇一直在不停地抽動，一雙眼睛惶惶不安地向著遠近四方轉動了好一陣，方才瞟了對方一眼，說了聲：「你有什麼好讓我瞧的！」接著又含譏帶諷地望望對方那雙戴著手銬的手。這一下我那個囚犯可真氣得發了瘋，要不是士兵從中攔阻，他早就向那另一個撲過去了。於是那另一個就說：「我沒有說錯吧？——他要是能夠謀害我，早就把我害死了！」誰都看得出來，他已經嚇得渾身發抖，嘴唇上濺滿了雪花一般的唾沫星子。

巡官說：「不許再吵！快快點起火把！」

有一個士兵手裡沒有持槍，卻拿著個簍子，當下就屈下一膝，打開簍子來取火，就在這時候，我那個囚犯破天荒第一次向四周打量了一下，一眼就看見了我。我們剛才一到這裡，喬就把我從背上放了下來，我和他就一起待在水溝旁邊，到現在一步也沒有動過。那人瞧著我，我也眼睜睜瞧著他，還向他微微擺手搖頭。其實我一直都在等機會和他打個照面，好設法讓他知道我清白無辜。結果，我還是看不到他有一絲半點領會的表示，他瞧我的那一眼實在莫測高深，何況只是眼睛一眨就過去了。不過，這一眨眼間他那全神貫注的神態，給我的印象卻勝似瞧了我一小時、一整天。

那個拿簍子的士兵馬上打著了火，點亮了三、四個火把，自己拿一個，其餘的分給別人。天早就黑下來了，這時已經相當黑了，轉眼之間便更黑了。四個士兵圍成一圈，朝天放了兩槍，大家才離開那地方。沒多久，後面不遠的地方又亮起了火把，河那邊沼地上也亮起了火把。巡官說：「好，開步走！」

沒走多遠，聽得前面三聲炮響，天崩地裂似的把我的耳朵都快震聾了。巡官對我那個囚犯說：「船上知道你回來了，在等著你呢。別那麼拖拖拉拉的，朋友。快些跟上來！」

兩個囚犯分做兩處，由兩批士兵分別押送。我拉著喬的手，喬另一隻手裡拿著火把。伍甫賽先生主張回去，喬卻非把這一幕看完不可，於是我們就跟著士兵一起走。如今這一段路倒相當好走，我們十程有九程都是沿河走，一遇到架著小風車、裝著泥糊糊的閘門的水溝，就得繞道。回頭一看，後面的人也打著火把跟上來了。拿在我們手裡的火把，沿路落下了大攤大攤的灰燼，也還在那裡冒煙閃光。除此以外，再也看不見別的，滿眼都是漆黑的夜色。火把上樹脂的火焰烤暖了周圍的空氣，兩個囚犯在荷槍實彈的士兵押解之下，一瘸一拐地走著，看來他們也巴不得能暖和些。兩個都走不動，因此我們也不能走快，他們一路上休息了兩三次，我們也不得不跟著停了兩三次——這兩個傢伙實在太睏乏了。

走了約莫一個鐘頭光景，來到一所粗陋的木頭小屋前面，旁邊還有一個碼頭。駐紮在屋子裡的警衛隊向我們盤問口令，巡官照答不誤。我們進了屋子，聞到一股菸草和石灰水的氣味；屋子裡生著一爐旺火，點著一盞燈，還有一個槍架、一面鼓、一張矮木床。木床睡得下十來個士兵，活像一架大得不像話、而又沒有裝上機件的軋布機。三、四個士兵和衣睡在床上，見了我們並不在意，只是仰起頭來，睡眼惺忪地看了看，重又倒頭便睡。巡官做了個報告，在本子裡做了一些記錄，便吩咐士兵押著我所謂的那另一個囚犯先上水牢船去。

再說我那個囚犯，他自從看過我一眼以後，就沒有再看我。他進了小屋以後，一直站在火爐前面，一會兒望著火爐出神，一會兒又把兩隻腳輪流擱在火爐架上，對著腳沉思，彷彿是憐惜兩隻腳剛才的跋涉奔波。突然，他轉身對巡官說：「這次逃跑，我還有件事要說個明白，免得連累別人為我而受嫌疑。」

巡官叉著手站在一旁，冷冷地看著他說：「你有什麼話要說，儘管可以說，但是沒有必要在這裡說。你要知道，在結案以前，是盡有你說的，也盡有你聽的。」

「我知道。我要說的可是另一碼子事，和這件案子不相干。人總不能活活餓死，至少我辦不到，因此我在那邊村子裡拿了人家一點吃的，就是在沼地旁邊有座教堂的那個村子。」

巡官說：「你是說你偷了人家吃的。」

「我再告訴你是哪一戶人家。是一家鐵匠。」

巡官瞪眼看著喬說：「啊呀！」

喬又瞪眼看著我說：「啊呀，匹普！」

「我拿的是些剩飯剩菜——都是吃剩的東西——另外還有一瓶酒、一個豬肉餡餅。」

巡官偷偷問喬說：「鐵匠，你有沒有失竊過一個餡餅什麼的？」

「你們進門的時候，我老婆恰巧發現丟了一個餅。匹普，你知道不知道？」

我那個囚犯用愁苦的目光望著喬，卻沒有朝我瞄一眼，他說：「原來你就是鐵匠？我吃了你的餅，真抱歉。」

喬回答說：「哪裡哪裡，請隨意用。」說到這裡他想起了喬大嫂，便又改口說：「只要是我的東西，你儘管吃。我們不知道你犯了什麼過錯，可我們總不能就讓你活活餓死呀，可憐的、不幸的兄弟！——匹普，你說是不是？」

我早就注意到那人喉嚨裡像卡著個什麼東西似的，會咯嗒咯嗒發響，這時只聽見咯嗒響了一聲，他就背轉身去了。小划子船去了一趟回來了，押解我這個囚犯的警衛都準備好了，我們跟著他走到那個用粗木樁和石頭砌成的碼頭前面，看著他給押上小船，由一群和他一樣的囚犯划走了。這些人看到他，誰都不表示驚奇，誰都提不起興致，誰都不覺得高興，誰都不感到惋惜，誰都沒有開一句口，只聽得划子船上有人好像罵狗似的吆喝道：「你們還不給我快划！」這一聲怒喝是划槳開船的信號。我們在火把照耀之下看到離泥濘的岸邊不遠的地方停著那艘黑魆魆的水牢船，像一艘罪孽深重的「諾亞方舟」。那條牢船被一根根生了鏽的粗鐵索鎖住在那裡、攔住在那裡，長年停泊在那裡；好一條牢船啊，在我這個孩子的眼裡簡直就像個戴著鐐銬的犯人。我們看著划子船向大船靠攏，看著我那個囚犯給押上大船以後就不見了。燒剩的火把都投到了水裡，嗞嗞地響了一陣便熄滅了，彷彿他的一切一股腦兒都完了。

第六章
追捕尾聲

我這一次的偷竊行為，就這樣出乎意料地獲得了開脫；當時我的想法是，這樣的事對人不說也罷；不過我總覺得，我的動機總還有幾分是出於善心吧。

我既然再也不怕有人戳穿我的祕密，良心上便似乎覺得再也沒有什麼地方對不起喬大嫂了。可是我愛喬，我當初所以愛喬，恐怕也說不出個特別的道理來，只是因為那個好人肯讓我愛他罷了，因此我一想起喬，內心就不那麼容易心安理得了。我老是想著應當把這件事向他和盤托出（尤其是頭一次看見喬到處找那把銼，就更加動了這個念頭）。可是我到底沒有說出來，只怕一說出來，他就會把我看得一文不值，其實我倒並沒有壞到那個地步。就因為怕喬從此再也不信任我，怕我從今以後每天晚上只落得坐在爐子旁邊、朝著這位永遠對我死了心的朋友乾瞪眼，那種淒涼滋味太不好受，我便咬緊牙關不講。我心裡有了鬼，更不由得想入非非：如果讓喬知道了，今後只要一看見他坐在爐邊摸弄著他那金黃色的頰鬚，我就只能認為他是在思量我這件事。我又顧慮到，如果讓喬知道了，今後前夜的菜餚糕點端上桌來，只消喬對它瞟上一眼，哪怕是毫不在意地瞟上一眼，我也只能認為他是放心不下，要看看夜來我有沒有進過伙食間。我還顧慮到，如果讓喬知道了，今後一家人朝夕相處，哪一天喬喝起啤酒來嫌濃嫌淡，我就會想到他一定是認為酒裡摻了柏油水，免不了要滿面通紅。總而言之，先是太膽小，明知不該做的事卻不敢不做；後來也還是太膽小，明知該做的事卻不敢去做。那時候我和外界社會還沒有什麼接觸，儘管人世間多的是這樣為人行事的人物，我卻沒有一個可以效法的榜樣。我簡直是個無師自通的天才，待人接物的方式完全是自出心裁的。

那天回去，離開水牢船還沒多遠，我就睏得不行了，喬便又讓我趴在他背上，把我背回家去。他這趟路實在趕得太累了，這只要瞧瞧伍甫賽先生就有數：伍甫賽先生早已疲倦不堪，大發脾氣，假使當時教堂大權操在他手裡，那他準會把這次趕去看熱鬧的人統統革除教籍，頭兩名就是喬和我，可惜他眼前不過是個俗人，因此只得拿潮溼的沼地出氣，瘋瘋癲癲的，動不動就在沼地上一屁股坐下，於是等他趕到我們家廚房裡脫下外衣放在火爐上烤的當兒，只見他的褲子都溼透了——要是這種瘋狂行徑也有個死罪的話，這溼透的褲子就足以構成一項「間接證據」，把他送上絞臺。

一到家，喬在廚房裡把我放下來，我因為睡得正熟，突然給驚醒，聞到一股暖氣，看見滿屋燈光，又聽到人聲嘈雜，因此剛一著地，便像個小醉漢似的立腳不穩，險些摔了一跤。等我神志清醒（說到清醒，多虧姊姊在我兩肩之間捶了一拳，大喝一聲：「啊呀！天下竟會有這種孩子！」我這才好像服了一帖清涼劑似的清醒了過來）——等我神志清醒，聽見喬正在向大家數說我那個囚犯供認偷竊餡餅的經過，客人都紛紛猜測那個囚犯究竟是如何如何來到我們伙食間裡的。潘波趣先生在住宅四周仔仔細細察看了一下，斷定那個囚犯是先攀上打鐵間的屋頂，再來到我們住宅屋頂上，掛下一根用被單撕成的布條接成的繩子、從廚房煙囪裡爬下來的。既然潘波趣先生一口咬定，加上他又是個有自備馬車的人，高人一等，別人自然只得唯唯諾諾，同聲附和。只有伍甫賽先生粗聲怪嚷，力持異議，他人睏馬乏，力不從心，卻還在那裡有意作梗，只可惜他不能自圓其說，連一件裝點門面的外套也沒有，大家都不當他一回事；何況他背對火爐烤著身上的溼衣服，背後的潮氣冒個不停，這副德行就更加休想博得別人的信任了。

那天晚上我聽見他們談的就是這些話。沒過多久，姊姊好像看到我這副瞌睡朦朧的神氣在客人面前很礙眼，便一把揪住我，拖我上樓去睡覺。她蠻揪狠拖，弄得我好像穿了五十雙靴子在樓梯上一路晃蕩一路絆撞。第二天早上我還沒起床，就產生了一種顧慮多端的心情，這在前面已經說過。這心情持續了好久好久，直到事過境遷，別人難得提起這件事，我方始心懷釋然。

第七章
匹普與喬

我站在教堂公墓裡讀家人的墓碑時，還剛學會認字，只認得出墓碑上那些字是由哪幾個字母拼起來的。連那些字的簡單意義還弄不明白；譬如說，看到「暨夫人」幾個字，我竟當作是一種恭維話，恭維我父親上了天，成了「天人」；幸好還沒見到「下」字之類的字樣，否則準會認為這位家屬「下」了地獄，把他看得一文不值。我雖也上了「教義問答」課，可是這門功課規定必須弄明白的各種神學問題，我也完全理解得牛頭不對馬嘴；到現在還記得清清楚楚，我曾把「君子守道終生如一」這句話當作這樣一種義務來履行：每次走出家門到村子裡去，非得沿著同一條道走不可，既不能從車匠門口經過，也不可拐到磨坊那裡去。

等我達到了一定的年齡，就可以跟喬做學徒。一天沒掙得這份面子，一天就得聽喬大嫂編派，由她把我說成一個「蔥爛了的」小子——所謂「蔥爛了」，據我理解，就是「寵壞了」的意思。因此在這一段過渡時期，我非但要侍候在打鐵爐旁邊做打雜的小廝，而且無論哪個鄰居要找個孩子去趕趕鳥、撿撿石頭什麼的，總是承他們不棄，找我去當差。不過，姊姊又怕貶低了我們這樣高門大戶人家的家聲，便在廚房壁爐架上放了一個錢盒子，讓大家都知道，凡是我掙的錢一分一毫都放在盒子裡。我還有個印象，似乎這裡面的錢是準備以後捐獻出去，以供償付國債之用的，不過我知道我自己對於這筆錢反正休想過問。

伍甫賽先生的姑奶奶在我們村裡開辦了一所夜校；也就是說，這個可笑的老婦人有的是有限的資財和無限的病痛，她收了一批少年學生，每人每星期付給她兩便士的學費，領受的教益就是每天晚上從六點到七點有一個機會看她睡覺。她租了一座小屋子，伍甫賽先生住在樓上，我們這批學生在樓下常常聽得見他在樓上高聲讀祈禱書，那種一本正經的氣派簡直嚇得壞人，有時候還要把樓板蹬得咚咚直響。據信伍甫賽先生每一個季度要「考查」學生一次。遇到這種考試大典，他總是捲起衣袖，頭髮根根豎起，給我們朗誦一遍馬克．安東尼在凱撒屍體面前的那篇演說詞[1]。念完以後，接下去少不得還要朗誦柯林斯[2]的〈七情六欲歌〉——其中我最欽佩的是伍甫賽先生所扮演的復仇之神。只見他把沾滿血汙的寶劍化為霹靂扔下下界，炯炯逼人的目光一掃，霎時降下一場刀兵之災。一直到後來我親自和七情六欲打過交道，對證比較之下，才發覺柯林斯和伍甫賽這兩位先生的本領真還瞠乎其後，可惜當時我在這方面還是一竅不通。

伍甫賽先生的姑奶奶不但興辦了這樣一座學府，還在那間屋子裡開了一爿小雜貨店。她根本不知道自己店裡有些什麼貨色，也弄不清任何商品的價格；好在她抽屜裡放著一本油膩膩的小本子，記有各種商品的價格。有位名叫畢蒂的小姑娘就把這個小本子奉作神諭一般，全靠它安排店裡的營業。畢蒂是伍甫賽先生的姑奶奶的孫女一輩；至於她和伍甫賽先生是什麼親屬關係，恕我無能，這個問題我可實在弄不清楚。她像我一樣，也是個孤兒；也像我一樣，是由別人一手帶大的。我覺得她那副窮極可憐的樣子實在太惹人注目。老是頭也不梳，手也不洗，鞋子破了也不補，鞋後跟也沒

1　見莎士比亞著《優利烏斯．凱撒》第三幕第二場。
2　柯林斯（一七二一－一七五九）：英國感傷派抒情詩人。

有。這當然是指她平常的日子說的；星期日上教堂，倒也煞費苦心打扮上一番。

我攻克字母這一關，真好比是穿過一片荊棘叢生的地帶，學會一個字母不知要費多少心思，身上不知要抓破多少塊皮：這多半是靠自己無師自通；至於別人的幫助，則與其說得自伍甫賽先生的姑奶奶，倒不如說都是得自畢蒂。接著我又碰上了那九個數字，真好似撞上了九個竊賊，它們似乎每天晚上都要搞些新鮮花樣，變換一副面目，叫我認不出來。不過，最後總算像個半明半亮的瞎子摸路似的，開始一點一滴地學習讀書、寫字和算數。

有一天晚上，我拿著石板坐在火爐旁邊，費了九牛二虎之力給喬寫一封信。那時候，沼地上追捕逃犯的事大概已經過了整整一年，反正是已經隔了好長一段時間，又到了冰厚霜濃的冬天。我拿了一份字母表放在腳跟前的爐子上，參照上面的字樣，足足花了一兩個鐘頭，一筆一畫地用石筆橫描豎抹，才用印刷字體寫出了這樣一封信：

我辛愛的喬，西望你生體好，西望馬上就能教你人字，喬啊，那時我們該有多麼高心啊！等我做了你的土弟，喬啊，那該有多麼開心啊。請想信我一片針心。匹普上。

其實我何苦非寫信給喬不可呢？他就坐在我身邊，而且眼前只有我們兩個人，有話儘管好說。可我畢竟還是把這封書信（連同石板）親手送了出去，喬接在手裡，簡直把它當作了大學者的大手筆。

喬睜大了一雙藍眼睛嚷道：「啊，匹普，老朋友！你真是個大學者啊！我沒有說錯吧？」

我朝他手裡的石板瞄了一眼，看到那上面的字跡七高八低，覺得不好意思，便說：「我才巴不得有這麼一天呢。」

喬說：「哦，這是個『J』字。還有這個『O』字寫的功夫真到家！匹普，這個『J』加上這個『O』，不就是『喬』字嗎？」

到眼前為止，除開這個最簡單的字以外，我還從來沒有聽見喬念過其他的一字半句。上一個星期天在教堂裡，我偶然把禱告書拿顛倒了。在他眼裡看來，似乎倒是挺順眼，還認為我完全拿得對呢。為了抓住這個機會瞭解一下，教喬讀書識字是否應當從頭教起，我便說：「對啊！你再讀下去吧，喬。」

喬慢吞吞地把那塊石板打量了一會兒，說道：「要我讀下去嗎，匹普？一，二，三。怎麼啦，匹普，這裡面竟有三個『J』字，三個『O』字，連起來就是三個『喬』字！」

我俯著身子，用食指指著石板，把那封信從頭到尾讀給他聽了。

我一讀完，喬就說：「真了不起！你真是個大學者！」

我帶著幾分自命高明的神氣，問他道：「喬，『葛吉瑞』這個字你怎麼拼？」

喬說：「我用不到拼這個字。」

「假使你拼起來，怎麼拼法呢？」

喬說：「壓根兒沒辦法假使，不過嘛，我倒是挺喜歡讀書的。」

「你真喜歡嗎，喬？」

喬說：「喜歡得不得了。要是誰能給我一本好書，或是一張好報紙，在我面前生一爐好火，讓我坐下來讀，別的我什麼都可以不要。老天爺啊！」說到這裡，他擦了一下兩個膝蓋，又繼續說下去：「你看見一個『J』字，又看見一個『O』字，你就可以說：『J－O，哎，這裡有個喬字。』

讀書多有趣啊！」

我於是得出結論：喬的知識水準，好比當時的蒸汽機，還處於極幼稚的狀態。於是我就趁勢再問下去：

「喬，你像我這樣年紀，也上過學嗎？」

「沒有，匹普。」

「喬，你像我這樣年紀，幹嘛不上學呢？」

喬拿起撥火棍，慢吞吞地在爐格中間撥弄著火。平常他一有了心事，就要來這麼一著。他說：「說來話長，匹普。我來告訴你，匹普。我爸爸是個酒鬼，喝醉了酒就哼（狠）起心來捶我的媽媽。說實在的，他平常哪裡有什麼打鐵的鐵墩？肉墩倒是有，不是拿我當作肉墩，就是拿媽媽當作肉墩。至於他打起我來，那一股蠻勁只有他打鐵時才用得著，可惜他就沒有使出來打鐵。——匹普，你聽著嗎？你明白嗎？」

「我都聽著，喬。」

「結果，媽媽跟我兩個人出逃了好幾次；媽總是出去替人家幫工。她老是對我說：『喬，求求老天爺賜福，你也該上學去讀點書了，孩子。』她幾次送我上學。爸爸偏偏又是心腸那麼好，沒有了我們娘兒倆就活不了。因此，一打聽到我們的下落，就邀了一大夥人，大叫大嚷鬧到人家門口，弄得那些收留我們的人家沒有了辦法，只得把我們娘兒倆交還給他。他把我們一帶到家裡，又天天捶我們。你看，匹普，」喬本來滿腹心思地撥弄著爐火，說到這裡便歇了手，望著我說：「這樣一來，我就上不了學了。」

「那還用說嗎？可憐的喬！」

喬一本正經地把火爐捅了兩下，又說道：「不過我告訴你說，匹普，看待一個人總要有什麼說什麼，說句天公地道的話，我爸爸的心腸究竟還是好的呀，你明白嗎？」

我並不明白，可是我嘴上並沒這麼說。

喬又說：「也好！匹普，總得有人去掙飯吃嘛，要不就沒有飯吃，你明白嗎？」

這一點我倒明白，便照直說了。

「到最後，我父親總算沒有反對我幹活，我便幹上了現在這一行，他也是幹這一行的，只是他沒有好好幹下去罷了。告訴你，匹普，我可幹得相當賣力呀。不久我就掙錢養活他，一直養到他滿臉紅腫、發麻瘋病去世為止。我想在他墓碑上刻上這麼兩句話：『不管他身上有多少缺點，可別忘了他是個好心眼。』」

喬背誦這兩行詩時，顯得非常得意，而且念得十分用心，詞意分明，我不由得問他，這兩行詩是不是他自己做的。

喬說：「是我做的，我自己做的。我一下子就做出來了。就好像一榔頭敲出了一個馬蹄鐵一樣。我一輩子也沒有感到過這樣驚奇——我簡直不敢相信我自己的腦袋——說真的，我怎麼敢相信我自己的腦袋呢？我剛才說了，匹普，我真想把這兩句話刻在他墓碑上，可做詩是花錢的玩意兒，不管你怎麼刻，刻大一點要錢，刻小一點也要錢，結果還是沒有刻成。出棺材的錢是省不了的，其他能省的都得省下來留給我媽媽。她身體不好，又沒有一分錢。可憐她沒有活多久也就跟在他後面上西天去了。」

喬的藍眼睛裡有點眼淚汪汪，用撥火棍柄頭上的圓捏手一會兒擦擦左眼，一會兒又擦擦右眼，神色極不愉快、極其難受。

喬說：「後來我一個人住在這兒，怪寂寞的。就在那時候認識了你姊姊。嘿，匹普呀，」喬說到這裡，愣著眼盡瞧我，好像料定他下面那句話一說出口，我一定大不以為然似的。他說：「你姊姊是個長得挺好看的女人呀！」

我禁不住望著火爐，掩飾不住我的懷疑。

「匹普，不管咱們自己人對這個問題怎麼看法，也不管外面人怎麼看法，你姊姊畢竟是——」喬說到這裡，嘴裡吐一個字就要用撥火棍在爐格上敲一下，「一個——長得挺好看的——女人！」

我想不出什麼適當的話回答他，只得說：「你這樣想，真叫我高興，喬。」

喬連忙接腔說：「我也是這樣。我這樣想，我自己也高興呢，匹普。她皮膚紅一些，身上這兒多幾根骨頭、那兒少一點肉，這對於我有什麼關係呢？」

我俏皮地說，如果對他都沒關係，還對誰有關係呢？

喬同意我的話，他說：「對呀！就是這話呀。你說得對極了，老朋友！我認識你姊姊的時候，大家都在紛紛傳說，說你是她一手帶大的。人家還說她心地有多麼好，我也跟大家一起這麼說。再說到你呢，」喬做出一副怪模樣，好像看見了什麼噁心的髒東西似的，「你當時那麼瘦小、那麼軟塌塌的，根本不成個人樣兒，你自己看了真不知道要怎樣不好意思呢！」

我並不十分愛聽他這番話，我說：「別盡想著我吧，喬。」

他溫柔而忠厚地回答道：「匹普，我可想著你哩。我看準你姊姊已經拿定主意，願意嫁到這個鐵匠鋪裡來了，我就正式提出要跟她做終身伴侶，要她和我一起上教堂去請牧師證婚，同時我跟她說：『把那個可憐的娃娃也帶過來吧。願上帝保佑這可憐的娃娃。鐵匠鋪裡也不多他一個人！』」

聽到這裡，我不禁失聲大哭，摟住他的脖子，請他原諒；喬也連忙放下撥火棍抱住我，說：「我們永遠是最好的好朋友，你說是不是，匹普？別哭啊，老朋友！」

談話給打斷沒多久，喬又繼續往下說：

「所以，你瞧，匹普，我們就在一塊兒了！事情總算圓滿，所以我們就在一塊兒啦！等等你就教我認字，匹普，不過我得聲明在先，我非常笨，像條笨牛，而且我們這件事可不能讓喬大嫂知道。我說，我們還是來偷偷地進行吧。為什麼要偷偷地進行呢？我來慢慢地把道理講給你聽，匹普。」

他又拿起撥火棍；我看他要是沒有了這根撥火棍，只怕話就要說不下去呢。

「你姊姊太愛官人了。」

我大吃驚，說道：「她太愛官人，喬？」原來我一聽見他這句話，就影影綽綽有了一種想法，認為姊姊莫不是愛上了什麼海軍大臣或是財政大臣，要跟喬離婚了？（我看我還得補充一句，就是，那時我心裡也真巴不得這樣才好。）

喬說：「是太愛官人了，我是說，太愛官（管）我們兩個人了。」

「原來是這麼一回事！」

喬接下去說：「她不喜歡家裡有讀書人，特別不願意我成為讀書人，生怕我讀了書會造反，你明白嗎？」

我正打算向他問明究竟，可是剛剛說到「為什麼」三個字，話頭又給喬截斷了。

「別忙，我知道你要說什麼，匹普；別忙！我並不否認，你姊姊老是像個暴君似的騎在我們頭上。我並不否認，她是打得我們翻過朝天筋斗，是罵得我們昏天黑地。她暴跳如雷的時候，匹普，」

喬壓低了嗓子，朝門口瞟了一眼，「老實說，誰不把她當作一頭怪物才怪呢。」

喬說到「怪物」這個字眼時的聲調語氣，簡直好像是在描寫一個三頭六臂的妖怪。

「你剛才的話給我打斷了，你大概是要問我為什麼不造反吧，匹普？」

「一點也沒錯，喬。」

喬把撥火棍遞到左手，騰出右手來摸摸頰鬚；只消看見他做出這種心平氣和的舉動，我就休想再聽到他發表什麼高見了；「唔，你姊姊是個精明人呀。實在是個精明人。」

我問他：「什麼叫精明人？」我心裡想，這一下可問得他答不上來了吧。萬萬沒料到喬目不轉睛地望著我，胸中早有成竹，只聽得他答道：「精明人就是她呀。」這樣一個圈子繞過來，倒說得我啞口無言了。

喬把眼光從我身上移開，重新摸弄著頰鬚說：「我可不是個精明人。最後還有一點，匹普——這一點我必須認真說給你聽，老朋友——我那可憐的媽媽也是個勞苦女人，一輩子辛辛苦苦、做牛做馬，傷透了她那顆誠實的心，活在世上沒有過上一天太平日子，因此我最怕錯待了女人，虧待了人家；要錯的話我也寧可倒過來，大不了自己多添些麻煩。匹普、老朋友，我但願我一個人多受些氣，只希望抓癢棍不要落在你身上。我但願抓癢棍都由我來承當，可是這實實在在、的的確確是沒有辦法的事，匹普，所以假使有什麼地方看顧你不周到，希望你別計較。」

我雖然年紀小，可是我相信，從那天晚上起，我對喬又添了一份敬意。從此以後我們還像往常一樣平等相處。不過從此以後，每逢平靜無事的時候，我坐在那裡望著喬，心裡想著他的為人，往往就會產生一種新的感覺，我覺得從心坎裡敬仰他。

喬站起來在爐子裡添了些煤，說：「你瞧這自鳴鐘已經在打疊精神，準備敲八點了，可她還沒回家！希望不要是潘波趣舅舅的母馬踩上冰塊、失足滑倒才好呢。」

原來逢到趕集的日子，喬大嫂總是陪著潘波趣舅舅上街去買些家常吃的用的，因為買這些東西只有女人在行，而潘波趣舅舅是個單身漢，又信不過自己家裡的傭人。這一天又是個趕集的日子，喬大嫂就又出去當差了。

喬生好了火，把爐子打掃乾淨，跟我一起走到門口，聽聽大路上可有馬車的聲音。夜空晴朗，寒意襲人，風吹在臉上好像刀割，地上結了厚厚的一層白霜。我想，今天晚上如果有人躺在沼地裡，那非得給凍死不可。我抬頭望著天上的星星，心裡思忖道：凍到快要咽氣的時候，抬頭望望這一大片亮晶晶的星海，卻得不到一絲半點援助或憐憫，那該有多麼可怕呀！

喬說：「那匹馬來了。聽這蹄聲，清脆得像鈴鐺一樣！」

那匹母馬今天跑得比平常快多了，所以馬蹄鐵踩在堅硬的路面上，聲響悅耳極了。我們搬了一張椅子出來，準備給喬大嫂下車時墊腳。又把爐火撥旺，讓歸來的人可以從窗子上看到亮光。最後又在廚房裡仔細檢查一遍，看看還有沒有東西沒有放好。我們安排完畢，馬車也到了門口，只見喬大嫂和潘波趣舅舅兩個人全身裹得密不通風，只有眼睛露在外面。喬大嫂馬上下了車，潘波趣舅舅也馬上跳下車來，隨手拿了一件馬衣披在馬身上。大家馬上走進廚房，大量的冷空氣也跟著我們一起湧進屋子裡，似乎一下子把爐子裡的熱氣全給趕跑了。

喬大嫂連忙興匆匆地解下披肩，也沒解帽帶，就把頭上的帽子往後一推，搭拉在腦後，一面說道：「嘿，這孩子如果今天晚上還不知道感恩，他就一輩子也不會感恩了！」

我盡了一個孩子的最大能耐，裝出一臉感恩的神氣，其實我完全不明白究竟是什麼事情非要我表示感恩不可。

姊姊說：「我只希望他不要給蔥爛了。我真放心不下呀。」

潘波趣先生說：「夫人請放心，她不是那種人，她才有見識呢。」

她？我望著喬，噘著嘴唇，蹙著眉頭，打出個信號，意思是說，這個「她」是什麼人？可是喬也只顧噘著嘴唇，揚著眉毛，直瞧著我，意思也是說，這個「她」是誰？不料喬這個動作當場給姊姊看見了，他只得連忙拿出平常應付這類處境的息事求和的樣子，用手背抹了下鼻子，直瞧著姊姊。

姊姊沒好氣地說：「怎麼了？幹嘛要這樣眼睛睜得老大、大驚小怪的？難道是家裡失火了不成？」

喬謙和而又委婉地說：「因為聽見有人說起什麼她不她的——」

姊姊說：「她就是她呀，總不見得管郝薇香小姐叫『他』吧？哪怕像你這樣一個傻瓜也不會傻到這個地步吧。」

喬問道：「就是鎮上那位郝薇香小姐嗎？」

姊姊反問道：「不是鎮上的郝薇香小姐，難道還有鎮下的郝薇香小姐不成？她要這孩子去她那兒玩玩。匹普當然得去啦。我看他還是乖乖地去玩玩的好，要不然，叫他試試我的厲害！」姊姊一面說，一面對我伸脖子晃腦袋，彷彿是督促我千萬要拿出輕鬆活潑、會玩會耍的本領來。

我早就聽說過鎮上這位郝薇香小姐——在這一帶方圓數里之內，哪個不知道鎮上的郝薇香小姐是一位家財豪富、性格冷酷的小姐，獨自一人住一幢陰暗的大房子，窗封門鎖，嚴防盜賊，過著一種與世隔絕的生活。

喬吃驚地說：「哎呀，有這種事！真不知道她怎麼會認識匹普的？」

姊姊嚷道：「你這個呆瓜！誰說她認識匹普的？」

喬又謙和而又委婉地說：「剛才不是有人提到她要匹普去她那兒玩嗎？」

「她就不可以問問潘波趣舅舅，能不能替她找到一個孩子去她那兒玩玩嗎？難道潘波趣舅舅就不能做她的房客，有時候去她那兒交房租，聽她談起嗎？——至於潘波趣舅舅該三個月去一次還是半年去一次，這也不必跟你說了，跟你說得太仔細，反而會把你弄糊塗了；反正潘波趣舅舅有時候是要去那兒走動一下的。難道她就不可以趁這機會問問能不能替她找到一個孩子，帶到她那兒去玩玩嗎？潘波趣舅舅一向體貼我們，關心我們——儘管你也許並不是這麼想的，約瑟夫[3]。」姊姊說這話時，責備的語氣極重，簡直把喬看成一個最最沒有心肝的外甥，接下去又說：「難道潘波趣舅舅就不可以在她面前提起這孩子嗎？瞧這孩子，站在那裡還神氣活現呢！自從他生下地來，我就給他當奴才當到今天！」——其實我可以鄭重擔保，我根本就沒有神氣活現。

潘波趣舅舅嚷道：「你說得真好！說得真是清楚明白，要言不煩！好極了！喂，約瑟夫，這一下你該明白了吧？」

喬怪不好意思地用手背把鼻子抹了又抹，姊姊依舊用責備的口吻說：「不，約瑟夫，你還不明白——你恐怕根本想不到。約瑟夫，你也許自以為明白了，其實你還是沒有明白。因為你不知道，潘波趣舅舅替我們想得多麼周到，他認為這孩子這次到郝薇香小姐家去，說不定關係著他這一輩子的福分，因此打算今天晚上就讓這孩子坐著他的馬車一塊兒趕到鎮上去，在他家裡住一夜，明天上午親自送到郝薇香小姐家裡去。哎喲，我的老天爺呀！」姊姊忽然急得不可開交，把帽子也扯下來了，嚷道：「我只顧站在這兒跟兩個大白癡說話，忘了潘波趣舅舅還等著呢，馬兒在門外也會著涼的，這孩子從頭到腳都是泥灰，還得洗一洗呢！」

說著，就像老鷹撲小羊似的，一把揪住了我，把我的臉緊緊按在水槽內的木盆裡，讓我的頭湊

3　約瑟夫是喬的正式名字。

在水桶的龍頭下面，給我塗上肥皂，揉啊搓啊、擦啊敲啊、搔啊刮啊，一直折磨到我要發瘋，方才甘休。（在這裡我不妨順便一提，我看我有一門學問比當今哪一位權威學者都要精通，那就是，一個結婚戒指在人的面孔上無情地擦過來擦過去，會隆起多高多寬的道道兒來。）

沐浴完畢，姊姊給我穿上質地最硬的乾淨麻紗衣服，就好像給少年犯穿上粗麻布衣服一樣，又給我綳上一套緊窄得不能再緊窄、難受得不能再難受的外衣。接著便把我交給潘波趣先生，潘波趣先生儼然以一個地方官的身分正式接收了我，向我嘮叨了一番早就迫不及待要嘮叨的話：「孩子，永遠記著，要報答一切親友的恩典，尤其要報答把你一手拉拔大的人！」

「再見，喬！」

「上帝保佑你，匹普，老朋友！」

我從來沒離開過喬。剛坐上馬車，一半是因為眼睛裡沾著肥皂泡，一半是因為心裡難受，連天上的星星也看不見。後來雖然看見星星一個又一個地向我眨著亮晶晶的眼睛，可是星星卻解答不了我的問題：究竟我為什麼要到郝薇香小姐家裡去玩呢？究竟要我到那裡去玩些什麼呢？

第八章
郝薇香與艾絲黛拉

潘波趣先生的宅子坐落在鎮上的大街上，滿屋都是胡椒子和麵粉的氣味，真不愧是糧商、種子商的府上。一看他店裡有那麼多小抽屜，我心想這個人倒確實福分不淺。悄悄看了看下層一兩個抽屜，全是些牛皮紙小包，我真納悶：這些花籽和花種是不是盼望有一天能突破牢籠，得見天日，抽芽開花呢？

這種想法，我是到那裡第二天才有的，因為前一天晚上一到那裡，馬上就給送上閣樓去睡覺了。那是一間斜頂閣樓，放床鋪的那個角落低得要命，我估計屋頂上的瓦和我的眉頭之間至多只隔著一英尺的距離。第二天一大早醒來，忽發奇想：種子和燈心絨這兩樣東西怎麼居然那樣難分難解？潘波趣先生身上穿的是燈心絨，店堂裡那個夥計穿的也是燈心絨，不知為什麼，我總覺得他們的燈心絨都透出一股氣息，很像是種子，那裡的種子卻又都透出一股氣息，極似燈心絨，結果實在弄得我糊裡糊塗，再也分辨不出哪是種子、哪是燈心絨。這一次我還有個發現，原來潘波趣先生做買賣的不二法門就是望著大街對面的馬鞍匠出神，而馬鞍匠的經營之道卻是目不轉睛地瞅著馬車匠，馬車匠打發光陰的辦法則是雙手插在衣袋裡，默默端詳麵包師傅，麵包師傅的本分是操起雙手，對著雜貨商發呆，雜貨商則站在門口朝著藥劑師打哈欠。在大街上，專心致志於自己行業的人似乎只有那個鐘錶匠：儘管時時刻刻都有成群結隊的農民打扮的人透過他的玻璃櫥窗來窺視他，他卻始終戴著一個放大鏡，伏在一張小桌子上，全神貫注地盯著手裡的機件。

八點鐘，潘波趣先生和我在內宅的客廳裡吃早飯，那個夥計則在前面店堂裡一袋豌豆上喝他那杯茶、吃他那塊黃油麵包。跟潘波趣先生在一起，我覺得真是彆扭極了。且別提他如何醉心於我姊姊的那套主張，給我吃頓飯也要折磨折磨我，叫我受罪——也別提他盡給我吃麵包屑，黃油少得可憐，牛奶兒上了大量白開水，倒不如老老實實連那點牛奶也不放，乾脆給我喝白開水。這些都還不算什麼，最討厭的還是他說的話，他除了給我做算題，別的話一句都沒有。早上客客氣氣向他問好，他二話沒有，劈頭就盛氣凌人地問我：「小傢伙，七乘九等於幾？」我剛剛來到這個陌生地方，又空著肚子，給他這麼突如其來地一逼，叫我怎麼答得上來？我實在餓極了，可是一口麵包還沒咬下去，他已經提出算題來考問我了，連珠炮似的一連串問題，弄得我吃頓早飯沒有片刻自在。「七乘七呢？」「乘四呢？」「乘八呢？」「乘六呢？」「乘二呢？」「乘十呢？」嘮叨個沒完。剛剛答完一道，啃上一口麵包或是喝上一口牛奶，第二道算題又來了，他自己卻只顧舒舒服服、無所用心地大嚼其火腿和熱麵包，那副吃相倒真是稱得上（恕我直言不諱）狼吞虎嚥，窮凶極惡。

因此，鐘敲十點，一聽說我們就要動身到郝薇香小姐家裡去，我便覺得高興非凡；不過心裡還是不免惴惴不安，不知道到了那位老小姐家裡應該如何檢點自己的行為舉止。不到十來分鐘，來到了郝薇香小姐的住宅門前。這所宅第，磚瓦都已年深月久，陰森森的，四面還裝著好多鐵柵欄。有幾扇窗戶已經砌沒了；剩下的窗戶，低一些的一律護著鏽痕斑斑的鐵杆。宅前有個院子，裝了鐵柵門。打過鈴，只等裡面來人開門。我趁這當兒，透過門柵向裡面張望了一下（潘波趣先生到這時候還在考問我「七乘十四等於幾？」我只裝沒有聽見），我看見大宅子旁邊還有一所很大的酒坊。酒坊裡並沒在釀酒，看來已經好久沒有釀酒了。

一扇窗子給拉了起來，只聽見一聲清脆的問話：「誰呀？」帶我來的那位馬上回答：「潘波趣。」窗口回了一聲：「好吧！」窗戶隨即又關緊了。一位年輕姑娘手拿著鑰匙，從院子裡走過來。

潘波趣先生說：「這孩子就是匹普。」

那年輕小姐長得很美，神氣非常傲慢，她回答道：「這就是匹普嗎？進來吧，匹普。」

潘波趣先生打算跟我一起進去，她連忙把門一掩，擋住了他。

她說：「怎麼！你也想見郝薇香小姐？」

潘波趣先生十分狼狽，回答道：「要是郝薇香小姐想見見我，那我——」

那年輕小姐說：「噢！那就告訴你，她不想見你。」

她說得斬釘截鐵，毫無通融餘地，潘波趣先生儘管自尊心受了觸犯，卻回不上一句話，只得狠狠地瞪了我一眼——彷彿是我和他過不去似的！——還訓誡我說：「小傢伙，你在這裡應當規規矩矩，可要替把你一手拉拔大的人掙點面子！」說完就走了。我依舊提心吊膽，生怕他趕回來從門柵裡考問我「七乘十六等於幾」，不過他總算沒有回來。

替我帶路的年輕小姐把大門上了鎖，和我一同穿過院子往裡頭走。院子是鋪石的地面，收拾得很潔淨，不過縫縫隙隙裡都長著小草。還有一條小小的通道通向酒坊，通道口的木門敞開著，那頭的酒坊也是門窗大開，一直可以望見對面的高高的圍牆。裡面闃寂無人，荒涼冷落。這裡的風似乎比外面還冷，尖聲呼嘯，從酒坊敞開的門窗裡穿進穿出，響得簡直和海上摧檣裂帆的狂風沒有兩樣。

她看見我老望著酒坊，便說：「孩子，那兒現在釀的濃啤酒呀，你就是統統喝了下去，也包你沒事。」

我靦腆地說：「就是呢，小姐。」

「這個地方今後還是別再釀酒的好，釀出來也是酸的啦。你看是不是，孩子？」

「就是，小姐。」

她又說：「其實，也沒有誰打算在那兒釀酒，因為那都是過去的事了，這地方看來也只有這樣長年冷落下去，遲早有一天坍下來算數。說到濃啤酒，地窖裡倒有的是，足夠淹沒這座莊屋的。」

「這座宅子就叫作莊屋嗎，小姐？」

「孩子，這是宅子的一個名字。」

「那麼還有別的名字嘍，小姐？」

「另外還有個名字叫作『沙堤斯』，這也不知是個希臘字，還是拉丁字，還是希伯來字；也許三種文字都是，反正在我看來都一樣，那意思就是『有餘』。」

我說：「有餘莊屋？這名字真古怪，小姐。」

她說：「是的，不過，意思還不光是有餘。當初取這個名字，意思是說，誰有了這座宅子，誰就會心滿意足，再沒有別的要求了。我看，從前大家的欲望一定是很容易滿足的。好了，別磨蹭了，孩子。」

儘管她一聲聲「孩子」長「孩子」短，態度那麼放肆，毫不客氣，其實她的年紀卻和我不相上下。當然，她是個姑娘，長得又美，又很矜持，看外貌要比我大得多，簡直就像個二十剛出頭的大小姐，像個女王，完全不把我放在眼裡。

我們從邊門走進宅內——正門上鎖著兩根鎖鏈，哪裡進得去——一到裡面，第一件引起我注意的就是，過道裡一片漆黑，只點著一支蠟燭，是她剛才放在那裡的。她隨手拿起那支蠟燭，和我一起又走過幾條過道，上了樓梯，一路上依舊一片漆黑，全靠那支蠟燭照明。

走著走著，終於來到一個房間門口，她說：「進去吧。」

我說：「小姐，你先請。」倒不是為了講究禮貌，而是我不敢進去。

她一聽這話，便說：「別胡鬧了，孩子；我又不進去。」說著就望望然不屑一顧地走開了，更糟的是，把那支蠟燭也帶走了。

這個滋味可真不好受，而且我也有些害怕。不過，到了這個地步，不敲房門也不行。敲了門，裡面叫我進去。我推門進去，一看是間挺大的房間，點著好多蠟燭，卻沒有一線天光透進來。好多家具我都沒見過，也不知道是做什麼用的。反正看見這副擺設，估料著總不外乎是一間化妝室。最引人注目的是一張罩著桌布的檯子和一面鍍金穿衣鏡連在一起，我一眼就看出那是一位貴夫人的梳妝檯。

如果當時沒有那位夫人坐在檯旁，我是否就能一眼看出是一架梳妝檯，可就難說了。那位夫人坐的是一張扶手椅，一個手肘放在梳妝檯上，用手支著頭。我從來沒見過這樣一位稀奇古怪的夫人，我相信這一輩子也休想再見到第二位。

她穿的都是貴重料子，綢緞花邊一應俱全，全身雪白。鞋子是白的，從頭上一直披下來的那條長長的披紗也是白的，頭上還戴著做新娘戴的花朵，可是看她則已經是白髮滿頭了。脖子上和手上都戴著亮閃閃的珠寶，梳妝檯上也放著好些亮閃閃的珠寶。遍地衣衫狼藉（論氣派，都要比她身上穿的略遜一籌），還有東一只西一只沒有收拾好的衣箱。看來她還沒有完全打扮好，腳上只穿著一隻鞋子——另外一隻還放在梳妝檯上，就在她手邊——披紗也沒有完全戴好，帶鏈的錶還沒有繫上，應該戴在胸口的花邊卻和一些小裝飾品手帕、手套、花朵、禱告書，一起亂七八糟地堆放在穿衣鏡周圍。

這些形形色色的玩意兒，我並不是一下子就盡收眼底的，不過我頭一眼看到的東西還是多得你意想不到。我看出了，眼前這些理應是白色的玩意兒，當年固然都是白的，可是如今早已失去光彩，褪色泛黃了。我還看出，這位穿著新娘禮服的新娘，豈止身上穿的服裝、戴的花朵都乾癟了，連她本人也乾癟了；除了凹陷的眼窩裡還剩下幾分神采，便什麼神采都沒有了。我還看出，穿這件禮服的原先是一位豐腴的少婦，如今枯槁得只剩皮包骨頭，衣服罩在身上顯得空落落的。記得有一次，大人帶我去趕廟會，見過一個白蒼蒼的蠟人，也不知算是代表哪一個怪人的遺體，供人瞻仰。還有一次，大人帶我到我們沼地上的一座古教堂去，看一具從教堂地下的墓穴裡掘出來的骷髏，昔日的華裝麗服早已化作一堆灰塵。現在出現在我眼前的彷彿就是那個蠟人、那具骷髏，卻轉過一雙烏黑的眼睛來望著我。我是叫不出來的苦，否則我早就大叫了。

只聽得坐在梳妝檯旁的夫人問道：「是誰呀？」

「夫人，是我，匹普。」

「匹普？」

「就是潘波趣先生帶來的孩子，夫人。到這兒來……玩的。」

「走過來，讓我瞧瞧你。過來、過來。」

我站在她面前，不敢看她的眼睛，卻仔細看了一下她身邊的那些東西，發覺她的錶停在八點四十分上，房間裡的鐘也停在八點四十分上。

郝薇香小姐說：「拿眼睛看著我呀。像我這麼一個女人，打從你出世以來就沒有見過陽光，你見了我該不會害怕吧？」

說來慚愧，我居然憑著一時的膽量，撒了個瞞天大謊，回了一聲「不怕」。

於是她疊起雙手，放在左邊胸口，問我：「你知道我手按著的是什麼地方嗎？」

「知道，夫人。」（我不禁又想起了那個要挖我心吃的小夥子。）

「我手按著的是什麼？」

「您的心。」

「碎了！」

她吐出這兩個字，眼裡露出急切的神色，語氣用得奇重，臉上浮現出一種怪笑，還帶著些自負的神氣。她那雙手在胸口擱了片刻工夫，方才慢悠悠地挪開，彷彿一雙手有多重似的。

她說：「我過得太無聊。我需要找個消遣，可我不想再和大人打交道了。你來玩吧。」叫一個不幸的孩子在這種場合下玩耍，普天之下恐怕再沒有更強人所難的事了。哪怕是最愛抬槓的讀者，讀到這裡，該也不會認為我過甚其詞吧。

她接下去說：「有時候我有些病態的幻想。我老想看別人玩，這就是一種病態的幻想。」她不耐煩地揮了揮右手的手指，又說：「好了！好了！玩吧，玩吧，快點玩吧！」

我馬上想起姊姊那句話：我要是不好好地玩，她就要給我厲害看；無可奈何之下，我就想裝作潘波趣先生的馬車，在房間裡兜著圈子跑一陣。再一想，這種把戲我實在表演不了，於是只得作罷，便站在那裡，只顧瞧著郝薇香小姐。我們兩人彼此瞧了好半晌，她大概認為我是有意違拗，便說：

「你脾氣這麼大嗎？這麼不聽話嗎？」

「沒有的事，夫人。我對不起，真對不起，我一時還玩不起來。您如果告到我姊姊那裡去，我就少不了要挨一頓打罵。只要我能玩，我一定玩。可是我覺得這兒的一切實在太新鮮了、太陌生了、太高尚了——也太淒涼了——」說到這裡，連忙住口，生怕言多必失，說不定早已說得過了分；於是我們又彼此對看了一眼。

她沒有馬上回答，卻把眼光從我身上移到了她自己身上。她望望身上的衣服，望望梳妝檯，最後又對著穿衣鏡照了一照，方才喃喃地說：

「在他是見所未見，在我卻是年復一年；他覺得太陌生，我卻覺得太熟悉；至於淒涼之感嘛，兩個人倒是一樣。你去叫艾絲黛拉來！」

我看見她還在照鏡子，便以為她還在自言自語，不是和我說話，因此沒有理會她。她掃了我一眼，又吩咐我：「去叫艾絲黛拉來！這件事總做得到吧。去叫艾絲黛拉！到房門口去叫！」

要我在一座陌生的房子裡，摸黑站在一條神祕莫測的過道上，對著一位既無蹤影、又不答話，且又目中無人的年輕小姐大喊艾絲黛拉，而且又擔心這樣大聲直呼其名是一種莫大的放肆行為，這實在並不比奉命玩耍來得好受。好容易艾絲黛拉總算回答了一聲，就拿著蠟燭來了，她像一顆明星似的，一路上照亮了那黑洞洞的過道。

郝薇香小姐招手叫她走到面前，隨手從梳妝檯上拿起一顆寶石，一會兒放在她青春美麗的胸脯上，一會兒又放在她棕色的秀髮上，比比試試。「我的寶貝，這一顆將來就給你，你戴起來有多漂亮啊！去跟這孩子玩牌給我看吧。」

「跟這個孩子玩！哎呀，他是個做粗工的小子，低三下四的！」

我似乎隱隱聽到郝薇香小姐輕聲細氣對她說（不過我實在不大敢相信）：「怎麼？你可以捏得他心碎呀！」

艾絲黛拉擺出十足輕蔑的神氣問我：「你會打什麼牌？」

「小姐，我只會玩『敗家當』。」

郝薇香小姐對艾絲黛拉說：「那就叫他敗家當吧。」於是我們坐下來玩牌。

這時候我才看明白，這屋子裡的一切都像那個錶和那架鐘一樣，早就停了。又看見郝薇香小姐把那顆寶石照舊歸還原處。我趁艾絲黛拉發牌的時候，又瞟了一下那架梳妝檯，看清了檯上的那隻鞋子從來沒有穿過，從前是白的，現在已經發黃了。又看了看郝薇香小姐那隻沒有穿鞋的腳，腳上的絲襪從前是白的，現在也發黃了，襪底也早踩破了。要不是屋裡的一切都處於這種停頓狀態，要不是這許多褪了色的陳年骨董造成屋裡這種常年死寂的氣氛，那麼，即便是這麼一個衰朽之軀穿著這麼一件乾癟的新娘禮服，也絕不至於這樣像穿著一件屍衣，那條長長的披紗也絕不至於這樣像塊裹屍布了。

郝薇香小姐坐在那裡看我們打牌，活像一具殭屍；新娘禮服上的褶邊和彩飾簡直像黃紙。據說古人的屍體一旦掘出來被活人看見，立刻就化成齏粉，那時候我對於這種事還並無所知，不過自我聽說以後，我就常常想：照這位夫人當時的神氣來看，好像也是只消一見陽光，立刻就會化作塵土似的。

第一局牌還沒有打完，艾絲黛拉就鄙夷地說：「你瞧這孩子！他把『奈夫』叫作『賈克』呢！[1]瞧他的手有多粗糙！瞧他的鞋有多笨重！」

以前我從來也沒想到過自己的手有什麼見不得人，可是這時候竟然也認為自己的手實在生得很

1　紙牌中的「賈克」，最初原叫「奈夫」。在所謂「上流社會」中，都以叫「奈夫」為風雅，而認為「賈克」是俚俗的叫法，不足為訓。

不像話。她對我的輕蔑可著實厲害，竟像有傳染性似的，於是連我也輕蔑起自己來了。頭一局她贏了，由我發牌。我心知她巴不得我把牌發錯，這麼一來，我一發牌哪還有不錯之理？於是又遭她數落一通，說我是個做粗工的、笨手笨腳的蠢孩子。

郝薇香小姐都看在眼裡，她對我說：「怎麼不聽見你頂她一句？她說了你好多難聽的話，你卻不回她一句？你覺得她怎麼樣？」

我結結巴巴地說：「我不願意講。」

郝薇香小姐俯下身子對我說：「你附著我耳朵講吧。」

我悄悄說：「我覺得她很驕傲。」

「還有呢？」

「我覺得她很美。」

「還有呢？」

「我覺得她挺愛欺負人。」（我說這話時，艾絲黛拉一臉深惡痛絕的神氣，正在那裡看著我。）

「還有呢？」

「我想我該回家了。」

「她長得那麼漂亮，你就一輩子不想再見她了嗎？」

「我不是不想再見她，可是現在我想我該回家了。」

郝薇香小姐大聲說：「打完這一局就讓你回家。」

要不是開頭見過郝薇香小姐那古怪的笑容，我真還以為她這張臉蛋根本就不會笑呢。她始終沉下了臉，顯出一副凝神沉思的神氣——大概當年這周圍的一切靜止不動之日，也正是她沉下臉色之時——而且看來好像那臉色是永遠也開朗不起來的了。她的胸脯沉了下去，顯得腰弓背曲；她的嗓門也沉了下去，說話聲音很低，死氣沉沉，總之，照她的模樣來看，彷彿她是挨了萬鈞雷霆的當頭一擊，從肉體到靈魂，從內心到外表，稀裡呼啦一股腦兒都垮掉了。

打完了那一局，艾絲黛拉果然叫我把家當敗光了。我手裡的牌都給她贏了過去，她把牌都往檯上一扔，好像從我手裡贏得的牌沒有什麼稀罕似的。

郝薇香小姐說：「你下次什麼時候來呢？讓我來想一想。」

我提醒她說，今天是星期三，話還沒有說完，她又像剛才那樣不耐煩地揮揮右手的手指，不讓我說下去。

「好了，好了。我可不知道什麼星期幾，也不知道什麼年月。過六天再來吧。你聽見了嗎？」

「聽見了，夫人。」

「艾絲黛拉，帶他下去。給他點什麼吃的，讓他一邊吃，一邊隨便逛逛、看看。去吧，匹普。」

剛才是艾絲黛拉拿著蠟燭送我上樓來的，這會兒她又拿著蠟燭送我下樓。她還把蠟燭放在那個老地方。我也未假思索，只當這時候一定已經是夜晚，後來她開了邊門，陽光奪門而入，我頓時給弄糊塗了，恍惚覺得自己在那間點著蠟燭的古怪屋子裡似乎已經待了大半天了。

艾絲黛拉說：「孩子，你在這兒等一等。」話音剛落，人就不見了，門也關上了。

院子裡一個人也沒有，我連忙趁這個機會看看自己那雙粗糙的手和那雙蹩腳的皮鞋。我自己也覺得看不上眼。以前我從來也沒有為這些煩惱過，現在卻煩惱了起來，只怪自己什麼都粗俗不堪。我決定要去問一問喬，他為什麼教我把那幾張畫著花彩的紙牌叫作「賈克」，那應該叫「奈夫」才對。要是喬當年受到的教養高尚一些，我也就不會這般沒有教養了。

艾絲黛拉回來了，帶來些麵包和肉，還有一小杯啤酒。她把啤酒放在院子裡的石頭地上，把麵包和肉交到我手裡，看也不看我一眼，傲慢無禮到極點，簡直把我當作一條下賤的狗。我丟夠了臉，傷透了心，受盡了欺負，氣炸了肚子，又是憤慨，又是難受——心裡說不出究竟是種什麼樣的創痛——只有天才知道這叫什麼滋味！淚水湧進我的眼眶。我正在流淚，那個姑娘望了我一眼，看出我這眼淚是由她而起的，她臉上馬上露出了喜色。這一下我倒反而忍住了眼淚，直瞪瞪地瞅著她。她輕蔑地把頭一昂，走了。可是據我看，她還是意識到自己的估計太樂觀了，我並沒有給氣倒呢。

她一走，我望望四處，想找個地方躲一躲，結果鑽到酒坊的一扇門背後，拿一條胳膊靠在牆上，頭放在胳膊上，大哭起來。一面哭，一面還踢牆壁，使勁扯自己的頭髮，因為我著實難受，那種莫名的痛楚像一把尖刀扎在我心裡，我非得發洩一下不可。

我這樣感情脆弱，原是姊姊一手教養成的。不管誰教養孩子都好，孩子在自己的小天地裡，體會最深切、感受最靈敏的，莫過於遭受虐待這回事了。儘管孩子受到的也許不過是些微不足道的虐待，可是要知道，孩子本身就很小，他們的生活天地也很小，然而小雖小，按照比例來說，孩子玩的一頭小木馬卻也抵得上大人騎的一頭愛爾蘭高頭大馬。拿我來說，我從孩提時代起就受虐待，我的心裡也始終在反抗。從我會說話的那一天起，我就知道姊姊一味任著她那種喜怒無常、凶殘暴戾的性子虐待我。我早就有了一種根深柢固的想法，認為我儘管是由她一手帶大的，可並不見得她那隻手因此就有權利推我、撞我、扭我、扔我。我在她手裡挨罵挨打，丟臉熬餓，覺也睡不好，還得這樣那樣悔罪補過，於是長年累月就養成了這種反抗心理，外加孤苦伶仃、無依無靠，成天抱著這種心理和自己嘀咕，我看我的生性膽怯和感情脆弱多半就是這樣造成的。

我踢著酒坊的牆壁，扯著自己的頭髮，藉此發洩，把一肚子委屈的情緒暫時排解開了，這才用衣袖抹抹臉，從門後走出來，吃著可口的麵包和肉，喝著啤酒，全身發暖，精神也立刻好起來，乘興流覽了一下四周的景物。

這地方果然是個滿目荒涼的所在，連酒坊院子裡那個鴿棚也不例外。鴿棚的撐杆早已被大風吹得歪歪斜斜，如果棚裡還有鴿子，那麼風一吹，鴿棚晃來蕩去，鴿子準會以為是駕著一條船在海上漂蕩呢。其實棚裡早已沒有了鴿子，馬廄裡早已沒有了馬，豬圈裡早已沒有了豬，倉庫裡早已沒有了麥芽，銅罐裡、木桶裡早已沒有了麥子和啤酒氣息。酒坊哪裡還像個酒坊，只怕連一絲一毫的酒氣酒香都已蒸乾散盡。靠裡面的一個小院子裡，遍地都是雜亂無章的空酒桶，發出一股酸溜溜的氣味，大概是為昔日美好的年華留下的一點紀念吧，可是這氣味畢竟酸得太厲害，不能算作當年的啤酒的一份貨樣——說到這裡，我倒是想起了，大凡世外隱士都是如此，留下的殘跡遺事往往未必盡如其為人。

從另一頭走出酒坊，有一堵舊牆，牆那邊是一個荒蕪的花園。牆並不太高，我伸長脖子踮起腳，向牆外張望了好一會兒，原來這荒蕪的花園是這個宅子的後花園，園內荒草叢生，黃綠間雜的荒徑上踏出了一條小路，看來時常還有人在那裡散步，我看見艾絲黛拉這時正好背對著我在小路上走過。但是，我似乎哪裡都能看到艾絲黛拉。酒桶引得我心癢癢的，想要在那上面走走；腳剛踏上去就看見她也在院子另一頭踩著酒桶走。她背朝著我，雙手捧住一頭散開的棕色秀髮，目不旁顧，一下子就走得看不見了。後來我走進酒坊，也是這樣。所謂酒坊，就是從前在那裡釀過啤酒、至今還保留著各種釀酒器具的那幢又高又大、鋪石地面的房子。剛一進去，那一片陰森森的氣氛就叫我喘不過氣來，我就站在靠門處，四下裡望望，正好看見她從那些沒火的爐子堆中穿過，登上一座小小的鐵梯，由頭頂上一道高高的長廊裡出來，好像要走到天上去似的。

就在這地方、這時候，大概是我的幻想作祟，出了一件奇怪的事。說是奇怪，非但當時覺得奇怪，事後隔了多年，更是愈想愈覺得奇怪。事情是這樣的：當時我抬頭多望了一下那白花花的寒空，有些眼花，掉過臉來朝右面角落裡一望，看見一根大木梁上有個人吊在那裡。那人穿一身泛黃的白衣服，腳上只穿著一隻鞋子。由於是懸空吊著，什麼都看得清清楚楚：那衣服上的褪色花飾簡直像黃紙；那張臉不是別人，正是郝薇香小姐，滿臉一陣抽動，彷彿想要喊我。我見了這樣一個人實在害怕，可是一想到剛才明明沒有這樣一個人，就更加害怕了，因而我先是從她跟前逃開，繼而又向她跟前奔去。等到弄明白那裡連個人影也沒有，我那份害怕才真叫害怕到了極點。

後來還是多虧了明朗的天空裡灑下的那一片白花花的陽光，多虧了從大門鐵柵裡看見門外過往的行人，又把剩下的麵包、肉和啤酒一齊吃下肚去，元氣陡增，我的神志這才清醒過來。這種種因素固然起了作用，然而要不是看見艾絲黛拉拿了鑰匙走過來、開門放我出去，我也未必就會清醒得那麼快。我想，艾絲黛拉本來已經瞧不起我，如果再讓她看見我嚇成這種樣子，豈不是越發讓她覺得有理了嗎？我可萬萬不能讓她抓住這個把柄啊。

她走過我身邊，得意揚揚地瞟了我一眼，好似一看到我的手這麼粗糙、我的皮鞋這麼笨重，就禁不住從心裡高興出來。她開了門，手扶在門上。我看也沒看她一眼就往外面走，不料她卻用手碰我，嘲笑我說：

「你怎麼不哭了？」

「因為我不想哭。」

她說：「你不想哭才怪呢；剛剛哭得連眼睛都快要瞎了，這會兒眼看又快要哭出來了。」

說著，她輕蔑地笑了一陣，把我推出門去，鎖上了大門。我直奔潘波趣先生家裡，一看他不在家，心裡才放下一塊大石頭。我請那位夥計把我下次去郝薇香小姐家的日期轉告他一聲，便動身趕我那四英里路的歸程，回鐵匠鋪去。一路上仔細回想著剛才的所見所聞，只顧翻來覆去思量：原來我是個低三下四的做粗工的小子；我的手生得粗；我的皮鞋笨重；我竟染上了下流習氣，把「奈夫」叫作「賈克」；我做夢也沒有想到我竟是這樣愚昧無知；總而言之，我過的是下等人的苦日子。

第九章

謊言與心緒

我一到家，姊姊就急於要打聽郝薇香小姐家裡的種種情況，問了我一大堆問題。我答得不夠詳細，脖頸和後腰上馬上重重地挨了幾拳，腦袋給一把揪住，盡往廚房牆壁上撞，弄得我真是大失體面。

其實我心裡有一種莫大的顧慮，唯恐別人聽不明白我的意思；我看，既然我有這種顧慮，換了別的孩子也未必就一點這樣的顧慮也沒有，因為我沒有理由把自己看作一個刁鑽古怪的怪物。弄明白了這個道理，也就可以理解我當時回答那許多問題為什麼要吞吞吐吐了。我認為，要我講郝薇香小姐家裡的事，如果我把親眼看見的種種情形繪影繪聲地說出來，人家是無法領會我的意思的。不光是這樣，我還認為，那樣一來，人家也就無法瞭解郝薇香小姐是怎麼個人了；儘管我自己也完全不理解她，可是我總覺得，要是把她的形象原原本本端出來，供喬大嫂賞玩，那我就未免有點下流、有點無情無義了（更別提把艾絲黛拉小姐也端出來了），因此，我能夠不說總是不說，我給揪住了腦袋往廚房牆壁上撞，就是為了這個緣故。

這還不算糟，最糟的還是那位氣焰不可一世的潘波趣老頭。他的好奇心可真不得了！為了要打聽我的所見所聞，竟在傍晚時分趕著自己的馬車氣咻咻地來了，要我一五一十地說給他聽。他的眼睛定了神，簡直像魚眼，嘴巴張得老大，淺黃色的頭髮憋得根根倒豎，滿肚子鼓鼓囊囊的算題鼓搗得他那件背心乍起乍伏——我一看到這個討厭的傢伙，便索性促狹一下，乾脆來個守口如瓶。

潘波趣舅舅在火爐前面的貴賓席上一坐定就開始發問：「喂，孩子，鎮上去了一趟怎麼樣？」我回答道：「很好，老爺子。」姊姊捏起拳頭在我面前一晃。

潘波趣先生說：「很好？很好兩字可回答不了問題。你倒說說看，孩子，這『很好』兩字究竟是什麼意思？」

大概腦門上沾上了白粉，就會使腦袋頑固不化。不管怎麼說吧，反正剛才往牆上這麼一撞，我腦門上沾了點白粉，我的腦袋便頑固得像鐵石一般。我思忖了一會兒，好像突然又想起了什麼似的，回答道：「很好就是很好呀。」

姊姊氣得大叫一聲，就要朝我撲過來——那時候喬正在打鐵間裡忙著，還有誰來回護我呢！——幸虧潘波趣先生解勸道：「別忙！千萬不要發火。夫人，這孩子交給我來收拾，交給我來收拾吧。」說著就一把把我的頭扭過去向著他，好像要給我理髮似的。他說：

「先來做個算題（好讓你把思路理理清楚）：四十三個便士等於多少？」

我心裡盤算著：假使我回答「四百鎊」，不知後果如何？盤算下來覺得這樣回答沒有好處，便想盡可能回答得正確些，可是算來算去總有七、八個便士沒有著落。於是潘波趣先生要我重新溫習便士先令折算法，從「十二便士等於一先令」算起，一直算到「四十便士等於三先令四便士」，然後得意揚揚地問我：「好！那麼四十三便士等於多少呢？」似乎這一來就把我收拾好了。我想了半晌，回答道：「我不知道。」我看當時我給他惹得實在惱火，恐怕倒是不一定知道呢。

潘波趣先生大搖其頭，那樣子活像擰螺旋，彷彿要從我身上擰出個答案來似的。他又問我：「譬如說，四十三便士是不是等於七先令六便士三法尋呢？」

我說：「對！」雖然姊姊馬上打了我兩個耳光，可是我的回答掃了潘波趣先生打趣的興致，叫他頓時啞口無言，我還是感到十分得意。

不一會兒，潘波趣先生的興致又上來了，他又起兩隻手，緊緊按在胸口，又重新大擰其螺旋。他問我：「孩子！郝薇香小姐究竟長得怎麼樣？」

我說：「很高很黑。」

姊姊連忙問他：「舅舅，是這樣嗎？」

潘波趣先生眨眨眼睛，表示我沒說錯，我一看，馬上斷定他從來沒有見過郝薇香小姐，因為郝薇香小姐根本不是那樣一個人。

潘波趣先生還自鳴得意地說：「很好！」（「就得拿這種辦法來治他！夫人，我們總算沒有失敗吧？」）

喬大嫂回答：「那還用說嗎？舅舅！我巴不得你經常治治他，只有你最有辦法對付他。」

潘波趣先生又問我：「我說，孩子！你今天進去的時候，她在做什麼？」

我回答道：「她坐在黑天鵝絨的馬車裡。」

潘波趣先生和喬大嫂一聽這話，睜大眼睛四目相覷——其實這也難怪！——他們異口同聲地說：「坐在黑天鵝絨馬車裡？」

我說：「是呀，還有位艾絲黛拉小姐，大概是她的侄女，用一個金盤子，把糕點和酒從馬車窗口裡遞給她。我們吃糕點喝酒，每人都有個金盤子。我也爬上了馬車，站在車後吃，這是她吩咐我的。」

潘波趣先生又問：「還有別的人嗎？」

我說：「還有四條狗。」

「大狗還是小狗？」

我說：「大極了，四條狗都在一個銀簍子裡搶小牛肉片吃。」

潘波趣先生和喬大嫂大驚失色，又一次睜大眼睛四目相覷。我簡直成了十足的瘋子——這樣信口開河，無中生有，都是嚴刑逼供逼出來的——世界上只要有那麼一句胡說八道的話，我哪一句不會說給他們聽！

姊姊問道：「老天爺呀，這輛馬車究竟擺在什麼地方呢？」

我說：「擺在郝薇香小姐的臥房裡。」他倆的眼睛又瞪得老大。「可是沒有套馬。」我一任自己胡思亂想，原想給這輛馬車套上四匹穿著豪華馬衣的駿馬，後來一想不對頭，便連忙加上這麼一句話來彌補漏洞。

喬大嫂問：「舅舅，真有這種事嗎？這孩子在說什麼呀？」

潘波趣先生說：「聽我說，夫人。據我看，是一輛轎車。你知道她這人想入非非——非常想入非非——想入非非到要在轎車裡過日子。」

喬大嫂問：「你看見她在裡面坐過嗎，舅舅？」

他這一回給逼得非說老實話不可了：「我一輩子也沒見過她，怎麼會看到她坐在轎車裡呢？我瞄也沒瞄過她一眼哩！」

「哎喲喲，舅舅！那你怎麼跟她說話呢？」

潘波趣先生惱了，他說：「怎麼，難道你還不知道，我每次去她那裡，總是讓人帶到她房門外面，門開了一條縫，她就從門縫裡跟我講話。這你總不見得不知道吧，夫人。這孩子呢，他是到那裡去玩的。孩子，你在那裡玩些什麼呢？」

我說：「我們玩旗。」（請允許我聲明一聲：現在我一想起那一次說的許多謊話，自己也感到吃驚。）

姊姊接口道：「玩旗！」

我說：「是呀，艾絲黛拉揮一面藍旗，我揮一面紅旗，郝薇香小姐也從馬車窗口裡揮一面綴滿了小金星的旗。揮過旗以後，大家又舞劍歡呼。」

姊姊說道：「舞劍！哪裡來的劍？」

我說：「從碗櫥裡拿出來的，我看見碗櫥裡還有手槍——有果醬——還有藥丸。房間裡根本沒有陽光，完全靠蠟燭照明。」

潘波趣先生一本正經點了點頭說：「夫人，這倒是真的。的確是這麼一回事，我親眼看見過。」於是他們兩個人都睜大眼睛看著我，我特意裝出一副十分惹眼的老實神氣，也睜大眼睛看著他們，又用右手揉著右邊的褲腿玩。

要是他們再問下去，我一定非得漏底不可，我甚至差點就要說出院子裡有一個大氣球，幸虧當時我還有點三心二意，拿不定主意究竟是胡謅大氣球的奇觀妙景來得好，還是胡謅酒坊裡有隻大貔貅[1]來得好，否則早就脫口而出了。好在他們聽了我說的那些奇蹟，百思不得其解，正忙於議論，我才算逃過了。一直到喬放下工作、走進來喝杯茶，他們兩個還在那裡談得起勁。姊姊見他進來，連忙把我捏造的那些見聞講給他聽，這與其說是為了討他歡喜，倒不如說是為了調劑調劑她自己的腦子。

喬吃驚得不知所措，張大了他的藍眼睛，滴溜溜地朝廚房裡四下打量，我看到他這副神氣，倒懊悔了起來；不過我只是為他而懊悔，坐在那裡的那另外兩個才不在我眼裡呢。我覺得自己實在是個小妖怪，不過我只是對喬抱著這種內疚的心情，也只能對喬產生這種感情，至於那另外兩個，儘管他們喋喋不休、爭短論長，說我認識了郝薇香小姐會如何如何，受到她的恩惠又會如何如何，那可不干我的事。他們都一口咬定郝薇香小姐會「給我一些好處」，只是不知道究竟會給我什麼樣的好處。姊姊巴不得我得到「財產」。潘波趣先生卻覺得還不如給我一筆可觀的獎金，讓我去學個上等行當——譬如說，學個經營糧食種子的行當也好。後來喬提出了一個絕妙的想法，說是郝薇香小姐最多只會把那幾條搶小牛肉片吃的狗送一條給我，這一下可挨了他們兩個的大白眼。姊姊說：「你這個傻瓜講不出好話，有工作還是做你的工作去吧。」於是喬只得走開。

後來潘波趣先生走了，姊姊也洗碗盞去了，我便偷偷溜到喬的打鐵間裡，在他那裡一直待到他收夜工，才對他說：「喬，趁著爐火還沒有熄滅，我有句話要跟你說。」

喬把腳凳放到爐子前面說：「匹普，你有話要說嗎？那就說吧。是什麼事呀，匹普？」

我抓住他那隻捲得高高的襯衫袖管，用大拇指和食指揉來擰去，說道：「你還記得郝薇香小姐家裡的那些事嗎？」

喬說：「記得？記得可牢呢！多妙啊！」

「喬，真糟糕，我完全是瞎掰的。」

喬大吃一驚、身子向後一縮，說：「你在說什麼，匹普？難道你剛才說的都是——」

「對啦，我就是這個意思，我剛才說的都是假的呀，喬。」

「不見得一句真話都沒有吧？」他看見我站在那裡直搖頭，便又問道：「匹普，總不見得連黑

1　取其音近「啤酒」。原文bear(熊)，音近beer(啤酒)。

天鵝龍（絨）的馬——車都沒有吧？至少狗總是有的嘍，匹普？」他簡直像勸我一樣：「唉，匹普，就是沒有小牛肉片，至少狗總是有的嘍？」

「沒有，喬。」

喬說：「至少一條狗總有吧？一條小狗總有嘍？說吧！」

「沒有，喬，連狗的影子都沒有。」

我無可奈何地盯住了喬，喬也大驚失色地盡瞧著我。「匹普，老朋友！這可不行啊，老朋友！哎喲！你這還得了？」

「喬，你看這糟糕不糟糕？」

喬嚷道：「糟糕？糟糕透了！你中了什麼邪魔了？」

我放開了他的襯衫袖管，在他腳跟前的煤灰堆上坐下來，搭拉著腦袋答道：「我自己也不知道中了什麼邪魔呢，喬。不過，要是你沒有教我把撲克牌裡的『奈夫』叫作『賈克』，該有多好啊；要是我腳上的皮鞋不是這樣笨重、我的手不是這樣粗，該有多好啊！」

然後我就告訴喬說，我心裡很不好受，卻又沒法向喬大嫂和潘波趣先生解釋，因為他們對我蠻不講理；又說起郝薇香小姐家裡有一位驕氣逼人的漂亮年輕小姐說我低三下四，是個尋常小子，我也知道自己很平凡，卻又希望自己不要那麼平凡才好；我說，我剛才說那些謊話，自己也不知道是怎麼搞的，不過反正原因就在這裡。

這真是一個玄妙的問題，至少對於喬和我來說，都覺得很不好對付。但是喬根本不用什麼抽象玄妙的道理來解釋，這樣反而把問題解開了。

喬思索了一會兒，說道：「匹普，有一點反正是錯不了的，那就是，撒謊總是撒謊。不管這謊是怎麼撒的，總是不撒才好。撒謊的老祖宗是撒旦，撒謊的結局就是變成魔鬼。以後可別再撒謊啦，匹普。你要想不平凡，可不能用這種辦法呀，老朋友。至於什麼叫作平凡，我還是一鍋糊塗粥弄不明白。你有些方面已經很不平凡了。你的個子就小得很不平凡。你的學問也很不平凡哩。」

「沒有的事，喬，我既無知又呆笨。」

喬說：「哪裡的話，你昨天晚上寫的那封信有多好！簡直像印出來似的！我看信也看得多了——嘿！都還是上等人寫的呢！——可是我敢賭咒，沒有一封寫得像印出來似的！」

「我還無知無識呢，喬。你太抬舉我了。是這樣嘛。」

喬說：「好了，匹普，是這樣也好，不是這樣也好，我希望你總得先從平凡的學者做起，這樣你才能成為一個不平凡的學者！就拿做國王來說吧，國王要不是在做小王子的時代就一筆一畫從第一個字母學到最後一個字母，他能夠坐上王位，頭戴王冠，工工整整地寫出那一條條法令來嗎？」喬說到這裡，意味深長地搖搖頭，接下去又說：「雖然我不能說我已經不折不扣地做到了，可是我知道應該怎麼做。」

他這番話很有見解，使我看到了一些希望，鼓起了幾分勁頭。

喬若有所思地又繼續往下說：「做小行業又掙不起錢的平凡人，恐怕還是照舊結交平凡人的好，去跟不平凡的人玩有什麼好呢——說到玩，我又想起了，你說的旗子，那大概總不會假吧？」

「哪裡有什麼旗子？喬。」

「（旗子也沒有一面，真叫我掃興啊，匹普。）有也罷，沒有也罷，這件事也不必多提了，要不然，你姊姊又要暴跳如雷了；這件事，也不能算是你故意撒謊。匹普，你聽著，我是真心把你當朋友，才跟你這樣說。只有真心朋友才肯跟你說這種話。如果你不能順著直道正路做到不平凡，可千萬別為了要不平凡而去走邪門歪道。匹普，下次可別再說這些謊話了。活要活得規規矩矩，死要死得快快活活。」

「喬，你不生我的氣吧？」

「怎麼會？老朋友。不過你要記住，你這些謊話實在說得太大膽、太嚇人了——我說的是像小牛肉片和狗搶食那一類的事——我是你的真心朋友，為你好，我才勸你，匹普，等等你上樓去睡覺，要在床上好好想一想。老朋友，我就是這句話，下次可千萬千萬別再這樣了。」

我走進自己的小臥房，做過禱告，雖說並沒忘記喬那番叮囑，可是只怪我年幼無知，腦子裡亂作一團，不識好歹，因此在床上一躺下來就胡思亂想：要是艾絲黛拉見了喬，一定會覺得區區一個鐵匠實在微不足道，一定會笑他的皮鞋這麼笨重、他的手這麼粗。這樣想了好久，又想到喬和姊姊此時只能在廚房裡坐坐，我自己上樓睡覺之前也只能待在廚房裡，可是郝薇香小姐和艾絲黛拉卻絕不會坐在廚房裡消遣，她們的日常起居同我們這些凡俗的生活相比，可真是一個天上、一個地下。到迷迷糊糊入睡時，還在想我在郝薇香小姐家裡「老是」如何如何；我在那裡其實不過待了幾個小時，倒好像已經待過好幾個星期、好幾個月了，這其實不過是當天的事，倒好像已經成了舊歲往年的陳跡了。

對我來說，這一天是終生難忘的一天，因為這一天在我身上引起了巨大的變化。誰過上這樣的一天，也會終生難忘的。請諸位設身處地想一想吧，假使你們一生中也有這麼一個不同尋常的日子，這一天會和平常過得多麼兩樣啊！讀者諸君，請你們暫時放下書來想一想吧，人生的長鏈不論是金鑄的也好、鐵打的也好、荊棘編成的也好、花朵串起來的也好，要不是你自己在終生難忘的某一天動手去製作那第一環，你也就根本不會過上這樣的一生了。

第十章
酒家奇遇

過了一兩天，我早上醒來，想到一個絕妙的主意。我認為我要變成一個不平凡的人，最好的辦法莫過於請畢蒂把她的一切知識都傳授給我。這麼一想，茅塞頓開，為了實現這個計畫，那天晚上到伍甫賽先生姑奶奶的夜校去上學，我便對畢蒂說，我很想要出人頭地，其中有個特別的緣故，暫且不必細說，只要她肯把她的全部知識都傳授給我，我就感激不盡了。畢蒂本是最講情義的姑娘，馬上一口答應，而且不到五分鐘，就開始履行自己的諾言了。

伍甫賽先生的姑奶奶的教育方案，也就是她的課程，大致可以歸結如下：先讓學生自由活動——吃蘋果的吃蘋果、在別人領子裡塞乾草的儘管塞乾草，到最後伍甫賽先生的姑奶奶把精神養足了，這才拿起一根樺木戒尺，踏著碎步，走到學生前面，不分青紅皂白地嚇唬一番。學生以各種各樣嬉皮笑臉的方式接受訓誡之後，便排成隊，把一本破破爛爛的書稀哩嘩啦地順次傳下去。書上有一張字母表、幾幅圖表、一些拼音練習——應該說，本來是有這些玩意兒的。書本一傳下去，伍甫賽先生的姑奶奶便進入昏昏欲睡的狀態——要不是由於瞌睡，就一定是風溼症發作了。於是學生便開始以靴子為題大做文章，互比高下，目的無非是爭誰踩起誰的腳趾頭來可以踩得最痛。這一切可以稱之為腦力鍛鍊，一直要鬧到畢蒂匆匆趕來，把三本殘破的《聖經》分配給他們。這三本書的模樣，彷彿是從什麼木樁上亂砍下來的，印得又糟，比我後來見到的任何一本文學珍本都要模糊，沾滿了斑斑點點的墨水漬，書頁裡夾著各色各樣給壓扁砸碎的昆蟲「標本」。有些性子倔強的學生往往還會和畢蒂扭打起來，給這一節課添了不少熱鬧。打完了，畢蒂便宣布今天從哪一頁讀起，她讀一句大家跟著讀一句——會讀的固然跟著讀，不會讀的也跟著讀，那一片七高八低的大合唱真叫嚇人。畢蒂領讀的聲調又高又尖，又沒個抑揚頓挫，誰都不曉得自己在讀些什麼，也根本就不當它一回事。亂七八糟亂嚷了一陣，少不得會把伍甫賽先生的姑奶奶吵醒，於是她便跌跌撞撞地不定走到哪一個孩子身邊，拉拉那孩子的耳朵。耳朵一拉，便不言而喻是放學了，於是大家為慶賀學業猛進，尖起嗓子來高呼幾聲，奔出校門。憑良心說一句，要是哪個學生願意拿石板、甚至鋼筆墨水（只要你有）來打發光陰，那也是絕不會遭到禁止的，只可惜這種做學問的方式在冬季很難行得通，因為在那既兼作課堂、又兼作伍甫賽先生姑奶奶起坐室兼臥室的小雜貨店裡，點的只是一支垂頭喪氣的蠟燭，又沒有一把剪燭花的剪刀，所以光線極其暗淡。

我覺得，在這種環境下，要想成為一個不平凡的人，實在很耗費光陰，不過我決定還是試一試。當天晚上，畢蒂就開始履行我們的特別協定，把她那份小價目表上綿糖一項的有關知識傳授了一些給我，又把她從報紙標題上摹寫下來的好大一個老式的英文字母D借給我拿回家去臨摹，我開頭還以為是個鈕扣花式，後來她說明白了，我才知道是個什麼玩意兒。

我們村裡當然少不了有個酒店，喬有時候也少不了要上那邊去抽袋菸。那天傍晚，在放學回家的路上，我接到姊姊的嚴厲命令，要我務必到三船仙酒家去一趟，好歹要把喬帶回來，否則就要我好看。所以，此刻我就向三船仙酒家走去。

三船仙酒家店堂裡有一個櫃檯，櫃檯裡面靠近門邊的牆壁上用白堊寫了一大篇欠帳帳目，長得驚人，照我看來，這一大筆欠帳是從來沒有人償付的。我從解事的時候起就看到了這些帳目，後來帳目日長夜大，比我的身子長得還要快。我們村裡一帶本來多的是埊土，村民大概都不肯錯過良機，務使物盡其用，讓白埊大顯其賒酒記帳的神通。

那是星期六晚上，只見店老闆怒目橫眉望著那一大筆欠帳；好在我這次來是跟喬打交道，不是跟他打交道，因此只跟他說了聲晚安，就走到過道那一頭的客廳裡去了。客廳裡生著一大爐旺火，喬正坐在那裡抽菸，跟他在一起的還有伍甫賽先生和另外一位生客。喬像平常一樣招呼我：「喂，匹普，老朋友！」他這話一出口，那位生客便轉過臉來望著我。

生客是個帶有幾分神祕氣息的人物，我從來沒見過。頭側在一邊，一隻眼睛半開半閉，似乎拿著一支無形的槍在瞄準。嘴裡銜一根菸斗，一看見我，就把菸斗從嘴裡拿出來，目不轉睛地瞧著我，慢吞吞地吐完了煙，才向我點了點頭。我也向他點點頭，於是他又點了點頭，在他坐的那張高背長椅上騰出點地方來讓我坐。

可是我每次到這種公共場所，總是習慣坐在喬身邊，因此我說：「謝謝您，先生！對不起！」然後就在他對面的高背長椅上喬給我讓出的地方坐了下來。這位生客瞄了喬一眼，見喬正瞧著別處，於是一等我坐定，便又對我點點頭，還擦了擦自己的腿——我覺得那擦腿的樣子真奇怪極了。

生客轉過臉去對喬說：「你剛才說，你是個鐵匠？」

喬說：「不錯，的確是這麼說來著。」

「你愛喝什麼酒？對不起，還沒請教過尊姓大名哩。」

喬報了姓名，那生客便稱名道姓起來：

「葛吉瑞先生，你喝什麼酒？我來請客好不好？飯後喝一杯幫助幫助消化如何？」

喬說：「哪兒的話，不瞞您說，我喝酒都是自己付錢，不大習慣讓別人請客。」

生客說：「習慣？談不上，只此一遭，下不為例，何況又是星期六晚上。來，點酒吧，葛吉瑞先生。」

喬說：「盛情難卻，來杯蘭姆吧。」

生客重複了一遍：「蘭姆。還有一位先生也請發表高見。」

伍甫賽先生說：「蘭姆。」

生客對酒店老闆大聲說道：「三份蘭姆！來三個杯子！」

喬把伍甫賽先生介紹給生客，說：「想來您一定樂於認識一下這位先生。他是我們教堂裡辦事的先生。」

生客瞇著眼睛瞧了我一眼，連忙應道：「噢呵！就是沼地旁邊墳地中央那座冷清清的教堂嗎？」

喬說：「正是。」

生客口銜菸斗，滿意地嗯了一聲，把兩條腿擱在他一人獨坐的高背長椅上。他頭上戴一頂闊邊旅行帽，帽簷掛了下來，帽子下面包一塊手絹，當作頭巾，把頭髮給遮沒了。他眼睛望著爐火，我依稀看見他臉上掠過一絲狡猾的神氣，繼而又露出一副似笑非笑的表情。

「兩位先生，我對這個地方不熟，不過，靠近河邊一帶看樣子好像挺荒涼吧？」

喬說：「十處沼地就有九處是荒涼的。」

「當然，當然。在那一帶是不是常常可以見到什麼吉卜賽人啊，走江湖的啊，流浪漢啊什麼的？」

喬說：「沒有，逃犯倒是常有。可我們也不容易碰到。伍甫賽先生，你說是不是？」

伍甫賽先生對於當初那段狼狽的經歷可謂刻骨銘心，因此他雖然表示同意，口氣卻很冷淡。

生客問道：「看樣子你們還去追捕過逃犯咯？」

喬回答道：「去是去過一次，不過您知道，我們不是去抓逃犯；我們只是去看看熱鬧；我和伍甫賽先生，還有匹普，我們都去了。匹普，是不是？」

「是的，喬。」

那生客又瞧了我一眼——仍然瞇著眼睛，好像是故意拿他那支無形的槍瞄準著我似的，他說：「這孩子別看他瘦，將來可有出息。你管他叫什麼？」

喬說：「他叫匹普。」

「教名就叫匹普嗎？」

「不，教名不叫匹普。」

「那麼是姓匹普嘍？」

喬說：「也不是姓，不過和他的姓相近，他小時候把自己的姓念走了音，後來人家也就這樣將錯就錯叫慣了。」

「他是你的兒子嗎？」

喬「唔」了一聲，便沉吟起來：當然並不是因為這件事本身有什麼煞費思索之處，而是因為一進了三船仙酒家，嘴裡銜上一根菸斗，無論談東說西，總要帶上三分深思熟慮的風度。沉吟了一陣，才說：「唔——不是。哪裡，他哪裡是我的兒子？」

「那麼是賊（侄）兒嘍？」

喬又顯出沉思的神氣說：「唔，不是——不，不騙您，他也不是我的賊兒。」

生客又問：「那他媽的到底是你什麼人？」我覺得他這樣氣勢洶洶地追問，總未免過分了些。

伍甫賽先生在這個節骨眼上插了進來；他這個人對於遠近百親無所不曉，何況職業使然，必須牢記一個男人不可以和哪些女的親戚成婚，因此便自告奮勇把我和喬的關係給那位生客解釋明白。伍甫賽先生插了嘴還不算，臨了還從《理查三世》裡面引證了一大段狂嗥亂叫的臺詞，念得叫人聽了毛骨悚然；等他自以為費了這番唇舌已經足以解決問題，又找補一句道：「這正合了那位大詩人的話。」1

這裡，我不妨作一點題外的說明；伍甫賽先生剛才提到我時，還在我頭上亂揉亂摸一陣，弄得我頭髮都戳到了眼睛裡，顯然是認為談到我就非得用手這麼配合一下不可，我真想不明白，何以像他那樣身分的人到我們家裡來做客，一遇到這種情況，總要叫我領受這樣的折磨，弄得我兩眼紅腫。現在回想起來，在我的童年時代，家裡親友不談起我則已，一談起則必然會伸出一隻大手來，美其名日撫愛我，其實是弄得我眼紅淚流。

這位生客自始至終什麼人也不望一眼，只是望著我，那副神氣像是終於拿定了主意，非得開槍打死我不可似的。他自從罵了那句娘以後，就什麼話也沒有說；等到三杯兌水蘭姆酒端進來了，他果然向我開槍了，這一槍可真是稀奇少有。

射來的不是舌彈，相反，他倒是演出了一幕默劇，是毫不含糊地對著我演的。他毫不含糊地對著我攪拌他那杯兌水蘭姆酒，又毫不含糊地對著我品嘗他那杯兌水蘭姆酒。又是攪動又是品嘗，放著酒店裡給他的匙子不用，卻用一把銼來攪拌。

他的動作非常巧妙，別人都看不到那把銼，只有我看得到。拌好了酒，便把銼揩乾，放進胸口衣袋裡。我認出這就是喬的那把銼；一看到那把銼，就知道他認識我那個逃犯。我坐在那裡瞪著他，好像著了魔一般。他卻忽然往椅背上一靠，不再理會我，而去人談蘿蔔。

我們村裡每到星期六晚上，就洋溢著一股愉悅的氣氛，大家做完了一週的工作，總得安安靜靜歇口氣、提提神，再做起工作來也好更投入些，在這種氣氛的影響下，喬居然也敢在酒店裡比平常多待上半小時。這半小時過了，兌水蘭姆酒也喝光了，喬便起身告辭，拉著我的手就要走。

生客說：「葛吉瑞先生。請等一會兒，我想起我口袋裡好像有一枚雪亮嶄新的先令，如果沒有丟掉的話，就給了這孩子吧。」

他掏出一把零錢，找出那一枚先令，用揉皺的紙包好，交給我說：「這是給你的！記好：是給你自己的！」

1《理查三世》是莎士比亞的歷史劇。「詩人」指莎氏。理查三世亂倫敗德的行為昭著史冊，這一段話的意思是說，喬絕不可能有亂倫行為。「狂嗥亂叫」的一段臺詞可能指第四幕第四場三三八至三四三行，即理查三世要求自己的嫂嫂伊莉莎白王后為他撮合和自己的侄女成親，伊莉莎白王后當場駁斥他的那一段話：

叫我怎麼向她啟齒？難道說：
她的夫君將是她爸爸的弟弟、她的親叔叔？
或是謀殺了她兄弟和她叔伯的兇手？
我該用什麼名義為你向她求婚，
才能合乎天理、法制，叫我既不丟臉，
而她的青春也甘願為你動情？

所謂「狂嗥亂叫」，則為莎劇導演詞所無，而狄更斯這樣寫，則不外乎描述伍甫賽朗誦這段臺詞時的粗魯聲態。

我向他道了謝，也不管什麼禮貌不禮貌，只顧緊挨在喬身上，睜大了眼睛瞧著他。他向喬道了晚安，又跟伍甫賽先生道了晚安（伍甫賽先生也跟我們一起出了酒店），對我卻不道晚安，只是用他那隻瞄人的眼睛瞥了我一下——其實連瞥一眼也談不上，因為他根本把那隻眼睛閉上了；不過，這真叫作：無限傳神處，盡在一閉中。

伍甫賽先生一出三船仙酒家就和我們分了手，喬一路上又老是張大了嘴，大口大口吸著空氣，像是為沖淡那喝下肚去的蘭姆酒，因此一路趕回家去，我即使有興說話，恐怕也只好一個人自唱自和。何況我往日的那件過失、往日的那個老相識，如今突然露出形跡，弄得我心神恍惚，哪裡還有心思想到別的事情上去？

回家一踏進廚房，正趕上姊姊沒有大發脾氣，喬一看這種機會千載難逢，便壯起膽子，把那枚亮晶晶的先令的來歷告訴了她。喬大嫂得意揚揚地說：「我擔保準是一枚假貨，世上哪裡有這種好人，肯把真貨給一個孩子？拿來我瞧瞧。」

我打開紙包拿出先令，的確是一枚呱呱叫的真貨！喬大嫂扔下先令，拿起紙包來一看，說：「這是什麼？兩張一鎊的鈔票？」

絲毫不假，果真是兩張一鎊的鈔票，油膩膩黏答答的，好像跟郡裡的許多牲口市場交情已經深得到了家似的。喬重又拿起帽子，帶了那兩鎊錢，要到三船仙酒家去歸還原主。喬一走，我就坐在平常坐的小凳子上惘然若失地望著姊姊，我敢肯定那個人早就走遠了。

喬果然一轉眼工夫就趕回來了，說是那人早已走了，不過他已經在三船仙酒家留了言，把那兩張鈔票的事吩咐停當。於是姊姊拿了一張紙把鈔票包好封嚴，放在客廳裡櫥頂上一把做擺飾用的茶壺裡，用乾玫瑰瓣掩好。那兩張鈔票放在那裡，從此就像夢魘一樣壓在我的心頭，也不知壓了我多少個日日夜夜。

我那天晚上睡得很不好，因為老是想到那個拿無形的槍瞄著我的生客，老是想到我幹下的那件卑劣的犯罪勾當——私通逃犯，那在我這個小人物說來本是件大事，而我居然都忘了。還有那把銼，也老是像個鬼影似的纏著我。那把銼居然在我萬萬料想不到的時候重新出現，實在叫我害怕。最後我只得想一想下星期三要上郝薇香小姐家裡去的事，這樣才算慢慢地睡著了。我在夢中果然看見那把銼從門裡向我伸過來，還沒看清拿銼的是誰，我就大叫一聲驚醒了。

第十一章 親朋

我按照事先約定的時間，第二次來到郝薇香小姐家裡，猶猶豫豫打過門鈴，艾絲黛拉就出來了。她像上次一樣，又開門放我進去，然後把門鎖上，引我走進她放蠟燭的那條黑暗過道。她一直沒理睬我，直到拿起了蠟燭，才回過頭來傲慢地對我說：「今天你從這邊走。」說著，便領我來到一個完全不同的所在。

過道很長，似乎繞遍了這座莊屋的正方形的底層。可是剛走完這正方形的一邊，她就停住，放下蠟燭，打開一扇門。到得這裡，總算重見天日，原來這是一個鋪石地面的小院子，院子那頭是一座獨立的住宅，看來早先本是那個已經廢棄的酒坊的經理或管事住的。宅外牆上有一架鐘，停在八點四十分上，和郝薇香小姐房裡的鐘一樣，也和郝薇香小姐的錶一樣。

從敞開的屋門進去，走進底層的一個後間，屋裡陰沉沉的，天花板又低。裡面有幾個人，艾絲黛拉走到他們面前，對我說：「孩子，你去那兒站著，等上面叫你，你再去。」所謂「那兒」，就是窗口。我遵命走過去，站在「那兒」，心裡老大不舒服，眼睛望著窗外。

這扇窗是落地長窗，窗口正對著荒蕪花園最淒涼的一角。望出去是一大片亂糟糟的白菜梗子，還有一棵不知是哪年哪月修剪過的黃楊樹，像個布丁，樹頂上戳出了一簇簇新葉子，模樣既難看，跟原來的色調也不調和，彷彿這個布丁粘在鍋子上給燙焦了一小塊似的。我端詳著那棵黃楊樹，就產生了這種天真的聯想。夜來下過一陣小雪；我在哪裡都沒有見到積雪，唯獨在這個冷颼颼、陰森森的花園一角積雪還沒有融化乾淨，風過處捲起一小股一小股雪花，打在窗上，好像是責備我不該去到那裡似的。

我一進屋，房間裡那幾個人便中斷了談話，盡瞧著我，這一點我是揣摩得到的。至於屋子裡的東西，我可什麼也看不見，只看見壁爐投在窗戶上的亮閃閃的火光。一想到人家都在細細地打量我，我簡直涼了半截，全身的關節都僵硬得不聽使喚了。

屋子裡共有一男三女。我在窗口還沒有站上五分鐘，就得到了一個印象，覺得這幫男女都是些吹牛拍馬之徒，只不過個個都裝腔作勢，明明知道大家的吹牛拍馬之道都是彼此彼此，卻又不肯相互道破。只因誰要是一點穿別人是吹牛拍馬之徒，那就無異不打自招，承認自己也是這麼個貨色。這幫男女是在那裡等候人家賞臉傳見，現在都等得厭倦了，一個個顯得沒精打采、百無聊賴。三個女人之中最健談的一個為了免得打呵欠，不得不沒話找話說，一個勁兒閒磕牙。這位女士名叫卡密拉，她真使我想起我姊姊，要說她和我姊姊有什麼兩樣，無非是她大了幾歲年紀，眉目口鼻更加扁平癟塌，混沌不清（我一看見她就產生了這種感覺）。說實在的，後來仔細多看了她幾眼，我便禁不住想到，她這張臉簡直就是一堵沒門沒窗、又高不可攀的白牆，她能勉強五官齊全，還算是上上大吉呢。

這位女士一開口，簡直就像我姊姊一樣粗暴，她說：「可憐的好人兒！誰也沒有跟他過不去，可他偏跟自己過不去！」

那位先生接口說：「這個人，還是有人跟他過不去的好，這才叫順乎天道合乎人情呢。」

另一位女士說：「雷蒙表弟，我們應當推己及人才是。」

雷蒙表弟回答道：「莎拉・朴凱特，一個人如果連自己也不顧，他還能顧誰呢？」

朴凱特小姐笑了，卡密拉也笑著說（把呵欠忍住了）：「有你這樣的高見！」我倒覺得他們恐怕當真認為這是一個了不得的高見呢。另一位還沒有發過言的小姐一本正經、煞有介事地說：「可說的是！」

卡密拉馬上又接下去說（我知道他們一直都在那裡望著我）：「可憐的人兒！他這個人也真太古怪！湯姆的老婆死的時候，人家再三對他說孩子得戴重孝，他的腦筋就是轉不過來，這話說起來誰會相信呢？他居然說：『老天爺呀！卡密拉，那些沒了娘的可憐的小東西戴孝有什麼意思呢？』他太像馬修了！真虧他說得出口！」

雷蒙表弟說：「他也有長處，也有長處，我要是抹煞他的長處，天理難容；不過他從來不識時務，一輩子也不會識時務。」

卡密拉說：「不瞞你說，我不得不再三堅持己見。我說：『一家體面攸關，不能不這樣。』我對他說，不戴重孝有墮家聲。為了這事，我從吃早飯一直嚷嚷到吃中飯。氣得我飯吃下肚去也不消化。最後他大發脾氣，嘴裡不乾不淨地說：『你愛怎麼著就怎麼著吧。』於是我立刻冒著傾盆大雨，出去買了素衣孝服。謝謝老天爺！一想到這裡，總算可以聊以自慰。」

艾絲黛拉問道：「是他付的錢，是不是？」

卡密拉回答道：「親愛的小姑娘，誰付的錢，那是另外一個問題，反正東西是我去買的。半夜裡醒過來，想到這件事，我是問心無愧的。」

只聽見遠遠一陣打鈴聲，夾雜著一聲呼喊，沿著我剛才走過的那條過道傳來，打斷了這場談話，艾絲黛拉對我說：「你可以去了，孩子！」我剛一轉身，這些人都以極端鄙視的目光望著我。一走出門，就聽見莎拉．朴凱特說：「哼，真沒想到！簡直豈有此理！」卡密拉氣不忿地補上一句：「居然有這種怪事！這是從哪裡說起！」

我和艾絲黛拉藉著燭光，沿著黑暗的過道走去；艾絲黛拉突然停住腳步，轉過身來，臉兒緊傍著我的臉兒，用她那種嘲弄的語調說道：

「唔？」

我險些跌倒在她身上，連忙站穩了腳跟，回答道：「唔，小姐。」

她站在那裡盡瞅著我，我自然也只好站在那裡盡瞅著她。

「我美嗎？」

「是的，我覺得你很美。」

「我愛欺負人嗎？」

我說：「比上次好一些。」

「比上次好一些？」

「好一些。」

她問我最後一句話時，怒火直冒；聽了我的回答，使盡全身氣力，打了我一個耳光。

打過以後還要問我：「怎麼樣？你這個粗野的小妖怪，現在你覺得我怎麼樣？」

「我不告訴你。」

「你打算上樓去告我，是不是？」

我說：「不，沒有的事。」

「你這個小無賴，這會兒怎麼不哭了？」

我說：「我這輩子再也不為你哭了。」這話其實是放了個天大的空炮，因為當時我心裡氣她不過，又暗暗地哭了，她後來還叫我飽嘗了多少痛苦，我身經親受，自己心裡明白。

這段插曲過後，我們便又往樓上走；在樓梯上遇到一位先生，正在摸黑下樓。

那位先生停住腳步，望著我問道：「這是誰呀？」

艾絲黛拉說：「一個孩子。」

這人身材魁偉，膚色黑得出奇，頭又大得出奇，手也大得可觀。他用那隻大手托住我的下巴，抬起我的臉來，湊著燭光看了一眼。這人未老先衰，頭頂都禿了，濃黑的眉毛根根刺起，不甘偃伏。眼珠凹下去很深，目光鋒利，顯得那麼多疑，叫人看了很不愜意。他身上掛著一根大號的錶鏈，滿嘴滿臉都是硬邦邦黑糊糊的鬍子根，要是他留鬚蓄髭，準是個大鬍子無疑。我認為這是個不相干的人，也料不到這人後來對我關係重大，當時不過是碰巧和他打了個照面，就留心看了一眼而已。

他問：「你是附近鄉下來的嗎，呃？」

我說：「是的，先生。」

「你是怎麼來的？」

我說：「是郝薇香小姐叫我來的，先生。」

「唔！要規矩點兒。小孩子我見得多了，我知道你們都不是好東西。」他把粗大的食指橫咬在嘴裡，對我皺了皺眉頭，說：「聽著！要規矩點兒！」

說完，就放開我，下樓去了。我真巴不得他放開我，因為他手上有一股香皂氣味。我開頭想這個人莫非是醫生；再一想，便斷定不是，要是醫生的話，舉止言談肯定會文靜些、委婉些。我沒來得及多考慮，轉瞬就來到郝薇香小姐房裡，只見郝薇香小姐和房裡的一切都還跟我上次臨走時一模一樣。艾絲黛拉把我丟在房門口，管自走了；我在那裡站了好半晌，郝薇香小姐才從梳妝檯前轉過眼來，看了看我。

她既不顯得吃驚，也不感到意外，說：「是你！日子過得快呀，是不是啊？」

「可不是，小姐。今天是——」

她不耐煩地揮揮手指說：「別提！別提！別提！我不想知道。你今天打算玩了嗎？」

我一時發了慌，只好回答說：「只怕不行，小姐。」

她用逼人的目光望著我，問道：「牌也不玩了嗎？」

「玩牌行，小姐；您如果要我玩牌，我就玩牌。」

郝薇香小姐不耐煩地說：「孩子，你既然覺得這座房子太古老、太陰沉，不願意玩，那麼，做事你願不願意？」

回答這句話要比回答剛才那句話輕鬆些，於是我說，做事我倒非常樂意。

她便舉起那乾枯的手，指著我背後的門說：「那就到對面房間裡去，在那邊等我，我就來。」

我經過一個樓梯平臺，走進她說的那個房間。那裡也是不見一線天光，屋子裡空氣混濁，一股味道叫人喘不過氣來。潮溼的舊式壁爐裡剛剛生了火，看起來是熄滅的部分多，旺起來的部分少。彌漫在屋子裡遲遲不散的煙，看來真比清新的空氣還冷——很像我們沼地裡的霧。高高的壁爐架上點著幾支陰森森的蠟燭，把屋裡映照得影影綽綽——如果用詞再貼切一些，應當說是幾支蠟燭影影綽綽地攪動了滿屋子的黑暗。屋子很大，多半從前一度也很堂皇，只可惜如今已非復昔日，屋裡縱然有幾件物件還依稀可辨，哪一件不是霉塵滿布，眼看就要變成破爛。最惹眼的是一張鋪著桌布的長桌，彷彿盛宴剛要開始，忽然舉宅上下、滿屋鐘錶，都統統停住不動了。桌布中央放著一件類似裝飾品的玩意兒，結滿了蛛絲，根本看不清它的本來面目。我還記得，我當時彷彿覺得那玩意兒像一個黑蘑菇，在泛黃的桌布上愈長愈大。順著長長的桌布望去，看見一些腿上長著斑紋、身上花花點點的蜘蛛都以這裡為家，紛紛奔進奔出，好像蜘蛛界發生了什麼了不得的大事似的。還聽到老鼠在護壁板後面雜遝奔忙，似乎蜘蛛界的大事也和老鼠休戚相關。唯有黑甲蟲毫不關心這場騷動，只顧在壁爐旁邊摸來摸去，老態龍鍾，步履蹣跚，似乎眼睛既近視，耳朵又重聽，彼此各不相擾。

我遠遠望著這些小爬蟲，正看得出神，忽然郝薇香小姐的一隻手落到我肩上。她另外一隻手裡拄著一根丁字頭的拐杖，活像是住在這屋裡的女巫。

她用拐杖指著長桌說：「你瞧，等我死了，我就要停放在這裡。叫他們都到這兒來瞻仰我的遺容。」

我隱約感到一陣不安，怕她馬上就要爬上桌去，當真就會一命嗚呼，一下子化為廟會上的那個可怕的蠟人，因此她那隻手搭在我肩膀上時，嚇得我縮做一團。

她又用拐杖指著桌子上問我：「你看那是什麼？那個結滿了蛛網的東西是什麼？」

「我猜不出來，小姐。」

「是一尊大蛋糕。結婚蛋糕。我的結婚蛋糕！」

她怒目炯炯地滿屋子掃視了一下，然後就抓著我的肩膀，靠在我的身上，說道：「好了，好了，好了！扶著我走動走動吧，扶著我走動走動吧！」

從她這句話裡，我才明白，所謂要我做事，就是要我扶著郝薇香小姐在這屋子裡繞圈子。於是我立即開步，她就扶著我的肩頭走了起來，我們的步伐快得簡直和潘波趣先生的馬車一般無二（我第一次來到她家，就曾心血來潮，想到要學潘波趣先生的馬車，這一回果然學上了）。郝薇香小姐體弱不支，沒走多久，就吩咐我要「慢一些」，可是慢了一陣，往往又忍不住會快起來，她搭在我肩頭上的手一路在牽動，她的嘴唇一路在抽搐，使我不由得想：我們走得快，還不都是因為她腦子裡念頭轉得快？過了一會兒，她便吩咐我：「去叫艾絲黛拉來！」我走到樓梯口，像上次一樣使勁叫了一聲。艾絲黛拉的燭光一出現，我就回到郝薇香小姐面前，重新在屋裡轉起圈子來。

即使艾絲黛拉只是一個人來看我們轉圈子，我就已經夠難堪了；可是她卻把樓下的那三女一男也都帶了上來，這下子我真不知道如何是好了。論禮貌，賓客一進屋，我就應該停步，可是郝薇香小姐偏偏捏了一下我的肩膀，於是我們又趕緊走下去——我真覺得難為情，我知道他們一定認為這都是我耍的鬼把戲。

只聽得莎拉．朴凱特小姐說：「親愛的郝薇香小姐，你的氣色多好啊！」

郝薇香小姐答道：「氣色好是假的，面黃肌瘦、皮包骨頭是真的。」

卡密拉眼見莎拉．朴凱特小姐碰了這個釘子，不覺面露喜色，於是她就故作憂愁地望著郝薇香小姐，嘴裡哼哼唧唧說：「可憐的好人兒！氣色怎麼好得起來，多可憐的人啊！這是從哪裡說起喲！」

郝薇香小姐向卡密拉問道：「你好嗎？」這時我們已走到卡密拉面前，我本當停下來，可是郝薇香小姐卻不肯停。我們就揚長而過。我心裡想，卡密拉一定把我恨透了。

卡密拉答道：「多謝您，郝薇香小姐，我只好說是差強人意吧。」

郝薇香小姐以異常尖刻的口氣問道：「怎麼，你怎麼啦？」

卡密拉答道：「其實也別提了。我倒不是要故意表白我的心意，可是我哪一天晚上不是為了想念您，想得腸斷心碎啊！」

郝薇香小姐回了她一句：「那就別想念我吧。」

卡密拉本來情意殷殷，強忍著嗚咽，誰料上唇一抽，眼淚就撲簌簌流下來了。她說：「談何容易！雷蒙親眼看見的，我晚上弄得沒有法子，灌了多少薑汁酒，嗅了多少醒藥啊！雷蒙親眼看見的，我兩條腿抽筋抽得多厲害啊！我只要一想到我心疼的人，心裡一急，就要打噎，就要抽筋，這也不是一天兩天的事了。假如我不是這樣重情分、會傷心，我的消化一定要好得多，神經一定會像鐵打一樣的堅強。我何嘗不想這樣？可是，叫我晚上不想念您呀——這是從哪裡說起！」說到這裡，淚下如雨。

她所說的雷蒙，我看就是在場的那位男賓，也就是卡密拉的先生。在這緊要關頭，他立即趕過來搭救他夫人，又是安慰又是恭維地說：「親愛的卡密拉，誰不知道你因為太看重骨肉情分，弄得身子一天差似一天，兩條腿也顯得一長一短了。」

那另一位不苟言笑的夫人（我只聽到她說過一句話）這時候說：「親愛的，倒不是說想念誰就是打算從誰身上大大地撈一把好處呀。」

莎拉．朴凱特小姐也跟著敲邊鼓，說：「對，沒有這個意思，親愛的。哼！」這時候我才看出她是個乾癟小老太婆，膚色棕黃，皺紋累累，小臉蛋像是胡桃殼做的，嘴巴卻特別大，可惜少了幾根鬍子，否則就活像一張貓嘴。

不苟言笑的那位女士又說：「想念想念還不容易嗎！」

莎拉．朴凱特女士也表示同意：「天下沒有再容易的事了！」

卡密拉嚷道：「哦，說得是，說得是！」看來她那股如火似荼的感情從兩條腿上升發到胸中來了。「說得千真萬確！太重感情原是一種弱點，可我也是無可奈何。其實，要不是太重感情，我的身體也絕不會糟到這個地步，可是我這個脾氣，就是能改我也不願意改。為了這個脾氣，多受了多少苦楚；不過深夜醒來，想起自己生成了這種脾氣，我倒反而感到很安慰。」接著，又不禁感從中來，涕泗滂沱。

郝薇香小姐和我始終不停地在房間裡兜來繞去，走個沒完，一會兒擦著了女賓的裙子，一會兒卻又把客人甩得老遠，在這個陰沉沉的屋子裡天南地北，遙遙相望。

卡密拉說：「只有馬修這個人真薄情！從來不跟親骨肉來往，從來也不來探望探望郝薇香小姐！我可早就和沙發結下了不解之緣，解開了緊身褡的帶子，昏昏沉沉的，在沙發上一躺就是幾個鐘頭，頭歪在靠手上，披頭散髮，腳也不知道擱在什麼地方——」

（卡密拉先生插進來說：「你的腳擱得比你的頭還要高呢，親愛的。」）

「我這樣迷迷糊糊的，往往要一連躺上好幾個鐘頭，為的就是馬修行為乖張，莫名其妙。可是從來也沒有聽見誰對我說過一句感謝的話。」

不苟言笑的那位小姐插嘴道：「說句老實話，我看也不會有人感謝！」

莎拉．朴凱特小姐（一位口蜜腹劍的人物）接口說：「親愛的，倒要請教請教，你有沒有問問你自己，你究竟要誰來感謝你呢，我的可人兒？」

卡密拉只管接下去說：「我也不要人家感謝我，或者對我怎麼樣，我往往就那樣昏昏沉沉地一連躺上好幾個鐘頭。雷蒙親眼看見的，我打噎打得真叫厲害，薑汁酒吃下去毫不頂事，連馬路對面那家人家彈鋼琴時都聽見了，他們家裡那些不解事的孩子還以為是遠處的鴿子在叫呢——想不到現在居然有人說我——」卡密拉說到這裡，連忙用一隻手護住喉嚨，開始進行道地的化學實驗，準備製造出新的化合物來。

一聽見提起這個馬修，郝薇香小姐就叫我站住，自己也收住腳步，站在那裡望著說話的人。這樣一來，果然起了極大的作用，卡密拉的化學實驗就此突然收場了。

郝薇香小姐嚴詞厲色地說：「等我有一天咽了氣，停放在這張桌子上，馬修終究還得來看我。」接著就用拐杖在長桌上一敲，說：「叫他就站在這兒，站在我的頭前面！你就站在這兒！你男人站在這兒！莎拉．朴凱特站在那邊！嬌吉安娜站在那邊！現在先給你們安排好，將來我死了，你們就可以各就各位，來把我分而食之。好了，走吧！」

她說一個名字，就用拐杖在桌子上指一個地方敲一下。說完以後便吩咐我：「扶我走吧，扶我走吧！」於是我們又繼續走我們的了。

卡密拉大聲嚷道：「我看只有遵命告辭，沒別的辦法了。好在已經見到了自己衷心敬愛、理當孝順的人，儘管只有這麼短短的一會兒工夫，總算也是個安慰。夜半醒來回想回想，雖然不免有些憂傷，心裡到底還是高興的。要是馬修也能得到這份良心上的安慰就好了，可是他偏偏不要。我本來打定主意咬緊牙關絕不表白我的心意，可是聽到說是要把自己的親人分而食之，又聽到當面下逐客令，心裡真是難受啊——難道我們是吃人的怪物不成！這是從哪裡說起！」

卡密拉夫人的手已經按在起伏不停的胸口上，卡密拉先生趕緊過來攙扶；那位夫人裝模作樣擺出一臉強自撐持的神氣，由卡密拉先生扶著走了出去，臨走還向郝薇香小姐飛了一個吻，從她那副神氣中，我看出她是打算一出門口就要打噎暈倒的。莎拉．朴凱特和嬌吉安娜各不相下，都想留在最後出門；可是莎拉畢竟老謀深算，誰也占不到她的便宜，她在嬌吉安娜身邊慢悠悠磨來蹭去，其圓滑巧妙，功夫之到家，不由得嬌吉安娜不走在前頭。於是莎拉·朴凱特就得以獨自一人向郝薇香小姐告別：「上帝保佑您，親愛的郝薇香小姐！」她那胡桃殼似的臉上露出了微笑，表示她慈悲為懷，可憐其他幾位客人的懦弱無能。

艾絲黛拉端著蠟燭送他們下樓去，郝薇香小姐依舊手搭在我肩上，繼續走她的，不過愈走愈慢了。最後，她在壁爐前面停了下來，對著爐火望了半晌，自言自語咕噥了幾聲，然後對我說：

「匹普，今天是我的生日。」

我正要向她說幾句祝她長壽之類的話，她忽然舉起拐杖。

「不許提這件事。剛才來的那幾個人，我就不許他們提，任何人都不許提。年年一到這一天他們就來了，可就是不敢提。」

既是這樣，我又何苦再提。

「也就是在有一年的今天，送來了這堆垃圾，」說著舉起丁字頭的拐杖，對著桌上那一堆結滿蛛網的東西戳了戳，不過並不碰著，「那時候你還沒出世呢。它守著我一塊兒憔悴消瘦。老鼠用牙齒啃它，可是還有比老鼠更銳利的牙齒啃著我。」

她站在那裡，眼望著桌上，把拐杖頭頂在心口。她身上穿的那套衣服原本是潔白的，而今已經又黃又癟；原先潔白的桌布也已經黃而又癟；屋裡的一切簡直只消輕輕一碰就會立時土崩瓦解。

她臉色蒼白得像死人一樣，說道：「總有一天這災難會到頭的，等我咽了氣，我就穿著這身新娘禮服，讓他們把我停放在這喜筵桌上——我死後就得照此辦理，也算是對他[1]的最後一次詛咒

---

1 這個「他」是指郝薇香小姐負心的情人。

——假如正逢他年今日，那就更好！」

她站在那裡盡望著桌子，好像就望著桌上自己的遺體。我靜悄悄不吭一聲。艾絲黛拉回到屋裡，也是靜悄悄不吭一聲。我覺得我們似乎就這樣靜悄悄地站了好半天。屋裡空氣那麼壓抑，遠處的角落裡一片昏黑沉沉，我甚至產生了一種恐怖的幻覺，感到我和艾絲黛拉好像馬上也要開始腐爛了。

過了好久以後，郝薇香小姐終於清醒了過來；她這種神經錯亂的毛病說好一下子就好了，倒不是慢悠悠清醒過來的。她說：「我來看你們兩個玩牌吧；你們怎麼還不玩呢？」聽得她這麼說，我們便一塊兒回到她臥室裡，像上次一樣坐好；我又像上次一樣把家當敗光，郝薇香小姐也像上次一樣始終看著我們玩，還故意逗我去注意艾絲黛拉的美麗，又把一顆又一顆寶石，給艾絲黛拉一會兒試戴在胸前，一會兒試戴在頭上，愈加引得我眼花撩亂。

艾絲黛拉也依舊像上次一樣對待我，只是連和我說句話也不肯賞臉了。打完了六、七副牌，就約定我下一次來的日子，然後由艾絲黛拉領我走到樓下院子裡，依舊像上次一樣把我當作一條狗似的，扔些東西給我吃。我也像上次一樣，得以一個人留在那裡任意遊蕩。

上次我曾攀上牆去窺探花園，那牆上本有一扇門，那扇門當時是開還是關，反正關係不大，也無庸推敲。總而言之，上一次我根本沒看見有什麼門，這次倒是看見了。門是開著的，而且我知道艾絲黛拉早就把客人送走了（因為她剛才回到樓上時，手裡拿著鑰匙），於是我便信步走進花園，到處閒逛。花園已全部荒蕪。園裡原有幾處甜瓜棚和黃瓜棚，早已敗落不堪，不過敗落之後似乎還長出過一些瓜藤，曾經攀著一些破破爛爛的舊帽舊鞋勉力掙扎，自生自滅，時而還分出一枝，蔓生到一堆破爛裡，看那樣子可像是一個破鍋子。

遊遍了花園，又看了一個暖房，裡面什麼東西都沒有，只有一株倒伏在地的葡萄樹和幾個瓶子。

最後來到一個又陰沉又淒涼的角落，原來這就是我剛才從小屋窗口裡看到的那個角落。我只當小屋裡的人已經走光，便從另一個窗口朝裡面張了一眼，這一張卻大大出乎我的意料，原來裡面有位眼圈發紅、淡黃頭髮的白面少年紳士，和我不偏不斜正好打了個照面。

這個白面少年紳士一眨眼就不見了，沒多一會兒工夫又出現在我身邊。我剛才一眼瞥見他時，他正在讀書，此刻我又看出他手上沾著墨水的汙跡。

他說：「喂！小傢伙！」

「喂」這個招呼，含意籠統；根據我平日的觀察，最好的對付辦法莫過於照喊不誤，於是我也叫了聲「喂」，可是我總算對他客氣，省略了「小傢伙」三個字。

他問：「誰讓你進來的？」

「艾絲黛拉小姐。」

「誰讓你在這兒東蕩西蕩的？」

「艾絲黛拉小姐。」

那個白面少年紳士說：「來跟我打一場去！」

我除了跟著他走，還有什麼別的辦法？這一點我後來也曾一再細細琢磨；可是當時我有什麼辦法？他的口氣毫無商量的餘地，加以我這一驚又非同小可，於是我只得乖乖地跟著他走，好似中了魔法一般。

沒走幾步路，他回過頭來對我說：「停一停，打也應當讓你有個打的理由。看我的！」說著，馬上露出十足挑釁的神氣，把雙手一拍，使了個姿勢美妙的後踢腿，一把扯亂我的頭髮，然後又是雙手一拍，把頭一低，向我心窩裡直衝過來。

他這種公牛撞人似的舉動自然叫人覺得未免無禮，何況我又剛剛吃過麵包和肉，給他這一撞，特別不好受。於是我向他還了一拳，正要揮拳再打，只聽得他說：「啊哈！你當真要打嗎？」說著，他就忽前忽後地亂跳一陣，這種打法，憑我有限的經驗來看，倒還是初次見識。

他說：「打有打的規矩！」說著，左腳騰空，右腳著地。又說：「一定要照章辦事！」說著，又是右腳騰空，左腳著地。「找個場地，做好賽前準備！」說著，他的身子忽兒閃到前面，忽兒晃到後面，玩盡了種種花樣，我只有眼睜睜望著他的分。

看了他那股靈活勁兒，我心裡倒暗暗有幾分怕他；可是，我無論從道理上來說，還是從生理上來說，都敢說我的心窩並沒有礙到他，他那一頭淡黃色的頭髮憑什麼要衝到我心窩裡來？他既然無緣無故冒犯我，我難道就沒有權利不許他胡作非為？因此，我二話不說，跟他走到花園裡一個隱僻的角落裡：這裡是兩堵牆交界的地方，還有一堆垃圾作為屏障。他問我滿不滿意這個地方，我回答說滿意，他便請我稍等一下。去了沒多久，他帶回來一瓶水、一塊浸醋的海綿，對我說道：「我們雙方都用得到。」說罷，把兩件東西放在牆邊，然後開始脫衣服；脫了外套和背心不算，連襯衫也脫了下來；脫衣服的神氣既輕鬆愉快，又乾脆俐落，且又顯得那麼好鬥心切。

雖說他的氣色並不見佳，臉上長著粉刺，嘴上生了個疹子，可是他這副煞有介事的準備架勢倒嚇了我一大跳。估計他和我年齡相仿，可是個子比我高得多，那套跳來蹦去、扭東轉西的功夫更是氣派十足。這位少年紳士穿一身灰色衣服（這是說他脫衣上陣之前），他的手肘、膝蓋、手腕、腳踵，比身上其他部分要發達得多。

他擺好架勢向我進攻，一招一式都有章有法，恰到好處，一邊還拿眼睛打量我全身上下，彷彿在細心選擇攻擊目標預備下手；我看了那氣派，先已膽戰心寒。誰料我剛打出第一拳，他就仰面翻倒在地上，抬起頭來望著我，鼻子裡鮮血直流，面孔好似讓畫師畫得走了樣，我這一驚真是平生未有，非同小可。

可是他一轉眼就從地上爬起來，十分熟練地用海綿揩乾了血，又向我擺開進攻的架勢。誰料他一下子又仰面朝天倒在地上，抬起頭來望著我，這回可連眼圈都發青了，我這一驚也是非同尋常，不下於剛才。

他這種不屈不撓的精神使我不勝尊敬。看來他並沒有多大氣力，他一次也沒有打痛過我，倒老是給我打倒在地上；可是他跌倒了又爬起來，用海綿揩一揩血或是拿起水瓶來喝幾口水，算是按照規矩給自己加過了油，便心滿意足，重又氣勢十足地向我進逼；我看了那氣勢，滿以為他這一次肯定要揍得我沒命了。結果他倒是鼻青臉腫、傷痕累累；因為說來抱歉，我拳頭落在他身上，一次重似一次；可是他沒有一次不是跌倒了又爬起來，最後一跤跌得太重，後腦殼撞在牆上。即使遇到這樣一個驚險場面，他還是一縱身就爬起來，慌慌亂亂地在原地連轉了幾個圈，卻摸不到我在哪裡。最後他才跪倒在地上，爬過去抓起海綿，往上一扔[2]，氣喘吁吁地說：「這一下給你打贏了。」

他顯得那麼勇敢、那麼天真，因此，儘管這次鬥拳不是我發起要打，可是我打贏之後卻是憂悶多於得意。說老實話，我記不得我在穿衣服的時候有沒有罵自己是頭小野狼、是頭畜生，我真希望自己罵了才好。總之，當時我穿好了衣服，悶悶不樂地抹了抹臉上的血跡，跟他說：「要我幫忙嗎？」他說：「不用了，謝謝你。」於是我向他說：「祝你午安。」他也說：「祝你午安。」

走到院子裡，看見艾絲黛拉正拿著鑰匙等著給我開門。既不問我去哪裡了，也不問我為什麼讓

2 拳手往上扔海綿是認輸的表示。

她等了那麼久；只見她臉蛋緋紅，似乎有了什麼得意事。她並沒有立即走到大門口去為我開門，卻又退回到過道裡，招手喚我走過去。

「到這兒來！你要願意的話，可以吻吻我。」

她把臉蛋轉過來，我吻了一下。如今想想，為了在她臉上吻這麼一下，要我赴湯蹈火，我也心甘情願。不過當時我心裡想的卻是，她拿這一吻賞給一個粗野低賤的小子，還不等於賞了一文錢，說得上有什麼價值呢？

總之，這一天既有郝薇香小姐的親朋來訪，又和艾絲黛拉打牌，又跟人打架，因而，在外耽擱了很久，等我走近家門，沼地外沙礁上的燈塔已經在墨黑的天邊大放光明，喬的打鐵爐裡也躥出長長的一串串火星，直飛到大路以外。

第十二章
郝薇香小姐的邀請

和那個白面少年紳士打過一架以後，我心裡一直為此感到十分不安。愈是想到那次打架，記起那位少年紳士一次又一次仰面朝天躺在地上，臉上腫一塊，紅一塊，就愈覺得自己是絕不會給白白放過的。我只覺得頭上還沾著那個白面少年紳士的血跡，生怕逃不過法律的制裁。雖然說不上自己該當哪一條哪一款的罪、要受怎樣的懲處，可是我心裡卻十分明白，鄉下孩子萬萬不能在外面大搖大擺，撞到上等人家去、衝撞一個孜孜不倦的青年學子，否則就是自作自受，定會遭到嚴厲懲罰。我甚至接連幾天不敢出家門一步，家裡偶然派我出去做點什麼，出門之前，也總是先要在廚房門口張望一番，戰戰兢兢，提心吊膽，唯恐郡裡的獄吏會撲上來逮住我。我褲子上沾了那個白面少年紳士的鼻血，只好趁著夜深人靜設法把這罪證偷偷洗掉。手指關節給那個白面少年紳士的牙齒碰破了，於是挖空心思，想出成千上萬個想入非非的主意，準備萬一被拖上法庭，也可以把這樁要命的事搪塞過去。

轉眼又到了約定的日子，又要回到上次動武行凶的地點，這時我驚恐的心情也達到了頂點。倫敦法院特地派來的那批凶神惡煞會不會就埋伏在大門後面等著我呢？郝薇香小姐會不會因為我在她家裡無法無天而要親手報復呢，會不會穿著那身壽衣霍地站起身來，掏出手槍把我打死呢？會不會有人雇了一批無恥的小子——一大幫收買來的奴才——等在酒坊裡，伺機一擁而上，把我活活打死呢？我對那個白面少年紳士的人品倒是深信不疑；我從不疑心他會參與這一類的報復行動，便是這一點的明證。怕只怕他家裡人不明是非，看到他給打成那個樣子而大動肝火，為了不辱沒家聲，要對我興師問罪。

好也罷歹也罷，郝薇香小姐家裡我還是非去不可，我也終於去了。奇怪！上次打架的事並沒有掀起一點風波。提也沒人提起，整座宅子裡找不到那個白面少年紳士的影子。我一看花園的門照舊開著，便走進花園四處探尋，甚至還走到那座獨立住宅的前面，在窗口張望了一下，可是眼前突然一抹黑，原來裡面窗板都關得嚴嚴的，一片死氣沉沉。只有在上次打架的那個角落裡還有些痕跡依稀可辨，可以證明那位少年紳士確有其人，絕非我白日做夢。這痕跡不是別的，就是他留下的一些斑斑血跡，我便隨手掩上泥土，免得被人看見。

在郝薇香小姐的臥室和擺著長桌的那間屋子之間，有一個很大的樓梯平臺，我看見平臺上有一張推椅，那是一張輕便椅下面裝著輪子，可以從後面推著走。我上次就看見這張椅子擺在那裡了；從這一天起，我就開始了一項固定的工作，那就是說，郝薇香小姐扶著我的肩膀走倦了，就坐在這張椅子裡，讓我推著她在臥室裡繞圈子，然後穿過平臺，又推到對面屋子裡去繞圈子。一圈一圈又一圈，不斷地這樣循環往返，有時候要接連繞上三個鐘頭。漸漸地我也弄不清到底推了多少個來回，只覺得反正多得數也數不清，因為就從那天起，規定我隔天一次，到中午就要去做一趟這樣的差事，這樣前後至少做了八個月到十個月之久。這幾個月的經過，我來約略交代一下。

我們一天比一天相熟了，郝薇香小姐跟我談的話也愈來愈多了，她問到我學過些什麼、將來打算幹什麼。我說，早晚要跟喬學打鐵；還不厭其煩地告訴她，我什麼都不懂、樣樣都想學；這樣說，為的是希望她或許肯成全我實現我的心願。可是她並沒有想要成全我的意思，看來反而巴不得我無知無識。她也不給我錢什麼的，只是去一次就給我吃一頓，甚至也不提我幫她做了事，她會給我工資。

艾絲黛拉沒有一次不在場，沒有一次不是她領著我進進出出，只是再也沒有說過我可以吻她。有時候她冷冰冰地勉強容忍著我；有時候她紆尊降貴地來遷就我；有時候她和我十分親暱；有時候卻又咬牙切齒地說她恨我。郝薇香小姐老是問我：「匹普，你看她是不是愈長愈美了？」有時候湊在我耳邊悄悄問，有時候趁艾絲黛拉不在偷偷問。我要是答應了一聲「是的」（因為事實確是如此），她就高興得不知怎麼才好。我和艾絲黛拉打牌時，她總是在一旁看著，艾絲黛拉的一喜一怒、一顰一笑，她都看得津津有味，一點一滴都要愛惜。有時候艾絲黛拉的情緒千變萬化，喜怒無常，簡直弄得我不知怎麼說才好，不知怎麼做才對，這時候，郝薇香小姐就會把她當作心肝寶貝似的摟在懷裡，唧唧咕咕地和她打耳喳，我聽得她好像在說：「我的寶貝、我的希望，你要揉得他們心碎，一定要揉得他們心碎，千萬不可容情！」

記得喬打起鐵來，老愛哼一支歌，哼的是其中的幾個片段，總是「克萊門老頭、克萊門老頭」地疊疊重重唱個沒完。克萊門原是鐵匠的守護神，用這種方式向他表示敬意，未免有欠鄭重；不過我認為，克萊門老頭和打鐵匠的關係，這支歌倒是表達得恰到好處。歌是模仿打鐵的節奏編制的；說不上有什麼歌詞，不過是鋪墊一些字眼，反覆引出克萊門老頭這個人人敬仰的名字來。譬如這樣一段：「孩子們來一塊兒打喲——克萊門老頭！打一錘來喝一聲喲——克萊門老頭！加油打呀，加油打——克萊門老頭！臂膀粗呀，勁頭大——克萊門老頭！風箱拉得響，火苗照天亮——克萊門老頭！風箱呼呼叫，火焰飛得高——克萊門老頭！」就在有了輪椅之後不久，有一天，郝薇香小姐突然不耐煩地揮揮手指跟我說：「好了！好了！好了！唱個歌來聽聽吧！」這實在出乎我的意料，我只得一邊推一邊哼起這支小曲子來。偏巧這曲子很討她喜歡，她也出神似的跟我一起低聲哼起來，彷彿在睡夢中歌唱一般。從此以後，每當我推起輪椅，我們照例就要唱這支歌，艾絲黛拉也常常跟我們一起唱，不過我們都唱得很低，即使三個人合在一起唱，也抵不上這座陰森古老的宅子裡最輕微的風聲。

處在這樣的環境中，我能變成個什麼樣的人呢？我的性格怎麼能不受影響呢？每次走出這些昏黃朦朧的屋子，來到光天化日之下，我豈止眼睛發花，連頭腦都迷糊了，這又有什麼奇怪呢？

關於那個白面少年紳士的事，我那天本當告訴喬，無奈以前信口胡言亂道，撒下那些大謊，後來又向喬供了實情，如今倘再和他談起這位白面少年紳士，他準會認為我上次胡扯了黑天鵝絨馬車，這次又無非是給馬車安排一位合適的乘客，因此我就一句也沒有提起。再說，頭一次談論過郝薇香小姐和艾絲黛拉之後，我就怕人家再議論她們兩個，這種顧忌後來越發一天強似一天。只有畢蒂我卻完全信得過，我什麼事都不瞞可憐的畢蒂。我認為不瞞她是理所當然，而畢蒂呢，不論我告訴她什麼，她也都感到痛癢相關，當時我實在不明白是個什麼道理，現在我想是明白了。

這時廚房裡正在開家庭會議，我本來就有了一肚子氣，這一來更是火上添油，幾乎忍不住要發作。原來潘波趣那老禿驢常常在晚上趕來，跟姊姊討論我的前途問題，老實說，可惜我力氣小，拔不出潘波趣馬車上的車轄，要不我就非拔了它不可（如今回憶起這件往事，依舊並不十分感到內疚）。這個下流種子就是那麼冥頑不靈：他談論我的前途非得讓我待在他面前不可（好像把我當作個實驗標本似的）；我在牆角裡坐得好好的，他卻往往一把揪住我的衣領，硬要把我從小凳上拖起來，拖到火爐的緊跟前，彷彿存心要把我烤熟似的，嘴裡還說：「夫人，這孩子來了！你一手帶大的這個孩子來了！孩子，抬起頭來，對於一手帶大你的人，你可永遠要知恩感德。夫人，來談談這孩子的事吧！」然後又在我頭上胡摸亂掠一陣，把我的頭髮弄得亂七八糟──前面已經說過，我自從幼年解事以來，就打從心裡覺得誰也沒有權利這樣把我玩弄。他讓我站在他面前就算了，還要拉住我的袖管：他要我作出的這副低能兒的可憐相，只有他自己那模樣才堪與媲美！

接著，他就和姊姊一搭一檔，一唱一和，以郝薇香小姐做話題，盡說些沒有意思的廢話，胡亂猜測郝薇香小姐會拿我怎麼辦，會給我些什麼好處。這些話常常使我難受無比，氣得要哭出來，恨不得撲到潘波趣身上去，把他從頭到腳一頓狠揍。兩人一談開，姊姊每次提到我，就要數說我一頓，那勁頭簡直像在拔我的牙齒似的；而潘波趣呢，則一向以我的恩人自居，總是坐在那裡用輕蔑的眼光瞅著我，彷彿我這一輩子的富貴榮華，端靠他為我擘畫經營，誰料我倒不承他的情，反而叫他吃力不討好。

喬從來不參加這些談論。不過他們不談則已，一談總少不了要談到他，因為喬大嫂早就看出喬是不願意我離開鐵匠鋪的。按我的年齡來說，現在已經完全可以跟喬做學徒了；因此，每當喬拿起撥火棍來，心思重重地在爐格中間捅爐灰的時候，姊姊就要毫不含糊地把喬這種無辜的行為說成是有意反對的表示，就要猛然衝到喬的面前，使勁把他亂搖一陣，奪下他手裡的撥火棍，丟在一旁。這種討論，沒有一次不是以極不痛快的結局收場的。姊姊往往在談到難乎為繼時，便頓時呵欠連連，好像無意中突然看見了我似的，猛撲到我面前，向我吆喝道：「好了！你也叫人夠受的了！還不趕快去睡覺！一整晚為你操心還操得不夠嗎！」明明是他們折磨得我連命也快沒有了，倒反咬我一口，好像是我死乞白賴求他們來折磨我！

這樣的日子，一直過了好久；本來以為還得這樣繼續過上好久，不料有一天，郝薇香小姐正扶著我的肩膀，跟我一起走著，忽然間她停了下來，頗不樂意地說：

「你長高了不少了，匹普！」

我若有所思地瞥了她一眼，我覺得最好還是用這個辦法向她委婉表示：這恐怕不是我自己做得了主的吧。

她當時沒有再說什麼，可是一轉眼工夫又停下來瞅著我了；沒多久，又瞅了我一次，第三次瞅過我以後，她便顯得愁眉苦臉，怫然不悅，下一次我去侍候她，照常陪她走了一陣，剛剛把她護送到梳妝檯前面，她就又不耐煩地揮揮手指，叫我留一留。她說：

「把你那個鐵匠的名字再給我說一遍。」

「他叫作喬．葛吉瑞，小姐。」

「你就打算跟那位師傅做徒弟嗎？」

「是的，郝薇香小姐。」

「你還是馬上就去跟他學手藝。你看葛吉瑞肯不肯帶著你們的師徒合同，來這裡一趟？」

我說，如果請他來，他肯定會認為這是無上的榮幸。

「那就請他來一次吧。」

「要不要跟他約個日子，郝薇香小姐？」

「好了，好了！我根本不知道什麼日子不日子。反正叫他快點來，跟你一塊兒來就是。」

晚上回到家裡，向喬轉達了這個口信，姊姊一聽之下，立即「暴跳如雷」，比平常什麼時候都還要嚇人。她責問我和喬是不是把她當作門口的鞋擦，任意踩在腳底下？我們有多大的膽子，竟敢這樣對待她？她倒要請問我們，如果她不配去這樣的府上做客，那她配去什麼樣的人家呢？她滔滔不絕地發出這一連串責問以後，就拿起一架蠟燭臺朝著喬扔過去，哇的一聲大哭起來，拿出畚箕

——這畚箕永遠是個十分不祥的預兆——圍上粗布圍裙，狠命地打掃起來。乾掃還不滿足，又提來一桶水，拿了地板刷子來擦洗，弄得我們在屋子裡待不住，只得站在後面院子裡發抖，一直到晚上十點鐘才敢偷偷溜進屋去；姊姊一看見喬，就責問他當初為什麼不娶個女黑奴？可憐的喬沒有回嘴，他只是站在那裡，一邊摸著頰鬚，一邊無精打采地望著我，意思彷彿是說：真的，當初要是娶個女黑奴，恐怕就好嘍。

第十三章

拜訪莊屋

隔了一天，喬穿上節日禮服，陪我到郝薇香小姐家裡去。看他穿著這套禮服，我實在受不了。不過，他既然認為遇到這樣隆重的場合非穿大禮服不可，我當然也不便跟他直說：他還是穿著平常的工作服好看得多；何況，我知道他也完全是為了我才弄得這樣活受罪的：襯衫領子從脖子後面拉得老高，難受得他腦瓜頂上的頭髮根根直豎，簡直像一簇羽毛似的。

吃早飯時，姊姊宣布她也打算跟我們一起到鎮上去，回頭就在潘波趣舅舅家裡等我們，讓我們「跟那些高貴的小姐打完交道之後」去喊她一聲。聽她的口氣，喬多半又是凶多吉少。鐵匠鋪需得歇一天，喬用粉筆在門上寫上了兩個大字：「外去（出）」。他難得休息一天，可是每逢休息，照例總要這樣寫明白。又畫了一支箭，箭頭表示他的去向。

我們一起上鎮，姊姊走在頭裡。她戴一頂寬大的海獺皮帽子，手裡挽著一只有如國璽的草籃子；雖然是大晴天，卻穿了木套鞋，圍了一條平日不用的圍巾，帶了雨傘。我也說不上她帶這些東西究竟是存心自找苦吃，還是為了擺闊誇富；不過我倒認為，恐怕畢竟是炫耀家財的成分來得多——很有幾分像骷髏葩[1]或其他女王在位，一旦雌威勃發，便不惜搬出珍器重寶，或賽會或出巡，藉此一顯豪奢。

來到潘波趣家門口，姊姊就丟下我們兩個，飛快地奔進屋去。時間已近中午，喬和我不再耽擱，逕奔郝薇香小姐家。艾絲黛拉照常來開大門，喬一見她，就脫下帽子，雙手捧著帽邊，怔怔地站在那裡戥著這頂帽子的分量，彷彿事關緊要，連半兩一錢都不能馬虎過去似的。

艾絲黛拉對誰都不看一眼，就領我們循著我走熟的那條道兒走去。我跟在她後面，喬走在最末。走上長長的過道，我回頭看了看喬，只見他還在那裡小心翼翼戥著帽子，一邊踮起了腳，跨著大步趕來。

聽得艾絲黛拉吩咐我們兩個一道進去，我便拉著喬的外套袖管，領他走到郝薇香小姐面前。郝薇香小姐正坐在梳妝檯旁邊，聞聲立刻轉過頭來，看著我們。

她向喬招呼：「哦！你就是這孩子的姊夫嗎？」

萬萬沒料到，親愛的老朋友喬一下子竟和從前判若兩人，他簡直變得像隻奇晝怪絕的鳥兒，頭上聳起一簇亂蓬蓬的羽毛，站在那裡張口結舌，活像鳥兒要討蟲吃。

郝薇香小姐又問道：「你就是這孩子的姊夫嗎？」

說來實在糟糕：這一場賓主相見，喬始終不跟郝薇香小姐講一句話，什麼話都對著我說。

喬說了：「匹普，照我看是這麼著，我心感（甘）情願娶了你姊姊，那時候我本是一個所謂的光棍漢（不用客氣，就說光棍漢嘛）。」他這番話，說得既是入情入理，又是出自肺腑，而且還是那麼彬彬有禮。

郝薇香小姐說：「唔！葛吉瑞先生，你帶大了這孩子，打算叫他跟你做學徒，是不是？」

喬回答道：「匹普，你知道，你我是老朋友了，咱們倆一直都盼著這一天，到這一天該有多開

1 骷髏葩（Cleopatra，又譯：克麗奧佩脫拉）：西元前一世紀的埃及女王。

心啊。不過，匹普，你自己討不討厭這個行業——譬如說，總少不了要吃些黑餡饃（煙煤）什麼的——你要不喜歡的話，也不一定非做不可，你明白嗎？」

郝薇香小姐問道：「這孩子自己提出過什麼意見沒有？他喜歡做這一行嗎？」

喬那一套入情入理、出自肺腑而又彬彬有禮的話，愈說愈好了：「匹普，這你自己最有數，你心裡可是巴不得做這一行哩。」（我看出喬說到這裡，突然想到他大可以把自己寫的那兩行墓誌銘拿出來念一念，不過他還是把話繼續說下去。）「你沒有提出過意見，匹普，你心裡可是巴不得做這一行哩。」

我想讓他明白，他的話應當對郝薇香小姐說才是，結果完全枉費心機。愈是向他做鬼臉打手勢，他那套入情入理、出自肺腑而又彬彬有禮的話，卻愈是向我講得起勁。

郝薇香小姐又問道：「你們的師徒合同帶來了嗎？」

喬回答道：「哦，匹普，你明明親眼看見我放在磨（帽）子裡的，哪有不隨身帶來的道理。」語氣之間似乎這一問原是多餘。說著，就拿出合同，卻不交給郝薇香小姐，而交給了我。當時我大概難免感到這位善良的老朋友丟了我的臉——我簡直可以斷定我感到他丟了我的臉——因為當時我明明看見艾絲黛拉站在郝薇香小姐身後，眼裡透出了不懷好意的笑容。於是我便從喬手裡接過合同，交給郝薇香小姐。

郝薇香小姐看完合同，說：「你不要這孩子的謝禮嗎？」

喬一聲不吭，我不由得提醒他說：「喬！你怎麼不說呀——」

喬一聽這話，似乎傷透了心，連忙打斷我的話，說：「照我看是這麼著，這件事咱們倆還用得著說嗎；你也知道，我是一千個不要、一萬個不要。匹普，你明知道我不要，何必還要多問呢？」

郝薇香小姐瞄了他一眼，彷彿一眼就能看出他的人品，知道他實在是個大好人，這倒是頗出我的意料。於是她隨手從旁邊桌上拿起一個小袋，說：

「這是匹普的謝禮，是他自己賺到的，拿去吧。袋裡一共有二十五個幾尼。匹普，拿去交給你師傅！」

喬看了她這奇怪的模樣、這奇怪的房間，似乎已經驚異得六神無主，因此，即使到了這個當口，他還是一直把話對著我說。

喬說：「匹普，你這可是太大方了。你這番好心，我受是受了，心裡也著實感謝，不過我可從來沒有想要過，壓根兒壓葉兒壓芽兒都沒有想要過。」接著又叫了我一聲「老朋友」，他這一叫，可害得我先是覺得渾身滾燙，忽而又覺得遍體冰涼，因為我還以為他這聲親親熱熱的「老朋友」是在喊郝薇香小姐呢。他繼續說道：「老朋友，讓咱們好好幹吧！但願你我都能盡到各自的本分，不但為了你我彼此的情分，還要為你這份厚禮——使我——想起的——那些人——也好讓他們安心——因為——他們從來沒有——」說到這裡喬顯然已是窮於應付，不過他終於還是說出了一句話，得意揚揚地給自己解了圍：「反正我不想要！」唯獨這一句話說得可真流利有力，所以他把這句話接連說了兩遍。

郝薇香小姐於是便說：「再見，匹普！艾絲黛拉，送他們出去！」

我問：「我下次還要來嗎，郝薇香小姐？」

「不用了。現在葛吉瑞是你的師傅了。葛吉瑞！過來跟你說句話！」

郝薇香小姐把喬叫了回去，這時我已經走出房門，我聽得她一字一句乾脆俐落地對喬說：「這孩子在這兒幹得不錯，那筆錢就是給他的酬勞。不用說，你是個老實人，不會嫌少，今後也不會再要的。」

喬到底是怎樣走出那個房間的，我始終無法斷定；只記得他一出房門，並不下樓，倒是一個勁兒地往樓上走；我再三叫他別亂走，他都沒聽見，於是我只得追上去把他拖下來。不一會兒工夫就出了大門。艾絲黛拉鎖好門就走了。剩下我們兩個人站在光天化日之下，喬把身子往牆上一靠，跟我說：「真古怪！」他在牆上靠了好半天，不時喊上一聲「古怪」，一直喊個沒完，我真不由得擔心起來，生怕他的神志不會再清醒過來了。後來他的話總算長了一點，說了一句：「匹普，不瞞你說，這事情真——古——怪！」說過這一句，便漸漸口齒靈活起來，也能挪動腳步趕路了。

不是我無緣無故瞎扯，我認為喬有了這一番閱歷，倒是增長了幾分聰明，一路趕回潘波趣家去，居然還想出了一條頗見心機的妙計。不信請看我們踏進潘波趣先生家的客堂後的那番表演吧。那時候姊姊正坐在那裡跟那位討厭的種子商談天。

姊姊一看見我們兩個，連忙嚷道：「嗨，你們怎麼樣啊？真想不到，二位居然還會屈駕回到我們這種窮人的地方來，我真是萬萬沒有想到！」

喬兩眼盯住了我，彷彿在盡力回憶什麼似的，他說：「郝薇香小姐特別關照我們向你姊姊——匹普，她怎麼說來著？是說給你姊姊請安還是問好？」

我說：「請安。」

喬回答道：「我也記得她是說請安，她向喬．葛吉瑞夫人請安。」

姊姊說：「這一聲請安可以給我當飯吃了？」話雖如此，心裡可著實得意。

喬又盯住了我，彷彿又是在盡力回憶什麼似的，他說：「郝薇香小姐還說，但願有一天身體會好起來，到那時，她——匹普，下面怎麼說來著？」

我幫他接下去說：「她要專誠恭請……」

喬接下去說：「恭請夫人去做客。」說完，長長地倒抽了一口氣。

姊姊頓時消了氣，她瞥了潘波趣先生一眼，大聲嚷道：「好啊！她既然這麼多禮，這份心意也早就該說了，不過遲說總比不說好。她給了這個小瘋子什麼呀？」

喬說：「什麼也沒有給他。」

喬大嫂正要發作，喬又接下去說了：

「人家給倒是給了，不過是給匹普的至親家屬，還再三特別說明：『我說給他的至親家屬，意思就是要交到他的姊姊J．葛吉瑞夫人手裡。』人家就是這麼說的：『J．葛吉瑞夫人。』」喬露出一副若有所思的神氣，找補了一句：「她也許還沒弄明白我的名字是叫喬呢，還是叫喬治。」

姊姊望望潘波趣：潘波趣手撫著木頭靠椅的扶手，時而朝她點點頭，時而又對著火爐晃晃腦袋，好像這一切都早在他意料之中。

姊姊笑嘻嘻地問：「你究竟拿到了多少呢？」一點沒錯，是笑嘻嘻的！

喬反問了一句：「在座列位認為十鎊如何？」

姊姊回答得很乾脆：「我認為過得去。不算多，但是過得去。」

喬說：「那就不止這個數目。」

大騙子手潘波趣一面撫弄靠椅的扶手，一面連忙點頭說：「是不止這個數目，夫人。」

姊姊說：「啊，你的意思莫不是說——」

潘波趣馬上接口道：「對，夫人，我是這個意思，不過，你先別忙。約瑟夫，你說下去。好樣的！說下去！」

喬繼續說下去：「在座列位認為二十鎊如何？」

姊姊回答道：「那就很體面囉。」

喬說：「唔，還不止二十鎊呢。」

那個卑鄙的偽君子潘波趣便又點頭晃腦，架子十足地嘿嘿一笑，說道：「還不止呢，夫人。真有你的，約瑟夫，對她說下去！」

喬高高興興把那個小袋子交給姊姊說：「那我就爽爽快快說了吧：二十五鎊。」

那個奸詐至極無恥之尤的潘波趣馬上像個應聲蟲似的接腔說：「二十五鎊呢，夫人。」說著就站起來和姊姊握握手，又繼續說道：「以此酬謝夫人的賢德劬勞，絕不為過（這話只要問到我，我哪一次不是這樣說），恭喜你發了財呀！」

這個流氓做到這一步，已經是夠可惡的了；誰知他變本加厲、罪上加罪，居然以恩人自居，抓住我不放，相形之下，他剛才的行徑又是瞠乎其後了。

原來潘波趣先生一把抓住我的上胳膊說：「約瑟夫夫婦，你們瞧，我就是這樣一個人，什麼事一開了頭，就要過問到底。這孩子得馬上讓他學個手藝。我就是這個主張。得馬上讓他學個手藝。」

姊姊說：「潘波趣舅舅呀（說著緊緊抓住那筆錢），只有老天爺知道我們是多麼感激你呀。」

那個魔鬼似的糧商回答道：「何必謝我？夫人。助人為樂，天下一理。不過說到這孩子，我們非得讓他學個手藝不可。不瞞你說，這件事我非得過問到底不可。」

法院就設在附近的鎮公所裡，我們立即趕到那邊，當官辦理我跟喬做學徒的一應手續。我說我們趕到那邊，其實我卻是由潘波趣推推搡搡給押去的，好像我剛剛扒過人家口袋，或是放火燒了人家草垛似的；到了法庭上，人家果然都以為我是個當場逮獲的罪犯；潘波趣推著我穿過人叢來到大堂上，我一路聽到有人說：「這孩子幹了什麼壞事？」又有人說：「別看這孩子小，長相可不善，是不是？」還有個面貌溫和慈祥的人居然遞給我一本小冊子，封面上有幅木刻畫，刻的是一個凶惡的孩子，周身掛滿了鐐銬，一節節的，活像臘腸店裡掛滿了臘腸，書名是《獄中必讀》。

我覺得鎮公所實在是個古怪的地方，裡面一排排的座位比教堂裡的座位還要高，大家趴在座位上看熱鬧，大法官（其中一個頭上還撲了粉）叉起兩手靠在椅子裡，聞鼻煙的聞鼻煙，打瞌睡的打瞌睡，寫字的寫字，看報的看報——牆上掛著幾幅烏黑發亮的畫像，我這雙毫無藝術眼光的眼睛看去，還以為是幾盤杏仁糖、幾條橡皮膏搭成的什麼玩意兒呢。我的合同是在這鎮公所的一個角落裡簽署妥善、辦完公證手續的，這樣我就「當上了學徒」；潘波趣始終抓著我不放，好像我們是上斷頭臺去，順路到這裡來把這些小手續辦一辦似的。

出了鎮公所，擺脫了那批看熱鬧的孩子（他們本來都興興頭頭打算看我當眾受刑，後來一看只有一些親友簇擁在我的周圍，並無其他動靜，不禁大失所望），於是我們又回到潘波趣家裡。姊姊為了那二十五鎊大為興奮，非得用這筆意外之財請我們到藍野豬飯店去吃頓飯不可，還要潘波趣先生趕了馬車去把胡波夫婦和伍甫賽先生一道請來。

大家一致同意就這麼辦；苦只苦了我，活活受了一整天的罪——說來也真令人費解，遇到這種賞心樂事，大家倒又心安理得地認為我是個多餘的累贅了。更糟的是，他們還時不時地問我為什麼悶悶不樂——總之，他們嘴巴一閒，就要拿這句話來問我。我無法可想，明明心裡不快，也只得說很快活。

但是他們都是大人了，他們可以自行其是，可以為所欲為。那個好招搖撞騙的潘波趣，哪裡禁得起人家一恭維，居然認為這場盛典都是託他的福，毫不謙讓地就坐了首席。他報告大家我已經做了學徒，並且還像凶神惡煞似的，幸災樂禍地告訴大家，說是從今以後我總算有了管束了，以後只要我打牌、喝烈酒、夜出不歸、交結非類，或是犯了合同上開列的其他種種極為常見的邪行惡習，都得坐牢；說完，就讓我站在他身旁一張椅子上，彷彿是給他那番高論作一幅插圖。

至於這次宴會上的其他盛況，我記得的不多。只記得他們不讓我睡覺，一看見我打瞌睡，就把我喊醒，叫我自己找點快活。還記得鬧到很晚，伍甫賽先生居然唱起柯林斯的歌來了，只見他把沾滿血汙的寶劍化為霹靂扔下下界，因為聲響太大，結果驚動了一個茶房進來說：「樓下的客商向諸位致意，說這裡不用耍雜技。」還記得回家的路上他們個個興高采烈，大唱其〈美女曲〉！伍甫賽先生唱的是男低音；帶頭領唱的那個討厭傢伙編的歌詞極其無禮，硬要打破砂鍋問到底，恨不得把每個人的私事都打聽個一清二楚，伍甫賽先生便扯大嗓門，狠狠地回答他說，他已經是個白髮蕭蕭的人了，居然還問得出這種話來，可見根本進不了天國。

此外我還記得，回到自己的小臥室裡，我傷心到極點，深信這一輩子再也不會喜歡喬幹的這門行業了。我曾經一度喜歡過這個行業，可是現在已經不比從前了。

第十四章

匹普的心思

天下最苦惱的事莫過於看不起自己的家。固然這多半是由於忘恩負義黑良心，受到懲罰也是理所當然、罪有應得；不過我可以作證，這畢竟是苦惱的事。

由於姊姊脾氣太壞，我從來沒有在家裡過過一天好日子。可是因為有喬，家畢竟還是神聖的，我對家還是懷著一種信仰。我曾把我們家的客廳看作是個最精緻的沙龍；我曾把我們家的大門當作聖廟的神祕大門，每次開啟，都要鄭重其事，獻上燔祭；我曾把我們家的廚房當作一個富麗不足而雅潔有餘的上等房間；還曾把打鐵間當作一條通向成人和獨立自主的輝煌道路。可是不到一年，便一切都變了樣。一切都顯得那麼粗俗下賤，我絕不讓郝薇香小姐和艾絲黛拉到這種地方來看我。

我這種見不得人的心理，究竟有幾分是我自己的錯、有幾分是郝薇香小姐的錯、有幾分是姊姊的錯，如今事過境遷，對我、對任何人，都無關緊要了。總之我身上已經起了變化，無法挽回了。好也罷、壞也罷，情有可原也罷、不可原諒也罷，反正是無法挽回了。

以前我還以為有朝一日我捲起袖管走進打鐵間去做了喬的學徒，我就算出頭了，就很幸福了。如今希望成為事實之後，卻只覺得遍身都是煤屑煤灰；每天思及往事，覺得心頭無限沉重，相比之下，鐵砧真是輕如鴻毛。我後來也曾不止一次地嘗到過一種滋味（我看大多數人都嘗到過這種滋味），覺得一時間彷彿天上落下一塊厚厚的帷幕，蓋沒了人生的一切樂趣和美妙的幻想，使我百無聊賴，只有渾渾噩噩耐著性子度日。可是我覺得哪一次的滋味也趕不上這一回：剛剛做了喬的學徒，踏上了人生的征途，看到了自己一生的道路，在這個當口壓下來的帷幕，那才真叫沉重，真叫索然啊。

我記得後來有一段時期，我常常在星期天黃昏站在教堂公墓裡，看夜幕降落，拿我自己的前程跟那一片寒風蕭瑟的沼地景色相比較，覺得兩者倒頗有些類似之處：一樣單調，一樣低下，一樣看不到出路，一樣是濃霧彌漫，大海茫茫。從做學徒的頭一天起，我始終就是這樣垂頭喪氣；不過，值得欣慰的是，我自信在整個學徒時期，從來沒有向喬表示過一言半語的怨尤。有關學徒時期的事，如今只有這一件我還樂於一提。

這件事說來話長，其中的始末原委尚待細述，不過，論起功勞來，那可完全是喬的功勞。當年我之所以沒有逃出去當兵或是做水手，並不是因為我忠於所事，而是因為喬忠於所事。我之所以還能沉得住氣，工作做得還算賣力，並不是因為我深深懂得勤勞是一種美德，而是因為喬深深懂得勤勞是一種美德。一個和藹可親、光明磊落、盡心竭力的人能發揮多少移風易俗的作用，固然難以判定，可是我們與這種人朝夕相處，自己受到的潛移默化則是可得而知的。我完全明白：我在學徒期間如果還有一點一滴可取之處，那都得歸功於樸實知足的喬，絕不應歸功於我自己，因為我不守本分、心比天高、貪得無厭。

誰說得出我當時的理想究竟是什麼？連我自己也弄不明白，叫我怎麼說呢？當時只擔心哪一天碰上一個惡時辰，偏偏在我滿身煤灰、做著最下賤的工作的時候，一抬頭看見艾絲黛拉在鐵匠鋪的木窗外瞧我。我時刻提心吊膽，唯恐她遲早有一天會看見我這張烏黑的臉、這雙烏黑的手，看見我正在做我最粗的工作，因而對我更加耀武揚威，更加不屑一顧。天黑以後，我給喬拉風箱，我們一起唱著〈克萊門老頭〉，我總是想到從前在郝薇香小姐家裡唱這支歌的情景，於是就彷彿看見火爐裡出現了艾絲黛拉的臉龐，她那一頭秀髮在風中飄拂，一雙眼睛輕蔑地瞧著我——在這種時候，我老是禁不住要望一望木窗外黑沉沉的夜幕，總覺得似乎看見她剛剛把臉兒縮回去，心想她畢竟來了。

每天下工以後，走進裡屋去吃晚飯，總覺得住的、吃的，愈看愈不像話，於是在我那見不得人的內心裡，便愈來愈覺得這個家丟盡了我的臉。

第十五章

喬大嫂遇襲

我漸漸長大成人，不能在伍甫賽先生姑奶奶辦的夜校裡再待下去，從此便結束了在那位悖晦老太太教誨下的讀書生涯。真要說結束嘛，其實是在畢蒂把她的全部知識都傳授給我以後才結束的——她什麼都傳授給我了，從那份小價目表起，一直到半個便士買來的滑稽小調，無一不傳授給了我。那支小調只有開頭兩行歌詞是勉強讀得通的：

上次我去倫敦逛一逛啊，
　嘟—嚕—羅—嚕！
　嘟—嚕—羅—嚕！
誰知上了一大當啊，
　嘟—嚕—羅—嚕！
　嘟—嚕—羅—嚕！

——話雖如此，可是為了要長進學問，我竟然也鄭重其事，把這首歌詞都背熟了；對這首歌詞的價值我也沒有產生過什麼懷疑，只是認為（到今天還認為）「嘟—嚕」「嘟—嚕」太多了些，而詩意則未免太少了些。我求知的欲望如飢似渴，因此就請求伍甫賽先生賞賜我一點點精神食糧充充飢也好，居然蒙他俯允。誰知他只想把我當作戲臺上的傀儡來擺布——任他申斥，任他嚇唬，任他摟著我掉淚，任他抓，任他戳，任他沒頭沒臉地亂打，總之是花樣百出，無奇不有。我馬上謝絕了這種教育方式，不過，等我謝絕的時候，伍甫賽先生早已憑著他那一股詩意的激情打得我皮開肉綻了。

我只要得到一點知識，就要設法傳授給喬。這話聽來確乎冠冕堂皇，所以非得略加說明不可，否則良心上實在過不去。我之所以要傳授知識給喬，不是為了別的，我是要喬變得高尚些、有教養些，配得上做我的朋友，也好少挨艾絲黛拉的罵。

沼地上的古炮臺就是我們讀書寫字的地方，我們的文具用品就是一塊破石板和小半段石筆，喬則少不了還要帶上一支菸斗。喬總是這個星期記不得上個星期的課，其實他也根本就沒有從我這裡學到過一點半滴知識。可是他在古炮臺前抽起菸來，卻比平日更有那麼一種有識之士的風度——甚至可以說是飽學之士的風度——好像覺得自己的學問一日千里、頗有造詣的樣子。我的老朋友啊，你要真是這樣，那就好了！

古炮臺前既愉快又安靜，炮臺對面點點帆影在河上緩緩移動；逢到落潮的時候，看去彷彿船身沉沒在水下，彷彿沉船仍在水底航行。每逢看到這些鼓著白帆、準備出海的船隻，總不免要想起郝薇香小姐和艾絲黛拉；每逢夕陽西斜，映紅了遠方的雲朵、風帆、青山翠巒或是水濱河邊，我又要想起她們。——郝薇香小姐、艾絲黛拉、那幢奇怪的住宅、那種奇怪的生活，好像跟每一件詩情畫意的風物都結下了不解之緣。

有一個星期天，喬津津有味地抽著菸斗，有意誇大其詞，一個勁兒推說自己「笨得無可救藥」，我沒法可想，只得放他一天假。我在土堤上躺了一會兒，手托著下巴，流覽著眼前的景物，望遍了天空和河海，想尋找郝薇香小姐和艾絲黛拉的蹤跡，最後，我決定把久久縈迴在我心頭的一個想法告訴喬。

我說：「喬，你看我應當不應當去看看郝薇香小姐？」

喬慢悠悠地思考著，回答道：「唔，匹普，去幹什麼呀？」

「去幹什麼？喬，沒有什麼事就不能去看看人家嗎？」

喬說：「匹普，你要是去看別人，這話你也許沒說錯。不過郝薇香小姐卻不能隨便去看。她也許會以為你是去要東西的——要她給你什麼東西。」

「喬，難道我就不能講清楚我不是要她的東西嗎？」

喬說：「老朋友，你當然可以講清楚。她也許會相信，可也說不定不相信呢。」

喬自以為這句話擊中了要害（我也有這種感覺），便使勁抽著菸斗，免得話一囉唆，反而效果沖淡了。

過了一會兒，喬覺得話已經發生了作用，就又繼續說：「你要知道，匹普，郝薇香小姐已經對你很大方了。郝薇香小姐給你那一大筆錢的時候，還特地把我喊回去，對我說，總共就是這些。」

「不錯，喬，她的話我也聽見了。」

喬又加重口氣說了一遍：「總共就是這些。」

「不錯，喬。我跟你說了，她的話我也聽見了。」

「匹普，我是說，她這話的意思可能是說：咱們到此為止！——你去做你的正事！——從今以後，咱們一個天南，一個地北，一刀兩斷，各不相干！」

我也早就想到過這層意思，現在又聽說他也是這樣想，越發覺得我的猜想大概是錯不了的了，這樣我當然要大不高興了。

「我說，喬。」

「你怎麼說，老朋友？」

「我說，我跟你做學徒也快一年了。自從我們簽了師徒合同以後，我還沒有去謝過郝薇香小姐，沒有上門去向她請過安，也沒有向她表示過一點心意。」

「這倒是實話，匹普；你要不就打個全副馬蹄鐵送給她——不過照我看是這麼著，你即使打個全副馬蹄鐵送給她，她沒有馬，拿了這樣的禮物也沒有用啊。」

「我不是要用這種辦法向她表示心意，喬；我不是說要給她送禮。」

可是喬一心只想到送禮，偏要禮物長禮物短地嘮叨下去。他說：「就算我幫你打一副新鏈條送給她鎖大門——或者打一兩百個鯊魚頭的大螺絲釘送給她家常用用——或者做件把輕巧精緻的小玩意兒，比如送給她一把烤叉好烤烤鬆餅——或者送給她一只鐵格子烤架好烤烤小鰻魚什麼的——」

我連忙打斷他的話：「我根本不打算給她送禮呢，喬。」

喬依舊禮物長禮物短地嘮叨下去，倒像是我有意催他說下去似的：「唔，匹普，要是換了我的話，我就不送。是呀，我就是不送。她的大門常年用鏈條鎖著，何必再送她一副？鯊魚頭的螺絲釘容易引起她誤解[1]。打烤叉又少不了銅匠的工夫，你是做不好的。再說鐵格子烤架吧，哪怕是最出色的手藝人在一副烤架上也顯不出功夫來，因為一副烤架一百年也只是一副烤架。」喬這一番話句

1 因為鯊魚掠奪成性，常用以指巧取豪奪者。

苦口婆心，好像竭力要讓我從執迷不悟中清醒過來。「不管你打得多麼講究，可打出來的到底只是一副烤架，你樂意也罷，不樂意也罷，這是沒辦法的事——」

我抓住他的外衣，急得大聲嚷道：「親愛的喬，別再嘮叨下去了。我可根本沒有想送什麼禮物給郝薇香小姐啊。」

喬這才表示同意，說道：「對，匹普，你不要送。我要跟你說的就是這句話：你想得很對。」彷彿他爭了這半天，原來就是這麼個意思。

「是啊，喬；我的意思也不過是說，我們眼前工作也不多，假使明天你放我半天假，我打算到鎮上去一趟，看看艾絲黛——郝薇香小姐。」

喬一本正經地說：「匹普，她的名字並不叫作艾絲黛薇香呀，總不見得她改了名字吧。」

「我知道，喬，我知道。這是我說溜了嘴。你看我這樣打算好不好，喬？」

話休絮煩，總之喬的意思就是只要我認為好，他也就認為好。但他特別講明一點：如果人家並沒有誠意接待我，換句話說，儘管我這種拜訪不過是表示感恩，並無他意，但人家如果並不歡迎我下次再去，那麼，在這次試探性的拜訪之後，千萬不要再去第二趟。這個條件我也答應了。

且說喬還雇了一個夥計，名叫奧立克，他的工資是做一個星期算一個星期的。據他自己說，他的教名叫作陶爾吉——這顯然是胡說八道[2]——不過他這個人性子極其固執，我相信他這樣說並不是出於一時的異想天開，而是故意捏造假名，欺負鄉下人無知。他是個肩膀寬闊、大手大腳、黑皮膚、大力氣的傢伙，一舉一動從來不帶勁，老是拖拖沓沓的。甚至每天上工，也沒有一點誠心上工的樣子，總是拖拖拉拉走了進來，好像只是偶然路過而已；到三船仙酒家去吃午飯也好，晚上放工回去也好，總是拖拖沓沓，既像該隱[3]，又像那個流浪的猶太人[4]，彷彿自己也不知道要去哪裡，也根本不打算回家。他寄居在沼地上一個管水閘人的家裡，上工的日子便從那隱僻的住處拖拖沓沓走來，雙手插在褲袋裡，中飯用一只袋子盛著，鬆鬆地套在脖子上，吊在背後。星期天則多半是整天躺在堤壩上，要不就往乾草堆或穀倉上一靠，站上個大半天。走起路來老是那麼拖拖沓沓，東晃西蕩蕩，眼睛盯著地上；如果有人招呼他，或是有什麼別的原因非得他抬起頭來看一眼不可，他就顯出一副又是不樂意、又是不知如何是好的神氣，彷彿他有生以來腦袋瓜子只轉過一個念頭，就是，人家老是不讓他好好地想心思，這實在可怪，也實在可氣。

這個脾氣古怪的夥計很不喜歡我。早在我年紀既小、膽子又小的時候，他就哄我說魔鬼就住在鐵匠鋪子的一個黑洞洞的牆角裡，說他跟這個魔鬼是老相識，還說每隔七年就得把一個男孩活活地扔到爐子裡去，這樣爐火才能保持不熄，說我就是這麼一塊扔進爐子的材料。後來我做了喬的學徒，奧立克大概就有了成見，認為我遲早要搶掉他的飯碗，從此就更加不喜歡我。倒並不是說，他在言語上或行動上公然有敵視我的表示；但我注意到，他打起鐵來，老是故意讓火花飛濺到我跟前；我只要一開口唱〈克萊門老頭〉，他就插進來把調子打亂。

且說第二天我提醒喬要告半天假，那時候陶爾吉．奧立克也在場，正在工作。奧立克當時並沒有吭聲，因為他和喬正在合力打一塊通紅的鐵，我則在拉風箱；可是沒過多久，他就把鐵錘往地上

2 「Dolge」(陶爾吉) 與「Dodge」(耍花樣) 兩字音甚相近，所以作者有這樣一段議論。

3 該隱殺弟的故事，見《舊約．創世記》第四章。這裡是說奧立克像個殺人犯。

4 據中世紀傳說，耶穌殉難時，路過一猶太鞋匠門口，意欲稍憩，鞋匠不肯，耶穌逐罰這個鞋匠畢生流浪，求死不得，必須等到耶穌復活時才能獲得休息。此處用以狀寫奧立克的疲沓。

一撐，說：

「喂，東家！對我們兩個人，你總不會厚此而薄彼吧？小匹普能准半天假，奧立克老頭總也能享受同等待遇嘍。」我看他不過二十五歲光景，可是動不動就要稱自己老頭。

喬說：「呃，你要這半天假，打算幹什麼？」

奧立克說：「我打算幹什麼？我倒要問問他打算幹什麼？他打算幹什麼，我就打算幹什麼。」

喬說：「匹普嘛，他要到鎮上去一趟。」

那一位倒真是了不起，他馬上反唇相譏：「原來如此，奧立克老頭嘛，他也打算到鎮上去一趟。要到鎮上去，兩個都去得。總不見得只去得一個吧。」

喬說：「不要動肝火。」

奧立克粗聲大氣地嚷道：「我愛動就動。有人上得了鎮，有人偏上不得！我說，東家，這可不成啊。一家鋪子裡可不能兩樣待人啊。要像個男子漢才是！」

東家沒有理會他這一套；後來奧立克總算氣平了些，他衝到爐子前面，鉗出一根燒紅的鐵棒，對準我刺過來，彷彿要在我身上戳一個對穿窟窿，可是鐵棒到我腦袋旁邊忽然一轉，卻落到了鐵砧上。他就動手錘起來——我看他簡直是把那根鐵棒當作我的替身在錘，飛迸的火花彷彿是我四濺的鮮血——錘到最後，鐵是冷了，他自己卻熱不可當，於是他重又把鐵錘往地上一撐，說道：

「我說，東家！」

喬反問他一句：「你現在沒氣了嗎？」

老奧立克板起了臉說：「嗳！沒氣了。」

喬說：「那麼，看你平日工作也不算偷懶，就大家都放半天假吧。」

姊姊一直站在院子裡，不吭一聲，這些話都給她聽見了——她專愛打探偷聽，什麼都幹得出來——當時她就馬上從一個窗口裡探進頭來。

她數落喬說：「你這個笨蛋，真幹得出來！隨隨便便就給這種只配關水牢船的大懶蟲放假！我看你一定是個百萬富翁吧，白出工錢不叫工作！我要是他東家的話，倒要請他看看我的手段！」

奧立克不懷好意地咧嘴一笑，頂撞她說：「只要你敢，什麼人的東家你都能做。」

（喬說：「別惹她。」）

姊姊的火氣漸漸大起來了，她答道：「天下什麼樣的傻瓜、壞蛋我都能對付。能對付傻瓜，當然就能對付你東家，你東家是天字第一號沒頭腦的大傻瓜。能對付壞蛋，當然就能對付你，像你這樣面孔凶煞、良心黑透的壞蛋，就是跑到法蘭西也找不出第二個。哼！」

夥計咆哮道：「葛吉瑞老太婆，你這個下賤潑婦！常言道，潑婦善識壞蛋，難怪你是個專認壞蛋的大行家！」

（喬說：「別去惹她好不好？」）

姊姊又是嚷又是哭：「你這是什麼話？你這是什麼話？匹普，奧立克那傢伙跟我說的是什麼話？當著我男人的面，他竟敢這樣罵我！嗚——嗚嗚！」她的每一聲呼喊都像鬼哭神號；我不能不怪我姊姊不是，她和我見過的一切潑婦犯的都是一個毛病，我們不能因為她性子不好、動不動就要發脾氣而原諒了她；因為她這脾氣並不是情不自禁發起來的，她明明是故意裝腔作勢，不惜費盡九牛二虎之力，沒脾氣偏要逼著自己發脾氣，於是這脾氣就一步一步，愈發愈大，終於鬧到昏天黑地。「他當著我男人的面罵我什麼呀？我那個男人也真孬，虧他還在聖壇上發過誓要一輩子保護我呢！嗚——嗚！你還不快過來抱住我！嗚——嗚！」

夥計咬牙切齒地咆哮道：「唉——唉——唉！誰叫你不做我的老婆，否則我就來抱你了。我就把你按在抽水筒下面，澆你一個不透氣，看你還敢不敢！」

（喬說：「跟你說，別惹她。」）

姊姊嚷道：「嗚！你們聽聽，他罵了什麼呀！」說著雙手一拍，發出一聲呼天搶地的號叫——她的脾氣這就發到第二個階段了。「你們聽聽，他罵了我什麼呀！不得好死的奧立克！竟敢在我家裡這樣放肆！我是個嫁了人有了主的女人呀！你竟敢當著我男人的面這樣作踐我！嗚——嗚！」姊姊拍了一陣巴掌，亂嚷亂叫了一陣，然後又是捶胸口，又是捶膝蓋，扔掉頭上的帽子，狠命扯自己的頭髮——經過了這幾個階段，就完全達到了瘋癲狀態。脾氣發到了家，成了個十十足足的潑婦，便一頭向門裡衝來，幸虧我早就把門鎖上了。

喬這個倒楣鬼，剛才有一句沒一句地攔勸了一陣，人家只當作耳邊風，這會兒他還有什麼辦法呢？他只好壯起膽子來對付那個夥計，他責問奧立克干涉他們夫婦的事情究竟是何居心，又問奧立克有沒有種跟他見個高下？奧立克老頭覺得事情已經弄到這個地步，不動武也過不了關，便立即擺出了防衛的架勢；於是雙方連身上燒焦了、烤爛了的圍裙也不及解下，就像兩個巨人似的交起手來。在我們那一帶，我還沒見過有哪一個人禁得起喬幾拳揍。奧立克簡直就像上次跟我鬥拳的那位白面少年紳士一樣不頂事，一下子就被喬打倒在煤灰堆裡，躺在那裡不敢爬起來了。於是喬便開了門，走出去扶起姊姊，原來姊姊已經昏倒在窗下（不過依我看，他們這一架她剛才都是看在眼裡的）。喬把她抱進屋來，放在床上，設法讓她甦醒，她卻一味使勁掙扎，雙手揪住喬的頭髮不放。喧囂過後，鴉雀無聲，特別寧靜。我上樓去換衣服，心裡恍惚覺得今天像是星期天，而且像是死了什麼人似的——每逢鬧極而靜，我老是有這種感覺。

換好衣服走下樓來，只見喬和奧立克兩個人已經在打掃，一場風波就此消歇；要說還留下什麼痕跡，無非是奧立克的一邊鼻孔上留下了一道裂口，看來既無意趣，也欠美觀。他們從三船仙酒家買來了一壺啤酒，心平氣和地一起喝著。這種鬧極而靜的氣氛，使喬心平如水，儼如哲人達者；他跟我一道出了門，把我送到大路上，有如臨別贈我以藥石之言一樣，特地對我說道：「匹普，忽而暴跳如雷，忽而不暴跳如雷——人生就是這麼一回事！」

此處無須細述，我再次前往郝薇香小姐府上時心情是如何荒唐可笑（因為有些感情對一個成人來說原極正常，可是移到一個孩子身上就顯得十分可笑了）。也無須細述我在她家大門口徘徊了多少回才下定決心打鈴。也無須細述我如何猶豫再三，想要不打門鈴，趕緊回家。更無須細述我平日的時間由不得我自己支配，否則我這次一定過門不入，寧可下次再來。

這一次來開門的不是艾絲黛拉，而是莎拉．朴凱特小姐。

朴凱特小姐說：「怎麼啦？你又來了？你來幹什麼？」

我說我不過是來看看郝薇香小姐；莎拉聽了這話，顯然是考慮了一下要不要把我打發走。可是她畢竟擔待不起責任，不願造次，還是讓我進去了；沒多大工夫，傳話出來，只說叫我「上去」。

一切都還是老樣子，郝薇香小姐只是一個人待在房裡。她一雙眼睛盯在我身上，說道：「哦！你該不是來要錢的吧？我可沒有什麼給你了。」

「哪兒的話呢？郝薇香小姐，我只是來告訴您一聲，我做了學徒，過得很好，常常想起，非常感激您。」

她還是那樣不耐煩地揮揮手指，說：「好了，好了！常常來玩玩吧。到你生日那天來吧。——哎喲喲！」她突然嚷了一聲，連人帶椅子轉過來對著我說：「你東張西望，是在找艾絲黛拉嗎？

嗯？」

我東張西望，的確是在找艾絲黛拉，於是只好吞吞吐吐地說，她身體一定很好吧。

郝薇香小姐說：「出國去了，接受上流小姐的教育去了；離這兒可遠著呢；越發比以前美了；誰見了都愛呢。你可見不到她了，明白嗎？」

最後一句話充滿著幸災樂禍的意味，說完還發出一陣令人很不好受的笑聲，叫我簡直不知道怎麼回答才好。好在她馬上就打發我回家，總算免了我一番操心。那胡桃殼臉的莎拉砰的一聲在我背後關上了大門，我一肚子的不滿也達到了空前的高峰；不滿自己的家庭，不滿自身的行業，不滿一切的一切。此行的全部收穫就是如此而已。

沿著大街慢步走去，悶悶不樂地望望大街上的櫥窗，心裡盤算著：假使我也是個上等人，我買些什麼呢？正在這時，忽然從一家書店裡走出來一個人，你道是誰？原來是伍甫賽先生。伍甫賽先生手裡拿著一本感人的悲劇著作《倫敦商人：或喬治．巴恩威爾的身世》[5]，是剛剛花了六個便士買來的，因為他馬上就要到潘波趣先生那裡去喝茶，準備把這個劇本拿去一字不漏地照本宣讀給潘波趣聽。一看見我，似乎就認為這是上天有意安排，要讓我這個學徒來聽他宣讀劇本[6]，因此他一把抓住我不放，一定要我跟他一起到潘波趣公館的客廳裡去坐坐。我知道反正回到家裡也是難受，夜間昏黑，路上淒清，好歹有個伴同行總勝似一個人趕路，因此也沒有多推辭。到得潘波趣家裡，不早不遲，恰巧是大街上和鋪子裡紛紛上燈的時候。

我從來沒有看過《倫敦商人：或喬治．巴恩威爾的身世》一劇的演出，不知道通常演出一場需要多少時間；不過，我記得明明白白，那天晚上一直朗誦到九點半才結束。伍甫賽先生一進新門監獄[7]，我就擔心他恐怕上不了絞刑架了[8]，因為他這不光彩的一生前面都是一表而過，可是進了監獄以後，就大做其文章了。他居然埋怨自己花開正茂便遽遭摧殘[9]，我覺得這未免有些肉麻，其實他是此生伊始便已走上了斫傷生機的道路，一葉又一葉地凋零敗落。然而，這還不過是叫人感到冗長可厭而已。最使我痛恨的是，我明明清白無辜，他們居然把整個劇情拿來栽在我的身上。巴恩威爾一開始走上邪路，潘波趣就怒眼瞪著我，我可實在想要叫屈。伍甫賽也費盡心血，非要把我表現成一個十惡不赦的人不可，我成了劇中主角：性子既殘暴，又愛哭哭啼啼；受了妓女蜜爾嫵的唆使，去謀殺自己的伯父，情無可恕，罪不容誅；蜜爾嫵哪一次不是說得我俯首貼耳啞口無言；偏偏我那老闆的女兒心裡就只有我一個，我十惡不赦，她也不以為意[10]；至於我在那個要緊關頭的早上嚇得氣喘吁吁，遲疑了好半晌才動手，我看這與我平日為人軟弱倒是一致的[11]。最後我總算被處了

5　英國劇作家喬治·李羅（一六九三——一七三九）所寫的五幕劇，說的是學徒巴恩威爾受妓女蜜爾嫵引誘，挪用店款，殺害其伯父，卒被絞死。

6　劇中主角巴恩威爾也是個學徒，伍甫賽先生顯然有意借題發揮，要教訓匹普一下。

7　意謂伍甫賽念到新門監獄一場，即指第五幕第二場，巴恩威爾的同店老友索羅高替巴恩威爾請了牧師到獄中為巴做臨終懺悔，巴恩威爾大為「徹悟」，表示願意犧牲自己，以為後世之戒。

8　上絞刑架的情節，指第五幕第三場。

9　第五幕第二場，獄吏提巴就刑時，巴的一大段告別辭中有一句臺詞：「大自然還沒有完成她這件製作——還沒有在我身上打下成人的烙印，我生命的旅程便告終了。」埋怨云云即指此而言。

10　老闆的女兒瑪麗雅暗中愛上巴恩威爾。三幕三場巴恩威爾偷了店裡的款子出逃，留條說明再不回來，瑪麗雅得知此事，設法為其彌補欠款，瞞過她父親。巴臨刑時，瑪到場為之祝福，與之訣別。

11　第三幕第四場描寫巴恩威爾在林子裡謀殺他伯父時矛盾百出的心理狀態，與匹普在那個大霧的早晨偷了家裡的食物送給逃犯的情景很相似。

絞刑，伍甫賽也把書闔上了，可是潘波趣還坐在那裡拿眼睛瞪著我，大搖其頭，說道：「前車可鑒啊，孩子，前車可鑒！」彷彿誰都知道我只要把自己的一個什麼至親哄得動了善心，做了我的恩人，我就會動腦筋去謀害他似的。

完事之後，我和伍甫賽先生同路回家，此時已是夜黑如漆，一出鎮就遇到大霧，又濃又溼。關卡上的燈看起來只是一團模糊，好像挪了個地方；濃霧裡射出的燈光好像伸出手去可以摸得著抓得住。看到這個景象，我們便說，風向轉了，沼地上哪個地方又起霧了；正在閒談之際，忽然看見一個人在關卡局子後面磨磨蹭蹭走著。

我們停下來喊道：「喂！那邊是奧立克嗎？」

他應了一聲「是啊！」便磨磨蹭蹭走出來。「我在這裡歇一會兒，想等個人同路。」

我說：「你這麼晚才回去啊。」

奧立克坦然自若地回答說：「是嗎？你也不早啊。」

伍甫賽先生為自己剛才的演出感到得意非凡，便說：「奧立克先生，我們剛剛舉行了一個娛樂晚會，盡興而歸。」

奧立克老頭只是咕噥了一聲，彷彿他對於此道根本沒有什麼議論可發，於是我們三個人一同繼續趕路。我就問他是不是利用了這半天假期在鎮上逛了個夠。

他說：「是啊，逛了整整半天。你一走，我就跟著來了。我沒有看見你，不過我恐怕就在你後面。你可聽見，炮聲又響了。」

我問：「是水牢裡在放炮嗎？」

「可不是！又逃走了犯人。從擦黑起，炮聲就沒停過。你聽著吧，一會兒又要響了。」

果然，沒走幾步路，迎面就轟隆一響傳來了那熟悉的炮聲，霧重炮聲也沉，甕聲甕氣地沿著河邊窪地漸漸遠去，彷彿要去追趕逃犯，要給他們一點厲害看看。

奥立克說：「這樣的晚上，逃跑倒是再好不過的，逃出水牢的犯人就好比是飛出籠的鳥；像今天晚上這樣的天氣，到哪兒去抓他們呢！」

他這番話倒勾起了我的心病，我不禁默默地想起心思來。伍甫賽先生呢，他還在串演今晚的悲劇中那個好心不得好報的伯父，此身猶在坎伯威爾他自己的花園裡，內心在沉思，嘴裡在嘀咕。奥立克雙手插在褲袋裡，挨在我身旁磨磨蹭蹭地走著。一路上又黑又溼又泥濘，腳踩下去，泥水直濺。信號炮聲又時不時地迎面傳來，又悶聲悶氣地沿著河道漸漸遠去。我憋著一肚子心思不開口。伍甫賽先生一連死了三次：在坎伯威爾花園裡是一片慈愛吐盡而死[12]，在博斯沃思原野是以死相拚，力戰而死，在格拉斯頓伯里則是受盡痛苦而死。奥立克有時候哼哼唧唧：「加油打呀，加油打——克萊門老頭！臂膀粗呀，勁頭大——克萊門老頭！」我看他是喝過酒了，不過並沒有喝醉。

我們就這樣回到了村裡。路過三船仙酒家已經是十一點鐘，只見店門大開，一片混亂，到處是平日少見的蠟燭，顯然都是匆匆點亮了又匆匆擱下的，我們不禁大吃一驚。伍甫賽先生便進去打聽究竟出了什麼事（他還以為是抓到了逃犯呢），可是一轉眼他就急急忙忙奔了出來。

他也不停一下，一邊跑一邊嚷：「你家裡出事了，匹普。快跑回去看看！」

12　意謂伍甫賽先生的精神始終沉沒在一些劇本中。在《倫敦商人：或喬治·巴恩威爾的身世》一劇中，巴恩威爾的伯父在坎伯威爾花園裡為巴所害，臨死前還為巴祝福。「博斯沃思原野」是《理查三世》中的一場，理查三世即於該地戰敗被殺。格拉斯頓伯里是英國一所著名古寺院的所在地，其事出於何劇至今還是個謎。

我追上去問道：「出了什麼事？」奧立克也緊緊挨在我身邊。

「我不大清楚。好像是喬．葛吉瑞沒在家的時候，有人闖進你們家去了。大概是些逃犯幹的。你們家裡有人給打傷了。」

我們只顧拚命奔跑，也來不及多說話，一口氣直奔到廚房裡。廚房裡擠滿了人；全村的人都趕來了，有的只好待在院子裡，廚房當中站著一位外科醫生，還有喬，還有好些婦女。看熱鬧的人一看見我來了，連忙給我讓出路來，我這才明白是姊姊出了事——她不省人事，一動不動地躺在光禿禿的地板上。原來，她是面朝著火爐的時候，被什麼人照準後腦殼猛一傢伙打倒在地上的。儘管她和喬還有一段夫妻的緣分，這輩子卻再也不能暴跳如雷了。

第十六章 「J」的含義

我滿腦袋還是喬治．巴恩威爾的身世遭遇，因此開頭不免認為這次姊姊突遭襲擊，我也少不得有些牽連——不管怎麼說吧，我好歹總是她的至親，誰都知道我受了她不少恩惠，因此我當然要比旁人多一些嫌疑。不過到了第二天早上，在光天化日之下重新考慮了這件事，又聽了各處七嘴八舌的議論，便另有了一種較為合情合理的想法。

據說昨天晚上，喬在三船仙酒家抽菸，從八點十五分待到九點四十五分。他外出的那陣子，姊姊是站在自己廚房門口，有個農民回家路過我們家門，還和她道過晚安。據那人說，他看見我姊姊時，準是在九點鐘以前；再準確些，可就說不上來了（他自己何嘗不想盡量說得準確，可是愈搞反而愈糊塗）。九點五十五分，喬趕到家就看見姊姊給人打得躺在地上，便連忙叫人來幫忙。當時爐火並不見得怎麼不旺，沒剪的燭花也不見得怎麼長，只是蠟燭已經給吹滅了。

屋子裡上上下下不短一件東西。點蠟燭的那張桌子正好是在門口和姊姊之間，她被凶手擊倒時，正面朝火爐站著，燭光是在她背後。廚房裡除了蠟燭給吹滅了之外，要說還有什麼別的混亂，也無非是她自己倒下時撞亂了些東西，地上還有些血跡。現場倒是留下了一件大可注意的罪證。事情是這樣的：她是被人用圓頭的重傢伙打的，後腦勺上和脊椎骨上著了幾下，她就撲面倒在地上，這時凶手就又拿個什麼重傢伙使勁扔在她身上。喬抱起她時，在她身旁的地上發現了一副用銼銼開了的、罪犯戴的腳鐐。

喬用鐵匠的眼光仔細察看了這副腳鐐，說這件傢伙銼開已經不是一朝一夕了。事情追到了水牢船上，水牢船上來人查看了這副腳鐐，完全證實了喬的看法，腳鐐無疑是水牢船上的東西，至於是什麼時候從水牢船上帶出來的，來人也不敢斷定，不過他們認為這肯定不是昨天晚上那兩個逃犯戴的。何況，那兩個逃犯之中有一個已經被抓到，他腿上的腳鐐明明還在。

我心裡有數，這時自己就得出了一個結論。我認為這副腳鐐就是我那個逃犯的一副——他在沼地上銼腳鐐，我親眼見到、親耳聽到，可是我認為這一次拿腳鐐傷人，絕不是他幹的。我又想到另外兩個人身上去：一個是奧立克，一個是上次在酒店裡故意拿銼向我一露的那個陌生人，我認為這副腳鐐一定是落在他們哪一個的手裡，這一回就拿來行凶了。

先說奧立克：那天他的確到鎮上去了，我們在關卡上遇到他時，他跟我們說的的的確確都是實話；有人看見他整個黃昏都在鎮上逛蕩，上過好幾家酒館，跟好些人在一起喝過酒；而且他又是跟我和伍甫賽先生一同回來的。因此，他除了上午跟姊姊吵了一架之外，便再沒有什麼疑竇可言，何況姊姊跟他吵架向來就是家常便飯，姊姊跟誰沒吵過幾架呢！再說那個陌生人：如果他是回來取那兩張鈔票的，那根本不會引起什麼爭執，因為姊姊早就想要歸還給他了。而且，事實上當時也並沒有發生什麼爭吵，凶手進來悄無聲息，出人不意，姊姊還沒有來得及回過頭來，就給打倒在地上了。

一想到這件凶器竟是由我供給的，雖說並非有意，總也不免毛骨悚然；可是，要說不是我提供的吧，又難以自圓其說。心裡說不出的不自在，一再反覆考慮，究竟要不要把童年時代附在我身上的那股邪魔索性徹底驅除，原原本本向喬說明那件事的曲折經過。這樣一連好幾個月，每天都是考慮再三，最後做出決定，認為斷不可說穿，可是到第二天早上，一切又得重來，又得重新跟自己打肚皮官司。肚皮官司打到最後，終於得出這樣的結論：那件祕密已經年深月久，和我結為一體，血肉難分，我怎能忍痛割下這塊肉呢！這件事既已招來了這樣大的亂子，一旦說穿，喬要是信以為真，那可比不得往日，他一定非和我疏遠不可，這是我第一層顧慮；不僅如此，我所以欲言又止，還另有一層顧慮，那就是我怕喬根本不相信有這回事，會說這又是小狗、小牛肉片那一套，完全是異想天開的捏造。當然，最後還是苟且因循，不了了之。（遇到這種事，人總是要在正道和邪道兩者之間徬徨不定，我又何嘗不是如此？）我決心今後如果再有機會可以幫著查獲凶手，一定不失良機，把真相和盤托出。

地方巡警和來自倫敦弓街[1]的警官（這看得出來，因為當時倫敦警察都還穿紅背心，這種裝束目前已經絕跡）在我們家的周圍轉了一兩個星期，我聽人講到、從書上看到，凡是這一類官府遇到這一類案子，都有一套例行的公事，在這方面他們倒是幹了不少。他們拘捕了好幾個人，可顯然都捕錯了，原來他們腦筋動了不少，卻盡打些錯主意，不是根據實際情況想辦法出主意，卻是死活要叫實際情況湊合自己那一套主意。他們還在三船仙酒家門口布置了崗哨，臉上的神色一個個都是既機靈又穩重，引得附近的居民無不讚歎；喝起酒來也很神祕，幾乎和他們捉拿凶犯的手法有異曲同工之妙。不過這個比方也不盡貼切，因為犯人根本沒有被拿獲。

這些官府老爺撤走以後又過了好久，姊姊還是病勢沉重，臥床未起。她眼睛出了毛病，明明是一件東西會看成好幾件，手邊明明沒有什麼茶杯酒杯，竟會動手去拿茶杯酒杯；記憶力也大有問題；說起話來誰也聽不懂。後來雖說有些起色，可以讓人扶著下樓了，可是還得隨身帶著我那塊石

1 在倫敦柯芬園附近，現仍為市中心警察法庭所在地。

板，以筆代口，向人傳話達意。但是她的拼法馬虎得要命（且別提她的字寫得有多壞），喬的讀音又隨便得出奇，雙方打起交道來往往糾纏不清、無奇不有，只得要我去解決。我自己也往往會出錯：「藥物」錯當成「羊肉」，「喬」當成「茶」，「鹹肉」當成「麵包師」[2]，這種誤會還算是最微不足道的呢。

她的脾氣倒是大大改好了，耐得住性子了。她的手腳挪動起來變得哆哆嗦嗦，好像猶疑不定的樣子，這個毛病不久也就生了根了。後來，她往往每隔兩三個月一次，總要用手捧住腦袋，之後便顯出一副悶悶憂憂的模樣，大有精神失常之態，要過一個星期左右才好。我們不知道該找個怎樣的人來侍候她才合適，最後總算機緣湊巧，才丟下一件心事。原來伍甫賽先生的姑奶奶那種養成已久、根深柢固的生活習慣，現在終於徹底丟掉了，於是我們便把畢蒂請到家裡來服侍姊姊。

大約是姊姊重回廚房一個月以後，畢蒂提著她那只斑斑點點、裝著她全部家當的小箱子來到了我們家裡，成了我們一家人的福星。對喬來說，尤其是福星，因為我這位可愛的老朋友好不可憐，成天看著他那瘦得不成樣子的妻子，心都碎了，晚上侍候她時老是回過頭來，一雙藍眼睛淚汪汪的，對我說：「匹普，她從前是個長得挺好看的女人呀！」畢蒂一來，就由畢蒂照料姊姊，她十分靈巧解事，好像姊姊從小就讓她摸透了性格似的；從此喬的日子才算過得安寧些，不時到三船仙去調劑調劑，裨益身心。只有當警察那一行的人性格特別，他們對於可憐的喬都或多或少有些懷疑（幸虧喬本人一直蒙在鼓裡），並且全體一致認為他們還從來沒有遇到過像喬這樣莫測高深的人。

畢蒂一擔任起這項新的職務，就解決了一個我怎麼也解不開的難題，立下了第一件功勞。說起這個難題，我不能說沒有勉力以赴，可惜毫無成效。事情是這樣的：

姊姊一而再、再而三地在石板上寫出一個奇形怪狀的字母，有點像個「T」字，寫完就迫不及待地要我們一定把這個給她找來。我猜不出這究竟是件什麼東西，從 Tar（柏油）猜到 Toast（土司），猜到 Tub（桶），凡是「T」字打頭的東西都猜遍了，結果都是枉費心機。後來又想到她這個符號看起來像一把錘子，便朝她耳朵裡興匆匆地喊：「錘子！錘子！」她居然用手捶起桌子來，那神氣好像表示我有點說對了。於是我把家裡所有的錘子一把又一把都拿到她的面前，結果還是勞而無功。接著我又想到丁字形的手杖跟她畫的那個符號形狀十分相像，便到村裡去借了一根來，滿有把握地送到她面前。她一看就把頭大搖特搖，弄得我們都嚇壞了——她身子已經衰敗到這個地步，三搖四搖怕不會把腦袋從脖子上搖下來！

幸虧後來姊姊發覺畢蒂善於體會她的心思，便把那個神祕的符號又重新畫在石板上。畢蒂望著這個符號沉思默想，聽著我的解釋，望著姊姊沉思了一會兒，又望著喬沉思了一會兒（「喬」這個字頭一個字母是「J」；石板上總是以「J」字代表喬），然後就奔到打鐵間去，喬和我兩個人也跟著去了。

畢蒂興高采烈地嚷道：「有了，準錯不了！你們還不明白嗎？她是要找他！」

奧立克！不是他是誰！原來姊姊已經忘記了他的名字，只得畫出他的鐵錘來作代表。我們向奧立克說明了緣由，要他到廚房裡去一次，他慢吞吞放下鐵錘，先用胳膊抹了抹臉，然後又撩起圍裙來抹上一把，這才磨磨蹭蹭走出打鐵間，像流浪漢一般怪模怪樣、有氣無力地屈著兩個膝蓋，叫人一看就認出了他。

2　藥物（medicine）——羊肉（mutton）；喬（Joe）——茶（tea）；鹹肉（bacon）——麵包師（baker），這三對字的原文的音、形，皆略有相似之處。

說老實話，我本以為姊姊要申斥他一頓，結果完全不是這麼回事，我不禁大失所望。姊姊反而迫不及待地表示要和他言歸於好；一看見終於把他叫來了，就顯得十分高興，還做了個手勢叫我們拿酒給他喝。又端詳著他的臉色，彷彿一心指望能夠從他臉上看出他樂意接受這次款待；總之，想盡了一切辦法表示希望與他和解，一舉一動之中都流露出學童向嚴厲的老師低聲下氣告饒求和的樣子。從那天起，姊姊簡直沒有一天不在石板上畫鐵錘，奧立克也幾乎沒有一天不磨磨蹭蹭走進來，倔頭倔腦地站在她面前，好像也跟我一樣摸不清是怎麼回事。

第十七章
吐露心聲

我現在過的是刻板的學徒生活，活動的天地不出村莊和沼地，除了生日那天又去看了一次郝薇香小姐之外，根本就說不上有什麼值得一提的事。這次到得那裡，依舊是莎拉·朴凱特出來開門，郝薇香小姐也依舊同上次一模一樣，談起艾絲黛拉時儘管話說得和上次不盡相同，意思卻不外乎那一套。這次拜訪只有短短幾分鐘工夫，臨走時她給了我一個幾尼，還叫我明年過生日再去。不妨順便一提，從此以後這就成了每年的例規了。本來頭一次我就不肯收受這個幾尼，誰知不收不行，竟惹得她生起氣來，問我是不是嫌少。既然如此，從此我也就不再推卻了。

那幢死氣沉沉的古老宅子毫無變化：黑沉沉的房間裡依舊燭影昏黃，梳妝檯鏡子前面的椅子裡依舊坐著那個幽靈似的乾癟人兒。我不由得尋思，在這個神祕的地方，莫不是鐘錶一停，可使流光不逝？莫不是我和室外的一切都添了年歲，而這裡卻永遠如故？這大宅裡從來沒有陽光透進來，豈止屋裡沒有陽光，只要一想到這座大宅，我的腦海裡和記憶裡又何嘗有一線陽光！這座大宅使我惶然，而且有一股魔力，弄得我內心依然暗暗痛恨自己的行當、看不起自己的家庭。

不過，我卻微微感到畢蒂已經變得和從前兩樣了。鞋子已經有了後跟，頭髮梳得又光亮又整齊，一雙手總是乾乾淨淨。她並不美——只是普普通通，遠不能和艾絲黛拉相比——不過卻討人喜歡，身體健康，脾氣又好。到我們家來至多過了一年光景，記得就在她剛剛滿服出孝的時候，有一天晚上，我忽然注意到她那雙眼睛還很會凝眸沉思，目光是那麼美麗又是那麼善良。

那時候我正在幹一件正經事，即伏案看書，一邊看一邊摘錄，自以為這種雙管齊下的辦法是力求上進的上策；我抬眼一望，只見畢蒂正在看我讀書寫字。我放下了筆，畢蒂雖然沒有放下手裡的針線，卻也住了手。

我說：「畢蒂，你怎麼有這樣大的能耐？要不是我太笨，就是你太聰明。」

畢蒂含笑答道：「我有什麼能耐？我不明白你的意思。」

說到她有能耐嘛，她總攬家務，成績的確很出色；我倒並不是指她這方面而言，不過，我要說的那另一種能耐卻也由此而越發顯得難能可貴。

我說：「畢蒂，我學什麼，你也跟著學什麼，而且從不落在我的後面，你怎麼會有這種能耐？」

那時候我就已經自以為很有學問了，因為我把每年生日拿到的一個幾尼都花在求知上面，大部分零用錢也積攢下來，用作求知的資本。撫今思昔，深深感到我為這點區區的知識所花的代價實在太大了。

畢蒂說：「我倒是要問你呢，你怎麼會有這種能耐的？」

「哪兒的話？誰不看見我每天晚上一跑出打鐵間，就騰出手來幹這個。可你卻從來騰不出一點閒工夫哩，畢蒂。」

畢蒂輕聲細氣地說：「大概你什麼都傳染給我了，像傳染傷風咳嗽一樣。」說完，又繼續做她的針線。

我在木頭椅子裡向後一靠，一面看畢蒂歪著頭做針線，一面繼續想心思。我覺得她真是個了不起的姑娘。我想起了，畢蒂對我們打鐵這一行，不論是行話術語，活計名目，各色工具，也都樣樣精通。總之，我懂的，畢蒂都懂。若論打鐵這門學問，她這個鐵匠已經和我不相上下了，甚至還要勝過我呢。

我說：「畢蒂，你真會利用機會，一有機會就絕不白白放過。你沒來以前就差沒有機會，瞧你現在進步多大啊！」

畢蒂望了我一眼，繼續做她的針線。

她一面縫一面說：「可我還是你的第一個老師呢，是不是？」

我詫異地嚷道：「畢蒂！怎麼了！你在哭！」

畢蒂仰起頭來，笑吟吟地說：「我沒有哭，你想到哪裡去了？」

我想到哪裡去了？還不是因為看見她一顆亮閃閃的淚珠掉在她的針線上？我坐在那裡不吭一聲，想起了伍甫賽先生的姑奶奶當初一直丟不掉那種苦惱的生活習慣（換了別人的話真巴不得早一點丟掉呢），畢蒂為了服侍她，吃了多少苦啊！又想起畢蒂當初守著那個寒磣的小鋪子和那所又寒磣又吵鬧的小夜校，成天還得把那個可憐巴巴、寸步難行的小老太婆攙過來背過去，那種日子才真叫走投無路呢；還想起畢蒂當初即便處於這種逆境之中，她身上的美德，一定早已存在，只是隱而未露，到如今才日益發揮出來；要不然的話，為什麼我第一次有了心事，憤憤不平，就自然而然地去求她幫忙呢？畢蒂不聲不響地坐著做針線，再也不哭了；我望著她，想著前前後後的這一切，只覺得欠了畢蒂的恩情，報答得不夠。我對她也許還是過於拘謹；我其實應當多看承她一些，要和她推心置腹才好（不過當時馳騁遐想，腦子裡用的並不是「看承」這兩個字）。

前前後後想過一通之後，我說：「是啊，畢蒂，你是我的第一個老師，那時候怎麼想得到我們竟會一塊兒待在這個廚房裡呢。」

畢蒂卻慨歎了一聲：「哎，可憐的人兒！」她就是這麼個忘我的人，一下子又把話頭轉到了姊姊身上，並且連忙站起身來，去服侍姊姊，把她安頓得更舒適一些，然後才回我的話：「這倒是千真萬確！」

我說：「我看，我們還應當像從前那樣多談談。我也應當像從前那樣多向你請教。畢蒂，下星期天，我們到沼地上去自自在在地散散步，好好聊聊天吧。」

姊姊片刻也離不得人，幸好那個星期天下午，喬情情願願地替畢蒂承擔起了照料姊姊的責任，畢蒂和我才得一道出去。時值夏季，天清氣朗。走出村莊，經過教堂和墓地，來到沼地上，只見河上征帆片片。我又像往日一樣觸景生情，想起了郝薇香小姐和艾絲黛拉。到了河邊，坐在堤岸上，腳下河水潺潺，越發顯出四外的靜謐。如此大好時機、大好風光，再不向畢蒂傾吐衷曲，更待何時啊？

我先叮囑畢蒂務必保守祕密，接著就說：「畢蒂，我真想做個上等人啊。」

畢蒂答道：「咦，要是我做你，才不願意哩！我看做上等人也沒什麼意思。」

我鄭重其事地說：「畢蒂，我要做個上等人，自有我的理由。」

「那只有你自己最清楚，匹普；不過，難道你現在這樣倒不快活嗎？」

我惱火地嚷道：「畢蒂，我現在這樣，一點也不快活。這種行當、這種生活，我真感到厭煩。自從做了學徒，這種行當、這種生活，沒有一天討我喜歡過。你別跟我瞎扯淡了。」

畢蒂從容不迫，揚起眉毛，說：「我跟你瞎扯淡？對不起，我可沒有那個意思。我只是希望你過得快活，過得舒坦。」

「那麼，好吧，我索性爽爽快快和你說個明白：這樣下去，我絕不會過得快活，也絕不可能過得快活——除了痛苦，什麼也談不上——跟你說，畢蒂！我要想過得快活，除非能過上另外一種生活，跟目前完全不一樣的生活。」

畢蒂滿面愁容，搖著頭說：「這要不得！」

其實，我也老是覺得這種想法要不得，我哪一天不在跟自己打那種稀奇少有的肚皮官司，如今聽得畢蒂說出了自己的感想也道出了我的心事，我又痛苦又煩惱，差一點落下淚來。我對畢蒂說，她這話說得不錯，我自己也知道這種想法太叫人遺憾，不過這又有什麼辦法呢？

我使勁拔著身旁的小草，一如當年在郝薇香小姐家裡一個勁兒地扯自己的頭髮、踢那酒坊的牆壁，盡情發洩滿懷的委屈似的；我說：「我小時候本來很喜歡這個鐵匠鋪子，我要是能夠安心待下去，對這個鐵匠鋪子的感情只要能有小時候的一半，我的心境肯定就會比現在好得多。那樣的話，你、我和喬三個人在一起還有什麼不滿足的呢；等我滿了師，我八成會和喬合夥幹下去；說不定我長大了還會和你結成終身伴侶，星期天碰上好天氣就一塊兒在這條河堤上坐坐，跟現在完全不一樣。畢蒂，真要那樣的話，你不會嫌我不夠理想吧？」

畢蒂望著那一艘又一艘出海的大船，歎了口氣，回答道：「不會的，我不愛挑肥揀瘦。」她這話並沒有稱讚我的意思，不過我領會她也並沒有什麼惡意。

我又隨手拔起一把草，拿了一兩片草葉放在嘴裡咀嚼著，說：「可惜事實恰恰相反，瞧瞧我現在過的是什麼日子！既不能稱心如意，又不能舒舒坦坦——其實粗俗就粗俗吧，下賤就下賤吧，如果沒有人向我說穿，我本來也都無所謂！」

畢蒂突然向我轉過臉來，目不轉睛地瞧著我，比剛才瞧那些出海的船舶還要全神貫注。這半晌，她才又回過身去，看著海船，問我說：「誰這樣編派你？既不符合事實，也不禮貌。這話是誰說的？」

聽她這樣一說，我倒慌了，因為我一時說順了嘴，沒有考慮到這些話的後果。不過現在要搪塞也搪塞不過去了，只得回答：「說這話的是郝薇香小姐府上一位美麗年輕的姑娘，她長得比誰都美，我對她真愛得沒命；我要做個上等人，就是為了她。」作了這番癡癡癲癲的自白以後，就把剛拔起來的那把草一棵一棵扔到河裡去，好像自己也打算跟著一躍而下似的。

畢蒂沉吟了片刻，輕聲細氣地問我：「你要做個上等人，是為了要向她出氣呢，還是為了要討她歡喜？」

我鬱鬱不樂地答道：「我自己也不知道。」

畢蒂接下去說：「你如果是為了要向她出氣，我認為——不過說得對不對還是你自己最清楚——那就最好拿點志氣出來，根本別聽她那一套。如果為了討她歡喜，我認為——不過說得對不對還是你自己最清楚——這種人根本就不值得你去討她歡喜。」

這話同我時常想的完全不謀而合。當時我自己何嘗不是一清二楚！可是，即使是超凡入聖的賢達之士，尚且難免要每天犯些莫名其妙的自相矛盾的毛病，我這麼一個可憐而迷了心竅的鄉下孩子，又怎能免俗？

我對畢蒂說：「也許你全說對了，可我對她還是愛得沒命。」

總而言之，說到這裡，我便轉過身去，臉朝下趴在地上，揪住自己的兩邊頭髮，狠狠地扯著。當時我不是不知道自己痰迷心竅，發瘋似的愛錯了人；我完全清楚，即使提著自己的頭髮，把臉朝那些鵝卵石上使勁砸下去，那也只怪我這張臉罪有應得，誰叫它長在我這個傻子身上呢？

畢蒂真是個最懂事不過的姑娘，一見我這景況，便不再和我理論，卻用她那隻常年操勞粗糙不堪、然而是那麼溫柔體貼的手，輕輕把我的一雙手從頭上一隻一隻拉下來。接著又撫慰備至地輕輕拍拍我的肩膀，我則用衣袖掩著臉嗚嗚咽咽哭了一陣——真同當年在酒坊院子裡一模一樣——我莫名其妙地只覺得像是受了什麼人莫大的虧待，又像是天下人都虧待了我，我自己也說不出一個道理來。

畢蒂說：「匹普，有一件事倒叫我高興，就是，你已經覺得可以對我說真心話了。還有一件事也叫我高興，就是，你信得過我，知道我會替你保守祕密，永遠不會辜負你的信任。如果你的第一個老師現在還配做你的老師（啊呀呀！我這樣一個無知無識的人，拜別人做老師還來不及呢，哪裡配做你的老師！）——可是如果還配做你老師的話，我現在倒有一堂課要給你上。不過這一課很難學，何況你已經勝過我了，所以現在給你上這一課也沒有用了。」於是，畢蒂對我輕輕歎了口氣，就從河堤上站起身來，改用一種清新愉快的語調對我說：「再散一會兒步呢，還是馬上回家？」

我站起來摟住她的脖子，吻了她一下，大聲說：「畢蒂，以後我永遠什麼事都告訴你。」

畢蒂說：「等你做了上等人，就不會告訴我了。」

「你知道我一輩子也做不上上等人，所以我永遠也不會不告訴你。倒不是因為我有什麼事要告訴你，因為我知道的事，你都已經知道——這話那天晚上在家裡我就和你說過的。」

畢蒂轉過臉去，望著帆船，輕輕「唉」了一聲，然後又用剛才那種愉快的語調問我：「再散一會兒步呢，還是馬上回家？」

我告訴畢蒂，不妨再散一會兒步，於是我們便繼續散步，這時夏日炎炎的下午已過，黃昏降臨，暑氣漸消，風光旖旎，撩人遐思，我心裡想：置身於這般優美的環境中，融洽自然，有益身心，恐怕終究要勝於待在那間鐘停錶不走的屋子裡，傍著燭光跟艾絲黛拉玩那種「敗家當」的牌戲，受盡她的奚落吧？我想，我只有把艾絲黛拉的影子連同那些往事陳跡、幻覺妄想，從心頭驅除乾淨，打定主意專心工作，要不以為苦，反以為樂，堅持不懈，自求多福，這才是上策。繼而我又捫心自問：如果現在待在我身邊的不是畢蒂，而是艾絲黛拉，我是不是就能保證，她一定只會叫我傷心，不會叫我快活呢？我不能不承認，這是十拿九穩的，於是我便暗暗自語：「匹普，你真是個大傻瓜呀！」

我和畢蒂邊走邊談，談得很暢快，畢蒂似乎句句話都說得很有道理。畢蒂從來不會欺負人，也不會喜怒無常變幻莫測，今天是畢蒂，明天又換了個樣。她要是使我感到了痛苦，她自己也只會痛苦，絕不會快活；她寧可自己傷心，絕不肯讓我傷心。那麼，我怎麼會反而偏愛艾絲黛拉，而不把畢蒂放在心上呢？

回家的路上，我對畢蒂說：「畢蒂，但願你幫我走上正路。」

畢蒂說：「只要我幫得了你的忙就好！」

「要是我能愛上你有多好啊——我的話說得直爽，你不會見怪吧？我們已經是老朋友了！」

畢蒂說：「哪裡的話，怎麼會見怪！別和我見外才是！」

「要是我真能愛上你，那是我的造化哩。」

畢蒂說：「可你也知道，你哪兒能呢？」

拿那天黃昏的情形來說，我倒覺得這不是完全不可能的；要是早幾個鐘頭談起，那就絕無此種可能了。因此我就說，我倒也說不準。誰料畢蒂卻說，她可拿得準，而且她這話說得斬釘截鐵。我心裡明明相信她說得有理，可是聽得她把這件事說得這麼不留餘地，我實在覺得不高興。

邊說邊走，不覺來到教堂公墓附近，這裡須得走過一段堤壩，還得越過一道水閘。猛不防奧立克老頭躥了出來，誰知道他究竟是從閘門裡躥出來的，還是從燈心草叢裡跳出來的，還是從淤泥裡冒出來的（若論他那種死不死活不活的脾性兒，本來就和那黏糊糊的淤泥是一路貨色）。

他吼了一聲：「喂！你們兩個要去哪？」

「我們能去哪兒？回家囉。」

他說：「唔，好呀，我要是不送你們回家去，我就是那話兒！」

這一套「那話兒」、「那話兒」的罵人經，是他的拿手好戲。這一類字眼從他嘴裡吐出來，並沒有什麼確切的含義，跟我理解的不一樣，他只不過像捏造自己的姓名一樣，信口胡扯，不僅招人討厭，而且使人覺得他這是有心惡意傷人。我小時候對他總有個想法，覺得他真要傷到我的話，一定是拿把鋒利的彎鉤，來把我的腦袋摘下。

畢蒂不要他跟我們一起走，輕輕對我說：「別叫他跟上來，我不喜歡這個人。」我也不喜歡他，因此毫不客氣地對他說，多謝他的好意，不過不勞相送。他一聽這話，便像打響雷似的大笑一聲，退了下去，不過還是隔著一段路，磨磨蹭蹭地跟在我們後面。

姊姊那一次受到謀殺性的襲擊，究竟是何緣故，她自己始終無法申述；我想莫非畢蒂疑心奧立克和這事有瓜葛，便問畢蒂為什麼不喜歡奧立克。

畢蒂「噢」了一聲，回過頭去看看那個磨磨蹭蹭跟在我們後面的奧立克，說：「因為我——我怕他是看中了我呢。」

我氣不忿地問道：「他向你說過他看中了你嗎？」

畢蒂說了聲「沒有」，又回過頭去望了一下，才繼續說下去：「說倒從來沒有和我說過，可是一看見我就嬉皮笑臉。」

雖說憑著這一點就斷定人家愛上了她，此事未免新鮮，也未免稀奇，不過我倒認為她的看法是錯不了的。奧立克老頭居然敢愛她，這可真把我氣壞了——即使身受其辱的不是畢蒂而是我自己，也不過這個氣法！

畢蒂心平氣和地說：「可是你要知道，這並不礙你的事。」

「你說得對，畢蒂，不礙我的事；可是我不贊成，我反對。」

畢蒂說：「我也不贊成，不過這有什麼？礙不了你的事。」

我說：「話是一點不錯，可是畢蒂，我應當告訴你，如果你允許他對你嬉皮笑臉，我覺得你就不好了。」

從那天晚上起，我便隨時留意奧立克，一看到他有機可乘，要對畢蒂嬉皮笑臉，我就攔到他面前去，擋住他的表演。只是因為姊姊對他忽然產生了好感，所以還讓他在喬的鐵匠鋪裡待下去，不然我早就想叫喬把他解雇了。我這番好心其實他完全明白，結果倒是以怨報德，不過這是後話，到後來才知道。

好像嫌我本來的心境還紊亂得不夠似的，如今我又多了許多心思，時伏時起，把紊亂的心境弄得更加千倍萬倍的複雜。有時候我很清楚畢蒂勝過艾絲黛拉的程度真不可以道里計，也明白我是這樣的出身，我要過的這種平凡而清白的自食其力的生活並沒有什麼丟臉之處，相反倒是很值得自尊，引為幸福。逢到這種時候，我就信心十足，覺得今後我再也不會對親愛的老朋友喬和鐵匠鋪冷淡無情了，等我滿了師，我就可以和喬合夥，並和畢蒂廝守在一起——不料正想得頭頭是道，突然之間又痰迷心竅，記起了在郝薇香小姐家裡的光景，於是我的神志頓時就像中了一顆毀滅性的飛彈，給攪得心煩意亂。神志一亂，再要定心斂神就費事了；何況，往往我的心思還沒有完全定下來，接著又會冷不防心裡一動，思及一念，禁不住心曲大亂。這一念不是別的，乃是想到滿師以後，說不定郝薇香小姐畢竟還會使我飛黃騰達。

要是我當真做到了滿師，到那時我肯定還是這樣滿心惶惑，迄無稍解。不過我做學徒並沒有做到滿師，而是提前結束了。詳情下文自有交代。

第十八章
陌生人的驚喜

我跟喬做學徒的第四年，有一天，正是星期六的晚上，三船仙酒家的爐火前圍著一群人，在用心聽伍甫賽先生讀報，我也是其中一個。

報上登著一則轟動一時的凶殺案新聞，伍甫賽先生讀得彷彿滿頭滿臉都沾著血汙。他對新聞裡那些令人毛骨悚然的形容詞一個個讀得津津有味，他把出庭的每一個見證人都扮演到了。一會兒以受害人的口吻有氣無力地呻吟：「我完了！」一會兒又以凶手的口吻粗聲大氣地吼叫：「這個仇我非報不可。」一會兒惟妙惟肖地學著我們當地醫生的口吻，提出診斷證明；一會兒又扮作聽到過格鬥聲的那個上了年紀的關卡人員，又是哭號又是發抖，嚇得癱作一堆，叫人不由得懷疑這個見證人的頭腦是否健全。驗屍官被伍甫賽先生演成了雅典的泰門；庭丁則被演成了柯里奧蘭努斯[1]。他極其自得其樂，大家都很自得其樂，輕鬆愉快。就在這種十分愜意的心情下，我們一致認定被告是「蓄意謀殺」。

也一直到這個當口，我才注意到我的對面有位陌生紳士，伏在高背靠椅的椅背上，正在那裡冷眼旁觀。他臉上露出鄙夷不屑的神情，嚼著自己粗大的食指，把我們的臉一一打量。

伍甫賽先生讀完了報紙以後，那個陌生人對他說：「唔！我相信這個案件你該處理得很滿意了吧？」

在場的人都吃了一驚，仰起頭來看這個陌生人，彷彿他就是那個凶殺犯似的。陌生人卻始終用冷淡而挖苦的目光望著大家。

陌生人說：「那你判定被告有罪囉？你就說嘛。說吧說吧！」

伍甫賽先生回答道：「我還沒有請教這位先生尊姓大名？不過我認為，被告是有罪的。」大夥聽得這話，都鼓足勇氣，異口同聲喃喃而言：有罪，有罪。

陌生人說：「我知道你會這麼說，我早就知道你一定會這麼說。我剛才不就說了嗎？不過，我倒有個問題想要請教。不知道閣下瞭解不瞭解，根據我們英國的法律，應當認為人人都是清白無辜的，一定要有證據證明——再說一遍，要有證據證明——某人有罪，才可以認為他有罪。」

伍甫賽先生回答道：「閣下，我也是一個英國人，我——」

陌生人對著他咬著自己的食指說：「說吧說吧！不要回避問題。瞭解就是瞭解，不瞭解就是不瞭解。究竟瞭解不瞭解？」

他站在那裡，頭側在一邊，身子側在另一邊，擺出一副咄咄逼人的責問架勢，伸出食指朝伍甫賽先生一點——好像是特意把他指出來示眾似的——點過以後又放在嘴裡照咬不誤。

他說：「喂！你究竟是瞭解呢，還是不瞭解？」

伍甫賽先生答道：「我當然瞭解。」

「你當然瞭解。那麼你剛才為什麼不說呢？」這時伍甫賽先生簡直完全受他的擺布，好像該服

---

1 這兩個人物都是莎士比亞同名戲劇中的主角。泰門富貴時賓朋滿座，貧賤時遭人白眼，因而厭世隱居；柯里奧蘭努斯是位氣勢凌人的羅馬將軍，為一己的私利投敵叛國，卒為敵方所殺。

他管似的。「好吧，我再來請教你一個問題：你可知道這些見證人都還沒有經過盤問？」

伍甫賽先生剛剛開口說了一聲「我只知道——」，那個陌生人就截斷了他的舌頭。

「什麼？你不打算直截了當回答？到底是瞭解，還是不瞭解？好吧，我再問你一遍。」說到這裡，又伸出食指朝對方一點。「聽著。你究竟知不知道這些見證人都還沒有經過盤問？別廢話，只要你說一聲；知道還是不知道？」

伍甫賽先生答也不是，不答也不是，大夥兒開始不怎麼佩服他了。

陌生人說：「回答啊！答不上來我會指點你的。你本來不配我來指點，不過我還是願意指點指點你。瞧瞧你手裡那張報紙吧。報紙上怎麼說來著？」

伍甫賽先生朝報紙上瞟了一眼，弄得莫名其妙，只得反問一句：「怎麼說來著？」

陌生人極盡諷刺挖苦、故弄玄虛之能事，他繼續追逼道：「你剛才念的不就是這張白紙上印著黑字的報紙嗎？」

「怎麼不是？」

「是就好嘛。那麼你再看一看報紙，然後回答我：報紙上是不是說得明明白白，犯人一清二楚地聲明，他的幾位法律顧問都叫他完全保留辯護權？」

伍甫賽先生申辯道：「這一段現在剛讀到。」

「先生，現在剛讀到就別提了；我可不問你現在讀什麼。你樂意把主禱文讀得倒背如流也不關我的事——要說主禱文嘛，你也許早就背得出，不必等到今天來讀了。還是去看看報紙吧。錯了，錯了，錯了，我的朋友——別去看上欄。你總不見得只有這點見識吧；看底下，看底下。」（大夥兒心想，原來伍甫賽先生還真會打馬虎眼呢。）「怎麼樣？找著了嗎？」

伍甫賽先生說：「找著了。」

「好，你先仔細讀完這一節，然後回答我：那上面是不是說得明明白白，犯人一清二楚地聲明，他的幾位法律顧問都叫他完全保留辯護權？好，你看是不是這意思？」

伍甫賽先生回答道：「措辭不完全一樣。」

那位陌生人刻薄地頂了他一句：「措辭不完全一樣！意思是不是完全一樣呢？」

伍甫賽先生說：「一樣！」

「好一個一樣！」陌生人把右手向見證人——伍甫賽——一伸，眼光向滿座的人一掃，說道：「現在請諸位評一評吧：這段新聞明明就在這位先生面前，他竟然視而不見，虧他就把一個未經審訊的同胞判定有罪，判過以後虧他還心安理得，能回去睡大覺！」

於是大家都開始懷疑：伍甫賽先生只怕並不是我們原先想像的那種人，他的馬腳漸漸露出來了。

陌生人又把食指朝伍甫賽先生使勁一點，繼續說道：「諸位可別忘了，就是這種人很可能會給找去做陪審員審理這個案件；就是這種人，擔待的是這樣人命關天的干係，回到家裡骨肉團聚，照樣心安理得、睡得著覺——要知道在法庭上他還鄭重其事當庭宣誓呢，說是一定要實事求是，為我王陛下審問本案被告，根據人證物證作出公正判決等等，還說如其有違皇天不佑呢！」

大家都深深覺得伍甫賽活該倒楣，誰叫他做得太過了火？他要不是一味逞能，而是適可而止，豈不是好？

那位陌生先生的氣派，儼然是一個無可爭辯的權威人士，神色之間似乎顯出他對於我們每個人的祕密都有所知曉，他若要揭穿誰的祕密，就能叫誰徹底完蛋。他從椅子背後轉了出來，走到爐火前面、兩張靠椅之間，站在那裡，左手插在褲袋裡，嘴裡還咬著右手的食指。

他又掃視了一下我們這一群被他嚇得畏畏縮縮的人，說：「根據我得到的消息，我有理由相信，諸位之中有一位是鐵匠，名叫約瑟夫——或是喬——葛吉瑞。請問是哪一位？」

喬說：「在下就是。」

陌生人招手叫他過去，喬就走到他的面前。

陌生人接下去說：「你有個學徒，大家都管他叫匹普，對嗎？他來了沒有？」

我大聲嚷道：「我在這兒！」

陌生人並不認識我，我可認得他，原來他就是我第二次到郝薇香小姐家裡去玩時在樓梯上遇到的那位先生。他剛才趴在椅子的靠背上時，我就認出他來了，現在他和我面對面站著，一隻手搭在我肩上，我便仔仔細細把他的大腦袋、黑皮膚、凹眼睛、又黑又濃的眉毛、大號的錶鏈、滿嘴滿臉硬邦邦黑乎乎的鬍子根，甚至他那隻大手上的香皂味，都一一核對無誤。

他從從容容打量了我一陣之後，說：「我有件私事想和你們兩位私下談談，一下子又談不完，我看最好還是到你們家裡去談。至於要談些什麼，我想在這兒還是不要先說；談過以後，你們願不願意說給你們的親友聽，那就悉聽尊便；反正這就與我無關了。」

於是我們三個人就在一片詫異的沉默中走出了三船仙酒家，然後又在一片詫異的沉默中走回家去。一路上，那位陌生人不時對我望上一眼，還不時咬咬自己的食指。到得家門口，喬搶前一步去開了前門迎接客人，似乎表示這是一件了不得的隆重大事。我們在客廳裡點起一支蠟燭，便在微弱的燭光下坐下來交談。

陌生人先在桌子前面坐定，把蠟燭移到自己面前，看了看筆記本上的幾行字，然後放好筆記本，眼睛避開燭光，盯著黑影中的喬和我看了一眼，看清了哪一個是喬、哪一個是我，這才把蠟燭往旁邊挪一點。

他說：「我的名字叫作賈格斯，在倫敦當律師。誰都知道我。我要為你們辦一件非同一般的大事，不過先得說明：這件事並不是我想出來的主意。如果當事人事先徵求我意見的話，我此刻也不會到這兒來了。可惜事先沒有徵求我的意見，所以我就來了。我不過是受了人家的委託，要我怎麼辦我就怎麼辦。就是這麼一回事。」

他坐在那裡看不清楚我們，便索性站起來，抬起一條腿，擱在一張椅子的椅背上；就這樣，一隻腳在椅子上、一隻腳在地上，站在那裡。

「約瑟夫．葛吉瑞，有人要我向你提出，讓你和你的這個年輕小學徒解除師徒關係。如果這小夥子要求和你解除師徒合同，為他的前途著想，你該不會反對吧？你如果肯答應，該不會有什麼交換條件吧？」

喬睜大眼睛說：「我絕不妨礙匹普的前程，如果我為了這件事講條件，天理難容！」

賈格斯先生回答道：「你說天理難容雖然表明你一片善心，可是不解決問題。我只是問你有沒有什麼要求？你究竟有沒有什麼要求？」

喬一口回絕：「我的回答是：沒有。」

我看賈格斯好像瞟了喬一眼，彷彿覺得喬是個傻瓜，否則哪會不存私心？不過當時我又是好奇又是吃驚，緊張得氣也透不過來，心裡慌張，沒有看得真切。

賈格斯先生說：「好極了，你要記住自己的諾言，可不要背轉身來就想反悔。」

喬反問了一聲：「誰想反悔？」

「我並沒有說誰想反悔。你家裡養了狗嗎？」

「狗倒是養了一條。」

賈格斯閉住眼睛，對喬點點頭，好像表示原諒了他的什麼過錯似的，然後又說：「那麼請你記住：誇口雖然好，牢靠卻更妙[2]。這句話請你記住了，好不好？現在我們再來談談這個小夥子的事。我這次來要說的就是：他可以指望得到一大筆遺產。」

喬和我一聽這話，吃驚得透不過氣來，兩人面面相覷。

賈格斯先生伸出指頭，橫裡向我一指，說道：「我受人委託來通知他，他將來可以繼承一筆相當可觀的財產。這還不算，這筆產業的現主人還要這孩子馬上脫離他現在的這個行業，離開此地，去受上等人的教育——總而言之，要把這孩子當作一個要接受遺產的子弟去培養。」

我的夢想實現了；再不是荒唐的幻想，而是清醒的現實了；郝薇香小姐畢竟讓我交上大鴻運了。

律師接下去說：「喂，匹普先生，還有幾句話，我得跟你本人講。第一，我要聲明，委託人要求你永遠使用匹普這個名字。我想，讓你將來獲得一大筆遺產，要你接受這麼一個小小的條件，你大概總不會反對吧，不過如果你不願意，可以趁現在提出來。」

我的心跳得很急，耳朵裡嗡嗡直響，好不容易才期期艾艾地回了一聲不反對。

「我曉得你不會反對！第二，我要聲明，匹普先生，你這位慷慨的恩人姓甚名誰，本人要嚴格保守祕密，要等到本人什麼時候願意透露，才會透露。我受權向你說明，當事人希望將來要親口說給你聽。至於這份心願究竟何時何地可以實現，我不知道，誰也不知道。也許還得過好幾年。還有一點要特別和你說明白，你以後跟我來往，絕對不許問起這件事，哪怕是轉彎抹角、旁敲側擊地暗示一下此人就是某某也不行。如果你心裡有什麼懷疑，那也只能在你自己心裡懷疑。這條禁忌究竟理由何在，可以不必深究，理由也許十分充足、十分重要，也許不過是想入非非，這都不用你過問。條件都講清楚了。剩下只有一條，就是要你接受條件，務必遵守；我這都是受了當事人的委託，按照當事人的指示辦事，此外再不負其他責任。那個人也就是將來要給你一大筆遺產的人，這件祕密只有那人本人和我知道。再說，你一步登天，交上鴻運，這樣一個條件也並不是什麼難以辦到的；不過，你要是不願意，可以趁現在提出來。你說吧。」

於是我又期期艾艾，好不容易才說了一聲沒有意見。

「我曉得你不會有！現在，匹普先生，條件都談完了。」雖然他叫我匹普先生，對我也比較友善了些，可是他依舊解除不了那副疑心重重、咄咄逼人的神氣，甚至到了現在，他說起話來還是常常閉著眼睛，用手朝我指指點點，神色之間似乎表示，我的種種不良行徑他哪一件不知道，只要他

2　莎士比亞戲劇《亨利五世》第二幕第三場五十三至五十五行：

別相信任何人：

賭咒值個屁，男人罰誓啥稀奇！

我的心肝，牢靠才是做人的道理。

賈格斯說的「牢靠卻更妙」即從「牢靠才是做人的道理」一句演化而來，「誇口雖然好」則是他自己順口溜出來的。又：這兩句原文是「Brag is a good dog, but that Holdfast is a better」，上下句各包含著一個「狗」字，所以上文賈格斯要先問有沒有養狗。

一說穿，不怕我不名譽掃地。「接下去我們只要談談具體安排的細節就行了。你應當知道，雖然我不止一次使用將來可以繼承遺產這種講法，其實你還不光是將來可以繼承遺產。那人已經在我這裡存了一筆現款，供你去受適當的教育和維持生活，綽綽有餘。你就不妨把我當作你的保護人吧。」他看我要向他表示感謝，就又說：「別，別，我跟你直說，我當差都是收取報酬的，白當差我是不幹的。那人考慮到，既然你的身分地位改變了，就得讓你好好地受些教育，你應當馬上利用這個機會，不要滿不在乎，這也毋庸多講，你自會明白的。」

我說我以前就一直盼望有這麼一個機會。

他不客氣地說：「你以前盼望什麼就別管了，匹普先生，還是別扯遠了。只要你現在盼望有這麼一個機會就行了。你的意思是不是說，你願意立刻給送到一個合適的老師那裡去受教育？是不是這個意思？」

我期期艾艾地說了聲：是，是這個意思。

「好的。那麼我先來徵求一下你自己的意見。注意，我不是認為應當先徵求你的意見，我這不過是受人之託。你可聽說過有哪一位老師，在你看來比較好些？」

我除了畢蒂和伍甫賽先生的姑奶奶之外，從來沒有聽說過還有什麼老師，於是就回說沒有。

賈格斯先生說：「我倒知道有位老師，看來也許適合你的要求。不過請你注意，我並不是向你推薦這個人，因為我是絕不推薦人的。我說的是一位叫馬修·朴凱特的先生。」

啊！我馬上就明白了這個人是誰。原來是郝薇香小姐的親戚。就是卡密拉夫婦談起過的那位馬修。哪天郝薇香小姐咽了氣，穿著新娘禮服停放在那張喜筵桌上，就是這位馬修得站在她的頭前。

賈格斯先生問道：「你知道這個人嗎？」說著狡猾地望了我一眼，然後閉著眼睛，等我回答。

我回答說，我聽說過這個人。

他說：「噢！你聽說過這個人！不過問題在於，你覺得這個人怎麼樣？」

我就回答他——或者還不如說，我就打算回答他：我非常感謝他推薦這位——

他立刻打斷我的話，慢吞吞地搖著大腦袋說：「不行，年輕的朋友！再想一想！」

我哪裡還想得起來，便又說，我非常感謝他推薦這位——

他又連忙打斷我的話，大搖其頭，又是皺眉又是微笑，說：「不行，年輕的朋友，不行，不行；你真有一手，可是不行啊；你還太年輕，休想引我上鉤。『推薦』這個詞用得不對，匹普先生。另外想個詞吧。」

我連忙改正說，我非常感謝他提到馬修．朴凱特先生——

賈格斯先生嚷道：「這才差不離！」

我又接著說：我很樂意找那位老師去試一試。

「好極了。你最好找上門去試一試。我會替你想辦法，你可以先到倫敦去看看他的兒子。你打算什麼時候上倫敦？」

我說（同時瞟了喬一眼，見他一動不動，只顧在一旁看著），大概馬上就可以動身吧。

賈格斯先生說：「你得先做幾件新衣服，可不要工作服。定在下星期的今天動身吧。你做衣服需要錢。要不要我給你留下二十個幾尼？」

他滿不在乎地掏出一個長長的錢袋，數了二十個幾尼放在桌上，推到我的面前。到這時候他才把擱在椅子上的腿放下來。他把錢推過來以後，便又開兩條腿坐在椅子上，一面晃著錢袋，一面瞅著喬。

「怎麼啦，約瑟夫．葛吉瑞？你好像愣住了？」

喬斬釘截鐵地說：「是愣住了！」

「你剛才還說過你沒有什麼要求哩，可還記得？」

喬說：「剛才說過。現在還是這麼說。將來一輩子都是這麼說。」

賈格斯先生晃晃錢袋，說：「不過，如果我的當事人委託我送你一筆錢作為補償，你怎麼說呢？」

喬問：「補償我什麼？」

「他不替你工作了，因此要補償你的損失。」

喬溫柔得像個女人似的，把手輕輕搭在我肩上。從那以後，我就時常覺得喬這個人強中有柔，簡直像個汽錘——有時一錘砸下來可以砸得死人；有時卻連個雞蛋殼都不會碰碎。喬說：「讓匹普放下工作去過榮華富貴的生活，我是最高興不過的，我真高興得不知怎麼說才好呢。不過，你要是認為金錢補償得了這個孩子——補償得了鐵匠鋪的損失——補償得了我這個一直跟我最好的好朋友，那你就錯了！」

我的親喬，我的好喬啊！當初我竟一心一意要離開你，對你真太忘恩負義了，現在我彷彿又看見了當時的你，你那鐵匠的強壯的胳膊掩著淚眼，你那寬闊的胸膛劇烈起伏，你的話音也愈來愈低，終至語不成聲。我那一片赤誠、多情多義的親喬好喬呀，我還感覺到你搭在我胳膊上的那隻手滿含著深情，在嗦嗦發抖，簡直就像天使那颯颯作聲的翅膀一樣，至今令我肅然起敬！

可是我當時卻一味勸喬別難過。這都是因為我醉心於未來的好運，身在茫茫大霧之中，迷途失向，哪裡還找得著我們一起走過的羊腸小徑！我只顧懇求喬把心放寬些：既然他說，我們一直是最好的好朋友，那麼我說，今後我們也一定永遠是最好的好朋友。喬卻只顧用那隻閒著的手一把一把抹眼淚，恨不得把眼珠子都要挖出來似的，可是再也沒說一句話。

賈格斯先生冷眼旁觀著這一幕，似乎把喬看作一個鄉下白癡，把我看作這白癡的看守人。他看完這一幕，就把那早已不再晃動的錢袋拿在手裡掂了掂分量，說：

「喂，約瑟夫．葛吉瑞，我提醒你，現在是你最後的機會了。別跟我半真半假耍手段了。我受人之託，帶了一筆禮來送給你，如果你有意接受，只要你說一聲，我馬上給你。如果你認為——」說到這裡，只見喬突然向他做出種種摩拳擦掌的姿勢，簡直像個凶狠的拳擊師模樣，他大吃一驚，連忙把話咽了下去。

喬大聲嚷道：「照我看是這麼著：如果你是存心到我家裡來拿我當猴子耍，那你就過來！我看就是這麼著：你要是個堂堂男子漢，你就過來！我看就是這麼著：我不跟你鬧著玩，有種的站出來，沒種的滾到一邊去！」

我把喬拉到一旁，他馬上就平了氣，只是親親切切地跟我說，他可不能讓人家在他家裡拿他當猴子耍；藉這句話也向有關人士客客氣氣打了個招呼，表示了規勸之意。賈格斯先生一見喬摩拳擦掌，早就離了座位，退到門口去了。他不想再走進來，就在門口發表了他的告別辭，全文如下：

「唔，匹普先生，你既然就要成為上等人了，我看你還是愈早離開這兒愈好。一準在下星期的今天動身，到時候你會拿到我印有地址的卡片。到了倫敦，可以在驛站上雇一輛出租馬車，直接趕到我那兒。你要明白，這件事我是受人之託，我自己反正什麼意見都不發表。人家出了錢叫我來辦事，我就照辦。這一點你可得明白。你可得明白！」

他說這話時，一直用食指不停地指著我們兩個。要不是擔心喬會鬧出亂子來，他一定還有話要說下去，絕不會撒腿就走。

我頓時想起一件心事，便追到三船仙酒家去，因為他雇的馬車就停在那裡等他。

「對不起，賈格斯先生！」

他掉過頭來說：「啊！怎麼啦？」

「賈格斯先生，我想我什麼事都應當遵照您的指示，辦得妥妥帖帖，因此有件事我想最好還是先向您請教一下。在我動身以前，您看我是不是可以去同附近的熟人話別一番？」

他說：「可以。」不過看他那副神氣，彷彿弄不明白我問這話是何用意。

「我的意思不光是同本村的熟人告別，還想到鎮上去一趟，行嗎？」

他說：「行，可以去。」

我謝過他，就奔回家去，到得家裡，只見喬已經鎖上前門，走出客廳，坐在廚房裡的火爐前面，雙手一邊一隻擱在膝蓋上，兩眼目不轉睛地瞧著那燒得通紅的煤塊。我也在火爐前面坐了下來，一直盯著爐子裡的煤塊。半晌兩人沒說一句話。

姊姊還是靠在她那張軟椅裡，待在火爐一邊，畢蒂坐在爐前做針線，畢蒂的旁邊是喬，喬的旁邊是我，我靠著火爐的另一邊，和姊姊面對面。我愈是看著那些燒得通紅的煤塊，就愈是不忍心對喬看一眼；我愈是沉默下去，就愈是覺得說不出話來。

最後，我才逼出一句話來：「喬，你告訴畢蒂了嗎？」

喬回答道：「沒有，匹普。還是你自己告訴她吧，匹普。」喬依然望著爐火，緊緊地按住了兩個膝蓋，彷彿他獲得了祕密情報，知道兩個膝蓋打算要逃走似的。

「我倒覺得還是你告訴她好，喬。」

喬說：「好吧，我說。匹普成了個有錢的上等人了，願上帝保佑他！」

畢蒂放下針線瞧著我。喬按住兩個膝蓋瞧著我。我一雙眼睛同時瞧著他們兩個。沉默了片刻，他們便都熱烈地向我祝賀，可是使我不快的是，這祝賀之中卻透出幾分傷心的滋味。

我提醒畢蒂（提醒畢蒂也就順帶提醒了喬）要牢牢記住，千萬不要去打聽，也不要去議論這位成全我交上好運的恩人是誰；我認為他們兩個既然是我的朋友，就有義務嚴格做到這一點。我說，一旦時機成熟，自會真相大白，目前什麼也不要說出去，要說也只能說有一位神祕的恩人作了安排，我有指望繼承一大宗遺產。畢蒂重新拿起針線，若有所思地朝著爐火點點頭，說她一定會多多留神；喬依然按著兩個膝蓋不放，說：「當然，當然，我也會同樣留神，匹普。」說完，他們又向我祝賀起來，然後又表示自己是如何如何驚奇，想不到我居然也要做上等人了，這種話可真叫我聽了不高興。

於是畢蒂又不知費了多少心機，設法讓我姊姊多少也知道一些情況。我有十足的把握認為畢蒂完全是白費氣力。只見姊姊哈哈大笑，一連不知點了多少次頭，畢蒂說一聲「匹普」，她也跟著說一聲「匹普」，畢蒂說一聲「財產」，她也跟著說一聲「財產」。我看不過是像競選演說一樣人云亦云地亂嚷一陣罷了，有什麼意義？她那種昏天黑地的精神狀態，我再也想不出更好的比喻來描畫了。

我要不是有親身的體驗，本來是說什麼也不會相信的：眼看喬和畢蒂又愈來愈心情歡暢了，我卻一肚子的鬱鬱不樂。這次交上好運，要說我對此有什麼不滿，當然不會；很可能是我自己對自己不滿，只是當時自己也不十分明白罷了。

總之，我坐在那裡，手肘擱在膝蓋上，手托著腮幫，怔怔地望著爐火，他們兩個則在一邊談論，說是我就要走了，沒有了我怎麼辦，等等，等等。只要一見他們中有誰瞧著我（他們兩個老是要對我瞧，尤其是畢蒂），儘管神情異常愉快，我也以為這是他們對我有所猜疑，因此很生氣。其實天知道，他們無論在言語上、行動上，都從來沒有這種意思。

遇到這種情況，我往往就要站起來走到門口去閒眺，因為從我們家的廚房門口可以望見外面的夜色，在夏天的夜晚，為了通風，廚房門總是開著的。不瞞你說，那天我抬頭望著滿天星星，我覺得這些星星都不過是些貧苦下賤的星星，因為這些星星照見的無非是些和我朝夕相處的鄉野景物。

後來大家坐下來吃起司麵包加啤酒當晚飯，我說：「今天是星期六晚上，再過五天，就是我動身的前夕了！五天光陰是過得很快的！」

喬把嘴唇湊在啤酒杯上，甕聲甕氣地說：「是啊，匹普，過得很快的。」

畢蒂說：「只是一眨眼的工夫。」

「喬，我在想，下星期一我到鎮上去做新衣服，還是拜託裁縫做好了就留在鋪子裡等我去穿，要不就送到潘波趣先生家裡去。要是拿回來穿，讓村裡人張大眼睛盯著我看，怪不好意思的。」

喬把麵包連同起司放在左手掌心裡用心切著，又瞟了一眼我那一份分毫未動的晚餐，似乎想起了當年我們比賽誰吃得快的情景，他說：「匹普，胡波夫婦也許想看看你那副上等人的氣派呢。伍甫賽先生可能也想看看。三船仙酒家說不定還會當作一件體面事呢。」

「喬，我正是為了不願意讓他們看呀。讓他們看見了準會胡鬧一氣，什麼粗俗下流的事都鬧得出來，那可叫我受不了。」

喬說：「啊，匹普，這也說得是。既然你受不了——」

畢蒂坐在那裡餵姊姊吃晚飯，聽得這麼說，也向我問道：「那你打算什麼時候穿給葛吉瑞先生看，穿給你姊姊和我看呢？你總要穿給我們看看吧？」

我很不愉快地答道：「畢蒂，你的頭腦也真機靈，我可是甘拜下風了！」

（喬說：「她一向機靈。」）

「畢蒂，你何必這樣心急呢？剛才我正打算對你們說呢：說不定哪一天晚上——很可能就是在我動身的前一天晚上——我會把衣服打個包拿回來給你們看的。」

畢蒂沒有再說什麼。我算是寬宏大量原諒了她，過一會兒就親親熱熱地向她和喬道了聲晚安，上樓去睡覺了。走進自己的小臥室，坐下來打量了好半天，覺得它實在狹小簡陋，而我馬上就要身價百倍，和它永遠分手了。不過，這間小屋子卻也叫我想起童年的好多事情，都還記憶猶新。可是我同時又感到心慌意亂，徬徨不定——究竟是這間小屋子好呢，還是我即將去住的上等套房好？這種徬徨不定的心情我過去也常有的：究竟是鐵匠鋪好呢，還是郝薇香小姐的莊屋好？畢蒂好呢，還是艾絲黛拉好？

這閣樓頂上成天曬著亮堂堂的太陽，到現在還是暖烘烘的。打開窗戶，站在窗口向外面一看，只見喬從樓下黑洞洞的門裡慢吞吞走了出來，在外面徘徊了一陣，接著又看見畢蒂走來，把個菸斗遞給他，還替他點上了火。喬平常從來不在這樣晚的時候抽菸；可見他今天不知為何心裡不痛快，需得抽袋菸解解悶。

於是，他就站在門口抽起菸來，畢蒂也站在那裡，悄悄地和他聊天，我正好就在他們上面，聽見他們兩個一再憐惜地提到我的名字，就知道是在談我。他們的話我即使聽得清楚，也實在不想再聽下去，便離開窗口，在床邊唯一的一張椅子上坐下，心裡又是悲哀，又是詫異——怎麼交上好運的頭一天晚上，就感到從來沒有過的寂寞淒涼呢！

向開著的窗外一望，看見嫋嫋的輕煙繚繞窗前，那是喬在下面抽菸斗，我把這當作喬對我的祝福——不是來纏我擾我，也不是來撩我逗我，這一片輕煙就是這樣彌漫在我們倆共同呼吸的空氣裡。吹滅了蠟燭，上了床，誰知床也變成了一張很不舒適的床，再也休想像往常那樣躺在上面睡得又甜又香了。

第十九章
離別前夕

第二天一大早，我的人生遠景便頓改舊觀，被晨光照耀得燦爛輝煌，完全變了個樣。只是一想到還得過六天才得動身，就擔心之至，唯恐這六天之內倫敦萬一遭到什麼意外變故，等我到得那裡，或則僅見殘垣斷壁，或則早已影蹤全無，那豈不掃興！

喬和畢蒂聽見我談起分手在即，就顯得分外熱情親切；不過，我不提他們也就不提。吃過早飯，喬從客廳的櫃子裡拿出師徒合同，我們一起把它扔進火裡，我感覺到從此自由自在了。解除了束縛，自有一種異乎尋常的感覺，便跟喬上教堂去，心想，要是那位駐堂牧師知道了這一切經過，那麼，富人進天堂比駱駝穿針孔還難那一段話[1]，大概也不會再念了吧。

早早地吃過中飯，一個人出去晃晃，打算到沼地上去走一遭，作一次最後的告別，從此和它各不相涉。走過教堂門口，禁不住想起那些可憐人逢星期天就得上這個教堂，一輩子就是如此，到最後就默默無聞地長眠在這一大片綠草萋萋的矮土墩裡，想到此處，一種高尚的同情之心油然而生（上午做晨禱時我就有過這種心情了）。我許下心願，總有一天要給他們一點好處；我還大致有了個打算：要請我們全村的人吃一頓飯，烤牛肉、葡萄乾布丁、半斤麥酒，表表我的一片善心。

1　事見《新約·馬太福音》第十九章二十四節。

假如說從前一想到我和那個逃犯打過交道，一想到親眼見過他在這些墳堆裡一瘸一拐地行走，我就難免有些羞恥之感，那麼，在今天這樣一個星期天，來到這裡，觸景生情，想起了那個衣衫破爛、渾身發抖、戴著腳鐐，顯然犯了大罪的傢伙，我的心情該是多麼難說難描啊！好在我有的是聊以自慰的想法：那都是長久以前的事了，那個人早就被押送到天涯海角去了，我何妨當他死了？何況，說不定他也當真死了！

從今一別，再也看不見那潮溼的窪地了，再也看不見那一道又一道的堤壩和閘門了，再也看不見那吃草的牛群了——這些呆頭呆腦的畜生，今天似乎也顯得恭敬了些，還掉轉頭來，盯著我這個將來要繼承一大筆遺產的人物瞧了個夠呢——再見了，我童年時代的乏味朋友啊，我就要投奔倫敦，平步青雲了；到了那裡，便再也不會做鐵匠，再也不會與你們為伍了！我興高采烈地趕到古炮臺前躺下，心裡揣想著郝薇香小姐究竟是否有意把艾絲黛拉許配給我，想著想著就睡著了。

醒來發現喬正坐在我身邊抽菸，不禁大吃一驚。他一看見我睜開眼睛，就笑逐顏開地招呼我：

「匹普，我不願意放過這最後一次機會，所以跟在你後面來了。」

「喬，你這可叫我太高興了。」

「謝謝你，匹普。」

我跟他握過手，又說：「親愛的喬，請你放心，我永遠不會忘了你的。」

喬以快慰的口吻說道：「當然，當然，匹普！這我放得了心。真的，真的，老朋友！其實呀，只消心裡想開了，也就放心了。可是我心裡一時卻想不開，因為這個變化實在太突然了，你說是不是？」

不知什麼緣故，喬這樣放心得下我，倒反而使我不太高興。我倒寧可他大動感情，或是說句「匹普，你這一下可體面啦」這一類的話。因此對於喬說的第一點，我沒有發表意見，只是談他的第二點，說是這一次的確事出突然，不過我一直想做上等人，也常常在那裡盤算，我要做了上等人，我就打算幹些什麼。

喬說：「你真常常這麼想嗎？奇怪！」

我說：「喬，現在看來很遺憾，只可惜我們在這兒學習的時候，你的進步未免太少了點，你說是不是？」

喬回答道：「唔，我也說不上來。我太笨。我只會做我自己的老本行。我笨到這個地步，一直都覺得是個遺憾，不過你要明白，一年前的今天就是這樣，並不是現在看來才特別覺得遺憾！」

我本來的意思是說，等我將來遺產到了手，就能夠給喬一些好處，那時候他身分地位升高了，要是文化教養也能夠提高一些，豈不是好得多嗎？誰知他完全不理解我的意思，因此我想，還不如去說給畢蒂聽吧。

回家喝過茶以後，就和畢蒂一同到小巷旁邊的小花園裡去散步。為了叫她高興，先和她說了幾句開場白，說是永遠不會忘記她，然後就提到我有件事要請她幫忙。

我說：「畢蒂，也不是什麼別的事，希望你盡量抓住機會，要幫著喬有點長進才好。」

畢蒂怔怔地望著我，問道：「怎樣幫他長進？」

「喏！喬是一個又可親又善良的人——說實在話，我看打起燈籠來也找不到第二個——可惜他有些方面很欠缺。譬如說，畢蒂，他在讀書寫字和禮貌規矩方面就很欠缺。」

我一面說，一面望著畢蒂，等我說完了，畢蒂眼睛睜得老大，卻沒有望我一眼。

畢蒂隨手摘下一片黑醋栗的葉子，說：「他的禮貌規矩！你是說他的禮貌規矩不行嘍？」

「親愛的畢蒂，在我們這一帶當然滿行啦——」

畢蒂一直盯著自己手裡的黑醋栗葉子，打斷了我的話，說：「哦！在這一帶滿行啦？」

「你聽我講完——我打算等我財產完全到了手，就要抬舉抬舉他，那時候喬生活在上等社會裡，他這種禮貌規矩就要招人怪了。」

畢蒂問道：「你以為他沒有自知之明嗎？」

她這一問，可真氣壞了我（因為我做夢也沒有想到她會問出這種話來），我不由得暴躁地說：「你這話是什麼意思，畢蒂？」

畢蒂已經把手裡那片葉子搓得粉碎（從那次起，我一聞到黑醋栗的氣味，就想起那天傍晚在我們小巷旁邊小花園裡的種種情景），她說：「難道你就沒有想到過他也可能有他的自尊心？」

我以鄙夷的口吻，故意加重了語氣反問一句：「自尊心？」

畢蒂一雙眼睛直盯著我，她搖了搖頭，說：「可不是！自尊心有多種多樣，各人的自尊心不都是一個樣——」

我問：「怎麼了？幹嘛不說下去？」

畢蒂又接下去說：「各人的自尊心不都是一個樣。說不定他有他的自尊心，他幹得了他那一行，而且又幹得很好，人家都看得起他，誰要叫他扔了那一行，他也許倒不樂意呢。不瞞你說，我看他就是這樣，我這句話可能說得太冒昧，因為你對他一定要比我瞭解得多。」

我說：「唔，畢蒂，聽了你這番話，真使我遺憾。想不到你竟有這種想法。畢蒂，你這是嫉妒，心裡有氣。你看見我交上了好運，心懷不平，情不自禁地就流露出來了。」

畢蒂回答道：「只要你對得起良心，你儘管說吧。只要你良心上過得去，你要說上十遍八遍也由你說吧！」

我用自命正直、盛氣凌人的口吻，說：「畢蒂，只要你良心上過得去，你只管發洩吧，你索性在我身上出氣出個痛快吧。看到你這樣，我很遺憾，這真是——這真是人類的劣根性。我本想請你等我走了以後幫著喬長進，一分一秒的機會都不要放過。現在你既是這樣說，我也沒有什麼要求了。」然後我又重複了一遍：「畢蒂，看到你這樣，我實在遺憾到了極點。這真是——這真是人類的劣根性。」

可憐的畢蒂回答道：「不管你罵我也好、捧我也好，我還是請你放心：只要我辦得到的事，我在這裡總會盡力去做。不管你臨走時把我看成一個什麼樣的人，我絕不會因此而就不惦記你。不過，做上等人也不應該隨便冤枉人。」畢蒂說完，便掉過頭去。

我又氣憤憤地說，這是人類的劣根性（這種說法我用在這裡當然不對，不過我認為我這種見解還是不錯的，這在後來就得到了證明），接著我就丟下畢蒂，順著小徑走了。畢蒂進屋去了，我走出了小花園，垂頭喪氣地獨自散步，到吃晚飯時才回家；心裡又覺得既悲哀，又詫異：怎麼我交上好運的第二天晚上竟又像頭天晚上一樣寂寞淒涼，大不如意呢？

可是晨光一露，我又樂觀起來了。我寬恕了畢蒂，這件事彼此都略過不提。我穿上最講究的衣服，一大早就到鎮上去，估量著趕到那裡，街上的店鋪已經開門營業。到得特拉白裁縫的鋪子裡，他還在後面客廳裡吃早飯，看見我來了，認為不值得勞他的大駕走出來迎接我，就招呼我走進去。

特拉白先生以熟不拘禮的口吻打了個招呼：「嗨！你好嗎？有什麼事要我效勞嗎？」

特拉白先生已經把他滾熱的麵包切成了三層羽絨褥墊[2]，正在夾層裡塗黃油，塗得密密滿滿。他是個混得很得法的老鰥夫，打開的窗子外是一座小小的茂盛花果園，靠壁爐的一邊牆壁上裝著一只闊綽的鐵保險箱，我相信他的成堆成堆的金銀一定就是用一只又一只的袋子盛著，放在這保險箱裡的。

我說：「特拉白先生，這件事我真不樂意講，怕你聽了當我吹牛；不過嘛，我還是得告訴你：我已經到手一筆可觀的財產了。」

特拉白先生頓時變了個人。他已經忘了塗黃油，丟下麵包就站起來，用桌布抹了一下手指，大嚷一聲：「哎喲喲！」

我漫不在意地從口袋裡掏出幾個幾尼，望了一眼，說：「我就要上倫敦去見我的監護人，須得做一套時裝穿了去。」接著又找補了一句：「我打算先付定洋，給你現款。」生怕他拿不到現款，答應了不做。

特拉白先生恭恭敬敬彎下腰來，張開雙手，居然放肆地在我兩邊手拐上碰了碰，說：「親愛的先生，別提什麼錢不錢吧，叫我怪不好受的。我可以冒昧向你道賀嗎？好不好請移駕到店堂裡去說話？」

特拉白先生店裡雇用的那個小廝是我們那一帶最膽大包天的一個小夥子。剛才我進店時，他正在掃地，做苦工偏要尋個開心，竟把垃圾都向我身上掃。等我和特拉白先生從裡屋出來，他還在那裡打掃，拿著一把掃帚捅遍了所有的大小角落，把一切礙事絆腳的東西都敲打遍了，據我看他簡直是在顯示他打鐵的功夫可以跟古往今來的任何鐵匠較量。

特拉白先生鐵板著臉說：「小聲點，你要是再這樣，我就敲掉你的腦袋！」又對我說：「先生，賞光請坐吧。」於是拿下一匹衣料，飄飄蕩蕩地鋪開在櫃檯上，然後用手托在下面，亮了亮料子的光澤。他說：「這是一種很討人喜歡的料子，先生，我特意向你鄭重推薦，頂呱呱的上好貨色。不過我還可以給你多看幾種。喂，去把四號給我拿來！」（他這一句話是對小廝說的，還凶神惡煞似的瞪了那小廝一眼，似乎預料到那個小壞蛋把料子搬過來的時候可能會在我身上撞一下，或有其他輕佻的舉動，所以先給他一個警告。）

特拉白先生嚴厲的目光緊緊盯著小廝，直到小廝把四號料子搬來放在櫃檯上，站到安全距離之外，這才放心。接著又吩咐小廝去搬五號和八號料子。特拉白先生說：「你這個小流氓敢在這兒搗一下蛋，我叫你吃不了兜著走，看你後悔一輩子！」

特拉白先生接著就俯下身子看著四號衣料，擺出一副恭敬而又懇切的樣子向我介紹說，這是一種輕巧的夏季衣料，在貴族和上等人圈子裡非常流行，他以後只要一想起有個不同凡響的同鄉（如果他能夠冒昧和我攀同鄉的話）穿過這種衣料，就會覺得面子上很有光彩。特拉白先生介紹過四號衣料以後，又對小廝說：「混帳東西，還不快去拿五號和八號，難道要我一腳把你踢出店門，自己去拿不成？」

我參照了特拉白先生的意見，選好了一套衣料，又走進客廳去量尺寸。特拉白先生雖然早就曉

---

2 此句脫胎於《奧賽羅》第一幕第三景二三〇至二三二行：

威嚴無上的議員們，暴君的積習
早為我把那冷冰冰的鋼骨行軍床
變成了鋪著三重羽墊的軟榻。

故「三層羽絨褥墊」一般用以狀寫豪華舒適的生活，這裡兼寫上好麵包的形狀。

得我的衣服尺寸，對這個尺寸以前也一直十分滿意，可是這一回卻抱歉地說：「照眼前的情形看來，那個尺寸是不行了，先生，根本不行了。」於是特拉白先生在客廳裡替我一邊量，一邊計算，簡直把我當作了一塊地產，而他自己就是個最優秀的測量員，為此他真是不辭千辛萬苦，我不禁想道：他量一套衣服要費這麼大力氣，做出再好的錦衣美服只怕也是得不償失呢。最後總算量好，和我約定星期四晚上把衣服送到潘波趣先生家裡去，然後手按著客廳的門鎖說：「先生，我知道倫敦的上等人大都不肯光顧我們本地的手藝；不過，如蒙不棄同鄉之誼，常常來光顧光顧，那就是我的莫大榮幸了。再見，先生，萬分感謝。——門！」

他最後一句話是吆喝那個小廝的，意思是叫開門，那小廝卻並沒有領會這個意思。等到他的主人搓手陪笑把我送出店門，我看見那小廝已經嚇得骨軟筋酥。我這才第一次毫不含糊地理會到了金錢的威力之大，原來連特拉白的小廝也招架不住，只好認輸。

我辦好這件大事，又上帽子店、鞋子店、襪子店去，覺得自己簡直像胡巴德大媽的那條狗，置辦一套行頭得請教那麼許多鋪子[3]。又到驛站上去，預訂了星期六早上七點鐘開出的馬車座位。我也不必每到一處就說我發了一筆大財；可是，只要我一提到這件事，櫃檯裡的那位老闆反正就不再望著櫥窗外的大街出神了，而會馬上把全副注意力都集中到我身上來。一應物品訂全之後，我就向潘波趣家而去；到他寶號前面，見他早已站在門口等我了。

他等我已經等得很不耐煩了。原來他那天一大早坐著馬車出去，路過鐵匠鋪，就聽到了我的消息。他在那間表演過《巴恩威爾》的客廳裡已經給我準備了茶點，我這樣一位尊貴的人物一走進去，他也吩咐夥計「別擋著道兒」[4]！

這時客廳裡只剩了潘波趣先生、我，還有茶點。潘波趣先生便握住我的雙手，說：「我親愛的朋友，你交了好運，我真高興。你理所應得，理所應得！」

這句話說得很得體，我看確實不失為識時務者表明態度的好辦法。

潘波趣先生哼著鼻子對我講了幾句羨慕的話以後，便說：「一想起我當初聊盡犬馬之勞，成全了你今天的發達，我就深感有幸，不勝快慰之至。」

我請求潘波趣先生千萬記住，這事不可再提，連口風也露不得。

潘波趣先生說：「我親愛的年輕朋友，假使你允許我這麼稱呼你的話——」

我咕噥了一聲：「當然可以，」於是潘波趣先生重又抓住我的一雙手，他的背心也隨著起伏不已，儼如動了真情，只可惜這一起一伏的地方並不是心房，而是遠在心房下面的肚皮。他說：「我親愛的年輕朋友，請你放心，你走了以後，我一定竭盡綿薄，讓約瑟夫牢牢記住這件事——約瑟夫！」潘波趣先生這句話是起誓的口吻，憐憫的聲調。他又連喊了兩聲：「約瑟夫啊，約瑟夫！」說完便大搖其頭，還用手敲敲腦袋，表示他瞭解約瑟夫的缺陷何在。

潘波趣先生說：「不過，我親愛的年輕朋友，你一定餓了吧，你一定累了吧。請坐吧。這一隻仔雞是從藍野豬飯店買來的，這條舌頭是從藍野豬飯店買來的，這一兩件小點心也是從藍野豬飯店買來的，希望你別看不上眼才好。」潘波趣先生剛坐下去又站起來，說：「我面前的這位官人，在

3　胡巴德大媽是莎拉·卡德林·馬丁（一七六八—一八二六）所作兒歌中的人物。兒歌凡十四首，內容大致是說：胡巴德大媽要給她的狗找根肉骨頭，一看食櫥裡空空如也。為了給她的狗採辦各種東西，她一趟又一趟地跑了許多鋪子。

4　原文用括弧，似係引用劇中的臺詞。

他幸福的童年我不是還逗著他玩過嗎?我可不可以——我可不可以——?」

他所謂「可不可以」，意思是說，可不可以跟我握握手。我表示可以，他就狂熱地和我大握其手，然後重新坐下。

潘波趣先生說：「這裡有酒，我們來喝酒吧。讓我們向命運女神致謝，但願她往後挑選起她的寵兒來，都能像這次一樣有眼光！」潘波趣先生說到這裡又站起來，「有這樣一位幸運的官人在我面前，給這樣一位幸運的官人舉杯敬酒——我實在不能不再請問一聲——我可不可以——?」

我說，可以，於是他又跟我握手，拿起酒杯一飲而盡，隨即把酒杯底朝天一亮。我照樣乾了一杯，誰知酒一下肚，酒力立即上衝頭腦，我看我在喝酒以前即使先來個兩腳朝天倒豎蜻蜓，大不了也不過是這樣頭昏眼花罷了。

潘波趣先生把肝翅[5]和舌頭的精華部分都敬給我吃（再也不像當年那樣專揀豬身上那些不尷不尬的部位給我吃了），相形之下，他對自己的口腹就一點也不照應了。他還指著盆子裡的雞，感慨繫之地說：「啊！雞呀雞！當你還是個小雛兒的時候，你哪裡想得到自己未來的命運！哪裡想得到要在寒舍成為一碗菜餚，給這樣一位……你不妨認為這是我的一個毛病吧，」潘波趣先生說到這裡，又站起來問我：「我可不可以——我可不可以——?」

點頭稱可的例行手續，看來已經多餘了，所以他說著馬上就來跟我握手。他幾次三番來這一套，怎麼沒有被我手裡的餐刀割痛了手，我實在想不明白。

他扎扎實實吃了幾口，這才接下去說：「還有你的姊姊，她一手帶大了你，面子上多有光彩！不過替她想想也可憐，掙到了這份光彩卻不能充分領會。可不可以——」

我一看他又要伸過手來，便連忙打斷他說：

「讓我們為她的健康乾杯吧。」

潘波趣先生大嚷一聲：「這才對了！」身子隨即向後往椅子裡一沉，這一陣連讚帶歎，早已累得他筋疲力竭，接下去他又說：「這才是有情有義，閣下！」（我不知道他這一聲「閣下」叫的是誰，不過肯定不是叫我，而屋子裡又沒有第三個人！）「這才是個心地高尚的人，閣下！總是那麼體諒人，那麼殷勤待人。」這位奴顏婢膝的潘波趣先生連忙放下他那杯碰也沒有碰過的酒，重新站起來說：「在凡夫俗子看來，也許會覺得我嘮嘮叨叨——可是我還想說一遍，可不可以——？」

他和我握過手以後，便重新坐下，為我姊姊乾杯，說：「她動不動就發脾氣，對她這個錯誤我們當然絕不能視而不見，不過，她總也是出於一片好心吧。」

大概就在這時候，我注意到他臉上漸漸紅起來了，我自己也似乎滿頭滿臉都漬在酒裡，火燒火辣。

我對潘波趣先生說，等我的新衣服一做好，打算先送到他家裡擱一擱；他一聽我這樣抬舉他，簡直得意忘形。我又向他講明理由，說我這樣做，是為了免得拿到村裡去惹人注目；他大為贊成，把我這個打算捧到了天上去。他說，除了他之外，什麼人也不值我信任；又說——總而言之還是那句老話，他可不可以？接著，又疼愛備至地問我可還記得小時候跟他一起做算術遊戲，可還記得大家一起上法院去替我辦理拜師手續，總之，無非是要問我可記得他始終是我心心相印的知己，是我最難能可貴的朋友？我喝的酒即使加上十倍，我也不會糊塗到那種地步，我可絕不承認他跟我有過

5　家禽或野味的翅，以肝塞在翅下一同烹製。

那麼好的交情，我的心坎深處也萬萬容不下這種想法。可是儘管如此，我記得有一點當時還是給他說得動了心：我認為我以前的確對他誤解太深，認為他其實倒是個卓有見識、注重實際、心地善良的大好人。

他逐漸把我當作了無話不談的密友，到後來把自己的買賣也提出來向我請教了。他說，現在倒是有個機會，只要能把店鋪門面擴大一下，就可以把糧食和種子這兩行合而為一，由他壟斷；這種事無論在我們那一帶，還是在附近其他地區，都是空前未有的創舉。他認為萬事俱備，只要增添資本，管保財運亨通。就是這麼幾個輕巧的字眼：「增添資本」。在他（潘波趣）看來，假使誰願意投資，做一個不出面的股東（所謂不出面的股東，就是說，什麼事都可以不用操心，什麼時候高興來就來一趟，或是派個代理人也行，只要查查帳目，每年兩次把高達百分之五十的盈利裝進腰包就是了）——總之，在他看來，這是一位有膽識、有資財的年輕紳士大展宏圖的絕好機會，值得考慮。只是不知我意下如何？他很倚重我的意見，不知道我意下如何？我隨即發表我的高見：「過一陣再說！」我這個意見含義既極深遠，態度又極明確，他一聽大為感動，就再也不問可不可以跟我握手，而是說非跟我握手不可，於是又跟我握了一次手。

我們把酒都喝光了，潘波趣先生一而再、再而三地保證一定會使約瑟夫夠得上水準（我不知道是什麼水準），而且要隨時為我大力效勞（我不知道效的是什麼勞），還向我表白一番，說是他在別人面前不提我則已，一提起我總是說：「那孩子不同於尋常一般的孩子，你看著吧，他走起運來也不同於尋常一般的走運。」他這句話我當然是生平第一次聽到，可真難為他保密保得這樣好，到今天才講出來。他微笑中透出淚花，對我說，現在想起來真是稀奇，我也說實在稀奇。最後我走到屋外，迷迷糊糊，只覺得今天這陽光照在身上也和往常有些不一樣；昏昏欲睡中不辨路徑方向，只顧走著走著，不知不覺來到了關卡前面。

這時忽聽得潘波趣先生在背後喊我，我才清醒過來。只見陽光普照的街上，他在老遠的那頭，向我做出種種富於表情的姿勢，叫我站住。我就站住，等他氣喘吁吁地趕上來。

他緩過氣來以後，就對我說：「這可不行啊，我親愛的朋友，這叫我怎麼受得了？如此良辰豈能草草過去，你也得和我親熱親熱才走呀。——我是你的老朋友，一心指望你好，我可不可以？可不可以？」

於是我們又握了一次手，少算也該有百來次了。接著，他又橫眉怒目地向一個擋著我路的年輕馬車夫吆喝了一聲，叫他為我讓路。最後他又為我作了臨別的祝福，站在那裡向我頻頻揮手，一直揮到我拐彎。我走到曠野裡，在一排樹籬下面睡了好一陣子才趕回家去。

我要帶到倫敦去的行李很少，因為我本來就沒有什麼衣物，現在身分地位一改變，合用的東西就更是微乎其微了。可是我心裡老是無端擔心，覺得一分一秒鐘也耽擱不得，因此當天下午就動手收拾，而且糊裡糊塗把明知第二天一大早還要用的東西也打進了包裹。

這樣，星期二、星期三、星期四，一轉眼都過去了；星期五早上到潘波趣先生家裡去，準備換上了新裝，便去拜訪郝薇香小姐。潘波趣先生特意把他自己的住房讓給我換裝，屋裡掛了好幾條潔淨的手巾，無疑是專為這件大事而置備的。不用說，我穿上新衣，有點掃興。大凡自從人類穿上衣服以來，眼巴巴地等著穿新衣的人，等到新衣上身，都難免有些不盡如人意之處。我穿上新衣，在潘波趣先生的那架小小穿衣鏡前面照來照去，為了要看看自己的兩條腿，擺出無窮無盡的姿勢，結果都是白費力氣，這樣足足照了半個鐘頭工夫，才看得比較順眼一些。湊巧那天是十來英里外一個鄰鎮上趕早集的日子，所以潘波趣先生不在家。我並沒有跟他說定我什麼時候走，所以這一來就可以不必再和他握手告別了。我覺得十分稱心，於是穿上新裝，走出門去；我只是擔心讓前面那個夥計看見不大好意思，尤其擔心自己會像喬穿上節日禮服那樣，反而顯得尷尬極了。

於是取道後街僻巷，迂迴曲折地來到郝薇香小姐家門前，打了門鈴——由於手套的指頭太長，又是那麼硬邦邦的，動作很不方便。莎拉．朴凱特開了門，一看我完全變了樣，簡直嚇得倒退不迭，胡桃殼似的棕色臉蛋也變得黃裡發青。

她說：「是你嗎？真是你嗎？我的天啊！你來有什麼事？」

我說：「朴凱特小姐，我就要到倫敦去了，想要向郝薇香小姐辭行。」

她鎖好門，讓我在院子裡等著，她要上去先回一聲，看看是不是見我，足見我是個不速之客。過了片刻，她回來帶我上樓，一路上睜大眼睛盡瞧著我。

郝薇香小姐正拄著她那根丁字頭的拐杖，在擺著長桌的那間屋裡走動。屋裡像從前一樣點著蠟燭，她一聽見莎拉走進去，就停住腳步，轉過臉來。這時候她正走到那塊霉爛的結婚蛋糕前面。

她說：「別走，莎拉。怎麼了，匹普？」

我字斟句酌地說：「郝薇香小姐，我明天就要去倫敦了。特地趕來向您辭行，想來總不會見怪吧。」

她說：「你可真是衣冠楚楚，一表人才啦，匹普。」一面說一面拿拐杖在我周圍揮了幾揮，彷彿她就是我的神仙教母，剛剛把我變成另外一個人，此刻又在我身上施展最後一道畫龍點睛的法術。

我喃喃地說：「郝薇香小姐，自從上次跟您分別以後，我就交上了這樣的好運。對此我實在感激非凡，郝薇香小姐！」

她得意揚揚地望了望又惶惑又眼紅的莎拉，說：「是啊，是啊！我見過賈格斯先生了。我都聽說了，匹普。你明天就走嗎？」

「是的，郝薇香小姐。」

「是一個有錢人收養了你嗎？」

「是的，郝薇香小姐。」

「沒有透露姓名？」

「是的，郝薇香小姐。」

「由賈格斯先生做你的監護人？」

「是的，郝薇香小姐。」

在這一問一答之間，她得到了無比的滿足；看到莎拉．朴凱特又驚又妒，她真是樂不可支。接下去她又說：「很好！你前程遠大，大有可為。要學好——要有出息——要聽從賈格斯先生的指點。」她望望我，又望望莎拉，一看到莎拉的那副表情，她那全神貫注的臉上不由得透出了一絲獰笑。郝薇香小姐說：「再見，匹普！——你一輩子都得用匹普這個名字，你是知道的。」

「我知道，郝薇香小姐。」

「再見，匹普！」

她向我伸出手來，我屈下一膝，拿起她的手放在嘴上吻了一下。我事先並沒有考慮過應當如何和她告別，行這個禮是我靈機一動臨時想到的。她望著莎拉．朴凱特，一雙非人非鬼的眼睛流露出得意的神色。我就這樣辭別了我的神仙教母，見她雙手扶著丁字頭的拐杖，站在燭光昏暗的屋子中央，旁邊就是那塊給蛛網封沒了的、霉爛的結婚蛋糕。

莎拉・朴凱特領我下樓，簡直像送瘟神出門一般。她對我這副打扮怎麼也看不順眼，愈看愈糊塗了。我對她說：「再見，朴凱特小姐！」她卻只是睜大了眼睛發呆，似乎神志還沒有完全清醒過來，不知道我在說些什麼。我出了大門，三步併做兩步回到潘波趣先生家裡，脫下新衣，換上舊衣，把新衣包好拿回家去——老實說，雖然手上多了一件東西要拿，倒反而覺得自在多了。

六天光陰，本來唯恐過得太慢，現在卻已匆匆過去。如今，明天直瞪瞪地盯著我，我卻沒有勇氣正視明天。六個晚上減少到五個晚上、四個晚上、三個晚上、兩個晚上，我也愈來愈覺得跟喬和畢蒂相處的日子不可多得。這最後一個晚上，我為了叫他們喜歡，特地換上新裝，富貴雍容，一直和他們坐守到睡覺時分。我們一道吃了一頓熱騰騰的臨別晚餐，少不得加了烤雞，給餐桌上平添了不少光彩，最後還喝了些甜啤酒。大家情緒都很低沉，儘管裝得高高興興，其實誰都高興不起來。

我明天一大早五點鐘就得帶著小提箱出村去，我事先向喬說明，我不要別人送行。說來惶恐——真是萬分惶恐——我之所以要如此，其實無非是因為我覺得，要是喬送我到驛站去的話，我們兩人在一起勢必顯得太不相稱。當時我還欺騙自己，自以為如此安排，絲毫也沒有這種卑鄙的意念；可是到了這臨別前夕，一走進閣樓上的小臥房，我終於不能不承認了，這種動機恐怕是有的，我當時恨不得馬上衝下樓去，懇求喬明天早上送我上驛站。然而結果還是沒有下樓。

這一夜時睡時醒，老是夢見馬車跑錯地方，哪裡都跑到了，就是跑不到倫敦；駕車的一會兒是狗，一會兒是貓，一會兒是豬，一會兒是人——就是沒有馬。整夜亂夢顛倒，迷途失向，醒來已是天光拂曉、百鳥歡歌的時分。下得床來，衣服還沒穿齊，就坐在窗口向外面作最後的一次眺望，誰想望著望著又睡著了。

畢蒂一大早就起來忙著為我準備早餐了，我在窗口其實還睡不到一小時，就聞到廚房裡爐子的煤煙氣息，嚇得跳了起來，心裡好不著急——只當已是黃昏時候。可是，聽得廚房裡杯盤叮噹，我自己的一切也都已準備就緒，這時反倒好半天沒有勇氣下樓了。結果還是留在樓上，翻來覆去的把小提箱打開又鎖上，把箱子皮帶鬆開又捆好，最後還是畢蒂來喊我，說是時候不早了，我才下了樓。

早飯三口併做兩口胡亂吃過，實在是食而不知其味。離了餐桌，顯出一副輕鬆愉快的神氣，彷彿臨時想起了什麼事情似的，說道：「好吧！我看我應當走了！」然後我就和姊姊吻別，姊姊還是坐在那張椅子裡，笑呵呵的，腦袋只顧擺個不停；我又和畢蒂吻別；最後張開雙手緊緊摟住喬的脖子。接著便拎起小提箱出了門。走沒幾步，忽聽得背後一陣步履雜遝之聲，回頭一看，只見喬拿一隻舊鞋朝我扔來，畢蒂也扔過來一隻[6]。我停下來向他們揮帽致意，親愛的老朋友喬把他那條壯健的右臂高舉過頂，頻頻揮動，還嘶啞著嗓子向我嚷了一聲：「烏拉！」畢蒂撩起圍裙掩住了臉。這便是我臨別時最後一眼看到的情景。

我邁開大步向前走，心想：這一次離家，倒比原來想像的要好受得多；又想，要是在大街上當著眾人的面，讓一隻舊鞋子從馬車後面扔過來，那可太不像話了。我優閒自在地吹著口哨，把這次離家看得若無其事。但村子裡卻是一派寧靜。薄霧冉冉消散，一片肅穆，彷彿有意要揭開那個花花世界，讓我看看；我想到自己在這個小村子裡是那樣無知而渺小，村外的世界卻是那樣神祕而廣大，頓時不由得歎了一口長氣，失聲而哭。出了村，就看見那個指路牌，我撫摸著路牌說：「再見了，我的好朋友、親朋友！」

其實，人大可不必為流淚而感到羞恥，因為眼淚好比甘霖，會滌淨那蒙蔽我們心靈的凡塵俗垢。

6 英國民間古舊的迷信風俗：扔舊鞋送別，意在祝遠行者幸運。

哭了一陣，倒覺得好受了些——增加了抱愧的心情，看清了自己的忘恩負義，暴躁的脾氣也平伏了。我何不早一點哭呢？早一點哭，也就可以讓喬送我一起上驛站了。

這一哭，哭得我心都軟了，一路悄悄走去，禁不住又撲簌簌流下淚來；後來上了馬車，出得鎮來，依舊滿心苦惱，不斷盤算：到前站換馬時，要不要下車回去再住一夜，和家裡人好好告別一番再走？後來果然換馬了，我卻還下不了決心，於是又自我安慰說，就是要下車回去，到下一站也不遲。一面這樣盤算，一面又會想入非非，只覺得迎面而來的一個過路人長相和喬一模一樣；想著想著，心頭竟會怦怦狂跳——彷彿喬真會到這兒來似的！

馬換了一次又一次，路愈趕愈遠，再要回去也來不及了，於是我只得繼續往前趕。朝霧早已在一片肅穆中消散淨盡，那花花世界就展現在我的面前。

匹普的遠大前程第一階段到此結束

第二十章
初臨倫敦

從我們鎮上到京城，大概是五小時的旅程。剛過晌午，我搭乘的四馬驛車就匯入了車水馬龍的洪流，各路車馬都會聚到倫敦齊普賽[1]伍特街「交叉鑰匙」的招牌[2]下。

當時我們英國人都有一種一成不變的成見——誰要是懷疑我們的東西不是天下第一、我們的人不是蓋世無雙，誰就是大逆不道。我當時固然給偌大一個倫敦嚇呆了，然而要不是由於這個成見，說不定也會有些懷疑：難道倫敦不也是道兒又彎、路兒又狹，相當醜陋、相當骯髒嗎？

賈格斯先生早已準時派人給我送來了印著他地址的卡片，地址是在小不列顛街，後面還批明：「一過史密斯菲爾德便是，離驛站甚近。」我雇了一輛馬車，那馬車夫身穿油膩外套，外套上披了一層又一層斗篷，那數目大概和他的一大把年紀也不差多少了；他把我安頓在馬車上以後，便用那架上下車用的、裝著鈴鐺的折疊式梯子，把我遮攔得嚴嚴的，彷彿要帶我去趕百來里路似的。他費了好大工夫才爬上車頭的座位。記得他車座上掛的那張布篷是件陳年骨董：原是草綠色的，歷經風

1 倫敦的一個中心鬧市區。

2 「交叉鑰匙」是旅館酒店招牌上的標記。伍特街上先前有一家著名的客店，名叫「雙頸天鵝」，許多驛車即以該處為起終點。

吹雨打，全是斑斑駁駁的汙漬，而且給蛀得七零八落。這輛馬車的裝備實在奇妙：車外掛著六頂大華冠，車後是好大一堆破破爛爛的環啊扣啊什麼的，想當年也不知可供多少隨侍的跟班攀援之用，攀手下面擱著一張齒耙，以防愛搭白車的傢伙一時看得心癢，也來「客串」一下跟班。

我還沒來得及好好欣賞一下這輛馬車，還沒想明白它為什麼既像個堆乾草的院子，又像個荒貨攤，正還在納罕馬的草料袋怎麼擱在車廂裡面，一看馬車夫已經要準備爬下車頭，好像馬上就要停車了。果然車子一會兒就在一條陰暗的街上一家律師事務所的門前停了下來，但見屋門敞開，門上漆著「賈格斯先生」幾個字。

我問馬車夫：「多少錢？」

馬車夫回答道：「一個先令——要是你不願意多付的話。」

我當然說我不打算多付。

馬車夫說：「那就應當付一個先令，我不想招麻煩。我瞭解他這個人！」說著就沉下了臉，對著賈格斯先生的名字把一隻眼睛一閉，搖了搖頭。

他收起了一個先令的車費，費了好大工夫攀上了車頭，趕著車子走了（他的心頭似乎也隨之一鬆），於是我便拎著小提箱，走進事務所的大門，問：賈格斯先生在不在？

一位辦事員回答道：「他不在，出庭去了。你就是匹普先生吧？」

我表示我就是。

「賈格斯先生臨走時吩咐說請你在他房間裡等一等。他有一件案子要出庭，說不準什麼時候才能回來。不過他的時間很寶貴；照常理來看，他能抽身回來馬上就會回來，不會多耽擱的。」

辦事員說著，就開了一扇門，引我走進後面一間內室。室內有一位獨眼龍先生，穿一套棉絨衣服，褲子只齊膝蓋；他正在那裡讀報，給我們打斷了，便用衣袖抹了一下鼻子。

辦事員說：「邁克，你到外面去等吧。」

我說我希望不要打擾這位——話沒說完，辦事員就毫不客氣地把這位先生推了出去，又隨手拿起那人的皮帽子從後面扔給他，這種無禮的舉動我生平還是第一次見識。於是剩下我一個人留在屋裡。

賈格斯先生這間屋子只有頂上一扇天窗，沒有別的窗子，因此光線極暗；天窗已經經過七修八補，奇形怪狀，簡直像顆破破碎碎的腦袋，因此從天窗裡望出去隔壁幾座房子就變得七歪八斜，彷彿是有意怪模怪樣地俯下身子來窺探我似的。屋子裡並沒有我所預料的那麼多檔案文件，倒有不少我沒有預料到的稀奇古怪的物件——例如一把生了鏽的舊手槍、一柄套著劍鞘的寶劍、幾個奇形怪狀的箱子和包裹，靠牆的擱板上還放著兩座形狀可怕的頭像，臉形臃腫得出奇，鼻子都有些抽搐。賈格斯先生自己坐的高背椅是用烏黑的馬毛呢做的，四周釘著一排排的銅釘，活像一口棺材；我簡直可以想見他靠在這張椅子裡，對著當事人咬食指的那副模樣。屋子很小，看來他的當事人又都有個脾氣，老是要退到牆邊靠在牆上，因為屋裡的牆壁，特別是賈格斯先生座位對面的那一塊，早已被無數的肩膀脊背擦得油膩膩、滑溜溜的。還記得，剛才那位獨眼龍，我本無心攆他，他卻因為我而被攆了出去，他就是把身子挨在牆上慢吞吞走出去的。

我坐在賈格斯先生座椅對面的那張客椅裡，被屋子裡這一股陰沉沉的氣氛嚇住了。我想起了這位辦事員也和他東家一般神氣，似乎什麼人都有把柄抓在他手裡似的。我猜不透樓上究竟還有幾位辦事員，是否一個個也都自以為可以把自己的同胞玩弄於股掌之上，愛加害於誰就能加害於誰。我猜不透屋子裡這些奇奇怪怪、亂七八糟的東西究竟是怎樣一個來歷，怎樣會落到這裡來的。我猜不透那兩座面孔臃腫的頭像是不是賈格斯先生的家屬；如果他當真倒楣到這步田地，有這樣兩位奇醜不堪的家屬，為什麼不把他們的頭像安置在自己家裡，卻放在這塊滿是灰塵的擱板上，承受煙灰，供蒼蠅落腳？當然，我還沒有在倫敦過過夏天；也可能是因為屋子裡空氣悶熱，什麼東西上面都積著一層厚厚的灰沙，因此我才覺得這樣難受吧。總之，我在賈格斯先生那個狹小的房間裡一面等著，一面胡猜亂想；後來，賈格斯先生椅子背後高處擱板上的那兩座頭像，實在叫我受不了了，我便起身走了出去。

我向辦事員說，我反正也是等著，還是到外面去隨便走走，他勸我不妨拐個彎到史密斯菲爾德去逛逛。我果然來到了史密斯菲爾德：好一個丟人的地方——到處都是汙穢、油膩、血腥、泡沫，這些東西似乎都想粘住我[3]。我趕忙拐入一條大街，才算脫了身。一到這條街上，就看見聖保羅教堂黑色的大圓頂在一幢陰森森的石頭房子背後向我鼓出了眼睛；據一個看熱鬧的說，那幢石頭房子便是新門監獄。沿著監獄圍牆走過去，發現路面都鋪著乾草，為的是防止過往的車輛發出響聲。見了這種情形，再看看四下都站滿了人，個個身上酒氣沖天，我便斷定裡面正在進行審判。

正在張目四顧，忽然來了一個骯骯髒髒、帶著幾分酒意的法警，問我想不想進去聽一兩堂官司；又說，只要我破費半個克朗，他就可以給我一個前座，包我能夠把那位頭戴假髮、身穿法衣的高等法院院長看個一清二楚——他簡直把那位威風凜凜的法官大人說得像蠟像陳列館裡的蠟人似的，而且接著馬上來個大減價，只要十八個便士便可入內一觀。我推說和人家有約會，謝絕了他的兜攬。誰知他還是一片殷勤，帶我走進一個院子，指給我看絞架設置在什麼地方，當眾鞭打犯人在什麼地方，接著又帶我到死囚監門口，凡是罪犯處絞刑，都從那門裡出來；為了提高我對那扇凶門的興趣，他還告訴我說，後天早上八點鐘，「有四個人」要從那扇門裡提出來，一起並排吊上絞架。

我聽得毛骨悚然，就此對倫敦有了反感，尤其使我反感的是：那位拿大法官當買賣招徠的法警，全身的穿戴（從頭上戴的帽子到腳上穿的靴子，連他口袋裡的手絹都包括在內），沒有一件不發霉。這套服裝分明不是他自己的，我看多半是他從劊子手那裡廉價買來的。於是我付給他一個先令，總算把他打發走了。

回到事務所一問，賈格斯先生還是沒有回來，於是我又出去閒晃。這一次先在小不列顛街兜了一圈，又轉到巴索落木圍場，看見好多人都像我一樣在這一帶徘徊，等待賈格斯先生。巴索落木圍場裡有兩個形跡詭祕的人在一起踱步，心思重重地一步步踏著鋪道上的石縫走，一邊還說著話，走到我身邊時，其中一個對另一個說：「這件事要辦的話，只有賈格斯辦得了。」轉角上另有三男二女站在一起，其中一個女人用骯髒的圍巾捂著臉哭泣，另一個女人一面把自己的圍巾圍圍好，一面安慰她說：「艾梅麗亞，賈格斯會替他想辦法的；你還要怎麼樣呢？」在我閒逛的時候，圍場上還來了一個紅眼睛、小個子的猶太人，他把身邊的另外一個小個子猶太人派去幹一件什麼事；等那人一走，只見這個性子暴躁的猶太人便在一根路燈杆子下面急得團團打轉，好比跳快步舞一般，嘴裡還瘋瘋癲癲地念念有詞：「賈格斯，賈格斯，賈格斯！不要金格斯，不要銀格斯，我可只要賈格斯！」我親眼看到自己的監護人這樣深得人心，自然感動萬分，越發對他欽佩不止。

後來，我透過巴索落木圍場的鐵門，向小不列顛街那邊望去，忽然看見賈格斯先生正從馬路對面迎著我走來。所有在場等他的人也都同時看見了他，紛紛奔到他面前去。賈格斯先生一句話也沒和我說，只是把一隻手搭在我肩上，和我並排向前走，一面招呼前簇後擁的那些人。

3　史密斯菲爾德原先有個大規模的牲口市場，附近並有許多屠宰場。

他首先招呼那兩個形跡詭祕的人。

他用食指指著他們說：「現在我沒有什麼話可以跟你們說了，我要瞭解的都瞭解了。至於結果如何，全在兩可之間。一開頭我就告訴過你們在兩可之間。你們向文米克付過費了嗎？」

其中一個恭而敬之地說：「老爺，我們今天早上才湊齊了錢。」另一個則在端詳賈格斯先生的臉色。

「你們的錢什麼時候湊齊的、打哪兒湊齊的、你們的錢湊齊沒湊齊，這些我都不問。我只問錢有沒有交到文米克手裡？」

兩人異口同聲地說：「交到了，老爺。」

賈格斯先生一面揮手叫他們走開，一面說：「很好；那你們可以走了，我不要再聽了！只要你們再多說一句，這件案子我就不過問了。」

其中一個脫下帽子說：「我們想，賈格斯先生——」

賈格斯先生連忙打斷他說：「剛叫你們別囉唆！你們想！我會替你們想的；還要你們想什麼！需要你們的時候，我自會去找你們；不許你們來找我！好了，我再也不要聽了。半句也不要聽。」

兩人一看賈格斯先生又揮手叫他們走開，面面相覷了一陣，便低聲下氣地告退，再也沒吭一聲。

賈格斯先生突然站住，轉過身去招呼那兩個圍圍巾的女人；三個男人早就乖乖地閃在一旁。賈格斯先生說：「現在該你們了！啊，你不就是艾梅麗亞嗎？」

「是的，賈格斯先生。」

賈格斯先生先發制人，說：「你還記得嗎？要不是多虧了我，你現在就不會在這兒了，也不可能在這兒了！」

兩個女人同聲嚷道：「那還用說嗎？老爺！上帝賜福給您，老爺，我們哪能忘得了！」

賈格斯先生說：「那麼，幹嘛還要上這兒來？」

哭哭啼啼的那個女人哀求道：「還不是為了我的比爾嘛，老爺！」

賈格斯先生說：「好吧，那你聽著，我來告訴你！爽爽快快告訴你！你的比爾落在靠得住的好人手裡了，你不知道我可知道。你要是再到這裡來比爾長比爾短地和我糾纏不休，我就索性拿你的比爾和你作個榜樣給別人看看，從此再也不過問他的事了。你向文米克付過費了嗎？」

「噢，付過了。一文不少。」

「很好。那你應該辦的事都辦到了。你要是再囉唆，哪怕再囉唆一句，我就叫文米克還你的錢。」

兩個女人一聽到這聲可怕的嚇唬，撒腿就跑。現在人都走光了，只剩下那個性子急躁的猶太人，他早已拿起賈格斯先生上衣的下襬放在嘴上吻過好多次了。

賈格斯先生用誰聽到都受不了的聲調說道：「我好像不認識這個人吧？這傢伙找我有什麼事？」

「我親愛的賈格斯先生。你不認識亞伯拉罕．拉札魯斯的親兄弟了嗎？」

賈格斯先生說：「他是什麼人？快放開我的衣服。」

這位乞憐者又吻了一下賈格斯先生上衣的下襬，然後才放手，回答道：「亞伯拉罕．拉札魯斯，銀錢失竊案的嫌疑犯啊。」

賈格斯先生說：「你來遲了一步，我已經接受對方的委託了。」

那個猶太人急得臉色發白，哭哭啼啼地說：「天上的聖父啊！賈格斯先生啊！你難道跟亞伯拉罕·拉札魯斯作起對來不成！」

賈格斯先生說：「正是這樣，用不著多囉唆了。走開！」

「賈格斯先生！請你等一等！我的表兄剛剛上文米克先生那裡接洽去了，他再大的價錢也肯出的。賈格斯先生，請稍等一下！假使能夠蒙您賞光，辭掉對方的委託——任何代價都行！——我們不在乎錢！賈格斯先生——賈——」

我的監護人絲毫無動於衷，甩脫了這個苦苦哀求的人，讓他在人行道上亂蹦亂跳，好像腳底下踩著火紅滾燙的鐵板似的。我們一路走去，再也沒有遇到別的打擾，來到事務所的前面一間辦公室裡，辦事員和那個穿棉絨衣服、戴皮帽子的人都在場。

辦事員離開座位，帶著機密的神氣走到賈格斯先生面前說：「邁克來了。」

賈格斯先生「噢」了一聲便轉過身去，看見邁克正扯著自己腦門當中的一撮頭髮，好像雞牛相鬥之類荒乎其唐的故事中那頭公牛拉著打鐘的繩子一般。賈格斯先生問道：「你的那個傢伙該今天下午出場，是吧？」

邁克回話的聲調完全像個傷風病人：「是的，賈格斯老爺，費了好多麻煩，我算是找到了一個，也許能頂事吧。」

「他打算怎樣作證？」

邁克這次是用皮帽子抹了抹鼻子，他說：「唔，賈格斯老爺，一般的話嘛，說什麼都可以。」

賈格斯先生突然大發雷霆，用食指指著這個給嚇壞了的當事人，說：「什麼！我早就警告過你了，如果你敢在我這兒說這種混帳話，我就要拿你作個榜樣給別人看看。你這個無法無天的流氓，好大膽子，竟跟我說這種話?!」

當事人滿面驚惶，可是又莫名其妙，好像自己也不知道究竟闖下了什麼大禍。

辦事員用手肘碰碰他，低聲說道：「傻瓜！你真糊塗！這種話也犯得著當面說穿嗎？」我的監護人鐵板著面孔，又對邁克說：「你這個笨蛋，我再問你一次，這是最後一次：你帶來的那個人準備怎樣作證？」

邁克怔怔地望著我的監護人，彷彿想要從他的臉上學到點兒乖似的，然後才慢吞吞地回答道：「要嘛就說，他從來不是這樣的人；要嘛就說，那天夜裡一整夜都陪著他，沒有離開過他一步。」

「注意，聽我問你：這個人是什麼身分？」

邁克望望自己的帽子、望望地板、望望辦事員，甚至還望望我，然後才慌慌張張回答：「我們已經把他打扮得像個——」我的監護人沒等他說完，就喝住他：

「什麼？你又來了？你又來了？」

（辦事員又用手肘碰了他一下，說：「笨蛋！」）

邁克苦苦思索了一陣，頓時臉容開朗起來，說道：

「他是賣餡餅的打扮，樣子滿過得去。很有點糕餅師傅的氣派。」

我的監護人問道：「他來了嗎？」

邁克說：「我把他留在轉角上，讓他在人家門前的石階上坐著。」

「去帶他從那個窗口前面走過，讓我看看。」

所謂「那個窗口」，指的就是事務所的窗口。我們三個人都走到窗口，隱在紗窗後面，不一會兒就看見那個當事人若無其事地走了過去，還有個高個子跟他一起走過，那人面露凶相，穿一套尺寸嫌短的白麻布衣服，戴一頂紙帽。這一位看來並無心計的點心店師傅，喝得醉醺醺的，一隻眼睛分明給打腫了，尚未完全復原，眼圈還有點發青，不過已經化裝過了。

我的監護人以極其厭惡的口吻吩咐辦事員：「叫他把他的見證人馬上帶走，問問他把這樣一個傢伙帶來是什麼意思。」

接著，我的監護人便帶我走進他自己那間屋子；他一面站在那裡用餐，從盒子裡拿三明治吃，就著酒瓶喝雪莉酒（他吃三明治的那副吃相，與其說是在吃三明治，不如說是在嚇唬三明治），一面告訴我說，他已經為我作好種種安排。他要我到巴那爾德旅館去和朴凱特少爺合住一套房間，他早已給我送去了一張床；我在朴凱特少爺那裡住到星期一，到星期一那天就跟朴凱特一起去拜望他的父親，試試那位老師是否合我的心意。他還把我生活費的數目告訴了我（數目很不小），又從抽屜裡拿出一些商人的名片交給我，讓我憑著這些名片去取用各種各樣的衣服，以及其他種種用品，只要不是超乎常理的就行。我的監護人說：「匹普先生，你瞧著吧，你的信用是錯不了的，」他那一頓飯吃得很匆忙，那瓶雪莉酒的香味卻足足抵得上一桶酒，「不過，我可以用這種辦法查核你的帳單，假使有一天發現你欠了債，也可以約束約束你。當然，你還是可能會出亂子，不過那就怪不得我了。」

我細細思量了一下賈格斯先生這番鞭策的話，便問他是否可以讓我雇一輛馬車趕到那邊去。他說，我要去的那個地方離這兒很近，用不著雇馬車——只要我樂意，文米克先生可以陪我一起去。

我這才知道，所謂文米克，原來就是隔壁屋裡那位辦事員。文米克先生既然要和我出去一趟，便一拉鈴，把樓上另一位辦事員請下樓來代管一下。我和我的監護人握過手，便跟著文米克走上大街。街上又聚起了一批人，徘徊不去，文米克從人群中擠出去，冷淡而斬截地說：「告訴你，你們這是白等；他不會和你們任何人說話了。」於是我們很快就擺脫了這些人，並排向前走去。

第二十一章

奇緣

文米克和我兩個人一路走去，我一雙眼睛一直在他身上打量，想在光天化日之下看看清楚他究竟是怎麼個人。我看清楚了，他是個不動聲色的人，身材矮小，一張四方臉簡直像木頭做的，臉上的表情似乎是用鈍口的鑿子鑿出來的，可是沒有鑿好。從有些地方的斧鑿痕跡來看，如果木頭的質地軟一些、鑿子鋒利一些，這幾鑿子也許就可以鑿成兩個酒窩，可是結果只壓出了兩個印子。這把鑿子還在他鼻子上鑿了三、四下，想要修飾修飾，可惜沒有修光就半途而廢了。看他身上的襯衫破到這個地步，我便斷定他是個單身漢；看來他還多次遭受過骨肉喪亡之痛，因為他至少戴了四個紀念死者的戒指，除此以外，還別了一根胸針，胸針上畫著一位女士、一座墳，墳上插著一枝垂柳、擱著一個骨灰甕。我還看見他的錶鏈上掛著好多圖章戒指，看來他要紀念這麼多亡親故友，可著實沉重啊！一雙眼睛炯炯有光，又小又黑又犀利，嘴唇又闊又薄又渾濁。從這些情形看來，我估計他大概有四、五十歲年紀。

文米克先生問我：「原來你是初次到倫敦？」

我說：「初次。」

文米克先生說：「我初到這兒的時候也很生疏，現在想起來真可笑！」

「現在總該非常熟悉嘍？」

文米克先生說：「哦，那還用說，風吹草動一下也知道。」

我問：「這是個很壞的地方嗎？」這句話與其說是為了打聽情況，倒不如說是隨口和他搭訕。

「在倫敦會受騙，會被搶，會遭到凶殺。不過世界上哪兒沒有人幹這樣的事呢？」

為了緩和氣氛，我就說：「那總是因為有怨仇咯。」

文米克先生回答道：「噢！我看不見得。世界上哪有這麼多怨仇呢？他們只要看到有油水可撈，就要來這一手。」

「那就更糟了。」

文米克先生回答道：「你說更糟？我倒覺得反正都是一個樣。」

他把帽子戴在後腦勺上，眼睛直勾勾地望著前面，神態矜持，好像大街上沒有一件事物值得他注目。嘴巴像個郵筒口，因此嘴邊老是掛著一絲無意識的笑。我直到登上霍本岡以後，才知道他的笑不過是無意識的笑，其實他根本沒在笑。

我問文米克先生：「你知道馬修．朴凱特先生住在哪兒嗎？」

他朝西邊晃了晃腦袋，說：「知道。在西郊漢默史密斯。」

「遠嗎？」

「唔！大概有五英里路。」

「你認識他嗎？」

文米克先生以讚許的神氣望著我說：「呵喲，你倒是個道地的審判官哪！是的，我認識他。我認識他！」

他說這幾句話時的神態，要不是心裡有氣、勉強克制住了，就是大有不屑一談之意，我聽了相頭，我斜眼望著他那張木頭樁子似的臉，想要看看他的表情裡可有一點樂意和我談談這個話頭的意思，還沒看出個眉目來，只聽得他說巴那爾德旅館到了。他這話可並沒有沖淡我的鬱悶，因為我本來認為，巴那爾德旅館準是巴那爾德先生開的一家大旅館，我們鎮上的藍野豬飯店和它相比，不過是個小酒店罷了；誰知這裡根本沒有巴那爾德這樣一個人——巴那爾德若不是個無形的遊魂，就是大家的杜撰。這哪裡是什麼旅館，不過是幾幢破破爛爛骯骯髒髒的房子，胡亂擠在一個腥臭難聞的角落裡，給單身漢當個俱樂部罷了。

從邊門進入這個安樂窩，走過一條通道，便來到一個淒淒涼涼的小院落裡，在我看來這簡直像一片蕭索的墳場。只覺得院子裡那陰慘無比的樹木、陰慘無比的麻雀、陰慘無比的貓兒、陰慘無比的房子（大約一共有六、七幢），都是我從來也沒有見過的。一套套房間的窗口，那百葉窗和窗簾之破破爛爛、那花盆之殘損不全、那窗玻璃之裂縫累累、那塵封土積的敗落相、那因陋就簡的寒磣相，真是五光十色、無奇不有；一張、一張又一張的「招租」招貼，在空房間的門口向我瞪眼，好像這幾套房間從來沒有一個倒楣鬼願意找上門來做新房客，巴那爾德的鬼魂一看現有的房客都在實行慢性自殺、臨終不作禱告、死後就給草草埋葬在沙土底下，於是他本來的復仇之心也逐漸淡薄了。一片汙濁的灰塵和煤煙像黑紗似的披覆著巴那爾德創下的這份可憐的產業，這份房產也便在自己的頭上撒了灰[1]，甘心充當垃圾坑，忍受屈辱，以求贖罪。這些是我眼睛看到的；鼻子裡隱隱聞到的也都是些腐爛的氣味：有乾朽的，有腐敗的，有在冷落的屋頂上和地窖裡悄悄霉爛的（大小耗子、蟲子，附近還有幾所舊馬房呢）；我不但聞到這一股股臭氣，還彷彿聽見有個聲音在哼哼：「巴那

1 古時人服喪或懺悔，每在臉上抹灰或在頭上撒灰，以示哀悼痛悔。

爾德什錦板煙香味芬芳，請君一嘗。」

承受大遺產的頭一步，就是這樣的不理想，我真禁不住對著文米克先生發起愣來。誰知他誤解了我的意思，說：「看到這樣一個幽靜的地方，又叫你想起鄉村風光了吧。我也一樣。」

他領我到一個角落裡，登上樓梯（我看這樓梯已經在漸漸解體，快要成為一堆木屑了；總有一天樓上的房客走到門口一望，要下樓也下不了呢）。我們來到了最高一層一套房間的門口。房門上漆著「小朴凱特先生」幾個字，信箱上貼著一張字條：「外出即歸」。

文米克先生解釋道：「他大概沒想到你會來得這麼早。你不需要我再奉陪了吧？」

我說：「不用了，謝謝你。」

文米克先生說：「好在現金由我保管，我們以後大概總會常常見面的。再見。」

「再見。」

我向他伸出手去，文米克先生望望我的手，大概以為我是向他要什麼東西。接著又望望我的臉，這才明白了過來，說：「當然當然！哦！你平常喜歡和人家握手，是不是？」

他這一問可問得我很狼狽，我心裡想，這一定不合乎倫敦的風尚，可我嘴上還是說他猜得對。

文米克先生說：「我可不習慣這一套！除非是和人家訣別才握手。當然啦，能夠結交上你這樣一位朋友，我是非常高興的。再見！」

他和我握過手就走了。我打開樓梯間的窗子，險些丟了自己的腦袋，因為窗上的繩子都朽爛了，窗格往上一拉，就像斷頭臺上的鍘刀一樣，轟的一聲落了下來。幸虧落下得快，我的頭才沒伸出去。這樣總算撿回了一條性命，我於是就只好安分一點，隔著塵土厚積的窗玻璃模模糊糊看了看這旅館的全貌，然後就無精打采地站在窗前閒望，心想，倫敦可實在給說得太好了。

小朴凱特先生所謂「即歸」，跟我心目中的「即歸」並不是一回事。我朝著窗外閒望了半小時之久，望得差點發了瘋，我用指頭在窗玻璃的灰塵上劃自己的名字，每塊玻璃上都劃過了幾遍，這才聽到樓梯上有了腳步聲。接著，我眼前就陸續出現了帽子、腦袋、領巾、背心、褲子、長筒鞋；從這身打扮來看，這人的身分地位大概和我不相上下。兩邊胳肢窩底下各夾著一個紙包，手裡還拿著一籃草莓，走得上氣不接下氣。

他說：「你是匹普先生吧？」

我說：「你是朴凱特先生吧？」

他嚷道：「哎喲喲！真對不起；我只知道正午有一班馬車從你們鄉下開出，我還以為你搭那班車來。其實呢，我倒是出去為你辦事的——當然我不能以此來辯解——因為我想，你從鄉下來，也許喜歡飯後吃點水果，所以特地趕到柯芬園市集去買了些鮮果。」

不知是何緣故，我只覺得眼珠子快要從眼窩裡跳出來了。我答謝他這番好意時語無倫次，我簡直懷疑自己莫不是在做夢。

小朴凱特先生說：「真要命！這扇房門這麼難開！」

他用足了氣力開房門，胳肢窩下面又夾著兩紙袋東西，水果眼看就要壓成果醬了，我於是連忙請他把手裡的東西給我來拿。他親切一笑，把兩包東西交給了我，繼續使勁開門，彷彿同野獸搏鬥一般。房門終於突然一下子給開開了，他的身子踉踉蹌蹌一個後退，撞在我身上，我又踉踉蹌蹌一個後退，撞在對面的房門上，彼此都不禁大笑。可是我依然覺得一雙眼珠忍不住要從眼窩裡跳出來，覺得自己一定是在做夢。

小朴凱特先生說：「請進，讓我走在頭裡帶路。我這裡相當簡陋，希望你能夠將就住到星期一。

我父親覺得，明天這一天你和我一起過，要比和他一起過來得合適，你也許想上倫敦逛逛什麼的。我當然很樂意陪你去逛逛倫敦。至於我們的茶飯，我估計你不會嫌壞，因為這是由附近一家咖啡館供應的，而且（我還是索性講明了的好）根據賈格斯先生的吩咐，這是要由你自己付帳的。說到我們的住房，那可就不太妙了，因為我還得靠自己謀生，我父親沒有什麼給我，老實說即使他給得起，我也不願意拿。這一間就是我們的起居室——你瞧，只有這麼幾張桌椅，以及地毯等等，家裡只能騰出這幾件東西來給我。至於這些臺布、湯匙、調味瓶，我可就不敢掠美了，那都是咖啡館裡給你送來的。這一間就是我的小臥室，有點霉味，不過巴那爾德旅館哪兒都有股霉味。這一間是你的臥室，家具是特地租來的，我相信大概可以頂用了。如果你還需要什麼，我可以給你去弄來。屋裡倒還幽靜，只有我們兩個人住，總不至於打架吧。哎呀，真對你不起，這點水果一直累你拿在手裡。請你把這兩個袋子交給我吧。這可太過意不去了。」

於是我就面對面站在小朴凱特先生的前面，把兩袋水果交給他——一袋、兩袋，這時我突然看見他也像我剛才一樣，眼睛裡出現了驚奇的神色；他吃驚得向後直退，一面說道：

「我的老天爺！原來你就是那個在花園裡東張西望的小子！」

我說：「原來你就是那位白面少年紳士！」

第二十二章
赫伯爾特・朴凱特

那個白面少年紳士和我在巴那爾德旅館裡彼此默默端詳了一陣，雙方終於失聲笑了出來。他說：「想不到竟是你！」我也說：「想不到竟是你！」彼此又默默端詳了一陣，又大笑起來。那白面少年紳士高高興興伸出手來說：「好了！我希望別再提這件事了。我那次打得你好厲害，你要是不放在心上，那就是寬宏大量了。」

我聽了這話，便斷定赫伯爾特．朴凱特先生（這就是那位白面少年紳士的姓名）到現在依舊把自己當日的主觀意圖和客觀效果混為一談。不過我對他還是回答得很客氣，雙方親親熱熱地握手言歡。

赫伯爾特．朴凱特說：「你那時候還沒有交好運吧？」

我說：「還沒有。」

他表示同意：「是嘛。我聽說你是最近才交上好運的。那時候我也睜大了眼睛等著交好運呢。」

「真的？」

「真的。郝薇香小姐要我到她家去，想要看看我是不是中她的意。可她怎麼看得中我呢——反正，她沒有看中我就是了。」

聽得他這樣說，我覺得為了禮貌起見，應該向他表示這真是出乎我的意料之外。

赫伯爾特大笑道：「她的鑒賞力太糟了，不過事實總是事實。是的，她曾經要我上門去讓她看一看試一試，那一次如果順順利利過了關，也就吃穿不愁了；說不定早就跟艾絲黛拉那個了。」

我突然一本正經問道：「什麼叫那個？」

原來他一邊和我談話，一邊裝水果盆子，因此分散了注意力，一時說不出這個詞來，這會兒雖然依舊忙著裝水果盆子，卻連忙加以說明：「定親囉。訂婚囉。做她的對象囉。反正就是這檔子事。」

我問：「你怎麼受得了這種失望呢？」

他說：「啐！我才不稀罕呢。她是個潑辣貨。」

「你是說郝薇香小姐？」

「她當然也是，不過我說的是艾絲黛拉。那個小妞兒心又狠，眼睛又生在頭頂上，又會使性子，這三件壞處都壞到了家。郝薇香小姐收養她就是為了要找天下所有的男人報仇。」

「她跟郝薇香小姐是什麼親戚？」

他說：「什麼親戚都不是，是個養女罷了。」

「她為什麼要找天下所有的男人報仇呢？報的是什麼仇呢？」

他說：「天哪！你真不知道嗎，匹普先生？」

我說：「不知道。」

「奇怪！這件事說來話長，吃飯的時候再告訴你吧。恕我冒昧，倒要先請教你一個問題。那一天你是怎麼到那兒去的？」

我把實情告訴了他，他留心聽我說完以後，又禁不住哈哈大笑，還問我那次跟他打過架之後，身上痛不痛？不過，我倒沒有問他痛不痛，因為我是百分之百地相信我把他打得很痛。

他接下去說：「聽說賈格斯先生是你的監護人，是吧？」

「是的。」

「你知不知道他就是郝薇香小姐的代理人和法律顧問？是郝薇香小姐獨一無二的心腹？」

我覺得他這話會把我引入危險地帶。我不加掩飾地流露出局促不安的神氣，回答他說，我在郝薇香小姐家裡就是在我們打架的那一天見過賈格斯先生一次，此外沒有見過第二次；又說，我相信賈格斯先生也絕不會記得他在郝薇香小姐家裡見過我。

「承蒙賈格斯先生推薦我父親做你的老師。他是親自上門去找我父親提這件事的。不用說，他是因為和郝薇香小姐有來往，才知道了我父親的。我父親是郝薇香小姐的表親，不過他們之間關係並不親密，因為我父親不會奉承人，不肯去巴結她。」

赫伯爾特・朴凱特談吐直爽，平易可親，很討人歡喜。神采謦欬之間使我深深領會到這個人天生不會做陰險卑鄙的事——這樣的人我以前沒有見過，以後也沒有再見過第二個。他的整個風貌，既使我覺得他前途大有可為，可同時也使我感到似乎有個聲音在向我悄悄耳語，說他這人一輩子也成不了大事、發不了大財。我也不明白這是怎麼搞的。第一次正式相見，還沒有坐下來吃飯，就對他有了這個印象，可惜說不出個所以然來。

他依然是個白面少年紳士，雖然精神好、興致高，其實卻是忍著疲勞，勉強撐持，顯見得並不是天生的體魄壯健。相貌雖然長得並不美，卻極其和顏悅色，勝過翩翩美少年。身段雖然也有點不大中看，還像當年挨我不客氣的拳頭時一樣，不過看來似乎永遠也不會改變那輕捷的少年體態。他要穿了特拉白裁縫做的鄉下時裝會不會比我風度好些，我不敢說，可是我敢說，他穿著那身舊衣服，畢竟要比我穿著這身新衣服像樣得多。

看他如此健談，就覺得我若是沉默寡言，未免對他不起，也不像個年輕人。於是便把我這次交上好運的簡單經過說給他聽，還著重說明，我的恩人是誰，賈格斯先生絕不允許我打聽。我又對他說，我從小在鄉下學鐵匠，很不懂得禮貌規矩，他要是看見我有什麼地方出洋相、鬧笑話，請隨時提醒我一聲，我一定感激不盡。

他說：「非常樂意。不過我看你也用不著我多提醒的。今後我們總會常在一塊兒吧，我看我們還是打消一切不必要的拘束。我請你賞個臉，從現在起就用我的教名稱呼我，管我叫赫伯爾特，好不好？」

我向他道過謝，說我一定照辦，同時告訴他，我的教名叫作斐理普。

他笑吟吟地說：「我不喜歡斐理普這個名字。聽了這個名字，就叫我想起綴字課本裡用來教訓人的那種孩子：不是懶得失足跌進池塘，就是胖得抬不起眼皮、看不見東西，再不就是個小氣鬼，餡餅捨不得吃，鎖在櫥裡餵老鼠，或者硬是要去掏鳥窩，結果反而讓附近的黑熊吞下肚去當了點心。我倒想這樣叫你：我們兩個彼此很融洽，你又學過打鐵——我這樣說，你不見怪吧？」

我回答道：「不管你怎麼說，我都不見怪。不過我還沒明白你的意思。」

「我家常就管你叫韓德爾，不知你樂意不樂意？韓德爾譜寫過一首迷人的曲子，就叫作〈快樂的鐵匠〉[1]。」

「非常樂意。」

不料他剛叫了我一聲「親愛的韓德爾」，就有人推開房門進來，他轉過身去一看，說：「飯送來了，我懇求你非得坐主位不可，因為這頓飯是我沾你的光。」

我說什麼也不依，結果是他坐了主位，我坐在他對面。這頓飯的排場雖小，滋味倒是挺可口——我當時簡直把它當作市長大人的盛宴哩——而且吃飯的環境自由自在，沒有大人長輩在場，還有偌大的倫敦圍繞在四周，所以越發吃得滋味無窮。豈止如此，宴席的排場還頗有幾分吉卜賽人的浪漫意味，因為我們這頓飯，拿潘波趣先生的話來說，雖是「奢華」的享用（一切都是由咖啡館供應的），可是起居室裡餐桌附近那一塊地方卻好比是個水草不多的所在，未免因陋就簡，使得那個茶房也不得不順從那種到處流浪的生活習慣，把餐具擱在地板上（弄得他自己常常絆腳）、融軟的黃油放在圈手椅上、麵包放在書架上、起司放在煤簍子裡、熟雞放在隔壁臥房裡我的床上——晚上上床去睡覺，發覺被褥上沾著好多香菜和油凍。正因為如此，所以這頓飯著實吃得妙趣橫生；尤其是茶房不在一旁看我吃的時候，我更是其樂無窮，毫無顧忌。

吃了一陣，我又提醒赫伯爾特說，他剛才答應過的，要把郝薇香小姐的事講給我聽。

他回答道：「不錯，我馬上兌現。韓德爾，先讓我給你說一件正經事：在倫敦吃飯按照習慣是不好把餐刀放進嘴裡去的——為的是防止意外——把食物送進嘴裡應當用叉子，但是叉子也不宜放得太進。這種事本來不值一提，不過既然人家都這樣，我們還是隨俗一點為好。還有，一般拿湯匙，手捏的地方不能太高，要低一點，這樣拿有兩個好處，一則送到嘴邊方便（說來說去別的都是空的，要送到嘴裡才是正經），二則也免得右邊的手肘舉得太高，像剝牡蠣的姿勢，不大雅觀。」

他這些友善的建議說得非常輕鬆風趣，說得兩人都笑了起來，我簡直連臉也沒有紅一下。

---

1 韓德爾（一六八五—一七五九）：德國音樂家，自一七一二年起移居英國，為錢禱斯公爵充當鋼琴師，爵邸附近有店鋪名曰「快樂的鐵匠」，因以題曲。

他接下去說：「現在，再來談郝薇香小姐的事。你要知道，郝薇香小姐從小是個嬌生慣養的孩子。她還抱在懷裡的時候，母親就去世了，父親對她總是百依百順。她父親是你們那一帶的鄉紳，是開啤酒坊的。我不明白開啤酒坊憑什麼就算個了不起的行當；不過，反正烤麵包的算不得上等人，釀啤酒的就可以高人幾等，世道就是如此。大家也都司空見慣了。」

我問：「不過上等人又不能開酒店，是不是？」

赫伯爾特答道：「絕對不能，但是酒店卻可以接納上等人。總之，郝薇香小姐的爸爸很有錢，很高傲。他的女兒也是這樣。」

我冒冒失失問道：「郝薇香小姐是獨生女嗎？」

「別忙，我就要談到。她並不是獨生女；她還有個同父異母的弟弟。她父親後來又偷偷娶了個女人──好像就是他的廚娘。」

我說：「我剛才還以為他當真很高傲呢。」

「我的好心的韓德爾，他的高傲可是不假。他娶第二個妻子之所以要偷偷地娶，就是因為他高傲；那女人過些時候就去世了。據我所知，到他第二個妻子去世以後，他才把這件事告訴了他女兒，於是那個兒子就正式成了家庭的一員，住到你所熟悉的那個宅子裡去了。孩子成人以後，一味的胡鬧，無法無天，不守本分──是個徹頭徹尾的壞小子。後來父親便剝奪了他的繼承權，可是臨死的時候心又軟了，到底還是給了他一筆可觀的遺產，只是遠遠比不上郝薇香小姐那一份豐厚罷了。──你再喝一杯吧，請原諒我又要提醒你一聲：在社交場合，乾起杯來可不能太認真，不必那麼一絲不苟的，杯底朝天翻過來往嘴裡倒，酒杯邊都壓到了鼻子上。」

原來我全神貫注聽他說故事，專心得過了頭，不知不覺又出了洋相。於是我向他又是道謝，又是道歉。他說了聲「別客氣」，便又言歸正傳：

「郝薇香小姐既然成了遺產繼承人，可想而知，上門來爭做嬌客的就大有人在了。她那個同父異母的弟弟雖然到手的財產也不少，可是哪裡禁得起又是歸還舊欠，又是恣意揮霍，昏天黑地的，不久就又花了個精光。於是姊弟之間的不睦便超過了當年父子之間的不睦，據人家猜測，他對他姊姊有刻骨的仇恨，總認為父親生前那樣氣他惱他，都是姊姊調唆的。現在，我就要講到這樁故事裡最悲慘的一段了——不過對不起，親愛的韓德爾，我又要打你一個岔：餐巾是不好放在酒杯裡的。」

我當時為什麼要把餐巾塞到酒杯裡去，現在已經完全說不上來了。我只記得自己就這樣莫名其妙地小題大做起來，咬緊了牙關，費盡九牛二虎之力把它硬塞進酒杯裡去了。於是我又向他又是道謝，又是道歉，他又極其和顏悅色地說：「別客氣！別客氣！」這才重新言歸正傳。

「後來又來了一個男人——也許是跑馬場上遇到的，也許是跳舞會上相識的，你愛說哪兒都行——反正他來向郝薇香小姐大獻殷勤。我沒見過那個人（因為這是二十五年前的事了，韓德爾，那時候你我都還沒有出世呢），不過聽我父親說，那人長得很不錯，對於此道是個好手。可是我父親一再斷然表示，對於這個人，要不是出於無知或私心，誰見了都知道他絕不是個上等人，因為我父親向來有個信念，他認為自從開天闢地以來，誰要是沒有真正的上等人的心地，那也就絕不可能有真正的上等人的儀表。他還說，木料儘管抹上漆，卻掩蓋不了紋理；漆抹得愈多，紋理反而愈顯著。總之，這個男人追求郝薇香小姐追得很緊，口口聲聲說是忠誠不二地愛她。我相信郝薇香小姐當時大概還沒有對誰用過多少情，可是她這情不用則已，一用便如決堤之水，不可收拾，從此便一往情深地愛上了他。不用說，她把那人當作了一個十全十美的意中人。那人處心積慮地施展手法，騙取了她的感情，把大量的錢財弄到了手；還藉口他一旦做了她的丈夫，需得獨資經營那個啤酒坊，一力攛掇她花巨大的代價收買了她弟弟名下的股份（其實她父親給她弟弟的那一份是微乎其微的）。那時候你的監護人還沒有當上郝薇香小姐的顧問；她自己呢，一來目中無人，二來情迷心竅，誰也勸不動她。她的親友當中除了我父親以外，都是些居心不良的窮光蛋；我父親雖說窮得可以，可不會趨炎附勢，也不會妒忌別人。他是她親友當中唯一有主見的人，當時就提醒她說，她孝敬那個男人孝敬得過了分，簡直是讓他牽著鼻子走，自己連個退步也不留。於是她馬上找了個機會，當著那個男人的面對我父親大發雷霆，把我父親趕出了她的家，我父親從那以後就一直沒跟她見過面。」

我想起郝薇香小姐曾經說過：「等我有一天咽了氣，停放在這張桌子上，馬修終究還得來看我。」我便問赫伯爾特，他父親對她真是這麼深惡痛絕？

他說：「其實倒也不是。不過當初郝薇香小姐曾當著她未婚夫的面，編派我父親是為了攀她的高枝沒攀上，沒撈到好處，才說出那種話來的；如果我父親現在再去看她，別說旁人，連我父親自己，甚至連郝薇香小姐，都會認為她是說中了。現在還是來談那個男人，講完算數。結婚的日子定了，結婚禮服置辦齊全了，蜜月旅行籌畫好了，吃喜酒的請柬發出去了。可是臨到結婚那一天，新郎不到，卻寫了一封信來——」

我馬上岔斷了他的話，問道：「那封信她是不是在換結婚禮服的當兒收到的？時間是不是八點四十分？」

赫伯爾特點點頭，說：「一分一秒也不差。後來她讓她家裡所有的鐘錶都停在八點四十分上。這封無情的信一來，一件婚事就此告吹；至於信內還講了些什麼，我就無可奉告了，因為我自己也不知道。後來她生了一場大病，病好以後，就讓整座宅子任其荒廢，那光景你也親眼看見了。她從此以後就沒有見過天日。」

我思忖了一下，問道：「全部經過就是這樣嗎？」

「我所知道的就是這樣；其實，我知道的這些情形，都是我自己東拼西湊串起來的，因為我父親能不提總是一字不提，甚至那一次郝薇香小姐邀我去，他也只告訴了我一些實在不可不知的情況，多一句也不肯說。不過有一件事我忘了告訴你。據說，她誤託終身的那個男人是跟她那位同父異母的兄弟串通好了，共同演出這臺戲的；他們兩個人狼狽為奸，到手的好處兩人平分。」

我說：「我不明白，為什麼他不索性娶了她，把她的全部家產都弄到手呢？」

赫伯爾特說：「也許他早就有了妻子，她那位同父異母的弟弟故意設下這樣毒辣的圈套，要叫她嘗嘗這種抱恨終身的滋味。跟你說，到底如何我也不知道。」

我思忖了一下，又問：「那兩個傢伙後來怎樣了？」

「不外乎做出更下流、更卑鄙的事來——不過這些勾當也夠下流、夠卑鄙的了——結果當然沒有好下場。」

「他們現在還活著嗎？」

「不知道。」

「你剛才說，艾絲黛拉跟郝薇香小姐非親非故，不過是個養女。是什麼時候收養的？」

赫伯爾特聳聳肩，說：「自從我聽說有郝薇香小姐的那一天起，也就有了艾絲黛拉。詳細情形我不清楚。」他說到這裡，把話鋒一轉：「韓德爾，你我之間現在完全是開誠相見了。關於郝薇香小姐的事，我知道的你都知道了。」

我回敬了他一句：「我知道的你也都知道了。」

「我完全相信你。這樣，你我之間也就不會有什麼鉤心鬥角或糾纏不清的事了。至於你如今發達以後，不能不遵守那個條件——就是說你既不能打聽，也不能和別人談起究竟是誰使你發達的——那你大可放心：無論是我，還是我家裡的人，都不會闖進你這塊禁地，甚至連邊也不會碰到。」

他這句話的確說絕了，我不禁覺得，哪怕今後要在他父親家裡待上十年八年，也不必擔心有人提起這件事了。然而他這話也大有深意，我又不禁覺得，我自己固然完全明白郝薇香小姐是我的恩人，他又何嘗不明白。

開頭我並沒有想到，他是有意把話題扯到這件事情上來，以便消除我們之間的隔閡；現在既然談開了，雙方都輕鬆愉快得多，我這才明白原來如此。我們談得很快活、很投機，我順口問他做哪一行。他回答道：「資本家——航運保險承包商。」後來他大概看見我一雙眼睛在屋裡上下左右打量，找尋航運和資本的跡象，於是又補充了一句：「東西都在城裡。」

我一向把城裡的航運保險承包商看作有錢有勢的不得了的人物，因此一想起在這個承包商年輕時代曾經把他打得仰面朝天倒在地上、打腫了他那有企業家目光的眼睛、打破了他那要擔當大任的腦袋，心裡就感到不勝惶悚。可是，剛才那個莫名其妙的印象立刻又湧現在我的心頭——反正赫伯爾特．朴凱特成不了大器、發不了大財，這樣一想便寬了心。

「光是在船舶保險上投資我才不滿意呢。我還要買一些可靠的人壽保險公司的股票，擠進董事會去。還要在採礦業裡顯顯身手。不但如此，我一方面還要自己包上幾千噸輪船去做生意。」他往椅背上一靠，又接著說：「我要到東印度去做生意，經營絲綢、披肩、香料、染料、藥材和貴重木材。這種貿易很有意思。」

我問：「利潤厚嗎？」

他說：「厚得嚇人！」

於是我又猶豫起來，心想他的前程比我的前程還要遠大。

他把兩個大拇指插進背心口袋裡，說：「我還打算到西印度去做食糖、菸草和甜酒生意。還要到錫蘭去做生意，特別是做象牙生意。」

我說：「那你非得多弄幾條船不可嘍。」

他說：「弄上一個大船隊吧。」

他這些經營計畫的氣魄之宏偉使我大為驚服，我便問他，眼前由他保險的船隻，開往什麼地方去做生意的居多？

他回答道：「我的保險生意還沒有開始做，目前還正在觀望之中。」

原來還在籌畫階段，在巴那爾德旅館這種地方進行籌畫，這倒還說得過去。於是我又信心十足了：「啊——是這樣的！」

「是這樣。我現在在一家商號的帳房裡，正在觀察形勢，等待時機。」

我問：「帳房裡有利可圖嗎？」

他沒有回答，卻反問我一句：「你——你指的是帳房裡的小子說的嗎？」

「是啊，我說的就是你。」

他像是仔細把帳算了算，算出了有多少結餘，然後說道：「噢，哪裡哪裡，我哪裡有什麼利可圖？直接的利益是沒有的。就是說，我拿不到一分錢，還得——還得自己養活自己。」

這樣說來，當然擺明著無利可圖，於是我搖搖頭，意思是說，靠這樣的收入，是很難積攢起資金來的。

赫伯爾特・朴凱特說：「不過，目前重要的是要好好觀望觀望。這才是最主要的。你要知道，在帳房裡做事嘛，隨時可以觀察形勢、等待時機。」

我覺得他這番話的意思很不好懂，難道不在帳房裡就不能觀察形勢、等待時機不成？可是我並沒做聲，只是尊重他的經驗之談。

赫伯爾特說：「等時機一到，你就有辦法了。那時你就鑽進去，全副精力撲上去，撈上一筆資金，不就成了！一旦資金撈到手，就萬事大吉，只消盡量運用就是嘍。」

他這一手和從前在花園裡逗我打架的那一招大有異曲同工之妙。他耐得住貧窮，正和那一次打輸了還沉得住氣一樣。我看他正是以當年挨我無數拳頭的氣度，來承受命運的種種打擊。我看得很明白，他身邊除了幾件最起碼的日常用品之外，根本一無所有，因為房裡的東西我不問則已，一問則沒有一件不是由咖啡館或別的什麼地方特地為我送來的。

可是，他儘管已經滿腦子以大財主自居，卻絲毫沒有一點財主架子，這種毫不驕矜的態度使我由衷感佩。他天生一副令人怡情快意的舉止風度，這一來當然更其令人怡情快意，因此我們極為相投。我們晚上一道出去逛街，進戲院去看半價戲；第二天一同到西敏寺去做禮拜，下午逛公園；看見那裡的馬兒，我心想那不知是誰給釘的掌，要是喬釘的有多好。

那個星期天，我只覺得我跟喬和畢蒂分別以來，少算些似乎也有好幾個月了。橫在我和他們之間的空間距離也助長了這種時間遙遠的感覺——故鄉的沼地簡直像是遠在天涯海角。就在上個星期天，我居然還會穿著穿舊的假日衣服到我們古老的教堂去做禮拜，我自己想想也覺得像是不可能的事——無論從地理位置說還是從社會地位說，無論用太陽曆算還是用太陰曆算，都像是不可能的事。可是，走在倫敦街頭，儘管街上熙熙攘攘，十分熱鬧，入晚以後街燈輝煌，我心頭總不免感到鬱悶，隱隱覺得良心總在責備我不該把家裡那間可憐的舊廚房拋得那麼遠；在闃無人聲的深夜裡，巴那爾德旅館裡那個不會看門的傢伙，藉值夜為名在四下閒蕩，腳步聲一陣陣落在我心上，顯得那麼空洞。

星期一早上八點三刻，赫伯爾特到帳房間去上班——大概同時也是去觀望觀望——我送他一道去。他到那邊去一兩個小時就要出來陪我到漢默史密斯去，因此我就在附近等他。星期一早上，那些初露頭角的保險承包商分頭到各處去鑽營，從他們所鑽營的那些場所來看，我就覺得這些未來的商界鉅子都是由一種蛋孵化出來的，這種蛋像鴕鳥蛋一樣，是要在炎熱的沙漠裡孵化的。赫伯爾特所在的那個帳房間，在我看來也並不是什麼了不得的瞭望臺：它設在一個院落裡後樓的三層樓上，處處都顯得很邋遢，從窗口望出去，望見的是後面另外一幢房子的三層樓，實在也沒有什麼可觀望的。

我在附近等到正午，就信步走進一家證券交易所去，看見一些毛髮蓬鬆的人坐在航運欄的布告牌下面，我看他們都是些大商賈，卻不明白他們為什麼一個個都無精打采。赫伯爾特後來趕來了，我們便一起到一家著名的飯館裡去吃午飯。說起這家飯館，當時我十分敬重，可是現在想起來，實在是全歐洲最下流的一家虛有其名的飯館。當時我就不覺注意到，那裡桌布上、餐刀上和茶房衣服上沾著的肉汁，真比牛排裡的肉汁還多。不過飯菜的價錢倒還公道（因為油垢沒有算錢）。吃過飯，就回到巴那爾德旅館，我拿了小提箱，和他一起雇了馬車到漢默史密斯去。下午兩三點鐘光景到達目的地，步行了沒幾步路，來到朴凱特先生門前。開門入內，來到一座臨河的小花園裡，朴凱特先生的孩子正在這裡玩耍。我一眼望去，就覺得朴凱特夫婦的孩子既不是自己長大的，也不是拉拔大的，而是摔跤摔大的——我希望這不是我胡思亂想，因為這件事與我自己的利益或成見毫不相干。

朴凱特夫人坐在樹下一張圓椅上看書，另外有一張椅子擱腿；兩個保母在照料孩子玩耍。赫伯爾特走過去說：「媽，這位就是匹普少爺。」朴凱特夫人就招呼了我，神態莊嚴而又親切。

只聽得一個保母對兩個孩子喊道：「艾理克少爺、潔茵小姐，你們跳來蹦去，當心別給矮樹絆倒，要是掉到河裡去淹死了，叫我怎麼向你們爸爸交代？」

這個保母同時又從地上拾起了朴凱特夫人的一塊手絹，交給她說：「太太，你手絹又掉了，這該是第六次了！」朴凱特夫人笑笑說：「謝謝你，芙洛普琛！」一面挪開擱腿的凳子，繼續看書。她立刻緊鎖眉頭，一副專心致志的神氣，彷彿已經接連讀了一星期書的樣子，誰知還讀不了五、六行，一雙眼睛就盯在我身上，說：「你媽媽身體好吧？」她這一句突如其來的問話，可真問住了我，我只得荒乎其唐地回答她說，倘若我還有媽媽的話，相信她的身體一定非常好，一定會非常感謝她的好意，早就會捎信來向她問好了；說到這裡，幸虧那個保母及時走過來救了我的急。

保母又從地上撿起手絹，嚷道：「哎呀！這該是第七次了！夫人，您今天下午可怎麼了！」朴凱特夫人隨手接過自己這份財物，先是流露出說不出的詫異，倒好像她從來沒見過這塊手絹似的，接著是莞爾一笑，表示認出了自己的東西，又說了一聲：「謝謝你，芙洛普琛。」於是就把我忘了，只管繼續看她的書。

我這才有暇來數一數這些孩子。花園裡少說也有六個小朴凱特，都處在各個不同的摔大階段中。六個孩子剛數完，又聽到第七個的傷心啼哭聲，彷彿從天外傳來。

芙洛普琛顯出一副大為詫異的神氣，說：「可不是小寶寶醒了嗎！快進去看看，密萊斯！」

密萊斯就是那另外一個保母，她連忙走進屋去，於是娃娃的哭聲就漸漸平息了，好像這個口技小演員嘴裡給塞了什麼東西，就不做聲了。朴凱特夫人始終手不釋卷，我真想知道她究竟讀的是什麼書。

我們大概是在等朴凱特先生出來招呼我們吧；總之我們是等在那裡，我因此就得了個機會，看到了這戶人家的奇怪家風：孩子玩著玩著，只要一跑到朴凱特夫人身邊，總是少不了要絆一跤，跌倒在她身上——夫人總是少不了要驚愕片刻，孩子則總是少不了要哭上好一會兒。這種不可思議的現象，著實使我納罕，我倒禁不住想得出了神，後來密萊斯抱著娃娃走來，交給芙洛普琛，芙洛普琛正要交給朴凱特夫人，險些和娃娃一同一個倒栽蔥跌倒在朴凱特夫人身上，幸虧赫伯爾特和我把她扶住了。

朴凱特夫人這才放下書本，抬了抬眼，說道：「天哪！芙洛普琛，怎麼一個個盡摔跤！」

芙洛普琛臉紅耳赤，回答道：「我真要叫天哪，我的夫人！你這裡藏著個什麼玩意兒了？」

朴凱特夫人反問道：「你說我，芙洛普琛？」

芙洛普琛嚷道：「嘿，不是你擱腳的凳子讓孩子絆跤的嗎！你把它藏在裙子底下，誰能不給絆倒？來！小寶寶給你，夫人，你把書交給我。」

朴凱特夫人抱過娃娃，放在膝上顛啊搖的，動作顯得很外行，別的幾個孩子都圍攏來玩耍。沒過多久，朴凱特夫人就命令保母帶孩子進去午睡。於是，我第一次登門做客，又有了第二個發現，原來朴凱特家的育兒之道，就是這樣摔一陣跤、睡一陣覺。

芙洛普琛和密萊斯活像趕著一群小羊似的，送孩子進去午睡了。朴凱特先生走出來和我相見，只見他神色迷惘，頭已半白，亂髮蓬鬆，好像一遇問題就束手無策的樣子；見過了剛才的那些情景，我看到他這副尊容，也就並不覺得十分詫異了。

第二十三章

奇妙的朴凱特一家

朴凱特先生說，見到我很高興，希望我見了他不要掃興。他臉上露出和他兒子一樣的笑容，我補了一句：「因為我本來就不是什麼了不得的人物。」儘管神情迷惘，頭髮半白，看起來倒滿年輕，而且儀態瀟灑。我說瀟灑，指的是他毫無做作之處；那種神思恍惚的舉止，頗有幾分滑稽的味道；要不是他自知舉止之間幾近荒唐，看來那真不知要顯得多可笑哩。跟我寒暄了這幾句，就頗為不安地蹙起兩道漂亮的黑眉毛，對他的夫人說：「貝琳達，你歡迎過匹普先生了吧？」夫人從書本上抬起眼睛，說了一聲「歡迎過了」，就心不在焉地對我一笑，問我要不要喝杯橘花水？她問我這話，和她的前言後語都扯不上一絲半點關係，既沒有近因，也沒有遠由，無非是跟人攀談時慣用的應酬話，她先前問我的那句話也是如此。

過不了幾小時我就聽說（在這裡不妨先說一說），朴凱特夫人原是某一位已故的蹊蹺「爵士」的獨生女；那位「爵士」異想天開，認為他的先父本來會得到從男爵的封號，只可惜有人完全出於一己的私人恩怨，堅決表示反對——至於這位反對者究竟是誰，即便我當時一清二楚，眼前也想不起來了——不過總不外乎是王上、首相、大法官、坎特伯雷大主教這一類的人——於是他便依據這個荒誕無稽的設想，以貴族後裔自居。據我看他之所以自封為爵士，大概是因為曾經跟隨某位王公大人去主持過某幢大廈的奠基大典，為那位王公大人在羊皮紙上起草過一篇糟糕透頂、狗屁不通的演說詞，在舉行儀式時給那位王公大人遞過泥刀或灰漿之類。儘管如此，朴凱特夫人一生下來，他卻就吩咐要把她教養成一個非高官顯爵不嫁的小姐，還吩咐要留神別讓她獲得平民老百姓當家度日的知識。

這位賢明的父親果然把他的這位年輕小姐管教得十分成功，女兒果然出落得十分中看，只可惜十十足足成了個無用的廢物。她就這樣嬌生慣養大了，到了情竇初開的年華，遇上朴凱特先生，那時候朴凱特先生也正當青春年少，拿不定主意是要去攀登上院議長的寶座呢，還是要謀個主教的位置。反正二者必居其一，只是時間遲早的問題，於是他便和朴凱特夫人抓緊時間（從時間過程來看，準是一見鍾情，何曾稍思而行？），瞞著那位賢明的父親結了婚。賢明的父親除了自己的祝福以外，既沒有什麼可給，也沒有什麼可以不給，於是僵持了不久，就把他的祝福當作一套妝奩，慷慷慨慨送給了他們，還告訴朴凱特先生說，他娶的這位夫人乃是「稀世之珍，足可配得王家」。朴凱特先生從此便讓這位堪配王家的稀世之珍學些為人處世之道，據說對方卻無意於此道。儘管如此，一般人對朴凱特夫人的看法，說來很妙，倒是尊敬的憐憫，因為她畢竟沒有嫁上高官顯爵；對朴凱特先生的看法，說來也很妙，則是寬大的責備，因為他一個官銜爵位也沒有撈到手。

朴凱特先生領我走進屋裡，把我的住房指給我看：房間倒不錯，布置得也很理想，我當私人起坐間用也滿可以。接著，他又領我到另外兩個類似的房間，敲了門，介紹我認識那裡面的兩個房客，一個叫作蛛穆爾，另一個叫作史塔舵，蛛穆爾是個外貌蒼老的青年，骨骼粗大，體態笨重，嘴裡吹著口哨。史塔舵的年紀輕些，外貌也沒有那麼蒼老，他正在讀書，用手捧住了腦袋，好像腦袋裡裝載的知識過了量，唯恐會爆炸似的。

朴凱特先生和朴凱特夫人，一望而知都是讓別人牽著鼻子走的：我倒不明白這戶人家究竟是誰在當家做主，是誰讓這兩個人住進來的，後來才發覺這戶人家的大權無形之中都落在兩個女傭手裡。倘從省卻麻煩這一點著眼，那也未嘗不是一種妥便的居家度日之道；不過這一來可就顯得耗費了，因為這兩個女傭人覺得自己總得吃好喝好，經常在地下室裡請上三朋四友，不然就未免對不起自己。朴凱特夫婦的茶飯，她們固然供奉得相當不錯，然而我總覺得，整幢房子裡住著最舒服，而且不知要舒服多少倍的所在，倒是那間廚房——只是住在廚房裡總還得有保護自己的手段才行，因為，我到那裡還不滿一個星期，就有一個和這家人素無來往的女鄰居，寫了封信來給主人，說是她親眼看見密萊斯打嬰兒。朴凱特夫人接到這信，痛哭流涕，傷心萬分，說稀奇稀奇真稀奇，做鄰居的居然管起別人家的閒事來了。

後來漸漸聽說（大都是赫伯爾特告訴我的），朴凱特先生出身於哈羅公學和劍橋大學，在學校裡是個出色的學生，年紀輕輕就和朴凱特夫人締結了良緣，因而妨礙了自己的前程，只得從事於補習老師這個行當。好像磨鈍刀似的，倒也把不少天資魯鈍的學生磨練得成了器——奇怪的是那些學生有錢有勢的父兄個個答應日後要幫他另謀高就，可是鈍刀一旦離開了磨刀石，父兄也就無不忘記了自己的諾言——後來，他對這個可憐的行當也做厭了，便來到倫敦。到得倫敦，壯志日漸消沉，便重操「課讀」生涯，教了幾個沒有機會讀書或是錯過了讀書機會的學生，幫一些因故需要溫課的學生溫習功課，同時又在文學作品的編纂校勘工作上施展自己的才學，靠著這些收入，加上自己名下還有些微薄的進益，勉強維持著我現在所看到的這個家庭。

朴凱特夫婦有一位鄰居是個愛拍馬屁的寡婦，天生是個高明的應聲蟲，什麼人的見解她都贊成，什麼人都能得到她的祝福，她見了人或則報以笑臉，或則一灑同情之淚，都能臨機應變，恰到好處。這位女士的名字叫作可意樂夫人，我住進來的那一天，居然蒙她枉駕過來吃飯，真是榮幸之至。她在樓梯上就告訴我說，每逢親愛的朴凱特先生迫不得已，收下了學生，那可真苦了親愛的朴凱特夫人。她馬上又顯出無限親切的樣子，貼心知己似的對我說（其實當時我認識她還不到五分鐘），我嘛，當然又當別論，要是那些學生都像我一樣，那就完全是另一回事了。

可意樂夫人又說：「不過，這位親愛的朴凱特夫人早年失意（這當然不能怪朴凱特先生），現在也真應該過得闊氣些、講究些才是——」

我怕她說下去會哭，連忙截斷她的話：「你說得是，夫人。」

「況且她天生一種貴族的氣質——」

我出於同樣的用意，又岔斷了她的話：「是啊，夫人。」

可意樂夫人又接下去說：「所以，親愛的朴凱特先生要是不能一心一意地侍候親愛的朴凱特夫人，那未免太殘酷了。」

我心裡不由得想道：要是肉鋪的老闆不能一心一意地侍候親愛的朴凱特夫人，那才真叫殘酷呢。可是我沒有露出一點口風，因為我對於待人接物的禮貌必須戰戰兢兢，隨時留神。

吃飯時，我使用刀、叉、羹匙、酒杯和其他種種足以惹禍招災的食具，都十分小心；一面靜聽朴凱特夫人和蛛穆爾的談話，從話中得知蛛穆爾的教名叫作本特里，他居然還是一位從男爵的第二繼承人。還得知，剛才我在花園裡看見朴凱特夫人讀的那本書似乎是一本研究爵位的著作；如果朴凱特夫人的祖父的大名能列進這部書裡，她完全知道應當列在哪年哪月哪日的項下。蛛穆爾說話不多，可是儘管罕言寡語（我覺得他是個性子陰沉的人），卻一開口便是一派上等人的口氣，他把朴凱特太太引為閨閣名媛中的知己。他們說的這些話，除了他們自己和那位拍馬屁的鄰居可意樂夫人之外，誰都不感興趣，看來赫伯爾特甚至還聽得很難受；要不是一個小廝進來報告家裡發生了一件不幸的事，這番話真不知要談到什麼時候。所謂不幸的事，其實不過是廚娘不知把牛肉放在哪裡了。這時朴凱特先生正拿著餐刀在切肉，一聽這話，馬上放下餐刀餐叉，雙手抓住自己亂蓬蓬的頭髮，似乎要拚命使勁把自己憑空拎起來。拎了一陣沒拎起來，方才不吭一聲，繼續切肉。他這種排憂解恨的表演，著實離奇，我因為是第一次看見，大為驚異，旁人卻都不當作一回事；不過，過了不久，我看慣了，也就像別人一樣不以為奇了。

可意樂夫人不久便改變話題，開始恭維起我來。我開頭聽得很高興，可是她這馬屁實在拍得惡俗不堪，馬上掃盡了我的興致。她一面裝腔作勢說是很想瞭解瞭解我家鄉和我親友的情況，一面就扭扭捏捏挨到我跟前來，活像一條舌頭開叉的蛇。她偶然也撲到史塔舵那邊去（史塔舵跟她不大講話），或是撲到蛛穆爾那一邊去（蛛穆爾和她講得更少），我倒是羨慕這兩個人坐在她對面，少受了多少罪過。

飯後，保母把孩子帶進來，可意樂夫人便信口讚揚這個眼睛長得好、那個鼻子長得好、另一個腿長得好——這倒不失為給他們開竅的好辦法。一共是四個女孩、兩個男孩，吃奶的娃娃不知是男是女，至於這娃娃下頭的一個，就更不得而知了。帶他們進來的是芙洛普琛和密萊斯，這兩位女士儼然是兩位小小的軍官，奉命到什麼地方去招募孩兒兵，現在招到了這麼幾個回來銷差；朴凱特夫人望著這些埋沒了的華胄貴族，看她的神氣，好像她倒早就有意要把這支隊伍檢閱一下，可就是不知道應該拿他們怎麼辦。

芙洛普琛說：「喂！夫人，把你的叉子交給我，小寶寶給你。別那樣抱，小心在桌子底下撞痛了頭。」

朴凱特夫人聽了這話，便換了個抱法，於是這娃娃的頭，沒有在桌子下面撞痛，卻在桌子上面撞痛了，怦然一聲，舉座皆驚。

只聽得芙洛普琛說：「哎喲喲，我的天啊！還是讓我來抱吧，夫人。潔茵小姐，你過來逗逗小寶寶，快來呀！」

潔茵小姐自己才不過是個小不點兒的女孩，可是看來早就已經擔當重任，得照料別的孩子了；她本來站在我身邊，這時連忙走到那娃娃面前跳來跳去，居然跳得小娃娃破涕為笑，所有的孩子都跟著笑了起來，連朴凱特先生也笑了（在這個短短的時間裡他已經兩次抓住了頭髮，使勁想把自己拎起來），大夥都喜笑顏開，樂了一陣。

芙洛普琛托住小娃娃的屁股，疊成個荷蘭洋娃娃似的，穩穩當當地放在朴凱特夫人膝蓋上，又拿了一副胡桃鉗給小娃娃玩，提醒朴凱特夫人要多多留神，說是鉗柄碰著小眼睛可不是鬧著玩的，又厲聲吩咐潔茵小姐也要好生看著。兩個保母走到外面，在樓梯上就和剛才侍候大家吃飯的那個小廝大打出手；那小廝本來是個放蕩的傢伙，分明在賭臺上混慣了，哪裡還有個小廝的樣子？

朴凱特夫人只顧和蛛穆爾討論兩個從男爵爵位、吃著糖酒浸橘子，完全忘了自己懷裡的娃娃，任其拿著那把胡桃鉗做出種種嚇死人的舉動——我看著這光景，心裡很是不安。後來還是潔茵看見那小腦袋已經岌岌可危，便輕手輕腳離開了座位，走過來做了許多小花樣，把那件危險的武器哄了過來。大概正在這當兒，朴凱特夫人的橘子也吃完了，她一見很不以為然，對潔茵說：

「你這沒規沒矩的孩子，好大的膽子！還不馬上回去坐著！」

小姑娘大著舌頭說：「親愛的媽咪，小寶寶險些把眼睛也挖出來了呢。」

朴凱特夫人喝道：「你好大膽子，敢頂撞我！還不馬上回到自己座位上去坐著！」

朴凱特夫人為了維護自己的尊嚴，竟然施出這種高壓手段來，實在使我難以自安，彷彿這件麻煩都是我多事而引起的。

朴凱特先生在餐桌的另一頭規勸道：「貝琳達，你怎麼這樣蠻不講理？潔茵還不是為了免得傷著了小寶貝？」

朴凱特夫人說：「我不允許任何人來管我的事。我覺得奇怪，馬修，你竟會當眾編派我的不是。」

朴凱特先生又傷心又氣憤地嚷道：「我的天啊！難道眼看著小娃娃在胡桃鉗下送命，也不許人救嗎？」

朴凱特夫人朝那個得罪了她的無辜的小姑娘威風凜凜地瞥了一眼，說：「我可不允許潔茵來管我的事！我想我還沒忘了我的先祖父是什麼地位的人。哼，潔茵！」

朴凱特先生又用雙手抓住頭髮，這一次可是當真把自己從椅子裡拎起了兩三寸。他無可奈何，只得仰天長歎：「請聽聽！寧可讓娃娃給胡桃鉗敲死，也不能碰一下人家什麼先祖父的地位！」說完，坐下來不吭一聲。

掀起這場風波時，大夥都兩眼望著臺布，十分尷尬。既而風波暫息，可是那個天真無邪、不服管束的小娃娃卻對著小潔茵跳跳蹦蹦、咿咿啞啞地鬧個沒完，據我看，在這一家人裡面（不算傭人），這娃娃恐怕只認識潔茵一個人呢。

朴凱特夫人說：「蛛穆爾先生，請你拉鈴叫芙洛普琛來一下好不好？潔茵，你這個沒規沒矩的小丫頭，還不趕快去睡覺！噢，小寶貝，媽帶你一塊兒去睡。」

小娃娃一片赤誠，不會作假，用盡力氣掙扎反抗。只見小身體一拱，掙出了朴凱特夫人的懷抱，可是拱得不對頭，小臉蛋沒有露出來，倒是露出一雙絨線鞋和兩個有小圓窩兒的腳踝，結果儘管大造其反，還是死拉活扯地給帶了出去。後來小傢伙總算還是如願以償，不到幾分鐘光景，我就從窗裡看見小潔茵在照料這娃娃了。

那另外五個孩子，因為芙洛普琛自己有事不能分身，又沒有別人來管他們，所以依舊留在餐桌上。我得此機會，才弄明白了他們和朴凱特先生的關係——容我試舉一例，以見一斑。朴凱特先生這時候的臉色比平常更顯得迷惘了，他頭髮蓬亂，怔怔地望了孩子好半晌，似乎自己也摸不著頭腦：這些孩子怎麼會在這座房子裡吃住的，造化怎麼不把他們分配到別的人家去呢？然後他像個傳教士一般冷冷淡淡地向孩子問這問那——譬如問問小喬的衣服褶邊上怎麼會有個洞，小喬回答說：「爸爸，芙洛普琛一有空就會補的。」問問小范妮怎麼會生「蝦眼」[1]的，小范妮說：「爸爸，等密萊斯記起來了她會給我敷藥的。」接著，他動了親子之情，給了他們一人一個先令，叫他們出去玩；孩子一走，他又用足氣力抓住頭髮把自己往上拎了一陣，那一團永遠理不清的亂麻，也就拋在腦後了。

傍晚，河上有人划船。蛛穆爾和史塔舵每人雇了一條小船，我決定也駕一葉輕舟趕過他們。凡是鄉下孩子拿手的遊戲，我十有八九都十分內行，不過在別的河上划船倒還不算什麼，在泰晤士河上划船，則自知風度不夠優雅，恰巧有一位得過划船競賽獎的船夫在我們那個埠頭前面攬客，我的兩位新夥伴便立即介紹我向他學習。這位富有實際經驗的權威人士劈頭就說，我生就一條打鐵師傅的好胳膊，我一聽不禁大為發慌。如果他知道這句恭維話險些使他少收了一個徒弟，我想他大概也就不會說了。

---

1 即指尖發炎。

晚上回到家裡，每人一盤晚餐；回想起來，當時要不是家裡發生了一件不愉快的事，這頓晚飯一定吃得皆大歡喜。原來朴凱特先生正在高興頭上，一個女傭走進來說：「先生，我想跟您說句話，不知道您樂意不樂意。」

不料這又觸犯了朴凱特夫人的尊嚴，她說：「想跟你老爺說話？你想到哪裡去了？去跟芙洛普琛說吧。否則就改天跟我說。」

女傭說道：「請原諒，夫人，我現在就要說，而且要說給老爺本人聽。」

於是朴凱特先生就走了出去，我們只好自己盡量找點消遣，等他回來。

朴凱特先生回來時滿臉愁容，一副束手無策的樣子。他說：「這可太不像話了，貝琳達！廚娘醉得不省人事，躺在廚房的地板上，藏了一大塊新鮮黃油在櫥裡，準備拿出去賣了裝腰包！」

朴凱特夫人立即顯得滿臉和順，說：「準是索菲雅那個臭丫頭幹的好事！」

朴凱特先生問道：「你這話什麼意思，貝琳達？」

朴凱特夫人說：「索菲雅不是已經向你招供了嗎。她剛才走進來要跟你說話，我不是親眼看見、親耳聽見的嗎？」

朴凱特先生答道：「貝琳達，剛才她明明是帶我下樓，讓我去看看那個廚娘和那塊黃油呀！」

朴凱特夫人說：「馬修，她做了壞事，你還要為她辯白？」

朴凱特先生只得悶悶不樂地歎息一聲。

朴凱特夫人又說：「我是我祖父的嫡嫡親親的孫女，難道在這個家裡就不當我一回事？何況廚娘一向是個有體統的好女人，她上門來找事做的那一天就真心真意地說，據她看，我命中注定應當做個公爵夫人。」

朴凱特先生原是站在一張沙發前面，一聽這話，不由得頹然坐在沙發上，一副模樣活像個奄奄一息的格鬥士。後來我一看已經到了該安歇的時候，便向他告辭，只聽他甕聲甕氣地說了一聲：「明天見，匹普先生。」可是身子紋絲不動，照舊還是那副模樣。

第二十四章
文米克的邀請

隔了兩三天，我在自己房間裡已經安頓停當，到倫敦也已經來回跑過幾次，一切必要的用品都已經叫各個特約商行送來了，這時朴凱特先生才和我作了一次長談。他對於我未來的前途比我自己瞭解得還清楚，因為他談到賈格斯先生和他說過，我的深造並非為了就業，只要我的學問能夠「及得上」一般富家子弟，同我未來的地位大致相稱，也就滿可以了。我沒有什麼相反的意見可提，自然就默默同意了。

他建議我先到倫敦某幾個地方去見識見識，獲得一點我所欠缺的入門知識，一切課程都可以由他負責給我講解和指點。他相信，只要幫助得法，我不致會遇到什麼不可逾越的困難，想來不用多久，我就能夠毋須別人教導，只要他一個人指點就可以了。除了這些以外，他還說了好多大意類似的話，總之全然和我開誠相見，談吐也很美妙；我可以毫不猶豫地說，既然他對我履行義務始終是這樣一片熱心、毫不苟且，我對他履行義務也就不能不同樣一片熱心、毫不苟且。如果他做老師的先表示冷淡，我做學生的毫無疑問也會拿冷淡的態度來回敬他；他既然做到我無言可說，我們師生之間自然就彼此尊重，各不相負。自從建立師生關係以來，我從來也不覺得他有什麼滑稽可笑，只覺得他處處莊嚴、正直、善良。

這幾點談妥以後，我就積極進行，認真進修起來，卻又想到假使能在巴那爾德旅館裡保留一間臥室，既可以適當調劑生活，也便於向赫伯爾特學點禮貌規矩。朴凱特先生不反對我這種安排，只是再三叮囑務必先請示我的監護人，再作處置。我覺得他想得這般周到，無非是因為我這番打算，也可以使赫伯爾特節省一些開支，於是我趕到小不列顛街，把我的打算告訴賈格斯先生。

我對賈格斯先生說：「替我租的那套家具要是能夠讓我買下來，另外再給我添置一兩件小玩意兒，我住在那邊就滿舒服了。」

賈格斯先生冷笑一聲，說：「儘管買吧！我早就告訴過你，你的開銷會愈來愈大。沒說錯吧！你要多少錢？」

我說不知道要多少。

賈格斯先生回了我一句：「好了！要多少？五十鎊行不行？」

賈格斯先生說：「五鎊行不行？」

「哦，不用這麼多。」

這真是從天上掉到地下，弄得我狼狽萬狀，只得說：「哦！再多一點。」

賈格斯先生反問我道：「啊，再多一點！多多少呢？」說著，雙手插在褲袋裡，頭側在一邊，眼睛望著我背後的牆壁，等著看我的動靜。

我吞吞吐吐地說：「準確數目倒很難說。」

賈格斯先生說：「好了！你就說說看吧。兩個五鎊夠不夠？三個五鎊夠不夠？四個五鎊夠不夠？」

我說，四個五鎊足夠了。

賈格斯先生皺眉道：「四個五鎊足夠了嗎？那麼，你算算四個五鎊是多少呢？」

「我算算是多少！」

賈格斯先生說：「唔！多少？」

我笑著說：「你算出來總是二十鎊吧？」

賈格斯先生聽出了文章，不以為然地一仰頭，說：「我的朋友，別管我算出來是多少，我只要知道你算出來是多少？」

「當然是二十鎊啦。」

賈格斯先生開了他辦公室的門，喊道：「文米克，要匹普先生出一張收據，付給他二十鎊。」

這種異乎尋常的辦事方式給我留下了異乎尋常的印象，自然不是愉快的印象。賈格斯先生是從來不笑的；不過他腳上穿了一雙又大又亮、吱嘎作響的皮鞋，當他兩腿並排站在那裡，搭拉著大腦袋，緊皺著眉頭等別人回答時，有時候會踩得皮鞋吱嘎一響，倒彷彿是皮鞋發出了懷疑的冷笑。現在他正好走出去了，我看文米克倒很機靈健談，於是就對文米克說，我簡直不明白賈格斯先生剛才的態度是什麼意思。

文米克答道：「你把數目回答他，他就高興了，他並不是真的要你算一算。」文米克見我神情詫異，便「唉呀」一聲，接下去說：「並不是他個性如此，這是職業習慣——完全是職業習慣。」

文米克伏在桌上吃著一種又乾又硬的餅乾當點心，嚼得嘎吱嘎吱直響；不住地把餅乾扔到嘴裡，好像把一封封信投進郵筒口一樣。

文米克說：「我始終覺得他似乎布好了一個捕人的陷阱，自己監守在一旁。趁你一個不留神，咔噠一響，就被他抓到了！」

我心裡想設置捕人的陷阱不合於為人處世的厚道，可是我嘴上只是說，賈格斯先生大概手段很高明吧？

文米克說：「像澳洲一樣高深莫測。」說著便用筆尖指指辦公室的地板，表示假如用個比喻形容一下，澳洲正好是在地球的另一邊。他提起筆來，又補充了一句：「如果還有什麼東西比澳洲更高深莫測，那除非就是他。」

接著，我又說到賈格斯先生的生意大概很不錯吧，文米克說：「呱——呱——叫！」我又問事務所裡辦事員多不多，他回答道：

「我們用不著很多辦事員，因為賈格斯只有一個，人家又不願意和他打隔手的交道。我們一共是四個人。你想不想去看看他們？說實在的，你已經不是外人了。」

我接受了他的邀請。文米克先生把餅乾都扔進郵筒口以後，就伸手探進外衣領口，像掏出一條鐵辮子一樣，取出了掛在背上的鑰匙，開了保險箱，從一個放現款的匣子裡拿了錢交給我，然後跟我一起上樓。房子又暗又破舊，那些在賈格斯先生辦公室牆壁上留下了油膩膩的肩膀印的人，看來在這座樓梯上跑上跑下也跑了多年，所以把這座樓梯也擦得亮光光的了。二樓前間有個辦事員，模樣既像個小客棧老闆，又像個捕鼠師傅，骨骼巨大，臉色蒼白，滿臉浮腫；他正忙著接待三、四個衣著寒磣的人，看他的態度很不禮貌，其實，凡是找上門來惠顧賈格斯先生生意的人，看來沒有一個不受到這種接待的。走出來，文米克說：「他在搜集證據，準備上『老寨子』用[1]。」在三樓前間的是位身材矮小、有氣無力、像條獵狗模樣的辦事員，披著一頭長髮（他大概從做小狗的時候起就忘了剪毛），也在那裡接待一個眼睛不大好的男人。文米克先生告訴我，那個當事人是個專鑄假

1 「老寨子」指倫敦中央刑事法庭。意謂搜集證據，準備開庭時辯護用。

幣的，他那口坩堝成年累月燒得滾開，我要是有什麼東西請他鑄造，他沒有不答應的道理——只見他身上汗下如雨，彷彿正在自己身上試驗自己的手藝。後間另有一人，肩膀高聳，肯定是有面部神經痛，所以用一塊骯髒的法蘭絨裹著臉，他穿一身好像塗過蠟的黑衣服，正在埋頭謄寫另外兩位辦事員起草的稿件，以備賈格斯先生應用。

整個事務所的情形就是如此。下得樓來，文米克帶我到我的監護人房間裡，說：「這裡你已經看過了。」

一眼又看見那兩座惡眼斜瞪的討厭頭像，我說：「請問這兩座頭像是什麼人？」

文米克先生爬上椅子，撣了撣灰塵，把兩座可怕的頭像拿了下來，說：「這兩個人嗎？這兩個人大名鼎鼎。是我們兩個出名的當事人，給我們帶來了無限的榮譽。這個傢伙（哎呀，你這個老流氓，一定是晚上跑下來向墨水瓶裡探頭探腦，把墨水濺到眉毛上去了！）謀殺了他的東家，卻沒有讓人找到屍體，可見他布置得確實不壞。」

我問道：「這頭像像他嗎？」聽說是這麼個殘忍的傢伙，我嚇得往後直退，文米克卻在它眉毛上吐了一口口水，又用衣袖擦了一擦。

文米克說：「像他？要知道，這是他不折不扣的原形。這座頭像是在新門監獄鑄的，從絞刑架上一放下來就拓下了這個臉形。你這個老滑頭，你對我特別有好感是不是？」為了解釋「老滑頭」這一聲親熱的稱呼，他摸摸胸口那枚畫著女人、垂柳、枯墳、墳上放著骨灰甕的胸針，說：「還特地定做了這個送給我呢！」

我問：「這位女士也有點來歷？」

文米克答道：「沒有，那不過是他設計的一件小玩意兒罷了。（你也喜歡弄些小玩意兒，是不是？）那倒沒有什麼來歷，匹普先生，這件案子根本牽涉不到女人身上去，要牽涉也只牽涉到一個——可也不是這樣一個苗條優雅的女人，她也絕不會守著這個骨灰甕——除非甕裡裝的是酒。」文米克的注意力就此轉移到了這枚胸針上去，於是他就放下頭像，用手絹擦起胸針來。

我問：「另外那個傢伙也是遭到同樣下場的嗎？他的神態和剛才那個一樣呢。」

文米克說：「你說得對，實實在在就是那種神態。好像一邊鼻孔裡塞了一撮馬鬃和一個小小的魚鉤似的。沒錯，他的下場也一樣；老實說，在我們這兒這種下場是十分自然的。這個浪蕩子啊，他假造遺囑，誰被他假立了遺囑，只怕還得給他送命呢。」說到這裡，文米克先生又向頭像說起話來：「不過你畢竟是個有君子風度的漢子，你說你還會寫希臘文哩。嘿，你多會吹牛！你真是個撒謊大王！我從來沒見到過像你這樣的撒謊大王！」文米克摸了摸手上最大的一顆悼亡戒，說：「臨死前一天還叫人買了這個戒指來送給我呢，」說完，把他的這位亡友放回到架子上。

他放好另一座頭像，爬下了椅子。我不禁想到，莫非他這些寶貝的來源都是如此？既然他談到這件事並沒半點赧顏愧色，我就趁他站在我面前拍拍手上灰塵的時候，不揣冒昧，大膽向他探問起來。

他回答道：「噢，是啊，都是這樣送來的。這個送了那個送，就是這麼回事。送來我總是收下。都是珍品嘛。而且總是財產。也許值不了多少錢，不過畢竟是財產，而且是動產。在你這樣一個前程似錦的人看來，這算不了什麼；可是對我來說，我的處世方針永遠是：多撈動產。」

我對他這種高見表示敬佩，他以友善的態度繼續往下說：

「你幾時有空，若蒙不棄，能夠光臨沃伍爾斯，在我那裡過夜，那就是我的榮幸了。我也沒有多少好東西向你誇耀，不過有兩三件珍玩也許你會樂意看看；還有個小花園、一座涼亭，我自己倒是滿得意的。」

我說，非常樂意領情。

他說：「謝謝。那麼一言為定，你什麼時候方便，就請賞光。賈格斯先生請你吃過飯沒有？」

「還沒有。」

文米克說：「那好，他會請你喝葡萄酒、很好的葡萄酒。我就請你喝潘趣酒，不壞的潘趣酒。還有件事應當告訴你——你到賈格斯先生家裡去吃飯的時候，不妨留意一下他那位管家婦。」

「難道有什麼稀奇的地方？」

文米克說：「唔，那是一頭馴服了的野獸。你看了也許會說，並不怎麼稀奇。但我的回答是，稀奇不稀奇，那要看這頭野獸本來野蠻到什麼程度，是花了多大的功夫才馴服的。你看了以後，包你不會小看賈格斯先生的本領。你不妨留神看一看。」

他這個預告引起了我極大的興趣和好奇，我說，我一定留神看一看。我和他告別時，他問我是否願意花幾分鐘時間去看看賈格斯先生「辦理公事」？

由於種種原因，尤其是因為我弄不明白賈格斯先生在辦理什麼公事，所以我就回答說我願意。我們趕到城裡，來到一個擠滿了人的違警罪法庭上，只見那位生前特別喜愛胸針的死者的一個血親（這不是一般的所謂血親，而是說在殺人流血這一點上他們彼此關係很親）正站在法庭上聽候審判，嘴裡很不自在地嚼著一些什麼東西；我的監護人正在對一個女人加以詢問，或者盤問——我不知道到底應當怎麼說——弄得她和全體法官以至於每一個人都誠惶誠恐。不論是誰、不管你地位有多高，只要說一句他不入耳的話，他立即吩咐把這個人的話「記下來」，誰要是不招供，他就說：「我自有辦法從你肚子裡把口供掏出來！」誰要是招供了，他就說：「你還逃得出我的手掌！」只消他咬一下食指，法官就都瑟瑟發抖。不論是做賊的、捉賊的，都戰戰兢兢地豎起了耳朵聽著他的每一句話，只要他有一根眉毛朝著他們一聳，他們就會嚇得打個寒噤。我實在弄不明白他究竟是在為哪一方辯護，只覺得似乎滿法庭的人都受到了他的折磨。我只知道，當我踮起腳尖溜出來的時候，他並沒有站在法官那一邊，因為我聽見他在指責那位主持審判的老法官，說是憑老法官那天的行為舉止，根本不配代表大英帝國的王法坐在主審官的席位上，氣得老法官的一雙腳在桌子底下直抽搐。

第二十五章 沃伍爾斯的城堡

本特里·蛛穆爾是個陰沉沉的人，甚至對待一本書也沒有好臉色，好像著書人得罪了他似的；對待人，自然更不會和善到哪裡去。他身個兒長得笨、動作笨、腦子笨——連臉上表情也很遲鈍，一條不靈便的大舌頭在他嘴裡懶洋洋打起轉來，就像他本人在屋子裡懶洋洋打轉一樣——而且他為人懶惰，自大，小氣，寡言，多疑。出身於薩默塞特郡的富貴人家，從小就讓父母養成了這一副德性，等他成了年，才發現他是個草包。本特里·蛛穆爾來到朴凱特先生家裡的時候，論個子，比朴凱特先生要高出一頭，論腦子，則比誰都要矮上半截。

再說史塔舵，從小被軟心腸的母親寵壞了，到了應該上學的年齡還待在家裡不上學，不過兒子倒是非常熱愛母親，說不盡地崇拜母親。他五官秀巧得像女人，赫伯爾特對我說得好：「你儘管沒有見過他母親，可是一看就知道，他長得和他母親一模一樣。」不用說，我對他自然要比對蛛穆爾有好感得多。我們傍晚划船才划了沒幾天，我們兩條船就結了伴，天天一起並排划回家去，一路上談天說地，而本特里·蛛穆爾卻獨自落在後面，傍著高聳的河堤，出沒在燈心草叢中。蛛穆爾簡直像一頭不安分的兩棲動物，即便在水流迅速、大可順流而下的時候，也老是要悄悄靠到岸邊去；我總覺得，我們的兩條船是在中流，劃碎了一河夕照或月光前進，他則是躲在暗處，避開了江流，在我們後面趕來。

赫伯爾特成了我知己的夥伴和朋友。我讓他和我共同使用我的小船，他因此常常到漢默史密斯去；他的套間也供我共同使用，我也因此常常到倫敦去。我們還經常不分日夜地在這兩個地方之間步行往返。我到現在還對這條路有感情（雖然現在走起來已不如當年那麼愉快），那都是青春正富、前程方遠、對什麼事都感到新鮮的時代建立起的感情啊。

我在朴凱特先生家裡住了一兩個月光景，有一天卡密拉夫婦來了。卡密拉夫人是朴凱特先生的妹妹。我從前在郝薇香小姐家裡見過的那位嬌吉安娜也來了。她是朴凱特先生的表妹，是個患消化不良症的單身婦女，把自己的固執不化叫作信教虔誠，把肝火上升叫作厚愛深情。這幾個人由於貪婪成性，結果又事與願違，因此對我恨之入骨。不用說，如今見我發了跡，一個個巴結我都巴結到了無恥之尤的地步。至於朴凱特先生，他們把他看作一個不知自身利益的大孩子，所以我上次聽到，他們對他倒還能安然相容。朴凱特夫人呢，他們可就不放在眼裡了，不過他們倒也承認這位可憐的人兒確是飽嘗了失意之苦，這無非是因為同病相憐，從她身上可以依稀照見他們自己的影子。

我的生活環境和讀書環境大抵如此。不久我就養成了奢華的習慣，花費之大，要是在三兩個月以前我會覺得簡直荒乎其唐；然而，好也罷歹也罷，讀書我倒是堅持不懈。其實這也算不上什麼了不起的事，不過是我有自知之明、瞭解自己教養不足而已。在朴凱特先生和赫伯爾特的指點之下，我進步很快；他們經常總有一個在我身邊，給我以必要的誘掖，為我掃除前進途中的障礙，我如果再沒有長足的進步，豈不成了和蛛穆爾一樣的大傻瓜嗎？

我跟文米克先生幾個星期沒有見面，便寫了封信給他，約好在某一天晚上到他家裡去做客。他回信表示非常歡迎，約定晚上六點鐘在事務所等我。到得事務所，恰巧鐘敲六點，只見他正把保險箱的鑰匙揣到脖子後面去。

他說：「你可有意思步行到沃伍爾斯？」

我說：「好，只要你贊成。」

文米克答道：「十分贊成，因為我兩條腿成天塞在辦公桌子下面，能夠舒展一下是再樂意不過的了。匹普先生，我把晚餐的內容告訴你吧。自己家裡做的燜牛肉，小飯館裡買來的烤雞。烤雞應該很嫩，因為那家小飯館的老闆前幾天在我們經手的案子裡當過陪審員，我們沒有為難他。我去買雞的時候，當面提醒過他這件事，對他說：『給我們揀一隻好一點的，老鄉，要知道，當時我們真要在法庭上留難你一兩天的話，完全可以留難你。』他說：『我來揀隻最好的奉送吧。』他要奉送，我自然讓他奉送。說到頭來，那畢竟是件財產，又是件動產。你大概不會討厭老爹爹吧？」

我以為他還在說那隻烤雞，後來聽他說到「因為我家裡有位老爹爹」，這才明白過來，連忙說了幾句得體的客氣話。

我們一路走去，他又問我：「原來你還沒有到賈格斯先生家裡去吃過飯？」

「還沒有。」

「今天下午他聽說你要上我家去，順便提了一聲。看來他明天就會請你。還要請你的幾位好朋友。一共有三位，是不是？」

雖然我從來不把蛛穆爾當作親密的朋友，我還是答應了一聲「是」。

「唔，他打算把你們一夥都請來。」我覺得他這個「夥」字用得很不客氣。他又說：「不論他給你們吃什麼，反正總是上好的貨色。花色多不了，卻都是呱呱叫的上品。他家裡還有件古怪事，」文米克頓了一下又說，我還以為他要接下去談論上次提起的那個管家婦呢，他卻接著說：「他家裡晚上從來不關一扇門、一扇窗。」

「難道從來沒有人來偷他的東西？」

文米克答道：「就是這句話！他公開對人說：『我倒要看看誰敢來偷我的東西。』我的天啊，我在我們前面辦公室裡，聽見他對那些宿賊慣竊少說也講過上百次：『你們都知道我住的地方；我家裡從來不關門窗；幹嘛不來找我做筆買賣呢？來吧；請來試一試好不好？』可是，閣下，說什麼也沒有一個敢去試一試。」

我說：「他們怕他怕到這個地步嗎？」

文米克說：「怕他？你說得對，他們是怕他。不過也因為他太會耍花招。他用話激他們，其中就有花招。他家裡連銀子都沒有，閣下。連一根銀湯匙都沒有，全是白銅的。」

我說：「這麼說，他們就是動手也撈不到什麼好處嘍——」

文米克打斷了我的話，說：「啊！可他得的好處就大了，他們心裡都有數的。他會要他們的性命，要他們幾十條性命。只要能到手的他什麼都要撈到手。只要他存心去撈，就沒有什麼撈不到手的。」

我正在暗暗佩服我的監護人了不起，只聽得文米克又說：

「至於他家裡看不到銀子，那不過表明他天生胸有城府。江河天生有深處，他也天生有城府。瞧瞧他的錶鏈吧。那才是貨真價實的金錶鏈呢。」

我說：「那根錶鏈的確很結實。」

文米克重複道：「結實？不假。錶也是真金的彈簧自鳴錶，至至少少要值一百鎊。匹普先生，倫敦有七百來個竊賊瞭解這只錶裡裡外外的全部底細；誰要是哄他們去碰一下這條錶鏈，他們無論男女老少，只要一見錶鏈上一個小小的環，準保沒有一個人認不出來，準保沒有一個人不是像捏著燒紅的火炭似的，扔開也來不及。」

我和文米克一路走一路談，開頭談的就是這類事情，後來又隨便扯些家常，不知不覺把時間和路程都打發了過去，一轉眼，文米克先生說沃伍爾斯區到了。

只見這地方全是些黑沉沉的小巷、水溝和小花園，看起來幽靜得有點近乎冷清。文米克的住宅是座小木屋，坐落在一個小花園中央，屋頂的造型和漆色，好像一座架了炮的炮臺。

文米克說：「這是我自己的作品，樣子還不錯吧？」

我滿口稱讚。這樣小的房子，我生平還是第一次見識；那種哥德式的窗戶真是奇形怪狀到極點（絕大多數可是裝門面的），一扇哥德式的門矮到簡直走都走不進去。

文米克說：「你瞧，那兒還豎著一根實實在在的旗杆，每逢星期天我就把一面實實在在的旗子升上去。你再瞧瞧這兒。這座吊橋，我一走過去就這樣隨手吊起，於是裡外就不通了。」

他說的吊橋，其實是塊木板，架在一道四英尺來寬、二英尺來深的溝上。不過，看他扯起吊橋、拴好繩子時的那種得意揚揚的神氣，倒是怪有意思的——他這個當兒的笑，才是心裡樂滋滋的笑，不是那種刻板的笑臉了。

文米克說：「每天晚上，格林威治時間九點整，我們就放炮。你瞧，那邊就是炮臺！待會兒放起來，你就會說這尊響炮厲害了。」

他所說的大炮，架設在一座鐵格子的炮臺形狀的建築物上。為了遮蔽風雨，上面用油布做了一個巧妙的小玩意兒，像一把傘一樣。

文米克說：「還有，在那後面，人家看不見的地方——不讓人看見，是為了不致有礙城堡的觀瞻——因為我有個原則：想到要做一件事，就一定要做到，而且要做得徹底——不知尊見以為如何

——」

我說，所見極是。

於是他繼續說下去：「在那後面，養著一頭豬，還有雞鴨和兔子，你知道，我還搭了個小瓜棚種黃瓜；等會兒吃晚飯，你可以嘗嘗我們的沙拉有多好。所以說，閣下，」文米克先生說到這裡又笑了起來，不過隨即又一本正經地搖了搖頭，「這個小地方萬一被包圍了，在糧食方面倒是可以不愁，要支撐多久就可以支撐多久。」

接著，他就領我向十來碼外的一座亭子走去，雖說距離不遠，可是循著七彎八曲、巧妙設計的小路走過去，倒也走了好一會兒。到這個幽靜的所在一看，酒杯已經擺好。亭子築在一個聊為點綴的假湖邊上，潘趣酒放在湖裡冰著。小湖呈圓形（中央有個小島，湖裡有酒，當然也就少不了這一盤沙拉了），湖心有噴泉裝置，是由一座小風車改裝的，轉動風車，取出那管子裡的軟木塞，泉水迸出，剛好可以濺溼你的手背。

文米克聽見我稱讚他，便答道：「我自己做工程師、做木匠、做鉛管匠、做園藝匠，樣樣都自己來。跟你說，做這種玩意兒可有意思了：一可以蕩滌從新門監獄裡沾來的蛛絲塵垢，二可以讓老人家高興高興。我這就把你介紹給老人家，好不好？你不會見怪吧？」

我說非常樂意，於是一同進入城堡。只見一個年邁龍鍾的老人，穿一件法蘭絨上裝，坐在火爐旁邊：衣著潔淨，精神矍鑠，安然自得，保養得也很好，可惜耳朵聾得厲害。

文米克對他說：「喂，老爹爹，您可好？」說著就半認真半打趣地和他握手。

老人答道：「好極了，約翰，好極了！」

文米克又說：「老爹爹，這位是匹普先生，您要聽得見他的名字多好。」又對我說：「匹普先生，您對他點點頭吧，他喜歡人家對他點頭。請您趕快對他點點頭！」

於是我使勁向老人點頭，老人大聲說：「先生，我兒子的這個住宅可真是個好地方呀。真是個名勝所在，先生。這塊地方，還有這些美妙的玩意兒，到我兒子身後，應當由國家來經管，讓大家來欣賞欣賞。」

文米克那張刻板的臉當真漾出了笑意，他端詳著老人，說道：「老爹爹，這塊地方叫您得意得不得了，是不是？我來給您點個頭，」——說著使勁點了個頭；「再給您點個頭，」——這下點得更使勁了；「您喜歡人家給您點頭，是不是？」又對我說：「匹普先生，您若是不厭煩，可不可以再給他點個頭？我知道陌生人會感到厭煩的。可您真想不到他見了有多喜歡。」

我給老人連點了好幾個頭，老人好不高興。他抖了抖精神去給雞鴨添飼料了，我和文米克便來到涼亭，坐下喝潘趣酒；文米克一面抽菸斗，一面告訴我說，他花了好多年心血，才把這份家業經營得像現在這樣盡善盡美。

「房產是你自己的嗎，文米克先生？」

文米克說：「那還用說！我是一點一滴攢積起來的。皇天昭鑒，這成了我的世襲領地了！」

「真的嗎？我看賈格斯先生見了也會讚賞的。」

文米克說：「他哪裡見過！聽也沒聽說過這個地方。他也沒見過老人家。聽也沒聽說過老人家。沒有的事；事務所是事務所，私生活是私生活。我進了事務所，就把這個城堡扔到腦後；進了城堡，就把事務所扔到腦後。要是您不見怪，還得請您多多體諒，照我這樣辦才好。我上班的時候，不願意談到我的城堡。」

我當然得向他保證，一定尊重他的要求。潘趣酒很可口，我們邊喝邊談，到九點鐘光景，文米克放下菸斗，說：「就要放炮了，這是老人家最快意的事。」

返回城堡，只見老人家眼裡帶著期待的神色，正在那裡燒一根撥火棍，為這個每夜的盛典做準備。文米克手裡拿著錶，只等時刻一到，就從老人家手裡接過那根燒得通紅的撥火棍，趕到炮臺上去。時刻到了，他拿著撥火棍走出去，頃刻之間，只聽得轟隆一響，震得這座本來就不穩的木頭籠子似的小屋晃個不停，似乎非要坍倒不可，酒杯茶杯也都震得叮噹亂響。老人家要不是兩手緊緊抱牢椅子扶手，我看早就被掀翻在地上了，只聽得他興高采烈地喊道：「炮響了！我聽見的！」我只顧朝著這位老先生點頭，不是我誇大其詞，點到後來，我就兩眼發黑，連他的人影子都看不見了。

文米克利用晚餐以前的空隙時間，讓我見識見識他收藏的珍玩。多半是些與犯罪案件有關的東西，包括著名文件偽造案裡用過的筆，一兩把大有來歷的剃刀，幾綹頭髮，死因臨刑前所寫的幾份口供底稿，文米克先生特別看重這些底稿，用他自己的話說，這是因為「他們這些人沒有一個說真話的，閣下」。這些東西因為和其他玩意兒雜陳在一起，所以倒也並不刺眼；擺在一起的還有各式各樣的瓷器和玻璃小玩意兒，本博物館主人自製的各種精緻小品，以及老人家親手雕刻的幾個裝菸塞子[1]。形形色色，全部陳列在我進城堡時先到的那間屋裡；這間屋子除作為日常的起坐間以外，還兼做廚房。我說它兼做廚房，是因為看見爐架上擱著一口鍋，壁爐上方有一個用來掛烤叉的小銅釘，才這樣判斷的。

有一位整整潔潔的小姑娘在這裡侍候我們，她白天是專門服侍老人家的。等她端上了晚餐以後，就放下吊橋，讓她走出城堡回家過夜。晚餐好極了；雖然城堡裡老是有一股木頭的乾枯味，聞

1　抽菸斗時用以將菸絲壓實的小玩意兒。

起來很像變質的堅果，而且豬又關在附近，但我對於這種種款待還是無不衷心感到滿意。我睡在塔樓上一間小小的臥室裡，那也是完美無瑕的，只不過我的身體跟那根旗杆之間只隔著一層薄薄的天花板，弄得我好像整夜都把那根杆子頂在頭上睡覺。

文米克第二天一大早就起床了，我彷彿聽見他替我刷了鞋子。然後他就去整理園圃，我從臥室的哥德式小窗裡看見他裝出一副要老人家幫他忙的模樣，恭恭敬敬地向老人家直點頭。我們的早餐和晚餐一樣可口，八點半我們動身回小不列顛街。一路上，文米克愈走愈變得冷淡而刻板，嘴唇又漸漸抿得像個郵筒口。到得事務所，他從外套領子裡一掏出鑰匙，便好像把沃伍爾斯的產業完全忘了；那城堡、吊橋、涼亭、小湖、噴泉，還有那位老人家，似乎一股腦兒都被昨天夜裡那一炮炸得灰飛煙滅了。

第二十六章
賈格斯的宴請

文米克果然沒有說錯，我馬上就有了機會到我的監護人家裡去做客，得以拿他的住所和他的帳房兼祕書的住所作了一番比較。那天從沃伍爾斯來到事務所，只見我的監護人正在自己辦公室裡用香皂洗手，他連忙把我叫過去，當面邀請我帶幾個朋友去做客，當真都讓文米克說中了。他同我約定：「一不用客套，二不用穿禮服，就定在明天吧。」我問他住在什麼地方（因為我根本不知道他的住址），他回答道：「先到這兒來，我帶你們一起去。」如今想來這一定是因為：凡是幾近招供的話，他是絕不肯說的。順便也說一下，賈格斯先生簡直像個外科醫生或牙科醫生，當事人一走，他就要洗手。他辦公室裡另有一個小間，就是專備洗手用的，那裡面彌漫著一股香皂氣味，很像個香料鋪子。盥洗間的門裡面有一塊特大毛巾掛在滾筒上，他每次從違警罪法庭上回來，或是打發走了一個當事人，都非得洗手不可，洗過之後，就在這塊大毛巾上翻來覆去擦個沒完，把整條毛巾都擦遍了。第二天下午六點鐘，我帶了朋友到得那裡，只見他一頭鑽在盥洗間裡，非但在洗手，而且還在洗臉、漱口，可見他是剛剛了卻了一樁非同尋常的骯髒案件。盥洗完畢，又把那條掛在滾筒上的大毛巾擦了個遍，擦過之後還不算數，又拿出一把小刀來剔指甲，免得這件案子還在指甲縫裡藏垢納汙，最後才穿上外衣。

我們一到街上，又像往常一樣看見好些人鬼頭鬼腦地在走動，一望而知都有事急於要找他談；

多虧那股香皂氣味像一輪榮光似的繚繞著他全身，咄咄逼人，那些人眼看當天已無緣得近，只得斷了這個念頭。我們一路朝西走去，大街上的人群中常常有人認得他；遇到這種場合，他就扯開嗓門和我說話；用不到看別的，只要聽他扯大嗓門，就知道他一定認出了誰，或者看到有誰認出了他。

他帶領我們走到蘇荷區[1]吉拉德街，來到大街南面的一幢別有風味的房子前面——房子氣派宏偉，只是油漆剝落，光景淒然，窗戶也很骯髒。他取出鑰匙開了門，大家跟著走進去，走進一間石頭砌成的過廳，裡面空無一物，陰森森的，看來平時絕少有人。登上深褐色的樓梯，來到二樓，一共是三間深褐色的屋子。牆壁上鑲著嵌板，嵌板上都鏤刻著一圈圈環狀的華飾，當賈格斯先生站在這些圈圈前面迎接我們時，我覺得這些圈圈分明像是某一種圈圈[2]。

晚飯擺在最講究的一間屋子裡；另外兩間，一間是盥洗間、一間是臥室。他告訴我們，整幢房子都是他的，可是難得充分利用，平常只用我們看到的這幾間。菜餚很不錯——桌上當然沒有一件是銀器——主人的座位旁邊放著一個龐大的旋轉碗碟架，架上還放著各種各樣的酒，還有四盆餐後吃的水果。我暗暗留心，發現他總愛把東西都放在自己手邊，樣樣都要親自分配。

房間裡有一櫥書；我看看書脊，都是些關於證據、刑法、罪犯傳記、案例、法令之類的著述。家具都是堅固耐用的上品，和他的錶鏈一樣。不過看來每一件東西都能各盡其用，沒有一件是純粹為了裝點門面的。牆角裡有一張小公事桌，桌上有一盞罩燈，由此可見，他一回到家裡就可以把家庭變成事務所，晚上推出公事桌來就能工作。

賈格斯先生一路上都和我走在一起，因此並沒有留意和我同來的三位朋友，所以現在拉鈴叫過女傭以後，他就站在爐邊地毯上對他們仔細打量。萬萬想不到，他立即對蛛穆爾感到了興趣，縱然不是只對他一個人感興趣，至少主要的興趣都集中在他身上。

他把一隻大手搭在我肩上，推著我走到窗口，對我說：「你這幾位朋友我還分辨不清。那隻蜘蛛是誰？」

我說：「什麼蜘蛛？」

「就是那個滿臉疙瘩、大手大腳、一臉不高興的傢伙。」

我回答道：「那是本特里．蛛穆爾，眉清目秀的那一個叫作史塔舵。」

他根本不理會「眉清目秀的那一個」，只是說：「他叫本特里．蛛穆爾嗎？那個傢伙長得真有意思。」

他立即和蛛穆爾攀談起來：儘管蛛穆爾的答話陰陽怪氣，愛理不理，他可並不就此甘休，反而興致更好，一個勁兒逼著蛛穆爾不說話也得說話。我正望著他們兩個，管家婦走了進來，手裡端著第一道菜，從我和他們兩個人之間走過去。

我看這婦人大約四十歲光景，不過也許是我估計得低了一些。個子相當高，體態輕柔靈巧，面色極其蒼白，一雙大眼睛黯無神采，飄拂的長髮十分濃密。嘴唇張得很開，似乎喘不過氣來似的；臉上的表情很古怪，顯得慌忙不安，我不知道她有沒有心臟病；不過我前幾天晚上倒是到戲院去看過《馬克白》[3]這齣戲，覺得她這張臉彷彿被熱氣熏壞了，活像我在舞臺上見到的從女巫釜子裡冒出來的那些臉。

1　蘇荷區，倫敦中部一區，其地多外國人經營的餐館。

2　意謂絞索。

3　《馬克白》，莎士比亞的悲劇。下文所描寫的一段情景見該劇第四幕第一場。

她把菜放在桌上，用一個手指輕輕碰了一下我的監護人的胳膊，提醒他飯菜已經擺好，便馬上出去了。我們圍著一張圓桌坐下，我的監護人讓蛛穆爾和史塔舵分坐在他的兩旁。管家婦端上來的第一道菜是其味絕佳的魚，接著我們又吃了一道同樣可口的羊肉，第三道是野味，也毫無遜色。辣醬油、酒，凡是需要的一切佐料（一切都是上品），都由主人從旋轉碗碟架上拿下來遞給我們，依次轉過一圈以後，一定要放回原處。每上一道菜，他就發給我們一套乾淨盆子和刀叉，把用過的一套放進他椅子旁邊的兩只簍子裡。除了這個管家婦上菜以外，席上再沒有別人侍候。每一道菜都由這婦人端上來；我每次看到她，總覺得她那張臉像是從女巫釜子裡冒出來的。幾年以後，在一間黑暗的屋子裡，我用一碗燒酒點了火用來照過另外一個女人的臉，當時我就覺得那副形容和這個女人像得可怕——其實她們的長相並不相像，相像的只有那一頭飄垂的秀髮。

我特別留意這個管家婦，一來因為她的面容特別引人注目，二來因為文米克事先有過囑咐。我看出她每次走進來，一雙眼睛老是盯著我的監護人；菜一放在他面前，一雙手就想縮回去可又不敢縮回去，似乎唯恐一轉身就會被主人叫回去，希望他有話趁現在就吩咐。再看看我那監護人的神態，便看出他也並不是沒有覺察這個光景，他就是要故意留難留難她。

這頓飯吃得很愉快。我那監護人雖然看來只是聽人家談什麼他也談什麼，很少主動提供談資，可是我知道他是極力要讓我們每個人暴露自己身上最大的弱點。拿我來說吧，我不知不覺地就開了口，一開口就忘乎所以地顯出了追求奢華靡費的脾性，處處以赫伯爾特的恩人自居，拚命誇耀自己的遠大前程。我們個個都是這副德性，特別是蛛穆爾格外與眾不同：頭一道魚還沒有吃完，他那種對人冷嘲熱諷、好疑多忌的脾氣，早已給追逼得暴露無遺。

後來到吃起司時，話鋒忽然轉到划船上去，大家都拿話挖苦蛛穆爾，說他晚上老是像一隻兩棲動物似的，慢吞吞地跟在我們後面。蛛穆爾一聽這話，連忙告訴我們的東道主說，他寧可跟我們離開一些，也不要跟我們在一起划；說到划船技巧，他比我們的師傅還高明；說到氣力，他可以像篩糠皮一般把我們一個個摔得老遠。我那監護人不知暗暗施了什麼法術，撩得他火冒三丈，差一點就要為這件小事動起武來。只見蛛穆爾把衣袖往上一捋，伸出一條胳膊，讓我們看看他的肌肉有多麼發達，於是大夥都跟著捋衣袖、亮胳膊，說來好不滑稽。

這時候管家婦正在收拾餐桌，我那監護人靠在椅子裡，臉背著她，並不理會，他只顧咬著自己的食指，興致勃勃地望著蛛穆爾，叫我實在覺得捉摸不透。不想他突然伸出一隻粗大的手，趁管家婦的手還在桌上，啪的一聲就撲了下去，好似貓兒逮住了一隻老鼠，動作極其突然，又極其麻利，大家立刻都停止了可笑的爭論。

賈格斯先生說了：「你們如果要講氣力，我倒要請你們來見識見識一隻手腕。茉莉，把你的手腕伸出來讓大家看看。」

茉莉被逮住的一隻手依舊給壓在桌上，另一隻手早已藏到背後去了。她兩眼哀求似的直盯著賈格斯先生，低聲說道：「老爺，別這樣。」

賈格斯先生心硬如鐵，絲毫不為所動，說道：「我要請你們來見識見識一隻手腕。茉莉，讓大家見識見識吧。」

她又低聲央求：「老爺，求求你！」

賈格斯先生看也不看她一眼，只顧死死地直瞪著屋子的另一頭，一面說：「茉莉，兩隻手腕都伸出來讓大家看看。快！伸出來！」

於是他放開手，把茉莉的手腕翻過來放在桌上。茉莉把藏在背後的一隻手也伸到前面來，兩隻手並排放在一起。後伸出來的那一隻手破相破得厲害：深入皮肉的傷痕，一道疊著一道。她一伸出雙手，便不再瞧著賈格斯先生，卻警惕地把我們其餘幾個順次打量了一遍。

賈格斯先生用食指冷冷地指著那手腕上結實的肌肉，說道：「力氣全在這上面。這個女人的腕力，連男人家也不大會有。不說別的，單說這雙手抓起人來，可就夠瞧的。我見過的手也算得多了，可是說到腕力。男人也罷女人也罷，我還沒見過有誰的手能比得過這一雙。」

賈格斯先生以從容自如的鑒賞家風度說這番話時，茉莉一直還在對我們幾個一一依次打量。賈格斯先生的話一說完，茉莉的眼光又落到了他的身上。賈格斯先生向她微微點了點頭說：「茉莉，這就行了。你已經讓大家欣賞過，可以走了。」她這才縮回雙手，走出房去。賈格斯先生從碗碟架上取下酒來，先在自己杯裡斟滿，然後挨次斟了一巡。

他說：「諸位，九點半鐘我們一定要散場。如此良辰務必請諸位不要等閒虛度。今天與諸位見面，我很高興，蛛穆爾先生，我敬你一杯。」

他特別敬蛛穆爾一杯的用意如果是為了進一步叫蛛穆爾出洋相，那實在做得百分之百的成功。蛛穆爾果然板起臉來，意氣不可一世，氣呼呼地表示看不起我們其他幾個，而且態度愈來愈無禮，終於使人覺得忍無可忍。他這一步步的變化，賈格斯先生始終津津有味地看在眼裡。蛛穆爾實際上成了賈格斯先生佐酒的妙品。

我們都還孩子氣，不懂得謹慎持重，酒大概喝得太多了些，話自然也說得太多了些，因此一聽見蛛穆爾說出一些粗俗不堪、冷嘲熱諷的話，指責我們花錢花得太隨便，我們都大動肝火。我再也顧不得慎重，竟然意氣用事，當面頂撞他說，他有臉說出這種話來，好不害臊，沒幾天以前，他還當著我的面向史塔舵借過錢呢。

蛛穆爾馬上駁斥道：「那有什麼！難道我不還他不成！」

我說：「我並不是說你不還他，我只是認為你就應當免開尊口，別過問我們怎麼花錢。」

蛛穆爾又反唇相譏：「你認為！喔唷，老天乖乖！」

我把面孔一板，繼續說道：「我看，要是我們缺錢花，恐怕你就不會借錢給我們了。」

蛛穆爾說：「你這話算說對了；你們休想從我手裡借到一個子兒。誰也休想從我手裡借到一個子兒。」

「我看，既是如此，向人借錢也未免太不知趣了！」

蛛穆爾又說：「你看！喔唷，老天乖乖！」

這可把我氣壞了。況且他如此冥頑不靈，我說的話竟一點不起作用，所以我越發氣上加氣。我再也不顧赫伯爾特的攔阻，說道：

「哼，蛛穆爾先生，既然談到這件事，我倒要奉告，你借那筆錢的時候赫伯爾特和我是怎麼想的。」

蛛穆爾恨恨地說：「你和赫伯爾特愛怎麼想就怎麼想，與我何干！」我記得他不光是說了這句話，好像還低聲罵我們活該進地獄、不得好死。

我說：「不過，不管與你相不相干，我還是要說給你聽。告訴你，當時你得意非凡地把錢揣進了口袋，我們都說，你看他軟弱可欺，竟會借錢給你，你那肚子裡還在好笑呢。」

蛛穆爾放聲大笑，他雙手插在褲袋裡，滾圓的肩膀聳得好高，坐在那裡笑我們；他顯然表示我說的完全合乎事實，他的確把我們大家都看作笨驢。

這時候，史塔舵也不得不出來說話了，不過話說得要比我委婉得多，只是勸他稍微把態度放得好一些。史塔舵是個活潑機智的青年，蛛穆爾卻適得其反，因此一向對史塔舵懷恨在心，把他看作眼中釘。儘管蛛穆爾反唇相譏、出言粗鄙，史塔舵卻只是隨便說些打趣的話，引得我們哄堂大笑，把話頭岔了開去。不料史塔舵這出色的一招，卻使蛛穆爾氣恨無比，只見他既不恫嚇，也不吭聲，先從褲袋裡伸出雙手，兩個圓滾滾的肩膀向下面一搭拉，然後一聲怒罵，隨手拿起一個大酒杯，要不是我們的東道主眼尖手快，一見他舉杯要擲就馬上搶過的話，那酒杯早就砸到他冤家對頭的腦袋上去了。

賈格斯先生從容不迫地放下酒杯，掏出他那只拴著粗錶鏈的彈簧自鳴錶，說：「諸位，實在遺憾，九點半到了。」

大家聽了他這句暗示，都起身告辭。還沒有走到大門口，史塔舵就像沒事人一樣，高高興興地管蛛穆爾叫起「老朋友」來。可是這位老朋友非但不搭理，甚至還不願意和他同道回到漢默史密斯去；我和赫伯爾特留在城裡過夜，只見他們兩個在街上各走一邊，史塔舵走在前頭，蛛穆爾卻落在後面，躲在屋影裡，簡直就和划船時一模一樣。

這時賈格斯先生住宅的大門還沒關上，我請赫伯爾特在門口等一等，我要回去和我的監護人說句話。上得樓來，只見他正在盥洗室裡，身邊放滿了各色各樣的靴子，洗手正洗得起勁，顯然是要把我們的氣味都給洗掉。

我對他說，沒想到今天竟發生了這種不愉快的事，為此我特地趕回來向他道個歉，希望他不要過分責備我才好。

他一面洗臉，一面透過淅淅瀝瀝的肥皂沫對我說：「咩！那有什麼，匹普！我倒喜歡那個蜘蛛。」

說著，他就向我轉過身來，又是搖頭，又是擤鼻子，又是用毛巾擦臉。

我說：「你喜歡他，我很高興，先生。……不過我可不喜歡他。」

我的監護人大為贊同：「這才對，這才對，別跟他多囉唆。盡量和他疏遠些。不過我倒喜歡那個傢伙，匹普；說起來他倒是個實心人。哼，我要是個算命先生的話——」

他從毛巾後面探出頭來，和我正好打了個照面。

他馬上又把毛巾弄得像朵花彩似的重新捂在臉上，一面往兩邊耳朵上擦去，一面說：「可惜我不是個算命先生。我是幹什麼的，你總該知道吧？再見，匹普！」

「再見，先生。」

大約過了一個月，蜘蛛和朴凱特先生租約期滿未續，從此他便搬回自己的老窩去了；除了朴凱特夫人以外，大家都快慰非凡。

第二十七章 喬的拜訪

親愛的匹普先生：

葛吉瑞先生要求我寫這封信通知你：他就要和伍甫賽先生一同到倫敦去，假如你方便，能讓他來看看你，那就太好了。他準備星期二上午九點到巴那爾德旅館來看你，到時如有未便，請你留言說明。你那可憐的姊姊，現在還和你臨走的時候差不多。我們每天晚上都在廚房裡談起你，猜你在說些什麼、做些什麼。假如你認為我們太放肆，就請你看在我們往日的友情分上，多多原諒。不多及，親愛的匹普先生。

永遠感激你、熱愛你的僕人畢蒂

他還特別關照我寫上「多開心啊」這幾個字，他說你一看就會明白是什麼意思。我完全相信，你現在儘管做了上等人，一定還會樂意和他相見，因為你一向心地好，而他又是個大大的好人。我把這封信都讀給他聽了，只有最後一句沒有讀，他特別關照我把「多開心啊」再寫一遍。——又及。

郵局給我送來這封信，已經是星期一早上，因此信上約定的會面日期就是下一天。且讓我從實招認當時我是以怎樣的心情等待喬的光臨的。

雖然我和他情深誼厚，可是聽說他要來，我卻並不快意；非但不快意，還相當心煩，感到有些羞愧，尤其念念不忘的是彼此的身分懸殊。要是給他幾個錢就能叫他不來，我寧可給錢。好在他是到巴那爾德旅館來找我，而不是到漢默史密斯去找我，因此不會撞見本特里．蛛穆爾，這倒使我放了心。我倒不是顧忌赫伯爾特父子看見喬，因為我尊敬他們；可是一想到蛛穆爾萬一會看見喬，就如芒刺在背，因為我瞧不起蛛穆爾。我們為人一世，往往就會這樣，為了防範自己最看不起的人，結果幹出了最最卑鄙惡劣的行徑。

我早已著手裝飾臥室，我不裝飾則已，一裝飾就要追求一種很不必要也很不相稱的氣派，而要對付巴那爾德旅館那樣一個地方，又著實花錢。現在這套住宅和我初來時相比，已經大為改觀；說來真是榮幸，我在附近一家家具店裡的欠帳已經在帳冊上獨占鰲頭，足足占了好幾頁了。近來我的氣派更是愈來愈大，大有一日千里之勢，我甚至還雇了個小廝，讓他穿上高筒皮靴，說起來是我雇他，其實我是天天受他的節制和奴役。因為自從我一手點化了這個小妖怪（他本是我的洗衣婦家裡的一堆廢物），給他穿上藍外套、鮮黃色背心，結上白領結，穿上奶油色馬褲和上面說過的那種高筒靴以後，總得找那麼一點事給他做，還得弄那麼許多東西給他吃；他簡直像個幽靈似的，每天糾纏得我神魂不安，要我滿足他這兩個要求。

我吩咐這個淘氣鬼星期二上午八點鐘在穿堂裡站崗（穿堂兩英尺見方，鋪地毯時記過帳，所以知道），赫伯爾特提了幾樣早點的名目，認為這幾道早點一定配喬的口味。我雖然由衷感謝他這樣關注，想得周到，肚子裡卻多少憋著股氣，心想：要是喬這回是來看他，他就未必這樣起勁了吧。

總之，星期一晚上我就進城去張羅，準備迎接喬，第二天起了一個大早，把起坐間和餐桌安排得極其堂皇富麗。可惜一大早就下起毛毛雨來，向窗外看去，整座巴那爾德旅館都在淌淚，淚水中夾著煤煙，簡直像一個掃煙囪的大漢在傷心哭泣——這個景象，哪怕請了天使來也遮蓋不過去。

時間愈來愈迫近了，要不是淘氣鬼奉命守在穿堂裡，我早就想臨陣脫逃了。不久，就聽到喬上樓來了。那樣粗手笨腳地摸上樓來，一聽就知道是喬，因為他那雙會客鞋子總是嫌大，何況他每上一層樓，總要花上好半天念出門上標著的名姓。後來他站住在我們門外，我先聽見他用手指摸摸漆在門上的我的名字，後來從鑰匙孔裡又清清楚楚聽見他吸了口氣。最後，他輕輕敲了一下門，裴裴兒（這就是那淘氣鬼的諢名）一聲通報：「葛吉瑞先生到！」我倒急了，他怎麼在門口的鞋擦上老擦個沒完，再擦下去我得跑出去把他拉進來了；正想著，他倒進來了。

「喬，你好嗎，喬？」

「匹普，你好嗎，匹普？」

他那善良而純樸的臉上神采奕奕，他把帽子往我們當中的地板上一放，立即抓住我的一雙手，一起一落地晃個沒完，簡直把我當作了一架新出品的水泵。

「見到你真高興，喬。把你的帽子交給我。」

喬小心翼翼地雙手捧起帽子，卻好似捧了一窩鳥蛋，怎麼也不肯讓這筆財產離手，一直拿在手裡站著和我說話，真是彆扭極了。

喬說：「你長得高多了、胖多了，十足是個上等人了；」「上等人」這個詞他是想了好半晌才想出來的，又說：「你一定能替王上和國家爭光。」

「喬，你的氣色也好極了。」

喬說：「託上帝的福，倒是不壞。你姊姊也跟以前差不多，並沒有怎麼樣。畢蒂總還是那麼結實、那麼俐落。所有的親友雖沒有好到哪裡去，也沒有壞到哪裡去。只有伍甫賽走背運。」說這話時，喬一雙眼睛始終滴溜溜地在屋子裡轉來轉去，在我睡衣的花飾圖案上轉來轉去（雙手還小心翼翼地捧著那個鳥窩）。

「他走了背運嗎，喬？」

喬放低了聲音說：「就是啊。他脫離了教堂，去演戲了。就是為了演戲，和我一塊兒到倫敦來了。」喬說到這裡，把鳥窩在左邊胳肢窩下面一夾，右手探進窩裡去掏鳥蛋，一面又繼續說道：「他還想叫我把這個帶給你看看哩，不知道你可見怪？」

我從喬手裡接過那玩意兒一看，原來是京城一家小戲院的一張被團皺了的海報。海報上說，該院於本星期「禮聘著名地方業餘藝人首次來京獻演我國詩聖最偉大的悲劇[1]，該藝人素與羅西烏斯[2]齊譽，演技卓絕，在當地戲劇界轟動一時。」

我問：「你看過他的表演嗎，喬？」

喬嚴肅認真地說：「我看過。」

「真的轟動一時嗎？」

喬說：「哦，是這樣，橘子皮是扔了不少。特別是演到遇鬼那一場[3]。不過，你倒說說看，先

1　指莎士比亞的《哈姆雷特》。

2　羅西烏斯，羅馬家喻戶曉的喜劇演員（卒於西元六十二年）。這張海報用往古喜劇演員的名字極言當時悲劇演員的盛譽，顯然是作者有意諷刺戲院老闆唯利是圖、信口雌黃的惡劣廣告作風。

3　《哈姆雷特》第一幕第一場。

生，人家在同鬼魂說話，你老是『阿門』、『阿門』地亂打岔，這叫人家有心緒把戲文演下去麼？」喬壓低了嗓子，議論風生而又感情充沛地說下去：「就算人家不幸而在教堂裡幹過事，你也不應當為了這個緣故，在這種節骨眼上去跟他搗亂啊。照我看是這麼著，如果親生父親的鬼魂還不讓好生招待，那還能去招待誰呢，先生？還有，他戴的那頂孝帽小得真不像話，幾根黑羽毛一插，帽子眼看就得掉下來，可是也真難為他，居然把帽子戴得牢牢的。」

喬的臉上忽然顯出好像見了鬼似的神氣，我明白是赫伯爾特進屋裡來了。於是我為喬和赫伯爾特作了介紹，赫伯爾特伸出手來和喬握手，誰想喬卻把手縮了回去，死死地抓牢鳥窩不放。

喬只是對他說：「小的向先生請安，希望先生和匹普——」說到這裡，淘氣鬼端了些土司來放在桌上，喬的目光立刻落在他身上，顯然打算把這位少年也一併包括進去，我向他皺皺眉頭，他才縮了回去，可是這一來卻弄得他更窘了，「我的意思是說，你們兩位先生，住在這樣一個局促的地方，身梯（體）還好吧？也許在倫敦人看來，這個旅館算是很不錯了，論名聲，我相信也是第一流的，」他把心坎裡的話都掏了出來，「可是我呀，你哪怕叫我在這裡養豬，我也不樂意——我看這裡養起豬來不但養不肥，肉味也不會美。」

喬就這樣把我們住宅的優點誇獎了一通，從中也可以聽出，他現在已經動不動就要叫我一聲「先生」了；說完之後，我就請他用早餐，他在室內東張西望，想要找個合適的地方放帽子，好像雖然天生萬物，可是卻沒有幾件器物能夠讓他安頓這頂帽子似的，最後他總算在壁爐架子的一個尖角上把帽子安置好，只是擱在那裡動不動就要掉下地來。

吃早飯通常都由赫伯爾特坐在主位，他問喬：「葛吉瑞先生，你是喝茶呢，還是喝咖啡？」

喬從頭到腳都是老大的不自在，說：「謝謝，先生，我喝什麼都行，隨您的便吧。」

「喝咖啡好不好？」

這個提議顯然使喬很掃興，他回答道：「謝謝，先生，既然你是一片誠心請我喝咖啡，我怎麼好違背你的意思呢？不過，你不覺得咖啡喝了太熱嗎？」

赫伯爾特說：「那麼就喝茶吧。」說著，就倒茶。

這時候喬的帽子卻從壁爐架上掉了下來，他連忙離開座位，走過去拾起來分毫不差地放在原處，好像有意要讓它馬上又落下來，否則就不合乎良好教養的最高準則似的。

「葛吉瑞先生，你什麼時候進城的？」

喬用手摀著嘴咳了一陣嗽，彷彿他到倫敦已經很久，連百日咳都已經染上了；咳完之後才說：「是昨天下午來的吧？不，我說錯了。哦，沒說錯。沒有錯。是昨天下午來的。」（一副神氣顯得又高明、又寬慰，而且公允之態可掬。）

「在倫敦觀光過沒有？」

喬說：「哦，觀光過了，先生，我和伍甫賽一來就去看過鞋油廠[4]。不過我們覺得那座廠實在及不上店鋪門口那些紅色廣告上畫的。」喬又作了一句解釋：「照我看是這麼著的，廣告上畫得太氣派宏——宏——偉了。」

「氣派宏偉」這個詞被他念得這樣有聲有色，倒真使我想起我見過的宏偉建築來了。我深信他

4 作者童年時代曾在鞋油廠做過工，鞋油廠設在一座破舊敗落的樓房內，陰暗汙穢、老鼠成群，作者對此感觸殊深，故借喬之口說了下面這幾句話。

本來還要盡量拖長這個詞的音調，好像唱歌唱到煞尾一樣[5]，偏巧這時他的帽子又快掉下來了，他不免分了心。說真的，這頂帽子非得他時時刻刻留神不可，非得眼快手快，拿出板球場上守門員的身手來對付不可。他表演得極其出色，技巧高明到極點；或則一落下來就衝過去乾淨俐落地接住；或則來個中途攔截，一把托起，連捧帶送地在屋子裡繞上一大圈，把牆壁上的花紙都撞遍了，這才放心撲上去；最後一次他把帽子掉進了倒茶腳的水盆裡，水花四濺，我只好顧不得唐突，在水盆裡一把抓住。

至於他的襯衫領、上衣領，那實在叫人大惑不解——兩個都是猜不透的謎。為什麼一個人要讓自己的脖子受了那麼大的罪，才算是衣冠楚楚呢？為什麼他一定要穿上這套節日禮服受受罪，才算是乾淨了呢？此後，喬忽而陷入了莫名其妙的神思恍惚的狀態，舉起了叉子卻忘了往嘴裡送；忽而一雙眼睛盯住了毫不相干的東西；忽而咳嗽咳得好不難熬；忽而身子離開桌子一大截，吃下肚去的東西少，落在地上的東西多，卻還只做沒有掉東西的樣子；幸而謝天謝地，赫伯爾特不久就告辭進城去了。

事情弄到這個地步，其實都是我的錯；我如果對喬隨和些，喬也會對我隨和些。可惜我既不識好歹，又不知體諒，因此迷住了心竅，反而對他不耐煩、對他發脾氣，而喬待我卻依然是一片至誠，這真弄得我無地自容。

只聽得喬說：「現在只有我們兩個了，先生——」

我生氣地岔斷了他的話，說：「喬，你怎麼好叫我『先生』呢？」

喬望了我一眼，似乎隱隱含有些責備的神氣。儘管他的領帶和衣領是十足的可笑，可是從他的眼光中我卻看到了一種尊嚴。

喬接下去說：「現在只剩下我們兩個了，我不想多耽擱，也不能多耽擱，現在我就來最後談一談——其實我還沒有談過什麼呢——我來談一談我是怎樣會有幸來拜訪你的。」他像往常一樣開門見山地說：「老實說，要不是我一心只想為你效勞，我也不會叨光在上等人公館裡和上等人同席吃飯的。」

我再也不願意看他那種眼色，因此，儘管他用這種口吻說話，我也沒有吭聲。

喬繼續說下去：「好吧，先生，事情是這樣的：有一天晚上我在三船仙酒家，匹普；」——他深情流露，就叫我匹普；表示客氣，就叫我先生——「潘波趣先生趕著他那輛馬車來了。」喬說到這裡，忽然轉到另一個話題上去了：「就是那個傢伙，有時候真叫我惱火透了，他鎮南鎮北到處見人就吹，說你童年的夥伴是他，說是你自己也把他看作小時候一塊兒玩的好朋友。」

「胡說。你才是我童年的夥伴，喬。」

喬把頭微微一仰，說：「這還有假？匹普，只是現在這也無所謂了，先生。我說，匹普，就是這個傢伙，他聲勢洶洶地趕到三船仙酒家來找我（要知道，我們幹活的上那兒去抽斗菸喝杯酒，調劑調劑，可也不是什麼壞事呀，先生，只要別喝得太多就是），他跑來跟我說：『約瑟夫，郝薇香小姐要你去談談。』」

「是郝薇香小姐嗎，喬？」

「潘波趣是這樣說的：『她要你去談談。』」說完，喬就坐在那裡，眼睛只顧望著天花板。

「是嗎，喬？請說下去。」

5　喬讀音不準，把 Architectural（意為「建築上的」，此處有「氣派宏偉」之意）拖長念成 architectooralooral。

喬拿眼睛瞄著我，好像我和他隔得多遠似的，他說：「先生，第二天，我打扮了一下，就去看靄小姐。」

「哪一位靄小姐，喬？就是郝薇香小姐嗎？」

喬一本正經，絲毫不苟，好似立遺囑一般說：「先生，我說的是靄小姐，也叫郝薇香小姐。她跟我說：『葛吉瑞先生，你跟匹普先生通信嗎？』我收到過你一封信，因此倒有資格說了聲『正是』。（當年我娶你姊姊的時候，先生，我說了聲『願意』；如今回答你朋友問話的時候，匹普，我說了聲『正是』。）她說：『那就請你告訴他一聲，艾絲黛拉回來了，很樂意見見他。』」

我眼睛望著喬，只覺得自己臉上燙得像火燒。我看我當時臉上發燙恐怕暗暗還有個原因，就是因為心裡感到內疚：要是早知道喬這次為此而來，我就不會對他這樣冷淡了。

喬繼續說下去：「我回到家裡，叫畢蒂把這件事寫信告訴你，她不大贊成。畢蒂說：『我知道，這種事他是喜歡你當面告訴他的，反正現在是假期，你要去看看他，就去吧！』我的話講完了，先生。」喬說著，就從椅子裡站起來：「匹普，祝你永遠健康，永遠得意，永遠步步高升。」

「你現在就走了嗎，喬？」

喬說：「是的，我就走。」

「你總還要回來吃飯吧，喬？」

喬說：「不，我不來了。」

我們的目光遇在一起。他向我伸出手來時，那高尚的心胸中早已沒有「先生」兩字了。

「匹普、親愛的老朋友，世界嘛，可以這麼說吧，本來就是由許許多多零件配合起來的。這個人做鐵匠、那個人做銀匠，還有人做金匠、又有人做銅匠。難免有一天要各走各的路，到了時候分手是回避不了的事。今天，我們之間要是有什麼不對勁，錯都在我的身上。你和我兩個人在倫敦坐不到一塊兒，在哪兒都坐不到一塊兒，除非到了家裡，大家就成了自己人，彼此都瞭解。以後你再也不會看到我穿這身衣服了，倒不是因為我自尊心強，而是因為我要自在。我穿了這身衣服就不自在。我走出了打鐵間、走出了廚房、離開了沼地，就不自在。你只要一想起我一身鐵匠打扮，手裡拿著鐵錘，甚至拿著菸斗，你就絕不會這樣看我不順眼了。假如你還願意來看看我，你只要從打鐵間的窗口探進頭來，看見喬鐵匠圍著燒焦的舊圍裙，站在那個舊鐵砧旁邊幹他的老本行，你也絕不會這樣看我不順眼了。我儘管極笨，可是打鐵打了這些年了，這幾句話畢竟總還可以說吧。願上帝保佑你，親愛的老朋友匹普，願上帝保佑你！」

我果然沒有想錯，喬為人雖然質樸，卻自有一種尊嚴。他說這一番話時，那一身彆扭的衣服絲毫也掩蓋不住他這份尊嚴，哪怕將來進了天國，他那副尊嚴的氣概也絕不會勝過此時。他在我額上輕輕摸了一下就走了。等我神志清醒過來，我就連忙追出去，在附近幾條街上到處找他，可是他已經去遠了。

第二十八章

煎熬的旅途

不消說得，第二天我總得到我們鎮上去一趟；開頭，出於一時的懺悔心情，覺得既然去了，也不消說得，總得住在喬的家裡。可是，定好了第二天的馬車座位，到朴凱特先生家裡去了一趟回來之後，我在住宿問題上就有點主意不定了，我開始為自己編造種種理由和藉口，要住在藍野豬飯店。住在喬家裡會給他們添麻煩啦；我是個不速之客，床鋪沒有準備好啦；不能住得離郝薇香小姐家太遠，她愛挑剔，別惹得她不高興啦。世界上形形色色的騙子，比起自騙自的人來，實在算不上一回事，我就是編造了這些藉口來欺騙我自己的。你說奇怪不奇怪！假使我天真無知，把別人偽造的贋幣當作真幣收受下來，這倒也不足為怪；怪就怪在明明是自己偽造的贋幣，卻明知故犯，把它當作了頂呱呱的真幣！要是我受了一個陌生人的騙倒也罷了，他至多向我大獻殷勤，藉口為我的安全著想，替我把鈔票用紙包好，趁此來一個掉包，將鈔票換成一堆廢紙塞給我，可是他這一招比起我來，算得了什麼呢——我是把我自己的一堆廢紙用紙包好，冒充鈔票塞給我自己的！

既決定了住藍野豬飯店，我又考慮是否帶淘氣鬼一起去，一時委決不下，弄得心煩意亂。一方面很想帶了這個豪華的跟班一同去，讓他在藍野豬飯店繫馬院子的拱道上當眾誇耀誇耀他的高筒皮靴，讓他冷不防出現在特拉白的裁縫鋪子裡，叫那個調皮搗蛋的小廝嚇個半死。可是另一方面又怕特拉白的小廝會巴結上他，和他一熟，把我的底細說給他聽；再說，我知道那個小廝撒起野來可以無法無天、不顧死活，誰能保得定他不會把我的跟班轟到大街上去呢？何況我的女恩人聽到我帶了這麼個人去，也許會不贊成。左思右想，決定還是不帶他去。

時值冬令，我乘的又是下午一班馬車，要天黑以後兩三個鐘頭才能到達目的地。馬車從「交叉鑰匙」開出的時間是下午兩點。我提前一刻鐘趕到開車地點，由淘氣鬼侍候我到站，所謂侍候，其實不過是說說而已，他只要能推託，何嘗肯侍候我！

當年驛站上的馬車，照例都要帶幾個押送到水牢船上去的囚犯。我以前時常聽人說起這種車頂乘客，我也不止一次親眼見過這些囚犯坐在車頂上，晃蕩著兩條鐵鐐鋃鐺的腿，在大路上疾馳而過；因此，這一次赫伯爾特趕到驛站院子裡來送我，說起有兩個囚犯要和我同車，我聽了也並不覺得驚異。只是一聽到囚犯這兩個字，我總是免不了要渾身打顫，儘管其中的緣故如今早已化為往事陳跡。

赫伯爾特說：「韓德爾，跟他們同車，你不在乎吧？」

「當然不在乎！」

「我看你好像不喜歡他們，是嗎？」

「我不能言不由衷，說我喜歡他們，我想你也不會太喜歡吧。不過我倒並不在乎。」

赫伯爾特說：「瞧！他們從小酒店裡走出來了。好一副下流墮落的樣子！」

照我看，那兩個犯人一定是請他們的公差去喝酒來著，因為和他們一起還有個看守，三個人從酒店裡出來，都在用手抹嘴唇。兩個犯人共戴一副手銬，腿上都上了腳鐐——那腳鐐的樣式我很熟悉。他們的服裝我也很熟悉。看守帶著兩支手槍，胳膊下面夾著一根大頭棒，不過倒是很體諒那兩個犯人，就讓他們站在旁邊同他一起看車夫套車；瞧他那副神氣，好似這兩個囚犯是一件暫時還沒正式展出的有趣展品，他自己則是展覽館的館長。其中有一個囚犯長得高些、胖些，可是分配給他的一套衣服倒反而小些，神祕莫測的世道往往就是如此，對犯人和自由人都是一個樣。他的胳膊和大腿活像肥大的長形針插，一套衣服綳緊在身上實在荒唐可笑；我一眼就認出了他那隻半開半閉的眼睛——原來他就是一個星期六的晚上我在三船仙酒家看見的、坐在高背靠椅上用無形手槍打我的那個傢伙！

一望而知，他還沒有認出我，好似和我素昧平生，只是遠遠地看著我，打量著我的錶鏈，然後隨便吐了一口唾沫，和另一個囚犯講了幾句什麼話，兩人同聲大笑，接著合銬的手銬噹啷一響，兩人又都轉過身去，眼望著別處了。他們背上都標著斗大的號碼，把兩個人弄得好像兩扇臨街的大門；身上長著疥癬，皮膚粗糙難看，無異畜生；為了遮羞，戴著腳鐐的大腿上還綁了手絹；在場的人，都眼睛望著他們，卻又避之唯恐不及；總之，赫伯爾特一句話說盡了：這兩個囚犯已經墮落到令人不堪寓目的地步。

誰料更糟的還在後頭。原來車頂的後座被一家從倫敦外遷的人家坐滿了，兩個犯人沒有了插足的餘地，只得安置在車夫背後的前座上。恰巧一位性如烈火的紳士訂的是前座的第四個位子，這位紳士頓時大發雷霆，說這是一種違約行為，怎麼能讓他和這兩個惡棍無賴坐在一起，實在是卑鄙、毒辣、下流、無恥，什麼話都一齊罵出來了。這時馬車已經套好，車夫已經等得不耐煩了，全體乘客都紛紛準備上車了，那兩個犯人也跟著押送的看守來了，還帶來了犯人身上特有的一股稀奇古怪的麵包泡湯的氣味、粗呢的氣味、搓繩的麻絲氣味和爐石的氣味。

押送的看守向那位發脾氣的旅客懇求道：「請你不必過分介意，先生，我坐在你身邊好了。讓他們兩個靠邊坐。他們不會礙你的事，先生。你只當沒有這兩個人就是了。」

只聽得我認出的那個囚犯咆哮道：「別怨我。我本來不想去。我真想留下來。要依我的話，誰來替我都行。」

那另一個也粗聲大氣地說：「替我也行。要是能由我做主，我絕不願意帶累各位。」說著，兩人都呵呵大笑，笑完又剝堅果吃，果殼隨地亂吐。——說老實話，我要是處在他們的地位，被人這般輕賤，也只有這樣做。

最後，大家一致認為對那個大發雷霆的紳士愛莫能助，他要麼自認晦氣將就同行，要麼乾脆別搭這班車。於是他只得入了座，嘴裡還在怨天尤人；押送的看守在他身邊坐好，兩個犯人花了好大的力氣才也攀了上來。我認出的那個犯人坐在我後面，呼出的氣息都噴在我頭髮上。

馬車出發時，赫伯爾特大聲和我告別：「再見了，韓德爾！」我心想：真是天大的幸運，他想出了這個名字來叫我，沒有叫我匹普。

那個囚犯呼出的熱氣落在我身上，別提有多厲害了，豈止我的脖子，連我整條脊梁都感覺到他那股氣息。只覺得好似骨髓裡沾上了一種鑽孔入縫的烈性酸液，弄得我牙根發酸。他呼出的氣似乎比別人都多，呼氣的聲音也比別人都大；我為了招架，盡量蜷起身子，因此只覺得自己一邊的肩膀愈拱愈高。

天氣冷得怕人，兩個囚犯罵冷不迭。行不多遠，大夥都意興索然，習慣成自然，中間驛站一過，大家就不吭一聲，哆哆嗦嗦打起瞌睡來。我心裡正在盤算，要不要在和這個囚犯分手之前，把他上次的那兩鎊錢還給他，應該怎樣還最妥善，想著想著就睡著了。後來身子不覺猛地向前一衝，彷彿要跳進馬群裡去似的，心裡一驚，就此醒了過來，於是我重又尋思起這個問題來。

可是實際上我這個瞌睡一定打了很久。天早已斷黑，在那明滅閃爍、光影斑駁的車燈之下雖然什麼也辨別不出，然而憑著迎面吹來的那一陣潮溼的冷風，我已經嗅出了沼地的氣息。那兩個囚犯為了想要暖和暖和身子，瑟瑟縮縮盡往前面挨，越發挨到我身邊來，簡直拿我當作了屏風。我醒來以後聽見他們談起的第一件事，就是我心裡念叨的那話——「兩張一鎊的鈔票。」

只聽得我從未見過的那個囚犯說：「他怎麼到手的？」

那一個答道：「我怎麼知道？也不知他藏在什麼好地方。估計總是朋友送給他的吧。」

另一個狠狠地罵了一聲冷，接著又說：「我這會子要有了就好了。」

「要有了什麼？兩鎊錢，還是朋友？」

「兩鎊錢。朋友我全都可以出賣，只要一鎊錢成交就是頂呱呱的好買賣。怎麼？他就說了這幾句話——？」

我認識的那個囚犯又說：「他就說了這幾句話。他是在船塢裡一堆木料的後面託給我的，那總共不過是半分鐘的事。他說：『你就要釋放了！』不錯，那時我是要釋放了。他問我願不願意替他找到那個給他吃飯、又替他保守祕密的小子，把這兩鎊錢交給他。我答應了。也都照辦了。」

另一個埋怨他：「你真是個大傻瓜！我要是你，我就孝敬了老子，拿去喝酒吃肉啦。那人八成是個雛兒。你不是說他根本不認識你嗎？」

「認識個鳥！我們是兩夥，押在兩條水牢船上。他因為越獄逃跑，重新受審，判了無期徒刑。」

「在這一帶地方做苦工——說真個的——你就幹過那麼一次嗎？」

「就幹過那麼一次。」

「這個地方你覺得怎麼樣？」

「糟糕透頂。泥濘、大霧、沼地，加上苦工；苦工、沼地、大霧，加上泥濘。」

他們兩個都用了深惡痛絕的話語咒罵這個地方，直罵到罵盡罵絕，無話可罵，方才住口。

我偷聽了他們這番話之後，真恨不得下車去找個僻靜黑暗的去處躲藏起來，好在我相信那個人並沒有把我認出來。老實說，我非但長大了、變了樣了，而且衣著不同了，氣派也兩樣了，除非鬼使神差，否則他是決計認不出我的。不過，既然能同乘一輛馬車，不能說不巧；能有一次巧事，難保沒有第二次巧合，我只怕什麼時候有人叫我一聲，讓他聽見了我的名字，那就糟了！因此我決定一到鎮口就下車，趁早跟他分手。這一條妙計進行得倒也順利。我的小提箱就在自己腳下擱行李的地方，沒費多大手腳就取了出來；到得街口第一盞路燈前面，我先扔下小提箱，人也跟著跳下。兩個囚犯繼續隨車趕路，我知道他們該在什麼地方下車，然後給悄悄地押到河邊去。我幻想聯翩，彷彿看到一群囚犯划著一條小船在濺滿粘泥的埠頭上等候他們——彷彿重又聽見了那罵狗似的粗聲吆喝：「你們還不給我快划！」——彷彿重又看見了那艘罪孽深重的「諾亞方舟」停在黑沉沉的河上。

那時即使問我，我也說不出自己究竟怕些什麼，因為我的恐懼完全是無可名狀的，難以捉摸的，反正只覺得心頭壓著一重莫大的恐懼。一路走到旅館，始終心驚膽戰、渾身發抖，這絕不僅僅是因為怕人家認出我來，叫我丟臉難受。今天想來，我相信這種恐懼其實也說不出個所以然來，不過是一時觸景生情，童年的恐怖重又死灰復燃而已。

藍野豬飯店的餐廳裡闃無一人，直到我叫了晚飯、開始用膳時，茶房才認出我來。他一面表示歉意，請我原諒他健忘，一面問我要不要派個小廝去把潘波趣先生請來。

我說：「不必，完全不必。」

茶房似乎很驚異（原來這茶房不是別人，正是我當上學徒那一天在這裡吃飯時，向我們轉達樓下客商嚴重抗議的那一位），他找個機會就把一張又髒又舊的當地報紙塞在我手邊，我拿起一看，讀到一段妙文：

據悉，本地某鐵匠鋪一青年學徒近日否極泰來，平步青雲。本報爰就其事報導一二，讀者諸君當必樂聞也。（寄語本鎮詩人駝比，詩人固尚未名震八方，然本報常得刊其華章，今有妙題若此，何不揮其生花妙筆，賦制佳篇耶？）聞該學徒髫齡時之恩人兼好友係一頗著聲譽之人物，與糧食種子業不無瓜葛，寶號距大街亦未及百里之遙，其店宇之寬敞、設備之齊全，尤為膾炙人口。此公蓋即該少年得志者之恩公，吾人聞之，孰能無動於衷？蓋提攜後進，為之締造錦繡前程，固云德在一人，然我全鎮鄉鄰亦與有榮焉。我鎮或有深思君子、明眸佳人，欲深究享此鴻福者果何人歟？吾人深信，金廷．馬齊斯[1]固亦鐵匠出身者也。諸君明鑒，何庸贅述！

我根據大量的經驗，如今可以肯定地說：我當初飛黃騰達之時，即使跑到北極，也會有人（不定是原始的愛斯基摩人還是文明人）來告訴我說，我早年的恩公和我錦繡前程的締造者非別人，乃潘波趣是也。

1 金廷·馬齊斯（一四六六－一五三〇），法蘭德斯畫家，據說做過鐵匠。

第二十九章
再訪莊屋

第二天一大早我就起床外出了。到郝薇香小姐家裡去還太早，便到鎮外閒逛——向郝薇香小姐住的那一頭走，而不是向喬住的那一頭走，喬那裡明天去也不遲。一路上想著我的女恩人，腦海裡描摹著她為我安排的種種燦爛的前景。

艾絲黛拉是她的養女，如今我也等於成了她的養子，她一定是有意要成全我們兩個的好事。她要讓我重修荒蕪的宅邸，把陽光引進黑暗的房間，重新開動鐘錶、燒旺壁爐、掃盡蛛網、滅絕蟲鼠——總而言之，要我學那傳奇故事裡的青年騎士，做出一番光輝的事業，最後和公主成親。走過那幢宅子前面，我停步張望了一番。但見紅磚牆顯出一派蕭索的氣象，窗戶一一封閉，剛健蒼鬱的藤蔓一直爬上了煙囪管，大枝粗筋，一如老人筋肉結實的胳膊；這一切，構成了一個引人入勝、令人神往的神祕王國，而我就是闖進王國的英雄。艾絲黛拉是這個王國的光明，不消說也是這個王國的中心。不過話說回來，儘管她迷得我好似著了魔，叫我把幻想和希望都寄託在她身上，儘管她對我幼年的生活和性格影響之大，可謂無所不至，可是我對於她卻從不過譽，哪怕在這個想入非非的早晨也不例外。這一點我特地要在這裡說一說，因為這是一根線索，順著這根線索摸去，方可明白我是怎樣走進我那個迷魂陣的。照我的親身經歷來看，世人對所謂戀人的那一套傳統的看法，未必一定切合實際。說句出自肺腑的真心話，我之所以會對艾絲黛拉產生愛戀，只是因為我見了她就不容我不愛。一旦愛上就撂不開了。晨昏朝暮我也常常感到悲哀，因為我明知愛上她是違背理性，是水中撈月，是自尋煩惱，是癡心妄想，是拿幸福孤注一擲，是硬著頭皮準備碰盡釘子。可是一旦愛上就撂不開了。我並不因為心裡明白而就不愛她，也並不因此而就有所克制，我照樣把她奉為盡善盡美的人間天仙，完全拜倒在她的腳下。

我算準了時間，散步結束，來到門前，正好是往常到此的時刻。瑟瑟縮縮地伸出手去打過了鈴，立即背轉身去，透一口氣，定一定心。聽得裡面有人開了邊門，一步一步從院子裡走過來，繼而大門上生鏽的合頁咿啞一響，大門也開了，可是我都裝作沒聽見。

一直到有人在我肩上拍了一下，我才吃了一驚，轉過身來。這時我又吃了一驚，不過這一驚倒是難怪的，因為我看見一個穿深灰色衣服的男人站在我面前。萬萬想不到郝薇香小姐家裡看門的竟會是這個人。

「奧立克！」

「啊，少爺，不光你變了，大家都變了。快進來，快進來。大門老開著是違犯主人命令的。」

我一走進去，他就關門上鎖，抽出鑰匙，一個勁兒領我往裡走，走了沒幾步，又掉過頭來對我說：「你看！我現在到這兒來了！」

「你怎麼來的？」

他沒好氣地說：「兩條腿走來的嘍。行李用推車一塊兒推來的嘍。」

「你就在這兒一直待下去了？」

「不是直的，難道還是斜（邪）的？總不見得我來幹邪門的吧，少爺？」

他這句話我是不大相信。我細細地琢磨著他這句帶刺的話，他卻慢慢地從鋪道上抬起那死沉沉的目光，由腳尖而兩腿，由兩腿而兩手，一直打量到我的臉上。

我說：「那麼你已經不在鐵匠鋪做事嘍？」

奧立克氣鼓鼓地向四下掃視了一眼，答道：「你看這兒像個鐵匠鋪嗎？你說呢，這兒像個鐵匠鋪嗎？」

我問他，離開葛吉瑞的鐵匠鋪有多久了？

他答道：「在這兒天天都是一個樣，我也沒有計算過時日，說不上來。反正你走了以後過些時我就來了。」

「這不用你說，我也知道，奧立克。」

他冷冷地說：「那當然！有學問了嘛。」

這時我們已走進室內；一進邊門有間屋子，有一扇小窗臨著院子，他就住在那裡。屋子很小，頗像巴黎的看門人住的那種小屋。牆上掛著一些鑰匙，他把大門鑰匙在那裡掛好；靠裡面另有小半間，像是個壁凹，放著一張床鋪，被褥都是七拼八補的。整個房間顯得又邋遢、又局促、又沉悶，像一頭人形睡鼠棲身的籠子；他在窗邊一角的陰影裡，看去是那麼黝黑、笨重，倒也真像是住在這個籠子裡的人形睡鼠——其實他也確是一頭人形睡鼠。

我說：「我倒從來沒見過這個房間，不過這兒以前一向沒有看門人。」

他說：「本來是沒有，後來有人說了，這麼大一座宅子沒個人守衛，來往經過的囚犯和不三不四的雜人又多，說是太危險，於是有人薦我到這裡來，認為我對付個把人是不在話下，我也就做下來了。這可比拉風箱和打鐵省力。」

我忽然看見壁爐架的頂上掛著一支槍，包銅的槍托，奧立克跟著我的目光望去，說：「那玩意兒裝了子彈呢，一點不假。」

我不想跟他多談，便說：「好吧，你看我現在可以上樓去見郝薇香小姐了嗎？」

他伸了伸懶腰，又抖了抖身子，沒好氣地說：「我要是知道，就不得好死！這可沒有關照過我，少爺。我在這兒給你用錘子敲一下鐘，你沿著過道一直走過去，自會有人來招呼你的。」

「她大概知道我要來吧？」

他說：「我要是知道，兩輩子不得好死！」

於是，我便走進當初穿著笨重的皮鞋走過的那條長長的過道，他隨即就敲起鐘來。鐘聲餘音未絕，我就在過道的盡頭看到了莎拉．朴凱特。大概是由於我的緣故吧，如今她的臉色已變成黃中泛青了。

她說：「哦喲喲！原來是你！匹普先生！」

「是呀，朴凱特小姐。我很高興告訴你，朴凱特先生一家大小身體都很健康。」

莎拉掃興地搖著頭說：「他們懂事些了嗎？身體健康還在其次，要懂事些才是正經。唉，馬修呀馬修！先生，你認得路吧？」

路總算認得，因為在這裡摸黑上樓也不知走過多少次了。這一次上樓，腳上穿的皮鞋比從前輕巧多了，到得郝薇香小姐房間門口，照例敲敲門。立即聽到她在裡面說：「這是匹普敲門呢。進來，匹普！」

郝薇香小姐依舊坐在梳妝檯旁的那張椅子裡，穿的還是那套衣服，雙手交疊扶著拐杖，下巴擱在手上，眼睛望著壁爐。坐在她身旁的是一位我從來沒有見過的儀態優雅的女郎，手裡拿著那隻從沒穿過的白鞋，低著頭正在端詳。

郝薇香小姐既沒抬起頭來，也沒掉過頭來，卻喃喃地繼續說道：「進來，匹普！進來，匹普！你過得好不好，匹普？要不要把我當個女王似的吻吻我的手，呃？——怎麼樣？」

她突然抬起眼來對我看看，頭也沒抬，只是抬了一下眼皮。她揶揄中透著冷酷，又重新問了一遍：

「怎麼樣？」

我一時有點張惶失措，便說：「我接到了口信，郝薇香小姐，承您好意，要我來看看您，所以我一得到訊息就趕來了。」

「怎麼樣？」

我從來沒有見過的那位女郎這時也抬起眼來，狡黠地望著我，這時我才看出，原來這正是艾絲黛拉的眼睛。她的變化太大了，比從前越發嫵媚了，越發富於少女的風姿了，總之她一切都有了出色的長進，具備了種種令人豔羨的品格，相形之下，我就一無長進可言。我望著她，禁不住心往神馳，只覺得自己身不由主地又變成了那個粗俗下賤的小子。啊，我只覺得和她天懸地隔，我只覺得她是個高不可攀的天仙！

她向我伸出手來。我結結巴巴講了幾句。意思無非是說和她久別重逢，好不高興，又說這一天我已經盼望很久很久了。

郝薇香小姐又露出了那副貪婪的神氣，問我說：「匹普，你覺得她變化大嗎？」又用拐杖敲敲她倆當中的一張椅子，示意讓我坐下。

「郝薇香小姐，我剛進來，乍一見這副容貌和身材，覺得一點也不像艾絲黛拉；現在再一看，覺得怪像的，畢竟還是原來的那個——」

郝薇香小姐連忙打斷我的話，說道：「怎麼？還是原來的那個艾絲黛拉？可她原來又驕傲、又愛欺負人，你要躲開她、要逃走。你還記得嗎？」

我慌忙說，那已經是陳年舊事了，那時候我還不懂事呢；還說了幾句諸如此類的話。艾絲黛拉安然自若，面露微笑，說是論當年的事，當然道理都在我這一邊，只怪她性子不好。

郝薇香小姐問她：「他變了嗎？」

艾絲黛拉望著我說：「變了很多。」

郝薇香小姐又撫弄著艾絲黛拉的頭髮，問道：「不那麼粗俗下賤了嗎？」

艾絲黛拉哈哈大笑，望望手裡的鞋子，又笑了起來，接著又望了望我，把鞋子放下。她至今還把我當小孩子看待，卻又一味地撩撥我。

我們坐在這個依稀若夢的房間裡，當年使我心惑神迷的那種種奇怪的氣氛，依然籠罩在周圍。我得悉她剛從法國回來，馬上就要去倫敦。雖然她的驕傲和任性仍舊不減當年，可是，如今她的驕傲和任性已只是為了要襯托自己的美貌，因此，離開她的美貌而要談她的驕傲與任性是辦不到的，也是談不上的——至少我看是如此。老實說，見了她，我怎能不想起我童年時代平地起了波瀾、一味癡心妄想、巴不得發財、巴不得做上等人？——見了她，我怎能不想起我作過種種非分之想，從此而看不起家、看不起喬？——見了她，我怎能不想起我時常由情生幻，在熊熊的爐火裡會看見她的臉龐、在鐵砧上打鐵會打出她的臉龐、在沉沉的夜幕上也會出現她的臉龐，彷彿在鐵匠鋪的木窗外往裡一張，轉眼即逝？總而言之統而言之，她始終留在我靈魂最深的深處，甩不開撇不開，以往如此，至今還是如此。

後來我們說定，我在她們那裡盤桓一天，晚上回旅館，明天回倫敦。說了半晌話，郝薇香小姐打發我們兩個到荒蕪的花園裡去散步，還吩咐我等散步回來再像往日一樣，用推椅推著她活動活動。

於是艾絲黛拉和我兩個人過了一扇門走進花園，當年我正是信步走進這扇門去，撞見了那個白面少年紳士，也就是今日的赫伯爾特。我興奮得連內心也在哆嗦，恨不得拜倒在艾絲黛拉的腳下，艾絲黛拉卻矜然自若，絕不想拜倒在我的腳下。快到當年我和赫伯爾特打架的地方時，她歇下來說：

「小時候我真是個古怪的東西，那天你們兩個打架，我就躲在一旁看著；不但看了，還看得高興極了。」

「那一次你還給了我重賞呢。」

她顯出一副早已淡忘的神態，漫不經心地答道：「真有這回事嗎？我記不起來了，只記得我非常討厭你那位對手，因為他們把他帶到這裡來和我糾纏不休，我很生氣。」

「他現在和我是好朋友了。」

「是嗎？我好像記得你拜了他父親做老師，是不是？」

「是的。」

我這一聲「是的」，回答得很勉強，因為這完全像一個小孩子的口吻——她把我當小孩子看待，難道還不夠我受嗎？

艾絲黛拉說：「你既然交了好運，有了大好前程，你結交的朋友當然也兩樣嘍。」

我答道：「這是人之常情。」

她一副傲然的口氣，接著說：「也是勢所必然。從前配和你做朋友的，現在你不能再去和他們做朋友了。」

憑良心說，我到得這裡以後，是否還有一絲半點興致去看喬，實在很成問題；即使還剩得有一絲半點興致，聽了她這句話，也都一陣風吹得無影無蹤了。

艾絲黛拉說：「那時候你還不知道馬上就要交好運吧？」說著，輕輕一揮手，表示她說的是我們打架的那時候。

「半點也不知道。」

她走在我身邊，完全是一副圓熟老練、高我一等的神氣；我走在她身邊，卻是稚氣十足、惟恭惟謹；相形之下，我怎能沒有天懸地隔之感！好在我能自我解嘲，認為這也怪不得別人——誰叫我被郝薇香小姐挑中了，要我做她的佳侶呢！——要不是這樣想，可不把我氣苦了？

花園裡荊蔓叢生，行走不便，只得繞了兩三個圈子便往外頭走，來到酒坊院子裡。我一本正經地指給她看，頭一天我來到這裡，看見她在什麼地方踩著酒桶走；她漫不經心地冷眼望了一下，說道：「是嗎？」我又提醒她，當時她是從什麼地方出來遞酒肉給我的，她說：「不記得了。」我說：「你可記得你還叫我哭了一場呢？」她還是說「不記得」，搖了搖頭，只顧四下閒望。說實在話，她那一聲聲不記得、她那種種漫不經心的樣子，又氣得我在心裡暗暗哭了——而且哭得比哪一次都傷心。

絕色佳人有時也會稍示親暱，艾絲黛拉這時候便擺出這種姿態對我說：「你應當知道，記性記性，離不了心，我卻沒有心。」

我勉強胡謅了幾句，反正我的意思是說，對不起，我不是傻瓜，我不信有這種事，這般的美人兒哪能沒有心呢？

艾絲黛拉說：「哦，肉做的心是有的，刀刺得進、子彈打得穿，這沒有問題；如果我的心停止了跳動，我當然也活不了了。不過你知道我並不是這個意思。我是說，我心裡沒有柔情、沒有同情——沒有感情——沒有這些無聊的東西。」

她站著一動不動，只顧睜著眼睛細細瞧我，我從這副姿態裡究竟看到了什麼，竟使我印象這樣深刻呢？是不是因為有哪點像郝薇香小姐呢？不是。她的某些神情舉止固然和郝薇香小姐有一點相似的味道——凡是和成人朝夕相處而不與外界接觸的孩子，往往與成人有這種相似之處；到了成年，儘管和成人面貌迥異，表情上還是會偶爾流露出這種相似。但是要說艾絲黛拉就像郝薇香小姐，那還談不上。我重又望了她一眼，她雖然依舊望著我，可是我的聯想卻都消失了。

我究竟看到了什麼呢？

艾絲黛拉雖然沒有皺眉蹙額（因為她額上並沒有皺紋），卻沉下了臉，說道：「我說的可是正經話。如果我們今後要經常相處下去，我勸你還是先相信我這句話。」我正要開口，她立即氣勢凌人地喝住我：「聽我說完！我對什麼人都沒有用過感情。我心裡壓根兒沒有什麼感情不感情的。」

轉眼來到了荒廢已久的酒坊，她指著我初來那天看見她登上過的高處的長廊，對我說，她還記得有一次上去，看見我在底下嚇得發呆。我的眼睛隨著她潔白的手望去，腦子裡不由得又閃過了那個捉摸不住、隱隱約約的聯想。我不禁吃了一驚；誰想這一下竟引得她把手搭到我肩膀上來了。於是那幽靈似的聯想一下子又消逝得無影無蹤了。

我究竟看到了什麼呢？

艾絲黛拉問道：「怎麼了？你又嚇起來啦？」

我故意岔開話題，答道：「我要是相信了你剛才說的那番話，我哪能不嚇呢？」

「那麼說，你並不相信我的話嘍？很好。我好歹總算說明在先了。郝薇香小姐等著你馬上去幹那份老差事呢，不過我看這份老差事，還有那些陳年骨董，也真可以擱起來了。我們在花園裡再繞個圈子吧，繞一圈再回去。過來！今天我要待你狠心一些，可不許哭啊；我讓你做我的跟班，過來讓我扶著。」

她那身漂亮衣服的下襬拖在地上，現在她一手撩起衣角，一手輕輕搭在我肩上，和我一起散步。我們又接連繞了兩三個圈子——儘管這是個頹敗的園子，我卻覺得滿園芳菲。縱使那舊牆的縫裡長的不是青一簇黃一簇的野草，而是稀世罕有的名花，也不如此時此刻使我終生難忘。論年齡，我們並不是相去懸殊，難以相配；看起來固然她比我大些，其實兩人年紀也幾乎不相上下；可是，正當我滿心歡喜，滿以為我們的女恩人已決意要替我們撮合的時候，她那手姿、她那儀態，卻處處透出一種高不可攀的神氣，又來把我苦苦折磨。我這個苦命的孩子啊！

後來回到屋裡，出乎意外地聽說我的監護人已經因事來看過郝薇香小姐，而且還要回來吃午飯。擺著霉爛的宴席的那間屋子裡，已經在我們出外散步時點起了陰慘慘的陳年骨董的枝形吊燈，郝薇香小姐正坐在那張推椅上等我。

我們又像過去一樣繞著這席已化為垃圾的喜筵慢慢走動，好似要把這張椅子推回到當年。屋內陰森森的，那個殭屍一般的人躺在椅子裡，兩眼盯著艾絲黛拉，這反而越發顯出艾絲黛拉的豔麗絕倫，也越發使我著了迷。

逝水光陰，不覺快到飯時，艾絲黛拉要去梳洗更衣。推椅推到長桌中央那裡停住，郝薇香小姐從椅子裡伸出一條乾癟的胳膊，捏起一個拳頭擱在發黃的桌布上。艾絲黛拉走到門口回頭一望，郝薇香小姐就用那隻手對她飛了一個吻，那熱情的模樣真像恨不得一口吞了她似的，自有一種說不出的可怕。

艾絲黛拉出去之後，只剩下我們兩個。郝薇香小姐轉過臉來輕輕對我說：

「你看她的相貌、風度、體態，有多美？你為她傾倒嗎？」

「見了她誰能不傾倒，郝薇香小姐？」

她摟住我的脖子，把我的腦袋摟到她面前，說道：「快去愛她，愛她，愛她！她待你好不好啊？」

我還沒來得及回答（其實這個難題我憑什麼也答不上來），她又說：「快去愛她，愛她，愛她。她待你好也愛她。她傷你的心也愛她。哪怕她揉得你心碎——你年紀大了、堅強了，你就不輕易心碎了——可是哪怕心碎，也要愛她，愛她，愛她！」

她這番話說得熱情橫溢，迫不及待，我生平還是頭一次見到她這樣說話。她說得激動時，我直覺得她摟住我脖子的那條瘦手上的肌肉也鼓脹了起來。

「聽我說，匹普，我收養她，就是為了叫人愛她。我撫養她、教育她，就是為了叫人愛她。我把她栽培成這樣一個好姑娘，就是為了要讓人愛她。你快快愛她吧！」

她把個「愛」字說個不住口，毫無疑問，這是她的心裡話；不過這個「愛」字從她口裡一遍又一遍吐出來，等於是一聲聲詛咒，如果她說的不是「愛」字，而是「仇恨」、「絕望」、「報復」、「慘死」之類的字眼，聽起來也絕不會這樣刻毒。

她繼續用那種迫不及待的、熱情洋溢的耳語對我說：「我可以告訴你，真正的愛究竟是什麼。無非是盲目的忠誠、死心塌地的低首下心、絕對的唯命是從，無非是不顧自己、不顧一切、無言不聽、無事不信，無非是把你整個的心兒肝兒魂兒靈兒都交給你的冤家去割去宰——像我這樣！」

說到這裡，她瘋了似的狂叫一聲，嚇得我連忙抱住她的腰。原來，她裹著那身屍衣，從椅子上站了起來，朝空亂撲，好像恨不得要往牆上撞去，撞個一命嗚呼似的。

這一幕轉瞬之間就過去了。我剛剛扶得她在椅子裡坐定，忽然聞到一股熟悉的氣味，轉過臉去一看，只見我的監護人已在屋裡。

他經常隨身帶一塊華麗的綢手絹（這我大概還沒提起過），大得十分顯眼，這對於他執行自己的職務有莫大的功用。我親眼見過他當著當事人或見證人的面，一本正經攤開手絹，做出就要擤鼻子的模樣，卻又臨時住了手，似乎表示他知道這位當事人或見證人馬上就要招供了，連擤個鼻子也來不及了，於是當事人或見證人自然嚇得連忙供出了實情。這會子我看見他雙手正拿著那塊意味深長的手絹，眼睛望著我們兩個。我和他對視了一眼，他拿著手絹停了半晌，不作一聲，可是那意思分明是說：「原來是你？想不到！」然後方才拿手絹正經當手絹用，一副架勢真是不同凡響。

郝薇香小姐是和我同時看見他的，見了他很害怕——哪一個見了他不害怕！郝薇香小姐強自鎮定，期期艾艾地說，他總是那麼準時。

賈格斯先生一面走到我們身邊，一面說：「總是那麼準時。（你好嗎，匹普？郝薇香小姐，我推著你走一陣好不好？繞一圈如何？）你也來了，匹普？」

我告訴他我是幾時到的，還告訴他是郝薇香小姐要我來看看艾絲黛拉。他聽了我的話，說道：「唉！好一位漂亮的年輕小姐！」接著他就用一隻大手推著郝薇香小姐的椅子，把另一隻大手插在褲袋裡，彷彿那褲袋裡裝滿了祕密似的。

一停下來，他就問我：「唔，匹普！你以前跟艾絲黛拉常常見面嗎？勤到什麼程度？」

「勤到什麼程度？」

「是啊！你見過她多少次？有一萬次嗎？」

「哦！當然沒有這麼多。」

幸虧郝薇香小姐插進來搭救了我，她說：「賈格斯，不要纏住我的匹普了，你和他一起去吃飯吧。」

「兩次有嗎？」

賈格斯遵命和我一同摸黑下樓。我們到鋪石院子後面那套獨立的住宅裡去吃飯，路上他問我是不是常常親眼看見郝薇香小姐進飲食；他照例總是這樣，忽而上天、忽而下地，一會兒問可有一百次，一會兒又問可曾見過一回。

我尋思了一下，對他說：「一回也沒見過。」

他苦笑了一下，挖苦地說：「匹普，你一回也別想見到。自從她過上現在這樣的生活，從來不肯讓人家看見她吃喝。到了晚上，她才到處走動走動，拿到點什麼就吃點什麼。」

我說：「恕我冒昧，先生，我可不可以問您一個問題？」

他說：「你可以問，我也可以拒絕回答。你問吧。」

「艾絲黛拉是姓郝薇香呢，還是姓——？」我說不下去了。

他說：「還是姓什麼？」

「是姓郝薇香嗎？」

「是姓郝薇香。」

邊走邊談，早已來到餐桌前面，艾絲黛拉和莎拉．朴凱特已經在等我們了。賈格斯先生坐了主位，艾絲黛拉坐在他對面，我同那位臉色黃中泛青的朋友對座，我們吃了一頓豐盛的飯，有個女傭侍候我們，這人我以前進進出出從沒見過；其實，據我現在所知，她一向就在這幢神祕的宅子裡。飯後，女傭拿出一瓶上好的陳年葡萄酒放在我的監護人面前（他顯然是吃慣了這種酒的），兩位女眷遂起身告辭。

在郝薇香小姐家裡，賈格斯先生始終寡言少語，我從來沒見過誰像他這般矜持，哪怕他自己在別的場合也從來不是這樣。他吃飯時目不旁視，幾乎看也不看艾絲黛拉一眼。艾絲黛拉和他說話時，他靜靜地聽著，必要時也給以回答，可從來不見他向艾絲黛拉望一眼。倒是艾絲黛拉常常望著他，那目光即使不算含著懷疑，至少也應該說帶著關切和好奇，可是他卻只作不知，臉上絲毫不露形跡。席間同我言談之中，他老是不斷提到我未來的遺產，不動聲色地藉此逗著莎拉．朴凱特取樂，直把她撩撥得臉上黃處更黃、青處更青；可是他又只作不知，反而裝得好像因為我心地單純，經他一問，無心說出這些有心話來——說實在的，真不知他有什麼神通，他也的確能把我心裡的話都勾出來。

剩下他和我兩個人在一起時，他那神氣儼然是掌握了什麼重要內幕新聞，暫且不可洩漏天機似的，這實在叫我受不了。手頭沒有別的東西，他便拿起一杯酒來反覆鑒賞不已。先把酒杯湊在燭光前照一照，喝一口嘗嘗，在嘴裡辨了兩辨，一口吞下，然後又舉起酒杯端詳一會，聞一聞，嘗一嘗，一飲而盡，一杯喝完再滿一杯，重新細細鑒賞，這樣一遍遍地弄得我神經大為緊張，好像這酒裡有我的把柄，生怕讓他抓住似的[1]。我幾次三番忍不住想要和他說話；誰知他一看出我要向他發問，就拿眼睛望著我，手裡端著酒杯，嘴裡含著一口酒辨來辨去，似乎要我注意，問他也是白問，因為他的嘴沒有空回答。

看來朴凱特小姐已經存心不要見我，生怕看見了我就有氣得發瘋的危險，一發瘋也許就會扯下頭上的帽子（那帽子的式樣真嚇人，簡直像個布拖把），把頭髮撒得滿地都是（因為她的頭髮肯定沒有在她的頭上生根）。後來我們回到郝薇香小姐房間裡，她果然沒有在場。我們四個人坐下來打惠斯特。牌打到中途休息時，郝薇香小姐忽發奇想，從梳妝檯上拿起幾顆最美麗的寶石別在艾絲黛拉的頭上、胸口和手臂上；這一來，只見連我的監護人也情不自禁地從他的濃眉下瞅了艾絲黛拉一眼；一見艾絲黛拉那珠圍翠繞、光豔照人的美妙姿影，他還微微抬了抬眼皮。

我不談他如何刁鑽促狹，先是扣住我們的王牌，到後來又盡出小牌，結果弄得我們的「老K」和「王后」完全英雄無用武之地；也不談我的感觸之深，因為我只覺得他簡直把我們三個人看作三個不經一猜、味同嚼蠟的謎語，似乎謎底他早已了然在胸。我難受就難受在我對艾絲黛拉情意綿綿，他卻冷冰冰地在你面前，這一冷一熱真如冰炭不能相容。我知道，和他談論艾絲黛拉是我絕對受不了的，聽他對著艾絲黛拉把皮鞋踩得吱嘎作響是我絕對受不了的，看他向艾絲黛拉告辭之後就去洗手也是我絕對受不了的，不過這些都還不是問題的所在；問題在於，我正對艾絲黛拉無限心醉，而他偏偏近在咫尺，我正對艾絲黛拉一往情深，而他偏偏就在一室之內——這才真叫苦呢。

牌打到九點鐘；散場時，我和艾絲黛拉講妥，她哪時到倫敦去，一定事先通知我，我好到驛站上去接她；講過之後就和她握手告別。

我的監護人也在藍野豬飯店投宿，就住在我隔壁一個房間。深夜，我耳中還迴響著郝薇香小姐那一聲聲「愛她，愛她，愛她」！我把這句話改成我的口氣，對著枕頭一遍遍地說：「我愛她，我愛她，我愛她！」念叨了何止百遍。我不禁湧起了一陣感激之情——艾絲黛拉居然會許給我這樣一個鐵匠鋪學徒出身的人！我又想，只怕艾絲黛拉本人眼前對這件姻緣還沒有像我一樣歡天喜地、感

1 這顯然是暗示匹普小時候因偷酒給逃犯喝，害得潘波趣喝柏油水一事。見第四章（五十二頁）。

激不盡，若是這樣，她什麼時候才會屬意於我呢？我該什麼時候去打動她胸膛裡那顆沉睡著的、毫未動情的心呢？

我的天啊！我把這種感情看得多麼崇高偉大！可是我就沒有想到這次我對喬避而不見是多麼卑劣可恥。我知道艾絲黛拉一定看不起喬。前一天喬曾使我感動得流淚，誰想淚水竟會乾得這麼快！——上帝饒恕我吧！我的淚水竟會乾得這麼快！

第三十章

未婚妻

第二天早上，我在藍野豬飯店趁梳洗的時候把問題仔細考慮了一下，終於拿定了主意，告訴我的監護人說，我看讓奧立克在郝薇香小姐家裡承擔這樣的重任，恐怕是不得其人。我那監護人對這種問題本來就有他自己的一套看法，他說：「匹普，那還用說？當然是不得其人，因為受人重託的人，從來都是不得其人的。」看來他聽說奧立克擔當這個位置也是不得其人，並非例外，反而覺得非常高興。我便就我所知，把奧立克的為人行事講給他聽，他聽得很滿意。我說完之後，他說：「很好，匹普。我馬上就去把這位仁兄打發走。」我見他這樣說幹就幹，倒吃了一驚，主張不妨遲一步再說，甚至還向他暗示：這位仁兄恐怕不容易對付。我的監護人卻信心十足，他又使出了那套手絹功夫，說道：「沒有的事，容易對付。我倒要領教領教他怎麼和我理論。」

我們決定乘中午一班馬車一同回倫敦去，我因為擔心潘波趣隨時會趕來，一頓早飯吃得提心吊膽，杯子拿在手裡都打起顫來，便對他說，既是他要出去辦點事，我也想藉此機會出去散散步，我沿著去倫敦的大路走，請他關照馬車夫一聲，車子趕上了我，別忘了招呼我上車。於是我一吃完早飯就逃出藍野豬飯店。繞了好幾英里路的一個大圈子，繞到潘波趣宅子後面的曠野裡，再又拐入大街，甩脫了那個陷人坑，才算稍稍放了心。

再度來到這個靜悄悄的古老鎮市上，真是興味無窮；走來走去，到處有人冷不防認出我來，瞪著眼睛看我走遠，這種味道倒也不錯。有一兩個商人甚至還衝出鋪子奔上大街，特意趕到我的前面去，走上沒幾步又轉身往回走，裝作忘了什麼東西要趕回去拿似的，趁此機會和我打個照面。在這種場合，我也弄不明白究竟是他們做作得不像話，還是我做作得不像話——他們只裝作事出無心，我只裝作毫未覺察。然而我畢竟是個引人注目的人物，起初我覺得這也未始不可，可是命運存心和我刁難，竟讓我撞上了特拉白裁縫的那個十惡不赦的小廝。

原來我沿街走去，隨意觀望，到得一個地方，舉目望去，只見特拉白的小廝正一路走來，手裡拿著一個空的藍布袋在自己身上拍拍打打的。我心裡盤算，最好是放得從容自若，裝作無意中看見他的樣子，那倒可能使他不會生出壞念頭來；主意既定，就擺出這副表情走上前去，起初倒也順利，不料正在我暗自慶幸之際，特拉白的那個小廝忽然兩個膝蓋磕碰在一起，頭髮直豎，帽子跌落在地上，四肢抖得好生厲害，他踉踉蹌蹌走到大路上，見人就嚷：「快扶我一把啊！嚇死我了！」裝得彷彿是我這副雍容華貴的氣派嚇得他魂不附體、捶胸跌足、悔恨莫及。我走過他身邊時，只見他哆嗦得滿嘴牙齒震天格格直響，匍匐在塵埃中，極盡卑躬屈節之能事。

這件事使我大為難堪，可是厲害的還在後頭。走不到兩百碼路，又看見特拉白的小廝走過來了，我真是說不出的驚駭、詫異、氣憤。他是拐過一個尖角過來的，藍布袋搭在肩上，眼睛裡透出了誠實和勤奮的光芒，步伐活潑愉快，看來正一個勁兒地向特拉白的鋪子跑去。他一看見我，似乎猛地嚇了一跳，於是又像痰迷心竅一樣，不過這一次的動作是迴旋式的——踉踉蹌蹌繞著我盡兜圈子，兩個膝蓋磕碰得更加厲害，雙手高高舉起，彷彿籲求上天來搭救他。他這樣活受罪，卻有一群看熱鬧的拚命歡呼喝彩，弄得我大為狼狽。

我只管向前走去，還沒走到郵政局，又看見特拉白的小廝繞到一條小胡同裡，飛一般地奔來。

這一回他完全變了樣子，把藍布袋往身上一披，像我穿大衣一樣，大搖大擺地在對面人行道上向我迎面走來，後面跟著一群歡天喜地的年輕夥伴，他不時把手一揮，對他們呼喊：「不認識你！不認識你！」特拉白的小廝對我發洩了多少憤恨和怨毒，實在非言語所能表明——走到我面前，便把襯衫領子拉得高高的，一手擰著自己的鬢毛、一手撐腰，臉上掛著千奇百怪的假笑，扭動著胳膊和腰肢，從我面前招搖而過，還拉長了調子向後面一批夥伴喊道：「不認識你，不認識你，孫子王八蛋認識你！」他馬上又想出了新鮮花樣侮辱我——跟在我後面一邊攆，一邊嘰嘰嘎嘎地亂叫嚷，那叫嚷聲簡直就像我學打鐵時聽慣了的一隻公雞鬥得大敗而歸，咯咯亂啼；他把我攆過了橋才算甘休，我就這樣丟盡了臉，走出了這座市鎮，被攆到曠野裡來了。

那一次我除非是當場宰了特拉白的那個小廝，否則便只能逆來順受；即使現在想來，我也實在想不出另外還有什麼別的辦法。我要是當街和他打架，或者給他一點小小的懲罰，而不能叫他去見閻王，那就非但無濟於事，反而有失體統。何況這個孩子，誰也奈何他不得；他好比是一條刀槍不入、能躲會閃的蛇，被捕蛇者逼得進退無路，就往捕蛇者褲襠裡一竄，重又衝了出去，還要呼嘯一聲笑人無用。不過，第二天我還是寫了封信給特拉白先生，說：維護社會公益責莫大焉，臺端見不及此，竟而雇用不良小廝一名，致使我體面人士皆深惡痛絕，匹普先生有鑒於是，自今而後不得不與臺端斷絕一切生意往來。

賈格斯先生搭乘的馬車及時趕到，我就登上車座，一路平安到達倫敦，雖屬平安，卻並非無恙，因為我的心已經不翼而飛。一到倫敦就買了一些鱈魚和一桶牡蠣捎給喬，以示贖罪之意（彌補我沒有登門拜訪的過錯），然後就逕回巴那爾德旅館。

只見赫伯爾特正在吃冷肉，他見我回來，高興非凡。我打發淘氣鬼到咖啡館去再叫一客晚飯，心裡盤算非得當晚就向我這位莫逆之交一吐衷腸不可。既要和赫伯爾特談知心話，讓淘氣鬼留在穿堂裡是不行的（所謂穿堂，只是一壁之隔，從鑰匙洞裡聽房裡人講話一清二楚），於是我就打發他去看戲。我經常總是逼得沒法，只好想些不三不四的歪點子，好歹得讓他有些事可做，足證這小子早已反僕為主，我倒完全成了他的奴隸了。有時候實在萬般無奈，只好出個下策，派他到海德公園廣場去看看幾點鐘了。

吃過晚飯，我們各自安坐，把腳擱在壁爐柵欄上取暖，這時我對赫伯爾特說：「親愛的赫伯爾特，我有句體己話兒要跟你講。」

他回答道：「親愛的韓德爾，蒙你並不見外，我絕不辜負你的信任。」

我說：「赫伯爾特，這件事是關係到我和另外一個人的。」

赫伯爾特蹺起大腿，頭側在一邊，眼睛望著爐火，茫然望了半晌，沒有聽見我講下去，便轉過頭來看了看我。

我把手放在他膝蓋上，說：「赫伯爾特，我愛艾絲黛拉——我真愛煞了艾絲黛拉。」

赫伯爾特聽了這話，非但沒有發愣，反而像是早在意料中似的，從容自在地答道：「是啊！怎麼樣呢？」

「哎呀，赫伯爾特。你就回答我這麼一句話？『怎麼樣？』」

赫伯爾特說：「我的意思是問你下文如何？這件事我哪有不知道的？」

我說：「你怎麼知道的？」

「怎麼知道的？韓德爾！還不是你告訴我的！」

「我從來沒有告訴過你呀。」

「還說沒告訴我呢！譬如你去理髮，儘管你一句話不說，我長了眼睛當然看得出來。我自從認識你以來，就知道你一直挺愛她。你頭一天到這兒，非但帶來了你的手提箱，連你對她的感情也一塊兒帶來了。還說沒告訴我呢！嘿，你其實隨時隨地都在告訴我。那天你給我講你自己的身世，你就分明告訴了我，你第一次看見她就愛上了她，那時候你還小得很呢。」

我覺得他這種見解倒是新鮮有趣，便說：「那好吧，我告訴你，我愛她多少年如一日。現在她從國外回來了，出落得秀麗嫻雅，絕世少有。我昨天就見到她了。我以前固然愛她，可現在更加倍愛她了。」

赫伯爾特說：「你真是個幸運兒，韓德爾，你已經被挑中了，她是許配給你的了。這話也不至於觸犯你的忌諱，咱們說說無妨：此事早已毋庸置疑，你我心照不宣就是。我只是問你，你瞭不瞭解艾絲黛拉本人在愛情問題上如何看法？」

我悶悶不樂地搖搖頭說：「噢！她和我還隔著十萬八千里呢！」

「要有耐心，親愛的韓德爾，要多下工夫，多下工夫。你還有什麼話要說吧？」

我回答道：「我不好意思說出口；不過，既然有了這個想法，還是說出來的好。你說我是個幸運兒，當然說的是。我昨天還是個鐵匠的學徒，今天卻成了——應該說是什麼樣的人呢？」

赫伯爾特在我背上拍了一下，笑著說：「如果你要個現成的名稱，我就叫你好傢伙，你這個好傢伙——說你急躁吧，你又猶疑；說你大膽吧，你又靦腆；說你不尚空談吧，你偏又耽於夢想；總之，矛盾百出，稀奇少有。」

我一時沒接腔，心裡在尋思我這個人的性格是不是當真像他說的這樣複雜。總而言之，我是不承認他這個分析的，不過我認為這也不值一駁。

我接下去說：「赫伯爾特，我問你，我現在應該算個什麼樣的人，其實我心裡是有我的想法的。你不是說我很幸運嗎？我也知道我今天平步青雲，並不是自己掙來的，而完全是靠了機緣；這的確應該說很幸運。不過，我一想到艾絲黛拉——」

（赫伯爾特眼睛望著爐火，打斷了我的話，說：「你呀，天天想，時時想，刻刻想！」不過我覺得他這話是好意的，是同情我的。）

「親愛的赫伯爾特，我一想到艾絲黛拉，總有一種身不由己、把握不定之感，總覺得連萬分之一的僥倖也未必會有，我真不知道和你從何談起。咱們可別犯了那個忌諱，不過我還是可以這麼說吧：我的一切前程，全取決於一個人（可不能提名道姓）待我是否始終如一。就是往好裡想吧，這個前程到底如何，畢竟也還是模模糊糊，實在捉摸不定，令人怏怏！」我這幾句話，把心裡的疑慮一吐無餘，這份疑慮本來一直或多或少壓在我的心頭，不過壓得這樣沉重則分明是昨天才開始的事。

赫伯爾特還是那樣快活開朗，他回答說：「喂，韓德爾，在我看來，我們無非是因為情場失意，所以對於別人的厚賜也就拿了放大鏡去挑剔了。我看，也正因為我們一意挑剔，所以其中有個莫大的優點，我們反而倒沒有看見。你跟我說過，你的監護人賈格斯先生一開頭就告訴你，你能夠得到的還不光是遺產，是不是？即使他沒有跟你說過這話——不過說不說的確出入很大——你不想想，倫敦雖大，像賈格斯先生這樣的精明人能有幾個？他要是沒有把握，肯和你建立這種監護人和被監護人的關係嗎？」

我說這個理由過硬，我無可否認。不過口氣之間好像只是因為事實俱在，不容強詞奪理（一般人遇到這些事，往往如此），心裡彷彿倒想要否認才好似的！

赫伯爾特說：「我說豈止是過硬，依我看再過硬的理由你也想不出來；至於其他問題，你應當耐心等你的監護人跟你說明白，而你的監護人又得等他的當事人給他指示。轉眼你就是二十一歲了，那時候你也許能夠多瞭解一些詳情。反正過一天近一天，到時候自然真相大白。」

我由衷地佩服他這種樂觀的為人處世之道，說道：「好一副樂天的性格！」

赫伯爾特說：「我怎麼會沒有這種性格呢？因為除此以外，我就一無所有了。索性告訴你吧，剛才我說的那番話，並不是出於我自己的高見，而是我父親的高見。他談起過你，我只聽到末了的一句結論：『這件事千穩百妥，否則賈格斯先生絕不會過問。』現在先別談論我們父子的長短。你既然給我說了知心話，我也得給你說知心話，我這會兒可要說幾句很不中聽的話了——你一定會恨死我的。」

我說：「你辦不到。」

他說：「嘿！我一定辦到！一，二，三，我說了。」他口氣雖然這樣輕鬆，態度卻是十分認真。「韓德爾、我的好夥伴，我們烤了這半天火、說了這半天話，我心裡卻一直在想：艾絲黛拉嘛，如果你的監護人從來沒有提起過她，她就絕不會是你接受遺產的一個附帶條件。根據你向我談的情形來判斷，我看賈格斯先生直接也好，間接也好，都從來沒有提起過她，是不是？譬如說吧，賈格斯先生恐怕也沒有露過什麼口風，說你的恩人對於你的婚姻有什麼主張吧？」

「的確沒有。」

「韓德爾，我以人格擔保，我絲毫不帶一點酸葡萄的味道！你既然和她並無糾葛，難道就不能趁早撒手嗎？——我有言在先，我這話是很不中聽的。」

我背過臉去，一陣傷感像舊日刮過沼地的迅疾猛烈的海風，撲向我的心頭——想當年我一大早離開鐵匠鋪子，在冉冉消散、一片肅穆的晨霧中撫摸著村口指路牌的那一陣子，使我傷心落淚的也正是這種情緒。我們半晌沒做聲。

赫伯爾特全不理會這一陣沉默，還是接著上面的話頭繼續說下去：「是的。不過，親愛的韓德爾，先天的稟性和後天的環境使你成了一個富有浪漫氣息的小夥子，這種念頭在你心目中已經根深柢固，問題嚴重就嚴重在這裡。你且想一想她是怎樣教養大的吧，想一想郝薇香小姐吧。你想一想，她自己是個什麼樣的人（現在你可恨透我這個討厭的傢伙了吧）。這樣下去，只怕會造成不幸的後果。」

我依舊背轉著臉，說道：「我知道，赫伯爾特，可是我身不由己。」

「你當真撒不開手？」

「是啊。我辦不到！」

「你不能試一試嗎，韓德爾？」

「不行。辦不到！」

赫伯爾特站了起來，伶俐地抖了抖身子，彷彿才睡醒似的，又撥了撥爐火，說道：「噢！那麼我就不說這種不中聽的話了吧！」

他在房間裡走了一圈，拉好窗簾，放好椅子，整理好雜亂無章的書籍什物，朝穿堂裡望望、信箱裡張張，關上房門，然後回到壁爐前面，依然在椅子裡坐下，兩條手摟著一條左腿，說道：

「韓德爾，我想說一兩句有關我們父子的話。我父親那邊的家務真弄得不太高明，這也用不著我做兒子的來說了。」

我為了不願使他敗興，便說：「哪裡，你們哪一天愁吃缺穿呢，赫伯爾特？」

「哦喲喲，你倒說得不錯啊！大概只有掃垃圾的會讚不絕口，後街上擺舊貨攤的會讚不絕口。韓德爾，正經事說正經話，情況如何，你也和我一樣一清二楚。我想，我父親當年大概還不至於這般心灰意懶，不過，即使有過這麼一天，那也早已是過去的事了。我想請教你一個問題，不知在你們家鄉一帶有沒有這樣的現象，就是，但凡父母不是佳偶，生下的兒女總是特別急於要結婚？」

這個稀奇古怪的問題可把我難住了，我只得反問他一句：「真有這種事嗎？」

赫伯爾特說：「我不知道，所以才問你。我們家裡無疑就是如此。我那可憐的大妹妹夏洛特不到十四歲就死了，她就是個顯著的例子（小潔茵現在也是一樣）。夏洛特一直巴不得早早結婚成家，她一定是朝思暮想，終日嚮往著家庭幸福，可憐就這樣度過了短促的一生。小艾理克乳臭未乾也在西郊植物園看中了一位小可人兒，打算和她訂定終身。我看，除了那個吃奶的娃娃，我們個個都訂了婚了。」

我說：「那麼你也訂了婚嘍？」

赫伯爾特說：「我也訂了，不過這是個祕密。」

我說保證替他保守祕密，只求他賞個臉，把其中的詳情細節告訴我。他剛才談起我的弱點，說得入情入理，感人肺腑，我倒要看看他自己堅強到什麼地步。

我說：「可否請教她的芳名？」

赫伯爾特說：「她叫克拉拉。」

「住在倫敦嗎？」

赫伯爾特一談起這個有趣的話題，便沮喪得出奇，怯懦得出奇，他說：「住在倫敦。也許我應當提一提，用我媽媽那種無聊透頂的門第觀念衡量起來，她的出身是很低下的。她爸爸本來在客船上管伙食，大概是個事務長之類。」

我說：「現在幹什麼？」

赫伯爾特答道：「現在有病。」

「怎麼過活呢——？」

赫伯爾特說：「關在二樓。」這話實在是答非所問，因為我的意思是問他靠什麼度日。赫伯爾特又說：「我從來沒跟他見過面，因為自從我認識克拉拉以來，他一直關在樓上屋裡足不出戶。不過我倒常常聽見他的聲音。他常常大吵大鬧，吼啊叫啊，還常用一件嚇人的傢伙敲地板。」說到這裡，他望望我，縱情大笑起來——這時他又恢復了平日那種活潑的神態。

我說：「你不想見見他嗎？」

赫伯爾特回答道：「哪裡，我一直都想見見他，因為我一聽到他的聲音，就覺得他好像快要蹬破樓板掉下來了。誰知道這幾根橫梁還能支持多久呢。」

他又縱情大笑起來，可是這回笑罷，他又顯出了那副怯懦的樣子，說，一旦有了資本，就打算跟這位年輕小姐結婚。接著他又找補了一句，話雖是至理名言，然而總不免令人洩氣：「不過你也知道，一個人還在觀望形勢等待時機的時候，哪裡談得上結婚呢？」

於是我們都默默地望著爐火；我心想，要獲得這樣一筆資本真是談何容易，想著想著就把手插進了衣袋。一邊的口袋裡有一張折攏的紙，倒引起了我的注意，我摸出來攤開一看，原來是喬那天給我的海報，介紹的是那個與羅西烏斯齊名的地方業餘演員。我不由得嚷道：「我的老天爺呀，正是今夜上演！」

這一來，我們馬上改變了話題，立刻決定去看戲。我向赫伯爾特作了種種保證，管它辦得到也好辦不到也好，答應一定幫助他成就這件姻緣；赫伯爾特也對我說，他的未婚妻久聞我的大名，請我哪天會同她見見面。雙方如此赤誠相見，少不得又熱烈握手慶賀一番，然後就吹滅了蠟燭，在爐子裡添了煤，鎖上了門，一同出發去探訪伍甫賽先生和丹麥王國去了。

第三十一章

伍甫賽的演出

我們到達丹麥，看見一張菜桌上擺著兩張圈手椅，國王和王后高高地坐在那裡，視朝聽政[1]。丹麥的滿朝公卿貴族都列班參見；其中有個飾貴族的還是個小夥子，腳上卻穿著他那巨人似的祖先傳下的一雙碩大無朋的軟皮靴子，那個扮演道貌岸然的貴族的[2]也是滿面汙垢，好像是個到了晚年始得榮顯的平民；扮丹麥騎士[3]一角的，頭上插著梳子，腳上穿的是白色長絲襪，看起來哪裡像個騎士，簡直像個女人。我那位有表演天才的同鄉，兩隻手抱在胸前，抑鬱地站在一旁，我看他那前額和鬈髮也真應該化裝得稍微像話點才好[4]。

隨著劇情的開展，稀奇古怪的事情層出不窮。看那位先王[5]的模樣，似乎非但臨死時害了咳嗽病，還把咳嗽病帶進了墳墓，現在又帶回到陽間。國王的幽靈還從陰曹地府帶來了一個腳本，捲在統帥棍上，看他的樣子似乎不時在翻閱，而且似乎愈急就愈翻不到他要翻的地方，觀眾只有看了他這個動作，才會想到扮演這角色的畢竟還是個活人。我看多半是為了這個原因，樓座上的觀眾才奉勸這位幽靈「翻過去，翻過去」——人家一番好意卻惹得他大為生氣。這個尊嚴的亡魂還有一件事也大可一提，那就是，雖然他每次登場，一副神氣總像是已經巡遊半夜、雲行萬里的樣子，其實大家都明明看見他是從緊隔壁一堵牆後面鑽出來的。因此，這個鬼魂非但不能使人害怕，反叫人覺得好笑。那位丹麥王后是位豐滿的婦人；固然從歷史事實來看，她臉皮厚得像銅皮，不過觀眾認為她身上的銅也未免太多了點——下巴頦下面縛著一根寬銅帶連在王冠上（看模樣，她似乎正得了不得了的牙痛病），腰上也縛著一條銅帶，兩隻手上又各縛著一條銅帶，因此大家老實不客氣管她叫「銅鼓」[6]。穿著祖傳特大皮靴的那個飾貴族的小夥子真是變化有術，簡直說變就變，忽而扮演精明的水手，忽而扮演江湖戲子，忽而扮演掘墓人，忽而扮演教士，忽而又扮演宮廷比劍時的第一號要人[7]，全憑他經驗豐富的眼睛和明察秋毫的目力，來裁定那最細微最難察的一刺一劈。後來觀眾漸漸對他不耐煩起來，尤其是看見他扮演教士出場，拒絕為死者禱告的那個場面[8]，簡直動了公憤，臺下竟拿堅果扔他。奧菲利婭也倒楣，她發瘋一場的音樂伴奏慢得出奇，等她卸下白紗圍巾，折好埋入地下[9]，頂層樓座第一排有個男觀眾早已按捺不住，他本來一直把鼻子貼在面前冰涼的鐵欄杆

1　這是一個水準極低的劇團，一切因陋就簡，因此用廚房裡的菜桌和普通椅子當作御座來使用，整個《哈姆雷特》的演出也被滑稽化了。
2　應是御前大臣波洛涅斯。
3　應是波洛涅斯之子雷歐提斯。
4　伍甫賽扮演的應是哈姆雷特。可參閱二十七章喬看過他演出後所發表的觀感（二八九頁）。
5　先王即哈姆雷特之父王，以鬼魂姿態出現。
6　揆諸常理，王后應當遍體通身都是金飾，今觀眾如此云云，足見這個劇團的服飾道具實在不像話。
7　當指在哈姆雷特與雷歐提斯比劍時擔任裁判員的奧思瑞克。
8　按指《哈姆雷特》第五幕第一場第二一五行以下數行，教士出場，對奧菲利婭的死因表示懷疑，因而拒絕為她禱告、唱安魂曲。
9　指四幕五場奧菲利婭聞其噩耗而瘋狂一場，一些象徵性的動作都是為了悼念亡父。

上，鎮住滿腔的怒火，這時忽然大喝一聲：「小娃娃都睡了，也該吃晚飯啦！」這一聲喝，少說也是大煞風景。

笑話一個接著一個，輪到我那位不幸的同鄉出場時，觀眾便只顧拿他開玩笑了。每當那位猶豫不決的王子發問陳疑，觀眾總是替他幫腔。譬如說，他念到「要做到胸懷磊落，究竟是應該承當……還是應該……」那一段獨白時[10]，就有人大叫應該承當，有人嚷嚷不應該承當，另有人介乎兩可之間，說「擲銅錢決定吧」，於是千嘴百舌簡直開起辯論會來。當他問起像他「這樣一個上不沾天、下不著地的傢伙，究竟應該如何是好」時[11]，觀眾便扯開嗓門，為他吶喊助興：「對啊，對啊！」當他扮作長襪脫落之狀上場時（按照演出習慣，就在襪筒頂部整整齊地打個褶，一般大概都用熨斗燙成此式，以示長襪脫落之意），頂層樓座上的觀眾立即沸沸揚揚談論他那條腿如何「蒼白」，莫非是給鬼魂嚇成那個樣子的。當他接過八孔笛時[12]（其實好像就是剛才樂隊裡使用的一支小黑笛[13]，從門口塞出來的），觀眾都異口同聲地要求他演奏〈不列顛王統無疆〉[14]。當他叫戲子別讓手兒像拉鋸似的「在空中亂擺舞」時[15]，那個滿腔怒火按捺不住的男觀眾便說：「你也別吹什麼鳥牛；我看你比他還不如！」我還得傷心地補充一句，逢到這類場合，觀眾無不對伍甫賽先生報以哄堂大笑。

不過他最大的活受罪還是在墓地一場；墓地像一座原始森林，一邊像是屬於教會的一個小小的洗衣作坊，另一邊是一扇柵門。伍甫賽先生穿一件肥大的黑斗篷，他在柵門口一出現，觀眾立即好意警告掘墓人：「留神啊，殯儀館老闆來了，查看你的活兒來了！」我想，在一個堂堂的立憲國家裡，誰都懂得，伍甫賽先生對著骷髏發了一通議論、把骷髏扔回原處[16]之後是不能不從胸口掏出一塊白餐巾來撣撣手指上的灰塵的，可是就連這樣一個無可非難也不可省卻的動作，觀眾看了也不肯

10 這是哈姆雷特在三幕一場那段著名的獨白，開頭幾行是：

活下去呢還是死？——這就是問題的癥結；
要做到胸懷磊落，究竟是應該
承當那暴戾命運的明槍暗箭，
還是應該持戈舉矛，去堵截
那無邊的苦海，以牙還牙，殲滅了這苦惱？
死亡不過是長眠——一了百了；
既然步入了長眠就再也不會
肝腸斷碎，那血肉之軀掙不脫的
百千種疾痛從此也同歸於盡，
那豈不是我們求之不得的圓滿功德？
死亡不過是長眠——可是長眠了
也許還會做夢，這倒是個難題！

11 語見三幕一場一二五至一三三行，這是哈姆雷特對著奧菲利婭所抒發的一大段悵傷之感：「……我也算得上光明磊落的了，可還是免不了內疚重重，不能自安，恨不得我母親當年還是沒生下我來的好。我傲骨天生，報仇心切，志大心高，那轉不完的憤世嫉俗的念頭簡直叫我的思想應接不暇，叫我的想像無從分辨其中的形形色色，更何況哪來這麼些時間把這些個念頭一一付諸行動。像我這樣一個上不沾天、下不著地的傢伙，究竟應該如何是好？——」

12 哈姆雷特接過笛子的情節詳見三幕二場三〇八行，這時戲中戲《捕鼠機》正在演出，「眾伶人持笛重上」，哈姆雷特嚷道：「啊，笛子來了，給我一根！……」此處的笛子應為八孔直笛，與普通笛子不同。

13 似指同幕同場戲中默劇部分曾使用過。

14 《不列顛王統無疆》：T·A·阿爾涅於一七四〇年八月譜寫的一支歌曲，作詞者為湯姆生與馬勒特；一七四六年韓德爾曾以此主題譜為「聖樂」。與《哈姆雷特》完全無干。

放過，要叫上一聲：「嗨，跑堂的！」準備下葬的屍體[17]一運到（舞臺上用以代表靈柩的是一個空無一物的黑箱子，箱蓋都蓋不攏），觀眾見了，頓時全場歡躍，特別是看出了抬棺材的人當中又有那個小夥子，這就更其樂不可支了。伍甫賽先生緊挨著樂隊與墳墓[18]和雷歐提斯決鬥，觀眾的笑樂之聲也始終圍著他轉，此後一直到他把國王刺得翻下那菜桌，倒在地上，一直到他自己也兩腳漸僵、慢慢死去，滿場的笑樂之聲迄未稍衰。

先頭我們也作了些微弱的努力為伍甫賽先生鼓掌喝彩，可惜人少力薄，想堅持也堅持不下去。只得坐在那裡，心裡儘管對他萬分同情，可是自己也笑得合不攏嘴。我簡直時時刻刻都要忍俊不禁，因為這整個戲著實演得太滑稽了；然而我心坎深處總隱隱有這樣一種感想：覺得伍甫賽先生的臺詞念得倒也確有不俗之處——倒不是因為他和我是老相識才這麼說，因為他念得那麼緩慢、那麼沉鬱，聲音忽而高如峻峰插天，忽而低如陡坡接地，反正是任何人在任何正常的生死處境中都絕不會以這種聲調來表白自己的任何心情的。悲劇演完之後，趁著觀眾正在向他亂噓瞎喊的當兒，我對赫伯爾特說：「趁早走吧，免得碰見他。」

我們三步併做兩步往樓下走，誰想還是走得不夠快。大門口站著一個貌似猶太人的漢子，兩抹眉毛濃得簡直世間少有；我們一路走去，老遠我就看見了他，等我們走到他跟前，他便向我們招呼道：

「請問二位莫非就是匹普先生和他的朋友？」

匹普先生和他的朋友只好直認不諱。

那人說：「沃爾登加弗爾先生想要勞駕二位賞光和他見見面。」

我說：「哪一位沃爾登加弗爾？」赫伯爾特湊在我耳邊輕輕地說：「恐怕就是伍甫賽。」

我說：「哦，行啊！相煩引路。」

「勞步勞步。」走進一條僻靜小巷，他轉過身來問道：「二位覺得他的扮相如何？——是我替他化妝的。」

我簡直說不出他的扮相如何，只記得他像個身戴重孝的人，脖子上加上一條藍緞帶，藍緞上有一個大大的丹麥王徽——記不得是太陽還是星星，看起來活像在什麼稀奇古怪的保險公司保過險似的。不過當時我還是稱讚了那位演員扮得很不錯。

我們的這位引路人說：「他[19]來到墓地的時候，把斗篷一亮，真帥極了！可是我從邊廂看去，覺得他在王后寢宮裡看見鬼魂出現的當兒[20]，那雙長筒襪似乎亮得還不大夠。」

我客客氣氣表示同意，三人一同跨進一扇骯髒的小彈簧門，來到一間悶熱的、木板貨箱似的屋子裡，只見伍甫賽先生正在這兒卸下全身丹麥王子的戲裝。這間屋子也實在狹小，我們只好把房門（或者不如說是木箱蓋）頂住，讓它大開著，我們一個趴在另一個的肩頭上看他卸裝。

15 語出三幕二場開頭四行：「我求求你們讀這段臺詞，千萬要像我剛才讀給你們聽的那樣，輕悄悄溜著舌尖兒吐出來；如果你們脫不了一般的戲子氣派，大吼大嚷，那我要你們有什麼用？還不如請那宣讀公告的差人來胡嘶亂嚷！也別讓手兒像拉鋸似的在空中亂擺亂舞，而是要輕搖慢蕩……」

16 取骷髏、扔骷髏，見第五幕第一場第八十行以下。

17 奧菲利婭的靈柩出現，見第五幕第一場二三六行以下。

18 「緊挨著樂隊與墳墓」，足見舞臺空間之局促與布景之草率。

19 指劇中人物哈姆雷特。

20 見第三幕第四場一〇二行。

伍甫賽先生說：「你們兩位先生肯賞光，我很榮幸。匹普先生，希望您原諒我的冒昧邀請。只因為一來我有幸早就認識您，二來戲劇本是大富大貴之人雅賞之事，這是大家一向公認的。」

這時沃爾登加弗爾先生正在使勁卸下他那身王子的喪服，弄得汗流浹背。

只聽得那位長筒襪的主人說：「沃爾登加弗爾先生，快把長筒襪剝下來，再不脫可要綳破了。綳破一雙襪，就是三十五個先令。從來演莎士比亞的戲，還不曾用過這樣的好襪呢。你坐在椅子裡別動，我來替你脫吧。」

他說過這話，就蹲下身來，動手剝這個可憐蟲。剛剝下一隻，可憐蟲就連人帶椅子往後倒去，幸虧後面沒有一點空隙，他要倒也倒不下去。

對這個戲，我直到此刻，還始終不敢置一詞。可是這當兒沃爾登加弗爾先生卻志得意滿地抬起頭來望著我們，說道：

「二位在臺前觀看，覺得如何？」

赫伯爾特在後面說（同時用手指在我身上戳了一下）：「妙極了。」於是我也跟著他說了一聲「妙極了」。

沃爾登加弗爾即使沒有擺出十足的架子、至少也擺著八成的架子說道：「二位覺得我這個角色演得如何？」

赫伯爾特在我身後說（又用手指戳了我一下）：「氣魄宏大，細緻入微。」於是我也大著膽子，當作自己的創見一般，非得一吐為快不可似的，說道：「氣魄宏大，細緻入微。」

沃爾登加弗爾先生儘管身子緊貼在牆壁上，兩手抓著椅座子，卻神氣十足地說：「多蒙二位讚賞，不勝快慰。」

蹲在地上的那個人卻說：「沃爾登加弗爾先生，我倒有個看法，我認為你的表演有個欠妥之處。我倒不怕有哪一位同我意見相左，我還是要說我的，你聽我說吧！我認為你演的哈姆雷特缺點就在老是把兩條腿撇過去，側面朝著臺下。上次我替別人化裝成哈姆雷特，那人排演時也老是犯這個毛病，於是我就叫他在兩邊腳脛骨上各貼一大塊紅封紙，那次彩排（那已經是最後一次彩排了），不瞞老兄說，我便坐到正廳後排去，一看見他側面朝著臺下，我就嚷：『紅紙塊看不見了！』晚上他正式上演，果然出色！」

沃爾登加弗爾先生對我莞爾一笑，好像是說：「這個混飯吃的傢伙為人還忠心——這種混話我不跟他計較！」然後他大聲說道：「對於這裡的觀眾來說，我的表演似乎過於典雅了些、過於含蓄了些，不過觀眾的欣賞水準一定會提高，一定會提高。」

赫伯爾特和我異口同聲地說：啊，那當然，那當然。

沃爾登加弗爾先生說：「二位有沒有注意到，劇場樓座裡有個人在葬禮上盡起鬨——我的意思是說，在葬禮那一場他盡起鬨。」

我們只好隨聲附和說，好像看到是有這樣一個人。我還說：「他一定是喝醉了。」

伍甫賽先生說：「哪裡哪裡，先生，哪裡是喝醉了？他主子才不會讓他喝醉呢，先生。哪裡肯讓他喝醉？」

我說：「你認識他的主子嗎？」

伍甫賽先生閉上眼睛又睜開眼睛，兩個動作都是那麼一絲不苟，緩緩悠悠。他說：「兩位先生一定看到一個不學無術、亂嚷亂叫的蠢傢伙吧，他的嗓子像破鑼，一臉卑鄙下流、陰險狠毒的神氣，不能說他表演，只能說他扮了丹麥國王克勞迪斯這個『rôle』[21]（請允許我用了這個法國字眼）。

他就是那個人的主子，先生。我們這一行就是這種樣子！」

我不敢說伍甫賽先生真要到了窮途末路，我會不會更可憐他，不過憑著他現在這副樣子，就已經使我覺得他夠可憐的了。因此，一見他轉過身去繫背帶（他這樣一轉身竟把我們都擠到門外去了），我連忙趁機問赫伯爾特好不好帶他到我們家裡去吃晚飯？赫伯爾特說，這樣也算對他略表心意，於是我便邀請他；他穿好衣服，把衣領高高拉起，一直遮到眼睛上面，跟我們一起來到巴那爾德旅館。我們竭誠款待他，他一直談到下半夜兩點鐘才走，都是回顧他自己既往的成績，展望未來的抱負。至於他的成績抱負云云究竟是些什麼，我都已經忘了，只是籠籠統統記得，他的舞臺生涯將以振興戲劇始，將以毀滅戲劇終，因為只要他一死，整個戲劇事業就要徹底完蛋，絕難倖免，也絕難挽回。

最後，我傷心地上床睡覺，傷心地想起艾絲黛拉，而且做了一個傷心的夢，夢見我未來的遺產被一筆勾銷了，非得跟赫伯爾特的克拉拉結婚不可，否則就得由我扮演哈姆雷特，由郝薇香小姐扮演鬼魂，演給兩萬觀眾看，而我卻連二十個字的臺詞都背不上來。

21 角色。

第三十二章
新門監獄

有一天，我正在跟朴凱特先生讀書，郵局送來一封信。一看信封，就緊張得心頭亂跳。儘管信封上的筆跡是我從來沒有見過的，不過我一猜就猜出了這是誰的手筆。信箋上不落上款，既沒有「親愛的匹普先生」，也沒有「親愛的匹普」或是「親愛的先生」，什麼「親愛的」都沒有，只是寫道：

後天我搭中午班馬車來倫敦。我想，我們有約在先，由你來接我，是不是？總之，郝薇香小姐有此印象，因此我遵命寫信通知你。她向你問好。——艾絲黛拉上。

恭逢這般的吉日良辰，如果時間許可，我一定非添置幾套新衣服不可；可惜時間不許可，只得以現有的幾套將就將就。頓時之間，我連茶飯也不想吃了。盼不到那一天，心神固然沒有片刻的安寧；盼到了那一天，還是心神不寧，而且只有心神不寧得更厲害：馬車還沒有從我們鎮上的藍野豬飯店出發，我就在齊普賽區伍特街的驛站附近打轉了。我明知為時過早，還是隔不上五分鐘就要去看一趟，否則就放心不下；這樣失魂落魄的才守候了半個小時（算起來有四、五個小時可等呢），忽然看見文米克迎面走來。

他向我招呼：「喂，匹普先生，你好嗎？真沒想到你也會逛到這一帶來。」

我回說有位朋友乘馬車到倫敦來，特地趕來迎接；又問起他的城堡和老人家近況如何。

文米克說：「棒極了，謝謝你的關心。老人家尤其好，硬朗極了。到今年生日就是整整八十二歲了。我打算為他放八十二炮，一只要四鄰沒有意見，二只要我那門炮支得住。不過這是後話，倫敦可不是談這種事情的地方。你猜我要上哪兒去？」

我看他是往事務所那頭走，便說：「到事務所去嘍。」

文米克回答道：「差不離。我到新門監獄去。我們現在正在處理一件銀行盜竊案。我一路來已經看了一下現場，現在要去跟我們的當事人談一談。」

我問：「你們的當事人就是盜竊犯嗎？」

文米克冷冰冰地回答道：「什麼話，你扯到哪裡去了！只不過是有人控告他盜竊而已。控告得了他，也就控告得了你我。你知道，說不定哪一天你我也會受到這種控告的。」

我斷然說：「不過眼前你我並沒有受到控告。」

文米克用食指碰碰我胸口，說：「哦喲！你倒是個有心人，匹普先生！願意到新門監獄去看一看嗎？有空嗎？」

我正愁消磨不了這許多時間呢，這個建議倒是正中下懷，儘管我心底深處是想在驛站上守候的，無奈二者不可兼得。我就咕噥了一聲，說讓我先到驛站辦公室去打聽一下時間是否來得及。進去一打聽，站上的辦事人員極不耐煩地告訴我說，馬車最早也要到幾時幾刻才能開到，而且把時刻說得極其精確——其實我事先早已瞭解，絕不比他含糊。走出來回了文米克先生的話，又故意看看錶，裝模作樣地表示十分吃驚，說是沒料到時間還這麼早，這才接受了他的建議。

沒過幾分鐘工夫，來到新門監獄，跨進門房，只見光禿禿的牆上掛著一副副的鐐銬，還寫著各項監獄規則，雜然紛陳。然後由門房進入監獄內部。當時的監獄管得實在鬆懈；採取過火的糾正措施還是遠在以後的事——大凡官府辦了錯事，必定矯枉過正，這也往往就是對這種錯誤的最有力最持久的懲罰。在當時，重罪犯並不禁錮，飲食條件比士兵還好（更不必說貧民了），因此，囚犯為了某種情有可原的要求（譬如要求改進湯水的滋味）而縱火焚燒監獄，這類事情還不大有。文米克帶我進去時，正是探監的時間；啤酒店的跑堂正在到處兜售啤酒；犯人在那圍著鐵柵的院子裡買酒，和朋友聊天；好一片霉臭、醜惡、混亂的景象，真叫人看了寒心。

我覺得文米克在那些犯人中間走動，活像一個園丁在花木叢中走動一樣。我這種想法不是沒有原因的：我看他一見到隔夜抽出的一枝新芽就說：「怎麼啦，湯姆船長？你也在這裡？哎喲喲，這真是！」繼而轉過臉來又招呼別人：「水塘後面那一位不是黑炭比爾嗎？嘿，兩個月不見你了，你過得好嗎？」他又以同樣的姿態站在鐵柵前面，聽那些犯人心急慌忙地低聲跟他說話，一個一個地聽過來，他自己那張郵筒口似的嘴卻紋絲不動，只是一邊聽一邊拿眼睛瞧著他們，似乎要仔細看看這些犯人自從上次見面以來，有了多少長進，下一次提審時，是否有希望以花繁葉茂的姿態出現在法庭上。

文米克人頭很熟，我發現他原是替賈格斯先生做交際聯絡工作的，不過，他身上也繚繞著賈格斯先生的那種氣息，因此，你要接近他是可以，卻不能超過一定的限度。凡是他的當事人和他打招呼，他一律都是點點頭，雙手在頭上稍稍端一端帽子，然後抿緊了他那郵筒口似的嘴，把雙手插進了衣袋。有一兩個人付律師費有困難，文米克先生看見人家拿出的錢不足數，他便避之唯恐不及，說：「這可不行啊，老兄，我不過是個小夥計。這個數目我不能拿。別這樣為難我這個小夥計啦。如果你當真拿不出那個數目，你最好還是另找一位大律師；你也知道，大律師嘛有的是，你這筆錢請這一個不夠也許請那一個夠；我以一個小夥計的身分，勸你還是這樣辦。白費力氣的事情還是少做。何苦呢？下一個是誰？」

我們就這樣在文米克培養花木的溫室裡一路走過去，後來他掉過頭來對我說：「等會兒有個人和我握手，你留意。」其實不用他事先關照我也會留意，因為截至目前為止，還不曾見他和任何人握過手。

話音剛落，就有一個身材魁偉、腰肢挺拔的人（我此刻執筆之際，此人彷彿還在眼前）來到鐵柵欄的一個角落裡。他穿一件破舊不堪的橄欖綠的禮服大衣，紅通通的皮膚上泛出一種特有的蒼白，一雙眼睛看東西的時候老是骨碌碌東溜西瞅，他一看見文米克，就把手伸到帽簷上，半認真半打趣地行了個軍禮。只見他帽子上沾著一層肉凍似的厚厚的油脂。

文米克說：「上校，敬禮！你好嗎，上校？」

「好，文米克先生。」

「能辦的我們都辦了，只是證據太充足了，我們很難對付，上校。」

「是啊，證據太充足了，先生——不過我不在乎。」

文米克冷淡地說：「是啊，是啊，你是不會在乎的。」然後扭過頭來對我說：「這一位原在皇家部隊裡服役，屬於正規軍的編制，花了錢才退伍下來的。」

我說：「真的？」那人立即望了望我，又望了望我的腦後，還望了望我的上下左右，然後用手捫著嘴笑。

他對文米克說：「我看星期一總可以了結了吧，先生？」

我的朋友答道：「也許會，不過還說不準。」

那人從鐵柵欄縫裡伸出一隻手來，說道：「文米克先生，我很高興有這個機會和你告別。」文米克一面和他握手，一面說：「謝謝你，我也同樣高興，上校。」

那人卻拉住了他的手不放，說：「文米克先生，我失風的時候身上抄去的東西要不是假貨的話，我早就請你賞臉，讓你手上多戴一個戒指了——也好報答你對我的一片關注。」

文米克說：「你的好意我十分領情，順便向你提一聲，聽說你是個了不起的養鴿專家。」那人抬頭望望天空。文米克接下去說：「據說你養了一種頂呱呱的翻雲鴿。既是你今後用不著了，可否託個便人帶一對來送給我？」

「一定，先生。」

文米克說：「好極了，我一定小心飼養。午安，上校。再見！」兩人又握起手來。握完手我們就走開了，文米克告訴我說：「他是個偽造貨幣的，功夫非常到家。今天已經定案，星期一非處死刑不可。可是你知道，就眼前來說，兩隻鴿子反正還是一筆動產。」說著，他又回頭一望，對他那株枯死的花木點了點頭。然後他就一路往外走，一路向四周打量，彷彿在考慮應當重新拿一盆什麼樣的盆景去補充那枯死的一株才好。

經過門房走出監獄時，我發現我的監護人不僅在犯人眼中是個了不得的人，連看守也都認為他很了不得。原來我們來到門房的那兩道釘了大釘、裝了尖刺的大門之間，就被那看守人纏住了，他小心地鎖上一道門，卻不忙於打開另一道門，只顧問文米克：「嘿，文米克先生，賈格斯先生對於河濱的那件謀殺案打算怎麼辦啊？是打算辦成過失殺人罪呢，還是打算辦成什麼別的？」

文米克答道：「你為什麼不去問他本人？」

看守說：「啊，說得是，說得是！」

文米克拉長了郵筒口似的嘴唇，轉過臉來向我表白：「匹普先生，他們這些人，就是這副樣子。我不過是個夥計，他們就沒輕沒重地向我問這問那；可從來沒見過他們向我的大東家問過一句。」

那個看守聽了文米克這番幽默，不禁咧嘴一笑，又問他：「這位少年是你們事務所的練習生呢還是徒弟？」

文米克嚷道：「你瞧他又來了！我可沒有說錯吧！頭一個問題還沒了結，又向我這個當夥計的問第二個了！你說，匹普先生是我們的學徒又怎麼樣呢？」

看守又咧嘴一笑，說：「那他就知道賈格斯先生是怎麼個人了。」

文米克先生一面嚷著「呵唷」，一面突然詼諧地打了那看守一拳，說道：「你和我東家打起交道來，可就呆得像你的鑰匙一樣，一句話也不會說了，你說說是不是。趕快放我們出去吧，老狐狸，否則我就叫他告你一狀，就告你一個胡亂拘禁好人。」

看守呵呵大笑，才算和我們告別。我們下了石階，走上大街，只見他還站在那裡，從柵門的尖刺上探出身子來對我們笑著。

文米克拉住我的胳膊，顯出格外知己的樣子，一本正經地湊在我耳邊說：「告訴你，匹普先生，我認為賈格斯先生最拿手的本事就是搭架子，讓人家覺得高不可攀。他始終是那樣高不可攀。這種一貫的高不可攀也是和他廣大的神通分不開的。那位上校就不敢和他告別，那個看守也不敢向他當面打聽一件案子打算怎麼辦。他高不可攀，可又不能不和人打交道，於是就安插一個夥計來做居間人——你明白嗎？——結果還是把他們完全抓在掌握之中。」

我那監護人的精明手腕，真使我不勝驚異，說起來這並非自今日始。說良心話，我倒巴不得有個能力遜色些的人來做我的監護人，說起來這也並非自今日始。

文米克先生和我在小不列顛街的事務所門口分手。門口照常有不少人逡巡徘徊，都是在那裡等賈格斯先生，求他替他們辦事的。我回到驛站所在的那條街上繼續守望，馬車到站還得三個鐘頭，只得以遐想來打發這一段漫長的光陰。我想：事情也真稀奇——監獄和罪犯怎麼老是像一團烏煙瘴氣似的圍住了我；童年時一個冬天的傍晚在故鄉荒寂的沼地上第一次遇到了這種事，後來居然又碰見兩次，彷彿是一個褪了色但並沒有消失的汙漬似的，一下子又冒了出來；如今我交了好運，出了頭，發了跡，可它依舊和我形影相隨，只是情境兩樣罷了。想著想著，又想起了年輕貌美的艾絲黛拉就要向我迎面而來，好一個矜持而高雅的人兒呀！拿監獄和她兩相對照，我不禁愈想愈恨。要是這一回沒遇見文米克有多好，就是遇見了他，要是沒有答應跟他一道去有多好！一年三百六十日，何苦偏偏在今天到新門監獄去吸進那一股濁氣，去沾汙身上的衣服呢！我一面徘徊，一面跺去沾在腳上的塵土，撣去沾在身上的灰沙，呼出那沾在肺裡的臭氣。一想起我今天趕來迎接的是誰，越發覺得自己遍體通身都是齷齪，反而倒嫌馬車來得太快了；我從文米克先生培養花木的暖房裡沾來的那種汙穢的感覺還沒有消除，艾絲黛拉已從車窗露出臉來，在頻頻向我揮手了。

剎那之間又是那個莫可名狀的黑影，一閃而過，那究竟是個什麼影子呢？

第三十三章

迎接艾絲黛拉

艾絲黛拉身穿鑲毛皮的旅行裝，出落得從來沒有過的嫻雅秀麗，連我都覺得如此。她還處處留神自己的儀態舉止，著意要引我傾倒，這也是從來沒有過的。我看她這番變化明明是郝薇香小姐授意的。

我們一走進旅館的院子，她就把隨身帶來的行李指給我看；等到行李都收拾在一起，我才想起我還不知道她這次究竟要上哪兒去呢，因為這時我整個的心都在她身上，早已把什麼都忘了。

她告訴我：「我要到里奇蒙去。要知道，有兩個里奇蒙，一個在蘇瑞區，還有一個在約克郡，我要去的是蘇瑞區的里奇蒙，離這裡十英里路。我得雇一輛馬車，讓你送我去。我的錢袋交給你，車費就讓你從這裡面拿。喂，這錢袋你非得拿著不可！你我兩個都不能自作主張，只能遵命辦事。無論是你是我，都不能由著自己別出心裁。」

她把錢袋交到我手裡時，望了我一眼，我巴不得能從她這番話裡聽出些深意來。她說這番話時雖然含著鄙薄的意味，可並沒有生氣。

「艾絲黛拉，馬車還得去叫起來。你不在這兒休息一會兒再走嗎？」

「對，我得在這兒休息一會兒，喝點茶，你得在這兒陪陪我。」

她挽著我的手，意態之間彷彿也是出於不得已。一個茶房正睜大了眼睛看著那輛剛剛開到的大驛車，好像一輩子也沒見過這種東西似的。我叫他給我們找一個清靜的地方。他聽得吩咐，便從什麼地方拿出一條餐巾，領著我們上樓，彷彿那是神話中的引路魔繩，沒有它就上不了樓似的；我們被帶到樓上一間黑洞洞的小屋裡。屋裡裝著一面截頭去尾的小鏡子（可是裝在這樣大小的一個房間裡還是一件大累贅），還放著一個作料瓶、一雙不知是誰穿的木屐。我不滿意這個地方，他便領我們走進另一間屋子，裡面放著一張可容三十個人吃飯的飯桌，壁爐裡足足有一蒲式耳的煤灰，煤灰下面是一張燒焦了的抄本紙。茶房望了一下這一堆燒剩的餘燼，搖搖頭，便來聽我點菜叫飯，一聽不過是「給小姐弄點茶來」，不由得十分掃興，走了出去。

屋子裡彌漫著一股濃烈的馬廄氣味，夾雜著一股原湯老汁的氣味，我到今天還相信，誰聞到這股味道都會疑心：這家旅館莫不是因為驛車部門的生意不好，於是老闆就陸續把馬匹宰掉，熬成馬肉湯，拿到飲食部來賣。話雖如此，只要有艾絲黛拉在這裡，這間屋子對於我也就是一切的一切了。我覺得，只要有她相伴，叫我在這裡過一輩子也是幸福的。（其實，當時我在那裡卻一點也不幸福，而且我自己也明明知道。）

我問艾絲黛拉：「你到里奇蒙去找誰？」

她說：「去找一位貴婦人，跟著她去過豪華的生活。她有辦法——她說她有辦法——帶我去經經世面，介紹我進社交界，讓我多見識幾個人，也讓人見識見識我。」

「我看你大概也很樂意換換環境，多博得幾個人的傾倒吧？」

「對，很可能。」

我聽她回答得漫不經心，便又說：「你聽你，講自己的事像講別人的事一樣。」

艾絲黛拉笑吟吟、喜滋滋地說：「你在什麼地方聽見我講起過別人？好了，好了，你可休想教訓我，我愛怎麼說就怎麼說。我倒要問問你：你和朴凱特先生相處得怎麼樣？」

「我住在那邊很愉快；反正——」話到嘴邊又咽了下去，看來我又要錯過這次機會了。

艾絲黛拉問道：「反正什麼？」

「反正沒有你在一起，再愉快也愉快不到哪裡去。」

艾絲黛拉完全無動於衷，說道：「你這個傻孩子，說這些廢話幹什麼？我看，你那位朋友馬修先生，比他們那一家子人都要好些吧？」

「的確要好得多。他從不和人作對——」

艾絲黛拉連忙打斷我的話，說道：「但願也不要和自己作對才好。專和自己作對的人我討厭。不過聽說他倒真是不打自己小算盤的，從來不為一些小事去嫉妒人、抱怨人，是不是？」

「千真萬確，就是這樣。」

艾絲黛拉對我點點頭，神情莊重，卻又帶著挖苦的意味。她說：「可是他們那一家子人除了他以外，就未必都是這樣了，他們老是和郝薇香小姐糾纏不清，搬嘴弄舌，討好巴結，盡說你的壞話。一個個都在監視你，造你的謠，寫信來告你的狀（有時候寫的還是匿名信），他們這一輩子被你氣苦了，全副心思都用在你身上。那些人恨你恨到什麼地步，你是想也想不到的。」

「他們總不見得就能陷害我吧？」

艾絲黛拉忽然笑了起來，卻並沒有回答。我十分納罕，只得大惑不解地望著她。等她笑完了（她這一笑可並不是乾巴巴無精打采的笑，而是真正快意的笑），我才靦靦腆腆地對她說：

「他們真要陷害了我，你總不見得會幸災樂禍吧？」

艾絲黛拉說：「那還用說，你儘管放心。老實告訴你吧：我正是笑他們陷害不了你。唉，那些人和郝薇香小姐糾纏不休，結果只落得自討苦吃！」說罷，又大笑起來；雖然她向我說明了笑的原因，我心裡還是非常納悶——固然相信這笑聲是出自由衷，可是總覺得這件事情也不至於就這樣好笑。看來此中一定大有深意，可惜我一下子還摸不透底蘊；她看出了我的心思，馬上為我作了解答。

艾絲黛拉說：「連你也不見得一下子就能明白，我看到那些人碰了釘子，我是多麼得意；我看到那些人鬧得笑話百出，我心裡覺得多麼好笑。因為你不是從小在那座古怪的宅子裡長大的，我卻是。他們看準了你無依無靠，看準了你不得不忍著點，因此他們存心陷害你，表面上卻裝著可憐你、同情你，說盡了甜言蜜語，而你呢，本來就不精明，又沒有利用這個機會把腦子磨練得精明些，我卻是受了磨練過來的。你也並沒有把你那雙幼稚的眼睛睜得大些，看清楚那個女騙子明明是心裡無牽無掛，偏要說什麼半夜裡也會急得睡不著；我卻看得清清楚楚。」

艾絲黛拉說到這裡，再也不當作笑談；她提起這些舊事，也並非無關痛癢，卻是有感而發。我寧可拋卻哪怕是金山銀山似的未來遺產，也不願意做出壞事來，看她這副臉色。

艾絲黛拉說：「有兩點我可以告訴你：第一，儘管俗語說得好，滴水可以穿石，但是你大可放心，這些人哪怕花上一百年工夫，不論大事小事，任何方面都破壞不了你和郝薇香小姐的關係。第二，就是因為有了你，他們奔忙鑽營的卑鄙勾當都成了白費，我為此感激你。這話我可以向你發誓。」

說完就笑嘻嘻地把手伸到我面前（因為她滿臉的愁思一轉瞬便消失了），我握住那隻手，拿到唇邊吻了一下。

艾絲黛拉說：「你這個可笑的孩子，我提醒過你的話，你當作耳邊風嗎？難道你現在吻我的手，和當年我讓你吻我的臉也是一個意思？」

我說：「請問是什麼意思？」

「讓我想一想。大概是表示你看不起那些馬屁精和陰謀家吧。」

「如果我承認是這樣，你能讓我再吻吻你的臉嗎？」

「你在吻我的手以前，早就該問這話了。不過，既是你喜歡，我可以允許。」

我俯下身去，她那臉卻像雕像一樣無動於衷。我的嘴唇剛一碰著，她就把臉閃開了，說道：「勞駕你叫他們拿茶來讓我喝了，你好送我到里奇蒙去。」

她說這話時，又是用原先那種語調，就是說，我們的交往好像不過是出於別人的強迫，我們自己好像只是做了別人的傀儡——我因此很傷心；可是要說傷心，我和她歷來交往，就沒有一件事不叫我傷心的。不論她用什麼樣的語調和我說話，我都不能信以為真，也不能寄以希望；可是，儘管如此，我還是始終沒有洩氣。這話我何必一次一次地嘮叨呢？反正我一貫都是如此。

我打鈴叫茶，茶房再次出現，手裡依舊拿著那條魔繩似的餐巾，先後搬來不下五六十件茶具餐具，偏偏就是不見茶的影子。他端來一大盤茶杯、茶托、盆子、刀叉（包括大切刀）、湯匙（各樣花色齊備）、鹽瓶，還有一塊用堅固的鐵蓋小心蓋嚴的小鬆餅；還有一小塊融軟的奶油，墊著好多香菜，活像躺在蒲草箱裡的摩西[1]；除了一只頂上撒了粉的白生生的大麵包以外，另外又有兩塊三角形的麵包片，上面還留著烤箱鐵架子的烙印；最後，那茶房好容易才拿來一把大肚子的家常茶壺，一搖一晃走進來，滿臉神色顯得疲累不堪。他把款待我們的這份差事張羅到這個階段，又出去了好大半天，總算拿來一只式樣考究的小盒子，盒子裡的茶葉足足有小樹枝那麼大。我連忙用開水泡茶，又從這些五花八門的器皿之中，隨手拿了一只不知做什麼用的杯子，倒了杯茶遞到艾絲黛拉面前。

喝過茶，付過帳，既賞了小費給茶房，也沒有虧待馬夫，又犒賞了女招待——總之，這一筆厚賞弄得旅館上下人人都覺得下了面子，憤憤不平，同時艾絲黛拉的錢袋也頓時減輕了好多重量——我們這才上了馬車，驅馳而去。馬車拐入齊普賽，叮叮噹噹地經過新門街，不久就來到那高高的圍牆下面，見了這道圍牆我就害臊。

艾絲黛拉問道：「這兒是什麼地方？」

我自欺欺人，只裝沒有一下子認出來，過了一會兒才如實告訴了她。她望望那個地方，把頭又縮了進來，咕噥了一聲：「都是些壞蛋！」一聽這話，我當然無論如何也不肯把剛才到這裡來過的事告訴她了。

我巧妙地把話題轉到別人身上，順口說道：「可是人家都說，賈格斯先生知道這個陰慘慘的地方的許多祕密，比倫敦任何人都要知道得多。」

艾絲黛拉低聲說：「我看他對於任何地方的祕密都要比別人熟悉。」

「這樣說，你是和他打交道打慣了，常常見到他的嘍？」

「我自從懂事起，就一直見到他，至於隔多少日子見一次，卻沒有一定。不過我到現在還是一點也不瞭解他，簡直還同小時候剛會說話那會兒一個樣。你覺得他這個人怎麼樣？和他相處得好嗎？」

---

1 《舊約·出埃及記》第二章一至三節記摩西出生時情況：「有一個利未家的人，娶了一個利未女子為妻。那女人懷孕，生一個兒子，見他俊美，就藏了他三個月。後來不能再藏，就取了一個蒲草箱，抹上石漆和石油，將孩子放在裡頭，把箱子擱在河邊的蘆荻中。」

我說：「習慣了他那種對什麼人都信不過的作風，倒是和他相處得滿不錯。」

「和他交情深嗎？」

「到他家裡去吃過一頓飯。」

艾絲黛拉打了個寒顫，說道：「我相信他家裡一定是個稀奇古怪的地方。」

「確實是個稀奇古怪的地方。」

本來，即使和艾絲黛拉談論我的監護人，也應當出言謹慎才是，可是我只顧一個勁兒說下去，險些把那一次在吉拉德街吃飯的詳細情形都說出來了，幸虧突然遇見一片炫目刺眼的煤氣燈光，我的話頭才算煞住。頓時，似乎到處都是一片雪亮，我只覺得心頭湧起了一種說不出的感覺，只覺得這種感覺以前也經歷過；走出這塊地方好半晌，我還覺得眼花撩亂，好似遇見了閃電一般。

於是我們又換了話題，談的大都是我們眼前走的這條驛道，談談驛道這一邊是倫敦的什麼地方、驛道那一邊又是倫敦的什麼地方。只聽得她說，她對於倫敦這座大城市幾乎一無所知，因為她從小沒有離開過郝薇香小姐的身邊，後來到法國去，也只是來回兩次從這裡匆匆經過而已。我問她，她現在住在倫敦，是否也要受我的監護人監督？她二話沒有，只是很不客氣地回答了一聲：「對不起，受不了！」

我不是看不出她存心想挑逗我，有意要引我傾倒；只要打動得了我的心，哪怕要她多費些心血，她也是樂意的。可惜我並沒有因此而覺得寬慰，因為即使她出言吐語之間沒有流露出她和我交往是出於別人的安排，我也感覺得到她之所以要把我的一顆心緊緊地捏在手裡，完全是出於她一己的任性，並不是因為她動了真情，不忍把我這顆心掐碎扔了。

馬車經過漢默史密斯，我把馬修·朴凱特先生的住宅指給她看，並且告訴她，那裡離里奇蒙不遠，希望今後我能到里奇蒙去看她。

「那還用說！你應當來看我，什麼時候方便就什麼時候來；我會把你的名姓告訴那家人家，其實先前早已提起過你了。」

我問，她要去寄住的那家人家，人多不多？

「人不多，只有母女兩個。母親是個很有社會地位的貴婦人；不過，有機會增加一點收入，她也並不反對。」

「我很納罕，你剛從國外回來，郝薇香小姐居然捨得馬上又和你分手。」

艾絲黛拉似乎很疲累似的歎息了一聲，說道：「匹普，這是郝薇香小姐栽培我的計畫之一。我離開了她以後，自然得常常寫信給她，還要定期去看她，向她報告，我——還有我那些珠寶，過得好不好，因為那些珠寶現在幾乎全部歸我所有了。」

這還是她第一次對我直呼其名。她當然是因為知道我看重這一聲親暱的稱呼，才有意這樣叫我的。

轉瞬就到了里奇蒙，看見大草地上有一幢莊嚴靜穆的古老宅第，那就是我們的目的地。想當年此處乃是皇宮所在，每當朝覲之期，宮女如雲，彩裙繽紛，粉白黛綠，俏斑[2]爭妍；男士都身披錦繡，長襪過膝，衣光劍影，交相輝映。屋前的幾棵古樹至今依然修剪得端端正正、裝腔作勢，令人覺得昔日的箍托肥裙、朝臣假髮，遺風依稀猶在。可是這幾棵樹和它們死去的夥伴也只是咫尺之隔，眼見得就要加入那個巨大的行列，寂然而終。

2 「俏斑」是十八、九世紀貴族婦女貼在臉上用以增加「美觀」或掩飾疤痕的一種小綢片。

月光下響起一陣莊嚴而蒼老的鈴聲（我想這門鈴在它當年志得意滿的日子裡，一定不時在向宅內通報：綠裙飄飄的王妃到，身佩鑽石柄寶劍的官人到，穿紅後跟藍寶鞋的夫人到），兩個穿鮮紅色服裝的侍女隨著鈴聲飄然而出，來迎接艾絲黛拉。頃刻之間，那個門洞子就吞噬了她的箱籠行李，她向我一笑，和我握了手，道過晚安，也就被那個門洞子吞噬了。我依舊站在那裡呆呆地望著那座宅第，心裡明明知道和她在一起從來沒有幸福，只有苦惱，卻還是一心想著，假如能和她一起住在這裡，該有多麼幸福啊！

我上了馬車，趕回漢默史密斯去。上車時很傷心，下車時更傷心。一到我們的家門口就看見小潔茵．朴凱特參加小型跳舞會回來，由她的小情人護送著；那位小情人儘管要受芙洛普琛的節制，卻使我十分羨慕。

朴凱特先生出外講學去了，因為他講的家政學甚得人心，他撰寫的關於管理孩子和僕傭的論文，大家一致認為是這門學科中最優秀的教科書。朴凱特夫人倒是在家裡，正遇上了一件小小的麻煩事：原來密萊斯不告而外出（她有一個親戚在近衛步兵團裡），朴凱特夫人為了免得娃娃哭鬧，把一個針盒子給娃娃玩，結果針盒子裡的針短少了好多；這麼一個嬌嫩的小寶貝，就算給他打針治病吧，打這麼多針也要受不住，若是當內服藥吃下去，那就更不用說了。

朴凱特先生會替人出主意是有名的，主意出得不僅極為高明，且又切實可行，他還能洞察事理人情，妥加判斷，這些確實都是名不虛傳，因此我很想把我的傷心事向他傾訴一番，聽聽他的高見。可是抬頭看時，朴凱特夫人已經把娃娃送上了床，讓床鋪作為醫治病痛的神方靈藥，她自己卻坐在那裡閱讀那本縉紳錄，於是我轉念一想：算了吧，不講了，我不講了。

第三十四章

訃告

我既然已經逐漸以未來的遺產繼承人自居，不知不覺中也就開始注意到這未來的遺產對我自己的影響、對我周圍人的影響。我自己性格上所受的影響，我是盡量掩飾，不肯承認的，其實心裡卻很明白我受到的不見得都是好影響。那一次對待喬的薄情行為，長年累月使我心神不安。對於畢蒂，也覺得良心上過不去。半夜醒來（也像卡密拉一樣了），我只覺得心情膩煩，老是想著，若是這一輩子沒見過郝薇香小姐的面，安心伴著喬，守住那間正大光明的古老打鐵間長大成人，那我的日子一定要比現在過得幸福、過得快活。也不知有多少個傍晚，孤單單一個人望著壁爐，就不禁覺得，世間的爐火再好，也比不上打鐵間的那一爐火、比不上老家廚房裡的那一爐火。

可是我這種心煩意亂、神魂不安的情緒，卻又和艾絲黛拉有千絲萬縷的關係，因此我也實在弄不明白，我落到這般境地，自己究竟應該負多少責任。換句話說，縱使我沒有這筆未來的遺產，只要我對艾絲黛拉仍然朝思暮想，我也未必就能心安理得地說我一定會比現在好到哪裡去。至於要我估量我現在的身分地位對別人的影響，那倒不必這般煞費躊躇，一眼就可以看出（儘管也許看得十分模糊）這對任何人都沒有好處可言，尤其於赫伯爾特十分不利。他原是個生性隨和的人，可是受到我浪費習氣的薰染，明明花不起錢也胡用亂花起來，他純樸的生活習慣受到了腐蝕，弄得憂慚交集，心裡不得安寧。至於在不知不覺中影響了朴凱特家的其他親屬，弄得他們使出種種並不高明的鬼蜮伎倆來，我倒並不引為悔恨，因為這些人天生的小鼻子小眼睛，即使我沒有去觸發他們的天性，任何人都能撩撥得他們隨時發作。只有赫伯爾特情況不同，我常常為他感到內疚，覺得在他的陳設簡陋的住宅裡塞滿了那麼多不調和的家具，還要雇個穿黃坎肩的淘氣鬼來供他使喚，實在是害了他。

這樣下去，我自然只有每況愈下，由貪圖小舒服進而貪圖大舒服，難免欠下了一身的債。什麼事只要我開個頭，赫伯爾特沒有不照辦的，而且學我的樣子學得非常快。史塔舵建議我們申請加入林鳥俱樂部。這個團體無非是讓會員每隔兩星期聚會一次，大吃大喝一頓，吃飽喝夠就天翻地覆地相互吵鬧一通，讓六、七個堂倌也喝得爛醉如泥，睡在樓梯上，除此以外，我實在看不出還有什麼別的目的。我只記得，他們每次聚會，總要鬧到這樣才算盡興，他們例行的祝酒詞第一句總是：「諸位先生，願林鳥俱樂部會員一如既往，永遠以增進友誼為重！」根據赫伯爾特和我的理解，這所謂增進友誼，指的也無非就是這一套罷了。

那些鳥兒花起錢來著實荒唐（我們宴會的地點是在柯芬園的一家飯館裡），我有幸正式進入那座「林子」時遇到的第一隻鳥兒就是本特里．蛛穆爾，那一陣他總是趕著一輛自備馬車在街上亂衝瞎撞，也不知撞壞了街角上多少路燈杆。有時候竟會一頭翻出車幔，從馬車裡摔將出來；有一次我看見他的車到「林子」門口，就這樣身不由主地翻出車來，好似卸下一簍煤似的。不過這是後話，我未免言之過早，當時我還不是一隻鳥兒，根據這個團體的神聖規章，不到成年是不能加入的。

卻說我自恃經濟來源充裕，心裡倒很樂意承擔赫伯爾特的種種費用，可是鑒於赫伯爾特很有自尊心，因此不便向他提起。於是他處處陷入困境，只得繼續觀望形勢等待時機。後來我們兩個漸漸養成一種習慣，總要廝守到深夜才睡，於是我漸漸注意到，吃早飯的時候他的眼神總是很沮喪；近中午時神氣便較為樂觀；到吃晚飯時又是垂頭喪氣；吃過了晚飯，他似乎遠遠看見了一筆資金的影子，好像看得還相當清楚；到午夜時，這筆資金差不多已經唾手可得了；可是到深夜兩點鐘，他又變得沮喪萬分，竟而說什麼想要買支來福槍到美洲去馴養野牛掙錢發財了。

通常我每個星期大約有一半時間住在漢默史密斯。住在漢默史密斯，就常常要到里奇蒙去看艾絲黛拉，這事且待以後專門細說。只要我在漢默史密斯，赫伯爾特也常常會趕來。照我看，他爸爸那時候也看得出赫伯爾特所觀望等待的機會還未見蹤影。不過，反正他們這一家子人都是摔跤摔大的，赫伯爾特在人生舞臺上也好歹總會摔出個名堂來。朴凱特先生近來又添了白髮；逢到心緒撩亂，拉著自己的頭髮想要離開地面的次數也就更多了。朴凱特夫人呢，依舊看不完的縉紳錄，依舊一張腳凳絆得幾個兒女東跌西摔，依舊老是把手絹掉在地上，依舊向我們大談她的祖父如何如何；小娃娃不礙她的眼則已，一礙她的眼就要被扔上床去睡覺，認為上床睡覺才是生長發育之道。

現在既是要概括交代一下我這一個時期的生活情況，好把我的經歷繼續說下去，那最好的辦法就莫過於把我們在巴那爾德旅館的日常生活方式和生活習慣比較完整地講一講。

我們花起錢來總是有多少花多少，而人家給我們的享受卻得聽他們高興，能夠少給便盡量少給。日常生活沒有一天不是活受罪，不受大罪也得受小罪；我們的相識，處境也大都一樣。我們嘴上都講得好聽，說我們經常過得很快活，而骨子裡卻是從來沒有快活過一天。我深信，這種情形其實是相當普遍的。

赫伯爾特每天上午照例都要到城裡去觀望形勢、等待時機，而他的神氣卻總像是要去幹一件什麼新鮮事似的。我常常到他那間陰暗的後房去看他，只見和他做伴的總是一瓶墨水、一個掛帽釘、一個煤箱、一個麻線團、一本年鑑、一套桌椅和一把尺；據我記憶所及，除了觀望等待之外，也從來沒有見過他還有什麼別的正經可幹。如果我們人人都能像赫伯爾特這樣忠誠不渝地去履行自己的職守，那我們也就可以生活在一個道義之邦了。我這位可憐的朋友根本無事可做，只是每天下午準時「上勞埃德協會[1]去一趟」——我想，這也無非是例行公事，去看看他的大老闆罷了。總是去了又回來，從來沒見他到勞埃德協會去弄出個什麼名堂來。一旦想到情勢危急，非得去找個機會不可，他就趁個交易繁忙的時刻到交易所去一次，在那個鉅賈豪富雲集的所在走進走出，那副姿勢就像在跳一種憂鬱的鄉村舞似的。有一次赫伯爾特也是出去為這類事情奔忙，回來吃晚飯的時候對我說：「韓德爾，我發現了一條真理——機會不會上門來找人，只有人去找機會——所以我就經常去找找。」

假若我們彼此不是這樣情投意合，我看每天早上就非得相互抱怨不可。原來那一陣我懊喪萬分，見了那幾間屋子就說不出的氣惱，見了淘氣鬼身上那套號衣就生氣，尤其在早上，一見那套號衣就格外覺得自己排場太大，錢花得太冤枉。我們負債愈來愈多，每天一頓早飯也愈來愈變得有名無實。有一次正在早飯時分，有人來信威脅我們說，要是再不付錢給他，他就要到法院裡去告我了。這件事要是讓我故鄉那份報紙知道了，說不定又會報導「此案與珠寶不無瓜葛」[2]。這時候恰巧淘氣鬼竟然膽敢只拿出一個麵包來給我們當早餐，我一氣之下，便不顧一切，抓住他的藍領子，把他狠命直搖，搖得他兩腳懸空擺蕩起來，簡直像個穿了長筒靴的丘比特。

每隔一陣子——不過隔多少時候並沒有一定，這要看我們心境好壞而定——我總會像發現了新大陸似的，對赫伯爾特說：

「親愛的赫伯爾特，我們的日子真是每況愈下了。」

赫伯爾特總是誠誠懇懇回答我：「親愛的韓德爾，不瞞你說，我也正想講這句話，這真是和你不謀而合，巧極了。」

我回答道：「那麼，赫伯爾特，讓我們來盤算盤算吧。」一講好要盤算盤算，頓時就感到心安理得了。我總認為這才是正經，這才是正視現實的辦法，這才是打蛇打在七寸上。我知道赫伯爾特也是這樣想的。

逢到這種場合，我們總是要特地叫些不尋常的菜來飽餐一頓，還要來一瓶不同凡響的好酒，以便打足了精神，好好地幹上一番。吃過晚飯，就搬出一大捆筆、一大瓶墨水、一大疊寫字紙和吸水紙。因為，文具一多，心裡自會覺得踏實。

於是我拿起一張紙，在上端整整齊齊寫上題目，名之曰「匹普債務備忘錄」，又小心翼翼地注上「於巴那爾德旅館」和「年月日」等字樣。赫伯爾特也在一張紙上同樣絲毫不苟地寫上「赫伯爾特債務備忘錄」。

我們就各自翻閱身邊一大堆亂七八糟的帳單；有的本來是亂扔在抽屜裡的，有的因為在口袋裡放得太久已經磨出大洞小眼，有的用來點過蠟燭，已經燒去了半截，有的已經在鏡子後面塞了好幾個星期——總之，沒有一張完整像樣的。一聽到鋼筆落在紙上的聲音，我們都大為振奮，有時候我簡直分不出這種精神還債的把戲和真正拿錢還債有什麼兩樣。似乎，還了債固然功德無量，這樣幹一下也是除罪消災。

1　勞埃德協會是商人、船主和保險公司老闆合辦的一個協會組織，其目的是交換商業情報。

2　第二十八章講到潘波趣明明是經營糧食種子的，那家地方小報卻要舞文弄墨地說成「與糧食種子業不無瓜葛」，所以，此處的「與珠寶不無瓜葛」，意即此案涉及拖欠珠寶商債務之類。

寫了不大一會兒工夫，我就問赫伯爾特結算下來情況如何。他一看累計數字，八成就會懊喪得把頭皮抓個不停。

赫伯爾特總會說：「韓德爾，愈算愈沒個完，誰騙你就不是人，真的愈算愈沒個完。」

我總是一面手不停揮地寫下去，一面不以為然地說：「沉住氣，赫伯爾特。可別打退堂鼓。得把自己的事好好地想一想。不要害怕，堅持下去就能成功。」

「韓德爾，我何嘗不想堅持下去，可是見了這種事情我先就害怕了。」

不過我這種堅決的態度還是很起作用的，於是赫伯爾特只得再計算下去。沒算多久，他又住了手，不是藉口柯柏公司的帳單沒有找到，就是藉口駱柏公司或諾柏公司的帳單沒找到，總之是尋找託辭，敷衍搪塞。

「那麼，赫伯爾特，你就約莫估計估計吧，估計出一個大概的數字寫下來。」

於是我的朋友對我佩服得五體投地，回答道：「你這個傢伙真有辦法！你的辦事能力實在高明。」

這話深得吾心。遇到這種場合，我便以第一流的辦事能手自許——自以為在我身上，敏捷、果斷、幹練、精明、冷靜，種種優點應有盡有。全部債務開列成表以後，我又把每一筆帳和帳單核對一遍，每核一筆就做一個記號，核過一筆就自我讚許一番，心裡說不盡的舒暢。全部核對完畢，把帳單折疊得整整齊齊，在每一張的背面摘個事由，然後有條不紊地束成一捆。自己做好之後，又幫著赫伯爾特做一遍(他虛懷若谷，一再表示我在行政管理方面的才能遠非他所能企及)，這樣，才覺得他的事總算理出了一個頭緒。

說起我的辦事習慣，還有一個出色的特點，拿我自己的話來說，那就是「寬打寬算」。譬如說，假使赫伯爾特的債務是一百六十四鎊四先令二便士，我就說：「打寬一點，算它兩百鎊吧。」再如，如果我自己的債務四倍於這個數目，我也打寬一點，算它七百鎊。這種寬打寬算的辦法，當年我曾看作是一種了不得的聰明。如今回溯往事，便無法否認這種花樣實在是有百弊而無一利。因為舊債未了，新債接踵而來，寬打寬算的部分馬上給填滿補足了，有時候這種寬打寬算倒會使我們覺得尚有活動餘地，反正償付得起，於是益發不可收拾，只好重新再來一次寬打寬算。

我們兩個把帳目結清以後，屋裡便呈現出一派安詳的氣氛、一派閒適的氣氛、一派清淨寧靜的氣氛，使我一時間真把自己看得偉大無比。我出了那麼多力，又拿得出辦法，赫伯爾特又口口聲聲恭維我，我心裡覺得舒服極了，於是就坐在椅子裡，看看面前桌上赫伯爾特那一捲捆得匀匀稱稱的帳單，還有我自己那一捲，和那麼許多文具放在一起，簡直覺得好像開了個銀行一樣，哪裡還像個平民老百姓？

遇到這種隆重場合，我們總是關上外面一道門，免得有人進來打攪。一天晚上，盤算完畢，我正處在這種心情平靜、一無掛礙的境界中，忽然聽得有一封信從外面門縫裡投了進來，落在地板上。赫伯爾特走出去拿進來遞給我說：「是你的信，韓德爾，希望不要出什麼事才好。」因為他看到封口上封著厚厚一層黑色的火漆，信封邊上有一道黑框。

寄信地址寫的是特拉白裁縫公司，信的內容很簡單，稱呼我為：匹普先生閣下，接下去是：敬啟者：喬．葛吉瑞夫人於星期一下午六點二十分謝世，訂於下星期一下午三時安葬，謹候光降。

第三十五章

葬禮

我在人生道路上遇到掘墳墓，這還是第一次；平平坦坦的地面上掘出那麼一個墳坑，著實叫我納罕。姊姊生前坐在廚房裡火爐旁邊的音容笑貌，無日無夜不出現在我眼前。我簡直不能想像，如今沒有了她，這廚房還能成其為廚房。雖說近來我簡直不大想起她，可是現在卻老是有一種極奇怪的念頭——不是覺得她在大街上向我迎面走來，就是覺得她好像馬上就要來敲我的房門。她從來沒進過我的屋子，我卻馬上覺得屋子裡茫茫然繚繞著一股死亡的氣息，好像老是聽到她的聲音，看到她的面貌身影，彷彿她依舊活在人間，一向是我屋裡的常客。

不管我這輩子有沒有交上好運，回想起姊姊我是絕不會有什麼深厚的感情的。可是儘管沒有太多的感情，我畢竟還是感到不勝震悼。哀悼之餘（也可能是因為一向對她缺乏感情而思有所彌補吧），我不由得對那個暗地裡下毒手襲擊了她，害苦了她的凶手怒不可遏；當時要是有足夠的證據證實這個凶手就是奧立克或是其他任何人，我看我早就要找他報仇，和他拚個你死我活了。

我立即寫了覆信去慰問喬，說我一定準時前去送殯；這以後的幾天光陰就是在上述的那種奇怪心情中度過的。臨走的那一天，我一大早就啟程，在藍野豬飯店下了車，時間還很充裕，可以慢慢步行到鐵匠鋪。

又到了驕陽當空的夏季，一路走去，小時候孤苦淒涼、備受姊姊虐待的情景，又歷歷浮現在眼前。不過這些前塵往事，今天重新勾上心頭，卻別有一種柔和滋味，連那根抓癢棍打在身上，回想起來似乎也不是那麼痛了。因為，地裡的大豆和苜蓿窸窣作聲，都在向我的心房喁喁細語，告訴我總有那麼一天，別人也會在這滿天陽光之下緩步行來，想起我當年的行徑，到那時，但願他們的心腸也會軟下來，不要對我記什麼恨才好。

終於老家在望，只見特拉白公司正在那裡替我們料理喪事。大門口站著兩個身穿喪服、怪模怪樣的守門人，每人手裡都裝腔作勢地拿著一根裹著黑紗的拐杖，彷彿是件什麼能叫人寬懷節哀的東西似的。我一看，其中一個原是藍野豬飯店裡的馬車夫，只因為一天上午一對青年夫婦在教堂裡行過婚禮，搭乘他駕駛的馬車回去，他恰巧喝醉了酒，騎在馬上坐不穩，不得不用兩隻手抱住馬脖子亂走亂闖，結果把一對新婚夫婦掀翻在鋸木坑裡，因此被飯店解雇了。村裡所有的兒童和大多數婦女看到這兩個穿喪服的看門人，又看到我們家裡和鐵匠鋪門窗緊閉，都覺得好看極了。我來到門前，兩個穿喪服的守門人之一（也就是原來的馬車夫）便敲了敲門——那意思彷彿是說，我過於哀毀，落得這般氣息奄奄，哪裡還敲得動門，所以他來為我代勞。

另外一個守門人（他本是個木匠，有一次跟人家打賭，一口氣吃下過兩隻肥鵝）開了門，引我進入那間講究的客廳。只見特拉白先生占用了客廳裡最好的一張桌子，把所有的活動板都裝上了[1]，又鋪上黑布，別上大量黑色的別針，儼然布置成一個喪服市場的模樣。我進去時，他剛替一個什麼人的帽子裹好黑布，裹得活像個非洲嬰孩一樣；一看見我，就伸出手來要我的帽子。我誤解

1 西方人的餐桌（即所謂「大菜桌」）桌面是活動的，可視臨時需要將桌面中央的活動板裝上或抽下，因而桌面可長可短。

了他這個動作的用意，況且看到這種場面也不知如何是好，便和他備極親熱地握起手來。

可憐的老朋友喬孤零零一個人坐在屋子的上首，身上裹著一件小小的黑斗篷，下巴底下打了一個大蝴蝶結——這個喪事主持人的座位顯然是由特拉白安排的。我俯下身去對他說：「你好嗎，親愛的喬？」他說：「匹普，老朋友，你是瞭解她的，她本來是個長得挺好看的——」說到這裡，便拉住我的手，再也說不下去了。

畢蒂穿一身黑喪服，顯得又齊整又文靜，輕手悄腳，奔東走西，是個得力的幫手。我向畢蒂寒暄了幾句，覺得現在不是說話的時候，便坐在喬身邊，心裡納悶：它——她——我姊姊的遺體——現在究竟停放在什麼地方呢？客廳裡蕩漾著一陣淡淡的甜食的氣味，我就舉目四望，想要找出那張放著糕點款待來賓的桌子，好容易等到眼睛習慣了屋裡的陰暗光線，才看見有張桌子上放著一只切開的葡萄乾蛋糕，還有幾只切開的橘子、一盤三明治、一盤餅乾，此外還有兩個大酒瓶——我很明白這兩個酒瓶在我們家裡一向只是用來裝點門面的，從來不曾看見使用過，而這一回卻是一個瓶裡盛著葡萄酒，另一個瓶裡裝著雪莉酒。我走到這張桌子旁邊站定，才看見了那位卑躬屈節的潘波趣，穿一件黑外套，帽子上綴著一根長達數碼的帽帶，一會兒把糕點往口裡塞，一會兒做出種種諂媚舉動，引我注意。一看見他自己這種舉動有了效驗，便立即走到我面前（滿嘴都是酒味和糕餅屑氣味）低聲說：「可以嗎，親愛的先生？」說著就和我握起手來。接著我又看見了胡波夫婦；胡波太太在牆角裡哀戚得泣不成聲，做得倒也很像樣子，我們這些人都是要執紼相送的，所以特拉白先生就依次替我們一個個披黑戴孝，把我們打扮得奇形怪狀。

我們遵照特拉白先生的吩咐，兩個一排，在客廳裡「成列」（真像要跳什麼死亡之舞似的），喬輕聲對我說：「我的意思是這麼著，匹普，我的意思是這麼著，先生，我本來打算，只消三五個願意幫忙的熱心親友幫襯我把她送到教堂公墓去就行了，沒想到有人說了，這樣馬馬虎虎，準會惹得左鄰右舍都看不起，說我草草了事。」

就在這個當口，特拉白先生打起一種照章行事的低沉調子，嚷道：「大家拿好手絹！──大家拿好手絹！我們要準備出發了！」

於是大家好似鼻子都一齊流了血，紛紛掏出手絹來掩著臉，兩個一排，魚貫而出：喬和我一排，畢蒂和潘波趣一排，胡波夫婦一排。我那可憐的姊姊的遺體早已由廚房門裡扛了出去；根據殯葬儀式，六個抬棺材的須得統統給罩在一個黑天鵝絨鑲白邊的棺罩下面，弄得眼睛既看不見，氣也透不過來。棺材連同棺罩下面的六個人，活像一個瞎眼妖怪，長了十二條人腿，在那兩個穿喪服的守門人（就是馬車夫和他的夥伴）引導之下，一步一移，瞎走亂撞。

鄰居非常稱許這種安排；從村裡經過，大夥無比讚賞，常常有年輕力壯的村民四處奔闖，擋住了我們的去路，或者搶占了有利的地形，等在那裡看我們經過。碰到這種時候，有些勁頭十足的傢伙一看見我們出現在他們守候的拐角上，便會興奮得大聲叫喊：「他們到這邊來了！」「他們向這邊來了！」只差沒有對我們喝彩。一路上，潘波趣這個卑鄙的傢伙真叫我討厭：他走在我後面，老是肉麻地向我獻殷勤，一會兒替我整理整理飄拂的帽帶，一會兒替我把外套撫撫平。還有件事也弄得我心神不寧，那就是胡波夫婦自鳴得意得未免過了分──這種人的自負和虛榮心理已經到了無以復加的地步，參加了這麼個排場的送殯行列，就自以為了不得了。

走了一陣，那一大片沼澤地便清清楚楚呈現在我們眼前，又見遠處的河上露出點點船帆。大家走進教堂公墓，停在我那從未見過面的父母（本教區已故居民斐理普．匹瑞普暨夫人喬治安娜）的墓旁。我那姊姊就在那裡悄悄下了土，百靈鳥在新塚的上空啁啾歌唱，清風在新塚上篩落下雲朵和樹木的美麗影子。

此時那位庸俗不堪的潘波趨舉止如何，我只消說一句就夠了，那就是，他的一言一行完全不是為了死者，而是為了我；在牧師讀到《聖經》上那幾段高尚的禱告詞時，誰都會想到「人生在世，生不帶來，死不帶去，韶光易逝兮如影旋滅，浮生苦短兮孰能久羈」[2]這一類念頭上去，可是我卻聽到他居然大咳其嗽，彷彿表示，世間之事也未必盡然，譬如有位少年就出人意料地繼承了一大筆遺產。回到家裡，他居然老臉厚皮跟我說什麼，要是我的姊姊能夠明白我為她掙到這麼大的光彩，那該有多好，並且還暗示說，只要能掙到這樣的光彩，姊姊是死也甘心的。說完以後，就把剩下的雪莉酒全喝了，胡波先生也喝起葡萄酒來，兩個人邊喝邊談（事後我才明白這原是做喪事的慣例），聽他們說話的腔調，彷彿他們都是和死者截然不同的另一種人，是誰人不知哪人不曉的老而不死的賊。最後他總算和胡波夫婦一道走了——我敢說他一定是到三船仙酒家去作長夜之飲，去逢人吹噓他是我的錦繡前程的締造者，是我早年的恩公。

他們走了之後，特拉白和他的那些夥計（只是沒有看見他那個小廝，我找來找去沒有找到）也收拾起他們的道具走了，這時屋子裡的空氣才潔淨一些。沒過多久，畢蒂、喬和我便一起坐下來吃一頓冷餐，但這一次卻是在那間講究的客廳裡吃的，而不是在那老地方廚房裡。喬使用刀、叉、鹽瓶等等一應餐具，都萬分當心，因而我們彼此都非常拘束。吃過晚飯，我讓他點上一斗菸，陪他在打鐵間內外逛了半晌，和他一起在門口大石墩上坐下，這時我們才彼此隨便一些。我發現出殯回來以後，喬換上了一套介於工作服和假日大禮服之間的衣服，穿著這套衣服，這位可愛的夥伴就顯得自然了些，恢復了他的本來面目。

我問他今夜能不能讓我睡在我往日睡慣的那個小房間裡，他聽了這話很高興，我也很高興，因為我覺得我能提出這樣一個要求，就已經是很了不起的事了。暮影四合之際，我找了一個機會，和畢蒂到花園裡去小談片刻。

我說：「畢蒂，我想，出了這樣的傷心事，你應當早些寫信告訴我才是。」

畢蒂說：「你是這樣想的嗎，匹普先生？我要是這樣想，早就寫了。」

「畢蒂，我說我認為你應當早點寫信給我，這話可並沒有什麼惡意呀。」

「是嗎，匹普先生？」

她十分沉靜，一言一行都有條不紊，又善良又惹人喜愛，因此，我也真不忍心再惹她哭一場。她在我身旁走著，我望了望她那雙沮喪的眼睛，心想這個題目就不必再談下去了。

「親愛的畢蒂，我想，你在這兒恐怕很難再待下去了吧？」

畢蒂含著歉意，卻又沉著而自信地說：「噢！我不能再待下去了，匹普先生。我已經向胡波太太說過，明天就到她那兒去。我希望我能夠和她一塊兒順便照料照料葛吉瑞先生，讓他安定下來再說。」

「你打算怎麼過活呢，畢蒂，如果你需要一點款——」

畢蒂一時飛紅了臉，她馬上截斷了我的話，說道：「問我打算怎麼過活嗎？你聽我說，匹普先生：這兒有座新學校快要造好了，我想設法去找個女教師的位置。鄉鄰都可以出力推薦我，我自己也一定能勤勤懇懇，耐心工作，邊教邊學。你要知道，匹普先生，」畢蒂說到這裡，抬起眼睛來對我一笑，才接下去說：「新學校可不像老學校啊，好在我來了以後就從你那裡學到了不少東西，而

2 此語脫胎於《新約·提摩太前書》第六章第七節及《舊約·約伯記》第十四章第二節。

且也有了時間求長進。」

「畢蒂，我看你在任何環境中都會不斷求長進的。」

畢蒂唧唧噥噥地說：「只怕我的劣根性改不好。」

她這句話與其說是責備自己，毋寧說是情不自禁地道出了一件心事。我心裡想，好吧，這個題目也不必再談下去了。於是又和畢蒂並肩走了一陣，默默地盡望著她那一雙沮喪的眼睛。

「畢蒂，我姊姊究竟是怎麼死的，詳細經過還沒聽見說起過呢。」

「沒什麼可談的，這個可憐的人兒，這次一連迷迷糊糊了四天（其實近來她的病情倒並沒有惡化，反而有了些起色），一天傍晚吃茶的時候，她神志清醒了，清清楚楚喊了一聲『喬』。她已經有好久沒有說過一句話了，因此我就馬上到打鐵間去把葛吉瑞先生找來。她向我做個手勢，表示要喬坐在她身邊，要我把她的兩隻手扶起來抱住喬的脖子。我照著她的意思辦了，她就把頭擱在喬的肩膀上，十分心滿意足。一會兒她又叫了一聲『喬』，還對他說了一聲『原諒我吧』，接著又喊了一聲『匹普』，以後就一直沒抬起頭來。過了一個鐘頭，我們發現她沒有氣了，才把她抬到床上去。」

畢蒂說到這裡，禁不住號啕大哭起來；那暮色蒼茫中的花園、小巷，天上陸續出現的星星，都在我模糊的淚眼面前消失了。

「那件事[3]一點線索也沒有發現嗎，畢蒂？」

「沒有。」

「你知道奧立克目前的情況嗎？」

「從他衣服上的那層顏色來看，我想他多半是在石灰窯裡做事。」

「這麼說你看到過他嘍？——你幹嘛盡瞧著小巷口那棵黑糊糊的樹呢？」

「因為你姊姊死的那天晚上，我看見他就站在那棵樹的前面。」

「以後就沒見過他嗎，畢蒂？」

畢蒂說：「見過，我們近來散步，我還看見他一直在那兒。」我正要拔腳奔出去，她連忙挽住我的手說：「他這都是白費心機，你知道我不會騙你的；他現在不在那兒了，才走不久。」

一聽說那個惡棍還在追求她，我胸中那一股無名怒火重又燃燒起來，我對這個傢伙的仇恨真是不共戴天。我把此時的心情照實告訴了畢蒂，還向她表白，我這一輩子不論要花多少錢、費多大氣力，不把這個惡棍攆出本鄉就絕不甘休。可是畢蒂卻循循善誘，使我的火氣漸漸消了。她又談起喬如何喜歡我，說喬從來什麼也不埋怨（她沒有明說喬並不埋怨我，她也用不到這麼說，她的意思我早就明白了），說他手藝高，心地好，又不多說話，一心一意只知盡到他的人生天職。

我說：「這倒是實在的，喬的好處真是說也說不完。畢蒂，這些事我們以後得多談談，今後我一定要常常到這兒來。我不能把可憐的喬丟下不管，把他一個人丟在這兒。」

畢蒂不置一詞。

「畢蒂，我說的話你聽見嗎？」

「聽見了，匹普先生。」

「你叫我匹普先生，我聽來真不是滋味，這且不去說它；畢蒂，我只想問你，你對我愛理不理是什麼意思？」

畢蒂怯生生地反問一句：「我什麼意思？」

3 指喬大嫂橫遭襲擊。

我擺出一副理直氣壯的樣子，說：「畢蒂，我一定要問個明白，你這是什麼意思？」

畢蒂又反問道：「什麼意思？」

我反唇相譏，說道：「別學我的腔，你從前並沒有學腔的毛病，畢蒂。」

畢蒂說：「從前不學腔！噢，匹普先生！還提從前哩！」

好吧，我看這個問題也不宜再談下去了。於是在花園裡默默地又走了一圈以後，我重新再把話扯到正題上去。

我說：「畢蒂，我剛才說，以後我要常常到這裡來看看喬，你聽了我這話，一言不發。畢蒂，我求你行行好，給我說說明白，你這究竟是為了什麼。」

畢蒂在花園小徑上停下來，在星光下以清澈而誠懇的眼光望著我，問道：「那麼說，你準能常常來看他嘍？」

聽了畢蒂這話，我只好死了心，不再跟她多爭了，我說：「天哪！這實在是人類的一大劣根性！請你別說了吧，畢蒂。你這話太使我吃驚。」

因此，到吃夜點心時，我就憑著這個駁不倒的理由，和畢蒂疏遠起來；後來我上樓到我往日的小臥室去睡覺的時候，也是用一種冠冕堂皇的氣派和她告別的，而且我心裡嘀嘀咕咕，自以為經過了白天到教堂公墓去送殯下葬的那一幕，也就難怪我擺出這種氣派。這一夜怎麼也睡不好，一個鐘頭要醒四次，每次醒來都要想到畢蒂對我如何薄情、使我如何傷心、把我冤枉得多麼厲害！

我是第二天一大早就得走的。一大早，我就出了門，人不知鬼不覺地來到打鐵間的木窗前朝裡張望。我站在窗前望了好幾分鐘，喬早已在工作了，滿面紅光，顯得又健康又壯實，看來在他的人生道路上似乎總有一輪輝煌的紅日迎候著他，現在他臉上正沐著朝輝呢。

「再見，親愛的喬！——你不用擦手！——看在上帝面上，不要擦掉，把你的手伸給我！——我一定很快就來看你，我一定常常來看你。」

喬說：「你可要盡快地來啊，先生；你可要多多地來啊，匹普！」

這時候畢蒂手裡拿著一杯鮮牛奶和一塊麵包，正站在廚房門口等我。我就伸手向她告辭，一面說：「畢蒂，我一點也不生氣，只是覺得很難過。」

畢蒂不勝悽愴地向我懇求道：「別難過了。要是我有什麼地方對不起你，難過的應該是我。」

走出家門，又是晨霧消散的時候。我覺得晨霧似乎在向我透露消息，如果晨霧的意思是說我從此一去不復返了，是說畢蒂對我的看法完全正確，那麼，我只好承認，晨霧透露的消息也完全是正確的。

第三十六章

匹普成年

赫伯爾特和我的日子愈過愈不濟了——儘管清理帳目啊、寬打寬算啊，諸如此類了不起的名堂搞了不少，債務還是愈欠愈多；荏苒光陰，它的腳步是一向不等人的，轉眼之間我成年了——果然如赫伯爾特所料，成了年自己還不知不覺呢。

赫伯爾特比我早八個月成年。他成了年也不過就是成了年而已，並沒有什麼了不得的，所以在巴那爾德旅館裡並不曾引起什麼轟動。我卻不一樣：我的二十一歲生日，我們兩個早就在日盼夜望了，我們為這個日子也不知作了多少設想和預測，相信到了這個吉日良辰，我的監護人總少不得要把謎底揭出來。

我早就在小不列顛街有意把我自己的生日巧妙地透露了出去。生日前一天接到文米克的一份正式通知，告訴我說，倘若我願意在那個吉日下午五時往訪賈格斯先生，他很樂於接待我。這一來我們越發相信大有苗頭，我就懷著一顆怦怦亂跳的心，分秒不差地到了監護人的事務所，真算得上一個遵守時刻的模範。

走進外面的辦公室，文米克就向我道賀，無意中還用手裡一張折疊起來的薄紙擦了擦鼻翼，我看到那張薄紙的模樣，心裡挺喜歡，可惜對此他半個字也不提，只是努努嘴，叫我到監護人的房間裡去。那是十一月天氣，我那監護人正站在壁爐前面，背靠在壁爐架上，雙手抄在上衣的燕尾襬裡面。

他說：「好啊，匹普，從今天起，我應當叫你匹普先生了。恭喜恭喜，匹普先生。」

他和我握了手（他和人家握手，時間總是短得出奇），我向他道了謝。

我的監護人說：「坐吧，匹普先生。」

我告了坐，他卻依舊老樣子站在那裡，低頭望著自己的皮鞋，這一來弄得我很不自在，不由得想起了當年被那個逃犯按住在墓碑上的滋味。擱板上那兩個可怕的頭像離他不遠，看他們臉上的表情，彷彿傻乎乎的拚命想要聽我們的談話，以致都得了歪嘴風似的。

我的監護人把我當作證人席上的見證人似的，對我說：「喂，年輕的朋友，我有一兩句話要跟你說。」

「請說吧，先生。」

賈格斯先生先是伸出了身子望著地面，接著又仰起頭來望著天花板，說道：「你猜猜看，你猜猜你一年的生活費用是多少？」

「生活費用是多少，先生？」

賈格斯先生依舊望著天花板，重新說了一遍：「生活費用是多——少？」說完，便掃視了一下這整個屋子，手裡拿著手絹，正要放到鼻子上去，忽而又在中途停了下來。

我平日三天兩天結帳理財，結果反而弄得對於自己的經濟情況一點也摸不著頭腦。無可奈何，只得承認回答不了這個問題。這句答話似乎正中賈格斯先生的下懷，他說：「我早就料到了！」說著還滿意地擤了擤鼻子。

賈格斯先生又說：「我的朋友，我已經問了你一個問題了。你有什麼話要問我嗎？」

「我要是能夠問您幾個問題，那當然是莫大的快事，先生，不過，我忘不了您的戒律。」

賈格斯先生說：「你且先問一個試試看。」

「今天您能讓我知道我恩人是誰了嗎？」

「不能。問別的吧。」

「這個祕密很快就可以讓我知道了嗎？」

賈格斯先生說：「暫且不談這個，再問別的。」

我朝四下裡看看，覺得有個問題再也無法回避，便問道：「我——能——得到什麼生日禮物嗎？」賈格斯先生一聽這話，便揚揚得意地說：「我早就料到我們要談到這個問題！」連忙叫文米克把那張紙拿進來。文米克拿了進來，交給他便出去了。

賈格斯先生說：「現在，匹普先生，請你注意。你在這裡提款提得很隨便；你的名字經常在文米克的現金帳上出現。不過你一定還是欠了債，是吧？」

「恐怕是欠了，先生。」

賈格斯先生說：「欠了就應該乾乾脆脆說欠了。是欠了吧？」

「欠了，先生。」

「我不問你欠了多少，因為你自己也不知道；你即使知道，也不會老老實實告訴我，你一定會少報的。」賈格斯先生看見我想要分辯，連忙揮揮食指攔住了我，高聲說道：「好了，好了，我的朋友，你大概以為自己還不至於如此吧，其實你肯定就是如此。說句不怕你見怪的話，我比你可要曉事得多。喏，把這張紙拿在手裡。拿好了嗎？很好。請你攤開來看一看，告訴我是件什麼玩意兒。」

我說：「這是一張五百鎊的鈔票。」

賈格斯先生重複了一遍：「這是一張五百鎊的鈔票。這麼一筆款子，也不算小了吧。你說是不是呢？」

「那還用說呢！」

賈格斯先生說：「嘿！我要你直截了當地回答是不是這樣！」

「當然是這樣。」

「這筆數目，你認為當然不算小了。那麼，匹普，這筆不小的款子就是你的了。這是給你的生日禮物，也就是你承繼遺產的開端。你每年的生活費也就以這樣一個不小的數目為度，你得憑著這樣一筆數目過日子，不能再多；要想再多，那只有等你的恩人親自出面。這就是說，今後你銀錢方面的事完全由你自己做主每個季度向文米克領一百二十五鎊，就這樣一直過下去，將來有一天你和當事人直接打了交道，就毋須我再來居間代理了。我早就告訴過你，我不過是個代理人，拿了別人的錢，遵照別人的意思辦事。儘管我認為當事人的意思並不高明，可是人家出了錢並不是來請我評論他這種做法的好壞的。」

我剛一開口，要向我的慷慨大度的恩人表示感謝，賈格斯先生馬上攔住了我。他冷冷地說：「匹普，人家出了錢並不是來請我替你傳話的。」說完，他就撩起了上衣的燕尾襬，也收起了這個話題，站在那裡對著自己的皮鞋皺眉蹙額，好像這雙皮鞋和他有什麼過不去似的。

歇了片刻，我婉轉說道：

「賈格斯先生，剛才我問您一個問題，您叫我暫時別問。如果我現在再問您一遍，你不會見怪吧？」

他說：「你打算問什麼？」

我並不是不知道，我若不把問題說明，他是絕不會遞話給我說的；可是要我把那個問題當作一個嶄新的問題重說一遍，卻又沒膽量。遲疑了半晌，我才說：「賈格斯先生，請問我的恩人，也就是你剛才提到的那位當事人，是不是馬上就會——」說到這裡，我不便再說下去，只得不響了。

賈格斯先生問道：「馬上就會怎樣？你看，這樣半吞半吐，誰知道你要問什麼呀。」

為了把意思說得準確些，我考慮了一下，又說：「是不是馬上就會到倫敦來？或者叫我到什麼地方去？」

賈格斯先生破天荒第一次用他那雙深陷在眼窩裡的深色眼睛盯住了我，答道：「你要提到這個問題，那我們應當回顧一下那天晚上在你們村子裡你我第一次見面的情形。當時我跟你說什麼來著，匹普？」

「賈格斯先生，您說，那個人也許要過幾年才能露面。」

賈格斯先生說：「正是這樣，這就是我的回答。」

我們彼此瞪著眼望了好一陣，我急於想要從他那裡打聽出一點消息來，緊張得只覺得自己連呼吸也急促了。不但自己感到呼吸急促，分明連他都已經看出來了，這樣一來，我就覺得越發沒有希望從他那裡打聽出什麼名堂來了。

「您認為還得過幾年嗎，賈格斯先生？」

賈格斯先生搖搖頭——並非表示他的回答是否定的，而是表示這樣的問題休想要他回答。我抬起眼來偶然一望，看見那兩個歪嘴斜臉的頭像好像始終在屏氣凝神靜聽，早已聽得憋不住，快要打噴嚏了。

賈格斯先生用溫暖的手背擦著腿肚子取暖，說：「好吧！我不妨坦白告訴你，我的朋友匹普：這個問題是不能問我的。我只消告訴你，這個問題會影響到我，你心裡該明白點了吧。好吧！我索性再對你把話說得透一些，索性再來補充幾句。」

他一個勁兒把身子彎下去，皺眉蹙額地望著自己的皮鞋，趁著這片刻的間歇還擦了擦腿肚子。一會兒，賈格斯先生挺直了身子說：「那個人一出面，你就直接和那個人打交道了。那個人一出面，我和這件事的關係就從此結束了。那個人一出面，我對這件事就不必再過問了。我要說的就是這些。」

兩個人相對望了好半晌，最後我才移開視線，低頭望著地板，默然沉思。從他剛才那一番話來看，我認為這無非是因為郝薇香小姐信不過他，沒有向他說明有意要把艾絲黛拉許配給我——郝薇香小姐瞞著他這件事，或則事出有因，或則並無緣故，可是賈格斯先生卻就此懷恨在心，大吃乾醋；要不就是他根本反對這項安排，因此不願意插手。後來我再抬眼一看，發現他始終目光灼灼地在那裡望著我，到這會子還望著我。

我說：「先生，既然您的話已經說到底了，我也沒什麼可說的了。」

他點頭表示同意，掏出那只叫盜賊膽寒的錶來看了一下，問我打算到哪裡去吃飯。我回答說，回家去和赫伯爾特一起吃，又賣了個嘴邊人情，請他賞光到我們那裡去吃飯，他立即接受了我的邀請。不過他一定要和我一同步行回家，免得我為他多破費，還要我等他先寫好一兩封信，當然還得洗洗手。於是我說，我到外屋去和文米克談談。

其實，我要去找文米克，是因為這五百鎊錢一拿到手，平日常常想起的一個念頭又湧上了心頭，我覺得去找他談談，央他替我出出主意，倒很合適。

文米克這時早已鎖好保險箱，準備回家了。他已經離開了座位，把辦公室裡用的一對油膩膩的蠟燭拿到門口，和燭花剪刀一起放在一塊石板上，準備剪滅。火爐裡的火也已封沒，帽子和大衣已拿來放在手邊，現在他正用保險箱鑰匙拍打著自己的胸口，彷彿在做一種公餘的健身操。

我說：「文米克先生，我要請教你一件事。我想替一個朋友效點勞。」

文米克緊了他那郵筒口似的嘴，搖搖頭，好像是說，他堅決反對為人這麼婆婆媽媽的，照他看來，這是一種致命的弱點。

我接下去說：「我這位朋友，想要在商界謀個發展，可惜沒有本錢，很難動手，有點洩氣。現在我打算多少幫他個忙，讓他動起手來。」

文米克用一種比那鋸木屑還要枯燥乏味的聲調答道：「拿你的錢投進去嗎？」

「把一部分錢投進去。」我想起了家裡那大捆大捆包紮得齊齊整整的帳單，心裡很不安，所以添了這幾個字。「把一部分錢投下去，說不定還要把未來的遺產預先投一部分進去。」

文米克說：「匹普先生，假使你高興的話，我把這一帶有幾座橋扳著指頭數給你聽聽。從這裡起，數到切爾西區為止。你聽著：第一座，倫敦橋；第二座，南華克橋；第三座，黑衣修士橋；第四座，滑鐵盧橋；第五座，西敏寺橋；第六座，沃克斯霍爾橋。一共有六座橋，聽你挑選。」他把保險箱鑰匙柄放在掌心，念一座橋名就扳一個手指。

我說：「我不懂你的意思。」

文米克回答道：「匹普先生，你可以任意選一座橋，到那座橋上去走一趟，站在橋當中拱頂上，把你的錢投進泰晤士河去，結果如何，你自己明白。拿錢去幫朋友的忙，結果如何，你自己也明白——只有比丟下水去更不愉快，更沒好處。」

說完這話，他的郵筒口張得老大，幾乎可以投入一張報紙。

我說：「你這話實在掃了我的興頭。」

文米克說：「本來就是這麼回事嘛。」

我不免有點氣憤憤地問他：「那麼，你的意思是說，一個人萬萬不能——」

文米克接口說：「——把動產投在朋友身上？當然萬萬不能啦。除非你要扔掉這個朋友——那也應當考慮一下，為了扔掉這個朋友，值得你花上多少動產。」

我說：「文米克先生，你這種見解是經過深思熟慮的嗎？」

他答道：「這就是我在這個事務所裡經過深思熟慮之後的見解。」

我聽出他這話似乎拖著一個尾巴，便向他追問道：「啊！那麼你在沃伍爾斯也抱著這樣的見解嗎？」

他正色回答道：「匹普先生，沃伍爾斯是沃伍爾斯，事務所是事務所。正好比我那老人家是一種人，賈格斯先生又是一種人。二者不能混為一談。我在沃伍爾斯有沃伍爾斯的見解；在事務所裡就只能抱著事務所的見解。」

我心裡這才算放下一塊石頭，說道：「很好，那我就到沃伍爾斯去拜訪你，我肯定去！」

他答道：「匹普先生，你以我私人朋友的名義來拜訪，我一定歡迎你。」

我們都知道我那監護人的耳朵比誰都尖，所以我們談話的聲音很低。一看他已經在房門口用毛巾擦手，文米克便穿上大衣，走到一旁去剪熄了蠟燭。三個人一同出門，走到大門口石階前面，文米克轉身回家，賈格斯先生和我一起趕我們的路。

那天晚上我不禁一再默默感歎：要是賈格斯先生在他吉拉德街的住宅裡也有這麼一位老父親，

或是有一尊響炮，有件什麼玩意兒、有個什麼人，讓他眉開眼笑一下，那有多好啊。我二十一歲生日這一天，自忖雖已成年，卻還要受他的嚴密監護，生活在一個疑雲重重的天地裡，未免不大值得，因此心裡頗不舒暢。賈格斯先生比文米克知識要豐富一千倍，人要聰明一千倍，可是我這頓飯如果請的是文米克，心裡倒反而要樂意一千倍。那天晚上他不光是弄得我一個人鬱鬱寡歡；他一走，赫伯爾特就直勾勾地望著爐火，說他一定是犯了什麼十惡不赦的大罪，可自己一點也記不起來了，只覺得心裡悶悶不樂，負疚重重。

第三十七章

再訪沃伍爾斯

我認為要聽取文米克先生在沃伍爾斯的高見如何，最好的日子莫過於星期天，因此就在下一個星期天下午，專程造訪他那座城堡。到得雉堞前面，只見城上國旗飄揚，吊橋高懸。不過這種城防森嚴、如臨大敵的氣概並未使我望而卻步；我在門口打了鈴，老人家以極其友好的態度把我讓了進去。

老人把吊橋拉起拴好之後，說道：「先生，我的兒子早就料到您可能會來，臨走時留下話來，說他下午出去晃晃就回來。他散步是很有規律的，真不愧為我的兒子。他做事件件都很有規律，真不愧為我的兒子。」

我學著文米克平日的樣子，不住地向他點頭，然後和他一同進屋，在爐邊坐下。

老人一面伸手烤火，一面喊喊喳喳說：「你是在我兒子的事務所裡跟他認識的吧，先生？」我點點頭。「哈哈哈！我聽說我兒子幹他那門行業還是個頂呱呱的能手呢——是不是，先生？」我使勁點點頭。「可不是！人家都是這麼跟我說的。他是吃法律飯的，是不是？」我點頭點得更起勁了。老人又說：「這樣一看，我這個兒子就更了不起嘍，因為他本來不是學法律的，而是箍酒桶的。」

我出於一時的好奇，想要探聽一下老人對於賈格斯先生的聲名是否也有所知曉，便對他大聲喊出賈格斯的名字。這一喊，倒弄得我自己手足無措了，原來他哈哈大笑一陣，精神奕奕地回答道：

「當然不是；你說得對。」直到如今，我還是糊裡糊塗，不明白他這話到底是什麼意思，也不明白他認為我跟他開了個什麼玩笑。

我總不能老是坐在那裡只顧向他點頭，總還得想點別的辦法叫他高興高興才是，於是便扯直了嗓門，問他自己從前可也是幹箍酒桶這個行當的。我用足氣力把這個詞嚷了一遍又一遍，一邊嚷一邊拍他的胸口，意思是表明我這個詞是指他而言的，最後總算讓他弄明白了我的意思。

老人說：「我不是幹這個的，我是管倉庫的。管倉庫，先在那邊（看他的手勢，似乎指的是煙囪那兒，不過我認為他說的其實是利物浦），後來就在這兒倫敦城裡做。可惜得了病——耳朵聾了，先生——」

我打了個手勢，表示極其驚異。

「——是的，我耳朵聾了；我這個病一上身，我兒子就改了行，吃上了法律飯，由他撫養我，一點一滴攢積起了這份又風雅又氣派的產業。不過，」老人說到這裡，又縱情大笑一陣，才繼續說下去：「至於你說的那件事，不瞞你說，當然不是；你說得對。」

我覺得相當奇怪：我本無意打趣他，他倒當作我向他打趣，引得他這般高興；倘使我真正用盡心機，存心跟他打趣，恐怕他倒不一定會這樣高興呢；正在琢磨之際，只聽得煙囪旁邊的牆上突然卡嗒一響，我大吃一驚，看時，只見牆上像個鬼精靈似的霍地露出一塊小木片，上有「約翰」二字。老人跟著我的眼睛望去，得意非凡地嚷道：「我兒子回來了！」於是我們一同走出去放吊橋。

文米克隔著城壕向我揮手致意的那個場面，花了錢也沒處去看，因為我們其實大可隔著城壕輕輕易易地握手言歡，何勞揮手致意？老人家特別喜歡弄這座吊橋，因此我索性靜立一旁，不去插手幫忙。文米克到得城壕裡面，便向我介紹和他同來的一位史琪芬小姐。

史琪芬小姐的尊容活像個木頭人，而且和她的護送人一樣，似乎也是專替郵局收信的。她大概比文米克小兩三歲，根據我的判斷，手裡一定有相當數量的動產。她的外衣，不論胸前背後，都剪裁得很特別，使她的體形看去很像小孩玩的紙鳶；我倒認為，她的橘黃袍子似乎黃得未免太顯眼了些，綠手套又似乎綠得未免太刺目了些。不過看來她的為人倒是不壞，對老人家非常敬重。不久我就發現她原是這座城堡中的常客，因為我們一進屋，我就稱讚文米克向老人家通報本人駕到的那種辦法真是獨出心裁，文米克卻叫我注意一下煙囪另一邊的牆上，說完，他就離座而去。頃刻之間只聽得又是卡嗒一響，又有一扇小門洞子開了，木片上露出「史琪芬小姐」的字樣；接著，史琪芬小姐那一扇關了，約翰那一扇又開了；最後是史琪芬小姐那一扇和約翰那一扇同時開了又同時關了。文米克操作完了這些巧妙機關回來，我向他表示，他的匠心使我非常欽佩，他說：「你知道，對老人家來說，這玩意兒既有趣，又實用。說真的，先生，有一點不是我誇口，就是來到這城堡門口的人，誰都不知道這個機關裝在哪兒，只有老人家、史琪芬小姐和我三個人知道祕密！」

史琪芬小姐還說：「這是文米克先生自己想出來，自己動手做的。」

趁史琪芬小姐在脫帽子的當兒（至於她那副綠手套，晚上卻始終戴在手上，顯然是為了提醒文米克家有外客），文米克就邀請我和他一起去巡視一下他的產業，欣賞一下那座小島的冬景。我想，他這一著，無非是為了讓我有個機會聽取他在沃伍爾斯的高見，所以一走出城堡，我就抓住這個機會不放。

我事先經過仔細考慮，這次便像談一件從沒提起過的新鮮事似的，和他談起我那個問題來。我向文米克說明我如何為赫伯爾特擔憂著急，又告訴他我們第一次如何邂逅、如何鬥拳。又略略說了一說赫伯爾特的家境、他本人的性格，說起他自己別無生計，只靠他父親給他的一點點不定數、不定期的貼補過日子。又提到我初來倫敦，粗野無知，幸虧和他相處，得到他不少指點，還坦率承認我怕我倒是虧待了他，要沒有我和我未來的遺產害了他，他的處境也不至於如此。我把幕後人郝薇香小姐遠遠擱在一邊，絕口不提，不過還是隱約提到，可能是由於我的競爭，影響了他的前程，又說他為人豁達大度，絕不會對我懷有任何卑鄙的猜忌報復心理，絕不會搞什麼陰謀詭計。我對文米克說，為了這種種理由，加以他又是我少年時代的伴侶和朋友，我對他感情深厚，所以我希望我的幸運能讓他沾到一點光，早知文米克先生閱歷豐富、通達人事，特地前來請教，應當用怎樣一種最妥善的辦法，以我現有的資力幫助赫伯爾特獲得一點收入——譬如一年一百鎊，給他打打氣，讓他心裡也有個指望——以後再逐步給他買一些小小的股份什麼的。最後，我還請求文米克要瞭解我的苦心——我幫赫伯爾特的忙一定要悄悄進行，不能讓他知道，也不能讓他起疑；這件事除了他文米克，我再也找不出第二個人可以討教。講完，我又按著他的肩膀，說：「我不能不把心裡話告訴你，雖說我明知會給你添麻煩，可是這只能怪你自己，誰叫你帶我到這裡來呢。」

文米克略略沉默了一下，忽然像吃了一驚似的，說道：「匹普先生，要知道，有句話我非得向你說明白不可。你這是好心得出了格。」

「那你是要成全我的這一片好心嘍。」

文米克大搖其頭，答道：「哎喲！這可不是我幹的買賣。」

我說：「好在這也不是你做買賣的地方。」

他回答道：「你這樣說就對了。這才是說在點子上。匹普先生，讓我來戴上深思熟慮的帽子[1]，我想，你打算辦的那些事，不妨按部就班慢慢地來。史琪芬（他指的是史琪芬小姐的哥哥）是位會計師，而且是位行商代理人，哪天我去看看他，把你的事和他商量商量再說吧。」

「那就太感謝你了。」

他說：「你不必謝我，倒是我應當謝你，因為我們現在雖然完全是以私人朋友的關係談話，不過我覺得還是可以提一下，就是我這個人遍身都是從新門監獄沾來的蛛網塵垢，這麼一來，總算可以拂去一些塵垢。」

繼續談了不多一會兒，就回進城堡，看見史琪芬小姐正在沏茶；老人家負責烘製土司，這位妙不可言的老人幹得專心致志、目不轉睛，只怕連眼睛都要被熔化了。我們的這一頓晚飯，可不是那種虛有其表的空頭宴席，而是準備結結實實、飽飽足足地吃上一頓。老人家烘製的奶油土司，堆得像乾草垛子那麼一大堆，盛在那只掛在頂層橫檔上的鐵架裡，噝喇噝喇直響，那個垛子簡直高得叫我看不見他的人。史琪芬小姐沏了好大一壺茶，連屋後那隻豬也聞到了香味，按捺不住，一再表示想來參加這次盛宴。

國旗已經降下，炮已經準時放過，我覺得此身如在安樂窩中，好似那條城壕足有三丈來寬、三丈來深，把我與沃伍爾斯的外界天地隔絕了。城堡中一片靜謐，聲息全無，只有「約翰」和「史琪芬小姐」那兩扇小木門，時開時合，好像得了什麼抽筋的毛病，很刺激我的神經，弄得我很不好受，後來才漸漸習慣了。看見史琪芬小姐做事井然有序，便推想她一定是每星期天晚上都在這裡沏茶的；又見她別著一支古色古香的胸針，上面畫著一個直鼻梁、不十分中看的女人的側影和一彎新月，便不由得猜想，這恐怕是文米克給她的一筆動產吧。

我們把土司全部吃光，茶也喝得不比土司少，人人都吃得暖烘烘、油膩膩的，看著煞是有趣。

---

1 語出弗萊切爾（一五七九—一六二五）戲劇《忠臣》二幕一場，意即：讓我來好好考慮一下。

特別是老人家，很像野蠻部落裡一個收拾得乾乾淨淨、剛剛搽過油的老酋長。休息了一會兒，史琪芬小姐就動手洗茶具（看來那位小使女每逢星期天下午都要回家去骨肉團聚，故而未見），那副漫不經心的樣子，好似貴婦人找個消遣一般，所以誰也不覺得有失體面。不久，她又重新戴上手套，大家圍爐而坐，文米克說：「請老爹爹給我們讀報吧。」

文米克趁老人家取眼鏡時，向我說明，這不過是一向的習慣，因為這位老先生最得意的事莫過於朗讀新聞。他說：「我也不向你告罪了，因為老爹爹消遣作樂的辦法並不多——是不是，老爹？」

老人看見兒子是在對他說話，馬上答道：「好極了，約翰，好極了！」

文米克說：「你只要看見他的眼睛一離開報紙，就對他點一點頭，他就會快活得好像做了國王一般。老爹爹，我們都聚精會神等著聽你讀呢。」

老人興高采烈地說：「好極了，約翰，好極了！」他那種手忙腳亂、樂不可支的模樣，著實十分有趣。

聽著老人家讀報，我不由得想起了當年在伍甫賽先生姑奶奶夜校裡上課的情形，所不同的是，老人的聲音彷彿是透過鑰匙洞傳過來的，自然滑稽突梯，別有風味。老人需得把蠟燭湊在面前，因此常常差點不是把頭髮撞進火裡，就是把報紙撞進火裡，我們必須小心防範，如看守火藥庫一般。文米克雖然戰戰兢兢，毫不懈怠，舉止卻十分文雅。因此老人家自顧讀下去，雖然受到兒子多次搭救，卻絲毫未曾覺察。只要他目光一落到我們身上，大家就都表示出莫大的興趣和驚訝，並且連連點頭，直要點到他繼續讀下去才罷。

文米克先生和史琪芬小姐並排而坐，我則坐在一個陰暗的牆角裡，我看見文米克先生的嘴唇消消停停、不慌不忙地偷偷伸出一隻手去摟住史琪芬小姐的腰肢呢。不久果然看見他的手出現在史琪芬小姐的另一邊的腰眼裡；誰料史琪芬小姐絲毫不落痕跡，就用那隻戴綠手套的手制止了他的輕舉妄動，像解下一條腰帶似的輕輕挪開了他那隻手，把它擱在面前的餐桌上，舉止極為從容。史琪芬小姐做這番手腳時十分鎮靜自若，實在是我生平僅見的勝景奇觀；如果這個動作可以看作是一個漫不經心的動作，那我認為史琪芬小姐這種舉動已經完全像機器一樣自動化了。

過一會兒，我看到文米克那隻手又漸漸不安於位了，後來竟漸漸不知去向了。沒多久，他的嘴又張得合不攏來了。我一時好生不安，緊張得簡直有點受不了，幸而很快就看見他的手又重新出現在史琪芬小姐那一邊的腰上。史琪芬小姐馬上像個不動聲色的拳擊家一樣，不落痕跡地制服了他，她還像剛才一樣，只當是脫下一根腰帶什麼的，拿來放在桌上。如果把這張桌子比作修身進德之路，那我便有理由說：在老人家的整個讀報過程中，文米克的手一再誤入歧途，他之所以能迷途知返、重歸正道，完全是多虧了史琪芬小姐的時時提醒。

老人家讀著讀著，不覺悠悠忽忽睡著了。於是，文米克便拿出一把小茶炊、一盤杯子、一個黑瓶——那瓷頂的瓶塞上還畫著一個紅光滿面、和善可親的高僧。大家就用這些茶具喝起熱茶來，老人家不久就也醒來參加。飲料由史琪芬小姐調製，我看見她和文米克合用一個杯子。我當然不是傻瓜，我想今夜與其由我送史琪芬小姐回府，不如我相機先走。我說走就走，熱情地辭別了老人家就回去了。這一個晚上真過得愉快極了。

沒過一星期，收到文米克從沃伍爾斯寄出的一封信，信上說，關於我們那件以私人朋友關係相託的事，似已略有進展，如果我願意為這事再去看他一次，他將十分高興。於是我又到沃伍爾斯登門拜訪，並且去了多次，在城裡也約他會過幾次面，可是在小不列顛街的事務所裡或就近一帶卻和他絕口不談這問題。結果是這樣：我們找到了一位高尚的青年商人，他是個航運經紀人，開業並不久，需要有個伶俐的助手，也需要資金，等將來有了一定的營業收入，就可以正式合夥。於是我以赫伯爾特的名義和他簽訂了祕密協議，從五百鎊款子裡拿出一半來先付給他，並且約定今後陸續付給他幾筆款子：有的到一定日期便從我的收入中撥付，有的要等我財產到手後才能付給。這項交涉是由史琪芬小姐的哥哥主持辦理的。文米克自始至終參與其事，可從來沒有出過面。

事情辦得十分巧妙，赫伯爾特做夢也沒想到我在這裡面插了一手。我一輩子也不會忘記，有一天下午他滿面紅光趕回家來，當作一件了不得的新聞似的告訴我說，他遇到一位叫克拉瑞柯的（就是那位青年商人），那人對他特別有好感，因此他深信他的機會終於來到了。他的希望一天比一天增長，臉色一天比一天快活，對我這個朋友一定也一天比一天覺得情深誼重，因為我一見他那麼高興，怎麼也按捺不住我喜悅的眼淚。

終於這件事完全辦理妥帖了，赫伯爾特進入克拉瑞柯公司的那一天，他和我談了整整一個晚上，這一次的成功叫他愉快極了，興奮極了。我上床睡覺時，一想到我要繼承的遺產畢竟給別人帶來了些好處，禁不住痛痛快快大哭了一場。

我平生的一件大事、我一生的轉捩點，現在已經展現在我眼前。不過，在著手敘述這件大事、講明此事引起的一切變化以前，先要專門闢一章來談談艾絲黛拉。這樣一個朝朝暮暮盤踞著我心靈的題目，專門闢一章來談談，是絕不多餘的。

第三十八章
愛與欲

將來到我死了以後，如果里奇蒙草地附近那座沉靜而古老的宅第裡經常有鬼魂縈繞出沒，那鬼魂一定就是我了。唉！想當年艾絲黛拉住在那裡的時期，我那個神不守舍的魂靈簡直是無分晝夜地在那裡流連忘返。儘管我的軀殼是在原地，可是我那個魂靈卻老是繞著那座宅第徘徊、徘徊，一直不停地徘徊。

艾絲黛拉寄居的那家人家的主婦，名叫白蘭莉夫人，是個寡婦，有個女兒比艾絲黛拉大了好幾歲。從外表看，倒是娘顯得年輕，女兒見老；膚色也是娘紅潤，女兒枯黃；娘生得輕佻謔浪，女兒卻古板得像個修女。母女倆都有所謂很高的社會地位，上門來看她們的客人以及她們出去拜訪的客人，都是多得不可勝數。艾絲黛拉和她們母女之間縱然不是毫無感情，至少感情也極其淡薄，只是彼此心裡明白，艾絲黛拉少不了她們，她們也少不了艾絲黛拉。白蘭莉夫人在沒有過退隱生活以前，和郝薇香小姐是朋友。

我每次進白蘭莉夫人家的門、出白蘭莉夫人家的門，艾絲黛拉總要用盡心機讓我受盡種種大大小小的折磨。由於我和她的關係使然，我對她熟不拘禮，卻又不能討她歡喜，因此弄得我心煩意亂。她不但利用我去戲弄愛慕她的男性，還利用我和她之間熟不拘禮的關係，把我對她的一片癡情經常恣意糟蹋。我儘管和她無比親近，卻總覺得只能望洋興嘆——我看，哪怕我是她的祕書，是她的管家，是她的同父異母或同母異父兄弟，是她的窮親戚，以至是她未婚夫的弟弟，也不至於會這樣苦惱。我們彼此直呼其名，這雖是我的一種特權，可是在眼前的情況下，卻反而加重了我的痛苦；她的其他情人聽了固然可能會發狂，其實當時我自己倒是的的確確差點發了狂。

愛慕她的人多得不可勝數。可能是出於嫉妒吧，我只要看見有誰接近她，就會認為是愛上了她；不過，即使不算這些，愛她的人還是多得數不清。

我常常到里奇蒙去看她，在城裡也常常聽到她的消息，還常常帶著她和白蘭莉母女到河上去划船。無論郊遊、過節、看戲、聽歌劇、聽音樂、跳舞，總之，一切遊樂的場合，只要有她在，我都要緊追不捨，結果都是自尋煩惱。和她在一起，我沒有快活過一個鐘頭，可是我一天二十四小時卻無時無刻不在心裡念叨，能和她待上一輩子，該有多快活啊。

在我們這一段交往的過程中（我當時覺得這個過程相當長，看了下文便知），她總是經常要流露出那種口吻，似乎我們的交往是別人硬加在我們頭上的。有時候，她的這種口吻，還有她用慣的其他種種口吻，也會戛然而止，似乎對我動了憐憫之心。

比如一天傍晚，窗外暮色漸濃，我們在里奇蒙那幢宅子裡的一扇窗前各自坐著，她便這樣突然拋開了自己慣常的口吻，對我說：「匹普、匹普，對你的警告你真的一點也不聽聽嗎？」

「什麼警告？」

「小心我。」

「艾絲黛拉，你的意思是說，要我小心別被你迷住嗎？」

「還虧你說呢！假使你還不明白我的意思，你也算是白長了兩隻眼睛。」

我本打算說，普天之下誰不知道愛情都是不長眼睛的，可是我畢竟沒有說出口，因為我始終受著一種情緒的牽制，覺得既然她知道自己的婚姻要由郝薇香小姐做主，我假使一味逼她，豈不是太不厚道了嗎？（說起來，這方面給我造成的痛苦也真不小啊！）我老是擔心，她心比天高，既然知道了個中的情由，對我就十分不利，她要是存心反抗，苦的就是我了。

我只得說：「不管怎麼說吧，眼前我可沒有接到你什麼警告啊，因為這一次反正是你寫信叫我來的。」

艾絲黛拉臉上露出滿不在乎的冷笑，說：「這倒是老實話。」看到她這種冷笑，我總是感到心寒。

她望望窗外的暮色，接下去說：

「過幾天我就得回沙堤斯莊屋去看看郝薇香小姐了。來回都由你伴送，不知你可願意？她希望我不要單身一人出門，又不願意我把女傭帶去，因為她神經過敏，生怕那些下人閒言閒語。你能陪我去嗎？」

「你真問得出來，艾絲黛拉！」

「這樣說，你能陪我去嘍？假使你方便的話，日期就是後天。我把錢袋交給你，一切費用都託你代為取付。勞駕你一趟的條件就是如此，明白嗎？」

我說：「遵命。」

這次要我陪她回家，事先就只是這樣關照了我一聲，以後幾次也都是如此。郝薇香小姐從來沒有寫過一封信給我，我連她的手跡都無幸得見。隔了一天，我們一起去看郝薇香小姐，郝薇香小姐依舊坐在我第一次看見她的那間屋子裡；不消說得，沙堤斯莊屋裡沒有一點變動。

她把艾絲黛拉疼得什麼似的，甚至比我上一次看見她們在一起時還要可怕；我特意又用了「可怕」這兩個字，絕不是沒有緣由的：因為她那火熱的眼色，擁抱艾絲黛拉時的那股勁頭，著實叫人覺得有些可怕。艾絲黛拉的美貌、艾絲黛拉的談吐、艾絲黛拉的一舉一動，都叫她無限心醉；她坐在那裡一面望著艾絲黛拉，一面咬著自己發抖的手指，彷彿恨不得把這個親手培養的尤物吞下肚去一般。

後來她又把目光從艾絲黛拉身上移到我身上，那目光猶若火炬，一直照到我心裡，窺察著我心靈上的創口。她這次也不避艾絲黛拉，就用那種巫婆似的迫不及待的口氣，又問我那句話：「匹普，她待你好不好啊？她待你好不好啊？」晚上我們坐在她那個閃爍明滅的火爐旁邊時，她的樣子真是可怕到了極點：她把艾絲黛拉的手在胳膊下面一夾，緊緊地抓在自己的手裡，然後就重新提起艾絲黛拉平日信裡所說的話題，逼著艾絲黛拉一一報出她已經迷住了哪些男人，姓甚名誰、身分如何。郝薇香小姐在細細玩味這張名單時，那種專心致志的勁兒，只有受盡了創傷、喪失了理性的人才會有。她另一隻手還扶著拐杖，下巴支在拐杖上，一雙病態的明亮眼睛不住地瞪著我，真像個鬼魂。

這情景雖然使我難堪，深感寄人籬下不是滋味，甚至感到丟臉，但是我倒從中看出了，郝薇香小姐是有意讓艾絲黛拉替她向男人報仇，非等她報夠了仇、稱了心，是絕不會把艾絲黛拉嫁給我的。我也從中看出了，郝薇香小姐之所以先把艾絲黛拉許給我原因何在。她把艾絲黛拉放出去招蜂惹蝶，去折磨男人、去糟害男人，其居心之惡毒，正在於經她這樣一安排，追求艾絲黛拉的男人對艾絲黛拉就勢必永遠是可望而不可即，誰要是押這個賭注，誰就必定輸得精光。我還從中看出了，雖然這塊為眾人所競逐的瑰寶早已內定給我，我卻也先得承受這些喪心病狂、匪夷所思的折磨。我還從中看出了，我的好事之所以一再遷延、我的前監護人之所以絕口不提他曾正式與聞這項內定的計畫，都不是沒有原因的。總之，我算是看清了此時此地所見到的郝薇香小姐，也看清了一向所見慣的郝薇香小姐；我算是看清了她終年深居不見天日的這座陰暗汙濁的宅子原來是一個十足的幽靈。屋子裡點的那些蠟燭，都插在貼牆的燭臺上。蠟燭離地面很高，室內難得更換空氣，這種人為的光亮也總是死氣沉沉，一成不變。我扭頭看看這些蠟燭，看看那淡淡的燭影、那不走的鐘、那胡亂扔在桌上和地板上的早已成為明日黃花的新娘服飾，看看那個可怕的女人，那在爐火映照下投射在天花板和牆壁上的鬼一樣的巨大身影，總之，看到一切的一切，都可以進一步證實我這種解釋、我這種愈想愈不敢相信的解釋。我從這間屋子想到樓梯平臺對面那間擺開了長桌的大房間，一想到長桌中央那件裝飾品上一團團掛下來的蛛絲、桌布上那些爬來爬去的蜘蛛、護壁板後面興興頭頭地大肆活動的耗子、地板上那些摸來摸去爬爬停停的甲蟲，我就覺得我這種解釋處處都找得到證據。

就在這一次回家時，艾絲黛拉和郝薇香小姐頂了嘴。這是我第一次看見她們兩個發生齟齬。

上文已經說過，我們三個人圍爐而坐，當時郝薇香小姐仍然夾著艾絲黛拉的胳膊，握著艾絲黛拉的手，艾絲黛拉卻漸漸想要掙開了。這個自尊的姑娘，其實早已不止一次流露出受不了的神氣，她對於郝薇香小姐這種過於熱烈的感情，與其說是樂意接受或是有什麼共鳴，倒不如說是勉強容忍。

郝薇香小姐一雙眼睛頓時像閃電一樣射在她身上，喝道：「怎麼！你討厭我了嗎？」

艾絲黛拉一面抽出胳膊，一面回答道：「只是有些討厭我自己罷了。」說著，就走到大壁爐架前面，站在那裡低頭看著爐火。

郝薇香小姐氣得直拿拐杖敲地板，大聲嚷道：「你給我說實話，你這個忘恩負義的東西！你居然討厭起我來了。」

艾絲黛拉不動聲色地望了她一眼，便又低下頭去看著爐火。儘管對方如此蠻橫暴躁，簡直有點凶狠，艾絲黛拉的娉婷的身姿和美麗的臉蛋卻顯得那麼沉著而冷漠。

郝薇香小姐大聲叱道：「你這個木石不如的東西！你的心是冰塊做的！」

艾絲黛拉依舊無動於衷，斜倚在壁爐架上動也不動，只是轉了一下眼珠，說：「什麼？您罵我的心是冰塊做的？您是罵我啊？」

郝薇香小姐毫不留情地反問道：「你的心還不冷酷嗎？」

艾絲黛拉說：「您自己有數，我是您一手教出來的。您用不著誇我，也用不著罵我；用不著讚我好，也用不著嫌我歹；總之，我的一切還不都得由您擔待。」

郝薇香小姐越發傷心地嚷道：「你瞧她，瞧她啊！你瞧她，心腸這麼狠，無情無義，連養育了自己的家也不放在眼裡了！可憐我那時候正在心碎腸斷、鮮血淋漓的當口，我就把她領了來，抱在我這不幸的懷抱裡，疼得什麼似的把她疼了這麼多年！」

艾絲黛拉說：「當初領養我，跟我可沒關係。那時候我就算已經會走路能說話，也頂多不過是這麼個小孩子罷了。可您還要我的什麼呢？您待我是非常好的，我的一切都得之於您。您還要我的什麼呢？」

對方回答道：「愛！」

「我已經給了您。」

郝薇香小姐說：「沒有。」

艾絲黛拉依舊保持著安詳自在的風度，絕不像對方那樣粗聲大氣，絕不像對方那樣時而勃然大怒、時而柔情脈脈，只是含譏帶諷地說：「養母，我已經說過，我的一切都得之於您。我的一切，毫無保留地聽您處置。您給我的一切，可以由您任意拿回去。除此以外，我就什麼也沒有了。您沒有給我的東西，現在卻要我給您，我儘管想報答您的恩典、盡到我的責任，可也辦不到啊。」

郝薇香小姐凶狠狠地把目光轉到我身上，嚷道：「難道我還沒有給過她愛！難道我還沒有給過她火一般的愛？我愛她一向愛到吃醋的地步，愛到心疼的地步！虧她有臉向我說出這種話來！讓她把我當瘋子好了！讓她把我當瘋子好了！」

艾絲黛拉答道：「為什麼我要把您當瘋子？別人倒也罷了，我怎麼會把您當瘋子？您的處心積慮，世界上還有誰知道得比我清楚？您那樣心心念念記著過去，還有誰知道得比我清楚？我從小就坐在這爐邊，坐在至今還在您身旁的這張小凳子上，受您的教育，一抬頭就看得到您的臉，那時候我看見您的臉還覺得古怪、覺得害怕呢！」

郝薇香小姐呻喚道：「可是早就忘得精光了！從前的事早就忘得精光了！」

艾絲黛拉反駁道：「怎麼忘得了，怎麼忘得了！一點一滴都當作寶貝似的藏在我的記憶裡呢。您幾時看到過我違背了您的教訓？您幾時看到過我忘記了您的指點？」艾絲黛拉用手摸一摸自己的胸口，又繼續說下去：「凡是您不容許的東西，您幾時看到我這心裡有過？您自己說句公道話吧。」

郝薇香小姐一面用雙手撩開散亂的白髮，一面呻喚道：「太傲慢了，太傲慢了！」

艾絲黛拉答道：「是誰教我傲慢的？我把這一課學到了家的時候，又是誰誇獎我的？」

郝薇香小姐依然撩著頭髮，又呻喚道：「真狠心，真狠心！」

艾絲黛拉答道：「是誰教我狠心的？我把這一課學到了家的時候，又是誰誇獎我的？」

郝薇香小姐把雙手一攤，尖聲銳氣地嚷道：「難道教你對我耍傲慢、發狠心不成？艾絲黛拉呀、艾絲黛拉，我的艾絲黛拉，你竟然對我耍傲慢、發狠心！」

艾絲黛拉有點驚異但仍不失鎮定，對她瞅了半晌，此外並沒有一點不安的樣子；半晌過後，重又低下頭去望著爐火。

沉默了一陣以後，艾絲黛拉抬起眼來說道：「我們分別了這些時候，我來看您，您竟這樣蠻不講理，我實在不明白究竟是為了什麼緣故。我從來沒有忘記過您所受的委屈以及造成這些委屈的原因。我從來不曾辜負過您和您給我的教訓。我覺得我也從來沒有什麼可以算是軟弱的表現！」

郝薇香小姐大聲嚷道：「報答我的愛難道也算是軟弱的表現嗎？噢，我明白了，我明白了，在她看來這就叫軟弱的表現！」

艾絲黛拉又顯出了那種驚異而又不失鎮定的神情，過了片刻，方才若有所思地說：「事情的來由，我現在倒好像漸漸有點明白了。比方說，您的養女完全是由您關在這幾間黑房裡養大的，您從來不讓她知道世界上還有陽光這麼回事，她也從來不曾在陽光下見過您的臉容——比方說，開頭您一直這樣辦，可是後來為了某種目的，您又要她去接觸陽光、要她見識陽光下的一切，比方是這樣，您會失望，您會生氣嗎？」

郝薇香小姐雙手托住腦袋，坐在那裡哼哼唧唧，身子在椅子上搖來晃去，只是不答言。

艾絲黛拉說：「再打個比方——這個比方更近乎事實——比方說，從您養女懂事的時候起，您就不遺餘力地教訓她說，世界上有陽光這麼回事，但陽光天生是她的冤家對頭、是她命裡的災星，因此她非得時時刻刻仇視陽光不可，因為陽光已經摧毀了您的一生，她要是再不當心，也非得被它摧毀不可——比方說，開頭您一直這樣辦，可是後來為了某種目的，您又要她見了陽光馬上喜歡，她當然辦不到，比方是這樣，您會失望、您會生氣嗎？」

郝薇香小姐坐在那裡靜聽（應該說似乎是坐在那裡靜聽，因為我看不見她的臉），不過她還是不答言。

艾絲黛拉說：「所以，您把我教養成了個什麼樣的人，就應當把我當個什麼樣的人看待。成功了幾分、失敗了幾分，都不能算在我帳上；反正，成功的、失敗的都加在一起，就成了我現在這麼個人。」

這時郝薇香小姐已經坐倒在地上，那狼藉遍地、乾癟憔悴的新婚服飾把她團團圍在當中，我簡直不知道她是怎樣落到這步田地的。我立即利用這個機會（我一直都在尋找這樣一個機會），做個手勢請艾絲黛拉小心照拂她，自己就溜到屋外去了。我臨走時，艾絲黛拉依舊和先前一模一樣倚著壁爐架站著。郝薇香小姐的滿頭灰白長髮飄散在地板上，和當年做新嫁娘時的那些殘裝剩飾混在一起，實在難看得夠瞧的。

我懷著抑鬱的心情，在星光下溜達了一個多小時，庭院、酒坊、荒蕪的花園，到處都走到了。最後壯壯膽子返回屋裡，看見艾絲黛拉坐在郝薇香小姐的膝下，正在縫補一件已經破舊得快要成為碎布片的新婚衣服；從此以後，我每次在教堂裡見到牆上掛著那些年深月久、破爛褪色的橫幅，就老是要想起這一件玩意兒。後來我和艾絲黛拉又像往日一樣打起牌來，不過我們打牌的技巧都比往日高明了，而且現在是用法國式的打法。一個黃昏就這樣打發了過去，後來我也就去睡了。

我睡在院子對面那座獨立的房子裡。在沙堤斯莊屋過夜，我還是生平第一次，無論如何睡不著。彷彿有千百個郝薇香小姐糾纏著我。枕頭這邊是她，枕頭那邊還是她；床頭是她，床腳邊還是她；盥洗室半開的門後是她，盥洗室裡面還是她，樓上的一間屋子裡是她，樓下的一間屋子裡還是她——沒有一個地方沒有她。這漫漫長夜啊，它的腳步慢得像爬行，挨到兩點鐘光景，覺得這地方實在躺不下去，非得起來不可。於是披衣而起，走出門去，來到院子對面長長的石頭過道裡，打算繞到外面院子裡去走動走動，散散心。誰知道一進過道，就看見郝薇香小姐像個遊魂一般正在過道裡走，一面還在低聲哭泣。我立即吹滅蠟燭，遠遠跟在她後面，看她上了樓梯。她手裡拿著一枝沒有燭盤的蠟燭，大概是從她房裡貼牆的燭臺上取下來的，在燭光下她的樣子十足像一個鬼怪。我站在樓梯下面，雖然沒看見她開門，卻聞到飯廳裡的一股霉味，聽見她在裡面走動了一陣便返回臥室，在臥室裡待了一會兒重新又進了飯廳，哭泣之聲一刻也沒有斷過。過了一陣，我打算摸黑走出去，或者回自己的臥室也行，可是哪裡辨得到？直到曙光透進來，才辨別出方向。總之，這一陣工夫，我只要一走到樓梯下面，就聽見她的腳步聲，看見她的燭光在樓上移動，還聽見她那無休無止的輕聲哭泣。

第二天辭別時，郝薇香小姐和艾絲黛拉再沒有發生齟齬，而且從那次以後，再沒有在我陪艾絲黛拉回去時發生過齟齬；據我記得，此後我又陪她回去過四次。要說郝薇香小姐對艾絲黛拉的態度有什麼改變，我看也無非是態度上似乎略略有了些顧忌，她的老樣子還是始終沒有改。

寫到我生命史上的這一頁，不提一提本特里·蛛穆爾的大名，是沒法把這一頁翻過去的；不然我才不想提他呢。

且說有一次，林鳥俱樂部舉行大會，彼此照例正在吵吵嚷嚷，各不相下，美其名促進友情之際，忽然主持人叫大家肅靜，因為蛛穆爾先生要為一位小姐祝酒。原來根據俱樂部堂堂的章程規定，這一次輪到這個畜生舉行這項儀式。酒瓶順次傳下去，我覺得他好像惡狠狠地瞪了我一眼；不過，我跟他早已不和，這也不足為奇。使我又氣憤又吃驚的是，他竟然要大家陪他一起為艾絲黛拉乾杯！

我問：「誰家的艾絲黛拉？」

蛛穆爾含譏帶諷地說：「你管不著！」

我又問：「住在哪兒的艾絲黛拉？你得說明白了。」作為林鳥俱樂部的一名成員，按規矩他是有這個義務的。

蛛穆爾故意不理睬我，他對大家說：「各位，她住在里奇蒙，是個蓋世無雙的美人兒。」

我悄悄對赫伯爾特說，這個卑鄙下流的白癡，他懂得什麼蓋世無雙的美人兒！

祝酒之後，坐在他對面的赫伯爾特說道：「這位小姐我認識。」

蛛穆爾說：「是嗎？」

我氣得臉紅耳赤地找補了一句：「我也認識。」

蛛穆爾說：「是嗎？喔，天哪天哪！」

這頭蠢驢就這麼哼了一聲，他再也作不出別的回答了（要嘛就是拿杯呀碟呀擲過來），可是他這一句話就已經氣得我要命，總覺得話裡含譏帶刺，我便連忙從座位上站起來說，這位可尊敬的「鳥兒」居然飛入「林」來（我們經常把俱樂部的聚會說成「飛鳥投林」，這種雅潔的出言吐語簡直像議會裡開會一般）——要為一位素昧平生的小姐乾杯，這種行徑我不能不認為太冒昧。蛛穆爾先生一聽這話，就跳了起來，責問我這話是什麼意思？我索性給了他一個決絕的回答，說是他如果要決鬥，我一定奉陪。

在基督教國家中，事情到了這步田地，當事雙方是否還可以不流血而照常相處呢，在這個問題上，諸位「林鳥」的意見是極不一致的。爭論十分熱烈，當場至少就有六位可尊敬的會員對另外六位會員表示，如果對方要決鬥，他們一定奉陪。不過最後還是作出決定（事關榮譽，林鳥俱樂部就要作出判決）：只要蛛穆爾先生拿得出一星半點的證據，證明他有幸認識那位小姐，匹普先生就應以無愧於上等人和「林鳥」的風度向他道歉，承認自己「一時失察，率爾動怒，殊屬孟浪」等等。當下還規定，證據第二天就要拿出來（唯恐遷延時日，我們的榮譽感會冷卻下來）；第二天蛛穆爾果然拿來了一張艾絲黛拉親筆寫的字條，措辭很客氣，聲稱她有幸和他跳過好幾次舞。這一來我自然毫無辦法，只得向他道歉，承認自己「一時失察，率爾動怒，殊屬孟浪」等等，並且把自己先前打算決鬥的想法完全斥為無稽之談。然後蛛穆爾和我就坐在那裡相互嗤之以鼻，足足相持了一小時，林鳥俱樂部的其他成員也不分青紅皂白地胡亂爭論了一小時，最後宣布，說是會友友情又大有增進、進展實屬神速云云。

這件事我現在說來輕易，可是在當時來說，卻絕不是件輕易受得了的事。當時一想到艾絲黛拉竟會垂青於這樣一個卑鄙、笨拙、乖戾、遠在中人之下的蠢材，我心裡實在感到說不出的痛苦。直到如今，我依然認為，當時我所以一想到她對那頭畜生屈身俯就便痛苦得受不了，完全是出於我對她的一片純潔、豪爽、無私的熱愛。毫無疑問，無論她垂青於何人，我都會傷心，不過，要是她屬意的對象是個高尚些的人物，我的痛苦也不會那麼難受、那麼刺心。

我要查明蛛穆爾和艾絲黛拉的事原是再容易不過的，果然一下子就讓我查明白了：蛛穆爾早已對她追求得很緊了，她竟也聽任他追。過不多久，蛛穆爾對她更是達到了時時刻刻緊追不捨的地步，以致他和我兩個人每天都要不期而遇。他堅持不懈，用的是死釘死追的手段，艾絲黛拉則索性把他攥在掌心裡恣意捉弄——對他熱一陣冷一陣，忽而對他近似殷勤，忽而又公然表示鄙薄，忽而和他相知很深，忽而又連他是何許人都記不得了。

賈格斯先生管他叫「蜘蛛」，著實沒有叫錯——他的確不愧為蜘蛛的同類，經常極其耐心地伏在一旁，伺機而動。除此以外，他對於自己的金錢財產和高貴出身，簡直像個傻瓜似的迷信得入了魔。這兩個條件有時候倒也對他很有用處——可以用來代替愛情的專一。這隻蜘蛛就是這樣對艾絲黛拉虎視眈眈，死盯不放，把許多斑斕明媚的蜂蝶都嚇跑了。他老是在那裡吐絲結網，只要時機一到，他就撲上來了。

有一次在里奇蒙開舞會（當時有個風氣，到處都舉行舞會），滿屋麗姝與艾絲黛拉相形之下，都黯然失色；艾絲黛拉到哪裡，這個胡衝亂撞的蛛穆爾就跟到哪裡；艾絲黛拉竟也那樣縱容他，我因此拿定主意非得去找艾絲黛拉談一下蛛穆爾的事不可。後來看見她獨自一人坐在一簇鮮花叢中，只等白蘭莉夫人來帶她回家，我覺得這是個機會。我馬上走到她面前，因為在這種場合下，她們兩個人來來去去，幾乎都是由我伴送的。

「你累了嗎，艾絲黛拉？」

「夠累的，匹普。」

「也難怪。」

「累又有什麼辦法，我還得寫封信給沙堤斯莊屋，才能睡覺呢。」

我說：「是報告今夜的勝利嗎？可惜戰績不佳呀，艾絲黛拉。」

「你這話是什麼意思？什麼勝利不勝利的，我不知道。」

我說：「艾絲黛拉，看看那邊牆角裡的那個傢伙，他老是在朝咱們這兒瞧呢。」

艾絲黛拉並沒有拿眼睛去看他，反而望著我，答道：「我看他幹嘛？請問，『那邊牆角裡的那個傢伙』，有什麼值得我一看的？」

我說：「可不是？這話我正想要問你呢。那傢伙今天晚上一直在你身邊團團轉。」

艾絲黛拉拿眼睛朝他一溜，回答道：「飛蛾和各種各樣醜陋的昆蟲，一看見亮堂堂的蠟燭就要來團團轉。你叫蠟燭有什麼辦法？」

我答道：「蠟燭沒辦法，難道艾絲黛拉也拿不出辦法嗎？」

停了片刻，她才笑著說：「嗯！辦法也許有吧。就算是有吧。你愛怎麼說都行。」

「可是，艾絲黛拉，我求求你務必聽我一句話。像蛛穆爾這種為大家所不齒的人，你居然也會趁他的興，我看著實在難受。你要知道，人家都是看不起他的呀。」

艾絲黛拉說：「還有呢？」

「你知道，這個人不但外貌醜陋，肚子裡也是一包草。是個脾氣粗暴、成天繃著臉的低能的大笨蛋！」

艾絲黛拉說：「還有呢？」

「他除了有幾個錢，還有他那些混蛋祖宗的一本糊塗家譜以外，簡直一無可取，你知不知道？」

艾絲黛拉又說了一聲「還有呢？」每說一次，那雙美麗的眼睛就睜大一些。

老是「還有呢」三個字，可真不是滋味；叫她多說一個字都辦不到，於是想出了個打開局面的辦法——把她這句話接過來，加重了語氣對她說道：「還有呢！要知道我傷心也就傷心在這裡。」

假使我能夠斷定她垂青於蛛穆爾不過是故意要傷傷我的心，那我心裡倒反而會寬舒得多；可是她依舊像往常一樣，完全把我置之度外，因此我絕不能作如是想。

艾絲黛拉在室內掃視了一眼，說道：「匹普，別傻了，事情影響不到你。有些人可能會受到影響，那恐怕也是沒法可想的。這種事不值得多談。」

我說：「不，倒是很值得談談，要是哪一天我聽見人家說：『艾絲黛拉怎麼竟會看中了一個鄉巴佬、一個下流透頂的傢伙，白白糟蹋了自己的仙姿麗質！』那叫我怎麼受得了？」

艾絲黛拉說：「只要我受得了就行。」

「哎喲！別太驕傲了，艾絲黛拉！別太頑固不化！」

艾絲黛拉雙手一攤，說：「剛才你還在責備我曲意俯就一個鄉巴佬，這會子又責備我太驕傲，責備我頑固不化了！」

我迫不及待地說：「我難道冤枉了你？今天晚上我明明看見你向他使眼色、陪笑臉，你可從來不曾這樣對待過——我。」

艾絲黛拉突然轉過臉來瞧著我，縱然不是對我怒目而視，至少也是滿面嚴肅、目不轉睛地瞧著我，她說：「你是要我欺騙你，引你入彀嘍？」

「難道你這是存心要欺騙他，引他入彀，艾絲黛拉？」

「對！豈止是他——除你而外，對誰不是這樣！白蘭莉夫人來了。我不和你多談了。」

現在，我始終耿耿於懷、而且常常為之痛苦不已的這一段事，已經花了一個專章的篇幅交代過了，接下去我就可以放手敘述另一件事，這件事的來歷還要更久，其實遠在我知道世界上有艾絲黛拉以前、遠在她童稚的智慧受到郝薇香小姐的魔掌的戕害以前，就已經種下了根苗。

東方有個故事，說的是有個蘇丹王打算於征戰得勝之後，用一塊極大的石板砸碎敵國君主的寶座。於是慢慢地先在石礦裡採鑿好石板，又在岩石叢中慢慢地掘出一條坑道，以便能用粗繩穿入坑道兜住石板，然後再把石板慢慢地吊起來架上屋頂，又把繩子一頭兜住石板，另一頭慢慢地穿過幾英里長的坑道，拴在一個大鐵環上。費盡了九牛二虎之力，準備工作始告就緒；到了時候，深更半夜把蘇丹王叫醒，將早就磨快專備此刻砍繩之用的利斧交到他手裡，他舉斧一砍，繩索斷裂，於是石板就把那屋頂砸爛了。我的情形也是如此；砸爛屋頂的一切準備工作，遠的、近的，都已安排就緒，只等舉斧一擊，我那個要塞的屋頂便要坍下來壓在我的頭上了。

第三十九章
雨夜來客

我已經二十三歲。二十三歲的生日已經過了一星期，關於我承繼遺產的問題卻還沒有一點新的消息可以驅散我的疑雲。我們搬出巴那爾德旅館、住到寺區[1]來，已經一年了。住宅坐落在花園坊，臨近河濱。

朴凱特先生早已和我解除師生關係，不過彼此依舊相處得極好。我儘管不能安心務任何正業（我看這多半是由於我的經濟情況還很不穩定，也尚未完全明朗的緣故吧），不過卻喜愛讀書，每天都要讀好幾個小時書。赫伯爾特的那件事仍在順利進行之中；至於我自己的境況，則早已在前一章的末尾說得明明白白。

赫伯爾特到馬賽辦商務去了。剩下我一個人，孤零零的，實在覺得沉悶。心裡既抑鬱又焦灼，老是盼望著下一天或是下一個星期我的生命史上就會出現雲散天清的局面，卻又老是失望；想起那位老朋友滿面歡愉、與我一唱一和的情景，就不免懷人千里，黯然神傷。

天氣壞極了，成天風風雨雨，雨雨風風，條條大街上都是泥濘，除了泥濘還是泥濘。日復一日從東邊天空裡壓過來大片厚厚的雲層，罩住了倫敦，連綿不斷，彷彿那東邊天空裡藏著刮不完的風、散不盡的雲似的。風勢凶猛極了，揭去了城裡高樓大廈屋頂上的鉛皮，連根拔起了鄉村裡的樹木，刮得風車的葉片都不翼而飛。從海濱一帶不斷傳來翻船死人的噩耗。一陣陣狂風，還夾著瓢潑大雨。

這一天，正是風雨最大的一天，晚上，我坐在家裡讀書。說到寺區這一帶的景況，目前較之當時已大有改觀，既不若當時淒淒冷冷，也沒有再被河水淹沒的危險。當時可還不是這樣。我們住的是臨河一幢房子的頂層，那天晚上河上狂風怒號，連房子都震動了，好似遭到了炮擊或是海濤的拍打。後來狂風又帶來了驟雨，忽喇喇打在玻璃窗上，抬眼看時，窗子都在搖晃，恍若置身在一座風雨飄搖的燈塔中一般。有時候，壁爐裡的煙會從煙囪裡倒灌進來，似乎受不住屋外風雨的侵凌。我打開門，望望樓下，樓梯上的燈已經撲滅；我手搭涼篷，透過漆黑的玻璃窗朝外一望（在這種風侵雨虐的夜晚，休說開窗，連一絲縫也露不得），只見院子裡的燈也撲滅了，橋上和岸邊的燈也都在瑟瑟打抖，狂風從駁船上的爐子裡刮起一陣陣火星，有若一陣陣火雨。

我把錶放在面前的桌上，打算讀到十一點就合上書本睡覺。待到合書時，聖保羅教堂的鐘，以及城裡其他教堂的鐘都紛紛報點——有的一馬當先，有的同聲相應，有的姍姍來遲。怎奈狂風肆虐，鐘聲喑啞破碎得離奇。耳裡聽著，心裡想著：這風怎麼也饒不過鐘聲，把它撕得這樣七零八碎？正在這時，忽然聽得樓梯上有個腳步聲。

我頓時神經緊張，嚇了一跳，心想，莫非姊姊的幽靈來了——這種愚昧的想頭一閃即逝，可以不去說它。我重又凝神靜聽，只聽那腳步聲踉踉蹌蹌愈走愈近。於是我想起樓梯上的燈已經撲滅，

1　寺區：位於泰晤士河之濱，以古建築、草地、庭苑、花木見勝。頗有古代大學城的風光，分為外寺、中寺、內寺。花園原與河床毗連，自維多利亞時代始隔以河堤，下文所謂「寺區這一帶的景況，目前較之當時已大有改觀」，即指此而言。

便拿了檯燈走出房間，來到樓梯口。一點聲息也沒有，顯然樓下那人一看見我的燈光就站住了。

我朝著樓下喊了一聲：「下面有人嗎？」

黑魆魆的樓下有人回道：「有人。」

「你要到幾樓？」

「頂樓。找匹普先生。」

「我就是。——沒出什麼事吧？」

那人答道：「沒出什麼事。」說著就走上樓來。

我把檯燈端到樓梯欄杆外面，那人慢慢地就進了光圈。我這盞燈原是一盞用來看書的罩燈，照明的範圍極其有限，因此他在光圈裡不過是一剎那工夫，轉眼就又出了光圈。就在他步入光圈的那一剎那間，我看到他仰起了那張陌生的臉望著我，一看見我就顯得又感動又快慰，簡直弄得我莫名其妙。

他走近一步，我也把燈挪前一步，這樣漸漸看明白了，這人的衣著雖然質地考究，卻弄得非常馬虎，很像個航海家；蓄著一頭斑白的長髮，年紀在六十上下；肌肉發達，十分壯實，臉膛曬得很黑，一副飽經風霜的老練樣子。他走上樓梯的最後一兩級，我們兩個人便都進入了光圈之中，只見他伸出雙手來想要擁抱我，這一下可真把我嚇愣了。

我問他：「請問你有什麼事？」

「我有什麼事？」他停了片刻，才接下去說：「啊！那也好。如果你同意的話，我就來說一說我來有什麼事。」

「你要進來嗎？」

他答道：「是啊，我要進來，少爺。」

我問他這句話問得很不客氣，因為我看見他臉上始終掛著那種好像早就認識我似的、喜洋洋的神氣，心裡就覺得生氣。我生氣就生氣在他神氣之間似乎有那麼一種意思，好像我也應該跟他一塊兒高興似的。不過我還是帶他走進屋裡，把檯燈放回桌上，盡量放出彬彬有禮的樣子，要求他說明來意。

他環顧了一下室內的陳設，神態極其古怪——又似驚又似喜，彷彿室內這些東西他非但讚歎，而且也有他的一份——接著便脫下他那件亂皺皺的外套，摘下了帽子。我這才看見他的頭頂又皺又禿，只是兩側長著一圈斑白的長髮。可是從他身上實在看不出一點線索，不知他究竟是何來意。倒是才一轉眼，我看見他又伸出手來想要擁抱我了。

我有點懷疑他莫非是個瘋子，就說：「你這是什麼意思？」

他本來望著我，一聽就垂下眼去，拿右手慢慢地擦了擦自己的腦袋，用粗啞而哽咽的聲音說：「盼了那麼久，那麼路遠跳跳（迢迢）地趕來，這樣相待，真叫人失望啊。不過這也不能怪你——不能怪你也不能怪我。歇口氣我就說給你聽。對不起，讓我先歇口氣。」

他在壁爐前面的一張椅子裡坐下，用那雙青筋暴起的黑黝黝的大手捂著前額。這時我把他仔細打量了一下，不覺倒退了兩步，不過還是認不出他。

他回頭望了一下，說：「這兒沒有外人吧？」

我說：「我和你素昧平生，你這麼深更半夜趕到我屋裡來，問出這種問題，是什麼緣故？」

他對我搖搖頭，神態從容而又充滿深情，把我弄得糊塗極了，也惱火極了。他說：「看你的樣子多麼神氣啊。你長得這麼大了，長得這麼神氣，真叫我看了高興！可你別來抓我。否則你以後會後悔的。」

他看穿了我的心事。不過其實我也不會動手了，因為我認出他來了！儘管我那時還記不起他的五官相貌，我還是認出他來了！原來他就是當年和我打過交道的那個逃犯！即使這狂風驟雨吹散沖淨了那睽隔如許的漫漫歲月、吹散沖淨了這些年來的世事滄桑，讓時光倒流、讓我們回到我們第一次見面的教堂公墓裡，一高一矮、相對而視，也不會像他現在坐在壁爐前的椅子裡這樣，叫我認得如此真切！他不必從口袋裡掏出把銼子來給我看；不必把脖子上的圍巾取下來包在頭上；不必用兩隻手緊緊抱住自己的身子，渾身顫抖地在房間裡走來走去，還回頭望望，讓我辨認。雖說我一分鐘以前做夢也沒料到就是他，可是這會子，用不到他給我這種種提示，我就認出他來了。

他又向我走來，重又伸出雙手。我不知如何是好（因為我一驚之下，心裡頓時發了慌），只好很不樂意地向他伸出手去。他喜不自勝地抓住我的雙手，拿到唇邊吻過以後，還是抓著不放。

他說：「我的孩子，你當年的行為真是高貴。高貴的匹普呀！我一直沒有忘記過這件事！」

我看見他神態又變了，似乎又想擁抱我了，便用手頂在他胸口，把他推開。

我說：「住手！站開些！假使你是感激我小時候幫過你的忙，那你只要已經改過自新，重新做人，也就是了。如果你是為了向我道謝而來，其實大可不必。不過，你既然找到了我，總不能辜負你來找我的這一番好意，拒你於千里之外，只是你務必要明白——我——」

只見他用十分奇特的眼光盡盯著我瞧，我看得出了神，話到嘴邊也說不下去了。

我們相對無言，過了一會，他說：「你剛才叫我務必要明白，究竟要我明白什麼呢？」

「早年我和你打那一次交道，不過是機緣湊巧，如今情況不同了，我絕不再想打那種交道了。我相信你已經悔了過，重新走上了正路，我心裡很高興。我能夠當面向你表明這番心意，心裡也很高興。你認為我還當得一謝，跑來向我道謝，這也使我非常快活。不過我和你畢竟走的是兩條路。你身上淋溼了，看樣子怪累的，要不要喝杯酒再走？」

這時候他已把圍巾寬寬鬆鬆重新圍到脖子上，站在那裡目光炯炯地打量著我，嘴裡咬著一大截圍巾梢兒。他說：「好吧，多謝你，我就喝杯酒再走。」說這話時，嘴裡依舊咬著圍巾梢兒，依舊目光炯炯地望著我。

靠牆的桌子上有個托盤，放著酒瓶酒杯。我就把托盤拿過來放在壁爐近旁的桌子上，問他要喝什麼酒。他不看一眼，也不吭一聲，隨手指了一瓶，於是我就給他調製了一杯熱乎乎的兌水蘭姆。調酒時雖然竭力想穩住自己，不讓手發抖，可是他頹然躺在椅子裡，嘴裡還咬著脖子上拖下來的圍巾梢兒（顯然已經忘記吐出來了），眼睛盡盯著我，於是我這隻手也就很難控制得住了。我調好了酒送到他面前，只見他眼眶裡噙滿了淚水，我不由得大為驚奇。

我始終站在那裡，沒有坐下來過，為的是毫不客氣地向他表示，希望他快走。可是一見他難受得這個樣子，我也心軟了，覺得過意不去。我連忙給自己也倒了一杯酒，拖過一張椅子，在桌旁坐下，對他說：「我剛才的話，希望你不要介意才好。我不是有意要對你不客氣；我要是說得不好，也請你原諒。我祝你健康，快樂！」

我把酒杯舉到唇邊，他一張嘴，圍巾梢兒從嘴裡落了下來，他驚異地對圍巾瞟了一眼，又向我伸出手來。我把手伸給了他，他這才一面喝酒，一面用衣袖抹抹眼睛和前額。

我問他：「你怎麼過日子啊？」

他說：「我在遙遠的國外給人放過羊，自己也飼養過牲口，還幹過好些其他行當，離這兒千里迢迢（迢迢），隔著風大浪大的海洋。」

「你大概經營得很不錯吧?」

「經營得好極了。跟我一起出去的人,也有混得很不錯的,可沒有一個比得上我。我好得出了名了。」

「我聽了真高興。」

「親愛的孩子,我正巴不得聽到你這句話。」

我既沒有捉摸他這句話的含意,也沒留意他這句話的語調,卻馬上把話岔開了,因為我臨時想起了一件事情。

我問他:「你曾經派過一個人來看我;他替你辦了那件事以後,你還見過他嗎?」

「再也沒有見過。也不可能見到他。」

「那人倒是有信用,當真來看了我,給了我兩張一鎊的鈔票。你知道,那時候我還是個窮孩子;對一個窮孩子來說,兩鎊錢就算得上一筆小小的財產了。不過我也跟你一樣,從那以後就過得很不錯,這筆錢我現在就還給你,請你務必收下。你可以拿去再接濟別的苦孩子。」說著,我就掏出了錢袋。

他看著我把錢袋放在桌上打開,看著我抽出兩張一鎊的鈔票。兩張嶄新潔淨的鈔票,我攤平了送到他面前。他還是那樣看著我,隨手就把兩張鈔票疊在一起,對直一折,捲成一捲,放在燈火上燒著了,紙灰飄飄蕩蕩落在托盤裡。

他先是一笑,笑得簡直像在皺眉,繼而又皺了皺眉,那樣子卻又像在笑,然後才說道:「請恕我冒昧,請教你一個問題:你我自從在那一片又荒又冷的沼地上分手以後,你的日子是怎樣好起來的?」

「怎樣好起來的？」

「就是這句話！」

他舉杯一飲而盡，起身走到壁爐旁邊，站在那裡，把一隻黑黝黝的大手搭在壁爐架上，提起一隻腳來擱在爐柵上烘烘乾、取取暖，溼淋淋的鞋子上立即冒出了熱氣；可是他既不望著鞋子，也不望著壁爐，只是一個勁兒地望著我。我到現在才真的發抖了。

我張開兩瓣嘴唇，想說卻又說不出口，後來終於硬著頭皮告訴他（不過口齒還是不大清楚），說是有人看中了我，要讓我繼承一筆產業。

他說：「請允許我這個小毛蟲似的人物再問一聲：是怎樣一筆產業？」

我期期艾艾地答道：「我自己也不知道。」

「請允許我這個小毛蟲似的人物再問一聲：是什麼人的產業？」

我又期期艾艾地答道：「我自己也不知道。」

那個逃犯又說：「可不可以讓我來猜一猜，你成年以來每年的收入是多少？我猜第一位數字，是不是五？」

一聽這話，我的心房頓時跳動得像個亂敲瞎打的鐵錘一般，我連忙從椅子上站起來，扶住椅背，發了狂似的拿眼睛瞅著他。

他接下去說：「還有個監護人：你未成年以前，少不了有個監護人什麼的。八成是個律師吧。我猜那位律師的名字，第一個字是不是『賈』字？」

他這句話無異亮起一道閃電，一下子使我看清了自己的實際處境；隨之而來的失望、危險、坍臺丟臉、形形色色的後果，一如地崩山摧，劈頭蓋臉而來，壓得我好容易才喘過一口氣來。他接下去又說：「假定說吧，有這麼個人，他聘請那位律師做你的監護人，那位律師的名字第一個字是賈，叫作賈格斯——假定說吧，這個人如今遠涉重洋來到樸資茅斯，上了岸想要來看看你。你剛才說：『你既然找到了我，』那麼，我是怎麼找到你的呢？告訴你，我在樸資茅斯寫了信給倫敦的一個人，打聽你的詳細地址。那個人的名字嗎？喏，叫文米克。」

事到如今，哪怕要了我的命，我也說不出一句話來了。我只有呆呆地站著，一隻手扶著椅背，一隻手按著透不過氣的胸口，如癡如狂地望著他，到後來只覺得天旋地轉，趕緊一把抓住了椅子。他連忙把我扶住，攙到沙發上，讓我在靠墊上靠好，他自己則屈下一膝跪在我面前，和我臉貼著臉——就是我如今已記得一清二楚的那張臉、我見了就不寒而慄的那張臉。

「是啊，匹普，好孩子，是我一手把你培養成上等人的！是我一手培養的啊！不瞞你說：那一次我就發了誓：今後我只要掙得一個幾尼，我就把那個幾尼給你！後來我又發誓：只要我走了運、發了財，我就非得讓你發財不可。我苦吃苦用，為的是讓你過得順心；我苦苦幹活，就是為了讓你不必幹活。這算得什麼，好孩子？我告訴你這些，難道是為了要你感激我不成？一點沒有這種意思。我告訴你這些，只不過要讓你知道：當年蒙你救了命的那條糞土不如的喪家狗，現在也抬起頭來了，還造就了一位上等人呢——匹普，這位上等人就是你啊！」

我對這個人的厭惡、對他的害怕、對他避之唯恐不及，已經到了無以復加的地步——哪怕他是隻可怕的野獸，也至多不過如此了。

「聽我說，匹普。我就是你的第二個父親，你就是我的兒子——比我的親生兒子還要親。我積攢下錢來，就是為了給你花。開頭，人家雇我去放羊，住在一個孤零零的小棚子裡，成天只看見羊兒的臉，什麼人的臉也看不見，後來我幾乎都忘了男人的臉和女人的臉是什麼樣子的，可是我卻老是看見你的臉。我在那個小棚子裡吃飯的時候，常常會放下餐刀，自言自語說：『那孩子又來了，他在瞧我吃飯喝酒呢！』我常常會清清楚楚地看見你出現在我眼前，就像當年在大霧彌漫的沼地上見到你一樣。我每次見到你，總要說——而且總要走到門外，對著上天說：『等我滿了期，有了錢，我一定要把那個孩子培養成一個上等人！我要是辦不到，上帝打死我吧！』我果然辦到了。嘿，瞧你，好孩子！瞧你這兒的住宅，給王爺也住得！王爺？王爺算什麼！拿你的錢去和王爺比比看，包你勝過他們！」

他說得既熱烈又得意，好在他總算知道我已經嚇得快要暈過去了，所以並沒有怪我不領他的情，這樣我也總算鬆了一口氣。

他從我口袋裡掏出我的錶，又拉起我的手來看我手上的戒指，我卻好像碰到了一條毒蛇似的，忙不迭地向後退縮，他說：「這是一只金錶，美極了，我看這才是上等人戴的錶！這是顆鑽戒，四周還嵌了紅寶石，我看這才是上等人戴的戒指！瞧瞧你的襯衫，又考究又漂亮！瞧瞧你的衣服，上哪兒去買更好的！」他又向室內掃視了一周，說道：「瞧你的書，架子上堆得那麼高，足有幾百本！你都讀過吧？我剛才進來就看見你在讀。哈！哈！哈！你應當讀給我聽聽呀，好孩子！哪怕這些書都是用外國文寫的，我聽不懂，可是聽聽也會一樣感到得意的。」

他又拿起我的一雙手，放到唇邊去吻，我全身的血都涼了。

他用衣袖又抹了抹眼睛和前額，喉嚨裡又發出了我始終忘不了的那種咯嗒咯嗒的聲響，說道：「匹普，你別忙著和我說話。」他說得這樣鄭重其事，反而越發使我覺得可怕。他說：「你最好先定下心來，不要說話，好孩子。你可不是像我這樣日盼夜盼、盼著這樣一天的。你不比我，你心上沒有準備。你做夢也沒想到會是我培養你的吧？」

我答道：「沒想到，沒想到，沒想到，萬萬沒想到！」

「那麼，現在你可明白是我了，都是我一個人了。除了我自己和賈格斯先生以外，沒有第三個人過問。」

我問：「一個人也沒有嗎？」

他驚奇地瞟了我一眼，說道：「沒有，會有誰呢？好孩子，你長得有多俊！有沒有找到什麼媚眼兒，呃？有沒有看中什麼媚眼兒啊？」

噢，艾絲黛拉啊，艾絲黛拉！

「好孩子，什麼樣的媚眼兒都好，只要拿錢買得到的，包你準能到手。倒不是說，像你這樣一個上等人，又是這樣一表人才，看中了什麼姑娘，自己還會拿不出辦法來贏得她們的心，不過要有錢替你撐腰！還是先讓我把剛才沒說完的話說完，好孩子。剛才說到人家雇我在那個小棚子裡看羊，我得了筆錢，是東家臨死時給我的（他本來也是和我一樣出身的人），等到期滿之後，我便自己去謀出路。我幹什麼，都是為了你。不論幹什麼，我總是說：『我要不是為了他幹，上帝讓我不得好死！』事情幹得順利極了。我剛才告訴過你，我因此出了名。我東家留給我的錢，以及我自己頭幾年掙的錢，統統捎回國來交給賈格斯先生——全部給你用——他就根據我信上的要求，第一次上門去找你。」

唉，他要是一輩子不來找我有多好！我寧可他當年沒有來找我，讓我一輩子守在那打鐵間裡，縱然日子過得很不如意，可也總比現在快活！

「好孩子，你聽我說，從那個時候起，我只要暗暗想到我是在培養一個上等人，心裡就覺得出了一口氣。有時我在街上散步，那些移民騎著駿馬從我身旁揚長而過，揚起的塵土撒得我滿身都是，你猜我怎麼說？我自言自語說：『我正在培養一位了不得的上等人，你們休想比得上！』一聽到他們當中有人議論我：『這個傢伙儘管交了好運，可是幾年前還是個囚犯，現在也不過是個無知無識的大老粗。』你猜我怎麼說？我心裡暗暗說道：『我雖然不是上等人，也沒有一絲半點學問，可是我卻拿得出一個有學問的人來。你們一個個都拿得出牲畜、田地，可你們哪一個家裡拿得出一個有教養的倫敦紳士？』就是這樣，我撐持著走了過來。就是這樣，我算是一直存著個指望，想總有一天可以回國看看我的孩子，讓他知道我就是他的親人。」

他把一隻手搭在我肩上。我一想到這隻手上說不定染著鮮血，就嚇得發抖。

「匹普，要離開那個地方趕回來可真不容易啊，擔著多大的風險啊。可是我並不洩氣，愈是困難就愈是堅持，因為我早就拿定了主意，鐵了心。最後我終於成功了。好孩子，我成功了！」

我雖然想集中心思，可是腦子早已不聽使喚了。只覺得自己與其說在聽他說話，還不如說一直在聽那風嘯雨吼；即使到了此刻，風雨仍然喧囂不絕，他則早已沉默不語，可是我依舊分辨不出哪是風雨聲、哪是他的說話聲。

過了一會兒，他問道：「你打算把我安頓在什麼地方？總得替我找個地方安頓下來呀，好孩子。」

我說：「你是說睡覺嗎？」

他答道：「對。要睡個足，睡個暢。因為我在海上風吹浪打，一連顛簸了好幾個月，疲倦極了。」

我從沙發上站起來說：「和我同住的一位朋友沒在家，你只好住在他房裡。」

「他明天不會回來吧？」

我雖然使盡了勁，說出話來卻依然像不用腦子一樣：「明天不會回來。」

他壓低了嗓子，以嚴肅的神氣用他那長長的手指抵著我的胸口，說：「喂，好孩子，一定要小心啊。」

「你這話是什麼意思？小心？」

「一個不留神就得死，不騙你！」

「為什麼就得死？」

「我本來判的是終身放逐。回來就得處死。近幾年來，逃回來的人太多，我如果被抓到，非得給絞死不可。」

這還不夠我受麼！這個可憐的人兒，連年來一直把他可憐的錢供給我使用，好似在我身上戴上了一副副金鐐銀銬，如今又冒著生命危險趕回來看我，把他的一條命都託付給了我！當時我如果不是厭惡他，而是熱愛他，不是對他抱著極大的反感，見了他就嚇得要逃，而是懷著極大的欽佩敬愛之情，去跟他親近，那是肯定只有好處，絕不會有壞處的，因為那樣一來，我自然而然就會掏出真心來保護他的安全了。

我當時想到的第一件事就是放下百葉窗，免得室內的燈光叫外面看見，然後又把各處的門關緊鎖牢。我關門的時候，他正站在桌旁喝蘭姆酒，吃餅乾；看見他這副吃相，當年的逃犯在沼地上吃東西的情景，便又歷歷如在目前。我還只當他馬上就要彎下身去銼開他的腳鐐呢。

我走進赫伯爾特的臥室，關好門窗，堵塞了這間屋子到樓梯的一切通道，此後上樓下樓就都得經過我們剛才談話的那間屋子。安排好以後，我問他是不是想安歇了。他說他想睡了，要我把我的「上等人的襯衫」拿一件給他，明天早上好換。我拿出一件替他放在床前，於是他又握住我的雙手，和我道晚安，弄得我全身的血液又都冰涼了。

總算暫時擺脫了他，可是我自己也糊裡糊塗，不知是怎麼脫身的。我回到剛才說話的那間屋裡重新添了火，在壁爐前坐下，哪裡還敢去睡覺呢？獨自一人坐了一個多鐘頭，腦子還是糊裡糊塗，不聽使喚；後來好容易定下心來，仔細一想，才完全明白我搭乘的這條命運之船已經觸礁撞毀，我這一輩子算是完了。

原來郝薇香小姐對我的厚意，不過是我自己的一場春夢；她並沒把艾絲黛拉許給我；我在沙堤斯莊屋裡，只是白白地被人當作了工具，人家無非是利用我去刺刺那些貪婪的親戚，在一時無人可以折磨的時候，利用我這個只能唯命是從的木頭人，來試試自己的手段——一開始我想到這些，感到痛心。但是最使我刺心徹骨的痛苦卻莫過於為了這個逃犯，我竟然拋棄了喬；我不知道這個逃犯的是什麼罪，只知道他隨時可能從我這套房間裡被抓走，給絞死在「老寨子」的門口。

如今，縱有天大的理由，我也再回不到喬那裡去了，再回不到畢蒂那裡去了，原因很簡單：我自己知道幹了醜事，對不起他們，即使拿得出什麼可以回去的理由，也覺得沒臉。世界上再聖明的賢人，也無法給我以他們的純樸忠誠所能給我的安慰。可是要挽回我已經犯下的過錯，那已是休想、休想，再也休想！

外面的每一陣狂風驟雨，彷彿都夾著追捕者的聲音。我敢發誓，有兩次我確確實實聽到外面有人敲門，還夾著喊喊喳喳的細語聲。心頭壓著這重重的恐懼，我也不知是想入非非呢，還是真的記起來了，我似乎覺得在這個人沒來之前，我就已經見到了種種神祕的預兆。前幾個星期，我就在街上遇到過好多和他面貌相似的人。他漂洋過海，離我愈近，和他面貌相似的人也愈多。我想，莫不是他那邪惡的魂靈用什麼法子打發這些信使先來向我的魂靈報信，而如今，他終於信守諾言，在這個風雨交加之夜趕到我這裡來了。

種種遐想紛至遝來，後來又浮起另一個想法——想起童年時代親眼看見他是個不顧死活的凶狠漢子，親耳聽見那另一個逃犯一再數說他想要殺害自己，還親眼看見他在水溝裡和那另一個逃犯扭打，厲害得像野獸一樣。這樣回憶著回憶著，似乎看見壁爐的火光裡隱隱約約出現了一個可怕的影子——在這樣一個風雨肆虐、更深人靜的夜裡，和這樣一個人住在一起，恐怕不大安全吧。那可怕的影子不斷擴大，終於籠罩了整個房間，我再也坐不住了，只好拿起一支蠟燭，到隔壁屋裡去瞧瞧我那個要命的包袱。

他頭上包著一塊手絹，睡夢中的臉相鐵板而陰沉。睡得很熟，也很安靜，只是枕頭上擱著一把手槍。我這才放了心，悄悄地把房門上的鑰匙拔出來插在外面，反鎖了門，才在爐邊重新坐下。我慢慢睡著了，不知不覺從椅子上滑了下來，躺在地板上。夢中怎樣也擺不脫我那苦惱的感覺；醒來時，東面教堂的鐘正報五點，蠟燭點完了，爐火熄滅了，漆一般的夜色在淒風苦雨中顯得更黑了。

匹普的遠大前程第二階段到此結束

第四十章 恩人身分

我一醒過來，馬上就想到非得採取預防措施，盡我所能來保護我這位可怕的不速之客不可；也幸而這樣，才算把別的種種心事都一股腦兒拋到九霄雲外去了。

把他藏在家裡，顯然是不行的。一則辦不到，二則這種做法反而難免要引起別人懷疑。我那個淘氣鬼固然早就被解雇了，卻又雇用了一個眼睛紅腫的老婆子，老婆子還帶了個挺活靈的邋遢姑娘做下手，據她說，是她自己的侄女；要想鎖住一間屋子瞞住她們兩個，不讓她們過問，那反而只有引起她們的好奇心，叫她們添油加醬張揚出去。這兩個女人眼睛都不好，我早就認定這準是因為她們長年累月湊著人家鑰匙孔張望的緣故；不需要她們做事的時候，她們卻偏偏老待在跟前——其實這兩個女人除了會東偷西摸以外，也只有這一點算是拿得準的。為了不讓這些人疑神疑鬼，我決定當天上午索性向她們宣布，就說想不到我的伯父突然從鄉下來了。

我就這樣打定了主意。當時我正在暗中摸索，想點個亮兒。摸來摸去摸不著，便想到鄰近柵門口的守夜人那裡去，請他帶著燈籠來照一照。於是我就摸黑下樓，冷不防在樓梯上給什麼東西絆了一下——其實這並不是什麼東西，而是一個人蹲在牆角裡。

我問那人在這裡幹什麼，那人不吭一聲，悄悄溜開了。我連奔帶跑趕到守夜人的小屋裡，再三央求他馬上跟我去走一趟，路上把剛才那件怪事告訴了他。風勢依舊很猛，我們生怕一不小心會把燈籠吹滅，所以也顧不上把樓梯上那幾盞早已熄滅的路燈重新點亮，不過我們還是把整座樓梯從下到上仔細檢查遍了，並沒有發現什麼人。我於是想到：莫非這個人溜進了我的房間不成？因此，我先就著守夜人的燈籠把蠟燭點著了，然後叫他守在房門口，我自己進屋去仔細檢查了一遍，連那可怕的不速之客所睡的屋裡也檢查到了。屋裡闃寂無聲，哪裡會有什麼人闖進來呢？

我不由得心焦起來：這麼說一定有暗探闖到這樓上來過，不早不晚偏偏在這天晚上！我遞了一杯酒給守夜人，順便就問他那個柵門裡晚上有沒有進來過什麼宴罷晚歸的人？我心想也許可以從他嘴裡探聽出什麼情況，給我提供一個滿意的解釋。他回答說有，這天晚上先後進來過三個人。一個住在泉水坊，另外兩個住在巷子裡，他親眼看見他們回自己家去的。同我合住這幢房子的目前只有一位房客，他已經到鄉下去了好幾個星期，那天晚上肯定沒有回來，因為我們上樓時看見他的房門上還自己貼著封條。

守夜人喝完了酒，把酒杯遞還給我，說道：「先生，今天晚上天氣這麼壞，從我那柵門進來的人少極了。除了我剛才說過的那三位先生之外，十一點鐘光景有個陌生人來找過你，後來我就記不起有什麼人來過。」

我含含混混說：「是啊，那是我伯父來了。」

「你見到他了嗎，先生？」

「見到了。見到了。」

「和他一起來的那個人也見到了嗎？」

我接口道：「還有個人和他一起來？」

守夜人答道：「我還以為那個人是和他一起的呢。你伯父停下來向我打聽你住在哪兒，那個人也停了下來；你伯父往這邊來，那個人也往這邊來。」

「是個什麼樣的人？」

守夜人說沒有看仔細，看模樣像是個工人；據他記得，那人穿一身灰褐色的衣服，外面罩一件黑外套。守夜人沒有把這件事看得像我心目中這樣嚴重，這也是很自然的，我重視這件事自有我的特殊理由。

事已至此，再也用不著多問，我便趕緊把他打發走了。他一走，我把兩方面的情況湊在一起想了一下，心裡感到大為不安。這兩個情況本來可以各不相涉，很容易分別解釋明白的——比如說，有個什麼人在親友家或自己家吃得酒醉飯飽，他並沒有在這個守夜人看管的柵門附近經過，而又走錯了路，誤走到我的樓梯上，在樓梯上睡著了，而我這位不知姓名的不速之客則可能是請了一個人來替他領路，等等；可是兩個情況湊在一起，對我這樣一個在幾小時前剛經歷了巨大變故的人來說，自然容易滋生疑慮，因此總覺得情況不妙。

我生起了火，爐火在曖昧的晨曦中暗淡無光，我在爐旁晃悠悠打起瞌睡來。醒時鐘敲六點，卻好似已經睡了整整一夜。一看還得過一個半鐘頭才得天亮，不禁又打起瞌睡來；這一回卻是時時驚醒，忽而聽見有人在我耳邊絮絮叨叨盡說些沒要緊的話，忽而又聽得壁爐管子裡風聲如雷；最後呼呼大睡，一直睡到天光大亮方才猛然驚醒。

從昨夜直到現在，我始終還沒有能夠好好考慮一下自己的處境，眼前也還是無從考慮，因為我的心思想不到這上頭來。我不但心灰意冷，痛苦萬狀，而且這心緒好似一團亂麻。要我為自己的前途作出任何打算，無異於瞎子摸象，不著邊際。打開百葉窗朝外一看，只見風狂雨驟，晨光下一切都呈現出一片溼漉漉的鉛灰色。我忽而從這間屋子踱到那間屋子，忽而又渾身發抖地在壁爐前坐下，等著洗衣婦上門。總之，這當兒我只想到自己是多麼苦惱，卻不知道為什麼苦惱，也不知道苦惱已有多久，更不知道我這種想法是星期幾有的，甚至都弄不明白這個苦惱的「我」究竟是什麼人。

後來那個老婦人和她的侄女終於來了（侄女一頭亂蓬蓬的頭髮，手裡拿著一把骯髒的掃帚，叫人簡直分辨不出哪是她的頭、哪是她的掃帚），一看見我坐在壁爐旁邊，果然大為詫異。我告訴她們說，我的伯父昨天晚上從鄉下來了，現在還熟睡未醒，早餐需要預備得講究一點。然後就去盥洗更衣，讓她們兩個乒乒乓乓為我收拾家具，弄得滿屋子全是灰塵；盥洗更衣完後，我就昏昏沉沉、恍恍惚惚地重新在壁爐前面坐下，等他出來吃早飯。

不一會兒，他打開房門出來了。我實在看不慣他那副模樣，覺得他白天裡比晚上更難看。

他一坐上餐桌，我就低聲對他說：「還沒向你請教過尊姓大名呢。我已經告訴人家，就說你是我的伯父。」

「好極了，孩子！就叫我伯父吧。」

「我想，你一路坐船來，總有個名字吧。」

「有的，好孩子。我用的名字是蒲駱威斯。」

「這個名字你打算一直用下去嗎？」

「哦，用下去，好孩子，反正換不換都是一個樣——除非你要我換個名字。」

我低聲問他：「你的真名實姓叫什麼呢？」

他也低聲回答道：「馬格韋契，教名叫作阿伯爾。」

「你本來是做哪一行的？」

「我本來是個連小毛蟲也不如的人，好孩子。」

他回答得一本正經，好像「小毛蟲」這個字眼也是一種職業的名稱似的。

我說：「你昨天夜裡來到寺區——」說到這裡，我住了口，心裡懷疑起來：這難道真是昨天晚上的事？似乎是好久好久以前的事了。

「你說下去吧，好孩子。」

「你來到大門口向看門人問路的時候，有沒有人跟你一塊兒來？」

「有人跟我一塊兒來？沒有的事，好孩子。」

「當時大門口有什麼人嗎？」

他疑疑惑惑地說：「我沒有在意，這一帶的路我不熟悉。不過好像倒是有個人跟著我進來的。」

「在倫敦會有人認得你嗎？」

他說：「但願沒有！」說著，用食指在自己脖子上使勁一抹，叫我看得既惱火，又作嘔。

「從前在倫敦認識你的人多嗎？」

「不太多，好孩子。我平日都住在鄉下。」

「你是在倫敦——受——審的嗎？」

他馬上顯出一副警惕的神情，說：「你是說哪一次？」

「最近一次。」

他點點頭。「我和賈格斯先生就是那樣相識的。那一次正是賈格斯替我出庭辯護。」

我正要問他是為了什麼罪名受審的，他忽然拿起餐刀來一揮，說道：「我從前幹的，罪已經抵了，苦也吃夠了！」說完，又繼續吃早餐。

他狼吞虎嚥，吃相很不雅觀，一舉一動都顯得那麼粗魯、那麼貪饞，嘴巴吃得咂咂直響。跟他當年在沼地上吃東西的時候相比，他分明已經少了幾顆牙齒；只見他嘴裡老是翻來覆去嚼個沒完，而且總是側著腦袋，好用那幾顆最完善的犬牙去啃，樣子活像一條餓慌了的老狗。

我即使開飯時還想吃些東西，這會子胃口也早給他敗光了，只能這樣呆呆地坐著——我對他已經厭惡得不能再厭惡了，垂頭喪氣地只顧望著臺布發怔。

他吃完以後，很客氣地告了個罪，說道：「好孩子，我這一頓飯吃得可夠厲害的，不過我一向都是這個樣。如果我不是身體這麼好，吃得下東西，也就會少惹些麻煩了。我抽菸也抽得厲害。頭一次在海外被人家雇去放羊，要不是有菸抽，只怕早就悶得發了瘋，自己也變成一頭羊了。」

說著，就從座位上站起來，伸手從粗厚呢上裝的胸口衣袋裡掏出一支短短的黑菸斗和一把所謂「黑人頭」的散裝菸草。他滿滿地裝了一斗菸，把多餘的菸草又放回口袋裡，簡直把自己的口袋當作了一個抽屜。然後從壁爐裡鉗起一塊炭火，點著了菸斗，在爐前的地毯上轉過身來，背對著爐火，又做出了他最喜愛的那個動作——伸出兩隻手來想要和我握手。

他握住我的雙手，一上一下地晃動著，銜在嘴裡的菸斗噴出嫋嫋的煙霧。他說：「這就是我一手培養出來的上等人！好一個道道地地、貨真價實的上等人啊！只要瞧瞧你，我心裡就覺得快活，匹普！我對你什麼要求都沒有，只要站在一旁瞧瞧你就夠了，好孩子！」

我趕快掙脫了他的手，覺得自己的心慢慢定了下來，終於想到自己的處境了。一聽到他那粗嘎的說話聲，一坐下來仰望著他那兩鬢斑白、皺紋累累的禿腦袋，我就明白自己身上已經拴上了一副鎖鏈、壓上了一副重擔！

「我絕不願意看到我一手培養的上等人在泥濘的街道上走；絕不能讓他的皮鞋上沾著爛泥。我培養的上等人一定要有自備的馬兒，匹普！不但他自己要有馬騎、有馬車坐，他的僕人也得有車有馬！難道能讓國外那些移民有自備的馬（都還是純種良馬呢，我的老天爺！）而我培養的倫敦紳士倒反而沒有馬不成？不行，不行。我們一定要讓他們明白，才不是那麼回事呢。你說是不是，匹普？」

他從口袋裡掏出一個又大又厚、鼓鼓囊囊裝滿鈔票的皮夾子，扔在桌上。

「這皮夾子裡面夠你花上好一陣的，好孩子。這是你的。我掙來的一切都不屬於我自己，而是屬於你的。別擔心花光了，我攢下來的可還多著呢。我回到本國來，就是為了看看我培養的上等人花起錢來像個上等人的氣派。那我才樂呢。我高興的就是看你花錢。別人都是該死的混蛋！」他說到這裡，向室內掃視了一下，指頭叭的一聲打出一個響亮的榧子，然後又繼續說道：「沒一個不是該死的混蛋，從那戴假髮的法官算起，到那些騎著駿馬揚起滿天塵土的移民為止，個個都是混蛋！我要拿出一個上等人來讓他們瞧瞧，我敢說他們那一夥統統加在一塊兒，也比不上你呢！」

我又是恐懼又是厭惡，簡直像發瘋似的嚷道：「別說了！我有話和你講。我要弄弄明白，下一步究竟該怎麼辦。我要弄弄明白，你的危險要怎樣才能擺脫，你要住上多久，你有些什麼打算。」

他把一隻手搭在我胳膊上，突然換了一副溫和的樣子，說道：「慢著，匹普，你先別忙。我剛才一時忘了情，盡說些下流話；的確是這樣——下流。你別忙，匹普。你別計較。我以後再也不說下流話了。」

我真要叫苦了，不過還是繼續說下去：「最要緊的一件就是：有什麼辦法，可以不讓人家認出你，抓住你？」

他仍舊用剛才的口吻說：「這不要緊，好孩子。最要緊的不是這個。最要緊的是我的下流。我花了這麼多年工夫培養一個上等人，並不是不知道對上等人應當講究禮貌。別忙，匹普。我下流；

我實在下流。可別計較啊，好孩子。」

我看他這個人真是荒唐得可怕，心裡覺得又好笑又好氣，就回答道：「我早就不計較了。請你看在老天爺面上，別再老是提這件事了！」

可他還是嘵嘵不休地說：「是呀，不過你別忙。好孩子，我那麼路遠跳跳（迢迢）地趕來，並不是為了讓你看我的下流相的。現在你說下去吧，好孩子。你剛才說到——」

「我是說，你既然眼前有危險，該怎樣防備才好呢？」

「唔，好孩子，也沒有什麼大不了的危險。只要沒人告發我，就不見得有什麼了不得的危險。只有賈格斯、文米克和你三個人知道我回來了。另外還有誰能去告密呢？」

我說：「你走在街上，不會一個不湊巧，撞到什麼熟人嗎？」

他答道：「唔，那倒不大會。我總不見得會到報紙上去登個廣告，說我馬某從植物學灣[1]回來了；事情已經隔了這麼許多年，誰還能從這裡頭撈到什麼好處呢？你別忙，匹普。告訴你，哪怕危險比現在大上五十倍，我還是要趕回來看你的。」

「你要住多久呢？」

他突然從嘴裡拿出黑菸斗，沉下臉來，圓睜兩眼看著我說：「住多久？我不回去了。我來了就不回去了。」

我說：「你打算住在哪裡？應當怎樣安排你？你住在哪裡才安全？」

他回答道：「好孩子，只要有錢，可以去買假頭髮、頭髮粉、眼鏡、黑衣服，還有短褲，什麼都能買到。靠了這種辦法，平平安安沒有出事的人多的是——人家能這樣，我也能這樣。至於說，我應當住在哪兒、應當怎樣過日子，好孩子，我倒先要聽聽你的意見。」

我說：「你現在說得這樣稀鬆平常，昨天晚上幹嘛又講得那麼嚴重，賭神罰咒說給抓到了就只有死路一條呢？」

他把菸斗重新銜在嘴裡，說道：「我現在還是這麼說：給抓到了只有死路一條，而且是被絞死，就在離這兒不遠的大街上給絞死。這可不是說著玩的，你應當有充分的瞭解。事情已經到了這一步，又能怎麼樣呢？我人已經來了。回去吧，那也不會比留下來好──甚至還要糟糕。而且，匹普，我是為了你來的，我盼了多少年才算盼到了這一天。至於說冒險，我老實告訴你，我好比是一隻飽經風霜的老鳥，從羽毛長全了的那一天起，各色各樣的羅網陷阱都闖過來了，今天飛到一個稻草人身上停一停，難道反而害怕不成？如果死神就藏在這稻草人裡面，那也只好隨他了；他要撲出來就讓他撲出來吧，我一定不逃不躲，算是服了他了，不過那也到時再說吧。現在還是讓我再仔細看看我一手培養出來的上等人吧。」

於是又握住我的雙手，像一個大財主欣賞自己的產業似的打量著我，嘴裡叼著菸斗，好不躊躇滿志。

我心裡盤算，赫伯爾特兩三天之內就要回來；我最好還是在附近給他租個冷僻的住處，赫伯爾特一回來就可以讓他住過去。這件祕密還非得讓赫伯爾特與聞不可，讓他做個參謀，一同商量商量這個問題，說不定還可以給我減輕不少擔子，這個道理在我看來是很明白的，可是蒲駱威斯先生（現在我決定這樣稱呼他）對此就不是那麼容易想得明白了，他不肯馬上答應讓赫伯爾特參與其事，他一定要親眼看過赫伯爾特的相貌，看得中意了，才能表示同意。他從口袋裡掏出一本扣著扣子的、

1　植物學灣：澳洲東岸一港口，位於雪梨之南，盛產各種植物，故名。歷史上原為英國罪犯放逐地。

油膩膩的黑封皮《聖經》，說道：「即使那樣，好孩子，我們也應當先要他起誓。」

我要是說，這位可怕的恩人隨身帶了這本小黑書闖蕩四方，僅僅是為了在緊急關頭要人家憑著這本書起誓，那我就未免有信口開河之嫌；不過有一點我敢斷定，就是我從來沒見過他拿這本書派過什麼別的用場。那本小《聖經》，看來好像是從哪個法庭上偷來的——大概因為他知道這一段來歷，而且以前自己曾經屢試不爽，因此深信這本書神通廣大，誰要是一旦憑著它發了誓，就怎麼也翻不出法律的天羅地網。他一拿出這本小書，我就想起多年以前他在墓地裡逼著我發誓為他效忠的那一幕，還想起他昨天晚上說過，他在異國伶仃孤苦，老是對天發誓，非要實現自己的心願不可。

現在他身上穿的是一套船員衣服，好像手裡有一批鸚鵡和雪茄打算脫手似的；我接下去就和他商量，他穿什麼服裝好。他一力主張穿「短褲」，認為短褲有意想不到的偽裝功用，而且他心目中早已為自己設計了一套服裝，照此打扮起來的話，那就成了一個介乎鄉區牧師和牙醫師之間的人物。我費了好多唇舌，才說服他打扮成一個富裕農場主人的模樣；講妥要他把頭髮剪短，在頭上撲一點粉。最後還商定，既然我那個洗衣婦和她的侄女還沒有見到他，那就別讓她們看見，索性等換了裝再和她們見面。

決定採取這些預防措施，看起來似乎很簡單；可是就我當時的心情而言，姑且不說喪魂落魄，至少也是頭暈目眩，所以一商量就商量了大半天，弄到下午兩三點鐘才得以去著手置辦。臨走時吩咐他關起門來守在房裡，在我回來之前哪怕有天大的事也別開門。

據我所知，艾塞克斯街上有一幢很不錯的寄宿舍，後門朝著寺區，從我的窗口簡直可以一喊就應，於是我先去看房子，運氣也真好，居然替我這位伯父蒲駱威斯先生租到了三樓的房間。然後又去跑了好多家鋪子，購買各種必不可少的化裝用品。辦妥了這件事，又轉身到小不列顛街去，這一趟可是為我自己的事了。到得那裡，只見賈格斯先生正在伏案工作，他一看見我進去，立即站起身來，走到壁爐前。

他說：「喂，匹普，要留神啊。」

我答道：「沒問題，先生。」我一路上早已把要說的話都考慮成熟了。

賈格斯先生說：「別連累你自己，也別連累任何人。聽好——任何人也不能連累。什麼都不要告訴我，我什麼也不想知道，我並不好奇。」

我當然一聽就明白，他已經知道那個人來了。

我說：「賈格斯先生，我只要您給我證實一下，有人對我說的一些話是不是事實。我並不疑心那是假話，不過我還是得對證一下。」

賈格斯先生點點頭。「不過，你剛才是說有人『對你說』呢，還是有人『通知你說』？」他問我這話時，頭側在一旁，眼睛並不望著我，而是望著地板，顯出一副凝神靜聽的神氣。「如果是有人『對你說』的，那似乎表示你和那人當面談過話。要知道，你是不可能和一個遠在新南威爾斯的人當面談話的。」

「是通知我說的，賈格斯先生。」

「好極了。」

「有一個名叫阿伯爾．馬格韋契的人通知我說，我那個一直沒有透露身分的恩人就是他。」

賈格斯先生說：「就是那個人——他住在新南威爾斯。」

我問：「我的恩人就只有他一個？」

賈格斯先生說：「就只有他一個。」

「先生，我並不是蠻不講理的人，絕不會把自己一向的錯覺和荒唐的見解都推在您身上；不過我一向以為我的恩人是郝薇香小姐呢。」

賈格斯先生的一雙眼睛冷冷地轉到我身上，又咬了一下食指，回答道：「匹普，你說得對，這件事根本不能由我負責。」

我垂頭喪氣地申辯道：「可是，先生，從表面看來，卻像得很呢。」

賈格斯先生一面搖頭，一面撩起下襬，說道：「一絲一毫真憑實據都沒有，匹普。凡事不能只看表面，要有憑有據才能作準。為人處世，這是頭一條金科玉律。」

我默不作聲，站了一會兒，歎息道：「我的話都說完了，我聽說的事也都證實了，就談到這裡為止吧。」

賈格斯先生說：「馬格韋契——新南威爾斯的馬格韋契，現在到底出面了，你也總該看明白了，匹普，我和你打交道，自始至終都是嚴格遵循實事求是的方針。一絲一毫也沒有背離過這個嚴格的實事求是的方針。這一點你總該看得很明白了吧？」

「看明白了，先生。」

「馬格韋契第一次寫信給我——從新南威爾斯寫信給我，我就警告他——寫信到新南威爾斯警告他，叫他千萬記住，我是絕不會背離這個嚴格的實事求是的方針的。我還警告過他另一件事。他有一次給我寫信，隱隱約約露出了一點意思，似乎準備將來回英國來看看你。我警告他以後來信再別提這件事，他不可能得到寬赦，他已經被判處了終身流放，一回國就構成重罪，非判處極刑不可。」說到這裡，賈格斯先生緊緊地盯著我：「這一點我早就警告過馬格韋契，我的信是寫到新南威爾斯的。他毫無問題是理會了我這個警告的。」

我說：「毫無問題。」

賈格斯先生依舊緊緊地盯著我，又繼續說下去：「據文米克告訴我，他曾經收到過一封從樸資茅斯寄來的信，寄信人是個海外移民，名字叫蒲爾威斯，也可能叫——」

我提醒他說：「可能叫蒲駱威斯。」

「也可能叫蒲駱威斯——謝謝你，匹普。恐怕就是蒲駱威斯吧？你大概知道他叫蒲駱威斯吧？」

我說：「對。」

「你知道他叫蒲駱威斯。有個名叫蒲駱威斯的海外移民，他從樸資茅斯寄來一封信，替馬格韋契打聽你的詳細地址。據我所知，文米克回信把你的地址告訴了他。新南威爾斯那位馬格韋契對你說明的這番情由，大概就是蒲駱威斯向你轉達的吧？」

我答道：「是蒲駱威斯向我轉達的。」

賈格斯先生向我伸出手來：「再見了，匹普。見到你很高興。你如果寫信寄給新南威爾斯的馬格韋契或是託蒲駱威斯捎信給他，勞駕你在信上提一筆，就說我們長期以來的來往帳目和付款收據，馬上連同餘款一起送到你那裡去；因為款子還有一點結餘。再見，匹普！」

於是我們握手告別，他死死地盯著我，一直目送我到門口。走出房門時我回頭一看，只見他依舊死死地盯著我，架子上那兩座醜惡的頭像似乎也想使勁撐開眼皮，它們那臃腫的喉頭似乎還想使勁逼出一聲呼喊：「啊，好厲害的傢伙！」

文米克不在事務所裡，他即便在這裡辦公，也幫不了我的忙。我一徑回到寺區，那嚇人的蒲駱威斯倒也安然無恙，正在大喝兌水蘭姆酒，大抽其「黑人頭」。

第二天，定做的衣服都送來了，他一件一件穿上。可是我總覺得哪一件也不及他原來的衣著來得稱身，這可使我洩了氣。我心裡想，他身上一定有個什麼東西在作祟，因此，替他喬裝改扮只是枉費心機。我愈是替他打扮、打扮得愈是賣力，他就愈像當年沼地上那個邋邋遢遢的逃犯。我在憂心忡忡之中所以會產生這種幻覺，原因之一無疑是因為他當年的相貌舉止愈來愈清楚地浮現在我面前；我簡直覺得，他挪動起腿來仍然拖拖沓沓，好似腳上還拴著腳鐐一般，而且從頭到腳連骨子裡都帶著囚犯的氣息。

何況他孤零零一個人在小棚子裡生活慣了，這方面也受了不少影響，身上帶著幾分野蠻人的習氣，什麼衣服穿上身都沖淡不了他這股子野氣；這還不算，後來他和那些移民生活在一起，過的是一種打著罪犯烙印的日子，這方面也在他身上發生了影響，而最大的原因則莫過於他自己膽怯心虛，知道現在是在躲躲藏藏、見不得人。他的一舉一動，無論是坐、立、飲、食，或是高聳著肩膀苦苦思索，或是掏出他那把角柄的大折刀來在褲腿上擦一擦然後切東西，或是把輕巧的玻璃酒杯和茶杯舉到嘴邊（簡直就像舉起笨重的金屬器皿一般），或是切下一塊麵包在盆子裡揩了一圈又一圈，把那一丁點殘剩的肉汁吸乾，彷彿是難得吃到這麼一頓盛餐，一點一滴都不能糟蹋似的，連指頭上沾著的汁水也都吸在那塊麵包上，然後才一口吞下肚去——他這種種舉動，以及一日之間每時每刻的成千上萬種其他無以名狀的瑣細舉動，都叫人一眼就能看穿他是個罪犯、重囚、戴過腳鐐手銬的傢伙。

在頭髮上撲粉是他自己的主意，他答應不穿短褲，我才答應讓他用粉。可是頭上一撲了粉，那效果如果一定要拿什麼來作比擬的話，恐怕只能勉強比作死人臉上擦胭脂，這樣一來他身上本來要竭力加以掩蓋的一切東西，反而都突破了這一層薄薄的偽裝，統統集中暴露在他的頭頂上，實在不堪入目。因此試過之後便立即作罷，只把他的斑斑白髮剪短一些也就算了。

這個可怕的神祕人物，我當時對他的感覺實在一言難盡。晚上他在安樂椅上睡著了，一雙盤筋屈結的手抓著椅子扶手，皺紋密布的禿腦袋垂在胸前，這時候我總是坐在一旁瞧著他，心裡暗暗揣度他究竟犯了什麼罪，我會把公堂上所能見到的一切罪名一條條往他頭上套，於是愈想愈坐不住，真恨不得跳起身來，扔下他溜之大吉。我對他的厭惡一小時比一小時強烈，儘管他對我有過天大的恩典，為我冒了偌大的風險，當時要不是想到赫伯爾特馬上就要回來，我看我說不定立刻就會受不了這種神魂不安的苦惱，按捺不住一時的衝動而一走了事。有一天晚上，我竟然還從床上一躍而起，穿上一套最破舊的衣服，慌慌張張打算丟下他，丟下我的一切身外之物，到印度當兵去。

更深人靜，長夜漫漫，屋裡寂寞淒清，窗外風雨不絕，即使遇到鬼魂，我看也不見得會比此情此景更可怕吧。鬼魂絕不可能為了我而被逮捕、被絞死，他倒是有這個可能，而且我還擔心他一定會遭到這個下場——這樣一想，就更害怕得厲害了。有時候他不睡覺，就拿出隨身帶來的一副破爛不堪的撲克牌，玩起一種很複雜的「排心思」牌戲來（這種牌戲我還是生平第一次見識，也沒有再看見第二個人玩過），玩贏了就用折刀在桌子上劃個記號；每逢他既不睡覺也不玩牌，他就吩咐我：「讀點外文給我聽聽，好孩子！」我遵命朗讀，他一個字也不懂，卻站在壁爐前，儼然以一副展覽會主辦人打量展覽品的神氣打量著我；我用一隻手擋著光，透過手指縫可以看見他打著默劇的手勢，似乎是叫室內的家具聽我讀得一口多麼熟練的外文。想當年那位忽發奇想的學者褻瀆神明，一手創造了那麼一個奇醜無比的怪物，結果反被那個怪物纏住[2]，不過他當時的處境卻也未必比我更慘，因為纏住我的這個怪物不是別人，恰恰是一手培植我的人——他愈是愛我、疼我，我就愈是討厭他，愈是想要逃避他。

這樣一路寫來，自己也覺得，好像這種生活過了總有一年半載之久。其實那可不過是四、五天的事。我天天都在等赫伯爾特回來，因此，除了天黑以後帶蒲駱威斯出去透透空氣以外，根本不敢出門。終於有一天黃昏，吃過飯，正當我累得睡著了的時候(因為我晚上總是心神不寧，噩夢顛倒，不能好好休息)，忽然樓梯上響起一陣親切的腳步聲，把我從夢中驚醒。蒲駱威斯本也睡著了，聽到我的響動，便搖搖晃晃爬了起來，轉瞬就看見他那把折刀已經亮晃晃的拿在手裡。

我連忙吩咐他：「別大驚小怪！是赫伯爾特回來了！」赫伯爾特咚咚咚奔入室內，千里橫越法國，帶回來一股清新的空氣。

「韓德爾，親愛的朋友，你過得好嗎？好嗎？好嗎？我這一走彷彿就走了整整一年似的！呵，我大概當真走了一年了，否則你怎麼這樣消瘦、這樣蒼白！韓德爾，我的——哎喲！對不起，這一位是——？」

原來他正要奔過來和我握手，一看見蒲駱威斯，便立即站住。蒲駱威斯目不轉睛地仔細瞧著他，慢悠悠地收起了刀子，在另一只口袋裡掏摸什麼東西。

赫伯爾特站在那裡瞪著眼睛發怔，我連忙關了雙扇門，說道：「赫伯爾特、我的好朋友，你走之後，發生了一件非常離奇的事。這一位是——我的客人。」

蒲駱威斯手裡拿著那本扣著扣子的小黑書，走上前來，對著赫伯爾特說道：「別慌，好孩子！用你的右手拿著這本書發個誓：假使你走漏了一點兒風聲，上帝馬上就天打雷劈了你！吻一吻這本書！」

我對赫伯爾特說：「你就照他的意思做吧。」赫伯爾特以友善中透著驚惶不安的眼光望了望我，就照辦了，於是蒲駱威斯馬上就來和他握手，並且說：「要知道，現在你發過誓了。以後匹普要是不把你造就成一個上等人，你就罵我大騙子好了！」

2 此處借用雪萊夫人所著神怪小說《科學怪人》的故事情節：日內瓦有位名叫弗蘭肯斯坦的生理學家，善能賦予無生物以生命。有一次到貯屍所去拾了些死人骨頭，拼集成一個有生命的怪物，這個怪物身材魁梧，體魄壯健，但狀貌可憎，見之者莫不表示厭惡。他因此悲憤交集，遷怒於他的創造者，終於謀害了弗蘭肯斯坦。

第四十一章 商討

我們三個人在壁爐前面坐下，我把全部祕密向赫伯爾特仔細說了一遍；赫伯爾特當時的驚惶不安，我也不必贅述。我只消說這樣兩點就夠了，就是，看了赫伯爾特臉上的表情，也就等於看見了我自己的心情；我對於這個待我如此恩厚的人所抱的反感，在赫伯爾特臉上也可以明明白白看到。

這人聽我談起這一番經歷，很是揚揚得意——縱使我和赫伯爾特兩個人跟他之間沒有什麼別的隔閡，光憑這一點也就足以造成隔閡了。他老是想到自己回國以後曾有一次說話「下流」，為此一再表白，招人討厭（我話音剛落，他就向赫伯爾特談起這件事來了），可是他哪裡想得到我交上了好運還會不樂意呢。他誇耀他一手把我培養成上等人，特地趕回來親眼看看我如何倚靠他巨大的資財來維持上等人的身分——這一半固然是為他自己誇口，一半也是為我誇口。他心裡一定有個想法，深信不疑：認為這種誇口對我們雙方都極其體面，我也一定會跟他一樣引以為豪。

他談論了一陣子之後，又對赫伯爾特說：「不過，匹普的朋友，你聽著，我很明白我剛一回來，有那麼半分鐘的工夫，我的話說得很下流。我當時就對匹普說過，我知道我自己一向下流。不過你不必為了這個問題發愁。我把匹普培養成一個上等人，匹普又要把你培養成一個上等人，那我就不會不知道應當怎樣對待你們兩個人。好孩子，還有你、匹普的朋友，你們兩個儘管放心，今後我會經常戴上一個文雅的口套，不隨便亂說話。自從我在那半分鐘裡面一個不留神說了那些下流話，我就戴上了口套，現在還戴著，以後一定還要戴下去。」

赫伯爾特嘴上應了一聲「是」，臉上可並沒有因此而顯得寬慰，依舊是惶惑不安，驚慌萬狀。我們都巴不得他快些到他自己的住處去，讓我們兩個自在一下。可是他顯然有些妒意，不肯輕易讓我們兩個自在，一直坐到很晚才告辭。半夜過後，我才繞道送他到艾塞克斯街，看著他平安無事地踏進了自己黑洞洞的房門。看他關了房門，我才算暫時鬆了口氣；從他那天晚上來到我這裡之後，我還是第一次鬆口氣呢。

可是我心裡總難免惴惴不安地想起樓梯上的那個人，因此每天天黑以後，帶著我的客人走進走出，總要向四周張望一番，這一次也少不得張望一番。雖說住在大城市裡的人，只要自以為有受人監視之虞，那就難免一舉一動都要懷疑有人在暗中監視你，可我卻並不認為附近有什麼人在注意我的行動。路上行人寥寥可數，都在各趕各的路，我回到寺區時，街上一個人也沒有。我們兩個出大門時，沒有一個人跟著我們出去，我一個人回來時，也沒有人跟著我進來。經過噴水池，看見他臥室的後窗已經點了燈，既明亮又安靜；我在自己住宅的門洞子裡站了幾分鐘，花園坊一帶闃寂無聲；上得樓來，樓梯上也一樣闃寂無聲。

赫伯爾特張開了雙手來歡迎我，我生平第一次深深領略到，人生在世，有個朋友是何等的福氣。他說了幾句頗有見地的話，向我表示了同情和鼓勵之意，然後我們便坐下來一同考慮問題：眼前的事該怎麼辦？

蒲駱威斯坐過的那張椅子依舊放在原來的地方——因為他過慣了監獄生活，老是那樣守著一個地方，老是那樣心神不定，老是要把菸斗呀、「黑人頭」呀、折刀呀、撲克牌呀等等都掏出來那樣擺弄一番，好像是給他規定好的功課似的——且說他坐的那張椅子依舊放在原處，赫伯爾特無意中坐了上去，可是馬上就跳了起來，一把推開，另外換了一張。這麼一來，他也無須再用言語來表明他厭惡我這位恩人，我也無須再向他吐露我的心曲。我們不用說半句話，就都心照不宣了。

赫伯爾特在另一張椅子上坐定之後，我對他說：「怎麼辦呢？」

赫伯爾特用手托住腦袋，說道：「我可憐的、親愛的韓德爾，我已經給嚇呆了，腦子也轉不動了。」

「赫伯爾特，我開頭遭到這個青天霹靂，也和你一樣。不過，總還得想個法子才是。他現在一心一意要想出種種新花樣來擺闊呢——買坐騎呀、買馬車呀，凡是闊綽的排場，他樣樣都要。得想個法子擋他一擋才好。」

「你的意思是說你不能接受——」

赫伯爾特頓了一頓沒有說下去，我連忙接口說：「我怎麼能接受？你想一想他是個什麼樣的人！瞧瞧他那副模樣！」

我們兩個人都情不自禁地打了個寒戰。

「赫伯爾特，我倒是擔心他已經對我有了感情，很強烈的感情，這件事有多麼可怕！我怎麼會這樣倒楣啊！」

赫伯爾特又叫了一聲：「我可憐的、親愛的韓德爾！」

我說：「況且，即使我現在馬上煞車，再也不拿他一文錢，你想想我已經欠了他多少！再說，我負的債可重了——對我來說，已經重得不得了，因為遺產已經沒有指望了——而且我又沒有好好學過一門行當，什麼事也做不了。」

赫伯爾特勸我說：「好了，好了，好了！這種話再也別說了。」

「我能幹什麼呢？我看只有一件事幹得了，那就是去當兵。親愛的赫伯爾特，要不是想到你的友誼和情分，要等你回來商量，我早就走了。」

說到這裡，我當然不免失聲而哭，赫伯爾特當然也只好緊緊握住我的手表示同情，只裝沒有看見。

過了一會兒他說：「親愛的韓德爾，當兵是無論如何不行的。如果你今後拒絕他做你的恩人，再也不要他給你好處，那麼你大概多少還有個打算，準備將來有朝一日要償還他以前給你的好處吧。如果你去當兵，這種指望就不大了。何況這種想法也很荒唐。克拉瑞柯公司雖小，到那邊去幹點差事總比當兵要強不知多少倍。你知道，我正在想辦法入股呢。」

可憐的傢伙！他做夢也沒想到他是拿誰的錢入股的！

赫伯爾特又說：「不過還有個問題，這個人無知無識，一味死心眼，他的主意早就拿定了。不光是這樣，據我看（也許我看錯了），他還是個不顧死活的凶暴性子。」

我說：「這我也知道，我親眼見過一件事就可以作證，我來說給你聽。」說著就把剛才沒有提到的一件事，就是那人當年和另一個逃犯的一場搏鬥，一五一十告訴了他。

赫伯爾特說：「可見得你自己也不是不明白。你想一想吧！他冒著生命危險趕到這裡，就是為了實現他早就拿定了的主意。歷盡千辛萬苦，盼了那麼多年，好容易實現了自己的願望，你卻馬上就來拆他的臺、破壞了他的計畫，使他白手掙得的家私頓時一無用處，你倒想想看：弄得他一灰心，他什麼事做不出來？」

「這我倒是看得明白，赫伯爾特；自從那個不祥的晚上他來到這裡以後，我做夢也一直想到這件事。我心裡一直比什麼都明白，他要是把心一橫，說不定會投案自首的。」

赫伯爾特說：「那麼，你等著瞧吧，弄得不好他就會這樣。因為他有這一手，所以他在英國一天，就能控制你一天；萬一你拋棄他，他就會不管三七二十一，給你來這一手。」

這種顧慮本來就一直壓在我的心頭，給他這樣一說，我更是如同五雷轟頂；假如有一天這種想法成了事實，說起來我豈不就成了殺害他的凶手？我愈想愈怕，在椅子裡再也坐不安生，就站起身來，在屋裡踱來踱去。我對赫伯爾特說，即使蒲駱威斯不是自投羅網，而是偶然被人認了出來，給抓走了，罪不在我，我還是會覺得禍由我起，而要苦惱一輩子。對，要苦惱一輩子——可是要知道，為了幫他躲開法網，把他留在身邊，我已經是夠苦惱的了，我寧願一輩子在鐵匠鋪裡打鐵，也不願落到眼前這步田地！

不過，老嚷嚷解決不了問題；到底該怎麼辦呢？

赫伯爾特說：「眼前的當務之急就是要設法把他弄出英國。你得跟他一塊兒走，那樣他也許就肯走了。」

「可是，不管我把他弄到什麼地方去，我能拉住他不讓他回來嗎？」

「我的好心的韓德爾，事情是再明顯不過的：隔壁一條街上就是新門監獄，你如果要在這裡向他透露自己的心意，惱得他一時興起，豈不是比在其他地方都危險得多嗎？照我看，你要是能夠拿那另一個逃犯作藉口，或是在他生平經歷中另外找件事作藉口，來把他打發走，那就得趁早下手。」

我收住腳步，站在赫伯爾特面前，雙手一攤，好似這一攤就把我對這件事一籌莫展的底牌都攤給他看了似的。我說：「你又來了！我對於他的生平經歷一無所知。每天夜晚看著這樣一個人坐在我面前，我簡直要發瘋啊——我一生的走運倒楣都和他扭成了一股解不開的結，其實我和他卻完全是陌路人，要說有什麼糾葛，無非是這個倒楣的可憐蟲在我童年時代整整嚇了我兩天！」

赫伯爾特站了起來，挽著我的手，兩個人一起踱來踱去，眼睛盯著地毯。

赫伯爾特忽然站住了說：「韓德爾，你真的拿定主意再也不要他給你的好處了嗎？」

「百分之百拿定了。假使你處在我的地位，你也會拿定了主意的，是不是？」

「那麼你也拿定了主意，非要跟他一刀兩斷不可嘍？」

「赫伯爾特，這還用問嗎？」

「我說呀，他為你冒了生命的危險趕到這兒，他這條命你不憐惜也得憐惜，只要有可能搭救他這條命，你就非得搭救不可。因此，你不能先考慮擺脫自己的干係，你得先把他送出英國。一旦人送出了國，就千萬得擺脫自己的干係。親愛的老朋友，到那時我們再商量個辦法吧。」

雖然只談出了這麼一點小小的結果，我們卻就握起手來，表示一言為定，然後又繼續來回踱步，好不快慰。

我說：「赫伯爾特，咱們先來談談怎樣瞭解他的身世吧。我看只有一個辦法——我開門見山問他。」

赫伯爾特說：「對，那就明天吃早飯的時候問他。」原來蒲駱威斯和赫伯爾特告別時，說過明天要來和我們一起吃早飯的。

商議停當，我們便上床睡覺。這一夜我為他做了好多荒唐透頂的夢，醒來時精神頹唐不堪，連昨天晚上已經打消了的疑慮也重又襲上心頭——我還是唯恐有人發覺他是個潛逃回來的流放犯。只要我醒著，這種顧慮便始終縈回在我心頭。

第二天他果然準時前來，掏出了他那把折刀，坐下來用早餐。他有一肚子的打算，要使他一手培養出來的上等人「闊氣闊氣，真正像個上等人的樣子」，催促我趕快動用他交給我的那一皮夾子的錢。他還認為這套房間和他自己的住處都只能暫時住住，再三要我在海德公園附近找個「像樣的窩」，讓他在裡面「搭張床」。他剛一吃完早飯，就在腿上擦他那把折刀，我便利用這個機會，直截了當對他說：

「昨天晚上你走了之後，我和我的朋友談起，那一年我跟著一隊官兵趕到沼地上，看見你正在和人扭打，你還記得那件事嗎？」

他說：「記得！當然記得！」

「我們想要瞭解一點那個人的情況——也想瞭解一點你的情況。說來奇怪，關於你們兩個人的事，特別是關於你的事，我知道得實在不多，昨天晚上對我的朋友三言兩語就都說完了。你能不能趁這個機會講點給我們聽聽呢？」

他考慮了半晌，說：「好吧！匹普的朋友，反正你已經發過誓了，是不是？」

赫伯爾特答道：「當然！」

他緊逼著說：「要知道，不論我說了什麼，你都得遵守你的誓言。」

「我明白。」

他又緊逼著說：「請你注意！我以前所做的事，罪都已經抵了，苦也吃夠了。」

「好吧。」

他掏出黑菸斗，正打算把「黑人頭」往菸斗裡裝，忽然望望手裡這一團亂七八糟的菸草，似乎唯恐打亂了他敘述的線索，便連忙收起菸草，把菸斗插在外套的一個鈕扣洞裡，雙手擱在兩邊膝蓋上，以憤懣的眼光向壁爐默默地瞅了幾分鐘，這才轉過眼來看著我們，說出了下面這一段身世。

第四十二章

馬格韋契的身世

「親愛的匹普和匹普的朋友：我來給你們講我自己的身世，這段身世既不像一支歌那樣動聽，也不像一本小說書那樣有趣。我只要編兩句順口溜，簡單明瞭，你們一聽就明白。進了監獄出監獄，出了監獄進監獄，進不完的監獄，出不完的監獄。這樣一說，你們總該明白了吧。這幾句話就足夠說明我的前半段身世，後來我就和匹普交上了朋友，再後來就被押上了船送到海外去。

「我什麼刑罰都受夠了，只除了沒受絞刑。有時候他們把我當作寶貝似的鎖了起來，有時候又把我一會兒運到東，一會兒運到西，一會兒運出這座城市，一會兒運出那座城市，讓我戴著足枷，又是鞭打，又是折磨，攆來趕去。我出生在什麼地方，別說你們不知道，連我自己也一樣不知道。我只記得自己最早是在艾塞克斯一個什麼地方，為了活命偷蘿蔔吃。因為有個人——是個男人——是個補鍋匠，他丟下了我，只顧自己帶著爐子走了，丟下我挨冷受凍。

「我知道我自己姓馬格韋契，教名是阿伯爾。我是怎麼知道的呢？這就好比我知道樹上的鳥兒叫什麼名字一樣：這種叫作燕雀，那種叫作麻雀，還有一種叫作畫眉。我本來倒有點疑心，心想這些怕都是胡謅，不過既然鳥兒的名字算是叫對了，我想我的名字總也不會有錯吧。

「據我知道，小阿伯爾．馬格韋契身上沒得穿、肚裡沒得吃，沒有一個人見了他不怕，不是攆走，就是逮住。這樣逮呀，逮呀，逮呀，逮來逮去，我也就慢慢地給逮大了。

「事情就是這樣，我從小弄得破破爛爛，再可憐也沒有了（我倒沒有照過鏡子，我到過的人家很少有鏡子），可是我也從小就是個出名的老手了。有人來探監，監獄裡的人總是特別把我指出來給人家看，對他們說：『這孩子是個老手，可厲害了，他簡直是在監獄裡長大的。』說著他們對我望望，我也對他們望望；他們有的來打量我的腦袋（其實他們還不如來打量我的肚子），有的遞給我一些我讀不懂的小冊子、對我講一些我聽不懂的話。他們總還要嘮嘮叨叨勸我不要上魔鬼的當什麼的。可是魔鬼和我屁相干？我總得有點什麼吃的來填飽我的肚子，是不是？——哎喲，我又說起下流話來了，和上等人說話得有個體統。親愛的匹普和匹普的朋友，你們放心，我再也不說下流話了。

「我一輩子流浪、討飯、做賊，能做工的時候也做做工（你們可別以為這種工作經常有得做，你們可以問問你們自己——假使你們是老闆，是不是那麼願意把工作給我做呢？）有時偷偷闖進人家的私地去捕魚打獵，有時也幫人家打打短工啊，趕趕車啊，翻曬翻曬乾草啊，做做叫賣小販啊，幹的都是些賺不到錢、只會招麻煩的差事，我就是這樣長大成人的。有家小客店裡來了個逃兵，從頭到腳裹著一身破爛，他教我認字。還有個走江湖的巨人，收一個便士便給人簽個名，他教我寫字。那一陣子我比從前坐牢坐得少些了；不過，開牢門的那把鑰匙給磨得那麼精光稀瘦，還是有我大大的一份功勞在裡面哩。

「大約在二十多年前，我在葉森賽馬場認識了一個人——這個惡鬼要是哪一天讓我遇到了，我非得掄起這根撥火棍來，像敲蝦螯一樣把他的腦袋敲個粉碎不可。他的真名字叫作康佩生；好孩子，我昨天晚上走了以後，你跟你朋友說起我當年在水溝裡痛打的那個人，正就是他。

「這個康佩生，他擺出一副上等人的架子，他進過公立寄宿學校，有知識，油嘴滑舌，談起來頭頭是道，擺起上等人的架勢來是個呱呱叫的能手。人也長得不難看。大賽馬的前一天晚上，我在荒原上一家我常去的小酒館裡遇見了他。我進門的當兒，他和幾個夥伴正坐在店堂裡，店老闆（店老闆認識我，這個人倒是挺不錯的）喊了他一聲，對他說：『我看這個人也許倒能中你的意，』——他這說的是我。

「康佩生細細地瞅了我半晌，我也瞅了瞅他。他身上掛著個錶，別著胸針，手上戴著戒指，一身衣服好不漂亮。

「康佩生對我說：『看你的氣色，大概運氣不好吧。』

「『是啊，先生，我的運氣從來沒有怎麼好過。』（當時我剛為了流浪罪坐過金斯頓監獄，刑滿釋放未久。當然，不為這個罪，也會為別的罪坐牢，不過那一次倒不是為了別的罪名。）

「康佩生說：『時來運轉啊，說不定你的運氣就要來了。』

「我說：『但願如此。看機會吧。』

「康佩生說：『你能幹什麼呢？』

「我說：『如果你願意養活我，吃喝總是會的。』

「康佩生哈哈大笑，又細細地望了我一眼，給了我五個先令，約我第二天晚上在老地方見面。

「第二天晚上我到老地方去找康佩生，康佩生要我做他的幫手和合夥人。康佩生要我合夥幹的是什麼行當呢？康佩生慣幹的行當就是詐騙、偽造字據、把盜竊來的鈔票設法出籠，等等、等等。凡是康佩生那顆腦袋所能想得出來的種種陰謀詭計，只要他自己不受牽連而能撈到好處，讓別人代他受過，他沒有一樣不幹。他的心像鐵鎚一樣硬，他的人像死屍一樣冷，他的心思就像剛才說到的魔鬼一樣惡毒。

「康佩生有個夥伴，人家管他叫亞瑟——這並不是他的教名，不過是個綽號[1]。亞瑟有癆病，看起來簡直像個鬼。早先那幾年，他和康佩生一塊兒使壞心眼騙了一個有錢的小姐，撈到了好大一筆錢；可是錢都給康佩生賽馬賭錢輸光了；那樣花法，哪怕皇家的國庫交在他手上，他也得花個精光。因此亞瑟卻是一天比一天病重、一天比一天窮，況且又得了酒瘋，倒是康佩生的老婆（她三天兩天要挨康佩生的拳打腳踢）能憐惜他總是憐惜他，而康佩生本人對任何人、任何東西，都沒有半點憐惜。

「我本當可以從亞瑟身上吸取教訓，可惜我沒有吸取教訓；老實說，我也不大在乎——我何必要在你們面前裝假呢，我的好孩子和孩子的朋友啊？於是我就待在康佩生那裡，成了一件聽他擺布的、可憐的工具。亞瑟住在康佩生家裡的頂樓上（那地方離布倫福很近），他的膳費、宿費，康佩生都給他一筆不漏地記著，萬一他病好了，就可以要他工作抵債。但是亞瑟很快就把這筆債還清了。我第二次還是第三次看見他，是在一天深夜裡，他從頂樓上發了瘋似的咚咚咚奔到康佩生樓下的客廳裡，身上只穿一件法蘭絨的長袍，滿頭大汗，浸得他的頭髮就像從水裡撈起來似的，他對康佩生的老婆說：『莎莉，我不騙你，那個女人這會兒正在樓上和我糾纏不清，我甩也甩不掉她。她穿著一身白衣，頭上插著白花，氣得沒命似的，手上搭著塊裹屍布，說是明天一大早五點鐘就要給我裹起來。』

「康佩生說：『你這個傻瓜，你難道不知道那個女人還活著嗎？她既沒有從門口裡走進來，也沒有從窗裡爬進來，更沒有上樓，怎麼能到你樓上來呢？』

「亞瑟神志昏亂，遍體發抖，說道：『我也不知道她是怎麼來的，可是她的確是站在我床腳前的那個角落裡，氣得沒命似的。她的心都碎了——是你撕碎的！——胸前鮮血滴滴答答流個沒完。』

「康佩生雖然嘴上說得很凶，骨子裡卻是個膽小鬼。他對他的老婆說：『你把這個一把眼淚一把鼻涕的病人送上樓去。還有你，馬格韋契，你給她幫個忙好不好？』可是他自己卻從來沒有挨近過一步。

「於是康佩生的老婆和我兩個人就把他扶上樓去重新睡下，他瘋話連篇，只管嚷著：『哎唷，你們瞧她啊！她抖開了裹屍布要往我身上蓋啊！你們沒看見她嗎？瞧她那雙眼睛！她那副氣瘋瘋的樣子不叫人害怕嗎？』接下去又喊道：『她要把裹屍布蓋到我身上，那我就完蛋了！快把她手裡那玩意兒奪下來，奪下來！』喊著就一把抓住我們不放，一會兒和她說幾句，一會兒又向她答幾句，鬧得我也半信半疑起來，彷彿也看見了那麼個女人似的。

「康佩生的老婆已經看慣了他這一套，便給他喝了點酒，讓他清醒清醒，他才漸漸安定下來，說：『哦，她走了！是不是那個看管她的人來把她領回去了？』康佩生的老婆說：『是的。』『你有沒有叫他把她鎖好關好？』『說過了。』『有沒有叫他把她手裡那個嚇人的玩意兒奪下來？』『說過了，說過了，錯不了。』於是他又說：『你真是個好人，你千萬千萬別離開我呀，我求求你！』

「他這才安安靜靜睡著了，睡到快五點鐘光景，又是怪叫一聲跳了起來，嚷道：『她來了！她又帶著裹屍布來了！她把裹屍布抖開來了。她從牆角裡走過來了。她來到床前面了。你們兩個快快抱住我——一邊一個——別讓她的裹屍布碰到我身上。哈哈！這次她沒碰到！別讓她從我肩膀上罩下來啊。別讓她把我拖起來裹啊。她把我拖起來了。快把我往下按啊！』接著，他的身子使勁向上一拱，就斷了氣了。

1 亞瑟原是英國「圓桌騎士」等傳奇故事中的人物。

「康佩生完全不當一回事，反而認為他死得好，對雙方都好。他和我兩個人馬上就忙得不可開交，他做的第一件事（他一向是個大滑頭）就是要我拿著我自己的《聖經》發誓——好孩子，這正就是我要你的朋友拿在手裡發誓的這本小黑書。

「至於康佩生出主意、我經手辦的那些事情，我就不必一件一件細說了——花上一個禮拜的工夫還說不完呢——親愛的匹普和匹普的朋友，簡簡單單一句話，我完全落進了那個人的羅網，簡直成了他的黑奴。我老是欠他的債，老是受他的擺布，老是替他賣命工作，老是上刀山下火海。他比我年紀小，可是有鬼聰明、有學問，比我要強上百倍千倍，而且心又狠。那會子我的女人正鬧得我焦頭爛額——這且別提吧！我不想牽扯到她——」

他慌慌張張環顧了一下四周，彷彿這一段往事一下子不知講到什麼地方去了似的；過了一陣才轉過臉來對著壁爐，一雙手攤得更大，擱在膝蓋上，拿開了又放下去。

他又環顧了一下四周，這才繼續說下去：「不必細說了，千句並一句，反正和康佩生搞在一起的那段時期，可以說是我一輩子裡最難熬的時期。別的也就不用說了。我剛才有沒有告訴你們：我和康佩生搞在一起的時候，為了一點不大的罪名，我還一個人受過審？」

我回答道，他並沒有說起過。

他說：「那就聽我說吧。我受了審，還判了罪。至於為了一點嫌疑而被捕，這四、五年裡面總還有兩三次，幸而都證據不足。到最後，康佩生和我兩個人都犯了重罪——罪名是盜竊貨幣投入市場，另外還有好幾款罪名。康佩生對我說：『各管各找律師辯護，不要再聯繫。』他就只說了這麼一句話，別的都不提。我那時候窮得好不可憐，把所有的衣服都賣光了，只留下身上穿的，這才請到賈格斯出庭為我辯護。

「我們給押上法庭的時候，我一看，康佩生打扮得多麼像個上等人啊，鬈頭髮、一身黑衣服、雪白的手絹；再看看我自己，好一個低三下四的可憐蟲。開庭的時候，先簡要舉出一些罪證，我一看就明白他們有意要把責任都推在我身上，存心要為他開脫。後來見證人出庭，總是把我說成為首的主犯，而且還賭咒發誓，一口咬定說，銀錢沒有一次不是交到我手裡的、壞事沒有一次不是我主謀的、好處都進了我的腰包。後來由被告律師辯護，我更加看透了這個陰謀。康佩生請來的那個律師說：『法官大人、諸位先生，現在並排站在諸位面前的這兩個人，你們一眼就看得出完全是兩種人；一個年紀輕些，受過良好的教養，對待他應當考慮到他這種身分；另一個年紀大些，沒有受過良好的教養，對待他也應當考慮到他那種身分；這年輕的一個，同這些勾當簡直看不出有什麼牽連，無非是有點嫌疑而已；那年紀大些的一個可就兩樣了，他同這些勾當牽連很大，罪行確鑿不移。這兩個人裡面，如果有一個人犯罪，犯罪的是哪一個？如果兩個人都犯了罪，哪一個罪重？這難道還有什麼可懷疑的？』他講的盡是這一類的話。說到我們兩個的人品，那康佩生上過學，他的同學不是在這兒做官，就是在那兒得意，那些見證人跟他都是什麼俱樂部和社團裡的熟人，誰會說他的壞話？可是我呢，以前就受過審，不論走到哪裡，從監獄到拘留所，哪一個不認識我？講到我們的談吐，那康佩生和他們說起話來，動不動就低下頭來，用白手絹捂著臉，話裡頭還夾一些詩句——可我呢，只能老老實實對他們說：『諸位先生，我旁邊的這個人是個十足的大流氓！』陪審團裁決下來的時候，果然建議對康佩生從寬發落，理由是，他名聲尚好，只可惜交了壞朋友，學壞了，而且他還能盡力提供材料檢舉揭發我；可我呢，除了說我有罪以外，他們哪還有一句話？我當場對康佩生說：『出了這個法庭，我非得打爛你這張嘴臉不可！』康佩生馬上要求法官保護他，於是法官派了兩個監守把我們兩個人隔開。判決書下來，他只判了七年徒刑，我倒判了十四年；法官還對他表示惋惜，說他本來很有前程，我呢，法官卻把我看作一個窮凶極惡的積賊慣犯，說我只會愈變愈壞。」

他說著說著，愈說愈氣惱，好在還能強自克制，呼哧呼哧喘了兩三口氣，又咽了兩三口唾沫，便伸過手來握住我的手，好像叫我放心似的，對我說道：「我再也不會下流了，好孩子！」

他實在激動得太厲害，竟然掏出手絹，在臉上、頭上、脖子上和手上擦了個遍，然後才繼續說下去：

「我對康佩生說過，非打爛他那張嘴臉不可；我對天發誓，我要是不打爛他的臉，就叫上帝打爛我的臉。我和他關在一條水牢船上，我想盡辦法要去揍他，可是好久一直沒法下手。後來總算有一次，我摸到他背後，朝他腮幫子上一拳頭打過去，等他回過頭來，又對準他臉上狠命的一拳，就在這時候讓人看見了，我就被逮住了關進黑房。那條船上的黑房，對一個住慣了黑房、又會游泳潛水的人來說，實在沒什麼了不起。我越獄逃上了岸，躲在一片墓地裡，正在羨慕地下那些一了百了的死人的當兒，我就第一次看見了你、我的孩子！」

他以滿含深情的目光望了我一眼；我本來倒已經很同情他，給他這一望，差點又厭惡起他來了。

「我的孩子，我當時從你的話裡知道康佩生也到了那片沼地上。我敢說，他當時並不知道我逃上了岸，他多半是因為被我打怕了，要甩掉我才逃走的。我終於把他找著了，把他的臉打得稀爛。我跟他說：『我一不做二不休，拚了自己的命不要，也要把你拖回到水牢船上去。』老實說，當時要不是來了官兵，我就一把揪著他的頭髮游到水牢船上去了。我能把他弄上船，哪裡用得著官兵幫忙？

「結果當然又是他占盡了便宜——他的名聲好嘛！他說他挨了我打，見我存心要殺害他，他嚇得瘋瘋癲癲，因此才逃走的。這樣一說，他的處分自然就輕了。我卻給戴上手銬腳鐐，重新受審，判處終身流放。可是，親愛的匹普和匹普的朋友，我既然到了這兒，也就不會流放一輩子了。」

他又像剛才那樣用手絹擦了擦汗，然後從口袋裡慢慢掏出一團亂麻似的菸草，從鈕扣洞裡取下菸斗，慢吞吞地裝上一斗菸，抽了起來。

沉默了一陣，我問道：「他死了嗎？」

「誰死了，好孩子？」

「康佩生啊。」

他透出了凶狠的神氣，說道：「他要是活著的話，恨不得我死了才好呢。可我從那以後就沒有聽到過他的下落。」

赫伯爾特用鉛筆在一本書的封皮裡寫了些什麼。他趁蒲駱威斯站在爐邊、只顧望著爐火抽菸的當兒，把書輕輕推到我面前，我一看，寫的是這樣幾行字：

「郝薇香小姐的弟弟就叫作亞瑟。康佩生就是郝薇香小姐當年的那個所謂情人。」

我闔上了書，向赫伯爾特微微點了點頭，把書放過一旁；我們誰也沒說一句話，只是看著蒲駱威斯站在爐邊抽菸。

第四十三章 對峙

我何必停下手來捫心自問，我那樣怕和蒲駱威斯親近，到底有幾分是由於艾絲黛拉的緣故？我何必徘徊瞻顧，思前比後，想當初參觀新門監獄出來，要拚命去掉身上的汙垢濁氣，才去驛站迎接艾絲黛拉，如今又覺得傲慢美麗的艾絲黛拉和潛逃回國窩藏我處的那個流放犯，竟有天淵之隔？何必多想這些呢？道路不會因此而平坦，結局不會因此而美滿；他不會因此而獲救，我也不會因此而脫罪。

聽他敘述了這一番身世遭遇，我心裡又產生了一種新的恐懼——說得更確切些，聽了他這番敘述，我本來的恐懼便變得格外鮮明、格外具體了。萬一康佩生還活著，發現他回來了，後果如何是無可懷疑的。康佩生怕他怕得要死，這一層，他們兩個當事人反而還沒有我清楚呢；康佩生既是像他所說的那種人，當然會去向官府告密，不擔一點風險，就把這個日夜擔心的死對頭一勞永逸地除掉，他要是有半點猶豫徬徨，那才是不可想像的怪事呢。

關於艾絲黛拉的事，我沒有在蒲駱威斯面前漏過一點口風，而且也永遠不會漏出一點口風——至少我已經打定了這樣的主意。不過我對赫伯爾特說過，我出國之前，無論如何一定要先去見見艾絲黛拉和郝薇香小姐。這話是在那天晚上蒲駱威斯講完了他自己的身世、屋子裡只剩下我和赫伯爾特兩個人的時候說的。我決定第二天就到里奇蒙去，到第二天我果然去了。

一走進白蘭莉夫人的家門，主人就打發艾絲黛拉的女僕告訴我說，艾絲黛拉到鄉下去了。到哪個鄉下去了？還不是像往常一樣，到沙堤斯莊屋去了。我說，可和往常不一樣啊，因為往常哪次不是由我陪著去的，那麼她什麼時候可以回來呢？那女僕的答話似乎有些吞吞吐吐，使我更加惶惑不解；原來那女僕說，據她看，艾絲黛拉就是回來也待不了多久了。這話我實在莫測高深，我明白這是有意不肯叫我知道，於是只得萬分掃興而歸。

當天晚上送走了蒲駱威斯（我每天都送他回去睡覺，每次都要小心察看四周的動靜），回來又和赫伯爾特商量了一夜，最後作出決定：暫時大可不必向他提起出國的打算，還是等我到郝薇香小姐府上去過再說。赫伯爾特和我可以先分頭考慮怎樣向蒲駱威斯提這件事好——是編造一個藉口，就說我們擔心已經有人在懷疑他、注意他呢，還是說我從來沒有出過國，很想到海外去見識見識。我和赫伯爾特都知道，跟他說什麼都好，只要我一開口，他就沒有不答應的；我們還一致認為，他像現在這樣擔著風險在這裡待下去，日子久了是不堪設想的。

第二天，我耍了個卑鄙的花招，撒謊說我和喬有約在先，非去看他一次不可；我對待喬，或是欺其人、或是假其名，什麼卑鄙的手段都耍得出來。我關照蒲駱威斯，在我外出期間務必萬分小心，一切自有赫伯爾特暫時代我照管。我說我在那邊只住一夜就回來；他既然迫不及待地巴望我成為一個氣派更大的上等人，那麼這次等我回來，就動手開闢局面，叫他宿願得償。當時我還想到，將來正可以利用開闢局面作為藉口（譬如說，要做上等人就得廣置器物、鋪設排場等等），好把他賺到國外去；後來我發現赫伯爾特的想法竟和我不謀而合。

作了這樣妥善的處置以後，第二天天還沒亮，我就搭早班馬車動身到郝薇香小姐府上去了。到得空曠的鄉村大路上，曙光才悄悄而來，好比一個人走走停停，打著冷顫，且行且泣，身上裹著陰雲寒霧的破衣爛衫，寒磣得像個乞丐。馬車在牛毛細雨中趕到了藍野豬飯店，不防大門口走出一個人來，手裡拿著一根牙籤，來看馬車。你道他是誰？竟是本特里．蛛穆爾！

他只裝沒看見我，我也裝作沒看見他。其實，雙方都裝得一點也不像；更何況雙方又都是往餐室裡走——他剛剛用完早餐，我則正打算用早餐。在鎮上遇到這個人，實在窩囊透了，因為他來此何事，我心中已經十分瞭然了。

他站在壁爐前；我坐在自己的座位上，裝模作樣地讀著一份早已是明日黃花的油膩的報紙。這是一份當地報紙，可惜當地新聞早已模模糊糊，難以辨認，倒是外來的玩意兒滿版滿頁都是：咖啡呀、泡菜呀、魚露呀、肉汁呀、融化了的黃油呀、酒呀，五花八門，把這張報紙從上到下濺得密密滿滿，好像出了一身非同尋常的麻疹一般。眼看蛛穆爾擋在壁爐前面，我愈來愈覺得有氣。於是我站了起來，拿定主意這爐火可不能給他一個人享受。走到壁爐前，準備拿起撥火棍來撥火，偏巧撥火棍在他背後，要把手伸到他的大腿後面才拿得到，不過我還是裝作不認識他。

結果還是蛛穆爾先生先開了口：「怎麼招呼也不打一個？」

我手裡拿著撥火棍，說道：「哎呀！原來是你？你好嗎？我剛才還在納罕，是誰擋著火呢。」說著，便使勁撥火；撥好了火，便張開兩個肩膀頭，背對著壁爐，和蛛穆爾先生並排站在那裡。

蛛穆爾先生用肩膀撞了我一下，不讓我和他肩挨著肩，一面問道：「你是剛來嗎？」

我也用我的肩膀回撞了他一下，不讓他和我肩挨著肩，一面答道：「剛來。」

蛛穆爾說：「這地方真是糟透了，大概是你的故鄉吧？」

我說：「正是。聽說和你的故鄉施洛普郡很相像呢。」

蛛穆爾說：「絲毫也不像。」

說到這裡，蛛穆爾先生望望他的皮鞋，我也望望我的皮鞋；接著，蛛穆爾先生又望望我的皮鞋，我也望望他的皮鞋。

我拿定主意，務必要守在爐前，寸土不讓，於是便問他：「你來了好久了嗎？」

蛛穆爾答道：「來了好久了，都發了膩了。」說著假裝打了個呵欠，但是也和我一樣寸土不讓。

「你打算在這兒久住嗎？」

蛛穆爾答道：「說不定。你呢？」

我說：「說不定。」

這時候我只覺得渾身熱血一陣沸騰，心想：剛才要是蛛穆爾膽敢用肩膀把我再撞開哪怕是一根頭髮絲那麼點距離，我早就把他甩到窗外去了；反之，要是我的肩膀把他再撞開那麼點距離，他也早把我扔到近旁的雅座裡去了。他吹了一陣口哨。我也如法炮製。

蛛穆爾說：「這裡有好大一塊沼地吧？」

我說：「有。怎麼樣？」

蛛穆爾望望我，又望望我的皮鞋，最後才說了一聲「哦！」便大笑起來。

「你覺得有趣嗎，蛛穆爾先生？」

他說：「也說不上。我要騎馬出去遛遛。打算去看看沼地，找點樂趣。據說那邊有幾個偏僻的村莊，還有幾家稀奇古怪的小酒店——還有鐵匠鋪子——等等。茶房！」

「有，老爺。」

「我的馬備好了嗎？」

「已經等在門口，老爺。」

「噢。夥計，聽我說：小姐今天不騎馬了，天氣不行。」

「遵命，老爺。」

「我不在這兒吃午飯，上小姐家裡去吃。」

「遵命，老爺。」

蛛穆爾拿眼睛朝我一溜，雖說這傢伙很呆，他那下巴肥大的臉上一副傲慢而又得意的神氣，卻刺得我好不心痛，氣得我真恨不得一把抱起他來，按在火上燒他個半死（據一本故事書上說，有個強盜就是這樣處治一個老太婆的）。

有一件事，我們雙方心裡都有數，那就是，要我們兩個當中任何一個從壁爐前撤下來，除非有第三者來解救。我們兩個站在那裡，都擺出一副相持不下的架勢：肩挨著肩，腳挨著腳，手都擱在背後，誰都寸步不讓。他的馬明明在門口沐著牛毛細雨，我的早餐也明明已經端上桌來；茶房已經收掉了蛛穆爾的殘羹冷炙，請我快過去用餐，我對他點點頭，可是兩個人都還堅守著陣地。

蛛穆爾問我：「後來你到林鳥俱樂部去過嗎？」

我說：「沒有去過，上次在那兒，我對於那批林鳥實在領教得夠了。」

「就是我和你發生爭執的那一次吧？」

我一乾二脆地答道：「正是。」

蛛穆爾冷笑道：「好了，好了！他們太便宜你了。你不應當那樣發脾氣的。」

我說：「蛛穆爾先生，這件事你不配發表高見。我即使發脾氣（我那一次可並沒有發脾氣），也絕不會扔杯子甩盆子的。」

蛛穆爾說：「我可要扔。」

他這樣一說，把我悶在心裡的一腔怒火扇旺了起來，我瞪了他一兩眼，說道：「蛛穆爾先生，這一場談話可不是我挑起來的，我想這並不是什麼愉快的談話吧。」

蛛穆爾氣勢囂張地轉過頭來，說道：「當然不是，想也不用想！」

我就接下去說：「既是這樣，我建議今後我們彼此之間根本就不必談話，想來一定蒙你同意。」

蛛穆爾說：「你這話深得吾心，我早就該先向你提出來了——說得更恰當些，我根本提都不用提，早就該這麼辦了。可是你也別發脾氣了。發什麼脾氣呢？你難道還不認輸麼？」

「先生，你這話是什麼意思？」

蛛穆爾避而不答，喊了一聲：「茶房！」

於是茶房又走了進來。

「夥計，聽我說：小姐今天不出去騎馬了，我不在這兒吃午飯，到小姐家裡去吃。明白嗎？」

「完全明白，老爺。」

茶房摸了一下餐桌上我叫的那壺冷得好快的茶，用懇求的目光看了看我，這才退了出去。蛛穆爾小心翼翼，緊挨著我的那個肩膀怎麼也不肯挪動一分一毫，他從口袋裡掏出一根雪茄，咬去了菸頭，然而身子卻是紋絲不動。我雖然怒不可遏，憋得難受，可是轉而一想，我們只消再交談片言隻語，勢必就要提起艾絲黛拉的名字，我可不能容忍這個名字被他的嘴來糟蹋，因此只得癡癡呆呆地望著對面的牆壁，只當屋裡沒有第二個人，強自克制不作一聲。幸而後來進來了三個富裕的農莊主人（我看這多半是茶房故意打發進來的），他們一進餐室，便解開大衣，搓著手，直衝到壁爐前，我們這才不得不讓開，否則，這種可笑的局面真不知還要僵持多久呢。

我從窗裡看見蛛穆爾走到大門口，一把抓住坐騎的鬃毛，使出了他那股風風火火的蠻橫勁兒，一縱身上了馬，驚得馬兒把頭一側，倒退了幾步，我只道他這一下就算走了，誰料他又趕了回來，原來他嘴裡的雪茄忘了點著，又趕回來叫人給他點火。只見一個穿灰褐色衣服的人，手裡拿著火走到他前面。我沒看清那人究竟是從飯店院子裡出來的呢，還是從大街上或者別的地方來的，總之蛛穆爾從馬上俯下身來，點著了雪茄，朝餐室窗口晃了晃腦袋，哈哈大笑了一陣，這時候我才看見那個背對著我的人雙肩彈垂、頭髮蓬亂，好像是奧立克的樣子。

我心亂如麻，哪裡還有心思去仔細辨認究竟是不是奧立克？哪裡還有心思去用早餐？只是隨便洗了洗手、洗了洗臉，洗淨了旅途的風塵，便趕往那座忘不了的古老宅子裡去——我想，我要是從來沒有進過這座宅子，也從來沒有見過這座宅子，那該有多好啊。

第四十四章
告白

郝薇香小姐和艾絲黛拉正待在那個擺著梳妝檯、牆上點著蠟燭的房間裡。郝薇香小姐坐在壁爐旁邊的一張長靠椅上，艾絲黛拉墊著個坐墊坐在她的腳跟前。艾絲黛拉在編結什麼東西，郝薇香小姐在一旁看著。我一走進去，她們兩個人都抬起眼來，兩個人都看出我神色不對頭。因為她們互相遞了一個眼色，我一看就明白了。

郝薇香小姐說：「匹普，是哪一陣風把你吹來的？」

她雖然神態自若地望著我，我卻看得出她心裡有點著慌。艾絲黛拉停下了手裡的活計，盯著我看了一會兒，又繼續管她編結。看著她那手指的動作，我覺得她簡直是在給我打啞語，分明向我表示，她知道我已經明白了我真正的恩人是誰。

我說：「郝薇香小姐，昨天我到里奇蒙去過，想找艾絲黛拉說話，結果發現不知哪一陣風把她吹到這兒來了。所以我也跟著來了。」

郝薇香小姐連續做了三、四次手勢叫我坐下，我才在梳妝檯旁邊一張椅子上坐了下來，這就是我從前看見她自己常坐的那張椅子。腳前和四周堆滿了那些陳年骨董的廢物，這個座位那天真像是為我而設的。

「郝薇香小姐，我有幾句話得跟艾絲黛拉說，現在我打算就當著您的面說——我馬上就說。

想來您聽了一定不會覺得詫異，也不會有什麼不高興。我目前這種不幸的處境，正合了您一向的心意。」

郝薇香小姐依舊不動聲色地望著我。艾絲黛拉依舊在編結東西，我一看她那手指的動作，就知道她正在聽我說話，只不過沒有抬起頭來罷了。

「我已經明白了我的恩人究竟是誰。我這個發現並不是一件喜事，對於我的名譽、地位、財產，對於我的一切，都不見得能增添什麼光彩。由於種種原因，這件事我只應當說到這裡為止。這並不是我自己的祕密，而是另外一個人的祕密。」

我頓了一下，望著艾絲黛拉，心裡在盤算這話該如何說下去，可是郝薇香小姐卻接過去說：「這不是你的祕密，而是另外一個人的祕密。還有呢？」

「郝薇香小姐，您第一次叫人帶我上您這兒來，我還是個鄉下孩子（我要是沒有離開鄉下該有多好呢）。那時候您要是不來找我，也會另外隨便找個別的孩子。您找我來，不過是花幾個錢雇個小廝，好滿足您的某種要求或是某種幻想，是不是？」

郝薇香小姐沉著地點點頭回答道：「對，匹普，是這樣。」

「那麼，賈格斯先生——」

郝薇香小姐連忙用果斷的口吻打斷了我的話：「賈格斯先生和這件事毫無關係，也根本不知道這件事。他是我的法律顧問，又是你恩人的法律顧問，這只是一種巧合。請他當法律顧問的人那麼多，這種巧合是不足為奇的。總之，這都是碰巧發生的，並不是什麼人故意安排的。」

她說這話時，從她那憔悴的臉上一眼就可以看出，她並沒有隱瞞真情，也沒有躲躲閃閃。

我說：「可是我一開頭就想錯了，一直錯到了現在，而您至少又故意引我盡往錯裡想，是吧？」

她又一次沉著地點點頭回答道：「不錯，我有意叫你錯下去。」

「這也算好心待人嗎？」

郝薇香小姐用拐杖敲著地板，突然大發雷霆，嚇得艾絲黛拉也抬起頭來，吃驚地望著她；只聽得她嚷道：「我是什麼人？老天爺呀，我是什麼人？我幹嘛要好心待人？」

其實我剛才那句話並沒有多少埋怨她的意思，更不是存心埋怨她。她脾氣發過之後，坐在那裡默默沉思，我便把這意思向她解釋明白。

她說：「好了，好了！你還有什麼話要說？」

為了平息她的氣憤，我說：「從前我在這兒侍候了您一陣子，承蒙您給了我慷慨的報酬，我當了學徒。我剛才問您那些話，不過是我自己想弄清楚一些情況罷了。下面我問您的事，又是另外一個用意（我相信我這個用意更加光明磊落）。我說，郝薇香小姐，當時您順著我的錯把我盡往錯裡引，大概是為了懲罰懲罰您那些自私自利的親戚——故意耍弄耍弄他們吧？我這些措辭不一定得當，還是請您自己來說一說吧，您的用意何在，要怎樣說法方可不致見怪？」

「我的確是如此。怪誰呢，都是他們自討的！你也是自討的。想想我是什麼身世的人，你們要自討苦吃，我何苦要攔著你們？是你自己做了圈套往裡鑽，我可沒有做圈套來害你。」

她說這幾句話時又突然暴跳如雷；我等她氣平了，才繼續往下說：

「郝薇香小姐，我當初一到倫敦，湊巧住在您的一家親戚那裡，後來也經常和他們在一起。據我所知，我的錯覺，他們也有，而且也和我一樣完全信以為真。我有句話說出來，不知您聽得進聽不進、信得過信不過，可我要是藏在肚子裡不說出來，我就未免太虛偽卑鄙了：我要說的是，馬修・朴凱特先生和他的兒子赫伯爾特都是慷慨正直、心地坦率的人，他們心裡都容不下半點陰險下流，如果您不是這樣看待他們，那可太冤枉他們了。」

郝薇香小姐說：「他們是你的朋友嘛。」

我說：「他們只當我已經取他們的地位而代之，可還是和我做了朋友，而莎拉·朴凱特、嬌吉安娜，還有卡密拉夫人，我看她們就不能算是我的朋友吧。」

我把這父子倆和她的另外幾個親戚一對比，似乎博得了她對這父子倆的好感，我看了很高興。她用犀利的目光望了我一會兒，輕聲說道：

「你要為他們提出什麼要求呢？」

我說：「只希望您別把他們和另外那些人混為一談。儘管他們血統相同，可是，您相信我，他們的性格卻不一樣。」

郝薇香小姐依舊用犀利的目光望著我，把剛才那句話重新問了一遍：

「你要為他們提出什麼要求呢？」

我回答道：「您看，我是不會耍滑頭的，」這話一出口，我就知道我已經有點臉紅了，我接下去說：「我對您是要瞞也瞞不過的：我是想要為他們提一點要求。郝薇香小姐，假使您能拿出一筆錢，幫我的朋友赫伯爾特創立一個立身的基業，而又一定要瞞著他悄悄地辦，那我倒有個主意。」

她雙手扶住了拐杖，更加仔細地端詳著我，問道：「為什麼一定要瞞著他悄悄地辦呢？」

我說：「因為兩年以前我就開始為他辦這件事，並沒有讓他知道，我不願意這件事叫他知道。至於我為什麼不能為他辦到底，我卻不能告訴您，這裡面牽涉到一點祕密，那是另外一個人的祕密，並不是我的祕密。」

她逐漸把目光從我身上移開，轉過頭去望著爐火。室內寂靜無聲，看蠟燭慢慢地短了下去，這樣似乎過了好久，壁爐裡有幾塊紅透的煤塊終於筋疲力竭地坍了下去，她這才驚醒了過來，重新轉過眼來望著我，起先只是迷迷惘惘地望著我，後來才漸漸定睛凝神。艾絲黛拉則始終只管她編結。郝薇香小姐把目光都彙聚在我身上以後，便像談話並沒有中斷過似的，對我說道：

「還有呢？」

我轉過臉去對著艾絲黛拉，竭力想控制住我那顫抖的聲音，說道：「艾絲黛拉，你知道我是愛你的。你知道我一向愛你，深深地愛你。」

她聽了我這話，抬起眼來望著我的臉，十個手指依舊忙著編結，臉上毫不動容。只見郝薇香小姐的眼光一會兒從我身上移到她身上，一會兒又從她身上移到我身上。

「要不是我長期以來有個錯覺，我這話早就要向你說了。我一直錯以為郝薇香小姐早就把你和我配好對了。往常我總以為你是身不由主，所以我有話也說不出口。可是這一回我卻非說不可了。」

艾絲黛拉依然毫不動容，手裡依舊不停地編結，只是搖了搖頭。

看到她搖頭，我便回答說：「我明白你的意思，我明白你的意思。艾絲黛拉，我現在也不敢指望你還會屬於我。我根本都不知道我過些時候會落得個什麼樣子，會窮到怎麼個田地，會流落到何處天涯。儘管如此，我還是愛你的。自從在這座宅子裡第一次見了你，我就愛上你了。」

她依舊毫不動容地望著我，手裡依舊忙著編結，聽到這裡又搖了搖頭。

「郝薇香小姐要是事先想到了這件事的嚴重後果，而還有意這樣捉弄一個感情脆弱的窮孩子，用鏡中花、水中月來折磨了我這許多年，那她就未免太狠心了，實在太狠心了。不過，我看她事先並沒有想到這一層。艾絲黛拉，我看她大概因為只知自己忍受煎熬，把我受到的煎熬忘了。」

只見郝薇香小姐把一隻手伸到心口，一動不動地按在那裡，一會兒看看艾絲黛拉，一會兒看看我。

艾絲黛拉鎮定自若地說：「看來，人世間有那麼一些感情、一些幻想（我也不知道管它們叫什麼才好），實在使我無法理解。你說你愛我，從字面上我也能夠理解你的意思，但是也僅止於此。你打不動我的心，觸動不了我一根心弦。你說的話，我一句也不放在心上。這方面我早就警告過你了，是不是？」

我只得可憐巴巴地回了一聲：「是的。」

「可不是？但是你不聽我的話，認為我這話是有口無心。我問你，你是不是這樣想的？」

「我當然認為你有口無心，更巴不得你有口無心。艾絲黛拉，你那麼年輕，從來沒經過風霜，又是這麼美！你哪裡會是這種性子的人呢！」

她反駁道：「我就是這個性子！」然後又加重了語氣說道：「我就是從小教養成的這個性子。我能夠對你說到這一步，這已經是對你另眼相看，已經是仁至義盡了。」

我說：「本特里·蛛穆爾到鎮上來追求你，這話不假吧？」

她回答道：「不假。」談到這人時，她用的是極其輕蔑的冷淡語氣。

「聽說你還助長他的興頭，跟他一塊兒出去騎馬，他今天還要到你這裡來吃飯，這話也不假吧？」

她見我瞭解得一清二楚，似乎有些驚訝，可是她依舊回答道：「不假。」

「你總不見得會愛上他吧，艾絲黛拉？」

她第一次放下了手裡的活計，怒氣沖沖地反問我：「我怎麼跟你說來著？難道你還是把我的話當作耳邊風，認為我是有口無心嗎？」

「你總不見得會嫁給他吧，艾絲黛拉？」

她朝郝薇香小姐望了一眼，手裡拿著活計沉吟了一會兒，說道：「索性老實告訴你吧：我就要嫁給他了。」

我低下頭，雙手捂住了臉；她這些話真使我痛苦萬分，可想不到我居然還能強自忍住，並沒有哭出來。等我抬起頭來時，只見郝薇香小姐面如厲鬼，我當時雖然心急火燎，肝腸欲斷，見了她這臉色也不能不吃一驚。

「艾絲黛拉，我最最親愛的艾絲黛拉，別讓郝薇香小姐牽著你的鼻子走這條絕路。你可以從此把我永遠扔開——其實你已經把我扔開了，我心裡有數——可是你要嫁也得嫁個像樣些的人，可不能嫁給蛛穆爾這種傢伙。郝薇香小姐把你許配給他，這無非是為了向那許許多多傾心於你，而人品又遠勝於他的人，向那極少數真正愛你的人，表示最大的輕蔑，有意要傷透他們的心。這極少數真正愛你的人裡面，總可以找到那麼一個吧，儘管愛你沒有我愛得這麼久，可說不定也愛得像我一樣深。我勸你寧可嫁給他，為你自己著想，那我多少還能受得了！」

我這番真心話引起了她的驚奇。可惜她覺得我的心思實在不可理解，不然的話，看來這驚奇之中還會帶上一些同情。

她把聲調放得溫和了些，又說了一遍：「我就要嫁給他了。」接著又說：「婚事已經在積極準備中，我馬上就要嫁過去。你幹嘛要冤枉我的養母？這是我自己做的主。」

「艾絲黛拉，是你自己做的主，嫁給一頭畜生？」

她笑吟吟地反問我：「依你看，我應當嫁給誰呢？難道倒要嫁給一個和我相處不了三天就要把我棄如敝屣的人（假如天下也有這樣心腸的人）？好了！生米已經煮成熟飯了。我會過得很好，我丈夫同樣也會過得很好。至於你說郝薇香小姐牽著我的鼻子叫我走這條絕路，那我告訴你，郝薇香小姐本來倒是要我等一等再說，不忙嫁人。可是我這種日子實在過膩了，過下去實在沒有什麼樂趣，真巴不得換個花樣調劑調劑。不要再多說了，反正咱們一輩子誰也不會瞭解誰。」

一聽這話，我感到絕望了，不禁嚷道：「嫁給這頭下流的畜生！這頭蠢豬不如的畜生！」

艾絲黛拉說：「請你放心，我不會使他幸福的。絕不會。來！和我握手告別，你這個愛幻想的孩子——哦，應該管你叫大人了吧？」

我再也抑制不住，傷心的眼淚撲簌簌一直滾到她手上，我回答道：「艾絲黛拉啊，我即使還在英國繼續住下去、即使還能廁身於同儕之列，可眼看你做了蛛穆爾的老婆，叫我怎麼受得了啊？」

她回答道：「廢話，廢話。你這種感情也無非是過眼雲煙。」

「沒有的事，艾絲黛拉！」

「不消一個星期，你就把我丟在腦後了。」

「把你丟在腦後！你是我的生命、我的血肉。我這個低三下四的野孩子，第一次來到這兒就讓你傷透了心。從那以後，我只要一讀書，字裡行間就會浮起你的身影。我看到的每一個景色，都會出現你的丰姿——大河邊、船帆上、沼地裡、雲霞中、白天黑夜、風裡雨裡、森林海洋、大街小巷，哪兒不看到你！從那以後，我腦子裡不浮起旖旎的幻想便罷，一想便只會想到你。我無時無地不看到你的形象、不受到你的影響，今後一輩子都將是這樣。我總覺得你的形象栩栩如生，你的影響牢不可拔，勝過了倫敦城裡最堅實的石牆大廈。艾絲黛拉啊，哪怕我到了臨終的時刻，你也不能不和我整個的人息息相關——我身上一絲半點好處有你的分，我身上的壞處也有你的分。不過這一次我們分手，我只會記著你的好處。今後，我也一定始終不渝地記著你的好處，因為我認為你畢竟對我的害處少，給我的好處多得多，儘管現在我心裡難受得像刀割一樣。願上帝保佑你，願上帝寬恕你！」

我自己也弄不明白，怎麼竟會憂傷得神志昏迷，說出這些語無倫次的話來。這一支狂想曲，彷彿是從我靈魂深處創口裡湧出來的一泓鮮血，噴泉似的四散迸射。我拿起她的手放在嘴上，依依不捨地吻了好久，才向她告辭。後來我老是想起（特別是不久以後我就有充分的理由要想起）當時艾絲黛拉不過用一種似信非信的詫異眼光看著我，可是那鬼魅似的郝薇香小姐，手依然按著心房，卻似乎整個身子都化成了兩道鬼森森的目光，滿含著憐憫與悔恨。

一切都完了，一切都垮了！徹底地完了，徹底地垮了！一走出大門，天光也似乎比我進門時更暗淡了。在後街僻巷悄悄繞了幾圈，便邁開大步直奔倫敦。因為這時我已經神志清醒，心想，這一下可再也不能回到藍野豬飯店去看蛛穆爾那副嘴臉了。坐馬車趕回倫敦吧，受不了同車乘客的嘮叨，因此倒還不如步行，讓自己奔個筋疲力盡。

過倫敦橋時，已經是午夜。當時在橋北靠岸一帶有一些曲折錯雜的小巷可以通到西面，回寺區去的最便捷的路就是抄這些小路，緊貼河邊走，過了白衣修士路就到了。赫伯爾特以為我要明天回家，不會等著給我開門，好在我隨身帶了鑰匙，他如果已經睡覺，我可以自己開門悄悄進去睡覺，打擾不了他。

由於我平日返回寺區絕少在柵門關上之後走白衣修士路這一頭的門，因此守夜人把我打量了又打量，才開了一道門縫放我進去，我因為一身泥汙，疲累不堪，也並不計較。怕他想不起來，我便向他報了姓名。

「我就猜是你，不過有點拿不準，先生。這裡有你的一封信。送信來的人吩咐我請你務必就在我的燈下當場拆看。」

這個要求，實在叫我吃驚。接過信來一看，果然是寫給斐理普．匹普先生的，信封上端還有這樣幾個字：「請即拆看。」我撕開信封，守夜人在旁邊舉起了燈籠。原來是文米克寫來的，信上只有一句話：

萬勿回家！

第四十五章
文米克的告誡

看完了這封告警的信，我就轉身離開寺區的柵門，三步併做兩步，飛奔到艦隊街，雇了一輛深夜馬車，馳往柯芬園的漢馬姆斯客舍。當年在那種地方，晚上不論多晚都找得到鋪位。掌櫃開了便門放我進去，點亮了他擱板上排著的頭一支蠟燭，馬上把我帶進他水牌上標出的頭一間空房。那是底層的一間後房；樣子像個地窖。一張用四根木柱撐起來的床架簡直像個專制魔王，叉開四條腿，占據了整個地盤：它一隻蠻不講理的腳踏住壁爐，另外一隻腳一直邁到門洞子裡，儼然擺出一副神聖不可侵犯的架勢，把個可憐巴巴的小臉盆架擠得不能動彈。

我叫掌櫃拿個夜明燈來，他給我拿來一盞當年那種風俗淳厚的時代傳下的古色古香的燈草心蠟燭燈，就走了。那玩意兒簡直像個手杖所化的精靈，只消輕輕地碰一下，蠟燭馬上就會攔腰斷成兩截，哪裡能藉它來點火？當中孤零零一支蠟燭，外面圍著個高高的、打了圓眼的鐵皮圓罩，燭光透過圓眼，在牆壁上投下牛眼圓睜的影子。我上床躺下，兩腳酸痛，渾身疲軟，好不苦惱——自己既閉不上眼睛，又沒辦法叫那個傻乎乎的百眼巨人[1]閉上眼睛。於是只得和它在燈昏夜靜之中面面相對。

1 「百眼巨人」原文為「阿古斯」，出自希臘神話，此處指那盞燈。

好一個悽愴的夜晚！好不心焦，好不黯然，好不難挨！屋子裡彌漫著一股令人不快的氣味，那是冷卻的煤煙加上發燙的爐灰。抬頭望望床頂，只見角角落落裡彷彿都簇滿了屠宰鋪子裡飛來的綠頭蒼蠅、市場上飛來的鑽耳蟲、鄉下爬來的蛆蟲，牢牢守在那裡，只等夏天一到，便好大顯身手。我正在捉摸，不知道那些玩意兒會不會掉下來，忽然就覺得似乎有什麼東西輕輕悄悄落到了我臉上——這個念頭轉得可實在不是滋味，馬上我連背上也覺得好像有什麼東西在爬了，其味更加難受。睜著眼睛躺了沒多大工夫，寂靜中照例又漸漸響起了種種稀奇古怪的聲音。壁櫥竟而低聲談起話來，壁爐也喟然歎息，小臉盆架滴答作響，抽屜肚子裡還不時發出一兩聲吉他琴弦的聲音。大約也就在這當兒，百眼巨人投在牆上的影子也都換了一種表情，每一個睜大的圓眼都好像在向我表示：**萬勿回家！**

說不盡的夜思、聽不盡的夜籟，怎奈千思萬籟都抵擋不了這「萬勿回家」幾個字。我不論轉個什麼樣的念頭，這幾個字總要鑽到我的念頭裡來，好似身上惹了個什麼病痛一般，扔不開、擺不脫。前些時候，曾在報上讀到一則消息，說是有位不知名姓的先生於某日夜間來到漢馬姆斯客舍投宿，睡在床上自殺了，第二天早上人家發現他浸在血泊裡。我看那人住的一定是我這間房，於是連忙跳下床來，床上床下仔細看過，沒有找到血跡，然後又打開房門，向過道裡張望了一下，遠遠看見有個燈光，我知道掌櫃的就在那燈下打盹，這才寬了心。可是腦子裡老是忙個不迭地想著這樣一些問題：為什麼我不能回家？家裡出了什麼事？我什麼時候才能回家？蒲駱威斯在家裡是否平安無恙？整個腦海都被這些問題盤踞了，再也顧不上去想別的事情。即便想起艾絲黛拉，想起日間和她一別、後會無期，想起分手時的種種情形，想起她的種種神態和口吻，想起她手指編結的動作——總之，我不論想到哪裡，總是丟不開「萬勿回家」這一聲警告。我心力交瘁，實在疲憊到極點，終於打起瞌睡來，於是在睡眼矇矓中似乎看見有這麼個巨大而黑糊糊的動詞，要我把它的命令式、現在式的各種形式都變化出來：你別回家，別讓他回家，我們別回家，你們別回家，別讓他們回家。接著又根據婉轉語態來變化：我不可以回家，我不能回家；我似乎不可以回家，我似乎不能回家；我不想回家，我不應回家——弄到我簡直要發瘋，我只好翻過身來，重新又望著百眼巨人投在牆壁上的那些睜得圓圓的眼睛。

我進來投宿時吩咐過掌櫃明天早上七點鐘喊我起床，因為，明天我什麼人都可以擱在一邊，文米克卻顯然非立見不可，而要找文米克談這種事，也顯然只有趕到沃伍爾斯去，在沃伍爾斯他發表的意見才有意思。第二天早上，不消掌櫃敲第二下門，我就一驚而起，跳下了這張使我睡不安枕的床，走出這間伴我度過了一個愁苦之夜的屋子，心裡頓時輕鬆了不少。

八點鐘趕到沃伍爾斯，城堡雉堞歷歷在目。恰巧碰著那個小女傭拿著兩捲熱麵包走進城堡，我跟她一同從後門進去，過了吊橋，不消通報就到了文米克的面前，看見他正在為自己和老人家煮茶。靠裡面有扇房門開著，遠遠看見老人家還睡在床上。

文米克招呼道：「嘿，匹普先生！你可回來了？」

我答道：「回來了，不過並沒有回家。」

他搓著雙手說：「好極了，我在寺區的每一個進口都留了一封信，以防萬一。你是在哪個門拿到的？」

我告訴了他。

文米克說：「那麼我今天還得到其他幾處進口走一走，把另外幾封信銷毀了。為人處世，記住一條原則大有好處：能夠不落筆據在人家手裡，那就千萬不要落，因為，誰說得準哪天會讓人家利用呢？恕我冒昧，我想請求你一件事——請你為老爹爹烤點臘腸，你可介意？」

我說，非常樂意。

文米克對小女傭說：「那麼，瑪莉．安妮，你去做你的事吧。」女傭一走，他對我眨眨眼睛說：「這樣一來，就沒有外人了，你明白了嗎，匹普先生？」

我感謝他的友誼和關注。於是我替老人家烤臘腸，他為老人家的麵包片塗上黃油，我們兩個就這樣一邊做事，一邊低聲交談。

文米克說：「匹普先生，你知道，你我是互相瞭解的。我們現在是以私人朋友關係說話，其實你我為了什麼機密的事情打交道，今天也不是第一遭了。在事務所裡就要說事務所裡的話，不過現在我們是在事務所之外。」

我竭誠表示同意。由於神經過度緊張，我早已把老人家的臘腸烤得像個火把，只好趕緊把火吹滅。

文米克說：「昨天上午我在一個地方[2]偶然聽到——說起這個地方，我也帶你去過，地名就不必提了，因為即使在你我之間，能夠不提名道姓還是不提為好——」

我說：「不提最好。我懂得你的意思。」

文米克說：「昨天上午，我在那兒碰巧聽說，有這麼一個人，做的未必是和海外殖民無關的營生，身邊也不是沒有帶著可觀的資財——這個人究竟是誰，我也不知道——這個人的尊姓大名我們不提也罷——」

我連忙說：「不必提了。」

「——這個人在海外某個地方引起了一場小小的風波，說起那種地方，多少人往往自己不願去也得去，而且往往還得由政府負擔費用——」

我只顧看著他臉上的表情，把老人家的臘腸烤得像放爆竹一般劈里啪啦爆了起來，弄得我沒法聽，文米克也沒心思講；我連忙道歉。

文米克接下去說：「——因為那個人一下子失了蹤，從此下落不明。這就引起了種種猜測，也有人作了種種假設。我還聽說寺區花園坊你那座住宅早已受到監視，而且可能還會繼續受到監視。」

我問：「受到誰的監視？」

文米克閃爍其詞地說：「這個我就不便過問了，職責所關，多有不便。我只是聽說而已，我在那個地方經常聽到一些稀奇的事。我告訴你的這些話，並沒有什麼可靠的情報，不過是隨便聽來的罷了。」

他一面說，一面從我手裡接過烤叉和臘腸，把老人家的早餐齊齊整整盛在一個小托盤裡，卻不忙端到老人家面前，他先拿了一塊潔白的餐巾走進房去，繫在老人的下巴底下，扶他坐了起來，又把他頭上的睡帽推到一旁，使老人平添了幾分佻㒓的神氣。打扮妥帖之後，方才小心翼翼奉上早餐，說道：「老爹爹，你好嗎？」老人家神采奕奕地回答道：「好極了，約翰！好極了，我的孩子！」我和文米克之間似乎有了默契：老人家現在衣冠不整，不宜見客，最好只當作沒看見他，因此我樂得裝聾作啞，根本不理會他們這些花樣。

等文米克回來以後，我就問他：「你說有人監視我的住宅（我自己本來也疑心有這樣的事情），那麼這都是為了你剛才提到的那個人，是不是？」

2　指新門監獄。

文米克的神情變得很嚴肅。「我知道的有限，也說不準。我的意思是說，不見得一開頭就是這樣。不過，眼前確是這樣，要不就是即將會這樣，再不然就是大有這樣的危險。」

不難看出，他之所以不能暢所欲言，無非是因為要對小不列顛街講信義，不能不有所節制，何況他已經遠遠越出常軌，向我透露了這麼些消息，我感激他還來不及，哪裡還能逼他？我望著爐火沉思了一會兒，對他說，我有個問題要向他請教，他認為能回答就回答，不能回答就不要回答，他認為怎麼樣好，那就一定錯不了。他當即放下早飯，叉起雙手，擰了一下襯衫袖子（他認為不穿外套也是在家的一樂），向我點一點頭，表示叫我提出問題。

「你聽說過一個名叫康佩生的壞蛋嗎？」

他又點一點頭，表示回答。

「他還活著嗎？」

他又點一點頭。

「他在倫敦嗎？」

他又點一點頭，把那郵筒口似的兩片嘴唇抿得緊緊的。臨了又向我點一點頭，然後繼續吃他的早飯。

文米克說：「現在你的問題問完了。」他說這句話的語氣特別著重，而且接連說了兩遍，示意我適可而止，然後又說：「我來講一講我昨天聽到那些話以後是怎麼做的。我先到花園坊去找你沒找著，便到克拉瑞柯公司去找赫伯爾特。」

我迫不及待地問道：「找到他了嗎？」

「找到他了。我什麼名字也不提，什麼細節也不談，只是跟他說，如果他知道你的住宅裡或是你的住宅附近住著什麼人（不管是阿貓阿狗），他最好還是別等你回家，趕緊把這個阿貓阿狗搬個地方。」

「他大概嚇得束手無策了吧？」

「他的確嚇得束手無策；後來我又跟他說，眼前要想把這個阿貓阿狗弄到太遠的地方去，也並不安全，他一聽這話，就更加不知所措了。匹普先生，你聽我說：照目前的情形來看，既然進了大城市，那還是大城市比別處安全。我看不必馬上遠走高飛。還是在附近避避風頭再說。不妨等風聲鬆一些再說。目前可不能出來透風，連海外的空氣都不能去嗅。」

我感謝他的寶貴意見，又問起赫伯爾特已經作了些什麼安排。

文米克說：「赫伯爾特先生頓時嚇得慌做一團，過了半個鐘頭光景，才想出一條計策。他告訴了我一個祕密，說他現在正在向一位年輕小姐求婚，那位小姐的爸爸病得成天睡在床上，這件事想必你是知道的囉。這位老爺子本來是在輪船上做事務長什麼的，現在他的床就擺在一扇凸肚窗前，他躺在床上，成天可以看河上的來往船隻。你大概認識那位年輕小姐吧？」

我說：「沒見過。」

事實是這樣：那位年輕小姐並不贊成赫伯爾特交上我這樣一位愛花錢的朋友，認為我這種人對於赫伯爾特沒有好處，因此赫伯爾特第一次向她提出要帶我去見見她時，她的熱情實在有限得很，弄得赫伯爾特不得不把實際情況開誠布公向我說明，希望我還是過一些時候再去和她見面。後來我暗中資助赫伯爾特建立他的事業，對這一件事也始終能泰然處之；從他和他的未婚妻那方面講，當然不急於讓我這個第三者來加入他們的歡聚；因此，儘管我拿得準我在克拉拉心目中的地位已經提高，而且長期以來，經常由赫伯爾特在那位年輕小姐和我之間溝通音信，相互致意問好，可是我和她卻還是從來沒有見過面。不過，這些詳情細節，我並沒有向文米克囉唆。

文米克說：「那座凸肚窗的房子是在泰晤士河邊，位於萊姆豪斯和格林威治之間的蒲塘，屋主人大概是個有身分的寡婦，她樓上有一層房子連同家具正在招租，赫伯爾特先生問我，把那個地方暫時租下來讓某人住一陣子怎麼樣？我說很好嘛——我有三條理由，不妨說給你聽聽。第一，那一帶地方你平日根本不去，離市區熱鬧的大街小巷又遠。第二，你自己用不著去，赫伯爾特先生自會經常給你捎來某人的平安消息。第三，過一陣子，等到時機適宜，你如果想把某人送上一條外國郵船，他隨時都能就近上船。」

聽文米克考慮得這樣周全，我大為快慰，再三向他道謝，請求他繼續講下去。

「好吧，閣下！赫伯爾特先生果斷地把這件事擔當起來了，某人（管他姓甚名誰，反正你我也不一定要知道）已經在昨夜九點妥妥善善遷進了新居。對他原來那個地方的房東只說應友人邀請，到多佛去了，其實他是經過多佛街，在那裡一拐彎，到新居去了。這樣一來，還有一個莫大的好處：做這件事的時候你不在場，要是當真有什麼人在留意你的動靜，他不會不知道當時你遠在一百八十里以外，根本在忙別的事情。這樣搞得撲朔迷離，人家就不會疑心到你的身上。正是為了這個道理，昨晚我才出了個主意，讓你即使當夜回來，也不必回家。這樣就會弄得更加撲朔迷離，愈是撲朔迷離對你就愈有利。」

文米克吃完早飯，看看錶，便開始穿外套。

他還沒有把手從袖管裡伸出來，就對我說：「現在，匹普先生，我可以說是已經盡了我最大的力量；如果還有什麼地方要我效勞，我也很樂於從命——這當然是從沃伍爾斯的觀點而言，完全憑著我們私人朋友的交情。我把新居的地址給你。今天晚上你不妨在回家以前親自去看看那位某人是否平安無事——你昨天晚上之所以不應當回家，這也是一條理由。你回家以後，就不能再去了。不客氣，不客氣，匹普先生，」原來他的雙手已經伸出袖管，我正握著他的手呢，「最後還有件重要的事要特別向你提一提。」他雙手搭在我肩上，鄭重其事地和我打了個耳喳：「今天晚上要想辦法把他的動產都弄到手。誰說得準他會不會出岔子，可千萬別讓他的動產出岔子。」

提起這件事，要叫文米克明白我的心跡是萬難辦到的，我只好耐著性子不開口。

文米克說：「時間到了，我非走不可了。如果你沒有什麼緊急事情要辦，我勸你還是在這兒待到天黑再走。看你心事重重，你何不和老人家（他馬上就要起床了）在一起好好過上一天清靜自在的日子，吃點——你還記得那頭豬嗎？」

我說：「當然記得。」

「好極了，那就吃點這位豬兄的肉吧。你烤的臘腸就是牠的肉做的，不論從哪一方面看，這頭豬都是頂呱呱的。看在牠是你的老朋友分上，你也應該吃牠一點。」接著他便興高采烈地喊了聲：「老爹爹，再見！」

老人在裡間尖聲嚷道：「好極了，約翰！好極了，我的孩子！」

不久，我就在文米克的壁爐前睡著了；老人家和我差不多一整天都是這樣一起廝守在壁爐前半睡半醒地度過的。我們中飯吃的是里脊肉和自己地裡種的蔬菜。這一整天我要不是在瞌睡矇矓中不知不覺地向他點頭，那也準是在誠心誠意地向他點頭。天完全斷黑時，我才告辭，讓老人自己添煤烤麵包；我數一數他拿出的茶杯，看他老是拿眼睛瞧著牆上那兩扇小門，便料定史琪芬小姐就要來了。

第四十六章

逃離計畫

鐘敲了八點，我來到一個地方，聞到空氣裡有一股並不難聞的鋸木屑和刨花的氣味，原來河岸上有好多製造船舶、船桅、船槳和滑車的作坊。倫敦橋東邊，蒲塘上下一帶的河濱，對我來說是塊從未發現過的新大陸。到了河邊，發現我要找的那個地方並不在我原來設想的地方。那個地方可實在不好找。地名叫作：缺凹灣磨池濱。我又不識路徑，只知道有一條青銅老胡同可以通到缺凹灣邊。

也別提那使我迷途失向的千障百礙了：有多少擱淺損壞、停在乾船塢裡待修的船隻，有多少行將肢解為零片碎塊的廢船殼，有多少淤泥黏土和海潮帶來的其他垃圾，有多少造新船的船塢，又有多少拆廢船的船塢，有多少長年棄置、鏽跡斑斑、只顧把嘴巴往泥土中鑽的鐵錨，還有堆積如山好大一片的木桶和木料，至於那些並非以「青銅」命名的小胡同，那就更數不勝數了。我在前後左右一連撲了幾個空，後來無意之間拐了個彎，一看正好就是磨池濱。這個地方，若就當地的環境來看，也可以算是個清新宜人的所在了，河上吹來的風到了這裡頗有迴旋的餘地，中間還有三兩株樹，一架殘破的風車；那條青銅老胡同，月光下看去又長又狹——沿著這條小徑過去，一路都是些陷在泥地裡的木頭船架，簡直像一些年深日久、齒牙盡落的廢棄的乾草耙子。

磨池濱一共只有寥寥幾幢奇形怪狀的房屋，我挑選了有木頭大門和凸肚窗的一幢三層樓房（所謂凸肚窗是半圓形的，與一般有稜角的凸窗不同），一看門上的銅牌，正是我要找的惠普爾夫人的住宅。我敲敲門，應聲來開門的是個神態和藹、容顏鮮潤的中年婦人。赫伯爾特立即走了出來，於是就由赫伯爾特悄悄領我走進客廳，隨手關上了門。眼看這張極其熟悉的臉龐出現在這極不熟悉的地方、出現在這極不熟悉的屋裡，而居然能這樣熟門熟路、安詳自在，我不禁起了一種奇特的感覺。我時而望望他，時而望望牆角裡那張櫥內的玻璃器皿和瓷器，望望壁爐架上的貝殼、牆上的彩雕——一幅是科克船長之死[1]，一幅是新船下水典禮，還有一幅是那位戴著馬車夫的華麗假髮、穿著皮短褲和高筒靴出現在溫莎城堡陽臺上的喬治三世陛下。

赫伯爾特說：「韓德爾，一切都順利，他很滿意，只是急於要見到你。我的女朋友和她爸爸一起住在樓上；如果你等得及，那就等她下樓來，我介紹你和她認識，然後我們一塊兒上樓去。——那就是她爸爸。」

因為這時只聽得樓上有一陣嚇人的咆哮聲，大概我的驚訝之情已經在臉上畢露無遺了。

赫伯爾特笑嘻嘻地說：「我看這老頭子只怕是個十足的混蛋，不過我還沒見過他。你有沒有聞到蘭姆酒的氣味？他成天離不了它。」

我說：「離不了蘭姆酒？」

赫伯爾特答道：「可不是？你想想看，酒怎麼會減輕他的痛風病呢？凡是吃的東西，他一定都要藏在樓上自己的屋裡，每天由他按定量拿出來。東西都放在他床頭的架子上，什麼都要秤過。他那間屋子不用說準是像個雜貨鋪了。」

他說這話時，樓上的咆哮聲變成了一陣歷久不息的怒吼，好半天才平靜下來。

1 科克船長指詹姆斯・科克（一七二八—一七七九），英國航海家，一七七五年任船長，後在夏威夷為當地土人所殺。

赫伯爾特解釋道：「他一定要自己切起司，哪能不落得這樣哇哇亂叫？右手得了痛風（他全身關節哪裡沒有痛風），偏要去切一塊雙料的格洛斯特起司，哪能不割痛手！」

只聽得樓上又響起了一陣凶猛的怒吼，看來他這一下割痛得可夠厲害的。

赫伯爾特說：「有蒲駱威斯這樣的房客住在三樓，真是惠普爾夫人天大的福氣，因為一般人是受不了這種叫嚷的。韓德爾，這地方很稀奇，是不是？」

說這個地方稀奇，一點不假，不過這裡收拾得倒也十分整潔。

我把這個印象告訴赫伯爾特，赫伯爾特說：「惠普爾夫人是最最頂尖的主婦；我的克拉拉要不是虧了她慈母一般的照料，我真不知道她怎麼辦好呢。韓德爾，你要知道，克拉拉並沒有親娘，除了凶煞老頭子以外就沒有親人了。」

「凶煞？這該不是他的名字吧，赫伯爾特？」

赫伯爾特說：「當然不是，當然不是，這是我亂叫的。人家都叫他巴利先生。我爸爸媽媽生下我來，讓我能愛上這樣一位六親全無的姑娘，她自己既用不著為她家裡人操心，也不用別人為她家裡人操心，這是我多大的造化啊！」

赫伯爾特這樣一說，倒是提醒了我：原來他早就告訴過我，他認識克拉拉．巴利小姐的時候，正是她在漢默史密斯的一個學校裡完成學業的那一年，後來她奉命回家侍候老父，於是小倆口便向惠普爾夫人吐露了彼此間的感情，自此以後，惠普爾夫人就把這段情分一手培養撮合起來，對他們既好心又慎重，二者從無偏廢。不用說，涉及柔情蜜意的事都萬萬告訴不得巴利老頭，因為他只懂得痛風症、蘭姆酒和事務長的庫藏，只要帶點心理色彩的問題，他就一竅不通了。

我們在樓下低聲談話，巴利老頭則在樓上不斷咆哮，天花板上的橫梁也隨之震盪不已；就在這時，門開了，走進來一位二十歲左右的姑娘，秀麗可人，身段苗條，深褐色的眼珠，手裡挽著個籃子；赫伯爾特立即體貼備至地接過她的籃子，紅著臉給我介紹說，這就是克拉拉。姑娘實在極其嫵媚動人，叫人只當是一位仙女，是讓巴利老頭這個殘忍的食人妖魔抓來供他驅遣的。

我們寒暄了幾句以後，赫伯爾特臉上泛起了溫柔愛憐的笑容，指著那只籃子對我說：「你瞧，這一份就是可憐的克拉拉的晚餐，每天晚上分給她的就只有這麼些。她只能吃到這麼點麵包、這麼一片起司、這麼一點蘭姆酒——酒是給我喝的。另外這一份是巴利先生明天的早餐，先拿出來，明天好做給他吃，一共是兩塊羊排、三個馬鈴薯、幾顆去殼豌豆、一點點麵粉、二兩黃油、一小撮鹽，還有這麼些黑胡椒，統統和在一塊兒煮好，熱騰騰地吃下去，我看這倒是醫痛風病的妙品哩！」

赫伯爾特一件件指著，克拉拉一件件看著，那種柔順的模樣是那樣自然、那樣討人歡喜；赫伯爾特摟著她的腰時，她羞答答地任他摟著，態度是那樣誠摯、那樣天真和招人愛憐；這麼一個溫文爾雅的姑娘，落在缺凹灣磨池濱，屋外是青銅老胡同，屋裡是那個終日咆哮聲震屋梁的巴利老頭，她是多麼需要人保護啊！我不由得想，那只從來也沒有打開過的皮夾子裡的錢我可以不要，她和赫伯爾特的姻緣可絕不能拆散。

我正欣羨地望著她，突然那陣咆哮聲又變成了怒吼，只聽得樓上乒乒乓乓掀起一陣嚇人的響聲，彷彿是一個木腿巨人要踩破天花板向我們撲下來似的。克拉拉聽見這聲音，便對赫伯爾特說：「爸爸要我去呢，親愛的！」說著就跑開了。

赫伯爾特說：「這個沒有良心的老混蛋！韓德爾，你猜他現在想要幹什麼？」

我說：「我不知道。敢情是要喝酒？」

赫伯爾特嚷道：「這可讓你猜對了！」彷彿我猜中了什麼了不得的大事似的。「其實他的酒都已調好，放在桌上的一只小桶裡。一會兒你就會聽到克拉拉扶他起來喝酒。——聽，來了！」只聽得又是一陣怒吼，末尾拖了一個長長的顫音，繼而就是一片闃寂，於是赫伯爾特說：「現在他在喝了！」一會兒，屋梁上重又響起了他的咆哮聲，赫伯爾特說：「現在他又躺下了！」

沒多大工夫，克拉拉下來了，赫伯爾特陪著我上樓去看我們的被保護人。經過巴利老頭的房門口，聽得他在裡面啞著嗓子哼一支小曲，聲音像一陣風似的忽高忽低，我且把這支小曲寫在下面，不過內容我已經作了更動，改掉了難聽的東西，換上祝福的意思：

哎嚇唷！上帝保佑，這就是比爾．巴利老頭。這就是比爾．巴利老頭，上帝保佑。這是比爾．巴利老頭肚皮朝天躺在床上，絕無虛妄。躺在床上肚皮朝天，像一條死去的老比目魚浮在水面。這就是比爾．巴利老頭，上帝保佑。哎嚇唷，上帝保佑！

赫伯爾特告訴我，這個不露面的巴利，日日夜夜自得其樂地唱著這支曲子，想著自己的心思；他為了便於臥看河上風光，在床上裝置了一架望遠鏡，只要天沒斷黑，他就常常一面哼著小曲，一面把眼睛湊在望遠鏡上。

三樓有兩間小臥室，空氣爽潔，也不像樓下那樣容易聽到巴利先生咆哮，蒲駱威斯正舒舒服服住在這裡。他見了我並沒有露出驚慌，他似乎根本就沒有怎麼感到驚慌；可是我覺得他變得溫和多了——不知怎麼，變得溫和多了，我說不上這是怎麼回事，事後再三回憶，也想不出個所以然來，不過反正確確實實是溫和多了。

白天休息了一天，我已經利用這個機會好好思索過一番，我下定最大決心，絕不在他面前有片言隻語提到康佩生。就我所知，他恨這個人恨之入骨，我要是提起，他準會去找康佩生拚命，結果必然自取滅亡。因此，我和赫伯爾特在他壁爐前一坐下來，我劈頭第一句就問他信不信文米克的見解和消息來源。

他鄭重其事地點點頭，答道：「那還用說，好孩子，賈格斯還會不識人！」

我說：「那麼，我已經和文米克談過了；我特地趕來把他提醒我的一些事和他的一些意見講給你聽。」

於是我一點一滴說給他聽；只是瞞住了康佩生的那件事。我說，文米克在新門監獄聽人說（至於是獄吏告訴他的還是犯人告訴他的，我就不得而知了），已經有人在懷疑他，我的住宅已經遭到監視，文米克主張他暫時避避風頭，建議我暫時少和他接觸；我還提起文米克說過，以後還是送他出國為好。我還補充了一句：到時候我當然跟他一起走，或是他先走一步，我隨後就去，那得聽取文米克的意見，他認為怎樣安全就怎樣辦。至於出國以後又當如何，我並沒有提起，一則我自己腦子裡還是糊裡糊塗，沒有個頭緒，二則眼看他已經變得這樣溫和，而且為了我，分明已經遇到危險，我心裡也很不安。至於他要我改變生活方式、鋪排場面一事，我對他說，我們目前的處境是這樣變幻不定、這樣艱難，還要鋪排場面，豈不是荒唐可笑？弄得不好還要壞事呢。

對此他也無法否認，而且他自始至終都很講理。他說他這次趕回國來，實在是一種冒險舉動，他早就知道這是一種冒險舉動，因此絕不會不顧死活，險上加險，又說，有這樣的好人幫他的忙，他一點也不擔心自己的安全。

赫伯爾特一直望著爐火在想心事，這時候也說道，他聽了文米克的建議，也想到了一個主意，或許提出來談論談論不無好處。他說：「韓德爾，我和你都是划船的能手，一旦時機成熟，我們何不自己划船送他出去。既不用雇船，也不用雇船夫，這樣一來，至少可以免得引起人家的懷疑，我們處處都得防範。不是時令也不要緊：你可以馬上去弄條船來停在寺區的石埠前，經常在河上划划，你看這個法子可妙？等你養成了划船的習慣，還有誰會注意你呢？你划上二十次或五十次，到第二十一次或第五十一次就不會引人注意了。」

他這條妙計深得吾心，蒲駱威斯更是聽得高興極了。大家一致同意立即照計行事，並且言明，如果我們的船穿過倫敦橋經過磨池濱，蒲駱威斯可千萬別招呼我們。我們另外還約定：他每次看見了我們，如果平安無事，就把他屋裡朝東的百葉窗放下來，作為信號。

商議停當，又把各事安排就緒，我便起身告辭，並且關照赫伯爾特，我們最好不要一起回家，請他過半小時再走。然後對蒲駱威斯說：「我真不願意把你一個人丟在這裡，可我相信你待在這兒一定要比待在我身邊安全。再見！」

他握緊我的一雙手說：「好孩子，我不知道什麼時候才能和你再見，這『再見』兩字刺心得很，還是跟我道一聲晚安吧！」

「晚安！赫伯爾特會經常為我們通消息的。你儘管放心，等時機一成熟，我也都準備好了。晚安！晚安！」

臨別時，我們認為他最好不要相送，只消拿一支蠟燭站在房門外面的樓梯口照一照我們下樓就行。走到樓梯上，回頭望望他，想起他從海外歸來的頭一天晚上，我和他的位置恰恰和今天相反；那時候萬萬想不到，和他分手竟也會使我心頭感到這般的沉重和焦慮。

再一次走過巴利老頭的房門口，又聽得他在咆哮謾罵，看來他一直沒住過嘴，而且也不打算住嘴。到得樓下，我問赫伯爾特，蒲駱威斯住在這裡是不是用這個姓名？他說當然不是，用的姓名是坎貝爾先生。他還說，人家只知道坎貝爾先生由他（赫伯爾特）撫養，只知道他十分關心坎貝爾先生，要讓他住在這裡得到很好的照料、過清靜的生活。因此，我們來到客廳裡，看見惠普爾夫人和克拉拉坐在那裡做事，我便守口如瓶，根本不提我和坎貝爾先生有什麼瓜葛。

我告別了那位溫存可愛、深褐色眼睛的姑娘和那位雖然年已半老、卻能始終真心成全這一對小愛侶的慈母般的婦人之後，只覺得連那青銅老胡同也和我來時大不相同了。儘管巴利老頭已經年邁龍鍾，罵起人來粗野無比，然而可以無憾的是缺凹灣裡畢竟也洋溢著無限的青春、信任和希望。我不禁想起艾絲黛拉，想起和她分手的情景，一路回家，心情十分悽楚。

寺區一切平靜如故。蒲駱威斯原來住的那幾間屋子的窗戶黑洞洞、靜悄悄的，花園坊裡沒有一個人在閒逛。我在噴泉前來回走了兩三次，才步下石階，進屋上樓，看看四下還是杳無人影。身子疲倦，打不起精神，便馬上上了床。後來赫伯爾特來了，到我床前，對我說他也沒有發現什麼動靜。說完，還打開一扇窗子，望望室外的月光，告訴我說，外面的走道空落落的，一片肅靜，簡直像深夜教堂裡的走道一樣。

第二天，我就去弄一條船。我一下子就弄到了，便把船划到寺區的石埠前，停在一個地方，從我屋裡出來一兩分鐘就到。從此我便開始划船，一則練練功，二則要養成個划船的習慣，有時候是一個人，有時候也和赫伯爾特一起划。我常常冒著嚴寒和雨雪出去划，划了幾次也就沒有什麼人注意我了。開頭只在黑衣修士橋以西划，後來漲潮的時間有了變化，我便一直划到倫敦橋那邊。當時還是老倫敦橋[2]，有時潮水驟漲暴落，十分險惡，大家提起那地方，都視為畏途。好在我看慣了別人如何「一閃而過」，懂得了過橋的訣竅，所以也就在蒲塘的那些大小船隻之間划來划去，一直划到艾利斯。第一次過磨池濱，是赫伯爾特和我兩個人用雙槳划過去的，一往一返，看見朝東的百葉窗兩次都放下了。赫伯爾特去看他，通常每星期不會少於三次，帶回來的消息從來沒有一字半句使我感到驚心。不過我總還是放心不下，我始終擺脫不了一個念頭，總覺得有人在監視我。這個念頭一旦鑽進頭腦，就像個幽靈似的纏住我不放。於是本來並無歹意的人，我也會懷疑他們在監視我，這種情況，簡直不可勝數。

總之，我無時無刻不為那個躲藏著的魯莽漢子擔足了心事。有時候赫伯爾特對我說，他很喜歡在天黑以後退潮之時站在我們住宅的窗口眺望那滾滾的河水，想像之中只覺得這河水流著流著，挈帶著一切，都流到克拉拉那裡去了；我可沒有這份樂趣，我憂思重重，只覺得這河水是流到馬格韋契那裡去的——只要看到河上有個黑點，我就認為那可能是抓人犯的駕著一條小船，飛快地、悄悄地去抓他了，好像不把他逮住就絕不甘休似的。

2　據考古學家考證，倫敦橋最早建於羅馬占領時期。一一七六年重新修建，即「老倫敦橋」，橋下水流湍急，落潮時划船自橋下經過也甚危險。一八二四至一八三二年始建新橋。

第四十七章
康佩生的陰影

接連好幾個星期，沒有發生任何變故。我們都等著文米克來，卻始終不見他的蹤影。要是我和他的交情只限於在小不列顛街的來往，從來沒有到他城堡裡去和他結為莫逆之交，那我也許會懷疑他這個人靠不住了；可是我深知他的為人，所以一分鐘也沒有懷疑過他。

我的境遇開始露出淒涼光景，債主接二連三地上門逼債。我這個人也開始懂得了沒有錢的苦楚（我說的是身邊短少現錢），只得變賣了一些捨得下的珠寶來救急。不過我咬緊了牙關：眼前我既然還沒有明確的設想和打算，那就決計不能再用我恩人的錢，否則就是昧著良心欺騙他。於是我叫赫伯爾特把那個沒有打開的皮夾交給他自己去保管，這才似乎感到滿意了，因為這樣我就可以說，自從他透露身分以來，我並沒有利用他的慷慨撈到過什麼好處（至於究竟是真滿意還是假滿意，那就很難說了）。

艾絲黛拉大概已經結了婚，這個想法隨著時光的推移壓得我心頭日益沉重。雖然我十之八九相信這件事早已成為事實，但又怕這種想法得到證實，因此報也不看，而且關照赫伯爾特千萬不要在我面前提起她（關於上一次我和艾絲黛拉見面的情形，我早就告訴過他了）。我整個的希望好比一件撕得七零八碎的袍子，一塊塊都被風吹散了，為什麼偏偏要留著這最後一塊可憐巴巴的小小碎片呢？我自己也說不出個所以然來！試問讀者諸君，為什麼你們也做出了不無類似的矛盾的事來呢

——就在去年，或者上個月、上個星期？

我過的是抑鬱寡歡的日子，無盡的憂慮好似綿亙不斷的重山，其中最大的一個憂慮猶如那凌駕眾山的主峰，無時無刻不矗立在我眼前。不過，目前倒還沒有添上新的憂慮。儘管我常常會心血來潮，生怕蒲駱威斯已被拿獲，嚇得會從床上跳起來；儘管我夜間坐在屋裡靜候赫伯爾特歸來的腳步聲時老是心驚膽戰，唯恐他步子比平常急促，帶著壞消息奔回來——儘管有這種種苦惱，還有其他種種類似的苦惱，日子卻依舊照著老例常規過下去。我弄得一籌莫展，老是惴惴不安，提心吊膽，只得成天駕著小船划來划去，盡量耐著性子，一而再、再而三地等待復等待。

有時候潮情複雜，划著划著，老倫敦橋的橋墩和木樁前突然漩渦連天，小船划不回去，只得停泊在海關附近一個碼頭上，以後再找機會划回寺區的石埠去。我也很樂意這樣辦，因為這樣反而對我有利：讓住在河濱的人多看看我這個人和我這條船，就更加習以為常、不以為怪了。這件小事，卻使我兩次於無意中遇見了熟人，我現在須得交代一下。

一次是二月下旬，有一天黃昏時分，我在那個碼頭登上了岸。那天是趁著落潮順流而下的，一直划到了格林威治，又趁著漲潮趕回來。白天裡是個大晴天，太陽下山時卻起了霧，因此我不得不小心翼翼，在河上的船舶之中摸索而歸。往返途中都看見他窗口的信號，知道他安然無恙。

晚來天氣轉寒，身上覺得冷，便決定先去吃頓晚飯舒服一下。又想，如果馬上就回家去，孤單單一個人接連待上幾小時，也夠悒悶的，倒不如吃過飯之後先去看場戲。伍甫賽先生聽說頗為走紅，此事著實可怪，他演出的那家劇院就在這裡河濱一帶（今天已經沒有了），我決定上那裡去。我知道伍甫賽先生在振興戲劇方面並沒有做出成績，相反，戲劇事業的身價一落千丈，他倒是要負一份責任。人家從海報上看到，他扮演了一個忠心耿耿的黑人，和他畫在一起的還有一位出身高貴的小女孩、一隻猴子，這真是不堪設想。赫伯爾特還在海報上看見他扮演了一個掠奪成性、脾氣滑稽可笑的韃靼人，面孔像塊紅磚，戴一頂奇形怪狀的帽子，帽沿綴滿了鈴鐺。

我吃飯的那家飯館，就是赫伯爾特和我平常叫作「地圖陳列館」的那家小飯館——因為在這家飯館裡，桌布上每隔半碼就有一攤狼藉的杯盤痕跡，儼然就是一幅世界地圖，每一把餐刀上都有肉汁印子，那是航海用的海圖（時至今日，在倫敦市長的轄境之內，幾乎沒有一家飯館不是地圖陳列館了）；我在這裡對著麵包屑打打瞌睡，望著煤氣燈出出神，熏熏那一桌桌酒菜的騰騰熱氣，把時間打發過去。最後才打起精神，到劇院去看戲。

劇院舞臺上出現了皇家海軍的一位善良的水手長——他十分了不起，儘管我認為他身上那條褲子有的地方繃得太緊，有的地方又太肥；儘管他十分豪俠十分英勇，可是對小人物卻是見一個打一個，把他們頭上的帽子都打得壓在眼睛上；儘管他十分愛國，可是不許人家談起納稅付捐。他口袋裡放著一袋錢，看起來像一塊用布裹著的布丁，他就靠著那筆財產，娶了一個身穿帳子樣衣服的小妮子，為此大大慶祝了一番。樸資茅斯的全城居民（根據最後一次統計，一共有九個人[1]），都來到海灘上，又是搓手，又是握手，一面唱著：「快把酒斟上，快把酒斟上！」誰料有一個膚色黧黑的水手偏偏不肯把酒斟上，人家要他幹什麼，他都一概拒絕；水手長當眾說道，這個人的心簡直和他那副尊容一樣黑；這個水手就策動另外兩個水手和大夥刁難搗亂，他這一手果然厲害（原來這幫水手也頗有政治影響），後來為了收拾這副爛攤子，足足花了半個晚上，那還是虧了一個戴白帽子、裹黑綁腿的紅鼻子的老實小商人。原來他帶了一只烤架，鑽在一架大鐘裡，偷聽到了人家的談話，

1 指登場人物而言。

後來從大鐘裡出來，誰要是不肯相信他偷聽到的話，他就乾脆舉起烤架從後面把他們一個個打倒。繼而伍甫賽先生出場（在此以前，始終沒有提起過他），他佩著一顆星狀「嘉德勛章」，演的是皇家海軍大臣的全權代表，前來宣布將那幾個水手立即逮捕下獄，還給水手長帶來一面英國國旗，因為水手長報國有功，聊示嘉獎。水手長生平第一次感極而泣，居然恭恭敬敬拿國旗擦了擦眼淚，可是馬上又高興起來，叫了伍甫賽先生一聲大人，懇求大人賜恩和他拉拉「爪子」。伍甫賽先生謙抑而莊嚴地伸出「爪子」，水手長把他拉到一個滿是灰塵的角落裡，餘下的人便跳起水手舞來。伍甫賽先生從那個角落裡不滿地朝觀眾打量了一眼，就在這當兒發現了我。

第二個節目演的是最新穎的大型聖誕滑稽舞劇。第一場我就似乎看見伍甫賽先生腿上穿著長筒紅色絨線襪，臉譜開得特別大，臉上閃著磷光，頭髮是用一簇亂蓬蓬的紅色門簾穗子做的，他正在一個礦井裡工作，聲響如雷，一看見他那個彪形大漢的主人（聲音十分沙啞）趕回來吃午飯，他就顯得非常膽怯。這種種情景，我看了很不好受。好在他不久就扮演了一個身分較高的角色；原來有位多情種子看中了一位農場主人的女兒，那無知的農場主大為反對，便蠻不講理地擺出他做父親的威勢，身上套上麵粉袋，從二樓的窗口向下一跳，有意壓在他女兒的意中人身上，多情種子眼看敵不過他，便找個足智多謀的巫士來助威；於是臺上踉踉蹌蹌走出一個人來，他是從天涯海角歷盡了艱險才來到此地的，一看果然就是伍甫賽先生：戴一頂高頂帽，胳肢窩裡挾著一本巫術大全。這個巫士來到世間，他的任務主要是讓人家向他訴說、對他歌唱、朝他身上衝撞、在他面前跳舞、對著他揮閃五顏六色的火焰。他有的是閒工夫，便只顧拿眼睛向我這邊瞪，似乎驚異得不知所措。我看了非常詫異。

伍甫賽先生的眼睛愈瞪愈厲害，目光中顯然大有深意。他腦子裡似乎在七上八下團團亂轉，愈轉愈糊塗，弄得我實在摸不著頭腦。一直到他駕著一只龐大的掛錶殼子騰雲飛去了好久，我還坐在那裡納悶，百思不得其解。一小時之後，我出了劇院，腦子裡依舊想著這件事，在劇院門口卻發覺他在那裡等我。

我和他握握手，一同走到大街上，我說：「你好，我知道你剛才看見我了。」

他答道：「看見你了，匹普先生！我哪能不看見你呢！還有一位是誰呀？」

「還有一位？」

伍甫賽先生不覺又顯出了惘然若失的神氣，說道：「這可太奇怪了。我敢發誓，我明明看見還有一位的。」

我嚇了一跳，請伍甫賽趕快說明白他這話究竟是什麼意思。

伍甫賽先生依舊是那麼一副惘然的神氣，他接下去說：「當時你要是不在場，我是不是一下子就會注意到那個人，那就很難說了；不過，我看多半也會注意到他的。」

我不由自主地掃視了一下四周，就像平日回家時一樣，因為他這幾句神祕莫測的話著實使我打了個寒噤。

伍甫賽先生說：「他去遠了，我還沒下場他就出了劇院，我看見他走的。」

我心裡懷著鬼胎，竟然一下子疑心到這個可憐的戲子身上。我懷疑他莫不是故意要引我上圈套，讓我來一個不打自招。所以我就瞟了他一眼，繼續和他並排往前走，並沒有說什麼。

「匹普先生，說來真可笑，我起初還以為他是和你一起來的呢，後來才看出他像個鬼魂似的坐在你的後面，而你根本就沒有覺察到後面還有這麼個人。」

我又打了個寒噤，可是依舊咬緊牙關，什麼話也不說，因為從他說的那些話來看，他完全有可能是什麼人派來引我上鉤的，讓我以為他說的就是蒲駱威斯；當然，我有百分之百的把握斷定蒲駱威斯絕沒有到劇院來過。

「匹普先生，我的話一定使你很吃驚吧，我看得出來的。不過事情實在太奇怪！有句話我要說了出來，你一定不會相信；要是你說給我聽，我也不會相信的。」

我說：「真的？」

「沒錯，真是這樣。匹普先生，你可還記得，從前有一年過耶誕節，那時候你年紀還小，我在葛吉瑞家裡吃飯，忽然有幾個官兵找上門來，要葛吉瑞替他們修理手銬？」

「我記得清清楚楚。」

「你可還記得，後來官兵去追捕兩個逃犯，我們也跟著去看，葛吉瑞背著你，我帶頭走在前面，你們拚命在後面跟？」

「我一切都記得清清楚楚。」他哪裡知道，除了這最後一點是他胡謅以外，其他我記得才清楚呢。

「你可還記得，我們在一條水溝裡看到了那兩個傢伙，他們正在扭打，其中一個被另一個打得夠慘、滿臉是傷？」

「彷彿就是眼前的事。」

「你可還記得，後來官兵點起了火把，把那兩個傢伙圍在當中，我們要把熱鬧看到底，在黑魆魆的沼地上一直跟在他們後面走，只見火把把那兩個傢伙的臉照得通亮？我特別要說的是這一點——你可還記得，那時我們四周是一片黑沉沉的夜色，而火把卻把那兩個逃犯的臉照得通亮？」

我說：「記得，完全記得。」

「匹普先生，那麼我可以告訴你：今天晚上坐在你後面的就是那兩個逃犯之中的一個。我清清楚楚看見他就坐在你的背後。」

我吩咐自己「要沉住氣！」然後問他：「你看見的是兩個之中的哪一個？」

他毫不猶豫地答道：「是臉上帶傷的那一個，我敢發誓我看見的就是他！那副嘴臉，我愈想愈覺得沒錯。」

我竭力裝出一副和我毫不相干的神氣，說道：「太稀奇了！真是太稀奇了！」

和他談了這一席話，我心裡所增長的不安，真是怎麼說也不過分，尤其一想到康佩生曾經「像個鬼魂似的」躲在我後面，那份驚駭更是難說難描。因為，自從蒲駱威斯避匿以來，我何曾有片刻工夫不想到康佩生；要是當真有過片刻工夫沒想到他，那恰恰就是他緊挨在我背後的那會子。我儘管用盡心機、處處留神，偏偏這一回竟是這樣糊塗、這樣疏忽，正好比關嚴了遠遠近近、前前後後的百十扇門窗，堵塞了他的一切來路，回頭一看，他居然就在我的眼前。他是因為我來看戲才跟著來看戲的，這一點也是無可懷疑的；儘管表面上看來我們的周圍似乎並沒有什麼太大的危險，其實，危險卻一直隱伏在我們的身邊，一觸即發。

我向伍甫賽先生問了幾個問題。先問，那人是什麼時候進來的？伍甫賽答不上來，只是說先看見我，然後又看見我背後有那麼個人。他是過了一會兒才認出那人來的，一開頭他還模模糊糊以為那人是和我一起來的，說不定是我從前鄉下的老鄉親。我又問，那人衣著如何？他說，穿一身黑衣服，很講究，別的方面也並不怎麼引人注目。我又問，那人臉上有沒有破相？他說並沒有，我也認為並沒有，因為，我當時雖然在想心事，沒有去留意坐在我後面的是些什麼人，不過，其中要是有個破了相的人，那一定會引起我注意的。

凡是伍甫賽先生能記得起的、凡是從他嘴裡能夠探聽出來的，他都一五一十告訴了我，我請他吃了些便點，為他消除消除夜來的疲勞，才和他分手。到得寺區，時間已是介於午夜十二點和下半夜一點之間，四處柵門已關。我進了柵門，回到家裡，一路注意，周圍並沒有人影。

赫伯爾特早就回來了，我們兩個人就坐在爐邊，十分認真地商討了一番。討論下來一籌莫展，唯一的辦法就是把我今天晚上所發現的動靜告訴文米克，並且提醒他說，我們等著他給我們出主意。我考慮到如果我到他的城堡去得太勤，可能要連累他，便決定寫封信告訴他。上床睡覺以前就把信寫好，連夜出去投進郵筒，看看附近依舊沒有一個人影。赫伯爾特和我都認為，除了小心防範之外，沒有其他辦法。從此我們便十二萬分小心——說得誇張一點，簡直比從前還要小心百倍——我自己尤其注意，根本就不到缺凹灣那一帶去，縱使划船經過那裡，也只是朝著磨池濱隨便望望，就像看其他景物一樣。

第四十八章
馴服的野獸

上一章提到我於無意中兩次遇見熟人，其中一次已經談過，現在來談第二次，大約和第一次不過隔了一個星期。這一次我又把小船停泊在倫敦橋東的那個碼頭上，時間也是下午，比第一次早一個小時。我拿不定主意要上哪裡吃飯，便信步向齊普賽逛去。到得齊普賽，沿街走去，但見行人熙來攘往，忙忙碌碌，只有我是個漂流無定的人。這時忽然有個人從背後趕上來，把一隻大手搭在我肩上，一看是賈格斯先生。他索性用那隻手挽住我的胳膊。

「匹普，我們既是同路，乾脆一塊兒走吧。你上哪兒去？」

我說：「大概到寺區去吧。」

賈格斯先生說：「你自己也不知道自己上哪兒去？」

這一次他盤問我，居然讓我占了他的上風，我真是高興，便回答道：「可不是！我自己也不知道，因為我還沒有拿定主意呢。」

賈格斯先生說：「你是去吃飯嗎？我看，這一點你總可以承認吧？」

我答道：「是呀，這一點我可以承認。」

「沒有約什麼人吧？」

「這一點我也可以承認，沒有約什麼人。」

賈格斯先生說：「既是如此，和我一塊兒去吃吧。」

我正要推卻，他又說：「文米克也要來的。」於是我連忙改了話頭，表示接受他的邀請——好在這已經出口的前半句話，正反兩種意思都接得上榫。於是我們一起沿著齊普賽走去，拐入了小不列顛街。店鋪櫥窗裡都已紛紛亮起燈光；入晚街上行人雜沓，點街燈的人簡直連個梯子都沒有地方擱，只見他們蹦上跳下，忽隱忽現，於是在四合的夜霧中亮起了一隻隻紅眼睛，比上次我在漢馬姆斯客舍的那盞燈草心蠟燭燈在鬼森森的牆上照出的白眼睛還要多。

小不列顛街的事務所裡正在準備下班，照例寫信的寫信、洗手的洗手、滅蠟燭的滅蠟燭、鎖保險箱的鎖保險箱。我懶洋洋地站在賈格斯先生的壁爐前，那明滅無定的火焰把擱板上那兩座頭像照得時隱時現，彷彿兩個魔鬼在和我玩躲貓貓的遊戲；賈格斯先生坐在一個角落裡寫什麼，那一對辦公室用的劣質大蠟燭暗幽幽地照著他，蠟燭上裹著一層裹屍布似的髒紙，彷彿是紀念他那些已經上了絞架的主顧。

我們三個人合乘一輛出租馬車到吉拉德街去，一到那裡，晚飯就端上來了。在那個地方，我雖說萬萬休想和文米克攀什麼沃伍爾斯交情，哪怕向他丟個眼色也辦不到，不過，要是能夠隨時對他友善地望上一眼，那倒也不壞。誰料這也辦不到，因為他每一次從桌子上抬起頭來，眼睛總是望著賈格斯先生那一邊，對我卻是無限冷淡和疏遠，彷彿文米克有個孿生兄弟，現在來的這一個不是他，而是那個孿生兄弟。

剛一開始用餐，賈格斯先生就問文米克：「郝薇香小姐那封信，你寄給匹普先生了嗎？」

文米克答道：「還沒有呢，先生。我剛剛打算寄出去，你就帶著匹普先生到事務所來了。信在這兒。」說著，就把信交給了他東家，並不交給我。

賈格斯先生把信遞給我說：「匹普，這是郝薇香小姐寄來的一張字條，她因為弄不清楚你的住址，所以叫我轉交。她給我的信上說，她想要見見你，和你談談你向她提起過的一件小事。你打算去一趟嗎？」

我說：「我要去的。」說著就把字條匆匆看了一下，上面說的話和賈格斯先生轉達的話毫無兩樣。

「你打算什麼時候去？」

我向文米克瞟了一眼，文米克正在把一塊魚塞進郵筒口。我回答道：「我眼下和別人有個約會，所以時間還很難說定，我想，反正很快就會去的。」

只聽得文米克對賈格斯先生說：「如果匹普先生打算馬上就去，那他就用不著回信了。」

我一聽這話是示意我最好不要耽擱，便決定明天就去，於是就把這個意思說了。文米克舉杯一飲而盡，滿意的神氣中帶著一些嚴峻，他望了賈格斯先生一眼，卻沒有看我。

賈格斯先生說：「嘿，匹普！我們那位朋友蜘蛛，這一局牌打贏了。」

我除了承認之外，沒有別的話可說。

「哈哈！這個小子倒是有點出息的——他有他的一套——不過他這一套也許不一定總能吃得開。看誰的能耐大，誰就能取得最後的勝利，可是現在還不知道到底誰的能耐大呢。萬一他要動手打她——」

我氣得臉上發燒，心裡冒火，連忙打斷了他的話，說道：「賈格斯先生，聽你這麼說，他居然還會幹這種下流的事呢？」

「匹普，我不是說他一定會幹這種事。我只是這樣假設：萬一他要動手打她，那可能是他力氣大；如果他要和她較量智力，他可不是她的對手。這樣一個人，遇到這一類事情，結局只有兩種，可能性是一半對一半，實在很難逆料。」

「請問，兩種什麼樣的結局？」

賈格斯先生答道：「像我們的朋友蜘蛛這種人，不是足踢拳打，就是脅肩諂笑。脅肩諂笑的話，可能咆哮如雷，也可能不咆哮如雷。不過反正不是足踢拳打，就是脅肩諂笑。你可以問問文米克他的看法如何。」

文米克望也不望我一眼，只是說：「不是足踢拳打，就是脅肩諂笑。」

賈格斯先生從旋轉碗碟架上拿下一瓶好酒，把我們兩個人和他自己的杯子都斟滿了，說道：「那就讓我們為本特里．蛛穆爾夫人乾一杯吧！但願誰勝誰負的問題解決得讓夫人滿意！要既使夫人滿意，又使先生滿意，那是絕對不可能的。喂，茉莉、茉莉、茉莉、茉莉，你今天做事怎麼這麼慢啊！」

他喊茉莉時，茉莉正在他面前上一道菜。上好了菜，她便縮回雙手，退後了一兩步，緊張地咕噥了一句什麼，為她自己剖白。她說話時，手指有一種動作引起了我的注意。

賈格斯先生問我：「怎麼啦？」

我說：「沒什麼。只不過談起這件事，我心裡很難受。」

看她手指的動作，彷彿在編結什麼東西似的。她站在那裡望著她的主人，不知道自己是不是可以走了、主人是不是還有話要說；她要一走，主人是不是又要喊她回來。她的目光十分專注。對了，這樣一雙眼睛、這樣一雙手，最近我在一個難忘的場合下見過，和她一般無二，絲毫不爽。

賈格斯先生終於打發她走了，她悄悄溜了出去。可是我只覺得她依舊站在我面前，活靈活現，好似並沒有走開一樣。我望望那雙手、望望那對眼睛，又望望那一頭飄拂的秀髮，覺得和我熟悉的那雙手、那對眼睛、那頭秀髮何其相似，心想：那個人兒嫁了個粗暴的丈夫，過上二十年風狂雨暴的生活以後，是不是就會成為這副樣子呢？再望望這個管家婦的手和眼睛，我不禁回想起我最近一次在那荒蕪的花園裡散步、在那廢棄的酒坊裡徜徉時（當然不是獨自一人）心坎裡勾起的一種說不出的感覺。我還回想起後來有一次看見從驛車窗裡探出一張臉來朝我張望、伸出一隻手來向我揮舞時，我又一次產生了這種感覺；再後來我坐著馬車（當然不是獨自一人），駛過一條昏暗的街道，突然間遇見一片耀眼的煤氣燈光，頓時這種感覺又油然而生，好像在我身邊打了個閃電一般。我還想起，最近在劇院裡由於一個聯想，結果弄清了康佩生就在身邊；我本來是拙於聯想的，可是現在我已經牢牢地養成了這種聯想的習慣，一提起艾絲黛拉的名字，我不覺一下子就聯想到手指的編結動作、聯想到目光炯炯的眼睛。我完全可以斷定，這個婦人就是艾絲黛拉的母親。

賈格斯先生早就看見過我和艾絲黛拉在一起，而我此刻感觸萬端的情緒又未加掩飾，自然逃不過他的眼睛，因此他聽見我說提起這件事使我感到難受，便點了點頭、拍了拍我的背，隨手就給大家斟了一巡酒，繼續吃他的晚飯。

那個管家婦後來只來過兩次，而且逗留的時間都很短，賈格斯先生對她又總是疾言厲色。可是，她那雙手真個是艾絲黛拉的手、她那對眼睛真個是艾絲黛拉的眼睛，我有十足的信心相信我想的不會錯，哪怕她再來一百次，我的信心也不會增一分、減一分。

這一個晚上過得很沉悶，因為酒斟到文米克面前，他總是當作例行公事一般，一飲而盡（逢到發薪時他大概也總是這樣往口袋裡一塞的）；他坐在那裡，眼睛望著他的東家，始終保持著一副恭候盤問的姿態。說到他的酒量，他那個郵筒口也和平常的郵筒口一樣，只要你有信件投得下去，它就容納得了。在我看來，今天在這裡的始終是他那個孿生兄弟，只是外表和沃伍爾斯的文米克一個模樣而已。

我和他兩個人很早就辭別主人，一同告退。剛一走到賈格斯先生的盥洗室，正埋頭在他那一大堆皮鞋當中尋找我們的帽子，我就覺得那個真正的文米克就要回來了；我們沿著吉拉德街向沃伍爾斯的方向走去，剛走了幾碼路，我就發覺和我挽著手走的已經是那個真正的文米克，他那個孿生兄弟早就在夜空裡風流雲散了。

文米克說：「好了！這就沒事了！他是個古怪人。走遍天下也找不到第二個；跟他一起吃飯，我總覺得非得閉緊了話匣子不可，可是依著我的性子，吃飯卻得打開話匣子吃才吃得舒服。」

我覺得他這句話說得真可謂一語破的，便把這個意思對他說了。

他說：「我這個話可只給你一個人講。我相信你我之間說的話是不會外傳的。」

我問他有沒有見過郝薇香小姐的養女——本特里．蛛穆爾夫人？他說沒見過。為了免得話頭轉得過於突然，我就問他老人家和史琪芬小姐可好。他聽我提起史琪芬小姐，臉上立即露出狡黠的神色，當街站住，擤起鼻子來，又是晃腦袋又是揮手帕，隱隱約約之間總不免透露出一些得意。

我說：「文米克，當初我第一次到賈格斯先生家裡去，你事先告訴我要注意一下那個管家婦，這件事你還記不記得？」

他答道：「有這樣的事嗎？唔，大概有吧。」接著，他沉下了臉，又說道：「哎喲，鬼纏昏我的頭了，我想起我的確說過的。原來我的機器還沒有完全打開呢。」

「你那一次還說她是一頭馴服了的野獸呢，是不是？」

「那你叫她什麼呢？」

「和你一樣。文米克，賈格斯先生究竟是怎麼馴服她的？」

「這是他的祕密。她在他那兒待的年數不少囉。」

「你把她的身世講給我聽聽好不好？我很想瞭解瞭解她的身世。你放心，你我之間說的話，不會外傳。」

文米克答道：「其實呢，她的身世我也並不瞭解——我是說，並不完全瞭解。不過，只要我瞭解的都可以告訴你。當然，我們這些話都是以私人朋友關係說的。」

「那還用說！」

「大約二十年以前，這個女人以殺人罪在『老寨子』被提起公訴，結果卻得以無罪開釋。那時候她是個很漂亮的少婦，我看她身上還帶著點吉卜賽人的血液呢。反正，她那種血性子一旦發作起來，你可以想像，那真是天不怕地不怕的。」

「她倒無罪開釋了？」

文米克露出大有深意的神色，接下去說：「這都多虧賈格斯先生為她辯護，施出了無比驚人的手腕，把這件案子辯活了。這本來是一件無可挽回的案子，賈格斯先生那時候的資格也還比較淺，他卻把這件案子處理得人人驚歎、個個佩服；事實上，他幾乎可以說就是靠了這件案子起家的。他天天親自跑警察局，接連跑了好些日子，決心要把這個女人的罪狀開脫個一乾二淨；後來開庭了，他無法親自出面辯護[1]，便在辯護律師的手下，一五一十替他出主意——這事人人知道。被謀害

1　英國律師有兩種：一種是大律師，另一種是小律師，小律師沒有資格在高級法院出庭辯護；賈格斯當時還是初出茅廬，當係小律師一類。

的是個女人，比茉莉整整大上十歲，個子比她大得多，力氣也比她大得多。案由是爭風吃醋。這兩個女人過的都是浪蕩日子；如今在吉拉德街的那一位，小小年紀就嫁了個浪蕩漢子，拿我們的話來說，就是和這個男人做了露水夫妻，她十足是個愛爭風吃醋的潑辣貨。再說那個被謀害的女人，從年紀來看，倒的確和那個男人更相配，她的屍體是在豪恩斯洛荒原附近的一個牲口棚裡發現的。死前經過了一番劇烈的掙扎，說不定還有過一場搏鬥。那女人遍體鱗傷，身上給抓得沒有一塊好肉，是被叉住了喉嚨，活活給掐死的。案發以後，除了茉莉本人之外，找不出第二個可疑的人，於是賈格斯先生的文章，主要就做在茉莉掐不死那個女人這一點上。」文米克說到這裡，扯扯我的衣袖，又繼續說：「老實告訴你，雖然現在賈格斯先生有時也講茉莉的一雙手力氣很大，從前他可是絕口不提的。」

原來我已經告訴過文米克，說賈格斯先生有一次請我的幾個朋友吃飯，當場叫茉莉把她的手腕伸出來給我們看過。

文米克接下去又說：「我再說，老兄！碰巧——明白嗎，是碰巧！——碰巧這個女人從她案發被捕的那一天起，就在衣著打扮上大翻花樣，把身腰裝點得比本來纖巧多了；尤其是她的衣袖，弄得非常巧妙，把她那兩條胳膊襯托得十分細弱，至今還傳為奇談。她身上只有一兩處青腫——在一個蕩婦身上，這算得了什麼！——不過她兩隻手背上都有傷痕，於是問題來了：她是不是被對方的指甲抓傷的呢？賈格斯先生說了，茉莉是穿過一大片荊棘地時給拉破的，因為那些荊棘，你說它高吧，搆不到她臉上；說它矮吧，她的手卻不能不碰到；何況她皮膚上果然發現了荊棘刺，於是就提出來作為證據，後來又到現場檢查，發現那一片荊棘地果然有人鑽過踏過，偶爾還有從她衣服上扯下的碎片，還有一小攤一小攤的血跡。可是賈格斯先生最大膽的論據還在後頭呢。庭上為了要證明茉莉的嫉妒成性，提出她還有一項很大的嫌疑，說是她很可能為了要向那個男人報復，就在凶殺案發生前後，喪心病狂地殺害了她自己和那個男人所生的一個孩子——當時大概三歲左右。對這個問題，賈格斯先生是這樣對付的：『我們斷定這些傷痕並不是指甲抓破的，而是荊棘拉破的，我們已經帶諸位到荊棘地上去看過。諸位則一口咬定是指甲抓破的，還提出一個假設，說她害死了自己的親生孩子。那麼，由這個假設而引出的一切推論，諸位總也應當承認吧。假定說，這個女人殺害了自己親生的孩子，孩子死命抓著她不放，結果抓傷了她的雙手。推論下去怎麼樣呢？諸位現在可不是在審她謀殺親生孩子的罪；既然如此，何不一審？說到這個案子，諸位如果一定要拿她的傷痕大做文章，那麼我們只能認為，大概你們是要找些解釋，好振振有辭地證明這些傷痕並非你們的捏造吧？』」文米克又說：「老兄，總而言之，賈格斯先生說得整個陪審團招架不住，只得認輸。」

「從那以後，她就一直在賈格斯先生家裡幫傭嗎？」

文米克說：「是的；不過，還不光是這樣；她一獲得開釋、到他家裡去幫傭以後，就一直馴服得像現在這個樣子。她對於自己的職分還是後來一樣一樣學會的，可是她的野性子卻是一開頭就被馴服了。」

「你可還記得她那個孩子是男是女？」

「據說是個女孩子。」

「今天晚上你還有什麼要告訴我的嗎？」

「沒有了。你給我的信，我已經收到，並且銷毀了。沒有什麼可說的了。」

於是我和他誠誠懇懇地相互道了晚安。回得家來，舊的痛苦沒有消釋，卻又添了新的愁思。

第四十九章 郝薇香的悔恨

第二天，我又搭乘驛車到沙堤斯莊屋去。郝薇香小姐原是個捉摸不定的人，她見我去得這麼勤，說不定會表示詫異，因此，我把她那封信隨身帶去，必要時也可以作為憑證，說明我這次是奉命去的。到得中途客店，我下了車，在那裡吃過早餐，剩下來的路程便安步當車，因為我要揀幾條冷僻道兒走到鎮上去，免得引人注目，出鎮時也得如此。

來到大街後面那幾條響起回聲的靜巷僻徑，天光已經開始黯淡下來。這裡的好些個瓦礫堆原是昔日修道士的齋堂和園圃，如今幾乎已和那些長眠地下的修道士一樣寂靜無聲，只是沿著那牢固的舊院牆邊上砌出了幾間簡陋的棚屋和馬廄。我生怕撞見熟人，走得急急忙忙，教堂裡的鐘聲在我聽來似乎也比往常更其淒涼、更其遙遠；古老風琴奏出的抑揚的琴聲，傳到我的耳裡，簡直像出殯時的哀樂；鴉陣繞著灰白的塔尖盤旋，在修道院廢園舊址的光禿禿的大樹梢頭打轉，似乎是向我報信：這裡已經風物全非，艾絲黛拉已經一去不復返了。

這回來開門的是個老婦人，我從前見過她，知道她是住在後院對面那另一座房子裡的女僕。漆黑的過道裡依舊點著蠟燭，我拿起蠟燭，一個人上樓。郝薇香小姐不在自己的臥室裡，她在對面的那間大屋子裡。我敲敲門，沒有應聲；從門縫裡張望了一下，看見她正坐在壁爐緊跟前的一張破椅子裡，對著灰燼厚厚的爐火出神。

我照例走進去，緊靠著那古老的壁爐架，站在那裡，好讓她一抬起眼睛來就看得見我。瞧她那神氣，著實太寂寞淒涼，別說我為她受過如許委屈，即使她把我心上的創傷刺得更深十分，我這會子看見她也難免要動惻隱之心。我心裡既憐憫她，又想到時光無情，我如今也已變成這座飽經風雨的宅子裡殘剩的一件破爛了。正在這當兒，她的目光落到了我身上。她睜大了眼睛，低聲說道：「真是你來了嗎？」

「是我匹普。賈格斯先生昨天把您的信交給了我，我馬上就趕來了。」

「謝謝你，謝謝你。」

我另外搬來了一張破椅子，在壁爐前坐下，看見她臉上露出了一種從來沒有見過的表情，好像有些害怕我似的。

她說：「上次你到這兒來和我談起的那件事，我打算和你進一步談談，也讓你明白我並不是個鐵石心腸的人。不過，我看你這會子無論如何也不會相信我心裡還有一絲一毫的人味兒吧！」

我安慰了她幾句，她抖抖索索地伸出右手，似乎想要撫摩我，可是等到我明白了她的用意，打算領受她這番好意時，她已經把手縮回去了。

「你上次為你的朋友來求我，說要是我可以為他做一點有益的事，你倒有個主意。那麼，你是要我幫幫他的忙囉？」

「我真希望你能幫幫他的忙。」

「究竟幫他什麼忙呢？」

於是我就開始給她講我暗中幫助赫伯爾特入股的經過。我沒講幾句，看看她的神色，若有所思，卻又心不在此，我便斷定她並不是在考慮我所說的話，而是在忖度我這個人。我這個想法大概是不會錯的，因為我沒有說完就打住了，她卻過了好久方才顯出覺察的樣子。

這時她又顯出了剛才那種害怕我似的神氣，說道：「你為什麼不把話說完？是不是你恨死我了，和我談不下去？」

我連忙回答：「哪兒的話！郝薇香小姐，您想到哪裡去了？我是看見您不愛聽，才沒有說下去呢。」

她用手托住了腦袋，說道：「也許我是沒有好生聽，你從頭再說一遍吧，讓我眼睛望著別處聽你說。等一等！好，說吧！」

她手按著拐杖，那毅然決然的神氣一如往常，眼睛望著爐火，顯出一副竭力勉強自己留神靜聽的模樣。於是我繼續說下去，告訴她說，這件事我本當自己拿出錢來進行到底，只是如今力不從心。我還提醒她，說起這個問題，有些情況要涉及另外一個人的重大祕密，我不便明言。

她點頭表示同意，卻不肯望我一眼。她說：「好吧！你要替他把這件事辦成功，還缺多少錢？」

這筆數目乍一聽很不小，我真不敢說出口。「九百鎊。」

「如果我給你這筆錢，讓你去了卻這樁心願，你能不能像保守自己的祕密一樣，也替我保守祕密呢？」

「絕無二心。」

「那樣，你就可以安心些了吧？」

「安心多了。」

「你現在還是很不快活嗎？」

她問這話時，依舊沒有看我一眼，可是那語調卻充滿了罕見的同情。我一時回答不上，因為我的嗓子哽住了。只見她用左臂圈住拐杖頭，把前額輕輕擱在上面。

「郝薇香小姐，我怎麼快活得起來呢？不過，我之所以煩惱，還有您所不知道的原因。也就是我剛才提到的所謂祕密。」

過了片刻，她抬起頭來，重新望著爐火。

「你能對我說你心裡不快活還有別的原因，足見你胸懷寬廣。不過你說的是真話嗎？」

「千真萬確。」

「匹普，難道我給你幫忙，就只能幫你朋友的忙？你朋友的事算是說定了，你自己難道就沒有什麼事要我幫忙嗎？」

「沒有了，我感謝您問我這句話。尤其感謝您這樣好聲好氣問我這句話。不過，確實沒有什麼要您幫忙的了。」

她立即站起身來，在這死氣沉沉的屋子裡掃視了一眼，意思是找可有紙筆，可哪裡找得到紙筆？於是她只得從口袋裡掏出一個黃澄澄的象牙薄片的本子[1]，本子上還鑲著個已經發黑的金框子，又從那吊在脖子上的發黑的金盒子裡掏出鉛筆，在象牙片本子上寫起來。

「你和賈格斯先生交情還很好嗎？」

「好極了。昨天還在他家裡吃飯呢。」

「那麼你就拿這個作憑證，叫他把這筆錢如數付給你，由你全權做主，為你的朋友安排。我手邊沒有現款；不過，如果你要瞞著賈格斯先生，那麼，我也可以派人把錢給你送來。」

1 古時有用薄薄的象牙片或木片作便箋用的。

「謝謝您，郝薇香小姐；我完全可以自己上他那兒去拿。」

於是她把寫好的憑證讀給我聽，措辭簡截明瞭；顯然是有意為我脫掉干係，免得人家懷疑我拿了這筆錢來自肥。我從她手裡接過象牙片本子的時候，她的手又抖了；她把那根繫鉛筆的鏈子拿下來塞在我手裡的時候，她的手抖得越發厲害了。可是她自始至終沒有瞧我一眼。

「這本子的第一頁上就是我的名字。假使你哪一天肯在我的名字下面寫上『我原諒她』幾個字，哪怕那時我這顆破碎的心早已化作了塵土，我也還是要請你寫一寫。」

我說：「郝薇香小姐，我可以馬上就寫。我們都做過錯事，想起來就會傷心。我這一輩子，就做過多少不識好歹、薄情寡恩的事。我要別人原諒我、指點我還來不及，怎麼能怨您呢？」

她這才把避開的眼睛第一次轉過來瞧著我；使我吃驚、更使我駭然的是，她竟然在我面前跪了下來，對著我合起了雙手，我想在她青春妙齡的歲月裡，那時候她這顆心還沒有破碎，她一定就是這樣跪在她媽媽身邊向上天祈恩的。

眼看著這樣一位白髮蕭蕭、形容枯槁的老人跪在我面前，我怎麼禁得住不渾身震動？我苦苦求她站起來，用雙手去抱她站起來；誰料她只是牢牢抓住我扶著她的那隻手，把頭伏在我胳膊上號啕大哭。這還是我第一次看見她流淚；我心裡想，索性讓她哭個痛快吧，發洩一下也許反而對她有好處，因此，我只是俯著身子，默默地看著她。這時她已經不是跪在地上，而是乾脆坐倒在地上了。

她一聲聲絕望地喊道：「啊！我怎麼做出這種事來！我怎麼做出這種事來！」

「郝薇香小姐，如果您這話指的是您傷了我的心，那麼我可以回答您：這算不得什麼。哪怕天塌下來，我愛她的心也不會變。——她結婚了嗎？」

「結婚了！」

我這句話實在問得多餘，只消看一看這淒涼的宅子裡又添上了一重新的淒涼，早就不言而喻了。

她雙手亂搓，一頭白髮扯得稀亂，又口口聲聲道：「我怎麼做出這種事來！我怎麼做出這種事來！我怎麼做出這種事來！」

我不知道如何回答她好，也不知道如何安慰她好。她做了一件傷天害理的事，因為自己被人遺棄，自尊心受了創傷，心裡鬱結著一股沖天的怨恨，就收養了一個天真無邪的女孩，故意把她教成這副模樣，藉以為她出氣報仇——這些我都一清二楚。可是，她把陽光擯於門外，也就把世間萬物一股腦兒都擯於門外；她與世隔絕，也就與自然界多少有益身心的靈秀之氣都隔絕了；她孤單單一個人終日冥想，弄得腦子出了毛病——凡是違逆天地造化規律的人，往往都有這種毛病，逃不了、免不了——這些我也一清二楚。如今，眼看她承受了上天的懲罰，落得這樣頹唐，生於人世而和人世扞格不入，白白的一味傷心歎息，而至於瘋魔入骨——正如有人白白的一味懺悔、白白的一味懊喪、白白的一味羞愧、白白的一味做些荒唐可笑的事情，使世人大遭其殃一樣——眼看她落到這般境地，我怎麼能不同情她呢？

「那一天我聽到你和她說那些話，我覺得你簡直就是一面鏡子，讓我重新看到了自己當年的心情，我這才明白我幹了些什麼！我怎麼做出這種事來！我怎麼做出這種事來！」她就這樣幾十遍、成百遍地念叨，她怎麼做出這種事來！

她的號哭聲一平息，我就對她說：「郝薇香小姐，您大可不必為我而煩神，也不必為我而感到良心不安。不過說到艾絲黛拉，情況卻又不一樣：她已經被您引上了歧路，善良的天性已經昧住了幾分，假使您還能設法挽回，哪怕是一點一滴也罷，那我勸您還是盡量去設法挽回，這比光知悔恨而痛哭一輩子總要好些。」

「是啊，是啊，我明白。但是，匹普——我的好孩子！」她對我的這種深情，我還是第一次看到，我覺得其中有一種誠摯的女性的同情。「我的好孩子，請你相信我：她剛剛來到我這裡的時候，我本來的意思是想搭救她，免得她也遭受我這樣的苦難。開頭我無非是這樣的用意。」

我說：「好極了，好極了！但願如此！」

「後來她一天一天長大，眼看竟是個美人胎子，於是我對待她便愈來愈不像話；誇她讚她呀，給她戴上珠寶呀，這樣那樣地教導她呀，還成天拿我自己這副模樣做她的前車之鑒，使我給她的教育更加有根有據，言之成理——我就這樣偷走了她的心，在她的心窩裡塞上了一塊冰。」

我情不自禁地說：「那還不如讓她保存著那顆天然的心，哪怕是傷了、碎了，也要比這樣強。」

郝薇香小姐聽了這話，癡癡呆呆地望了我一會兒，然後又嚷起來了，她怎麼做出這種事來！她還解釋說：「可惜你不知道我整個的身世，否則你對我也會比較瞭解一些，對我也會多少有些同情。」

我把口氣盡量放得溫和體貼，回答她說：「郝薇香小姐，我敢說我是瞭解您的身世的，而且是一離開家鄉就瞭解的。我對您的身世非常同情；您的身世以及您因此而受到的影響，我想我都是瞭解的。憑著我們素來的交情，是不是可以允許我問您一個有關艾絲黛拉的問題？我不問現在的事，我問的是她剛來這兒時的情形。」

這時候她坐在地上，兩隻手扶住了破椅子，腦袋斜靠在胳膊上。聽見我問她這話，她就直勾勾地盯著我，說道：「你問吧。」

「艾絲黛拉究竟是誰的女兒？」

她搖搖頭。

「您不知道嗎？」

她又搖搖頭。

「是賈格斯先生親自帶來的，還是派人送來的？」

「親自帶來的。」

「請您把經過情形告訴我，好不好？」

她小心在意地低聲說道：「我關在這幾間屋子裡以後，過了好久（我也不知道有多久，這兒的鐘走不走你是知道的），有一次我對賈格斯先生說，我想要領個小女孩來撫養、來疼愛，不讓她再像我這般苦命。在我還沒有和人世隔絕以前，我就在報紙上看到過他的大名；我第一次和他見面，是請他來替我打烊[2]的。他當下就答應替我物色這樣一個孤兒。一天晚上，他就把孩子抱來了，來的時候孩子還睡著呢。我便管她叫艾絲黛拉。」

「請問她當時有多大？」

「不過兩三歲。她對於自己的身世，什麼也不知道，只知道自己是個孤兒，是我收養了她。」

於是我深信賈格斯先生的那個管家婦準是艾絲黛拉的母親無疑——我用不到證據就可以肯定。我想，其中的關聯，誰都會一下子就看出來的。

說到這裡，再待下去還有什麼意思呢？替赫伯爾特求情，已經如願以償；有關艾絲黛拉的情況，郝薇香小姐已經把知道的都告訴我了；為了安慰她，我能說的都說了、能做的都做了。於是我

---

2 「打烊」，指料理酒坊善後事宜及遣散員工等等。

就告別了，臨別時講些什麼也不必細說，總之我就告別了。

下了樓梯，來到清新的空氣裡，已經是暮靄四合的時分。我對剛才開門讓我進來的那個婦人說，暫時不必勞駕她開門送客，我還要逛一逛再走。因為我不知怎麼有了一種預感，覺得今後再也不會上這兒來了，在這薄暮冥冥之中作一次最後的憑弔，也許正合適吧。

我順著那一大片亂七八糟的酒桶，向荒蕪的花園走去。這些酒桶，當年我曾經踩在腳下走過，嗣後經過多少年雨水的浸漬，大半已經朽爛不堪；還朝天豎著的那些，桶頂上有的成了小沼地，有的成了小池塘。我繞著花園走了一圈，經過了當年赫伯爾特和我鬥拳的那個角落，經過了艾絲黛拉和我一塊兒走過的小徑。到處都是那麼蕭索，那麼荒寂，那麼淒涼！

我出來時改從酒坊裡走，來到花園頂頭的酒坊小門前面，拔開了生鏽的門閂，直穿而過，從另一頭的門裡出來。這扇門可不容易開，因為木頭受了潮，都膨脹了、翹曲了，合葉也都脫榫了，門檻上還長起了一大簇菌子。出門前我不由得回頭望了一下。就在這無心的一望之間，眼前竟又那麼清清楚楚地浮現出童年時代的一幕幻覺——我似乎又看見郝薇香小姐吊在大梁下。我看得驚心動魄，站在那屋梁下渾身直打哆嗦，雖然我馬上就發覺這原來是幻想，可我已經奔到屋梁下來了。

此時此地，令人神傷，這一幕幻覺雖是轉瞬即逝，也引起我莫大的恐怖，因此我走出那扇木門時，心裡有一種難以言狀的畏懼。當年艾絲黛拉使我傷透了心之後，我就是在這扇門後使勁扯自己的頭髮的。來到前院，我一時倒猶豫起來；究竟是馬上叫那個管大門鑰匙的女人開門放我出去呢，還是應當先上樓去看看郝薇香小姐一個人在那裡是否安然無恙？結果還是採取了第二個辦法，上樓去了。

我朝她所在的屋子裡張望了一下，看見她還是緊挨著壁爐，坐在破椅子裡，正好背對著我。我剛把腦袋縮回來，準備悄悄地走開，忽然看見從壁爐裡躥起一道亮晃晃的火舌。也就在這一瞬間，我看見她尖叫一聲向我面前奔來，一團熊熊大火裹住了她的全身，火焰向她頭上直躥，少說也躥得有她兩個人那麼高。

我當時身上穿著一件雙層披肩的大衣，胳彎裡還挽著一件厚大衣。那時我就連忙把大衣脫下，直撲到她面前，一把把她掀翻在地上，把兩件大衣統統蒙在她身上，又把大臺布也拉下來蒙在她身上——臺布一拉，檯子上那一大堆陳年破爛和窩藏在那裡的種種醜類怪物，都一股腦給拉了下來；於是我們兩個都倒在地上，像兩個有你沒我的死對頭一般扭在一起苦苦相搏，我愈是把她蒙罩得嚴，她便愈是死命叫嚷，愈是要掙脫；這些經過情況，我都是事後才弄明白的，當時我簡直是木然一無所感、一無所思，也一無所知。我當時什麼都不知道，等到知道，發覺我們已經躺在那張大桌子前的地板上，剛才還穿在她身上的那件黯然無光的新娘禮服，已經化作一塊塊帶火的火絨，在煙霧繚繞中滿室飛舞。

這時我往四下裡一看，只見受驚的甲蟲、蜘蛛，都在地板上四竄逃命，僕役都上氣不接下氣地趕來，一進門就大聲驚呼。我依然用盡平生的力氣把她使勁按在地上，像按住囚犯不讓逃走似的。我看當時我只怕連自己按著什麼人、為什麼要扭住她，都未必知道，也未必知道她身上著了火，也未必知道火已熄滅，後來看見那一團團飛舞的火絨沒有了火星，化作一陣黑雨落在我們四周，這才清醒過來。

她已經失去知覺，我嚇得不敢把她動一動，甚至連摸也不敢摸一下。我只知按住她不放，後來喊了人來急救，我才鬆手，彷彿我有個無稽的想法（我也許是有這個想法吧），只當我一鬆手，火就會再燒起來，把她燒死。外科醫生帶了助手來了，我也從地上爬了起來，一看自己一雙手都燒傷了，嚇了一跳，因為我根本就沒有感覺到呢。

醫生檢查過以後，說她燒傷很重，不過燒傷本身倒還不致無救，危險的是神經性休克。根據醫生的指示，把她的寢具都搬到這間屋子裡來，讓她睡在大桌子上，因為這張桌子正巧可以當作手術臺，為她敷紮傷口。一個鐘頭以後我再去看她，她躺的地方果然就是當初我親眼看見她用拐杖比畫過、親耳聽見她說過總有一天她要安息於此的那個地方。

據他們告訴我，她身上的衣服雖然已經燒得精光，可是往日那種新娘打扮的可怕神氣，卻依稀猶在，因為他們用潔白的藥棉給她一直包紮到喉頭，外面還寬寬鬆鬆地蓋上了一條白被單，她躺在那裡，情景雖已不同於前，卻還似影若幻的，恍惚保留著原先的神態。

我問了僕人，才知道艾絲黛拉正在巴黎，我便請求醫生趕快寫信通知她，趕下一班驛車寄出，醫生答應照辦。郝薇香小姐的親屬由我負責通知，我打算只通知馬修．朴凱特一個人，再由他去斟酌要不要轉告其他親屬。這件事我是第二天一回到倫敦就請赫伯爾特去辦的。

再說頭天晚上，郝薇香小姐曾經一度神志清醒，談起了這次意外，只不過精神興奮得有些反常。到了半夜，開始說胡話了，後來又漸漸轉而用低沉而莊嚴的聲音，無休無止地反覆說這麼三句話：「我怎麼做出這種事來！」「她剛剛來到我這裡的時候，我本來的意思是想搭救她，免得她也遭受我這樣的苦難。」「拿我的鉛筆在我的名字下面寫上『我原諒她』幾個字吧！」這三句話說來說去，前後次序從不顛倒，只是有時會在哪一句裡面漏掉個把字，可也不會用別的字補進去，就任其跳掉一個字，馬上又說下一個字了。

我留在那裡幫不了什麼忙，又放心不下自己家裡那件迫不及待的焦心事，儘管眼看著郝薇香小姐胡話連篇，但並不能因此就不想到我自己的心事，所以我當夜決定明天天一亮就趕回去：先步行里把路，出了鎮再搭早班馬車。到第二天早上六點鐘光景，我在她床邊俯下身來，把我的嘴唇在她的嘴唇上碰了一下。雖然碰著了她的嘴唇，她卻並沒有因而住口，這時候她正好在說：「拿我的鉛筆在我的名字下面寫上『我原諒她』幾個字吧！」

第五十章
往事迷霧

我的雙手當夜換過兩三次繃帶，第二天早晨又換了一次。左臂臂彎以下燒傷很重，上面一直傷到肩膀，那一段傷勢稍輕，可是整條胳膊痛得厲害；不過，當時這邊火勢愈來愈猛，沒有造成更嚴重的後果還算是幸事。右手傷勢沒有這麼重，五個手指依舊能夠動彈。右手當然也包上了繃帶，雖說不方便，卻比左手左臂要好得多。左手左臂吊著懸帶，大衣只能當作披風，鬆鬆地披在肩上，在脖子裡打個結。我的頭髮也著了火，幸而腦袋和臉都沒有遭殃。

赫伯爾特到漢默史密斯去看過他父親，便回到我們的住處，整天在家裡服侍我。他真是個絕頂體貼的護士，一到規定時間就給我解下繃帶，放在準備好的清涼藥水裡浸過，然後重新替我包好，那種耐心和溫柔使我不能不深深感激。

開頭我靜靜地躺在沙發上，眼前總會看到沖天的火光，耳裡總會聽到人聲雜遝喧嘩，鼻子裡總會聞到一股刺鼻的焦臭——要想擺脫這些印象實在千難萬難，簡直可以說是不可能。只消打上一分鐘瞌睡，我馬上就會被郝薇香小姐的呼天搶地聲驚醒，馬上就會夢見她頭上躥起丈把高的火焰，沒命地向我奔來，一下子嚇醒。這種精神折磨比我的肉體痛苦不知還要難熬難挨多少倍；赫伯爾特一看見這光景，就想盡辦法來分散我的注意。

我們兩個人誰都不提那條小船，可是心裡都惦記著。那是顯而易見的，因為雙方對這個話題都避而不提，卻又不約而同地有個想法，要盡快使我的雙手能恢復活動，不能等上幾個星期，最好幾個小時就能復原。

不消說，一看見赫伯爾特，我第一件事就是問他河上人家是否平安無事？他信心十足、滿懷愉快地回答說一切平安，於是我們就擱下不提。後來到天快黑時，赫伯爾特替我換繃帶，才無意中又提起這件事來。當時靠室外的天光已看不清楚，他是湊著爐火的光亮替我換的。

「韓德爾，昨天晚上我陪著蒲駱威斯足足坐了兩個小時。」

「那克拉拉到哪裡去了？」

赫伯爾特說：「那個小妮子呀！為了侍候那位凶煞，一晚上忙得團團轉；只要她不在跟前，老頭子就要把樓板搗得咚咚咚直響。我看他沒有多久好活了。他一會兒蘭姆酒加胡椒，一會兒胡椒加蘭姆酒，這樣下去，我看他搗樓板也快要搗不成了。」

「那你們就只好結婚咯，赫伯爾特？」

「不結婚的話，叫我拿這小妮子怎麼辦呢？——你把胳膊擱在沙發背上，老兄；我就坐在這兒，慢慢替你揭去紗布，等我揭好了管保你自己都不知道。我不是在說蒲駱威斯嗎？你知不知道，他的性子已經好多了？」

「我不和你說過嗎？我上一次見到他，就覺得他已經溫和多了。」

「對，你說過。他確實是這樣。昨天晚上他很健談，又跟我講了一些自己的身世。你可還記得，上次他說到有一個女人鬧得他很頭痛，話到嘴邊又縮了回去？——給我碰痛了嗎？」

原來這時他見我猛然一驚，其實我這一驚倒不是因為給他碰痛了，而是因為聽到了他這幾句話。

「赫伯爾特，這件事我倒忘了，不過現在經你一提，我又記起來了。」

「那好！他昨天晚上又談起他自己這一段經歷，真是一段昏天黑地駭人聽聞的經歷。要不要我說給你聽？這會兒講給你聽，你會不會心煩？」

「你千萬得給我講講。一個字也不要漏掉。」

赫伯爾特湊到我面前，仔細瞧了瞧我，似乎我這樣迫不及待的回答，叫他無法理解似的。他摸摸我的頭，問道：「你沒有熱昏了頭吧？」

我說：「極其冷靜。親愛的赫伯爾特，蒲駱威斯和你說了些什麼，趕快告訴我吧。」

赫伯爾特說：「看來——哦！這條繃帶扯得妙極了，現在來給你換一條清涼的，可憐的好朋友，剛包上去涼得你有些受不了，是不是？不過你馬上就會覺得舒服的——看來那個女人是個年輕女人，一個愛吃醋的女人、一個愛報復的女人；韓德爾，她報復起來真是狠毒透頂啊。」

「怎樣狠毒透頂？」

「謀殺人哪。——這條繃帶貼在嫩肉上嫌冷嗎？」

「倒沒什麼。她是怎樣謀殺人的？謀殺了誰？」

赫伯爾特說：「唉，其實這件事也許並不能構成這樣可怕的罪名，不過她是以這個罪名出庭受審的。賈格斯先生為她辯護，這次辯護就此出了名，蒲駱威斯因此第一次聽到了他的大名。受害者是個力氣比她大的女人，她們兩個發生了一場毆鬥——是在一個牲口棚裡鬥起來的。究竟誰先動手，手段是光明正大，還是不光明正大，都很可懷疑；不過，結局卻是無可懷疑的，因為受害的那一個，發現是給掐死的。」

「這個女人判了罪嗎？」

「沒有判罪；開釋了。——可憐的韓德爾，我又弄痛你了！」

「哪裡？你的手腳再輕也沒有了，赫伯爾特。怎麼樣？後來呢？」

「這個無罪開釋的女人和蒲駱威斯生過一個孩子，蒲駱威斯是非常喜歡這個孩子的。我剛才說了，一天夜裡那女人掐死了她的情敵，就在當天的黃昏，那女人還在蒲駱威斯那裡露過一下臉，當面罰誓賭咒說，她好歹要弄死那孩子（孩子是由她撫養的），叫他這一輩子再也休想見得著；說完，那女人就不見了。——這難弄的一條胳膊已經重新吊上懸帶，舒舒齊齊了，現在剩下右手，就容易對付得多了。我倒寧可湊著這種光線來為你包紮，光線強了反而不好，我愈是看不清楚那一片片可憐巴巴的水泡，我的手就愈不會抖——老兄，你有沒有覺得你的呼吸有些兩樣？你好像呼吸很急促呢。」

「也許是，赫伯爾特。那女人發的誓當真兌現了嗎？」

「這就是蒲駱威斯一生中最最黑暗的一個時期了。那女人發的誓當真兌現了。」

「這是蒲駱威斯說的。」

赫伯爾特又湊到我面前，仔細看了看我，帶著驚訝的口氣，回答道：「當然，那還用說嗎，老兄？全是他告訴我的。我可沒有掌握別的情報。」

「當然，當然。」

赫伯爾特接下去說：「至於蒲駱威斯對待這孩子的媽媽是好還是壞，他自己沒有說起。不過，那女人卻和他在一塊兒過了四、五年，過的就是上次他在這壁爐前講給我們聽的那種受罪的日子。看來他很同情她，還能體諒她。因此，當時他唯恐法庭要傳他出庭，當面對證她害死親生孩子的罪狀，判她死罪，所以他就藏了起來（儘管他為那孩子傷心得要命）；拿他自己的話說，那就是避不見人、避不到庭；所以開庭時提到兩個女人爭風吃醋的原因，只好含糊其辭地說是為了一個名叫阿伯爾的男人。那女人釋放以後就失蹤了，從此他便失去了她們母女兩個。」

「我要問你一句話——」

「別忙，老兄，我馬上就要講完了。據說那個害人精康佩生、那個壞透了的流氓，當時不但知道了他避不見人，還知道他這樣做是為了什麼原因，後來便抓住這個把柄要脅他，逼得他的日子愈過愈苦，工作愈做愈多。我昨天晚上聽了他那一席話，才弄明白了蒲駱威斯和這個人原是這樣結下血海深仇的。」

我說：「赫伯爾特，有句要緊話我要問你：他有沒有告訴你，這些都是什麼時候的事？」

「要緊話？好，我來想一想他是怎麼說的。用他自己的話來說吧，『大約二十來年前，幾乎可說我和康佩生一打上交道，就出了這件事。』你在教堂公墓裡撞見他的那一年是幾歲？」

「我想，大概是六、七歲吧。」

「這就對了。他說，他遇見你是在此後三、四年，他見了你就想起了自己那個死得好慘的小女兒——她要是還活在世上，也和你差不多年紀了。」

我沉默了片刻，忽然衝口說道：「赫伯爾特，你是湊著窗外的天光看我看得清楚，還是湊著爐火看得清楚？」

赫伯爾特又把身子湊了過來，他回答道：「湊著爐火看得清楚些。」

「那就請你瞧著我。」

「我是瞧著你呀，老兄。」

「你摸摸我。」

「我是摸著你呀，老兄。」

「那我一沒有發燒，二沒有讓昨晚的一把火燒得精神錯亂，你該看明白了吧？」

赫伯爾特把我端詳了一會兒，說道：「看明白了，老兄。你精神很興奮，可是十分正常。」

「我自己也知道我十分正常。那我告訴你，我們窩藏在河上的那個人不是別人，正是艾絲黛拉的父親。」

第五十一章
追問

我這般熱衷於追究艾絲黛拉的生身父母的底細，自己也說不出究竟是為了什麼目的。讀者諸君看下去馬上就會明白，關於這個問題，一直要等到一位頭腦比我聰明的人給我指點明白，我心裡才能確定。

可是，赫伯爾特和我作了那一席事關重大的談話以後，我就像隻熱鍋上的螞蟻似的，認為這件事非得查個水落石出不可——不能就此作罷，應當去找賈格斯先生，從他嘴裡探出事情的真相。我實在不知道，我當時這樣做，心裡究竟是想著為艾絲黛拉呢，還是為我竭力要加以保護的那一位，想讓他也瞭解瞭解多少年來一直縈繞在我心頭的這個離奇的謎。說不定倒是後一種可能性更接近事實。

總之，我恨不得連夜就上吉拉德街去。可是赫伯爾特提醒我說，那個逃犯的生命安全還得靠我來保護，我那樣不停地奔波，只怕要落得一病不起，那怎麼照應這一攤子事呢？我這才算是按捺住了自己的躁性子。赫伯爾特還反覆向我保證，說好到明天哪怕天塌下來，也一定讓我去找賈格斯先生，我才勉強依從，安心在家裡住了一夜，讓他為我治療傷痛。第二天一大早，我們一起出門，走到吉茨普街和史密斯菲爾德的交叉口，便和赫伯爾特分道揚鑣——他進城，我上小不列顛街。

賈格斯先生和文米克先生每隔一個時期就要結算一次事務所的帳目，核對一下單據憑證，把一應帳目都結算清楚。每逢這種時候，文米克總是帶著簿冊單據到賈格斯先生屋子裡去，樓上便有一個辦事員來到樓下的外間辦公室裡。這天上午我趕到事務所，一看文米克座位上坐的正是樓上的一位辦事員，便知道他們在幹什麼；可是我並不因為賈格斯先生和文米克在一起而感到遺憾，我覺得這樣倒好，文米克可以當面聽聽，我和賈格斯先生說的話，可沒有一句連累他的。

我胳膊上包了繃帶，肩上披著大衣，連扣子也沒扣上，這副模樣倒反而便於我登堂入室。雖說我昨晚一到倫敦，就把那件意外事故寫了個便箋通知了賈格斯先生，可是如今我還得把詳情細節全部講給他聽；由於情況特殊，我們這一次談話倒不像往常那樣枯燥難堪，也不像往常那樣得嚴格遵守言必有證的規矩。賈格斯先生照常站在壁爐前，聽我仔細敘述這次火災的始末。文米克靠在椅子裡，圓睜雙眼瞪著我，雙手插進褲袋，一支筆橫插在郵筒口裡。那兩座似乎總要過問此間公事的可怕頭像，這當兒彷彿正臉紅耳赤，十分心焦：好像聞到了一股焦味，該不是什麼東西著了吧？

我說完了，他們要問的話也問完了，我便拿出郝薇香小姐給我的憑證，替赫伯爾特向賈格斯先生收取九百鎊。我把象牙片本子交給他，他深陷在眼窩裡的一雙眼睛頓時又縮進了幾分，他隨即就把本子遞給文米克，叫文米克開支票讓他簽字，文米克開支票的時候，我在一旁看著他，賈格斯先生又在一旁看著我，他腳蹬雪亮的皮鞋，擺開了兩條腿，不住地晃動著身子。他簽好支票交給我，我放進口袋，這時他說：「匹普，我很遺憾，我們竟沒有為你自己效一點勞。」

我回答道：「承蒙郝薇香小姐一片好心，當面問我有沒有什麼要她幫忙的，我當時就謝絕了她。」

賈格斯先生說：「各人的事情各人自己瞭解。」這時候只見文米克的兩瓣嘴唇做出了「動產」兩字的模樣。

賈格斯先生說：「若我是你，我就不會謝絕她；不過各人的事情只有各人自己最瞭解。」文米克帶著相當明顯的責備口吻對我說：「『動產』才是各人最切身的事情。」

我轉念一想，現在可以向賈格斯先生追究我牽腸掛肚的那件事了，便對他說：

「不過，先生，我倒是向郝薇香小姐提出了一個要求。我要求她告訴我一些她養女的身世情況，她把她所知道的都向我和盤托出了。」

賈格斯先生俯下身去望了望自己腳上的皮鞋，然後才直起身子來答道：「是嗎？哈哈哈！若我是郝薇香小姐，我就絕不會和盤托出。不過她自己的事情只有她自己最瞭解。」

「說起郝薇香小姐的那位養女，我瞭解的情況比郝薇香小姐本人瞭解的還多。我知道她的親生母親是誰。」

賈格斯先生詫異地望了我一眼，說：「親生母親？」

「兩三天以前我還親眼看見過她。」

賈格斯先生說：「是嗎？」

「您也看見的，先生。您這兩三天裡還看見她呢。」

賈格斯先生說：「是嗎？」

我說：「我對艾絲黛拉的身世恐怕瞭解得比您還多呢。我還認識她的父親。」

賈格斯先生神態之間略微一愣，於是我拿準他並不知道艾絲黛拉的父親是誰。賈格斯先生著實沉得住氣，仍然面不改色，不過畢竟還是不由自主地略微一愣，恍惚像是注意了一下的樣子。昨天晚上聽赫伯爾特轉述蒲駱威斯的話，說到他當年避不見人，我當時就非常懷疑賈格斯先生也許未必知道艾絲黛拉的父親是誰；因為我還考慮到，蒲駱威斯請教賈格斯先生是三、四年以後的事，那時他就沒有理由還要供出自己的身分。不過，本來我還不敢斷定說賈格斯先生一定不知此中的情由，現在我可是百分之百的拿準了。

過了一會兒，賈格斯先生才說：「原來是這樣！匹普，你當真認識這位年輕小姐的父親？」

我回答道：「認識。他的名字就叫作蒲駱威斯，家住新南威爾斯。」

我這幾句話一說出口，居然叫賈格斯先生也嚇了一跳。雖說他這一嚇只是微露形色，輕易看不出來，何況他小心翼翼，力加克制，一眨眼之間便痕跡全無，還裝模作樣拿出手絹來打掩護，可是他嚇了一跳畢竟還是嚇了一跳。至於文米克聽了我這個消息之後反應如何，那我就很難說了，因為我不便當場去觀察他的神色，唯恐賈格斯先生那一雙犀利無比的眼睛會看出我們瞞著他進行過場外交易。

賈格斯先生正要把手絹掩到鼻子上去，中途卻停了下來，十分冷靜地問道：「匹普，蒲駱威斯是憑著什麼證據提出這種說法的呢？」

我說：「這不是他提出的，他也從來沒有提出過，他根本不知道自己的女兒還活在世上，也不敢相信她還活在世上。」

這一次，那塊神通廣大的手絹居然不靈驗了。原來賈格斯先生聽了我的回答，大為意外，立即把手絹放回口袋裡去，並沒有完成通常的那一套表演，接著便叉起兩隻手，以威嚴逼人的目光注視著我，不過還是面不改色。

於是我就把我所瞭解的一切，以及瞭解的經過，都告訴了他，不過我也留著個心眼，有些情況其實是從文米克那裡聽來的，我卻讓它只當是郝薇香小姐告訴我的。在這方面我真可說是小心到了極點。一直到我把話講完，我始終沒望文米克一眼。講完以後，還默默地同賈格斯先生相對看了半晌，這才轉過眼去看文米克，只見他已經把那支筆從郵筒口拿開，正凝神望著他面前的桌子。

「嘿！」賈格斯先生終於開了腔，他又打算去點他桌上的單據了，「文米克，匹普先生進來的時候，你核對到哪一筆了？」

可是我不能這樣輕易被他甩掉，於是我情詞激昂，幾乎動了肝火，要求他對我坦率一些、豪爽一些。我提醒他別忘了我空抱了多少希望、白做了多少年的美夢，如今畢竟讓我發現了事情的真相，還隱約提及我的處境危險，憂心忡忡。我說，我對他如此信賴，把那樣的知心話都對他說了，他也應當禮尚往來，對我推心置腹才好。我說我既不責備他，也不懷疑他，更不猜忌他，不過我要他保證對我說實話。如果他問我為什麼要查究、有什麼權利查究，那我可以告訴他，儘管我這一場春夢完全不在他心上，但是我對艾絲黛拉一往情深，多少年如一日，雖然我這一輩子已經和她無緣，只能孑然度此餘生，可是，只要是有關她的事，不論大小，對於我來說，依舊凌駕於人間其他一切事情之上。一看賈格斯先生站在那裡一動不動，一言不發，顯然絲毫也不為我的懇求所動，我便轉過身去對文米克說：「文米克，我知道你是個好心人。我去過你的安樂家、拜見過你的老父親，也見過你公餘用來調劑身心的那些天真有趣的可愛的玩意兒。我求求你替我向賈格斯先生美言一句，請他無論如何不要對我守口如瓶！」

我這樣一叫嚷，賈格斯先生和文米克便相對而視；我從來沒見過兩人相對而視竟有這樣古怪的表情。開頭，我真擔憂文米克會立即被解雇；後來看見賈格斯先生臉色漸漸緩和下來，還漾出了三分笑意，文米克也壯起了膽子，我的顧慮這才消失。

只聽得賈格斯先生對文米克說：「這是怎麼一回事？你還有位老父親，還有好多又可愛又有趣的玩意兒？」

文米克回答道：「這有什麼！只要我不帶到這兒來，有什麼關係？」

賈格斯先生把一隻手搭在我胳膊上，露出了開朗的笑容，說道：「匹普，這個人該算是全倫敦最狡猾的騙子了。」

文米克的膽量愈來愈大，居然回答道：「哪兒的話呢！我看你才是。」

接著，他們又像剛才一樣交換了一個古怪的眼色，顯見得雙方都還放心不下，只怕自己受了對方的騙。

賈格斯先生問他：「你還有個安樂家？」

文米克回答道：「這反正和上班辦公不相干，不勞過問。閣下，我看你呀，有朝一日你這一套工作幹膩了，我相信你八成也會想要經營一個安樂家的。」

賈格斯先生接連點了兩三次頭，頗有觸景生情之感，而且居然還歎了口氣。他說：「匹普，我們不談什麼『春夢』吧，這方面你比我內行，因為你的親身經歷比我新鮮得多。我們還是來談談那另一件事吧。我可以提出一種假設，說給你聽聽。可是請注意！我提供的只是假設，完全不能作準。」

說完，便特意停了一下，以便讓我表明我完全聽明白了：他提供的只是假設，完全不能作準。

停了片刻，賈格斯先生說：「匹普，現在假設有這樣一種情況：假設有這麼一個女人，她的處境正如你剛才所說的那樣，起初她把自己的親生孩子藏了起來，不讓人知道，可是，一經她的法律顧問向她說明白，為了便於他考慮如何替她辯護，他必須瞭解那孩子究竟是死是活，於是她不得不把事實真相告訴了她的法律顧問。假設這法律顧問同時還受了一位脾氣古怪的闊婦人的委託，要替她找個孩子，讓她來撫養成人。」

「我懂您的意思，先生。」

「假設這位法律顧問所處的環境是個罪惡的淵藪，他所看到的孩子，無非是大批大批生下地來，日後一個個難逃毀滅的下場；假設他經常看見孩子被帶到刑事法庭上來受到嚴詞厲色的審問；假設他成天只聽到孩子坐牢的坐牢、挨鞭子的挨鞭子、流放的流放、無人過問的無人過問、流落街頭的流落街頭，紛紛準備好上絞架的條件，到長大了就給絞死。假設他有理由把每天執行律師業務中所看到的孩子，幾乎一律都看作是魚卵，到孵化成魚以後，遲早都要落入他的漁網之中——遲早要被告到官裡、要請人辯護，要弄到父母不認，成為孤兒，總之就墮入了魔道。」

「我懂您的意思，先生。」

「匹普，假設在一大堆可以搭救的孩子當中，有個美麗的小女孩，她爸爸滿以為她已經死了，而且不敢鬧嚷，那媽媽呢，這法律顧問也自有降伏她的辦法，他對她說：『我知道你幹的好事，知道你是怎樣幹的。你去過什麼什麼地方，你為了擺脫嫌疑，作了如此這般的安排。我把你的行蹤調查得一清二楚，所以一件件都說得上來。我勸你還是捨下這個小女孩，如果為了要辨明你無罪，非得她出頭露面不可，那又另當別論，否則，我勸你還是捨了這孩子。你把孩子交給我，我一定盡我最大的力量來搭救你。如果你得救了，你的孩子自然也就得救了；萬一你不能得救，你的孩子還是可以得救。』假設那個女人就照此辦理，後來無罪開釋了。」

「我完全明白您的意思。」

「可你是不是明白我提供的只是假設，完全不能作準？」

我說：「我明白你提供的只是假設，完全不能作準。」文米克也說：「只是假設，不能作準。」

「匹普，假設那個女人因為飽受了磨折，經歷了死亡的恐怖，神志有些失常，釋放以後已經嚇得和世道常情格格不入，便投奔到她的法律顧問那兒去尋個寄身之所。假設那個法律顧問收容了她，只要一看見她流露出一絲半毫舊病復發的樣子，便用老辦法來降伏她，把她那種野蠻暴烈的性子制服了。假設情況就是這樣，你明不明白？」

「完全明白。」

「假設那女孩後來長大成人，看在金錢分上嫁了一個男人。假設她的母親依舊活在人間。她的父親也依舊活在人間。她的父母彼此成了陌路人，可是雙方住的地方不過隔著幾英里路，甚至不妨說只隔著幾百碼、幾十碼路。假設這個祕密到現在還是個祕密，只是被你聽到了一點風聲。這最後一點，你可要好好用心自己琢磨一下。」

「我有數。」

「我請文米克也好好用心自己琢磨一下。」

文米克說：「我有數。」

「你假如洩露這個祕密，請問這是為誰好呢？為做父親的嗎？我看他知道了孩子媽媽的下落，也不會有多大的好處。為做母親的嗎？我看她做下了這種事，還是讓她在老地方待著來得安全。為做女兒的嗎？我看對她也沒有好處——倒反而讓她男人瞭解了她父母的底細；她好容易逃脫了二十年，滿可以太平無事過一輩子，這一來反而叫她重新丟臉。不過，匹普，不妨再來作一個假設——假設你早就愛上了她，把她當作了你那一場『春夢』中的意中人——先後為她做這種『春夢』的人實在多得叫你不敢相信——那麼我奉勸你（我相信你想通以後也一定會欣然同意）：與其如此，你還不如用你包著繃帶的右手先砍掉你包著繃帶的左手，然後把砍刀交給文米克，叫他替你把那隻右手也一起砍掉。」

我望了一下文米克，只見他神情嚴肅。他以嚴肅的神情用食指碰了碰嘴唇。我也一樣。賈格斯先生也是這個動作。接著賈格斯先生又恢復了平常的神態，說道：「喂，文米克，剛才匹普先生進來的時候，你核對到哪一筆了？」

於是我就站在一旁看他們辦事，只見他們又用剛才那種古怪的目光彼此對看了幾眼，所不同的是，現在雙方似乎都有些猜疑（甚至可能還有些察覺）：莫不是自己已經露了馬腳，讓對方看出了自己性格中還有吃這碗法律飯最要不得的軟弱的一面。大概就是因為這個原因，他們現在各不相讓：賈格斯先生變得十分專橫；文米克也成了個死心眼，為了芝麻綠豆大一點爭執不下的事，也要申辯個半天。我從來還沒見過他們兩個這樣過不去，因為他們往常一直相處得很好。

幸虧邁克正好在這時走了進來，無意中替他們兩個解了圍。這邁克不是旁人，就是我第一次來到事務所時見到的那位主顧，頭戴一頂皮帽子，老愛用衣袖擦鼻涕。看來這傢伙老是闖禍（所謂闖禍，在事務所裡說起來指的就是進新門監獄），不是自己闖禍，就是家裡有人闖禍；他這一次上事務所來，就是因為他的大女兒有入店行竊的嫌疑被拘捕了。他向文米克訴說這件傷心事，賈格斯先生則威風凜凜地站在壁爐前，不加過問，說著說著，邁克的眼睛裡不覺滾出了一顆淚珠。

文米克怒不可遏地喝道：「你這是幹什麼？哭哭啼啼的到這兒來幹什麼？」

「我不是故意的，文米克先生。」

文米克說：「你是故意的！你好大的膽子！看你簡直像支漏水鋼筆似的，你要是管不住自己的眼淚，你就別上這兒來！你這算什麼意思？」

邁克苦苦哀訴：「文米克先生，人總是憋不住心裡的感情的。」

文米克暴跳如雷地喝道：「心裡的什麼？你再說一遍！」

這時賈格斯先生向前邁出一大步，指著門口說：「喂，夥計，快從我的事務所滾出去！我這兒是不講感情的。快滾！」

文米克說：「活該！滾！」

可憐的邁克只得低聲下氣退了出去，於是賈格斯先生和文米克之間似乎又重新達成了充分的諒解，他們又繼續把公事辦下去，臉上都顯得精神一新，好像剛剛吃了頓飽飯一樣。

第五十二章

神祕來信

我口袋裡帶著那張支票，離開小不列顛街，去找史琪芬小姐的那位做會計師的哥哥；史琪芬小姐的那位做會計師的哥哥立即到克拉瑞柯公司去找了克拉瑞柯來和我見面。我了結了這樁事，心裡十分滿意，自從我知道自己有希望繼承一大筆遺產以來，我只做了這一件好事，也只有這一件事做得有始有終。

克拉瑞柯趁此機會告訴我說，公司的事業蒸蒸日上，為了擴展業務，亟須在東方建立一個分公司，這件事他現在已經有能力辦到；又說，赫伯爾特既然是新入股的股東，正好到那邊去主持。我這才發覺，我即使沒有自己的那一堆未了之事，到頭來也還是難免要和赫伯爾特分手。事實上我現在已經覺得彷彿船兒已經在拔錨啟碇，少時風推浪送，我就要奔赴天涯了。

可是，一想到赫伯爾特晚上會興匆匆趕回家來，把這些新鮮事告訴我，我心裡就覺得十分快慰，他絕不會想到這對我來說並非新聞，他一定還會描繪出一幅幅想入非非的圖景，設想自己帶著克拉拉．巴利去到那《天方夜譚》中的世界，隨後我也趕到他們那裡（大概還帶著一隊駱駝），大家一起溯尼羅河而上，觀賞種種奇蹟。在這些美好的計畫裡，我扮演的角色雖然未可樂觀，可是我覺得赫伯爾特卻很快就可以大展鴻圖；比爾．巴利老頭只要把他的蘭姆酒加胡椒一個勁兒喝下去，他的女兒馬上就可以過上優裕的生活了。

現在已到了三月。我的左臂雖然沒有惡化的症狀，可是也只能聽其自然而癒，復原極慢，直到現在還不能穿上外套。我的右臂已經好了不少——雖然破了相，卻還勉強可使。

一個星期一的早上，赫伯爾特和我正在吃早飯，我收到文米克從郵局裡寄來的一封信，內容如下：

沃伍爾斯。閱後請即銷毀。本星期初（如星期三）若有意一試，可即照計行事。請即銷毀。

我把這信讓赫伯爾特看過之後，立即投入爐中——信上的話我們當然都已記得爛熟——然後我們就考慮應當怎麼辦。因為按照目前的情況，我這兩隻手是划不了槳的，這一點再也不能不考慮了。

赫伯爾特說：「我翻來覆去想過，我看最好不要雇用泰晤士河上的船夫，我有個辦法——請史塔舵來幫忙。他是個好人，又是個划船的好手，對我們有好感，為人也熱情正派。」

我自己也早就不止一次想到過他。

「可是，赫伯爾特，你打算把情況向他透露多少呢？」

「必須盡量少透露。暫時先讓他以為我們是在玩什麼奇怪的把戲，要瞞著人，等到那一天早上，再告訴他說，因為有點急事，你必須馬上把蒲駱威斯弄上輪船送出國去。你跟他一道去嗎？」

「當然。」

「上哪兒？」

說起這件焦心的事，我左考慮右考慮，各方面都考慮過，可是說到上哪兒，我倒總覺得關係不大——漢堡也好，鹿特丹也好，安特衛普也好，什麼地方都可以，只要讓他出了英國就行。只要是出洋的外國船，我們碰到哪一條都好，只要肯載上我們就行。我心裡還一直在打算，坐上了小划子，得盡量划得遠一點，一定要划過格雷夫森德好一段路才能上輪船，因為格雷夫森德是個危險地區，一引起懷疑就會遭到抄查和盤問。外國船大都在滿潮時分開出倫敦，因此我們必須設法趁前一天落潮把划子划出去，揀一個僻靜的地方等著，等輪船來了再划過去。只消我們預先打聽好船期，那麼，不論我們在哪裡等候，輪船經過的時間大致總可以推算出來。

赫伯爾特完全同意這個計畫，於是我們一吃過早飯就出去打聽。有一條開往漢堡的輪船，看來最為合適，我們大致上就以這條船作為目標。不過我們還把當天趁同一次潮汛開出倫敦的外國輪船也都一一記錄下來，把每一條船的構造和顏色都弄得明明白白。然後我和赫伯爾特便暫時分手，分頭去張羅——我去申請必要的護照證件，他則去登門拜訪史塔舵。事情都辦得很順利；到下午一點鐘，我們又見了面，各自報告任務完成。我把護照弄到了手；赫伯爾特也見過了史塔舵，史塔舵非常樂意幫忙。

我們商議妥當：由他們兩個人划槳，我負責掌舵，讓我們的那位被保護人坐在艙內不要作聲；我們既不必追求速度，那就大可以緩緩而行。我還和赫伯爾特商定，晚上他得先到磨池濱去一趟，再回來吃晚飯，明天（星期二）晚上就不要再去了；他得讓蒲駱威斯做好一切準備，叫他星期三一看見我們的小船駛近，便趕到他住宅近旁的碼頭上，可千萬不能提前；應當囑咐他的話，當天（星期一）晚上都要向他交代清楚，此後就不再和他聯繫了，只等到時候帶他上船。

把這些預防措施都充分商量停當以後，我才回家。

一打開我們住所的外邊房門，發覺信箱裡有我的一封信；信雖然還不算文理不通，卻弄得很汙髒。顯然是打發人送來的（當然是在我外出以後送來的），內容如下：

今夜或明夜九時，倘敢來到舊日沼地上石灰窯附近水閘小屋一走，最好能勞駕一次。倘你要瞭解有關你的蒲駱威斯伯伯的情況，還是來一次的好，而且勿讓任何人知道，也勿稽延。你必須獨自一人前來。來時請攜此信。

我擔的心思本來已經夠重的了，如今又接到了這封怪信。那該怎麼辦呢？我茫然不知所措。尤其糟糕的是，我得馬上決定，否則就趕不上下午的一班驛車，不能連夜趕到。明天晚上可就沒法去了，因為出逃的日子就是後天。何況據我看來，信裡答應提供的情況也許對於我們的出逃具有重大關係。

現在想來，當時即使有充裕的時間多加考慮，我照樣還是會去的。當時簡直沒有考慮的時間——一看錶，離開車時間只有半小時了——於是我就決定去一趟。要不是信上提起我的蒲駱威斯伯伯，我是絕不會去的。正因為文米克先來了信，我們又張羅了一上午，所以如今一提起蒲駱威斯，我就非去不可了。

處在這樣張惶失措的狀態，即使接到一封平常的來信，要完全領會信的內容也很困難，何況是這樣一封神祕的信！因此我又把它讀了兩遍，腦子裡才機械地記住了要我務必保守祕密這樣一條。我又機械地聽從了這個告誡，用鉛筆寫了個便條留給赫伯爾特，大意是說：我即將遠行，此去不知何時方返，因此決定去探望一下郝薇香小姐病情如何，一定速去速回。寫完留條，剩下的時間僅夠披上大衣，鎖上房門，抄近路穿小巷奔往驛站。我要是雇一輛出租馬車，從大街上走，那就趕不上了；幸虧抄近路走，趕到驛站時，驛車剛好從院子裡開出來。等我上了車、頭腦清醒過來的時候，只覺得驛車在顛簸中前進，一看我是車廂裡唯一的乘客[1]，乾草一直埋到我的膝蓋。

說實在的，我自從收到這封信以後，頭腦始終沒有清醒過；已經慌慌張張忙了一個上午，誰想又來了這封信，把我弄得糊裡糊塗。上午本來已經夠匆促、夠慌忙的了，因為我等待文米克的音訊雖已等了很久、等得很心焦，可是一旦信號來了，倒又覺得措手不及了。現在坐在驛車裡，心裡不覺納悶起來：我怎麼會到車上來的？我真有必要去嗎？我要不要馬上下車趕回去？匿名信怎麼能夠信得？總之，各種各樣矛盾猶豫的心理在我胸中此起彼伏，我看，臨事倉皇的人十有八九都是這樣的。可是，信上明明提到了蒲駱威斯的名字，這一點壓倒了一切。我想——其實這一點我早就想到了，只是自己沒有注意，也許不能算是想過吧——我想，我這次要是不去，萬一蒲駱威斯竟因此而遭到不測之禍，叫我何以自處啊！

到得鎮上，天早已黑了。一路行來，我只覺得路長漫漫，淒涼難受，因為我坐在車廂裡，什麼也看不見，兩手不便，又不能登上車頂。我有意不去藍野豬飯店，在鎮上一家名氣不大的飯店裡歇下來，叫了一客晚餐。我利用飯店為我準備晚餐的時間，到沙堤斯莊屋去走了一趟，探問了一下郝薇香小姐的病情。她的病情依舊很嚴重，不過據說已略有好轉。

我投宿的這家飯店，本是一座古教會建築的一部分，吃飯的這間小客廳是八角形的，像個洗禮盤。我因為自己不能動手切菜，那個頭上亮光光的禿頂老店主便來為我代勞。一邊切一邊和我搭訕起來，多蒙他一片好心，竟把我的身世當個故事講給我聽——當然少不了要提到那個流行的說法，說是我之所以能有今天的幸運，都是我早年的第一個恩人潘波趣一手為我締造的。

我說：「你認識那個年輕人嗎？」

店主人說：「認識他？他還沒有桌子這麼高的時候，我就認識他了。」

「他曾回到家鄉來嗎？」

店主人說：「哎喲，他常常回來看他的知己朋友，反而不理睬一手提拔他的人呢。」

「一手提拔他的人是誰？」

店主人說：「就是我說的那個人，潘波趣先生。」

「那年輕人就沒有對別人忘恩負義嗎？」

店主人答道：「能夠的話他當然也要來這一手啦，可是不行啊。你猜為什麼？因為他完全是由潘波趣一手造就的，再沒有別人出過力。」

「這話是潘波趣說的嗎？」

店主人答道：「他說？還用得著他說嗎！」

「可他到底說了沒有？」

店主人說：「先生，這件事要是聽他訴說起來，誰都會憋著一肚子火的。」

我心裡想：「可是喬、親愛的喬，你就決計不會說這種話。一輩子受苦的、可愛的喬呀，你從來沒有發過半句怨言。還有你，溫和善良的畢蒂呀，你也不會！」

店主人朝我那隻披著大衣、包了繃帶的胳膊瞟了一眼，說道：「看來你燙傷了手，連東西也吃不下了。揀嫩的吃一些吧。」

我從餐桌前面轉過身來，望著爐火沉思，對他說：「謝謝，我吃不下了，請你拿走吧。」

這個老臉厚皮的騙子手潘波趣，他使我想起了我對於喬的忘恩負義，我從來沒有像今天這麼感

---

1 乘客看來都在車頂上。

到沉痛。潘波趣愈是虛妄，就愈是顯出喬的真誠；潘波趣愈是卑鄙，就愈是顯出喬的高尚。

我對著爐火默默沉思了一個多鐘頭，灰心洩氣到極點，這都怪我自作自受。後來時鐘報點的聲音打散了我的沉思，卻打散不了我的沮喪和悔恨，我站起身來，披好大衣，在脖子裡打了個結，走出飯店。出門前我曾摸遍了幾個口袋，想找出那封信來再看一遍，可是找來找去找不著，心裡很是不安，我想：一定是掉在馬車上的乾草堆裡了。好在我記得很清楚，約會的地點是沼地上石灰窯旁邊的那座水閘小屋，時間是九點。眼看再也不容耽擱，我便直奔沼地而去。

第五十三章
死裡逃生

我出了圍堤，來到沼地上的時候，雖然已經升起一輪滿月，夜色卻是黑沉沉的。一望無際的沼地，到天邊形成一條黑線，黑線外是一道清澈的藍天，狹得簡直容不下那一輪發紅的大月亮。月兒向上攀啊攀啊，沒幾分鐘工夫，就越出那皎潔的夜空，隱沒在雲山雲海之中。

夜風幽怨，沼地上十分淒清。別說陌生人到此會受不了，連我也覺得吃不住，竟然猶豫起來，有點想掉頭往回走了。不過我畢竟熟悉這一帶沼地，哪怕夜色再黑些，也斷斷迷不了路，到了這裡，就沒有再往回走的理由。因此，既是拗著自己的性子來了，就索性拗著自己的性子走下去。

我並不是朝著我老家的那一頭走，也不是朝著當年追趕逃犯的那個方向走。我正好背對著遠處的水牢船；沙岬上古老的燈塔依然在望，可是要回過頭去才看得見。我熟悉古炮臺舊址，也熟悉石灰窯的所在，不過兩處地方隔著好幾英里路；那天晚上這兩處地方要是都點著燈的話，就可以看見兩處熒熒孤燈之間是一條長而漆黑的地平線。

開頭，我走過一處，就得隨手關好柵門，有時還得站上一會兒，等躺在防護堤上的牛群爬將起來，往坡上的蘆葦野草叢中竄去。可是沒走上多久，連牛也沒有了，這一大片沼地似乎就是我一人的天下了。

又過了半小時，來到石灰窯附近。正在燃燒的石灰發出一股滯重而窒悶的氣息，火燒在那裡卻沒有人看管，看不見一個燒窯的工人。石灰窯旁邊是一個小石坑。石坑恰好擋著我的去路，坑邊橫七豎八地丟著好些工具和手推車，可見當天還採掘過。

我走出石坑——因為那條崎嶇的小徑是從石坑中通過的——重新來到了地面上，看見那所古老的水閘小屋裡有一點亮光。我連忙加快腳步，過去敲了敲門。趁等開門的時候，我四面打量了一下，只見水閘荒廢殘破，那所瓦頂木屋再也擋不了多少天的風雨——恐怕眼前就已經難擋風雨，泥地上積著一層石灰，窯裡有一股嗆人的白煙像幽靈似的向我悄悄撲來。還是沒有人應聲，於是我又敲了下門。還是沒有人回答，於是我就去撥門閂鼻。

門閂鼻撥動了，門開了。朝裡面一看，桌上點著一支蠟燭，屋裡還有一條長凳，一張裝有腳輪的矮腳床，床上鋪著一個草墊。抬頭看時，還有個閣樓，我便喊道：「有人嗎？」沒有人應聲。看看錶，已經九點多了，便又叫了一聲：「有人嗎？」依舊沒有人回答。我只好退到門外，決定不了如何是好。

忽然下起大雨來。在門外並沒有什麼新的發現，我便又轉身進屋，站在門洞子裡避雨，一面望著門外的夜色。我心裡思忖，這屋子裡一定剛才還有人，大概是出去一會兒就會回來的，否則這蠟燭就不會不吹滅——想到這裡，就想去看看燭芯長不長。我剛一背轉身去拿起蠟燭，突然間有個什麼東西猛烈地一撞，把蠟燭撲滅了，等到我清醒過來，身子早已讓背後甩過來的一個粗大的活結給套住了。

只聽得一個人抑低了嗓音罵了一聲，說道：「好啊，這一回可讓我抓到了！」

我一邊掙扎，一邊嚷道：「怎麼回事？你是什麼人？救命啊！救命啊！救命啊！」

我的兩隻手給緊扣在身子兩旁，尤其是傷重的一條，給勒得疼痛難挨。我大聲叫喊，可是總有個身強力壯的漢子，一會兒用手捂住我的嘴，一會兒用胸膛頂住我的嘴，不讓我喊出聲來。我在黑暗裡苦苦掙扎，覺得有個人呼出的熱氣老是在我的身邊。掙扎並不管用，結果我還是被緊緊地綁在牆上。只聽得那人又抑低了聲音罵了一句，說道：「你再叫，我馬上就要了你的命！」

受傷的胳膊痛得我發暈想嘔，這飛來橫禍又弄得我莫名其妙，可是我心裡卻明白他這句話不是光嚇嚇我的，也許真做得出來。於是我停止了呼喊，竭力想使我那條胳膊鬆動些，哪怕能鬆動一分一毫也好。可是綁得太緊，哪裡鬆得開。只覺得這條本來是燒傷的胳膊，如今簡直像放在沸水裡煎煮一樣。

屋子裡的夜色突然消失了，取而代之的是一片墨黑，於是我知道那人已經關上了窗。他在黑暗中摸索了一陣，找到了燧石和火刀，就打起火來。火星落在火絨上，他手裡拿著根火柴，對著火花直吹氣，我睜大眼睛仔細瞧著，可是只看得見他的嘴唇和藍色的火柴頭——這嘴唇和火柴頭也只是時隱時顯。火絨受了潮了——在這種地方哪有不受潮的道理——落在上面的火花一個接著一個熄滅了。

那人卻不慌不忙，用燧石和火刀重新打火。一大片明亮的火花散落在他的四周，我這才瞥見了他的一雙手和他面部的輪廓，看見他坐在那裡，上半截身子伏在桌子上；除此以外，便什麼也看不見了。一會兒又看見了他發青的嘴唇，正吹著火絨，接著便倏然亮起一道火光，照見這人原來是奧立克。

我不知道我要找的是誰，可絕不會是他。一看見他，我心知自己已落入了虎口，便直愣愣地瞅著他。

他小心翼翼地用光焰搖曳的火柴點著了蠟燭，隨手把火柴丟在地上，一腳踩滅。他把蠟燭擱在一邊，好把我看個清楚，然後就叉起雙手伏在桌上，端詳著我。我一看，原來自己是被綁在一架和牆壁隔開幾英寸的結實的豎梯上——梯子上通閣樓，是固定在牆上的。

相互打量了一陣之後，他說：「好啊，你這一回可讓我逮住了！」

「快給我鬆綁！讓我走！」

他回答道：「啊！我一定讓你走！讓你到天上去，讓你到神仙世界去。很快就打發你走。」

「你把我騙到這兒來，要幹什麼？」

他狠狠盯了我一眼，說：「你還不知道？」

「你在黑地裡暗算我，是什麼道理？」

「因為我要一個人悄悄地幹，不要一個幫手。兩個人的嘴巴再緊，也緊不過一個人。哼，你這個死對頭，瘟對頭呀！」

他坐在那裡，叉起雙手擱在桌上，自得其樂地看著我這般光景，又是點頭晃腦，又是暗自得意，那副狠毒的樣子使我不由得打了個寒噤。我默默地打量著他，只見他伸手到身邊牆角落裡取出一支包銅槍托的槍來。

他做出似乎要瞄準我的姿勢，說道：「這玩意兒你認得嗎？記得在哪兒見過嗎？快說，你這狼崽子！」

我回答道：「記得。」

「我在那個地方的差使，是你給斷送的。就是你。你承不承認？」

「這我有什麼辦法？」

「你幹的好事！光是這一件就夠你的罪名了！這還不算，你竟還膽敢來破壞我和我心愛的姑娘的好事！」

「我什麼時候壞過你的事？」

「你什麼時候沒有壞過我的事？你天天在她面前搬嘴，說我奧立克老頭的壞話！」

「是你自己在說自己的壞話，是你自己自作自受。要不是你自己先敗壞自己的名聲，我怎麼壞得了你的名聲！」

「你胡扯！」接著就把我和畢蒂上次見面時說的那幾句話搬了出來，說道：「你不是說過，你這一輩子不論費多大氣力、花多少錢，不把我攆出本鄉就絕不甘休嗎？那麼我倒要告訴你一個消息。你要把我攆出本鄉，今天晚上再不下手就要後悔莫及了！哎呀呀，不要說把你的家當全部賠上，你就是再花上整整二十倍的錢，也大大值得！」看他，張著猛虎似的血盆大口，向著我晃了晃那隻厲害的大手，我覺得他這話倒是不假。

「你打算拿我怎麼樣？」

他在桌子上重重地擊了一拳，拳頭一落到桌上，身子呼地站了起來，這就使他的話格外顯得氣勢洶洶，他說：「我打算要你的命！」

他探出了身子，睜大眼睛瞧著我，慢慢放鬆了拳頭，用手抹一抹嘴唇，好像為了想吃我的肉饞得都流了口水似的，一會兒才重新坐下。

「你從小就一直礙著我奧立克老頭的事。從今天晚上起你可礙不著我的事了。我再也不會看見你了。你上西天去了。」

我覺得自己已經走到墳墓的邊緣，便急得什麼似的四下打量，想看看可有辦法逃出這個羅網，可是哪裡逃得出去？

他重又叉起雙手擱在桌上，說道：「要了你的命還不算，連你身上的一塊布角、一根骨頭，我也不會讓它留在世上。我要把你的屍體背進石灰窯去，燒得連骨頭渣也沒有──像你這樣的貨色，我一次可以背上兩個──讓大家去猜上一百年吧，誰也別想知道你的下落。」

於是我的腦子便以難以想像的敏捷，一件一件想像著我這樣一死之後勢將引起的後果。那時候艾絲黛拉的父親準會認為我是有意丟棄他，他準會被逮捕，臨死還要怨我；赫伯爾特看到了我留給他的信，一打聽我總共只在郝薇香小姐家的大門口站了片刻，連他也難免要對我懷疑；喬和畢蒂一輩子也不會知道我那天夜裡對他們懷著多大的內疚，誰也不會知道我遭受了多大的變故、我的一片心意是多麼真誠、我經歷了多麼痛苦的煎熬。迫在眉睫的死亡固然可怕，但遠比死亡可怕的是唯恐身後蒙受不白之冤。一連串的念頭飛快閃過，一下子我又想到了自己將來還要遭到後人的唾棄──譬如遭到艾絲黛拉的孩子和孩子的孩子的唾棄──可是那壞蛋的話還沒說完呢。

他說：「喂，狼崽子，我宰了你，等於是宰了一頭畜生。今天我非宰了你不可，捆住你就是為了要宰了你──不過不忙，我倒先要好好瞧一瞧你，好好氣一氣你。唉，你這個死對頭呀！」

我又想大聲呼救了；可是我比誰都明白，在這個荒無人煙的地方，能指望誰來搭救我呢。眼看他坐在那裡盯著我冷笑，我對他又是鄙夷，又是咬牙，於是便拿定主意，緊閉著嘴唇不吭一聲。我下定決心，千萬千萬不能向他哀求，便是只剩最後一口氣，也要跟他拚。在這危急萬分的當口，雖然我想到了其他的人，就都軟下了心腸；雖然我低首下心地向上帝乞求寬恕；雖然我想起了自己沒有向我至親至愛的人告別，而且再也無法向他們告別、無法向他們表明自己的心跡，也無法懇求他們體諒我不幸的錯誤，為此心裡不勝傷感；可是對於他，即使我已是奄奄一息，只要能有辦法宰得了他，我也絕不手軟。

看來他是在喝酒，眼睛通紅，布滿血絲。他脖子裡掛著一個錫酒瓶——他一向就是這個脾氣，老是把酒啊、肉啊掛在脖子裡。如今他把酒瓶送到口邊，狠命喝了一口；我聞到了一股刺鼻的燒酒味，他臉上也馬上泛起了一陣紅光。

他又叉起了手，說道：「狼崽子！奧立克老頭來說件事情給你聽聽。你那個潑婦姊姊，完全是你害了的。」

沒等他拖拖沓沓、結結巴巴地說完這兩句話，我的腦子早又以難以想像的敏捷，把我姊姊當年突遭襲擊、得病致死的經過，從頭至尾回想了一遍。

我說：「都是你害的，你這個流氓。」

他一把抓起了槍，向著我的方向，朝半空中猛砸了一槍托，反而喝道：「我說是你害的就是你害的，一切都是因為你。那一天我悄悄摸到她背後，就像今天晚上悄悄摸到你背後一樣，我狠狠給了她一傢伙，只當已經把她打死，就丟下她走了；要是那會子她附近也有個石灰窯的話，她還會有命嗎？可是這都不能怪奧立克老頭，她是你害的。你得寵，我受人欺負、挨揍。奧立克老頭是吃這一套的嗎？這筆債現在要你來還。你自己做事自己當。」

他又喝起酒來，越發凶相畢露。我看見他側過酒瓶來往嘴裡灌，便知道瓶裡剩下的酒不多了。我完全明白他是借酒壯膽，喝完了這瓶酒就要結果我的性命。我知道那瓶裡一點一滴的酒，就是我一點一滴的生命。我知道，我馬上就要化作一堆白煙，同剛才猶如報信幽靈一般向我悄悄撲來的那股白煙混而為一，等我化作白煙以後，他馬上又會像上次打倒了我姊姊以後一樣，連忙趕到鎮上去磨磨蹭蹭東逛西蕩，家家酒館都要串到，故意讓人家看見。我轉得飛快的腦子，一下子又跟著他到了鎮上，我彷彿看見他在大街上走，街上燈燭輝煌、熙熙攘攘，而沼地上則還是一派淒寂、白煙瀰漫，我自己也早已融化在這一片白煙裡了。

他說這幾句話的工夫，我一下子就回想起了多多少少年的往事，而且，我覺得他說出來的不光是話，我還看到了一幅又一幅的畫面。我的大腦處在這樣高度亢奮的狀態下，想起一個地方，就好似身歷其境；想起一些人，便頓時如見其面。這些形象之清晰，真是怎麼說也不會誇大。可是另一方面我卻又始終目不轉睛地盯著他看，哪怕他手指輕輕一動，我都有數——身邊蹲著一頭隨時會一躍而起的猛虎，誰能不全神貫注盯著看呢？

這第二次酒喝過，他便從長凳上站起來，把桌子一把推開，然後拿起蠟燭，用他那隻血腥的手護著燭焰，好讓燭光照在我臉上，他自己就站在我面前，津津有味地瞧著我。

「狼崽子，我索性再說件事情給你聽聽。那天晚上你在樓梯上給一個人絆倒了，那個人就是我奧立克老頭。」

於是我眼前又出現了燈火齊滅的樓梯。出現了那笨重的樓梯欄杆在看門人的燈籠光下投在牆壁上的影子。出現了我此生再也看不到的那套住房：有的門半開著，有的門關著，屋子裡一切的家具擺設全都歷歷在目。

「奧立克老頭幹嘛要到你那兒去呢？我索性告訴了你吧，狼崽子。你和她既然把我從本鄉攆了出去，不讓我在家鄉弄碗安逸飯吃，把事情都做絕了，我這才去結交了新朋友、找到了新東家。我要寫信的時候，他們就有人替我寫信——你又不高興啦？——有人替我寫信哪，狼崽子！他會寫各種各樣字體，可不像你這個小賊，只能寫一種字體！從你趕來給你姊姊送葬的那一天起，我就下定了決心、拿定了主意，非要你的命不可。我一時沒有辦法下手，便仔細留意你的行蹤，摸清你的日常動靜。奧立克老頭心裡想：『我好歹得要了他的命！』多巧啊！沒想到為了找你，卻找到了你的蒲駱威斯伯伯。怎麼樣？」

於是磨池濱、缺凹灣、青銅老胡同，一切都歷歷如在目前！那守在屋裡的蒲駱威斯、那已經用不到的信號、那可愛的克拉拉、那個慈母般的善良婦人、那整天躺著的比爾．巴利老頭——這一切，都從我眼前飄忽而過，彷彿要隨著我生命的急流，飛速流入大海！

「你也有伯父咧！哼，我在葛吉瑞的鐵匠鋪子裡認識你的時候，你才是一頭小狼崽子，我只消用大拇指和食指把你脖子一挾，就能掐死你（有時候逢到星期天，看見你在禿樹林子裡閒逛，我真想掐死你呢），可那時候你並沒有什麼伯父叔父。呸！你有個屁！可後來，說來也是好多年以前的事了，奧立克老頭在沼地上撿到了一副銼開的腳鐐，就把它收藏起來，後來就用這個玩意兒，輕而易舉地收拾了你的姊姊——現在輪到要收拾你啦，懂嗎？——這副腳鐐，聽說八成就是你那個蒲駱威斯伯伯戴的——嗯？——當初我一聽說是這麼回事——嗯？——」

他一面恣意嘲弄我，一面拿蠟燭逼到我鼻子底下晃了又晃，我只得側過臉去，免得被火燙著。

他燙了我兩回以後，樂得哈哈大笑，大聲嚷道：「哎喲！燒傷一遭，見火就逃！奧立克老頭知道你被火燒傷了，奧立克老頭知道你打算讓你那個蒲駱威斯伯伯偷渡出境，奧立克老頭可是你的對手，料定了你今天晚上不會不來！狼崽子，我再告訴你一件事，我的話就完了。奧立克老頭是你的對手，還有人是你蒲駱威斯伯伯的對手哩。丟了侄子，叫他多多當心那個人吧。親侄子的衣衫找不到一角、骨頭撿不到一根，叫他多多當心那個人吧。那個人就是容不得馬格韋契住在國內——對，我知道他叫馬格韋契！——馬格韋契還在海外的時候，那個人對他的一動一靜都打聽得明明白白，所以他就別想瞞過那個人的耳目私自回國，來找那個人的麻煩。不是有個人能寫各種各樣字體嗎？不定就是那個人呢，他可不像你這個小賊只會寫一種字體。馬格韋契呀馬格韋契，小心康佩生送你上絞刑架！」

他又把燭火朝我眼前一晃，煙熏著了我的臉和頭髮，弄得我一時睜不開眼來，然後他就轉過身去，把蠟燭放回桌上，那結實的後背正對著我。趁他還沒轉過身來的當兒，我默默作了一個禱告，一顆心已經到了喬、畢蒂和赫伯爾特那裡。

桌子和對面那堵牆壁之間有幾尺見方的一塊空地。他就在這個地方垂頭彎腰地來回走動。雙手懶懶而沉重地垂在兩旁，兩眼怒視著我，看去顯得格外壯健有力。我連一線希望都沒有了。儘管內心惶急萬狀，腦子裡閃過的不是念頭，而是一幅又一幅栩栩如生的畫面，不過我還是十分明白：他要不是早已打定主意馬上就要把我幹掉，不落半點痕跡在人間，那他是絕不會跟我說那些話的。

他突然站住，拔下了酒瓶塞子，隨手一扔。儘管聲音很輕，我卻覺得落下來像個鉛錘。他慢吞吞喝著，酒瓶底漸漸地愈翹愈高了，這時他便再也不望著我了。瓶底裡的最後幾滴酒，他是倒在手掌心裡舔乾淨的。舔完突然猛一發狠，大罵一聲，使勁扔掉了酒瓶，彎下身去，我一看，他拿在手裡的是一把石槌，槌柄又長又重。

我的決心還是非常堅定，我半句告饒的空話也不說，我使出了全身的力氣大聲呼喊，使出了全身的力氣拚命掙扎。雖然我只有腦袋和兩腿能夠動彈，可是我拚命掙扎的那股氣力，連我自己也覺得非常稀奇。頃刻之間，忽然聽得外邊有人應聲而呼，看見幾個人影和一線亮光破門而入，旋即人聲鼎沸，一片騷亂，只見奧立克鑽出了好似潮湧一般的混亂人群，一腳蹬翻了桌子，飛一般的消失在門外的黑暗裡了！

暈暈乎乎過了一陣，我發現自己就躺在那小屋子的地下，不知是誰給我鬆了綁，也不知是誰讓我的頭枕在他膝蓋上。原來我一甦醒過來，兩隻眼睛就盯住了靠牆的扶梯——其實我心裡還迷迷糊糊的時候，眼睛就對著扶梯睜開了——因此我的神志一恢復，馬上就明白我還在我暈過去的地方。開頭我的感覺完全麻木了，我甚至都懶得轉過頭去看看是誰扶著我，只是躺在那裡直直地望著扶梯，後來我和扶梯之間忽然出現了一張臉。一看，原來是特拉白裁縫鋪裡的那個小廝！

只聽得他一本正經地說：「我看他沒問題，就是臉色蒼白點罷了！」

聽到他這句話，扶著我的那個人俯下身來和我打了個照面，我一看，這扶著我的不是別人，原來是——

「赫伯爾特！老天爺啊！」

赫伯爾特說：「輕一點！慢點說，韓德爾。不要心急。」

史塔舵也湊過來看我，我嚷了起來：「我們的老朋友史塔舵也來了！」

赫伯爾特說：「你不記得啦？他要幫我們辦一件事呢，安靜點吧。」

經他這麼一提，我馬上一躍而起，可是手臂上一陣疼痛，身子又不由得往下一沉。我說：「赫伯爾特，咱們沒誤時吧？今天是星期幾了？我在這兒有多久了？」因為我心裡怎麼也放心不下，只怕自己已經在這兒待上好久了——有一天一夜了吧——有兩天兩夜了吧——或許還不止呢。

「沒有誤時。今天還是星期一。」

「謝謝上帝。」

赫伯爾特說：「明天星期二，你可以好好休息一整天。可是親愛的韓德爾，你一直哼個不停，哪裡痛呀？你能站起來嗎？」

我說：「能，能。走路也走得動。我別的地方倒不痛，就是這條胳膊跳動得厲害。」

大家替我解開繃帶，盡量替我想辦法。胳膊腫得怪粗的，而且發炎了，連碰一下都受不了。

大家都拿出手帕來撕開了當作繃帶，重新替我綁好，小心翼翼地吊在懸帶上，打算到了鎮上，去弄點清涼藥水塗塗。過不多久，我們就把那黑洞洞空無一人的水閘小屋關上了門，穿過石坑，步上歸程。特拉白的小廝——現在早已是個高大過人的青年了——拿著個燈籠，走在頭裡領路，我剛才看見破門而入的一線亮光正就是他手裡的燈籠。月亮已升到高空，看來我來到這兒已經足足有兩個鐘頭了；天雖然還在下雨，夜色卻清朗多了。走過石灰窯，一陣白煙從我們身邊飄過；我又默默地作了一次禱告，不過此刻作的則是感恩禱告。

我請赫伯爾特給我說說，他是怎麼會來搭救我的，開頭他一口拒絕，只是一個勁兒地要我別說話，後來我才獲悉是這麼一回事：原來我臨走匆忙，把那封拆開的信丟在屋裡了；我走了不久，他在路上正好遇見史塔舵來看我，便帶了史塔舵一同回家，拾起這封信來一看，立刻大為不安，尤其使他不安的是，把那封信和我倉猝之間留給他的便條一對照，根本對不起榫來。他考慮了刻把鐘光景，不安的心情有增無減，便趕到驛站上，打聽下一班驛車什麼時候開；史塔舵自告奮勇陪他一道去。一問，下午一班驛車已經開出，他碰了這個壁，越發心中惶惶，便決定雇輛馬車跟蹤而來。於是，他和史塔舵便趕到藍野豬飯店，滿以為一到那裡就可以找到我或打聽到我的下落；可是既沒找到人，也沒打聽到消息，便又趕到郝薇香小姐家裡，也沒遇上我。於是他們又趕回藍野豬飯店（想來那大概就是我在小飯店裡聽老頭子講當地流傳的所謂我的身世的時候），他們在那裡吃了晚飯，找了個人帶領他們到沼地上去。當時藍野豬飯店的門廊裡麇集著一群閒人，其中偏巧就有特拉白的那個小廝——這小廝不改舊習，依舊到處亂鑽無事忙。特拉白的小廝說，他親眼看見我離了郝薇香小姐家門口，向我吃飯的那家飯館而去。於是他們就請特拉白的小廝做嚮導，來到這座水閘小屋，不過我是撇開鎮上的大街、抄小路到沼地上的，他們走的卻是大街。一路上，赫伯爾特心想，有人請我到那裡去，說不定當真有什麼重大的緣故，或許蒲駱威斯就能因此而得以安全脫險呢；如果確實如此，那麼，外人夾雜其間也許就會壞事；因而他便讓嚮導和史塔舵兩個人守在石坑邊上，他一個人繼續向前走，在小屋周圍轉了兩三個圈子，想先弄弄明白屋子裡面是否一切順當。他聽了一陣，什麼也聽不清楚，只聽得有一條低沉而粗糙的嗓子不知在說些什麼（其時當是我思潮起伏、感慨萬千之際），最後他甚至疑心我會不會不在屋子裡，恰巧這時我扯直了嗓子大叫起來，於是他立即應了一聲，衝了進來，史塔舵他們也緊跟著衝了進來。

我把屋子裡的一切經過情形也告訴了赫伯爾特，赫伯爾特聽了，主張不管夜有多深，應當立即到鎮公所去告狀，要求他們出拘票逮捕奧立克。可是我早就考慮過，這樣一來，我們就得被絆住在那裡，要不也得在明後天趕回那裡，那豈不就斷送了蒲駱威斯的性命？赫伯爾特也不能不承認我說得有理，於是我們只好權且作罷，暫時不去找奧立克算帳。處於眼前這種情況之下，我們認為對特拉白的小廝也以盡可能不聲張為宜。因為我深信，要是讓他知道了由於他愛管閒事，無意中救了我的命，沒有燒死在石灰窯裡，那他一定懊惱得要死。倒不是因為特拉白的小廝心地不善，而是因為他實在活躍得過了分，天生喜歡新鮮花樣，喜歡追求刺激，不惜拿別人開心。我們和他分手的時候，我送給他兩個幾尼（看來他很滿意），還向他道歉說，從前實在不應該把他看得那麼壞（他聽了卻一點反應也沒有）。

星期三已迫在眉睫，我們決定三個人合乘那輛雇來的馬車，當夜趕回倫敦；這樣也可以在夜來的那一幕險遇尚未引起流言蜚語之前，早早離開這裡。赫伯爾特買了一大瓶藥水替我搽胳膊——搽了一夜的藥水，我一路上才算勉強忍住了疼痛。到得寺區，天已大亮，我立即上床睡覺，整天躺在床上。

人躺在床上，心裡只憂自己會病倒，明天不能照計行事，思來想去苦惱極了；我沒有因此而憂出一場大病來，這才真叫稀罕。其實，要不是想到明天事關重大而強自掙扎，我這樣憂思如焚，再加上連日來心勞神疲，肯定早就把我拖倒了。這一天盼得我好不心焦啊！這一天的影響是多麼舉足輕重啊！這一天如今雖已近在眼前，可是結果如何，卻是多麼神祕莫測啊！

為安全計，我們當天不能再和他聯繫，這是不言而喻的，可是這一來卻又增加了我的不安。只要一聽到有腳步聲、一聽到有什麼響動，我就會膽戰心驚，只當他已經被查獲，被逮捕，有人給我送信來了。我相信他已經被捕，絕不會有錯；相信這不是我的過慮或預感，我腦子裡的這個知覺要可靠得多；相信他被捕以後，不知怎麼鬼使神差的，就讓我知道了。可是白天過去了，始終沒有傳來什麼壞消息；夜幕降下以後，我又轉而擔心自己等不到明天天亮就會一病不起，這份壓倒一切的恐怖主宰了我整個的心靈。我的胳膊火燒火燙，搏動不已；腦袋也火燒火燙，搏動不已；恍恍惚惚覺得神志已經開始錯亂。於是我就數數，數到成百上千，好證明自己並未精神錯亂，還背誦了幾段從前讀過的詩文。有時候腦子疲倦了，實在管不住了，也會打一會兒盹，或是忘了數下去，等會兒驚醒過來就會對自己說：「可不是，果然神志錯亂了！」

他們倆成天讓我安安靜靜地休息，不斷給我換繃帶，給我喝冷飲。我每次睡醒過來，在水閘小屋裡一度有過的那種感覺總又會重現，總覺得時間已經過了很久，搭救蒲駱威斯的機會已經錯過。到了午夜光景，我爬下床來，去找赫伯爾特，只當自己已經睡了一天一夜，星期三已經過了。這是那天夜裡我在焦躁不安中最後一次徒自消耗精力，以後我就睡熟了。

醒來時從窗口向外一望，已是星期三的破曉時分。橋上眨巴著眼睛的燈火已經暗淡了，朝陽像一片熊熊的烈焰出現在天邊。泰晤士河依舊顯得那麼陰暗而神祕，橫跨河上的一座座橋梁漸漸泛出了青灰色，透著幾分寒意，天空裡火燒一般的紅霞，也偶或給橋頂抹上一點溫暖的色彩。沿著鱗次櫛比的屋頂望去，只見教堂的鐘樓和塔尖聳入清澈異常的晴空；太陽升起了，河上宛若揭去了一層幕幔，水面頓時冒出萬千金星，閃耀成一片。我也宛若揭去了蒙著我的一層幕幔，只覺得體魄壯健，精神飽滿。

赫伯爾特睡在自己床上，我們的那位老同學則睡在沙發上，兩人都還熟睡未醒；沒有他們幫忙，要我自己穿衣服是不行的，不過我還是添了點煤，把尚未熄滅的爐火重新燒旺，替他們煮了些咖啡。過了一會兒他們起來了，看去也都顯得體魄壯健，精神飽滿；於是我們打開窗戶，讓清晨的凜冽空氣流進來，望望河上，只見河水的流向還朝著我們這一邊。

赫伯爾特快活地說：「磨池濱那邊的朋友呀，到九點鐘河水改變流向的時候，你就做好準備，等著我們吧！」

第五十四章 行動

三月天氣，陽光已頗有熱意，寒風卻還料峭——陽光底下已是夏季，背陰之處卻還是冬天。我們都穿著厚呢上裝，我還帶了一個包。包裡只能裝上幾件少不了的東西，其他一切身外財物都拋下了。我此去究竟上哪兒、日子怎麼過、何時能回來，這種種問題，我心裡還沒有一點數，我也不去為這些問題多煩神，因為我一心只想著要使蒲駱威斯平安脫險。走出門口，停下來回頭一望，心裡才納悶了一下：我這輩子就算還能見到這個住所，到那時也不知會變成個什麼樣子。

我們慢悠悠地逛到寺區的石埠前，在那裡又閒逛了一會，裝出好像無法決定要不要下水的樣子。當然，我事先早就把船預備好，把一切都安排妥當。當時除了經常廝守在寺區石埠前的兩三個船夫之外，沒有什麼人看見我們，我們故意稍示猶豫之後，就上了船，解纜而去。赫伯爾特划前槳，我掌舵。時間是八點半，眼看就要滿潮了。

根據我們的計畫，九點鐘滿潮，潮水開始退落，我們可以順流而下，一直划到下午三點鐘；三點鐘潮水改變流向以後，我們打算再逆流慢慢划下去，估計划到天黑，可以到達肯特和艾塞克斯之間，那就已經過了格雷夫森德好大一段路了；那裡河面寬闊，又是個冷僻的所在，沿河居民寥寥，卻不時有一兩家冷落的小酒店，可以任意揀上一家歇下。我們打算就在那裡過夜。開往漢堡和鹿特丹的輪船在星期四上午九點鐘左右由倫敦開出。我們可以根據我們停泊的地方，推算出這兩艘輪船路過那裡的時間，哪一艘先到就招呼哪一艘，萬一第一艘上不了，還有第二次機會。反正每艘輪船的標誌我們都記熟了，能夠識別。

一番心願，終於要去實現了，我的心情不覺為之一舒，幾小時前的那種心境簡直已不能理解。空氣清冽，陽光和煦，小船輕划，水流滔滔，這一切都使我精神振奮，增添了新的希望。河水也伴著我們一起向前奔流，一路上彷彿還在同情我們、激勵我們、鼓舞我們。我坐在小船裡什麼用處也沒有，真覺得丟人；不過我這兩個朋友卻是少有的划槳好手，他們划起槳來從容沉著，可以這樣划上一天。

當時泰晤士河上的輪船還遠遠沒有今天這樣來往頻繁，河上的划子船卻要比今天多得多。駁船、運煤帆船、沿海航船，這些大概都和今天不相上下；只有輪船，大小輪船一起在內，則還不到今天的十分之一、二十分之一。那天上午，雖然時間還早，河上已有不少小船往來各處，還有不少駁船順流而下；那時候，駕一條敞篷的划子船在倫敦各橋之間航行，要比現在容易得多，也普遍得多；所以我們就在許許多多輕舟舢板之間快速前進。

一會兒就過了老倫敦橋，過了停滿牡蠣船和荷蘭船的老魚市場，過了白塔和叛徒門[1]，來到了密密層層的船舶之間。這裡有開往利斯、亞伯丁和格拉斯哥的輪船，裝貨的裝貨、卸貨的卸貨，我們從旁邊划過時，只見一艘艘都如巨人矗立在河上；這裡有大批大批的煤船，艙裡的煤一吊起來，浮碼頭上的卸煤工人就都紛紛跳上甲板，免得船身傾側，於是吊起的煤都劈劈啪啪卸在駁船上；這

1 白塔在泰晤士河北岸，是倫敦塔建築的一部分。叛徒門是倫敦塔通向泰晤士河邊的一道門。倫敦塔一度用作監獄，船上載來囚犯押入倫敦塔，皆由叛徒門入內。

裡還停泊著一艘準備明天開往鹿特丹的輪船，我們就看了個仔細；另外還有一艘明天開往漢堡的輪船，我們便從它的牙檣下穿過。我坐在船尾，如今已看得見磨池濱和磨池濱的石埠了，心頭便不禁狂跳起來。

赫伯爾特問道：「看見他了嗎？」

「還沒有。」

「好極了！他要看見了我們，才可以到河邊上來。你看見了他的信號沒有？」

「好像看見了，不過還看不大清楚。——哦，這下子可看見他了。加油划！……慢，赫伯爾特。好，停！」

我們輕輕地往石埠上一靠，才一轉眼工夫，他便上了船，我們又繼續前進了。他穿一件水手穿的斗篷，帶著一個黑帆布包，樣子完全像個領港人，我看著滿意極了。

他一坐定，就摟著我的肩膀說：「好孩子！有良心的好孩子，你幹得好。多謝你啦，多謝你啦！」

於是我們又在密密層層的船舶之間迂迴穿行，一路上避開了生鏽的錨鏈、磨得起毛的粗重麻繩、時起時伏的浮標，我們的小舟過處，隨波逐流的破木桶一時沉到了水下，漂在水面的木片刨花沖得四散，碎煤浮渣紛紛向兩旁飛濺。我們一路迂迴划去，從一個個船頭人像下面穿過——這些雕像，男的都刻成桑德蘭的約翰[2]模樣，張著嘴在向天風演講（其實哪裡的約翰不是如此！），女的則都是雅茅斯的貝茜模樣，照例胸脯結實，圓圓的眼珠子從眼窩裡突出兩英寸之多；我們一路迂迴划去，只聽得造船廠裡鐵錘叮噹，鋸聲沙沙，還有那轟隆隆的機器不知在弄些什麼，又聽得漏水的船裡在用唧筒抽水，船船紛紛準備出海，起錨機在起錨，那些跑海路的傢伙在同駁船夫隔船對罵，卻不知嘰哩咕嚕在罵些什麼；我們一路迂迴划去，終於來到了水流較為清澈的一段河面上，到了這裡，船上的小工可以收起他們的護舷棒，用不著再拿著護舷棒在河裡「渾水摸魚」了，那捲起的船帆也可以迎風招展了。

自從在石埠接他上船以後，我一直保持著警惕，一路都在觀察可有遭人懷疑的跡象。結果什麼跡象也沒有看到。我可以肯定我們附近沒有任何船隻監視，背後沒有任何船隻跟蹤，剛才沒有，現在也沒有。如果有船盯梢的話，我早就向岸邊一靠，逼它趕到我們前面去了，要不也得叫它暴露自己的意圖。可是我們並沒有受到一絲一毫的干擾，一路順風。

蒲駱威斯身上穿一件水手斗篷，我剛才說過，這樣的打扮在這種場合倒也相宜。奇怪的是在我們船上幾個人之中，反而是他最為無憂無慮（也許因為他早就過慣了顛沛流離的生活）。倒不是說他已經將生死置之度外，因為他明明告訴我說，他但願還能在異國親眼看到他一手培養的上等人成為一個出類拔萃的上等人；據我看他的性格也不是逆來順受或聽天由命的；但是他這個人就是沒有想到中途會不會遇到危險。真要有危險，來了再對付；何必要先自尋煩惱呢？

他對我說：「好孩子，這麼許多日子以來，我成天對著四堵牆壁，今天總算能坐在我的好孩子身旁抽抽菸了，我這份快樂你要是能夠懂得，你非得羨慕我不可。可惜你是不會懂的。」

我答道：「我想我還不會不懂自由的樂處。」

他一本正經地搖搖頭說：「噯，不過你體會不到我那麼深。沒在屋子裡關過，我的好孩子，你是體會不到我那麼深的——可是我今後再也不會往下流路上走了。」

---

2 桑德蘭和雅茅斯都是英國的海港，並以造船業著稱。在這裡，「約翰」係男性的通稱，「貝茜」是女性的通稱。

我起初心想，他既是這麼說，看來就不至於會按捺不住，鬧出什麼花樣來，斷送自己的自由，以至性命。但是我又想到，按照他平生的一貫作風，不冒風險的自由是向來與他無緣的，所以常人心目中的自由也許和他理解的有所不同吧。果然，我猜得雖不中亦不遠矣，因為他抽了一口菸之後，又說：

「你知道，好孩子，我遠在海外的時候，眼睛老是望著家鄉。我在那邊雖然發了財，日子過得可乏味了。誰都認識馬格韋契，馬格韋契來去自由，誰都不會為他操半點閒心。這兒的人對我可就不是那麼放心得下了，好孩子——起碼可以這麼說吧，他們要是知道了我在這兒，就要放心不下了。」

我說：「要是一切順利，要不了多久，你又可以重新自由自在，安然無事了。」

他吸了一口長氣，答道：「但願如此。」

「我說得不對嗎？」

他伸手到船外，浸在水裡，又顯出了我早已見慣的那種溫和的神氣，微笑著說：

「哪裡？我覺得你說得挺對，好孩子。我們現在已經夠安靜、夠自在的了，還要怎麼安靜、怎麼自在呀？可是我想——大概因為在河上淌呀淌的，實在太舒坦、太愉快了，所以才會這樣想吧——我剛才一邊抽菸，一邊就在心裡想，我們誰說得上過幾個小時會是怎麼個光景呢？正像我撩得起這把河水，卻看不到河底一樣。可是，河水我抓不住，時光我們也留不得。喏，水都從手指縫裡漏掉了，你瞧！」說著，舉起了那隻水淋淋的手。

我說：「要不是看你臉上的表情，我還以為你有些洩氣呢。」

「好孩子，沒有的事！你瞧，船行得這麼平靜，浪花輕輕地拍著船頭，好像星期天教堂裡唱聖歌一樣，這才引起了我的胡思亂想。再說，我也恐怕真是上了點年紀了。」

他重新把菸斗放進嘴裡，臉色安詳如初，那副從容而又滿意的神氣，好像我們已經出了英國似的。可是，他又好像一直提心吊膽，我們勸他的話，他沒有不聽的，譬如有一次我們奔上岸去，想買幾瓶啤酒備在船上，他跨出船艙打算跟我們一起去，我就暗暗提醒他，為他的安全著想，我看他最好還是留在船上，他說：「是嗎，好孩子？」說著，便又悄悄坐了下來。

河上頗有寒意，可是天朗氣清，陽光宜人。潮急的時候，我注意抓緊時機，兩支槳穩穩地划，船行得很快。後來落潮的勢頭漸漸減弱了，不知不覺間，近處的山林愈來愈少了，兩岸都變成了淤泥，水位也愈來愈低了；船過格雷夫森德的時候，我們還是順水。既然我們的這位被保護人身上裹著斗篷，為了趁順水多趕一程路，我便故意把我們的船划到那艘海關船附近，和它只保持著一兩條船的距離。我們划過了兩條移民船，還從一艘大型運輸船的船頭下面穿過，那船的前甲板上載著士兵，都在那裡看著我們。不久潮水的勢頭漸漸沒了，停泊著的船隻開始晃蕩起來，不一會兒又都掉轉了船頭。潮一轉，駛往蒲塘的船隻便順水迎著我們成群結隊擁來；我們只好把船划到岸邊，如今要盡量避免潮水的衝擊，又要當心別讓小船在淺水灘上和泥濘的河岸上擱淺。

我們的兩位划手由於一路上不時可以歇上一兩分鐘，由著船兒順水往下淌，因此至今勁頭十足，這一回只休息了一刻鐘就覺得足夠了。我們在幾塊濘滑的石頭中間上了岸，吃了點乾糧，喝了點啤酒，四下瞭望一下。這地方很像我故鄉的沼地，景色單調，索然無趣，連條地平線也是朦朦朧朧看不分明。河流曲曲彎彎，蜿蜒向前，河上的一連串大浮標也隨著曲曲彎彎，蜿蜒向前，除此以外，就似乎一切都擱淺了、不動了。因為，現在那大隊的船隻已經全部繞過我們來時經過的最後一個轉角，開得看不見了；滿載乾草、扯著棕色篷帆的最後一艘綠色平底船也跟著消失了；只見幾艘裝運沙石的駁船，蹩腳得像小孩子第一次學做的船舶模型，一艘艘都陷在泥漿裡；沙洲上一座支在樁上又矮又小的燈塔，像個踩著高蹺、拄著拐杖的瘸子踏在泥漿裡；泥糊糊的標樁豎起在泥漿裡，泥糊糊的石塊戳起在泥漿裡，紅色的界標和潮標露出在泥漿裡，一個破舊的碼頭和一座沒有了屋頂的破舊房子眼看就要埋在泥漿裡。總之，我們的四周全是一片死寂和泥濘。

我們重又登船離岸，盡力再向前划。現在划起來可要吃力多了，好在赫伯爾特和史塔舵堅持不懈，一個勁地划呀、划呀、划呀，一直划到日落西山。這時候，水漲船高，已可以看得見岸上的風光了。只見一輪紅日低低地壓在河岸上，四周是一派紫色的暮靄，愈來愈濃，很快就成了黑色；岸上是一片荒涼蕭索的沼地；遠處，是隆起的高地，從高地到我們之間一片荒無人煙，偶爾才有一隻孤苦淒涼的水鳥，在眼前飛起。

天黑得很快，偏巧這天又是下弦月，月亮不會很早升起。我們就稍稍商量了一下，可是也用不到多討論，因為情況是明擺著的，再划下去我們一遇到冷落的酒店就得投宿。於是他們又使勁打起槳來，我則用心尋找岸上是否隱隱約約有什麼房屋的模樣。就這樣又趕了四、五英里路，一路好不氣悶，大家簡直不說一句話。天氣非常冷，一艘煤船從我們近旁駛過，船上廚房裡生著火，炊煙縷縷，火光熒熒，在我們看來簡直就是個安樂家了。這時夜色已經黑透，看來就要這樣一直黑到天明；我們僅有的一點光亮，似乎不是來自天空，而是來自河上，一槳又一槳的，攪動著那寥寥幾顆倒映在水裡的寒星。

在這種淒苦的時刻，大家顯然都像鬼迷心竅似的，總覺得有人在跟蹤我們。潮水在漲，也許用不了多久，就會掀起一陣波浪拍岸，澎湃有聲；我們一聽到這種聲音，總有人會嚇一大跳，轉過臉去望望。河岸上，不時有河水沖刷日久而形成的小港小灣，我們遇到這種地方就都疑神疑鬼，緊張地看了又看。往往不是這個低聲問：「那水聲是什麼玩意兒？」就是那個問：「那邊是不是一艘小船？」然後大家就是死一般的一片沉默，我只覺得滿心煩躁，心想：這兩支槳在槳架上怎麼一下子響得這麼厲害啊？

終於，我們遠遠看見了一點燈光、一所孤舍，於是馬上就往岸邊一條小石堤上靠去，這石堤顯然是用就近拾來的石頭砌成的。我讓他們三個留在船裡，獨自上了岸，發現燈光原來是從一家酒館的窗口裡透出來的。這個地方汙穢不堪；我看多半是走私冒險的商販過往落腳之處；可是廚房裡爐火熊熊，吃的有火腿蛋，喝的有各色美酒。還有兩個雙人房間，用那店主人的說法：「只好請將就一夜。」店裡什麼客人也沒有，只有店主人夫婦倆，還有個頭髮斑白的男人，他是這小石堤上裡裡外外打雜的夥計，渾身沾滿了泥汙，好像也是根標杆，剛讓潮水漫過一般。

我就帶了這位助手重新到船裡，把大家都招上岸來，把槳、舵、篙子等等，也都搬了出來，然後把船拉到岸上，準備宿夜。我們在廚房裡爐火旁飽飽地吃了一頓晚飯，然後去看臥房：赫伯爾特和史塔舵合住一間，我和我們的被保護人合住一間。我們發覺這兩間屋子都密封緊閉，唯恐通一點風，好像透了風就要沒命似的；床下塞滿了骯髒衣服和衣帽盒子，我怎麼也不相信這一家子人會有這麼多衣帽。不過，我們都覺得這樣已經很不錯了，因為這個地方可實在是夠冷僻的。

吃過飯，我們坐在爐火旁歇息；那個夥計也坐在牆角裡，他腳上穿著一雙脹得胖胖的靴子——我們剛才吃火腿蛋的時候，他早就把這雙靴子當作一件骨董寶貝讓我們看過了，說是幾天前有個淹死的船員被沖上岸來，靴子就是從屍體上剝下來的；這會子他就問我，一路上有沒有看見一艘四槳的小艇順著潮水迎面開來。我說沒有看見，他說，那麼這艘船一定是往下游去了，不過原先離開這裡的時候，分明是順著潮水往上游去的。

那夥計又說：「他們肯定有什麼緣故，後來又改變了主意。」

我說：「你說是一艘四槳的小艇？」

那夥計說：「四個人划槳，兩個人搭船。」

「他們在這兒上岸了嗎？」

那夥計說：「他們捧了個兩加侖的瓦罎子，來買啤酒。我真恨不得在他們的啤酒裡放上點毒藥，要不就放上點瀉藥什麼的。」

「這是為什麼？」

那夥計說：「我自有我的道理。」[3]他出言吐語含混不清，喉嚨眼裡好像灌進了多少泥漿似的。

店主人是個為人怯弱而又好動腦筋的人，眼睛暗淡無神，看來他很是倚重這個夥計。當下他說：「他看錯人了。」

那夥計說：「我才不會看錯人呢。」

店主人說：「夥計，你當他們是海關上的人嗎？」

夥計說：「當然。」

「夥計，那你就看錯了。」

「我會看錯？」

那夥計的這一聲回答意味無限深長，他對於自己的見解抱著無限的自信，說著，還脫下一隻脹大的靴子，朝靴筒裡望了望，磕出幾顆碎石子倒在地下，才又重新穿上。他表演這一番動作時，瞧那神氣，彷彿理由全在他這一邊，要他賭什麼東道都可以。

店主人怯生生猶豫不定地說：「那麼，夥計，你說他們身上的銅鈕扣到哪兒去了？」

夥計答道：「銅鈕扣到哪兒去了？扔到水裡去了。吃下肚子去了。埋到地裡去了，將來還會長出小鈕扣來呢。哼，銅鈕扣到哪兒去了！」

店主人帶著鬱鬱不樂而又可憐巴巴的神氣，申斥道：「夥計，不要這樣沒規矩！」

那夥計說道：「海關上的官員要是覺得身上的銅鈕扣礙了他們的事，他們自有辦法對付嘛！」他這次提到「銅鈕扣」幾個字，口氣輕蔑到了極點。「一艘四槳的小艇，還搭著兩個人——他們骨子裡要不是海關上的人，難道會無緣無故東遊西蕩，剛順著潮水來，潮一轉又順著潮水去，順著潮水去不多遠，又扭過頭來頂著潮水往回划？」他說完，就帶著一臉不屑的神氣走了出去；店主人頓時失去了膀臂，自然也談不下去了。

這一席話，我們人人聽得惶惶不安，尤其是我。屋外陰風颯颯，潮水拍擊著河岸，我覺得我們已經闖進了牢籠，危在旦夕。一艘四槳的小艇，那樣異乎尋常地在四下遊弋，竟而引得店家如此注意，這個不妙的情況壓在我的心頭，甩不掉搬不開。我讓蒲駱威斯睡下以後，便和兩個夥伴（史塔舵這時候也已瞭解了內情）到外面去重新商量了一下。我們商量的是：輪船明天下午一點左右可以到達這一帶，我們是守到輪船快到的時候划出去呢，還是明天一大早就離開這裡？結果我們認為，總而言之，還是以守在這裡不動為好，不妨等到輪船到前一個鐘頭光景，再由此動身，划到輪船的航線上，慢慢悠悠順水漂流。三人計議停當，便都回室就寢。

我上了床，身上衣服大都沒脫，睡了幾個鐘頭的好覺。醒來時，風聲大作，酒店的招牌（店名「船旅之家」）給吹得嘰嘰嘎嘎劈劈啪啪響成一片，嚇了我一跳。我悄悄下了床，免得驚醒我那位

3　從上文揣測，這個客店既為走私商販過往歇腳之處，當然憎恨海關人員。

睡得正熟的被保護人。走到窗口向外面一瞧，窗口正對著我們小船所在的那條石堤上；很快我的眼睛就適應了那朦朧的月光，我看見有兩個人在向我們的小船裡張望。後來他們就從窗下走了過去，別的什麼也沒瞧，也沒有到我們上岸的那個石埠上去，我分明看見那裡連半個人影都沒有；他們是穿過沼地，朝諾爾[4]那個方向去的。

我一時情急，就想把赫伯爾特喊起來，叫他來看看那兩個快要走遠的人。赫伯爾特睡在後房，就在隔壁，我剛要進去，轉而一想，他和史塔舵兩個人這一天比我更勞累，現在一定是夠疲乏的，於是我就按捺住了性子，沒有去叫他。我回到窗口，還看得見那兩個人在沼地上走，可是不一會兒就消失在朦朧的月光下了；我冷得難熬，便又躺到床上去細細琢磨，想著想著又睡著了。

第二天我們一大早就起來了。吃早飯前，四個人一塊兒出外遛遛，我心想我應當把我夜裡看見的情況告訴他們。這一回又是我們的被保護人最不著急。他鎮定自若地說，那兩個人多半是海關的人員，不是在我們身上打主意的。我也盡量強自寬解，只當是如此，事實上也的確很可能是如此。不過，我還是提議他和我兩個人徒步先行，走到一個遠遠可以望見的尖角上，小船隨後划來，在正午光景趕到那裡，或是盡量靠近那裡，好接我們上船。大家都認為這不失為一謹慎之計。後來在飯店裡就再也沒言語；一吃過早飯，我和他就動身了。

他一路抽著菸斗，有時候還停下來拍拍我的肩膀。誰要是看到這個情景，真會以為大難臨頭的是我，而不是他，他倒是在安慰我。我們很少說話。快到目的地的時候，我請他找個隱蔽的地方等一等，讓我先到前面去偵察一下再說，因為昨天晚上那兩個人正是朝那個方向走過去的。他答應了，我便獨自一人往前走。到尖角上一看，沒有船停泊在岸邊，附近也沒有船拉上過岸，也沒有跡象可以表明那兩個人在那裡上過船。可是話說回來，河水漲得這麼高，誰說得準他們的腳印有沒有被河水淹沒呢？

一會兒，他遠遠從那隱蔽的地方探出頭來張望一下，看見我揮揮帽子招呼他過去，便趕到我身邊，和我一塊兒在那裡等著：我們有時候裹緊了大衣在堤岸上躺一陣，有時候又爬起來來回回走一陣，暖和暖和身子，後來終於看見我們的小船來了。我們順利地上了船，划到了輪船的航線上。再過十分鐘，就是下午一點了，現在我們就只等天邊出現輪船的黑煙了。

可是直到一點半，才見到了黑煙；沒多久，看見這條輪船後面又冒起了另一條輪船的煙柱。兩條輪船開足馬力迎面而來，我們把兩個包準備好，利用這個機會和赫伯爾特、史塔舵告別。彼此懇切地握過了手，赫伯爾特和我的眼睛都潮潤了；不料就在這時候，我看見我們前面不遠的堤岸下面突然竄出一艘四槳的小艇，也朝著河心划來。

由於河道蜿蜒曲折，那冒煙的輪船剛才還被河岸擋住了，看不見船身，可是如今一下子便只見它迎面直駛而來。我叫赫伯爾特和史塔舵橫過船身，好讓輪船上的人看得出我們是在等它，又叫蒲駱威斯用斗篷裹好身子，坐在那裡千萬別動。他興興頭頭地答道：「好孩子，你放心吧！」果然就像石像似的一動不動坐著。這時候，那艘划得很熟練的小艇已經抄到我們前面，等到我們的船和它平齊以後，就掉轉船頭，和我們並排挨在一起。那船就死釘在我們的船邊，兩船之間只有咫尺之隔，僅容蕩槳。我們停槳不划，他們也停槳不划，我們划上一兩槳，他們也划上一兩槳。那兩個不划槳的人，一個掌舵，兩眼死死地盯著我們——那些划船的也全都盯著我們；另外一個則像蒲駱威斯一樣，也用斗篷裹沒了頭面，一副畏畏縮縮的樣子，一面瞅著我們，一面彷彿還向那個掌舵的打了幾

4　即泰晤士河河口。

句耳喳。兩條船上都沒有一個人吭聲。

史塔舵坐在我對面，他不一會兒就認出了開在前頭的那艘輪船，低聲向我說了聲：「漢堡。」只見那輪船向我們這邊飛快開來，耳邊輪翼拍水的聲音愈來愈響。我覺得那巨大的船影簡直都已經罩到我們頭上了——可是就在這節骨眼上，那小艇上的人卻喚我們了。我應了一聲。

只聽得那個掌舵的說：「你們船上有一個潛逃回國的流放犯。裹著斗篷的那一個就是。他的名字叫作阿伯爾．馬格韋契，又叫蒲駱威斯。我是來逮捕這個人的，我要他投降，希望諸位協助。」

話剛說完，也沒聽見他對划船的吩咐一聲，他的船馬上就向我們衝了過來。我們還沒有弄清楚是怎麼回事，他們已經猛划一槳，收起槳杆，從斜刺裡撲上來，把我們的船沿抓住了。這一來，便大大驚動了輪船上的人，我聽見他們向我們呼喊，也聽見有人命令關上輪翼。輪翼果然關上了，可是我依然覺得輪船在以排山倒海之勢向我們劈頭蓋臉壓來。說時遲那時快，這時小艇上那個掌舵的已經揪住了犯人的肩膀，潮水沖得兩艘小船打起轉來，輪船上的水手都拚命奔上船頭。說時遲那時快，只見犯人一躍而起，直搶到那個當官的背後，把小艇上那個畏畏葸葸的傢伙裹著的斗篷一把扯了下來。說時遲那時快，那張臉一露出來，我馬上認出這就是多年以前的那另一個囚犯。說時遲那時快，我看見那張臉頓時嚇得煞白，向後便倒——我這個印象是一輩子也不會磨滅的；隨著輪船上一陣驚呼，河上撲通一聲，浪花迸濺，我只覺得自己所坐的船陡地沉入了水中。

剎那間，彷彿有千百個磨坊水輪劈頭打來，彷彿有千百道亮光在我眼前閃晃，我拚著性命掙扎；不過這總共只是一剎那的事，轉眼我就已被救上了那艘小艇。赫伯爾特、史塔舵，他們也都在小艇上；我們的船則已不知去向，那兩個犯人也已不知去向。

輪船上人聲鼎沸，放氣的聲音聒耳不堪；輪船在朝前衝，小艇也在朝前衝，一片擾擾攘攘，鬧得我開頭簡直分辨不出哪是天空哪是河水，哪是南岸哪是北岸；不過划船的很快就把小艇穩住了，他們俐落地使勁划了幾槳，就擱起槳來，一個個都眼巴巴地默默望著船後的河面上。不多一會兒，只見河上有個黑不溜秋的玩意兒在向我們漂來。誰也不吭一聲，掌舵的一舉手，那些划船的就輕輕地打起倒槳來，讓船不偏不倚的正好擋著那玩意兒的去路。那玩意兒愈漂愈近；我一看，原來是馬格韋契在泅水過來，但是手腳不大靈便。打撈上船以後，他立即就給上了腳鐐手銬。

小艇又平穩下來了，船上的人重新又眼巴巴地默默注視著河面。可是這時開往鹿特丹的那艘輪船也來了，船上顯然並不瞭解這裡出了什麼事，只顧飛速駛來。等到船上聽見招呼而停船，已經晚了。兩條輪船揚長而去了，掀起的軒然大波，卻打得我們顛簸起伏。好容易波平浪息，兩艘輪船早已無影無蹤，我們這又繼續搜索了好久，可是誰都明白，到了現在還有什麼指望呢？

我們終於放棄了打撈的打算，小艇就沿著岸邊向我們住過的那家酒店划去。店家見了我們自然大吃一驚。到了這裡，我總算讓馬格韋契（不是蒲駱威斯了）歇息了一下，他胸口受了重傷，頭上給劃了一道很深的口子。

他對我說，他一定是落到輪船的龍骨下面去了，浮起來的時候就把頭撞在了龍骨上。至於他胸口的傷（傷得很重，連透氣都極為痛苦），他認為那是撞在小艇邊上撞傷的。他又說，他本來真不定會拿康佩生怎麼樣呢，可惜他剛一伸出手去扯他的斗篷，想要認認清楚，那個孬種就慌忙站了起來，慌忙向後一閃，結果兩個人一塊兒掉下了水去；當時因為他（馬格韋契）猛地撲出船去，那個警官又拚命要攔住他，結果就把船撞翻了。他還輕聲告訴我說，他們落水以後，彼此死勁扭成一團，在水底下搏鬥了一陣，最後他才甩脫了對方，一縱身泅水跑了。

我沒有理由懷疑他說的不是百分之百的實話。小艇上掌舵的那個警官講起他們落水的經過，和他說的完全一致。

我要求警官允許我向酒店老闆隨便買幾件多餘的衣服，好把犯人身上的溼衣服換下來，警官立即同意了，只是說，凡是犯人隨身所帶的東西，都得交給他保管。於是一度到過我手裡的那個皮夾子，就落到了警官手裡。他還允許我伴送犯人到倫敦，可是對我的那兩個朋友，他卻不肯賞這個臉。

警官又把那人落水的地點告訴了酒店夥計，要他負責去尋找屍體，凡是屍體可能沖上岸來的幾個地方都去找一找。那夥計一聽到死人腳上還穿著長筒襪，我看他尋找屍體的興趣頓時倍增。要湊起他身上的這身穿戴，估計他總剝過十來個落水的死鬼吧，怪不得他衣冠襪履的破爛程度五光十色，各各不同。

在酒店裡待到潮轉，馬格韋契這才給押上小艇。赫伯爾特和史塔舵得盡快從旱路趕回倫敦，我和他們淒然握別。我在馬格韋契身旁坐定，心想，從今以後他在世一天，我就得一天守在他身旁。

因為，現在我絲毫也沒有厭惡他的心情了。拉著我手的這個可憐人，如今落入了羅網、身負重傷、上了腳鐐手銬，可是我只覺得他待我恩重如山；這麼許多年來始終對我情深意厚，感恩不忘，寧願傾囊相報。我覺得他對待我，比我對待喬真要高尚千萬倍。

夜幕漸次降落，他的呼吸愈來愈困難，愈來愈難受了，常常會禁不住迸出一聲呻吟。我就讓他靠在我那隻好使的胳膊上，怎麼靠著舒服就怎麼靠。可是，想起來真是可怕——我當時心裡卻並不因為他受了重傷而為他感到難過，我倒覺得他還不如死了的好。我相信，當時肯定還有不少人能夠出來證明他是何許人，也願意出面作證。他要求從寬發落，那是妄想，因為他當初受審就已被說得十惡不赦，嗣後又越獄逃跑，逮回重審，既已終身流放在外，此次又潛逃回國，何況那個告發他的人又是死在他的手裡。

昨天我們背著一輪落日而來，今天我們又迎著一輪落日而歸。我們的希望也如河水，都滾滾地往回倒流。我對他說，想起他這次回國，都是為了我，我真是說不出的難過。

他答道：「好孩子，我能夠來碰碰運氣，就是再滿意不過的了。我已經見到了我的孩子，他沒有了我也能成為一個上等人的。」

哪裡有這種事！我一坐到他的身邊，就把這個問題想過了。哪裡有這種事呢！且不說我有我自己的想法，文米克當初的那番暗示，如今看來也就夠明白的了。我知道，一旦他判了罪，他的財產就要被全部沒收。

他又說：「好孩子，你聽我說。最好別讓人知道你這個上等人是我一手培養起來的。你要來探望我的話，你就只當作是碰巧和文米克一起來的。等我這最後一次上法庭的時候，我只希望你揀個地方坐著，好讓我看得見你，此外我再也沒有別的要求了。」

我說：「只要他們一天讓我和你待在一起，我就一天和你寸步不離。你待我這麼真誠，但願上帝保佑，讓我也這麼真誠地待你！」

他拉著我的手，我覺得他的手在哆嗦。他在船底躺著，把臉轉了過去，我聽見他喉嚨裡又發出了當年那種咯嗒咯嗒的聲音——不過這聲音如今也溫和多了，他身上一切的一切都變得溫和多了。也多虧他提到了這件事，我才想起了一個問題，他要是不提，等我自己想起來只怕就太晚了，這就是，千萬不能讓他知道：他要讓我做個富家子的打算，如今已經化為泡影了。

第五十五章 婚禮

第二天，他就被押解到違警罪法庭，若不是為了要證明他的身分，需要把他當年逃出的那條水牢船上的老獄吏傳來作證的話，本來馬上就可以提交上級法庭去審理。倒不是還有誰對他的身分有所懷疑，只因本來打算出庭作證的康佩生跌在河裡淹死了，偌大一個倫敦碰巧一時又找不到一個獄吏能提供必要的證明。昨天夜裡我一回到倫敦，就直奔賈格斯先生家去，請他幫忙，賈格斯先生答應受理，他決定對案情不置一詞。此外也別無他法，因為據他說，這件案子等到人證一到，不消五分鐘就可以結案，結果肯定對我們不利，這是人力所無法挽回的。

我又把馬格韋契的財產下落告訴了賈格斯先生，說我打算把這事瞞住馬格韋契。賈格斯先生對我大發脾氣，怪我「把錢財白白送掉」，又說，我們一定要設法上個呈文，無論如何要設法索回一部分。可是他對我也並不諱言，財產免予沒收的情況，固然也是常有的，不過這件案子卻並不具備這樣的條件。這一點我也完全明白。我和這個犯人非親非故，也拉扯不上什麼明確的關係；他在被捕以前並沒有給我立下什麼字據，為我作出什麼安排，現在補行手續也已經無濟於事了。我沒有權利對他的財產提出要求，於是我便打定了主意：絕不要自尋煩惱，緣木求魚，去提出這種要求，後來我便始終沒有改變過這個主意。

我們似乎有理由作出這樣一種設想：就是那個淹死的告密者康佩生原是想從籍沒的財產中撈到

一點油水的，而且他對馬格韋契的財產情況瞭解得相當確切。原來，他的屍體後來在離現場很遠的地方發現了，那時他的面貌已經模糊難辨，根據口袋裡的東西，才認出了是他。他口袋裡有一個皮夾子，皮夾子裡的紙條上字跡都還清楚可辨。其中就記著，在新南威爾斯某銀行裡有多少存款，另外還開列了幾筆價值可觀的地產。馬格韋契在流放期間交給賈格斯先生，準備日後由我繼承的財產清單上，就有這樣兩項。可憐的人兒，他無知可畢竟也有無知的好處；他還當有了賈格斯先生的照應，我繼承這筆產業是十拿九穩的呢。

為了等水牢船上的人證，審訊推遲了三天。三天以後，人證到了，這個簡單的案子便結了案。案子移交給了上級法庭，馬格韋契收監待審，只等下次開庭，下次開庭離現在也不過是一個月的事。

就在我生命史上的這個黑暗的時刻，有一天晚上，赫伯爾特趕回家來，垂頭喪氣得什麼似的，說道：

「親愛的韓德爾，我怕我非得馬上和你分手不可了。」

其實我倒並不如他所想像的那樣感到意外，因為他的那位合夥人早就和我有言在先了。

「如果我再不到開羅去，我們就要坐失良機了；韓德爾，現在正是你最需要我的時候，可是我卻恐怕非走不可了。」

「赫伯爾特，我是永遠需要你的，因為我永遠愛你；目前是這樣，平日也是這樣。」

「那你豈不是太寂寞了！」

我說：「我哪兒還有閒工夫想這些呢；你知道，有工夫我就待在他身邊了；假如能夠辦到，我真會成天守著他。而且你知道，即使我的人不在他眼前，我的心也在他眼前。」

馬格韋契的可怕處境，實在把我們兩個人嚇壞了，因此提起這件事，就只能這樣含糊其辭，不能說得太露骨。

赫伯爾特說：「老朋友，我們分手在即——的的確確就在眼前——我想請你談談你自己的打算，想你不會認為我太冒昧吧。你有沒有想過你自己的前途呢？」

「還沒想過，因為我現在怕想到前途。」

「可是你自己的前途總不能不考慮呀。真的，我的好韓德爾、親韓德爾，你千萬不能不考慮啊。我希望你現在就考慮考慮這個問題，和我講幾句夠朋友的話。」

我說：「一定。」

「韓德爾，在我們這個分公司中，我們要聘請一位——」

我看出他有點難於措辭，因為他不想把那個詞明說出來，於是我就替他說了出來：「要聘請一位辦事員。」

「一位辦事員。我看將來還完全可能發展成為一個股東（你的朋友就已經由辦事員發展成為股東了）。韓德爾、我的老朋友，你乾乾脆脆說一句，願意不願意上我那兒去呢？」

他眉宇神態之間漾出一片無比的真誠，實在感人至深。起初他喊這一聲「韓德爾」，好像是一本正經開了個頭，接下去就要談什麼重大的正經事似的，可是突然他又換了種語調，伸出了他真誠的手，像個小學生似的說話了。

「克拉拉和我也不知談過多少次了，這個小妮子今天晚上還眼淚汪汪地要我告訴你呢，她說等我們結了婚，你如果願意和我們住在一塊兒的話，她一定盡力使你過得快活，要叫她丈夫的朋友相信：丈夫的朋友也就是她自己的朋友。我們會相處得很好的，韓德爾！」

我衷心感謝克拉拉，也衷心感謝他，不過我說，多蒙他一片好意，可是我此時還無法決定是不是到他那裡去。第一，我心事重重，現在還不能靜下心來仔細考慮這件事。第二——不錯！第二，我的腦子裡還影影綽綽縈迴著一件什麼事情，這一點，到我這篇微不足道的自敘傳寫至近結尾時，就會明白了。

「赫伯爾特，如果這個問題並不影響你的事業，我看還是擱一擱再說吧——」

赫伯爾特說：「隨便擱多久都可以，一年半載也行！」

我說：「也不用那麼久。最多兩三個月吧。」

於是我們握了握手，表示一言為定；赫伯爾特萬分高興地對我說，現在他能夠鼓起勇氣來告訴我了：估計這個星期末他就非走不可了。

我說：「克拉拉呢？」

赫伯爾特回答道：「那個可愛的小妮子呀，讓她暫時守著她爸爸盡些孝道，送了他的終再說吧；不過老頭子也活不長了。惠普爾夫人私底下對我說，他離鬼門關肯定不遠了。」

我說：「不是說句沒良心的話，他還是死了的好。」

赫伯爾特說：「我看這倒是句實在話；到那時我就回來，和我那個可愛的小妮子就近找個教堂悄悄結婚。別忘了，親愛的韓德爾，這可愛的小寶貝不是高門大戶出身，從來不看縉紳錄，腦子裡連自己的爺爺都沒有。我娘的這個兒子是多麼幸運啊！」

就在那個星期六，赫伯爾特辭別了我，搭了一輛郵車向海港而去——他雖然此去大有可為，可是一旦和我分手，總不免黯然神傷，依依難捨。和他分手以後，我便步入一家咖啡館，寫了封短信寄給克拉拉，告訴她赫伯爾特已經啟程，在信上再三轉達了赫伯爾特對她的深情厚愛。寄了信便回到我那冷冷清清的家裡——這裡也許已經不配稱作「家」了，因為我覺得這已經不是我的家了，我已經無家可歸了。

在樓梯上正好碰到文米克從上面下來；原來他是來看我的，敲了半天門還是沒有人開門。自從我們出逃不幸失敗以後，我還不曾單獨和他見過面；今天他以私人朋友關係來看我，來給我分析一下這次失敗的原因。

文米克說：「那個死鬼康佩生，他對於我們這次做的大買賣，一點一滴地摸，結果十有四五讓他摸清了底細。我告訴你的那些話，都是從他那幾個闖了禍的手下人那裡聽到的（他有幾個手下人經常闖禍）。我表面上只做掩耳不聞，實際上卻豎起了耳朵在聽，後來聽說康佩生不在倫敦了，我心想這可是下手的絕妙良機。現在我才想到，這個人非常狡猾，也許他一貫玩弄權術，對他的爪牙經常要放空氣說假話。我想你總不會怪我吧，匹普先生？我其實倒是誠心誠意想為你效勞的，一點不假。」

「文米克，我也相信一點不假，我以最大的誠懇感謝你的關注和情誼。」

文米克搔搔頭說：「謝謝你，真謝謝你。這件事辦糟了；老實說，我已經有多少年沒有這樣痛心了。我的意思是，好大一筆動產就這樣付之東流了。天啊，天啊！」

「文米克，我想到的是這筆財產的可憐主人。」

文米克說：「是啊，那是不用說的。我可不是說你不應該為他難過，假使能夠救得了他，要我拿出一張五鎊的鈔票來我也願意。不過，我的看法是這樣的：既然那個死鬼康佩生事先早就打聽到他回國的消息，鐵了心不把他弄到官裡絕不甘休，那我看他恐怕也確是難以搭救的了。而那筆動產，卻是完全救得出來的。這就是財產和財產所有人之間的不同之處，你明白嗎？」

我邀請文米克上樓去坐坐，喝杯酒再回沃伍爾斯去。他接受了我的邀請。他喝了一小杯酒，開頭顯得有些坐立不安，後來突然沒頭沒腦地說：

「匹普先生，我打算星期一休一天假，你覺得怎樣？」

「噢，我看你這一年來大概還沒有休過一天假吧。」

文米克說：「恐怕十來年都沒有休過一天假。真是這樣。我現在打算休一天假。不光是休假，我還要出去逛逛。不光是逛逛，我還打算請你陪我一塊兒去呢。」

我正想推託說，我目前心情不好，不宜奉陪，誰料文米克已經料到我這一著，說道：

「我知道你忙，我也知道你心情不好，匹普先生。不過你要是肯賞我一個臉，那我就感恩不淺了。我們不會走得很遠，而且是上午去。比方說從八點到十二點，就占用你四個鐘頭吧（包括在路上吃早飯的時間）。請你勉為其難，破格通融一下，好不好？」

想起平常老是要他幫我的大忙，比起來這點事情可實在算不了什麼，於是我說我可以勉力而為，一定勉力而為。他聽見我答應了，說不出的高興，連我看著也高興。根據他的特定要求，我和他約定：星期一早上八點半，我先到他的城堡裡去和他碰頭；約妥之後，我們就分手了。

星期一早晨，我準時赴約，在城堡門口打了鈴，文米克親自出來迎接我。我一看不由吃了一驚：他打扮得比平常整潔多了，頭上戴的帽子也漂亮多了。屋子裡早已準備好兩杯蘭姆酒兌牛奶、兩份餅乾。老人家今天一定是起了個早，因為我遠遠朝他的臥室裡望去，看見床上空蕩蕩的。

兌牛奶的蘭姆酒和餅乾下了肚，憑著這一份運動食譜，我們正要出發，忽然看見文米克拿起一根釣魚竿往肩上一扛，我不禁大為詫異。我說：「怎麼！我們難道是出去釣魚？」文米克答道：「哪裡？我出去，總喜歡帶一根釣魚竿。」

我心裡感到奇怪，嘴上可沒有說什麼，便和他一同出發。我們向坎柏韋爾草地[1]那邊走，到得那一帶附近，文米克突然說：

「啊呀！這兒有個教堂呢！」

這也沒有什麼值得驚奇的，可是，使我大為驚奇的是，他好像忽然靈機一動，得了個絕妙的主意似的，興興頭頭地說：

「咱們進去看看！」

於是我們走了進去，文米克把釣魚竿放在門廊裡，我們向四下裡望了望。文米克卻伸手到外套口袋裡，掏出個紙包的東西來。

他說：「啊呀！這兒有兩副手套呢！我們戴上吧！」

手套是白色小山羊皮手套，再一看他那郵筒口已經大開，這就引起了我的疑竇。後來我又看見老人家攙著一位小姐，從邊門走了進來，於是我的疑心就完全成了事實。

文米克說：「啊呀！史琪芬小姐來了！那我們就舉行婚禮吧！」

那位端莊穩重的小姐，衣著依舊和平常一樣，只是此刻正在脫下手上的一副綠色小山羊皮手套，換上一副白的。老人家也正準備向婚姻女神的祭壇奉上一件類似的獻禮。可是這位老先生的手套卻怎麼也戴不上去，因此文米克只好讓他背靠著一根柱子，自己站在柱子後面，幫他把手套用力拉上去，我也幫著把老人攔腰抱住，讓他既使得出氣力，又不至於出婁子。靠了這種巧妙的辦法，他那副手套終於戴上了手，而且戴得盡善盡美。

接著，教堂辦事員和牧師出場了，我們順次排立在那牽著千里姻緣的圍欄前。文米克倒真是個死心眼，他至今還裝作好像一切都是偶然撞上的樣子，這會子儀式剛要開始，他從背心口袋裡掏出一件什麼東西，只聽他嘴裡還在自言自語說：「啊呀！這裡還有個戒指呢！」

我充當陪新郎的，也就是男儐相，教堂裡一個管領座的有氣無力的小女人，戴一頂無邊軟帽（簡直像頂娃娃帽），裝作史琪芬小姐的密友。嫁女兒的責任則落在老人家身上，結果老人家無心之中，把主婚的牧師弄得大為不快。事情是這樣的：牧師當場問道：「是誰把這個婦女嫁給這個男人的？」老頭子根本不知道我們的儀式已經進行到了哪一個項目，還是只顧對著牆上的「十誡」笑瞇瞇的。於是牧師又問了一遍：「是誰把這個婦女嫁給這個男人的？」老先生還是沒事人似的，照舊管他自得其樂，新郎連忙扯高了扯慣的嗓門，對老人嚷道：「老爹爹，你是知道的！是誰嫁女兒呀？」老人家不是馬上回答是他嫁女兒，而是應聲脫口而出：「好極了，約翰！好極了，我的孩子！」牧師一聽，沉下臉來，半晌沒有作聲，弄得我頓時捏了把汗，唯恐這場婚禮當天不能圓滿結束。

不過，婚禮畢竟圓滿結束了；走出教堂的時候，文米克揭開聖水器的蓋子，把自己的白手套放了進去，再重新蓋好。文米克夫人卻要有遠見得多，她脫下白手套不往聖水器裡放，卻往自己口袋裡揣，換那副綠的戴在手上。出了教堂，文米克躊躇滿志，把釣魚竿往肩上一扛，對我說道：「匹普，你倒說說看：誰想得到我們剛剛舉行過婚禮呀？」

早餐是在里把路以外一家饒有風趣的小酒館裡事先定好的，酒館坐落在坎柏韋爾草地南邊的高坡上；屋子裡備有彈子臺，供我們在隆重肅穆的大典之後放鬆一下。如今，文米克先生伸出手去摟著他太太的時候，他太太再也不像從前那樣把他的手推開了；她坐在靠牆的高背椅裡，儼若一架大提琴乖乖地躺在琴匣裡；她任他擁抱，一如大提琴落在琴師手裡，任其擺布；這一幕叫人看得煞是

1　在倫敦南郊。每年八月有盛大慶典，以此著名。

有趣。

早飯極其精美可口，要是有哪一道菜有人不賞光，文米克就說：「要知道，這都是訂好的，帳款已清，只管放心吃吧！」我向新婚夫婦祝過酒，向老人家祝過酒，又向文米克的城堡祝過酒，臨別時又特別向新娘致意，總之，盡量顯得愉快隨和。

文米克送我到門口，我重又和他握手告別，祝他幸福。

文米克搓著雙手說：「多謝你啦！我這位夫人是個飼養家禽的能手，你絕想不到她這一手有多高明。找天來吃幾個蛋試試吧。」一會兒他又把我叫了回去，低聲囑咐道：「我說，匹普先生，別忘了，我這話完全是在沃伍爾斯說的呀。」

我說：「我明白。在小不列顛街不能提。」

文米克點點頭說：「那一天已經給你走漏了風聲，以後還是別叫賈格斯先生知道的好。他也許會覺得我婆婆媽媽，已經成了個軟心腸的人了。」

第五十六章
馬格韋契離世

馬格韋契在監獄裡病得很厲害；從他收監待審，一直病到開庭。他折斷了兩條肋骨，半邊的肺給刺傷了，呼吸非常困難，非常痛苦，而且情況日漸嚴重。由於受傷的緣故，連說話的聲音也低得叫人聽不見，所以他話也說得極少。不過他還是非常想聽我說話，因此我現在別的可以不幹，首先就得給他講、給他念，凡是我認為他應當聽的，都讓他聽聽。

他的病情實在太嚴重，不能在普通牢房裡待下去，一兩天以後，就搬到監獄病房裡去了。因此我倒有了陪伴他的機會，否則那是辦不到的。要不是病情嚴重，肯定還要給他上腳鐐手銬，因為他們說他是個本性難移的越獄犯，還說了他許許多多壞話。

我雖然每天去探望他，可是待在他身邊的時間短，不在他身邊的時間長，因此只要他病情有一點輕微的變化，從他臉上一眼就看出來了。我記得我始終沒有見到他有過什麼好轉的跡象。自從進了監獄以後，他就日見消瘦，精神一天比一天委靡，病情一天比一天惡化。

他變得馴服了、聽天由命了，足見他的精力已經耗盡。有時候我看他的神態，聽他無意間說出聲來的輕輕的一言半語，就不免得出這樣一個印象：他大概是在思忖，如果他這一輩子的遭際好一些，說不定也會成為一個好一些的人吧！不過他可從來沒有露出過這種意思，來為自己辯解；對於那些早已鐵定不移的往事，他也不想去文過飾非。

偶爾也有過兩三次，我親耳聽到了照料他的犯人當中有人暗暗提到他是個出名的不可救藥的壞蛋。他聽了，臉上掠過一絲笑意，以信任的目光對我看了看，似乎相信我早在童年時代就已經看出他身上也有那麼一點小小的可取之處。至於平時，他則總是低首下心、深自負疚的樣子，我從來沒有聽見他叫過苦。

到了開庭日期，賈格斯先生叫遞了個呈子，要求延期再審。這顯然是估計到馬格韋契已經挨不到下次開庭了，結果申請被駁回。於是立即開審，馬格韋契被帶上庭來，坐在一張椅子裡。我設法挨到被告席旁邊，待在柵欄外，握著他伸給我的手，庭上也並沒有禁止。

審判的過程非常簡單、非常爽快。能夠為他辯護的話都辯護過了——無非是，他克勤克儉，已經養成了習慣，他發財致富是合法的、體面的，等等。可是他畢竟潛逃回國來了，如今正坐在法官和陪審團的面前，這是無論怎麼說也抹煞不了的。現在既是問他這個罪名，那怎麼能不判他的罪呢？

根據當時的慣例（我是這次親至法庭聽審，驚心動魄之餘才知道的），每一次庭期需得留下最後一天向犯人宣判，而且為了加強效果起見，死刑都在最後宣判。寫到這裡，要不是記憶中又浮現出當年那個難忘的情景，我簡直不能相信我當時看到了三十二個男女，給押到大法官的面前，聽候死刑的判決。三十二個人當中第一個就是他；他還坐在那裡，為的是讓他保存這一口氣，要活著聽候處死。

這一幕現在又有聲有色地在我眼前一一重現，連法庭的窗上閃爍在四月陽光裡的晶瑩的四月雨滴，也歷歷如在目前。記得那一天，我又站在被告席外一個角上，拉著他的手，我看見柵欄裡圈著三十二個男女，有的怒目而視，有的魂飛魄散，有的嗚咽啜泣，有的捂住了臉，也有的垂頭喪氣，茫然四顧。女囚中發出了幾聲尖叫，可是堂上喝一聲「肅靜」，便都鴉雀無聲。掛著大錶鏈、佩著花束的司法長官，衙門裡各色擺樣的官兒、害民的官兒，法警、庭丁，還有旁聽席上人山人海的聽眾——好比戲園子裡坐滿了觀眾——大家都看著那三十二個犯人和大法官肅然相對。不一會兒，大法官就向犯人講話了。在他面前的這批不幸的男女之中，有一個人他得特別提出來說一說。這個人幾乎從幼年起就開始犯法；他屢經關押懲處，劣性不改，終於被判長期流放；他潑天大膽，擅自行凶，居然越獄潛逃，因而改判終身流放。這個可憐的人，他離開了原先違法犯罪的地方，遠謫異域，一度似乎倒也認識了自己的錯誤，安分守己、老老實實地過了一陣。誰知一念之差，貽誤終身，他也不想自己前半輩子禍害社會，都是因為耽於所好、溺於所欲所致，這一回竟然舊病復發，擅自離開了他安身立命、悔罪補過的避難所，又潛回到禁止他入境的祖國來。他一回來就被人告發了，雖然一時躲過了司法人員的緝捕，可是後來畢竟在逃亡途中落網，被捕前還悍然抗拒官府，致使洞悉其一生奸偽的那位告發人死於非命；這究竟是他有意使然，還是由於他生性魯莽，一時忘情所致，那只有他自己最清楚了。根據法律，被判終身流放出境者偷渡入境，當處死刑，他是罪上加罪，自然更非處死刑不可。

太陽透過法庭大玻璃窗上的亮閃閃的雨點照了進來，在三十二個男女犯人和大法官之間灑下一大片陽光，陽光把雙方連為一片，也許旁聽席上有人見了這個景象就會想到，這雙方也即將以絕對平等的地位，去聽候那位洞察一切、絕無舛錯的更高的審判者的審判了。那個犯人掙扎著站了起來，臉龐罩在這一片陽光裡，只見滿面斑駁，他說：「老爺，我早已接受了上帝判處我的死刑，可是對於您的判決，我還是鞠躬領受。」說完便重新落座。堂上喝了一聲「肅靜」，法官繼續向其他犯人講話。講完話，便正式宣讀判決書，然後有的由人扶著走了出去，有的憔悴的臉上做出一副勇敢的樣子，大搖大擺走了出去，有幾個向旁聽席上點點頭，有兩三個在相互握別，有的一面往外走，一面從地下隨手拾起幾片香草葉子放在嘴裡嚼。他是最後一個出去，因為他得要別人把他從椅子裡扶起來，得慢慢吞吞地走；他拉著我的手，等其他的犯人一一押走，這時聽眾也紛紛站了起來（同時整整衣冠，彷彿做完了禮拜、看完了戲一樣），還指指這個或那個犯人，而多半則是指著他和我。

我一心希望，而且還暗暗祈禱，但願他能在法院審判記錄公布以前就離開人世，但又擔心他還有些時日可以遷延，因此便連夜給內務大臣上書請赦，我把他的情況盡我所知作了詳盡的申述，特別說明他此次回國都是為了我的緣故。我把我急切而悽楚的心情都盡可能表達了出來，寫好了遞上去以後，另外又寫了幾個呈文，向幾位我認為最仁慈的權要人士分別呼籲，還上了一道奏章給當今的王上。自從他判刑以後，我接連幾日幾夜沒有好好休息，只偶爾在椅子裡打個瞌睡，整天就為這些呈文焦心苦慮。呈文送進去了，我還是在投文的地方逡巡不去，彷彿覺得我親自守在附近，就會逢凶化吉、絕處逢生似的。一到黃昏時分，我就常常懷著這種荒誕不經的焦慮心情，在一條條大街上徬徨，凡是我上過書、呈過文的官府衙門或權要府第，我都要在門前徘徊一番。時至今日，每逢春寒料峭、灰霧濛濛的夜晚，走過倫敦西區那些了無生趣的街頭，望見那門禁森嚴的連雲甲第，以及那長長的一行行街燈，我還會由此而勾起一懷愁緒。

雖然我依舊每天去看望他，可是能夠逗留的時間卻比從前更短了，因為監獄裡對他看管得更嚴了。我看出（也可能是我多疑）監獄裡的看守懷疑我要帶毒藥進去讓他自盡，因此我每次總要他們先在我身上搜過，然後才在他床邊坐下。我還向那個守在近旁寸步不離的獄吏聲明，只要能讓他相信我來探監並無他意，他有什麼吩咐，我都可以從命。可是並沒有人難為馬格韋契，也沒有人難為我，只是職責所在，不能不公事公辦，不過態度也不是很嚴厲。那位獄吏，我去一次就告訴我一次，說是馬格韋契的病情每況愈下，同室的其他幾個病因，以及以護士身分侍候病因的另一批囚犯（感謝上帝，他們雖然都是些作惡多端的人，卻並不因此就喪盡惻隱之心），每次告訴我的也都是同樣的消息。

我一天比一天看得明白，他每天無非就是無聲無息地躺在那裡，仰望著雪白的天花板，臉上神采全無，聽到我說話的聲音才會微微一亮，過後便又黯然無光。有時候他簡直——不，他根本連說話的力氣都沒有。遇到這種時候，他便輕輕按一下我的手作為回答，不久我也就漸漸能領會他這種動作的意思了。

到了第十天，我看見他身上發生了一種前所未有的巨大變化。這一天我進去時，他的眼睛直望著門口；一看見我，兩眼驟然一亮。

我在他床邊一坐下來，他就說道：「好孩子，我還以為你趕不上了呢。不過，我知道你不會來晚的。」

我說：「沒有來晚。我還在門口等了一會兒呢。」

「你每天都在門口等的，是不是，好孩子？」

「是的。一分鐘也不能浪費呀。」

「謝謝你，好孩子，謝謝你。願上帝祝福你！你沒有拋棄我，好孩子。」

我沒有作聲，只是按了按他的手，因為我忘不了我一度有過想拋棄他的意思。

他說：「最難得的是，自從烏雲罩在我頭上以來，你守著我，反而比從前我紅日高照的時候更加盡心了。這是最難得的。」

他仰面躺著，一呼一吸都萬分吃力。不管他如何撐持，也不管他如何愛我，他臉上的神采往往總是轉瞬即逝；他平靜地望著白色的天花板，可是眼膜上已經蒙上了一層雲翳。

「你今天痛得厲害嗎？」

「我不痛，好孩子。」

「你是從來不叫痛的。」

這就是他說的最後幾句話了。他微微笑了笑，用手碰碰我，我懂得他的意思是要把我的手舉起來放在他胸口。我照著他的意思做了，他又笑了一下，把自己的雙手合在我手上。

正當此時，規定的時限到了；可是我回頭一望，只見典獄官就站在我身旁，他悄悄對我說：「你就不用走了。」我向他表示萬分感謝，還問他：「如果他聽得見我說話，我可以和他說說話嗎？」

於是典獄官走到一旁，打個手勢叫獄吏走開。雖然這些都是在無聲無息中進行的，可是他眼前的雲翳頓時消散了，那平靜的目光從白色的天花板上轉過來，無限慈祥地望著我。

「親愛的馬格韋契，有件事我挨到現在，非得告訴你不可了。你聽見我的話嗎？」

他輕輕地按了按我的手。

「你本來有個心愛的女兒，後來不知下落了。」

這一回他在我手上按得重了些。

「她沒有死，她結識了高門人家。她現在還在，成了個貴婦人，非常美麗。我很愛她！」

他用出了最後一點微弱的力氣，把我的手拉到唇邊吻了吻；要不是我順水推舟把手送過去的話，他自己是根本拉不動的。然後他輕輕一鬆手，讓我的手又落在他胸口，他的雙手又合到了我的手上。只見他的目光重新又平靜地望著白色的天花板，不一會兒，目光滅了，他的腦袋便輕輕地掉到了胸前。

這時候，我記起了我給他念過的書，想到了那兩個上殿裡去禱告的人[1]，我覺得，守在他的床邊，我沒有什麼話好說，我只能祈禱：「主啊，開恩可憐他這個罪人吧！」

1 取意於《新約・路加福音》第十八章：「耶穌……設一個比喻，說：有兩個人上殿裡去禱告。一個是法利賽人，一個是稅吏。法利賽人站著，自言自語的禱告說，上帝啊，我感謝你，我不像別人，勒索，不義，姦淫，也不像這個稅吏。……那稅吏遠遠的站著，連舉目望天也不敢，只捶著胸說，上帝啊，開恩可憐我這個罪人。」

第五十七章

最好的朋友

現在，我只剩下孤零零一個人了；我通知房東，寺區那幾間屋子，我打算等訂定的租期一滿就遷出，在到期之前暫時先分租一部分出去。我立即在窗口貼出招租條子，因為我負了一身的債，手頭又幾乎一文不名，面對這樣的境況，我這才真叫驚慌萬分了。說得更確切些，應該說我當時要是好好想一想的話，一定會驚慌萬分，不過當時我只覺得筋疲力竭，不遑他顧，只知道自己已經大病臨頭，別的什麼都糊裡糊塗。最近一陣的緊張奔忙，雖然推遲了病的爆發，卻並沒有把病趕走。我只知道這會子病魔正在向我大舉進攻，此外就什麼都不知道，也什麼都不在乎了。

開頭一兩天，我不是躺在沙發上就是躺在地板上——反正是在哪兒倒下來就躺在哪兒——腦袋沉重，四肢作痛，沒有一點主意，沒有一點氣力。隨後便是一個漫漫長夜，焦慮和恐怖折騰了我整整一宿，第二天早上醒來，我想要在床上坐起來回想一下夜來的情況，卻怎麼也撐不起來了。

一上午我就躺在床上，竭力想把自己的腦子理一理，是夢是真好好分一分：我到底有沒有深更半夜摸到花園坊的埠頭去，還想到那裡去找我那條船？我到底有沒有在樓梯上暈而復甦至於再三，一時驚恐萬狀，弄不懂自己是怎麼下床的？我到底有沒有忽然一陣心血來潮，覺得他要上樓來了，以為樓梯上的燈火都已吹滅，於是便出去點燈？我到底有沒有聽到有個人瘋瘋癲癲的又是說又是笑，又是哼哼，弄得我說不出的苦惱，可是又依稀感到這似乎都是我自己發出的聲音？這屋子的一個黑角落裡到底有沒有一架閉著爐門的大鐵爐，到底有沒有人曾經反覆叫喊，說爐子裡燒化的是郝薇香小姐？想著想著，眼前總會浮起石灰窯的那一片白茫茫的煙霧，把這些印象全搞亂了，最後，透過這一片煙霧，我看見面前有兩個人正瞅著我。

我嚇了一跳，問道：「你們來幹什麼？我不認識你們呀。」

於是其中一個彎下腰來，拍拍我的肩膀，答道：「喂，先生，我相信這件小事你很快就會料理清楚的，不過你現在已經被告下來了。」

「我欠了多少債？」

「一百二十三鎊十五先令六便士，先生。是欠珠寶店的帳吧。」

「你們要怎麼樣？」

那人說：「你還是上我家裡去吧。我家裡收拾得很潔淨的。」[1]

我掙扎著想要起來穿衣服。也不知過了多少時候，我又抬眼看看這兩個人，看見他們已經離開床前，站在一旁望著我，我呢，卻依舊躺在床上。

我說：「你們瞧我現在病成這個情形！我要是能去的話，就跟著你們去了；可是我實在不行，如果你們一定要把我帶走，我看我準會死在路上。」

他們也許是回答了幾句，也許是爭論了一番，也許是連騙帶哄，說我身體還過得去，並不像我說的那樣差。反正這兩個人在我的記憶裡就僅僅留下這麼一點點微乎其微的線索，直到今天我還弄

1 根據當時英國的習慣，債主告了債務人，法警去拘捕債務人時，可以把債務人暫時押在該法警家裡（當然要收取費用），直至償清債務或解往監獄為止。

不明白他們那一次到底來幹了些什麼，我只記得他們總算對我寬容，沒有把我帶走。

我發了一場高燒，結果把人都嚇跑了；我病得厲害，常常神志迷糊；我挨呀挨呀，卻總挨不到頭；我糊裡糊塗，分辨不出哪是虛無縹緲的幻景、哪是我本人；我忽而成了砌在牆壁高處的一塊磚頭，只求趕快脫離這個高得我頭昏眼花的地方，我忽而又變成大機器上的一根鋼軸，給架在深淵上嘎嘎打轉，心裡恨不得這臺機器能馬上關住，我這根鋼軸也能馬上拆下來——病中的這種種光景，都是今天回憶起來的，不過當時多少也知道一些。我當時還知道，有時候我以為來了殺人凶手，於是就和人扭打起來；可是一下子又明白了他們都是來給我幫忙的，於是又會筋疲力盡地倒在他們懷抱裡，讓他們扶我躺下。不過，這些都還在其次，我印象最深刻的一點是，在我病得非常厲害的時候，這些人的臉相看起來儘管都變了形，變得光怪陸離、無奇不有，身材也似乎憑空拔起了幾倍，可是怪就怪在這些人遲早總會化成喬的模樣。

病情有了轉機之後，我就開始注意到，這些人儘管千變萬化，這一個特點卻是始終如一。無論來到我身旁的是個什麼樣的人，到頭來卻總會化成喬的模樣。晚上我張開眼來，看見床邊大靠椅上坐著的是喬。白天我張開眼來，看見坐在窗前壁凹裡對著張篷的窗口抽菸的還是喬。我要冷飲的時候，給我送到面前的那隻親切的手是喬的；我喝過以後重又靠到枕頭上時，無限殷切、無限深情地望著我的那張臉，也還是喬的。

終於有一天，我壯起了膽子，問道：「當真是喬嗎？」

只聽得那親切而熟悉的家鄉口音答道：「是呀，老朋友。」

「喬呀，你叫我難受得心都碎了！你對我發脾氣吧，喬。你打我吧，喬。你罵我忘恩負義吧。別待我這麼好啊！」

原來喬一聽說我認出了他，快樂得什麼似的，早已把他的腦袋緊挨著我靠在枕頭上，用胳膊摟著我的脖子了。

喬說：「唉！匹普我的老夥伴、老朋友呀，你和我永遠是好朋友。等你身體好了，咱們坐著馬車出去遛遛——那該有多開心啊！」

說完，喬就回到窗前，站在那裡背著我擦眼淚。我真想爬起來到他身邊去安慰安慰他，無奈身子疲軟，動彈不得，只好躺在床上，以懺悔的心情低聲說道：「上帝啊，保佑他吧！上帝啊，保佑這個厚道的好心人吧！」

後來喬又來到我床邊時，只見他眼睛哭得通紅；可是我緊緊拉著他的手，兩個人都覺得幸福極了。

「親愛的喬，有多久了？」

「匹普，你是問你病了有多久嗎？是這意思嗎，親愛的老朋友？」

「是呀，喬。」

「匹普，今天是五月底。明天就是六月一號了。」

「親愛的喬，你一直都待在這兒嗎？」

「差不離，老朋友。我接到了你的信，信是郵差送來的。我知道你病了，我就對畢蒂說——我還忘了告訴你，那個郵差以前是個單身漢，現在也討上了老婆；雖然他成年東奔西跑，鞋子也不知跑破了多少雙，可還是掙不了多少錢，不過錢倒不在他心上，娶個老婆成個家，這才是他的一大心願——」

「喬！聽你這樣說，我真歡喜。可是這暫且別去談它，你還是先告訴我，你和畢蒂怎麼說來著？」

喬說：「我對她說，你在外地一個親人也沒有，你和我一向是老朋友，在這種緊要當口來看看你，你也許不會反對吧。畢蒂說：『去看看他吧，趕快去。』」喬說到這裡，又鄭重其事地總結了一句：「畢蒂就是這樣說的。她說：『去看看他吧，趕快去。』」喬一本正經地思忖了一下，又說：「那姑娘也可能說的是『馬上就去』，總而言之，這和她的原話差不到哪裡去。」

喬說到這裡就不講下去了，只是告訴我說，我正在病中，不能和我多說話；我應當吃些東西，少吃多餐，想吃也好不想吃也好，總得按規定的時間吃；我一切都應當聽他調度。於是我吻了吻他的手，就靜靜地躺著，他則去給畢蒂寫信，還替我附筆問好。

一望而知，畢蒂已經教會了喬寫字。我躺在床上瞧著他，看見他去寫信時的那股得意勁兒，我這個身心俱極脆弱的人，竟然高興得又哭了。我此時早已連人帶床給搬到了寬敞通風的起坐間裡，帳子早已拆掉，地毯也早已拿走，屋裡日夜都保持著清新宜人的空氣。我的書桌已經被推到牆角裡，桌上累累贅贅地放了許多小藥瓶，喬現在就在這張桌子前坐下，著手幹他的偉大事業：先從筆盤裡挑了一支筆，好像從工具箱裡挑個榔頭斧頭似的，然後捲起衣袖，彷彿要抓起撬棍、掄起大錘一般。喬在動筆之前，先得用左臂使勁抵住桌子，把右腿老遠伸在身後；既經動筆以後，只見凡是朝下的筆畫，他每一筆都要畫上好半天，我看這一筆大概總有五、六英尺長；要是朝上的筆劃，那簡直連墨水四濺的聲音都聽得見。奇怪的是，墨水瓶明明在他右邊，不知怎麼他卻總以為在左邊，因此他的筆總是伸到左邊去，蘸一個空，儘管筆尖上沒有蘸到半滴墨水，他照樣是一副筆酣墨飽的神氣。有時他也碰到一些字拼不出來，不過大體上倒確是寫得很順利。他寫完了信、簽上了名以後，就用兩個食指把臨了落在信箋上的一攤墨汙抹了兩抹，在帽頂上擦了擦手指，接著就站起身來，在桌子旁邊走來走去，從這邊看看，又從那邊看看，鑒賞著自己的這件大手筆，無限躊躇滿志的樣子。

當時我即便有精神和喬多談，也不願意談得太多，免得他為我操心，因此我挨到第二天才向他打聽郝薇香小姐的事。我先問他，郝薇香小姐病好了沒有，他搖了搖頭。

「喬，她死了嗎？」

喬採取的是轉彎抹角、循序漸進的方針，他用規勸的口吻說道：「唉，老朋友啊，你要知道，這樣說恐怕太言重了吧，我可不願意使用這種刺耳的字眼，不過，她已經——」

「已經去世了是不是，喬？」

喬說：「這樣說才像話，她去世了。」

「喬，她的病後來又拖了多久？」

喬為我著想，依然不改初衷，談什麼都是轉彎抹角、委婉曲折的。他說：「要是問到你的話，拿你的話來說，就是你生病以後大約又過了一個星期吧。」

「親愛的喬，你有沒有聽說她的財產是怎樣處理的？」

喬說：「哦，老朋友呀，好像她把絕大部分都給了艾絲黛拉——就是說，她生前做好了手續，極大部分都傳給艾絲黛拉。可是在她去世前一兩天，她又親手在遺囑上加了一個陶罐（條款）——給馬修．朴凱特先生四千鎊整。匹普，最重要的一點是，你猜她為什麼要給他四千鎊整？『念及匹普對這位馬修的意見。』畢蒂告訴我，的確是那樣寫的：『念及匹普對這位馬修的意見。』四千鎊整呢，匹普！」喬把遺囑上的這句條文一連說了兩遍，彷彿這一條對他自己也有莫大的好處似的。

四千鎊後面還要帶上個「整」字，我真不明白喬這一套是從哪裡學來的；不過他好像覺得加了個「整」字，那筆錢似乎就更大了，所以他就津津有味地再三聲明：那是四千鎊整。

聽了他的話，我也大為高興，因為我生平只做了這樣一件好事，這樣一來就越發功德圓滿了。我又問喬，郝薇香小姐的其他親戚也分到了什麼遺產沒有？他有沒有聽說？

喬說：「莎拉小姐每年有二十五鎊的丸藥費，因為她肝火太旺。嬌吉安娜小姐是二十鎊一次付清。還有位什麼太太，我忘記她姓什麼了。匹普，有種背上隆起一個大疙瘩的野獸，叫什麼來著？」

我弄不懂他要問這個幹嘛，便說：「是不是叫『凱末爾』（駱駝）？」

喬點點頭說：「正是凱末爾夫人。」我一聽就知道他說的是卡密拉。他又說：「她得了五鎊，讓她買點燈草心蠟燭，半夜裡醒來時，好點個亮兒定定神。」

我聽他一件件數說得絲毫不爽，便完全相信他說的句句可靠。喬又說：「老朋友，你現在身體還不夠好，我今天只能再告訴你一件消息，說完算數。奧立克老頭竟闖進人家家裡去了。」

我問：「闖進哪一家去了？」

喬辯解似的說道：「話是不錯，他一向就是無法無天慣了的；可是要知道英國人一戶人家就是一座城堡，打仗的時候不去算它，平日城堡哪能隨便闖進去呢！人家雖然過錯不少，可畢竟是個糧食種子商啊。」

「那麼說，是搶了潘波趣家嘍？」

喬說：「就是嘛，匹普；那夥人搶了他的錢櫃，拿走了他的錢箱，喝了他的酒，吃了他的東西，打了他耳光，擰了他鼻子，把他綁在自己的床架杆上，狠狠揍了一頓；潘波趣扯著嗓子直嚷，他們便用穀子、麥子塞滿他一嘴，叫他再也嚷不出來。可是他認識奧立克，因此奧立克現在就在郡裡坐監獄了。」

這樣談了一陣，我們便無拘無束地談開了。我的體力雖然恢復得很慢，畢竟是一天天漸見好轉了；喬始終待在我身邊，我彷彿覺得又變成當年的小匹普了。

原來喬的溫柔體貼，實在到了家，看我需要怎樣關懷，他便會對我怎樣體貼，我簡直成了個受他照看的孩子。他坐在床前和我說起話來，依舊像當年一樣貼心，像當年一樣忠厚，像當年一樣處處為我著想，卻又毫不自作主張，因此我真禁不住想：我自從離了我們老家的廚房以後，這許多年來的生活莫非都是發了一場高燒，亂夢顛倒，如今終於清醒了過來？他樣樣事情都替我做，只除了沒有替我做家務——其實說到家務，他一到這裡，就掏出腰包來替我打發走了我原來的那個洗衣婦，重新雇了一個正派的女人。他常常說他這一次擅自做主，有這樣一個道理：「我看見那個洗衣婦老是像敲啤酒桶一樣去拍那張不睡人的床鋪，把褥子裡的鴨絨都掏出來，盛在一只提桶裡拿出去賣。她要不走的話，接下去就要來拍你睡的這張床，把你的被子也掏空了呢。往後慢慢地還要把煤放在湯碗菜盆裡、把酒藏在你的長筒靴裡，一樣樣都偷出去呢。」

我們都盼望能早日出去坐馬車晃晃，正如當年盼望我能早日跟他做學徒一樣。好容易盼到了那一天，雇了一輛敞篷馬車停在胡同裡，喬把我的身子裹得嚴嚴的，抱著我下了樓、上了車，好像我依舊是一個可憐巴巴的小孩，還得像當年一樣，全仗他一片好心，百般扶持。

喬也上了車，坐在我身邊，馬車向郊野駛去。時值盛夏，草木蔥鬱，清香四溢。湊巧又是星期天。我眺望著四周賞心悅目的景色，心裡想到：可憐我躺在床上發著高燒、翻騰不已的那一陣，這裡的萬物卻在太陽和星星的撫育下，日夜不停地發榮滋長：如今細小的野花開得正茂，鳥兒唱得更起勁了；只是一想起躺在床上發燒、輾轉不能安眠的情景，平靜的心境頓時就亂了。後來我聽到了教堂裡做禮拜的鐘聲，又眺望了一會兒周遭的美景，終於覺得自己高興的勁頭還遠遠不足——因為自己的體力實在還太差，要高興也高興不起來——於是我便把腦袋靠在喬的肩膀上，想當年他帶我去趕集或是去別的地方，我一個小小的孩子看不盡這繁華世界，一時看累了，就常常是這樣把腦袋靠在喬的肩膀上的。

過了一會兒，我心裡才平靜了一些，於是我們又像當年躺在古炮臺的草地上一樣，聊起天來。喬還是那個喬，一點都沒變。他當初在我眼睛裡是個什麼樣的人，現在在我眼睛裡還是個什麼樣的人；還是極端的忠誠、絕頂的正直。

後來我們回到寺區，他又抱我下了車，然後就背著我——瞧他的動作多麼輕捷！——穿過庭院，登上樓梯，我不由得又想起在那個不平凡的耶誕節，他也這樣背著我在沼地上走過。我們至今還沒有提到過我這次命運的遽變，我也不知道他對於我最近的這一段變遷瞭解了多少。現在我對於自己已經喪盡信心，一切都唯他是賴，因此我拿不定主意，他沒提這件事，我是不是就應該說給他聽呢？

那天晚上，我再三考慮之後，便趁著他在窗口抽菸的時候，問他道：「喬，你有沒有聽說過我的恩人是誰呀？」

喬回答道：「我聽說了，老朋友，據說並不是郝薇香小姐呢。」

「喬，那麼你有沒有聽說是誰呢？」

「哎呀！我聽說就是派人到三船仙酒家送鈔票給你的那個人呢，匹普。」

「正是那個人。」

喬絲毫不動聲色地說：「真沒想到啊！」

我更加拿不定主意了，不過還是接著問道：

「喬，你有沒有聽說他已經死了？」

「誰？你是說給你鈔票的那個人嗎，匹普？」

「是呀。」

喬沉思了好半晌，故意避開了我的眼光，望著窗前壁凹裡的那張椅子，說：「我好像是聽人說起過，有的這樣說，有的那樣說，大體上都是這個意思。」

「喬，你有沒有聽說過他的情況？」

「倒沒特別聽說，匹普。」

我說：「喬，你如果想聽——」不料我話沒講完，喬就站了起來，走到我的沙發前面來了。

喬彎下腰來對我說：「我說，老朋友，我們永遠是最好的好朋友；你說是不是，匹普？」

我真不好意思回答他。

喬只當我已經回答了他似的，說道：「那好極了，那就對了，咱們的意見是一致的。老朋友，那咱們倆幹嘛要去談這些不相干的話呢？咱們倆可談的話多著呢，何必要談這些不相干的話呢？天哪！你還記得你那可憐的姊姊暴跳如雷的時候嗎？你可還記得那根抓癢棍呀？」

「當然記得，喬。」

喬說：「老朋友，你聽我說：逢到她暴跳如雷的時候，我總是千方百計，替你擋住那根抓癢棍，可老是心有餘而力不足。」喬又擺出了他往日最愛擺的那種大發議論的氣派，繼續說道：「因為你那可憐的姊姊存心要揍你一頓的時候，我要是不讓她打你的話，我自己也挨一傢伙事小，倒是你那一頓揍可就要挨得更重了。這一點我早就看出來了。她來扯我的鬍子、把我搖兩搖（你姊姊要搖我，我領教就是），如果這麼一來，就能夠免了你這個孩子的一頓痛打，倒也罷了，可是到頭來又免不了。她扯過我的鬍子、把我搖過了一通，打你反而打得更重了，那時候我自然就暗暗琢磨起來，我對自己說：『你這樣做有什麼好處？分明只有壞處，沒有好處。老兄，你倒說說看，好處在哪裡？』」

我看見喬在等我開口，便道：「你對自己這麼說？」

喬說：「我是這麼說的。你看我說得對不對？」

「親愛的喬，你的話總是對的。」

喬說：「好，老朋友，那你就要記著你這句話。你說我的話總是對的，其實我的話倒恐怕多半是錯的，只有這句話，那是錯不了的——我說你小時候如果有什麼小事情瞞著我的話，那多半是因為你知道喬．葛吉瑞幫你擋那根抓癢棍，也是心有餘而力不足。因此，咱們倆就別想這件事了，別談這些不相干的話了。在我動身之前，畢蒂很為我費了點心（因為我這人太笨），她囑咐我對這件事就應該這樣看；這樣看，還應該這樣向你講。」喬說得頭頭是道，十分得意：「現在這兩點都照辦了，我就該對你這個真心朋友說句實在話了。就是說，你不要想太多了，你得好好吃你的晚飯、喝你兌水的酒，上床去好好睡覺。」

喬岔開這個話題是煞費了一番苦心的，而畢蒂呢，憑著她女性的機靈，早就猜中了我的祕密，她以那麼委婉巧妙而又親切的言語，把他開導得這樣明白，這些都使我銘心難忘。至於喬是否知道我現在窮到什麼地步，是否知道我繼承巨大遺產的希望已如我們沼地上的霧見了太陽一樣完全化為烏有，那我就不得而知了。

我的健康狀況日見好轉，喬和我相處卻漸漸有些不自在了；這個情況剛露端倪的時候，我也不明白是怎麼回事，可是不久我就明白了，那真是悲哀呵。原來在我體力衰弱、完全仰仗他照顧的那一陣，我這個朋友便照著往日的聲調、口吻，照著往日的稱呼，親親熱熱地一聲聲管我叫「匹普我的老夥伴、老朋友」，我聽著這些稱呼，覺得好像音樂一般悅耳。我也照往日的老習慣對待他，看到他並不反對，我只覺得說不出的高興和感激。誰料不知不覺之間，儘管我還是始終按老規矩辦事，喬卻漸漸不像開頭那麼起勁了；開始時我很納罕，但我很快就明白了，造成這種現象的原因在我，責任也完全在我。

啊！還不都是由於我的為人，喬才懷疑我會對他變心，才想到我患難一過就會對他冷淡，把他拋棄？還不都是由於我的為人，喬那質樸無邪的心靈裡早已種下了根芽，所以如今他才本能地感到，我的健康好轉了，他也就要拉不住我了，與其有朝一日被我掙脫而去，豈不還是趁早撒手把我放掉為好？

我第三次還是第四次扶著喬的胳膊到寺區的花園裡去散步時，他身上的這種變化就看得一清二楚了。那一次我們坐在明媚和煦的陽光下，望了一陣河景，後來站起來的時候，我偶然說了一句：

「喬，瞧！我完全走得動了。我要自個兒走回去給你瞧瞧！」

喬說：「匹普，當心別太累了！不過你能自個兒走回去，我看著也高興，先生。」

這一聲「先生」喊得我心裡很不受用，可是我又怎麼能怪他呢！所以我一走到花園門口就停住，假意說走不動了，要求他扶著我走。喬雖然馬上就來扶我，臉上卻顯得有了心事。

我自己也有了心事，因為我本來就已經覺得良心過不去，如今眼看喬身上的這個變化日益顯著，真不知應如何挽回才好。我也不想諱言，當時我是很不好意思一五一十向他說明我的處境，說明我已經落到山窮水盡的地步；不過，我看我不肯向他吐露真情，恐怕也不是毫無道理的吧——因為我知道，我要是告訴了他，他一定要掏出他那點微薄的積蓄來幫助我，我沒有讓他幫忙的道理，我也絕不能讓他來幫我的忙。

那天晚上，我們兩人都心事重重。可是我在睡覺之前下了決心，決定把這件事拖過明天再說；明天是星期天，我決定從下一個星期起開始過一種新的生活。我打算下星期一上午和喬談談他身上的這種變化；我要揭去這最後一絲半縷殘餘的隔膜，我要把我的一件心事告訴他（這「第二件心事」我至今尚未著筆），我要告訴他為什麼我到現在還下不了決心去投奔赫伯爾特；這樣同他一談，他的疑慮自會煙消雲散。我放下了心事，喬好像也就放下了心事，似乎我和喬心心相通，我作出了決定，喬也就馬上作出了什麼決定。

星期天這一天，我們過得很安靜：乘馬車到了郊外，在田野裡散步。

我說：「喬，我真感謝老天爺讓我生了這一場病。」

「匹普我的老夥伴、老朋友，你也快復原了，先生。」

「喬，這一段日子對我來說，真是值得紀念的。」

喬答道：「對我來說也是一樣，先生。」

「喬，我們在一塊兒度過的這一段日子，我是一輩子也忘不了的。我知道，過去的日子，我有一陣確是忘了；可是這一段日子，是無論如何忘不了的。」

喬似乎顯得有些慌忙、有些不安，他說：「匹普，這一段日子是很開心。不過，親愛的先生，過去的事情——都過去了。」

晚上我上床以後，喬來到我的臥室裡，在我養病期間他是天天晚上都要到我這裡來的。他問我這會子身上可好，是不是還和上午一樣痛快？

「沒問題，親愛的喬，非常好。」

「力氣也一天天長起來了，老朋友？」

有些沙嘎。

「是這樣的，親愛的喬，一天比一天足了。」

於是喬用他那隻善良的大手隔著被子拍拍我的肩膀，對我說了聲「晚安」，我只覺得他的聲音

第二天早上起床，我神清氣爽，身體又比昨天強健多了，便下了最大的決心，預備把一切都向喬說個明白。我決計不再拖延。我要在吃早飯以前就去找他談。我要馬上穿好衣服，到他臥室裡去找他，讓他吃上一驚，因為這還是我第一天起早呢。到得他臥室裡，他卻不在。不僅他的人不見了，連他的箱子也不見了。

我連忙向擺著早飯的桌子奔去，發現桌上有一封信。信上只有簡單的幾句話：

親愛的匹普：我不想再妨礙你，我走了，因為你已經身體好了，沒有了喬你反而更好。

喬。

又：我們永遠是最好的好朋友。

信裡附著一張替我還債付帳的收據，我就是因為欠了這些錢給告下來的。本來我還一直瞎胡猜，以為我的債主已經撤回了狀子，或是把官司暫時擱一擱，等我病好了再說。我做夢也沒想到是喬替我付了錢；一點都沒錯，是喬替我付的，收據上寫的還是他的名字呢。

我現在除了跟著他趕到往日心愛的打鐵間去，向他傾訴一切，向他痛陳悔意，把藏在我心頭的那「第二件心事」一吐為快之外，還有什麼別的辦法呢？這「第二件心事」，開頭不過是一個模模糊糊的想法在我腦海裡縈迴不去，後來則終於形成了一個明確的心願。

我的心願就是要去看看畢蒂，讓她知道我畢竟低首下心、悔恨而歸了；我要告訴她，我以前所希冀的一切已經完全落了空；我還要讓她想一想，當初我第一次識得愁苦滋味的時候，我們說過些什麼知心話。然後我要對她說：「畢蒂，我想你從前一度很愛我，那時候我這顆瘋魔的心靈雖然已經背棄了你，誤入了迷途，可是只要和你在一起，就感覺到從來沒有過的平靜和幸福。如果你能夠以從前一半的情分再愛我，如果你能夠不計較我這一身的缺點和毛病而願意要我，如果你能夠把我當作一個無知的孩子，寬恕我、收容我（畢蒂呀，我也真像個孩子，心裡實在難受，多麼需要你向我說句寬心話，向我伸出撫慰的手啊），那麼我想我過去配不上你，今天也許會稍稍好一些——不是說已經好到哪裡去，不過也許會稍稍好一些。畢蒂呀，我今後完全聽你決定：是留在打鐵鋪裡和喬一塊兒做事呢？還是在國內設法另找一個職業呢？又或是另謀出路，讓我們一塊兒去到一個遙遠的異域呢？——那兒本來有個機會等著我，可是我沒有去，一定要得到了你的回答再作定奪。喂，親愛的畢蒂呀，只要你說一聲你能夠伴著我過一輩子，我這一輩子就一定會因此而幸福，我這個人也就不會再碌碌無為，我一定要不避艱險、竭盡全力，使你過得格外幸福。」

我的心願就是如此。又休息了三天，我便回到故居去實現我這個心願了。我的心願到底實現了沒有？我要向讀者交代的，也就剩這一段情節了。

第五十八章
回鄉

還沒回到故鄉，故鄉就傳遍了我樂極生悲、從高枝上一落千丈的消息。我發現藍野豬飯店也獲悉了這項消息，發現這頭「野豬」的態度頓時遠非昔比。我交好運的那一陣，這頭「野豬」熱情洋溢，拚命要博取我的歡心；如今我走了背運，這頭「野豬」便冷若冰霜，對我滿不在乎了。

我是黃昏時分趕到那裡的；這一趟路程，以前趕起來非常輕鬆，如今卻趕得我筋疲力竭。「野豬」再也不讓我住在往常住慣的那間屋子裡，說是已經住了別人（多半又是住了一位遺產頗豐、前程遠大的人士），只是把院子盡頭一間不像樣的屋子給我住，旁邊是鴿子棚，還停著幾輛馬車。可是我在這屋子裡卻睡得甜極了，縱使「野豬」讓我住上最講究的上房，也不會睡得再甜；我那天做的好夢，也未必會比睡在上房遜色。

第二天一大早，趁著飯店裡替我準備早飯的那一陣工夫，我到沙堤斯莊屋附近去晃了一陣。看見大門上和窗口的破掛毯上都貼著用印刷字體寫的招貼，宣布本宅一應家具什物定於下星期舉行拍賣。宅子本身則將作為廢舊建築材料拍賣，予以拆毀。酒坊牆上用石灰水標明「第一號」的字樣，一個個字母都寫得跛腳瘸腿；那幢長年門窗緊閉的正宅標作「第二號」。其他屋舍也都一一編號標明。牆壁上為了要標明編號，藤蔓都給扯下來了，好大一片掛在泥地上，已經枯萎了。大門洞開，我進去站了一會兒，只裝作是個沒事闖進去的閒人，不大自在地東瞧瞧西望望，看見拍賣行的辦事員正在那些啤酒桶上走著，一個一個數，好把數目報給編目人；那編目人手裡拿著一支筆，他臨時當辦公桌用的就是當年我常常一面哼著〈克萊門老頭〉、一面推著走的那張輪椅。

後來回到藍野豬飯店的餐室裡用早餐，發現潘波趣先生正在和飯店老闆談話。潘波趣先生最近夜間受了一場驚嚇，他那副尊容倒幸而沒有因此而錦上添花。他原來是在那裡等我，一看見我，便招呼道：

「小夥子，眼看你從高枝上摔了下來，我真覺得難受。不過，你想想，你能不摔下來嗎！你能不摔下來嗎！」

他堂而皇之地作出一副寬大為懷的姿態，伸出手來和我握手，我因為病體衰弱，不便和他爭論，只得也伸出手去。

潘波趣先生吩咐茶房說：「威廉，再來一盆鬆餅。唉，竟然弄到這個地步！竟然弄到這個地步！」

我皺皺眉頭，坐下來吃早飯。潘波趣先生站在我的桌子旁，我還沒來得及去拿茶壺，他就提起茶壺替我倒了茶，看他那一臉的恩人氣派，好像拿定了主意，非得把他的恩人做到底不可。

他裝出一副憂傷的口氣，吩咐威廉「拿些鹽來」，然後對我說：「我看你從前得意的時候是加糖的吧？加不加牛奶？當然，牛奶和糖都加。威廉，拿一盆水芹菜來。」

我老實不客氣地說：「謝謝你的好意，我不吃水芹菜。」

「你不吃水芹菜！」潘波趣先生說著，歎息了幾聲，又連連點頭，似乎表示這是他意料中事，我不吃水芹菜，怪不得我只落得一敗塗地。他說：「是啊。這是下等蔬菜嘛。威廉，不用了，你別拿了。」

我繼續吃我的早飯，潘波趣先生還是站在我的桌子旁，眼珠子定了神，活像一對魚眼睛，哼哧哼哧地呼氣，這些都是他一貫的特色。

潘波趣先生心裡想著心事，嘴裡不知不覺就說出聲來：「瘦得剩皮包骨頭了。想當初他要離開這兒（老實說我還為他祝福呢），我就把我像蜜蜂一般辛辛苦苦積攢起來的那點菲薄的東西全拿出來款待他，記得那會子他還胖嘟嘟的，像顆桃子呢。」

他這番話提醒了我一件事：記得我剛交上好運的時候，他是那樣奴顏婢膝地一再伸出手來要和我握手，還要先問我一聲「可不可以？」，剛才他向我伸出那五個胖鼓鼓的手指時，卻又是那樣神氣活現，儼然一副仁厚長者之風，這前後態度之懸殊，真令人歎為觀止。

他哈哈一笑，隨手把黃油麵包遞給我，說：「你是到約瑟夫那裡去嗎？」

我禁不住發了火，說：「真是怪事！我上哪兒去和你有什麼相干？別碰我的茶壺！」

我這一著失策到極點，因為這樣一來就給了潘波趣一個求之不得的機會。

他放開茶壺，後退了一兩步，然後就把我數落起來，有意說給站在門口的老闆和茶房聽聽：「好吧，小傢伙，我就不碰你的茶壺。你說得對，小傢伙。你只有這一次說得對。我是多事了，我眼看你在外面花天酒地，把身子都掏空了，所以看你在吃早飯，就替你叫一份你歷代祖先都吃慣的滋補妙品，好讓你長長力氣。」潘波趣說到這裡，轉過臉去對著老闆和茶房，伸直了胳膊指著我的鼻子說：「這不是別人呀，這就是從小由我陪著度過了幸福童年的那個小傢伙！不要以為這種事不可能，我不騙你們，這就是那個小傢伙！」

那兩個人嘟嘟囔囔附和了他幾句。茶房似乎特別顯得感慨繫之。

潘波趣繼續往下說：「這就是我一直讓他坐我馬車的那個小傢伙。這就是我看著他姊姊一手拉拔大的那個小傢伙。我是他姊姊夫家的舅舅，他姊姊名叫喬治安娜·瑪利亞，用的是她母親的名字。我說的這些事實，看這個人能否認得了！」

看來那個茶房已經相信我否認不了，認為不敢否認就是心虛理虧。

潘波趣又照老樣子扭過臉來盯著我，說：「小夥子，你是到約瑟夫那裡去。你剛才問我，你上哪兒去和我有什麼相干？可是我告訴你，先生，你不是到別處去，你是到約瑟夫那裡去。」

茶房咳起嗽來，似乎在客氣地請我答辯。

潘波趣打起衛道者的口吻，彷彿說的都義正辭嚴，無可爭辯，一副架勢簡直氣得死人，他說：「聽好，我來指點指點你，見了約瑟夫應當說些什麼話。現在藍野豬的老闆也在場，他是鎮上有名望、有身分的人，還有威廉也在場，如果我沒有記錯的話，他姓鮑特金。」

威廉說：「一點不錯，先生。」

潘波趣接下去說：「小夥子，現在我就當著他們兩位的面來指點指點你，見了約瑟夫應當說些什麼話。你就說，約瑟夫，今天我見到了我早年的第一個恩人、我幸運的締造者。約瑟夫，他的名字我也不用說了，反正鎮上的人都喜歡管他叫我的恩人，我今天見到那個人了。」

我說：「我發誓我在這兒沒有見到那樣一個人。」

潘波趣卻不死心：「你就這麼說吧。你要這麼說了只怕約瑟夫聽了也會吃驚呢。」

我說：「他才不是這號人呢。我不是個娃娃。」

潘波趣只管說道：「你就說：『約瑟夫，我見到那個人了，那個人對你沒有惡意，對我也沒有惡意。約瑟夫，他看清了你的人品，知道你笨得像豬，無知無識；約瑟夫，他也看透了我的人品，知道我是個忘恩負義的人。約瑟夫，的確是這麼回事呀。』」潘波趣說到這裡，對我把腦袋一晃，把手一揮：「你就說：『凡人皆有感恩報德之心，可他看透了我就缺少這份情義。約瑟夫，這一點他比誰都瞭解。約瑟夫，你不瞭解，你也用不著瞭解，可他就完全瞭解。』」

雖說他一向是頭胡吹亂說的蠢驢，可是他居然有臉當著我的面說出這番話來，這實在使我驚異。

「你對他說：『約瑟夫，他叫我帶給你一個小小的口信，現在我就傳給你聽。是這樣的：我從高枝上跌下來的那當兒，他看見上帝的手指比畫了幾個字。約瑟夫，他一見就認出了那是上帝的手指，他看得可清楚呢。約瑟夫，那手指比畫出了這樣幾個字：對早年的第一個恩人、幸運的締造者忘恩負義，當獲此報。不過，約瑟夫，那個人說，他從前那樣做了，現在可並不後悔。一點兒也不後悔。那樣做做得對，是做了好事、是做了善事，他以後還要那樣做。』」

我斷斷續續吃完了這頓早飯，輕蔑地對他說：「可惜這個人就沒有說他到底做了些什麼，以後還打算做些什麼。」

潘波趣卻向飯店老闆說開了：「藍野豬的老闆，還有威廉！我以前那樣做做得對，是做了好事、是做了善事，以後我還要那樣做！如果你們兩位願意把我這番話拿到鎮上去對人說，到鎮東去說也好，到鎮西去說也好，我都不反對。」

這個大騙子說完這話，就大模大樣地和他們兩人握握手，走出飯店去了；他這莫名其妙的所謂「那樣做」，竟有如許好處，我聽了倒不是覺得喜歡不盡，而是大吃一驚。他走了不久，我也出了飯店，順著大街走去，看見他站在自己鋪子門口，向一些上流人士大發議論（議論的內容當然還是剛才那一套）；我從他鋪子對面走過，承蒙那班先生不棄，還賞了我幾個白眼。

可是這樣一來，我去投奔畢蒂和喬，心情便覺得更其愉快了。他們倆那種寬容大度的精神本來就已經偉大得無以復加，不過如今和這個不要臉的騙子相形之下，就越發顯得光輝燦爛了。我四肢疲軟，因此走得很慢，然而走一步畢竟靠近他們一步，離那種氣焰逼人、滿口讕言的勢利小人也愈來愈遠了，想到這裡，心情也就愈來愈舒暢了。

時值六月，氣候美妙宜人。長天一片澄藍，碧綠的莊稼上雲雀凌空穿飛，我只覺得這郊野的風光比往常真不知要美妙多少倍，寧靜多少倍。一路上想著我今後就要在這裡過一輩子，腦海裡勾勒出一幅又一幅賞心悅目的圖景；又想到我一旦把那個心地純樸、頭腦清晰、善於治家度日、我看準了沒錯的人兒娶來做我的伴侶，給我指引人生的道路，那麼我往後為人行事也就會高尚一些。這樣漫思遐想，既遣散了旅途的寂寞，又在我心裡喚起一脈柔情，因為這次歸家，我的心腸已經軟了許多；經歷了這些人事滄桑，我覺得自己像是個在異鄉絕域漂泊經年的人，如今光著腳板，涉水跋山，千里迢迢地歸來了。

畢蒂教書的那所小學堂，我還從來沒見過；我因為怕驚動鄉鄰，便由一條迂迴曲折的小徑進了村，正巧這條小徑從學校門前經過。掃興的是，這一天恰好放假，裡面一個孩子也沒有，畢蒂住的那間屋子也關著門。我本來興興頭頭地打算先別讓她看見我，讓我先看看她怎樣忙著做她每天的工作，可惜這個打算就這樣落了空。

好在再走過去一點路就是鐵匠鋪子，我就趁著那芬芳的菩提樹的綠蔭，奔向鐵匠鋪子而去，一路用心聽著：喬那個鐵錘的叮噹聲能聽見了嗎？這鐵錘聲，我本當早就聽見了；這鐵錘聲，我還滿以為自己早就聽見了；可是結果發覺不過是自己的幻想罷了，環顧四周，還是一片寂靜。菩提樹還在那裡，山楂林子還在那裡，栗樹也還在那裡，我停下來側耳靜聽時，樹葉颯颯有聲，多麼悅耳，可是那仲夏的熏風裡就是沒有喬的叮叮噹噹的鐵錘聲。

事到臨頭，不知怎麼我倒反而有點怕見鐵匠鋪了。終於我來到了門前，看見門關著。既沒看見爐子裡的火光，也沒看見一陣陣閃耀的火花，更沒聽到風箱的怒吼；什麼都歇著，寂然無聲。然而倒也不是人去屋空，看來那間講究的客廳現在已經派了用場，窗都開著，潔白的窗簾隨風飄拂，窗下擺著豔麗的鮮花。我輕輕走到窗前，打算從花束頂上朝裡面望望，不料劈面突然出現了喬和畢蒂，手挽著手，站在那裡。

畢蒂先是大嚷一聲，好像我是鬼魂出現一樣，可是才一轉眼工夫，她就已經撲到了我的懷裡。我看著她，不由得哭了；她看著我，也不由得哭了。我哭，是因為看見她出落得如此明麗可人；她哭，是因為看見我這樣形容枯槁，面色蒼白。

「親愛的畢蒂，你打扮得多漂亮啊！」

「是啊，親愛的匹普！」

「喬，你也打扮得多漂亮啊！」

「是啊，匹普我的老夥伴、老朋友！」

我直瞅著他們倆，一會兒望望這個，一會兒望望那個。

畢蒂忽然歡天喜地地嚷了起來：「今天是我們結婚的日子啊，我嫁給喬了！」

他們帶我走進了廚房，我就在當年的那張松板桌前坐了下來。畢蒂捧起我的手來吻著，喬撫慰似的拍拍我的肩膀。喬說：「親愛的，他身體還沒有完全復原，別嚇著了他。」畢蒂說：「哎呀，親愛的喬，你看我一高興，就都忘了。」他們倆見了我都樂不可支，見了我都得意非凡；我這一去使他們萬分感動；尤其使他們歡喜的是，我無意之中竟趕上了他們的大喜日子，這就使他們的大喜日子分外圓滿了！

我的第一個念頭就是：我這破滅了的最後一個希望，幸而始終沒有向喬透露過。他在我病中侍候我的那一陣，我幾次三番話到嘴邊又咽了回去。喬在我那兒只要再多待一小時，就準會知道我這件心事，那時事情就無可挽回了！

我說：「親愛的畢蒂，你得到了一個舉世難尋的好丈夫；你要是看見他守在床邊侍候我的那番光景，那你就會——不，你已經這樣愛他了，還能怎麼個愛法呀？」

畢蒂說：「是啊，確實沒錯。」

我又說：「親愛的喬，你也得到了一個舉世難尋的好妻子，她絕不會短你半分你應得的幸福。親愛的喬，你真是個善良高尚的人啊！」

喬望著我，嘴唇哆嗦，悄悄拿衣袖擦著眼睛。

「喬和畢蒂呀，你們倆今天已經上教堂去過，從此你們就和全人類相親相愛了，請接受我這點微薄的謝意，讓我感謝你們對我的種種照應，只是我對你們卻完全忘恩負義！我最多耽擱一小時就要走，馬上就到國外去，你們這次為我花了錢，我這才沒有進債務監獄，因此我要去加緊工作，掙出這筆錢來還你們；一天不還，我就一天安不下心來。親愛的喬和畢蒂，我這樣說，你們可別以為我還了你們的錢就還得了你們的情；我哪怕加一千倍還你們的錢，還是不能報答你們的情分於萬一！」

他們倆聽我這樣說，心都軟了，求我別再說下去了。

「可是我還要說下去。親愛的喬，我希望你們生幾個孩子疼愛疼愛；到了冬天晚上，有個小子坐在這火爐旁邊，那時候你也許就會想起另外有過一個小子，當初也在這火爐旁邊坐過。喬，你可千萬別告訴他說我是個忘恩負義的人呀；畢蒂，你也千萬別向他數說我的不仁不義呀；你們只消告訴他，說我尊敬你們兩位，因為你們倆都十分真誠、善良，你們對他說：我說過，他長大了應當比我高尚得多，因為他是你們的孩子。」

喬用衣袖掩著臉說：「匹普，我不會跟他說那種話的。畢蒂也不會。誰都不會。」

「那可好極了；不過，儘管我知道你們兩位心地仁慈，早就原諒了我，可我還是要懇求你們倆，千萬要對我親口講一聲，說你們原諒我！千萬要讓我親耳聽一聽，讓我把你們的話音一起帶到異國，這樣我才能相信，今後你們還是信得過我的、還是看得起我的！」

喬說：「哎喲，匹普我的老夥伴、老朋友，如果當真有什麼事情談得上要我原諒你，上帝在上，我一定原諒你！」

畢蒂也說：「阿門！上帝知道，我也原諒你！」

「那麼，親愛的喬和畢蒂，現在讓我上樓去看看我住過的那間小屋吧，讓我一個人在那裡待一會兒，等我陪你們吃過了飯、喝過了酒，就請你們把我送到村口的指路牌下，我們就要分手了！」

我把東西都變賣了，盡我所能償還了一部分債款（餘數蒙債主給了充裕的寬限，得於將來一次還清），然後就去投奔赫伯爾特。不到一個月，我就離開了英國；不到兩個月，我就當上了克拉瑞柯公司的辦事員；不到四個月，我就第一次獨力擔當起了公司的重任。原來在磨池濱那邊，比爾·巴利的咆哮已經停止了，那間客廳天花板上的橫梁也不再給震得發抖了，赫伯爾特回國去和克拉拉結婚了，於是便由我代他獨力擔當起這東方分公司的重任，直到他帶著克拉拉雙雙歸來，我才交卸這個重任。

過了好多年，我才在這家公司裡入了股；可是我和赫伯爾特夫婦在一起，日子過得很快活；我省吃儉用，料理清楚了債務；我還經常與喬和畢蒂通信。等我在這家公司裡坐上了第三把交椅，克拉瑞柯才向赫伯爾特透露了我的祕密；據他說，赫伯爾特入股的祕密早就使他心中十分不安，因此他非得說穿不可。他說穿以後，赫伯爾特既驚異又激動；但是，我和這個好朋友的友誼，卻並不因為我把這件事瞞了他這麼久而有所遜色。我得聲明，我們的公司絕不是什麼大公司，我們也絕沒有大賺其錢。其實我們的生意做得並不大，只是信譽頗佳，將本求利，還做得不錯。這多半得力於赫伯爾特的兢兢業業、勤勉有加，因此我常常納罕，我以前怎麼竟會認為他才幹不足呢？後來有一天，我終於恍然大悟，原來才幹不足的根本不是他，恐怕倒是我呢。

第五十九章

重逢

我十一年沒有看見喬和畢蒂；不過身在東方，幻想之中還是常常會出現他們的音容。十一年之後，十二月裡的一個晚上，大概在天黑後一兩個鐘頭，我的手又輕輕按在老家廚房的門閂鼻上了——我按得極輕，誰都聽不見一絲聲響；探頭朝裡一望，誰都沒看見我。喬還坐在火爐旁邊那個老地方抽他的菸斗，雖然頭髮稍稍有些花白，可依舊像往日一樣健旺強壯；他大腿遮著的一個角落裡，還擺著我那張小腳凳，坐在腳凳上望著爐火的那個孩子，儼然就是第二個我！

我另外拿了一張腳凳在孩子身邊坐下（不過我可沒有去揉亂他的頭髮），喬見了很高興，說道：「親愛的老朋友，我們為了紀念你，管他也叫匹普。我們巴不得他長得像你，現在看來真有幾分像了。」

我看著也有點像，第二天早上，我帶了小匹普出去散步，談了好多好多話，彼此談得融洽極了。後來我又帶他到教堂公墓裡去，拖他坐在一塊墓碑上，他高高地坐在那裡，指給我看哪一塊石碑刻的是「本教區已故居民斐理普．匹瑞普暨夫人喬治安娜之墓」。

吃過晚飯，畢蒂懷裡抱著熟睡的小女兒，我和她聊起天來。我對她說：「畢蒂，過一天，你把小匹普過繼給我吧；不能過繼給我，至少也得讓我給帶帶。」

畢蒂溫和地說：「不行、不行，你應當結婚。」

「赫伯爾特和克拉拉也是這樣說的，不過我看我是不會結婚的了，畢蒂。我跟他們在一起住慣了，不見得還會結婚了。我已經成了個老光棍了。」

畢蒂低下頭來望著她的娃娃，舉起娃娃的小手放到嘴邊吻了吻，然後又把她剛剛撫弄過娃娃的那張溫良的母性的手，放在我手掌心裡。畢蒂的這個動作、畢蒂的結婚戒指在我手掌心裡輕輕一按，表達的意思就勝過了千言萬語。

畢蒂說：「親愛的匹普，你現在當真不再為她煩惱了嗎？」

「哎，沒有的事，怎麼還會煩惱呢，畢蒂？」

「對老朋友要說真心話啊，你真的把她忘了嗎？」

「親愛的畢蒂，凡是在我生活中占據過重要地位的事物，我什麼也忘不了；即使不是占據重要地位，只要在我生活中有過一席之地的，我也不大會忘記。可是畢蒂，我從前不是說過那是一場可憐的春夢嗎？這可憐的春夢早已風流雲散了，風流雲散了。」

儘管我嘴上這樣說，心裡卻很想當夜獨自去憑弔一下那座莊屋的舊址——以寄對她的懷念。對，一點不錯。正是對艾絲黛拉的懷念。

我早就聽說，她過著極其不幸的生活，受盡了丈夫的虐待。誰都知道她的丈夫不是個東西，集驕傲、貪婪、殘暴、卑鄙於一身，因此艾絲黛拉和他分居了。我還聽說，她丈夫由於不知體恤坐騎，有一次出了事，死於非命。艾絲黛拉從此獲得了解脫，算起來這是約莫兩年前的事了；據我看，她恐怕多半已經改嫁。

喬家裡的晚飯吃得特別早，因此飯後有的是充裕的時間，我盡可以不慌不忙地和畢蒂聊完了天，然後趕在天黑以前到莊屋舊址去一趟。可是一路逛去，望望舊日的風物，想想舊日的情景，到得目的地已經是黃昏時分了。

哪裡還有什麼莊屋？哪裡還有什麼酒坊？哪裡還有一所房子？只剩下舊日花園的圍牆。空蕩蕩的地上圍著簡陋的柵欄，向柵欄裡面一望，只見舊日的藤蔓已經重新扎下了根，在一堆堆冷落的碎磚破瓦上長成綠油油的一片。柵門半掩，我推門而入。

這天下午起了一陣銀白色的寒霧，蒙住了一切，這會子月亮還沒有撥開霧靄，高臨太空。可是星星已隔著夜霧在那裡眨眼，月亮也姍姍起步，因此夜色倒也不黑。我還辨認得出這座故宅的一房一舍本來坐落在哪裡、大門本來坐落在哪裡、酒坊本來坐落在哪裡、那些啤酒桶本來又放在哪裡。憑弔過一番之後，順著花園裡那條荒蕪的小徑抬眼望去，忽然看見小徑上有個孤零零的人影。

我就向前走去，瞧那人影的動靜，似乎已經看見了我。那人本來是向我而來的，這會子卻站住不動了。我走近一些，看出是個婦人的身影。再走近一些，看出她剛轉身要走，忽然又收住了腳步，站在那裡等我過去。就在這時候，她似乎大吃了一驚，顫巍巍地猶豫了一陣，便喊出了我的名字來，我也叫了起來：

「艾絲黛拉！」

「我完全變了樣了，沒想到你還認得出我。」

她那明豔的秀色固然已經一去不返，可是那描不盡的端莊、說不盡的風韻，依舊不減當年。這份端莊、這份風韻，我以前也見過；可是這一對當年顧盼無人的眸子今天透出的一脈淒涼而柔和的光彩，那是我從未見過的；這一隻當年毫無感情的手今天握在手裡給我的友誼的溫暖，那是我從未領略過的。

我們在近旁的一張長凳上坐了下來，我說：「艾絲黛拉，真沒想到，分別了這麼多年，今天居然還會在我們這第一次見面的地方重逢。你常常到這兒來嗎？」

「後來就沒有來過。」

「我也沒來過。」

月亮升起了，我想起了馬格韋契那望著白色天花板的平靜的目光倏然而滅的情景。月亮升起了，我想起了他臨終前聽到我那幾句話時按按我手的情景。

我們相對無言，後來還是艾絲黛拉先開口了：

「我一直想要回來看看，可總是來不了。這個老家，多可憐啊、多可憐啊！」

初升月亮的幾縷光輝射進了銀白色的霧靄，這月光也照到了她眼裡掉下的淚珠。她不知道我已經看見了她的眼淚，還拚命想要忍住，於是就改用平靜的口氣對我說：

「你一路走過來，看到這個地方落得這般光景，大概覺得有點吃驚吧？」

「是啊，艾絲黛拉。」

「這塊地皮還是歸我所有。留在我手裡的，如今也只剩下這宗產業了。別的都陸陸續續變賣光了，這塊地我始終沒賣掉。這些年來一直一籌莫展，獨有在這個問題上我總算咬了牙頂過來了。」

「這兒要重新蓋房子了嗎？」

「終究要蓋了。因此我特地趕在這兒大興土木之前，來和這個地方告別一番。」說到這裡，她的口氣裡充滿了關懷，使我這個漂泊異國的人感到了溫暖，她問我：「你還住在國外吧？」

「還住在國外。」

「一定過得不錯吧？」

「辛辛苦苦，才能圖個溫飽，所以——對，是過得不錯！」

艾絲黛拉說：「我常常想起你呢。」

「是嗎？」

「近一陣來尤其想念。想當初我不知珍惜，明明是無價之寶卻輕易拋棄了。有很長的一段時間我過得很痛苦，對這些舊事根本想也不想。後來我的情況起了變化，想想這些舊事也不算非分了，從此，我就把這些舊事珍藏在我的心中。」

我回答道：「我的心裡卻一直有你的一席之地。」

於是我們又相對無言，後來還是艾絲黛拉先開口：

「我真沒想到，今天來和這個地方告別，竟會同時也向你告別。這個意外，倒使我很高興。」

「艾絲黛拉，你為再次和我分手而高興嗎？對我來說，分手總是痛苦的。想起我們上一次的分手，我就一直覺得悲痛。」

艾絲黛拉十分誠懇地說：「可你上次不是對我說了嗎：『願上帝保佑你！願上帝寬恕你！』你既然上一次能夠對我這樣說，現在一定也能夠毫不猶豫地對我這樣說——因為痛苦給我的教訓比什麼教訓都深刻，現在痛苦已經教會我理解了你當初的心情。我已經受盡挫折、心灰意冷，不過我看比從前總要好一些吧。希望你還像從前一樣體諒我、寬待我，跟我說一聲：『我們言歸於好』吧。」

她從長凳上站起來了，我連忙起來，伸手去扶。我說：「我們言歸於好。」

「即便分手，我們的友情永遠不變。」

我握住她的手，和她一同走出這一片廢墟。當年我第一次離開鐵匠鋪子，正是晨霧消散的時候；如今我走出這個地方，夜霧也漸漸消散了。夜霧散處，月華皎潔，靜穆寥廓，再也看不見幢幢幽影，似乎預示著，我們再也不會分離了。

愛經典

卡爾維諾說：「『經典』即是具影響力的作品，在我們的想像中留下痕跡，並藏在潛意識中。正因『經典』有這種影響力，我們更要撥時間閱讀，接受『經典』為我們帶來的改變。」因為經典作品具有這樣無窮的魅力，時報出版公司特別引進大星文化公司的「作家榜經典文庫」，期能為臺灣的經典閱讀提供另一選擇。

作家榜經典文庫從二〇一七年起至今，已出版超過一百本，迅速累積良好口碑，不斷榮登各大暢銷榜，總鎖量突破一千萬冊。本書系的作者都經過時代淬鍊，其作品雋永，意義深遠；所選擇的譯者，多為優秀的詩人、作家，因此譯文流暢，讀來如同原創作品般通順，沒有隔閡；而且時報在臺推出時，每部作品皆以精裝裝幀，質感更佳，是讀者想要閱讀與收藏經典時的首選。

現在開始讀經典，成為更好的自己。

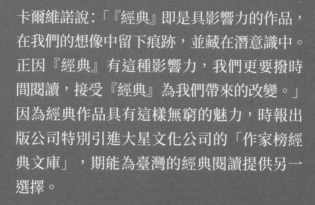

9 閱讀提案 人生有解方

提案一

「Best-Seller 5」最好的書給最好的你——

小王子｜老人與海｜人間失格｜生如夏花｜智慧書｜

提案二

關於人生，你可以參考他們的選擇與智慧——

月亮與六便士｜人性枷鎖｜一個青年藝術家的畫像｜
湖濱散記｜自己的房間｜智慧書｜

提案三

那些年，我們的青春與愛——

清秀佳人｜簡愛｜初戀｜春潮｜傲慢與偏見｜美麗的約定｜潮騷｜

提案四

那些頓悟的瞬間，短篇小說之最——

傷心咖啡館之歌｜都柏林人｜夜鶯與玫瑰｜變形記｜

提案五

讓我們來一場奇幻之旅，找到自己的真心——

小王子｜愛麗絲夢遊仙境｜鏡中奇緣｜綠野仙蹤｜

提案六

小心，這是我們的社會嗎——

一九八四｜動物農莊｜異鄉人｜

提案七

讓我們來一場冒險之旅，獲得勇氣與智慧——

騎鵝歷險記｜把信送給加西亞｜老人與海｜魯賓遜漂流記｜金銀島
｜白鯨記｜

提案八

由此，我們發現愛與救贖——

人間失格｜大亨小傳｜雙城記｜鐘樓怪人｜復活｜
高老頭｜歐也妮·葛朗臺｜格雷的畫像｜

提案九

讓我們離開此時此地，飛向異世界——威爾斯科幻經典四部曲

時光機器｜世界大戰｜隱形人｜莫羅博士島｜

提案十

更開闊的閱讀選擇—

拿起任一本、翻開任一頁，都是一方天地。〔全書目〕

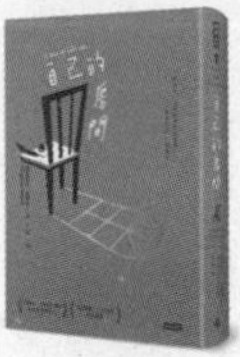

《自己的房間》

寫給聰明女生的指南！做自己，比任何事都重要！女性覺醒之書

《智慧書》

你當善良，也必須有點心機 —— 暢銷四百年的智慧之書，教你當做鴿子，又如蛇蠍。

提案三 那些年，我們的青春與愛

《春潮》

初戀，就是一場革命 —— 屠格涅夫根據親身經歷創作，真實故事改編的愛情小說

《清秀佳人》

全世界最甜蜜的少女成長故事。50 多種語言譯本，總銷售超過 5,000 萬冊。多次改編成電影、電視劇、音樂劇、舞臺劇等

《傲慢與偏見》

「有個道理舉世公認：但凡有錢的單身漢，肯定缺個太太。」

英國 BBC「大閱讀」票選世界百大小說 Top 2

《簡愛》

感動全球億萬讀者的女性成長小說。被影視改編最多次的英國文學經典、入選英國《衛報》十大青少年必讀書籍

《美麗的約定》

入選法國《世界報》20 世紀百大圖書、法國人至愛的 50 本名著，被譯成 30 多種語言！歐洲文學中的青少年小說經典

《初戀》

啊，纏綿的情感、輕柔的聲音、心靈被撥動的美好與寧靜，初戀那沁人心扉、令人銷魂的快樂 —— 這些都在哪裡，在哪裡呢？

《潮騷》

每個人的初戀都是一座世外桃源！三島由紀夫的異色之作，療癒心靈的經典戀愛小說！

提案四 那些頓悟的瞬間，短篇小說之最——

《傷心咖啡館之歌》

歐巴馬送給兩個女兒的禮物，入選《美國短篇小說至高之作年選》

《夜鶯與玫瑰》

「我們都在陰溝裡，但仍有人仰望星空。」
王爾德畢生所留下的九篇童話作品，另加五篇短篇小說，一次典藏！

《都柏林人》

22 次被退稿的 20 世紀 10 大文學經典！
喬伊斯經典短篇小說傑作，百名作家聯合票選，排名超越《百年孤寂》

《變形記》

一覺醒來，卻發現自己變成一隻人人避之唯恐不及的怪蟲——
當你不被理解、孤獨至極，就看卡夫卡的《變形記》！

提案五 讓我們來一場奇幻之旅，找到自己的真心

《小王子》

暢銷全球 70 餘年，
如詩般的童話經典，
獻給所有的大人和孩子。

《鏡中奇緣》

鏡子可以不只是鏡子，而是通往另一個奇幻世界的通道，任我們在現實與幻境之間來回穿梭。

《愛麗絲夢遊仙境》

當你在睡眠中睡著了，那麼，你將會在夢境中的另一個世界醒來。龐克風、哥德式彩色插圖，重現愛麗絲奇幻瘋狂的絢爛夢境

《綠野仙蹤》

兒童文學百年經典，全球超過一百二十種語言譯本。一段追尋智慧、真心（愛）、勇氣與家的奇幻旅程

提案六 小心，這是我們的社會嗎——

《動物農莊》

所有動物一律平等，但有些動物比其他動物更平等——一個充滿政治寓言的童話故事

《一九八四》

戰爭即和平・自由即奴役・無知即力量
——反烏托邦小說經典代表作

《異鄉人》

「在現行社會，倘若某人沒在母親葬禮上哭，便有被處死的風險。」
故此，他對於他身處的社會是個異鄉人。

提案七 讓我們來一場冒險之旅，獲得勇氣與智慧

《騎鵝歷險記》

要理解瑞典文化的「高貴理想主義」、培養孩子的正直與勇氣，就從閱讀《騎鵝歷險記》開始！

《老人與海》

「人可以被毀滅，但不能被打敗。」二十世紀美國文學經典，諾貝爾文學獎、普立茲獎得獎之作

《把信送給加西亞》

全球公認成就個人和團隊的勵志經典
世界 500 強企業優秀員工必讀手冊

《魯賓遜漂流記》

席捲全球 300 年的英國小說經典，帶給你勇氣與自信的心靈成長之書！

《金銀島》

風靡 138 年！帶給孩子一生的勇氣與想像力！《神鬼奇航》《航海王》等多部動漫影視作品的靈感源頭！

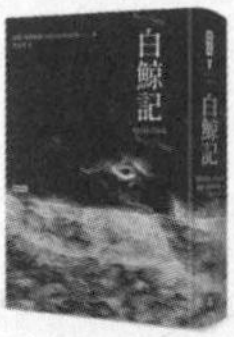

《白鯨記》

寧靜海洋平面下的殘酷與殺戮——《白鯨記》絕不只是一部海洋冒險故事，而是一部命運啟示錄

提案八 由此，我們發現愛與救贖

《人間失格》

「生而為人，我很抱歉。」我是葉藏，這是我的真實故事。願這些痛苦掙扎，能成為你的良藥，去愛這個世間萬物。

《鐘樓怪人》

以巴黎聖母院為背景的長篇歷史小說、多次改編為電影和舞臺劇，入選美國《紐約時報》「世界十大名著」、英國《泰晤士報》「不可不讀的十大名著」

《大亨小傳》

「他的夢似乎已近在咫尺，他幾乎不可能抓不住。」全球暢銷超過2,500萬冊、《時代》雜誌票選百大經典小說

《復活》

他的背叛造成她的墮落，為了拯救自己的靈魂，他決定用盡一生來贖罪……關於愛情與贖罪，再沒有比本書更令人震撼的故事了！

《雙城記》

那是最好的時代，那是最壞的時代——
英國文學泰斗狄更斯代表作！全球暢銷 2 億冊！

《高老頭》

一部闡釋金錢罪惡與親情淪喪的史詩鉅作，毛姆眼中的世界十大小說之一

遠大前程 / 查爾斯 · 狄更斯著；王科一譯 . -- 初版 . -- 臺北市：時報文化出版企業股份有限公司，2023.03
624 面；14.8 x 21 公分 . --（愛經典；67）
譯自：Great expectations.
ISBN 978-626-353-611-1(精裝)

873.57 112003081

本書根據倫敦 The Educational Book 公司出版的十八卷《狄更斯文集》譯出

作家榜经典文库®

ISBN 978-626-353-611-1
Printed in Taiwan

愛經典 0 0 6 7

遠大前程

作者—查爾斯 · 狄更斯｜譯者—王科一｜編輯總監—蘇清霖｜編輯—邱淑鈴｜企畫—張瑋之｜封面設計—朱疋｜內頁設計—沐多思—林瑞霖｜廣告頁設計—FE 設計｜校對—邱淑鈴、蕭淑芳｜董事長—趙政岷｜出版者—時報文化出版企業股份有限公司　108019 臺北市和平西路三段二四〇號四樓　發行專線—（〇二）二三〇六—六八四二　讀者服務專線—〇八〇〇—二三一—七〇五、（〇二）二三〇四—七一〇三　讀者服務傳真—（〇二）二三〇四—六八五八　郵撥—一九三四四七二四時報文化出版公司　信箱—10899 臺北華江橋郵局第 99 信箱　時報悅讀網—http://www.readingtimes.com.tw｜電子郵件信箱—new@readingtimes.com.tw｜法律顧問—理律法律事務所　陳長文律師、李念祖律師｜印刷—勁達印刷有限公司｜初版一刷—二〇二三年三月三十一日｜定價—新台幣八〇〇元｜（缺頁或破損的書，請寄回更換）

時報文化出版公司成立於一九七五年，並於一九九九年股票上櫃公開發行，於二〇〇八年脫離中時集團非屬旺中，以「尊重智慧與創意的文化事業」為信念。